少年は世界をのみこむ

Boy Swallows Universe

Trent Dalton

トレント・ダルトン

池田真紀子〈訳〉

ハーパーコリンズ・ジャパン

少年は世界をのみこむ

BOY SWALLOWS UNIVERSE
by Trent Dalton

This edition is published by arrangement with HarperCollins Publishers LLC,
New York, U.S.A.

Published by K.K. HarperCollins Japan, 2021

母と父に
ジョエル、ベン、ジェシーに

少年、言葉を書く

Boy Writes Words

ミノ　ハメツハ　シンダ　ブルー　レン。

「いまの見た、スリム？」

「何を」

「何でもない」

身の破滅は死んだブルー・レン。うん、それだ。ミノ。ハメツハ。合ってる。

シンダ。ブルー。レン。


スリムの車のフロントガラスに入ったひびは、王族にお辞儀をする、のっぽで腕がない棒人間の形をしている。スリムの車のフロントガラスに入ったひびは、スリムそっくりだ。フロントガラスのぼくが座っている助手席側には、ずっとそこについたままの土埃（つちぼこり）の汚れをワイパーがこすってできた虹がかかっている。日常のなかのちっちゃなディテールを覚えておくには、その瞬間やイメージをいつも持っているもの、毎日起きているあいだ繰り返し目にするもの、においを嗅ぐもの、手で触れるものと結びつけておくことだとスリムは言う。体のパーツ、寝室にあるもの、キッチンにあるもの。そうすれば、一つのディテールに対して、思い出すためのヒントが二つできる。しかも覚えるヒントは一つですむ。

スリムはそうやってブラック・ピーターを生き延びた。そうやって穴蔵を生き延びた。あらゆるものが二つの意味を持っていた。一つはここ、当時スリムが入れられていた、ボゴ・ロード刑務所の第二ブロックD棟9監房に結びつき、もう一つはどこか、スリムの頭のなかや心のなかに広がっていた、鍵のかかっていない無限の宇宙に結びつく意味だ。〝ここ〟にあるのは、緑色のコンクリート壁と何重にもなった暗闇、そして一人ぼっちでじっとしているしかないスリムの体だけだった。壁に溶接されたL字型の鉄棒と鉄の金網でできた寝台が一つ。歯ブラシ一本と刑務所支給の布の上履き一足。でも、監房のドアの配膳口から日にちのたったミルクのカップが無言で差し入れられた瞬間、それがスリムを〝どこか〟に連れていった。一九三〇年代のファーニー・グローブへ、ブリスベン郊外の牧場で乳しぼりをしている手足のひょろ長い若い農場労働者へ。肘と手首のあいだにある傷痕は、自転車を乗り回していた少年時代に行ける扉だ。肩のそばかすは、サンシャインコーストのビーチにつながるワームホール。それを指でさっとなぞるだけで、スリムの姿は消える。D9監房の〝ここ〟にいながら脱獄する服役囚。自由ごっこ。でも、逃げ回らなくていい。刑務所に放りこまれる前、〝ごっこ〟ではなく本当に自由だったけれどいつも逃げ回っていたころと、どっこいどっこいだ。

指の関節の山と谷を親指でたどれば、たちまち〝どこか〟へ運ばれる。ゴールドコーストの内陸部にある丘陵地帯へ、はるか遠いスプリングブルックの滝へ運ばれた瞬間、刑務所のD9監房の冷たい鋼鉄の寝台は、流れる水に磨かれたなめらかな石灰岩に変わり、素足を凍えさせる刑務所の懲罰房のコンクリート床は、夏の陽射(ひざ)しにぬくもった水に変わって、そこに爪先を浸した記憶が蘇(よみがえ)る。ひび割れた唇を指でなぞれば、アイリーンの唇のように柔らかくて甘いものがそこに触れたときの感覚がめざめ、渇きを癒やすそのキス一つで彼の罪や苦悩はすべて拭い去られ、スプリングブルックの白い滝に打たれたように清められたことを思い出す。

スリムが刑務所でふくらませた空想がそのままぼくの記憶にすり替わりかけている気がして心配だ。濡(ぬ)れて苔に覆われたエメラルド色に輝く岩に裸で横たわり、マリリン・モンローのようにコケティッシュに笑う金髪のアイリーン。首をのけぞらせ、けだるく抗しがたい魔力を放ち、世のあらゆる男の世界に君臨してあらゆる夢を司る女。その〝どこか〟の幻影が〝ここ〟でもう少し踏ん張る力、塀のなかにこっそり持ちこまれたナイフの刃にいつ何時襲われるかわからない境遇を、明日までひとまず忘れる励みになる。

「おれはおとなの心を持ってた」スリムはいつもそう言う。ボゴ・ロード刑務所の地下懲罰房、通称ブラック・ピーターから生還できたのは、そのおかげだ。クイーンズランドの猛暑のさなか、スリムは中世の地下牢みたいな小さな監房に十四日間、放りこまれた。二週間分の食料としてパンを半斤渡された。コップ四杯か五杯分の水も。

ボゴ・ロード刑務所時代の友達の半数は、ブラック・ピーターでは一週間も生き延びられなかっただろうとスリムは言う。服役囚の二人に一人は、いや、それをいったら世界中の大都市の人口の半分は、心は子供のままのおとなの男で占められているからだ。でもおとなの心は、おとなの男をどこでも好きな場所に連れていく。

ブラック・ピーターには、ココヤシ繊維を編んだちくちくするマットがあった。大きさは玄関マットくらい、縦がスリムのすねの骨くらいの長さで、スリムはその上で寝た。毎日、コイアのマットの上に横向きに横たわり、長いすねを胸に抱き寄せて目を閉じ、アイリーンの寝室のドアを開けて、アイリーンの白いベッドシーツのあいだにするりともぐりこみ、アイリーンの背中に自分の体をぴたりと沿わせ、アイリーンの磁器のようになめらかなむき出しのおなかに右腕を回した。そうやって十四日間をやり過ごした。「クマみたいに体を丸めて冬眠したわけだ」スリムは言う。「地獄がすっかり快適に思えてな、地上に戻るのがいやになったくらいさ」

スリムによると、ぼくは子供の体とおとなの心を持っている。まだ十二歳だけど、ぼくにはどぎつい話を聞かせても大丈夫だとスリムは思っている。男がレイプされる話、結び目を作ったシーツで首を吊った人の話、日当たり抜群の王立ブリスベン病院での一週間のバケーションを求めてとがった金属片をのみこみ、内臓をずたずたにした人の話を聞かせても平気だと。尻の穴を犯されると血が出るとか、スリムの話はいくらなんでもディテールが豊かすぎないかと思うことがないわけじゃない。「光と陰だ、坊主」スリムは言う。「光からは逃げられない。陰からも逃げられない」病気とか死とか、刑務所のなかの話を聞かなくちゃいけないのは、アイリーンにまつわる記憶にどれほど助けられたかを理解するためだ。ぼくにどぎつい話を聞かせても平気だと思うのは、魂の年齢と比べたら、肉体の年齢になど何の意味もないからだ。スリムはじっくり時間をかけてぼくの魂の年齢を測り、〝七十代前半と老衰のあいだのどこか〟まで絞りこんでいた。何カ月か前、いま乗っているこの車に一緒に乗っていたとき、おまえが同房者なら歓迎だとスリムは言った。ぼくは人の話をちゃんと聞けて、聞いた内容を覚えているから。そう言ってもらったとき、ぼくの目から涙が一粒こぼれた。スリムからルームメイトとして認められるなんて、これほどの栄誉はない。

「涙はなかにはそぐわない」スリムは言った。

　スリムの言う〝なか〟は刑務所の監房のことなのか、肉体の内側のことなのか。ぼくが泣いたのは、半分は誇らしかったから、もう半分は恥ずかしかったからだ。だって、ぼくはりっぱな人間じゃない。服役期間をルームメイトとして過ごしたい相手を指す言葉として〝りっぱ〟が適切なのかどうかわからないけど。

「ごめん」ぼくは涙のことを謝った。スリムは肩をすくめた。

「まあ、おまえは泣き虫だものな」

　身の破滅は死んだブルー・レン。**身の破滅は、死んだブルー・レン――小さな青い鳥。**

スリムの車のフロントガラスにかかった古い土埃の虹を、ぼくの左手の親指の爪に昇りかけている乳白色の月と結びつけて思い出すだろう。いつか死ぬその日まで、乳白色の月を見るたびに、ぼくはアーサー・〝スリム〟・ハリデー、人類史上もっとも偉大な脱獄者、伝説的で謎めいた〝ボゴ・ロードの脱出王フーディーニ〟が、ぼくことイーライ・ベル、老いぼれた魂とおとなの心を持った子供、刑務所のルームメイト候補の最右翼、外側を涙で濡らした少年に、錆(さび)の浮いた紺色のトヨタ・ランドクルーザーの運転のしかたを教えてくれたこの日のことを思い出すだろう。

三十二年前、一九五三年二月、ブリスベン最高裁で六日間にわたって行われた裁判の結審日、エドウィン・ジェームズ・ドラウトン・スタンリー判事は、アソール・マコーワンというタクシー運転手を四五口径のコルト式拳銃で殴りつけて死なせた罪でスリムに終身刑を言い渡した。新聞はスリムを一貫して〝タクシー運転手殺しの犯人〟と呼んだ。

ぼくはスリムをぼくのベビーシッターと呼ぶ。

「クラッチ」スリムが言う。

スリムの左腿の筋肉が収縮し、七百五十本の年輪みたいなしわ――スリムは七百五十年くらい生きていそうだから――のあるこんがりと陽に焼けた老いぼれた脚がクラッチペダルを踏みこむ。こんがりと陽に焼けて老いぼれた左手がシフトレバーを動かす。唾液で濡れたスリムの下唇の端っこに危なっかしくぶら下がった手巻きのたばこの先が黄色く輝き、次に灰色に、最後に黒に戻る。

「ヌーーートラル」

フロントガラスのひびを透かして、ぼくの兄貴のオーガストが見える。オーガストはぼくらの家の茶色の煉瓦(れんが)塀に座り、人差し指を使って流れるような筆記体で空中に言葉を刻みつけている。

少年、空中に書く。

少年は、お隣のジーン・クリミンズならモーツァルトがピアノを弾くようにと形容しそうな流儀で空中に文字を綴る。どの言葉も、どこかから勝手に送られてきたものなのだというように。少年の忙しい心を超越したどこかで包装され、発送された小包。クリップボードに紙をはさんで、でもなく、タイプライターを使って、でもなく、空中に、目に見えない文字を書き綴る。その文字がときおり風になって頬をなでたりしなければ、そんなものが存在するとは誰も気づかないような、信じる者は救われる類いの行為。メモ、考え、日記。あらゆることが空中に書きつけられる。オーガストはぴんと立てた右手の人差し指を縦横無尽に動かし、虚空に文字や文章を書く。頭のなかのものを残らず外に出さずにはいられない一方で、物語を世界に吸い取って消してもらわなくてはならないと思っているように、見えないインクが入った底なしのガラス瓶に何度でも指先を浸す。言葉は〝なか〟に似合わない。どんなときも外にあったほうがいい。

　オーガストは左手にレイア姫を握り締めている。少年は姫を離さない。六週間前、オーガストとぼくは隣町のドライブインシアターに連れていってもらい、『スター・ウォーズ』三部作をいっぺんに観た。このランドクルーザーの後部シートに座って、はるか彼方の銀河の物語にどっぷり浸った。飲み終えた箱ワインの中袋を空気で膨らませて、ヘッドレストの代わりにした。その中袋は、スリムが釣り道具箱や古ぼけた石油ランプと一緒にいつも荷台に積んでいるカニ獲りかごに載せてある。その晩、クイーンズランド南東部の空には無数の星が輝いていて、ミレニアム・ファルコン号がスクリーンを横切って飛ぶシーンでは、一瞬、そのまま現実の星空に飛び出し、光速でシドニーまで直行しそうだった。

「聞いてるか」スリムが大きな声を出す。

「聞いてるよ」

嘘だ。ぼくが人の話をちゃんと聞いていたためしはない。いつだってオーガストのことばかり考えている。母さんのこと、ライルのことばかり考えている。スリムのバディ・ホリーみたいな黒めがねのことも。スリムの額に刻まれた深いしわのことも。一九五二年に自分で自分の脚を撃ってしまって以来、スリムがずっとへんてこな歩き方をしていることも。ぼくと同じように、スリムにも幸運のほくろがあることも。ぼくの幸運のほくろには特別な力があって、ぼくにとっては大事なものだし、緊張したり不安だったり自信をなくしたりしたときは右手の人差し指の第二関節にある濃い茶色のほくろをとっさに見るんだと話すと、スリムはすんなり信じてくれたことも。ほくろを見ると気持ちが落ち着く。でも、それってバカみたいだよね、スリム、とぼくは言った。どうかしてるよね、スリム。するとスリムは、自分の幸運のほくろを見せてくれた。右手首の丸い丘みたいに盛り上がった骨のてっぺんにある、真っ黒なほくろ。皮膚ガンってこともあるかもしれないが、自分では幸運のほくろだと思っているから、切除する気になれないんだとスリムは言った。Ｄ９監房ではそのほくろがお守り代わりになった。そのほくろを見ると、アイリーンの左の内腿の付け根に近いところ、〝奥の聖域〟からそう遠くない場所にあったほくろを連想したからだ。おまえもいつかかならず、女の内腿の付け根よりさらに奥にある貴重な場所を知ることになるとスリムは言った。そのとき、初めて絹というものに指をすべらせたマルコ・ポーロの気持ちがきっと理解できるだろうと。

　ぼくはその話が気に入った。だから、四歳くらいのころ、茶色の袖がついた黄色いＴシャツを着て茶色の塩ビレザーの長椅子に座っていて、右の人差し指の関節にほくろがあることに気づいたのがぼくの一番古い記憶なんだとスリムに話した。その記憶のなかではテレビがついている。ぼくはふと人差し指を見下ろし、ほくろの存在に気づいて、また顔を上げ、右を向くと、たぶんライルだと思うけど、もしかしたら父さんかもしれない誰かの顔――父さんの顔はほとんど覚えていないけど――がすぐそこに見えた。

だから、人差し指のほくろは、意識が目覚めた瞬間と結びついている。ぼくだけのビッグ・バン。長椅子。黄色と茶色のシャツ。そこにぼくが出現する。ぼくが唐突にこの世に現れる。それ以前については怪しいんだとぼくはスリムに話す。あの瞬間より前の四年間はなかったんだとしてもおかしくない。ぼくがそう言うと、スリムはにやりと笑った。そして、その右手の人差し指のほくろからおまえは生まれたんだなと言った。

イグニション。

「おい、ソクラテス。ついさっき、おれは何と言った？」スリムが吠える。

「ペダルはそっと踏め……？」

「おまえはおれをじろじろ見てるばかりだった。人の話をちゃんと聞いてるみたいな顔して、実は何も聞いちゃいなかった。おれの顔のここを見たりあそこを見たりしてるばかりで、一言も聞いちゃいなかった」

悪いのはオーガストだ。少年は一言も話さない。かしましいこと指ぬき並み、おしゃべりなことチェロ並み。しゃべれないわけじゃないのに、絶対にしゃべろうとしない。ぼくの記憶にあるかぎり、オーガストは一言も話したことがない。ぼくにも、母さんにも、ライルにも。スリムにさえ、一言も口をきかない。意思の疎通に問題があるわけじゃなかった。腕に軽く触れたり、笑ったり、首を振ったりするだけで、言いたいことは充分以上に伝わってくる。オーガストは、パンに塗るべジマイトの瓶の蓋のひねり方一つで、そのときの気分を伝えられる。バターをパンに塗る動作一つで、どんなにうれしいか、靴紐の結び方一つで、どんなに悲しいか、相手に伝えられる。

長椅子に並んで座ってブロックくずしのビデオゲームで盛り上がっているとき、何気なくオーガストの顔を見ると、何か言おうとしていたとしか思えない瞬間だったたってことがたまにある。「何だよ、言えよ」とぼくは言う。「何か言いたいんだろ。言っちまえよ」するとオーガストは笑みを浮かべ、首を左にかしげて左の眉を吊り上げ、右手で空中に弧を描く。目に見えないスノードームをなでるみたいな身ぶり。ごめんと言いたいとき、オーガストはいつもそうやって手を動かす。(ぼくがどうしてしゃべらないのか、いつかおまえにもわかる日が来る。けど、今日はその日じゃないんだよ、イーライ。ほら次、おまえの番だぜ。)

母さんによると、オーガストが口をきかなくなったのは、母さんが父さんを捨てて家を出たときだ。オーガストは六歳だった。母さんに言わせると、ちょっとよそ見していた隙に、宇宙がオーガストの言葉を盗んだ。そのとき母さんは別のことで頭がいっぱいだった。ぼくがもっと大きくなるまで話せない事情——母さんの息子を盗んだ宇宙が、ぼくがこの八年というもの二段ベッドの上下で寝ている成績オールAの謎めいたエイリアンを代わりに置いていった背景にあった事情——に気を取られていた。

ときどき、オーガストの不運なクラスメイトが、一言もしゃべろうとしないオーガストをからかったりする。オーガストの反応はいつだって同じだ。その〝今月、誰より口が悪かったいじめっ子〟、オーガストの怒りの導火線が恐ろしく短いことにうっかり気づかなかったクラスメイトにまっすぐ近づいていって、自分の行為の背景を説明する能力がオーガストには欠けていることを誰でも知っているのをいいことに、母さんの長年のボーイフレンド、ライルから何種類か教わったボクシングの十六連パンチのなかのどれかを、そのクラスメイトの傷一つないあごや鼻や肋骨にお見舞いする。ライルは冬のあいだの無限に終わらない週末に、裏庭の小屋に下がった茶色い革の古いサンドバッグを使ってぼくらに根気よくパンチを教えた。ライルはこれといった信念を持たない人だけど、折れた鼻には力関係を一変させる力があると信じている。

　学校の先生はだいたいオーガストの味方につく。オーガストはオールAの優等生で、オールAの優等生らしく勉強熱心だからだ。児童心理学の観点からあれこれ言い出す先生がいると、母さんは、別の先生はこれこれこんな風にオーガストを絶賛してくれていましたけどと反論する——どの授業もオーガストがいるだけでスムーズに進むとか、オーガストみたいな生徒、一言もしゃべらない生徒が増えたらクイーンズランド州の学校教育制度には大きなメリットがあるだろうとか。

　母さんによると、オーガストは五歳か六歳だったころ、自分が映る物体を何時間でも見入っていたらしい。母さんがキャロットケーキを作っている足もとでぼくがおもちゃのトラックをがんがん床に打ちつけたり、ブロックで遊んだりしている横で、オーガストは母さんの化粧用の古い丸鏡をじっとながめていた。水たまりのそばに何時間でも座りこんで、水面に映る自分の姿を見つめていた。ギリシャ神話のナルキッソスみたいに自分に見とれていたわけじゃなく、母さんの観察によれば、何かを探しているような目をしていたという。本当に何かを探しているみたいに。ぼくらの寝室の入口を通りかかったときなんかに、合板の抽斗（ひきだし）の上に置いていた鏡に向かってオーガストが百面相を作っているのを見かけることがあって、一度、ぼくはこう尋ねてみた。「どう、見つかった？」ぼくが九歳のときだった。オーガストは鏡の前から振り返った。無表情だったけど、上唇の左端がほんの少しだけ上を向いていて、クリーム色の壁に囲まれた寝室には収まりきれない世界、ぼくにはまだ行く準備ができていない、ぼくがいる必要もない世界が別にあるらしいとぼくにもわかった。それでも、オーガストが自分を凝視しているのを見かけるたびに、ぼくは同じ質問をした。

「どう、見つかった?」

オーガストは月が出ているとかならず月を見上げた。月がぼくらの家の上を通り過ぎていくのを寝室の窓から目で追った。月の光の角度を熟知していた。ときどき、真夜中にパジャマ姿のまま寝室の窓から外に出て、園芸用の散水ホースを前の通りの歩道際まで引きずっていき、何時間もそこに座って、通りが水浸しになるのを無言で見つめていた。角度がぴったり合っていると、巨大な水たまりを銀色の満月が埋めた。「月のプールだね」ある寒い晩、ぼくは高らかに宣言した。するとオーガストはぱっと顔を輝かせ、右腕をぼくの肩に回してうなずいた。お隣のジーン・クリミンズが大好きなオペラ『ドン・ジョヴァンニ』の幕切れには、モーツァルトもきっとあんな風にうなずいただろう。オーガストは地面に膝をつき、右手の人差し指を立てて、月のプールにみごとな筆記体で単語を三つ書いた。

少年、世界をのみこむ。

ディテールを観察することを教えてくれたのはオーガストだ。人の表情を読むこと、言葉以外のものからできるだけたくさんの情報を引き出すこと、言葉では表現されないけれど目の前にある断片を一つ残らず集め、そこに埋もれた感情や会話や物語を掘り起こすこと。四六時中、話を聞いていなくたってかまわないことを教えてくれたのはオーガストだ。観察するだけで足りることもある。

ランドクルーザーはどっしりとした金属の体をがたごと揺らして始動し、ぼくは合成皮革のシートの上で軽くはずんだ。ぼくが七時間前から短パンのポケットに入れていたジューシーフルーツ・ガムが二粒飛び出して、合皮の破れ目からシートスポンジのくぼみに転がりこむ。老いぼれで忠実でもう死んでしまったパットという名のスリムの飼い犬がシートをせっせと嚙んでできたくぼみだ。

出所以来、スリムはよくパットをお供に乗せて、ブリスベンからキルコイの北の町ジムナまで小旅行に出かけていた。

パットのフルネームはパッチーだったけど、スリムにとってはそれでさえ長ったらしくて、発音するのが面倒くさかったらしい。スリムとパットはジムナの森の奥を流れる秘密の小川のほとりでよく砂金採りをしていた。スリムはいまでもその川の砂にはソロモン王も驚いて眉を上げるような量の金が混じっていると信じていて、毎月第一日曜になると、そのころから使っているたらいを車に積んでジムナに出かけていく。でも、川で金を採るのにパットがいるのといないのとでは大違いだとスリムは言う。砂金採りに熱心なのはパットのほうだったから。パットは砂金のありかを鼻で嗅ぎ分けられた。真剣に金を掘り当てる気でいた、黄金熱にやられた世界で最初の犬だったとスリムは信じている。「パットの奴、きらきら光るものに目がくらんだらしくてな」スリムは言う。「ありゃ完全にやられちまってたよ」

スリムがシフトレバーを動かす。

「クラッチを踏みこむのを忘れるな。クラッチのあと、ギアを一速に入れる。それからクラッチを離す」

アクセルペダルをそっと踏みこむ。

「ペダルはじわっとな」

ヘビー級のランドクルーザーがうちの前の雑草だらけの歩道際を三メートル進んだところでスリムがブレーキを踏み、車はオーガストと並んで停まる。オーガストはまだ右手の人差し指で猛然と何かを書いていた。スリムとぼくはそろって顔を左に向け、創造力のほとばしりを抑えきれなくなった様子のオーガストを見つめる。一文を書き終えたところで、オーガストはピリオドを打つみたいに指を空中に突き立てた。胸に七色の文字で〈お楽しみはこれからだ〉と書いてある、お気に入りの緑色のTシャツを着ている。腰のない柔らかな茶色の髪は、かろうじてビートルズ風のマッシュルームカットに見える。下はライルのお古の青と黄色のパラマタ・イールズのチーム短パンだ。十三年間生きてきたうち、少なくとも五年はライルやぼくと並んでソファに座り、パラマタ・イールズの試合を観戦してきたというのに、オーガストはラグビーリーグにまるきり興味がない。うちの愛すべき謎の少年。ぼくらのモーツァルト。オーガストはぼくより一つ年上だけど、ほかの誰と比べてもちょうど一歳年上だ。オーガストは世界より一つ年を取っている。

文を五つ書き終えたところでオーガストはペン先にインクをつけるみたいに人差し指の先端をなめ、目に見えない文章を綴る目に見えないペンを走らせる謎の原動力との交信を再開した。スリムは腕をハンドルに預け、オーガストを見つめたまま手巻きたばこを長々と一服した。

「今度は何て書いてる？」スリムが言った。

オーガストはぼくらに見られていることに気づいていない。オーガストの目は自分だけの青空に書かれた文字をひたすら追っている。青空はオーガストにとって無限に続く罫線入り筆記用紙みたいなものなのかもしれない。オーガストの頭のなかでは、空いっぱいに黒い罫線が引かれているのかもしれない。向かい合って特定の角度から見れば、オーガストが何を書いているか、ぼくには読み取れる。一文字ずつはっきり見えれば、頭のなかで裏返し、心の鏡に映して読める。

「今度は同じことを何度も書いてる」

「何て？」

オーガストの肩越しに太陽が照りつけていた。燃えるように熱い陽射し。ぼくは額の上に手をかざす。やっぱりそうだ、間違いない。

「身の破滅は死んだブルー・レン」

オーガストが動きを止める。ぼくを見つめる。その顔はぼくとそっくりだけど、ぼくの顔を整えたバージョン、もっと力強く、もっとハンサムにしたバージョンで、月のプールをのぞきこむときオーガストの目に映る顔のように、どこもかしこもなめらかだ。

ぼくはもう一度繰り返す。「身の破滅は死んだブルー・レン」

オーガストが小さな笑みを作り、首を振って、頭がどうかしているのはそっちのほうだと言いたげにぼくを見る。あれこれ空想ばかりしているのはそっちだろうと言いたげに。（おまえは暇さえあれば空想の世界に浸ってるもんな、イーライ。）

「そうさ、見てたんだよ。五分も前からずっと見てたよ」

オーガストの笑みが広がり、オーガストは広げた手で空に書いた文字をごしごしこすって消した。スリムも大きな笑みを浮かべて首を振った。

「あいつは答えを知ってるらしいな」スリムが言う。

「何の？」ぼくは訊く。

「疑問の」スリムが答える。

スリムはランドクルーザーのギアをリバースに入れ、三メートルバックして、ブレーキをかける。

「さて、次はおまえがやってみろ」

スリムは咳きこみ、たばこ色のつばを運転席側の窓から吐き出す。つばはミサイルのように飛び、太陽に焼かれた穴ぼこだらけの路面に着弾する。うちの前の通りには、寝そべっているみたいに低層の家が、うちも含めて十四軒並んでいる。クリーム色、アクアマリン色、青空の色の家並み。ダーラのサンダーカン通り。ブリスベンのはずれの町ダーラには、ポーランドやベトナムから逃げてきた人や、母さんやオーガストやぼくみたいな古き悪しき時代から逃げてきた難民が住んでいる。八年前からこの町で世界から取り残された生活を送っているぼくらは、いってみればオーストラリア下層階級を乗せた肥だめみたいな巨船に置き去りにされた生き残りで、アメリカやヨーロッパや女優のジェーン・シーモアとは海やグレートバリアリーフの超絶景によって隔てられ、さらにクイーンズランド州の延長七千キロメートルの海岸線と大都市ブリスベンに至る高架の自動車専用道路によっても隔てられ、最後にもう一つ、風の強い日にはダーラ中にセメントの塵をまき散らすセメント会社の工場によって世界から隔てられている。セメントの細かな粉末は、増改築を繰り返したぼくらの家の空色に塗られた石膏ボードの外壁にくっつき、オーガストとぼくは、雨が降って塵がセメント状に固まってしまう前にホースの水で洗い流さなくちゃならない。塵がセメントになると、硬くて取れない灰色の静脈みたいな線が家の前面の壁や窓をみっともなく這い回ったまま固まる。ライルはその窓からたばこの吸い殻を、何かとライルの手本にならうぼくはリンゴの芯を投げ捨て、ぼくは子供すぎて分別がないのかもしれないけど、いつだってならうに足る手本を示すライルがいけない。

　ダーラは夢、悪臭、あふれたごみバケツ、ひびの入った鏡、楽園、エビと山盛りの人造カニ肉と豚耳と豚足と豚バラが載ったベトナム風ヌードルスープだ。ダーラは排水管を流された女の子、イースターの夜にはぼんやりと光を放ちそうに濃い洟を垂らした男の子、線路に手足を伸ばして横たわってブリスベンのセントラル駅やその先に向かう急行列車を待っている十代の少女、ジャワ産のマリファナたばこを吸う南アフリカ系の男、クイーンズランド州ダーリングダウンズ産のミルクを飲むカンボジア系の女の子が住む家の隣の家でアフガニスタン産のアヘン液を注射するフィリピン系の男性だ。ダーラはぼくのひそやかなため息、ぼくの戦争を巡る考察、ぼくの思春期直前のばかげた願望、ぼくのふるさとだ。

「あの二人、何時ごろ帰ってくると思う?」ぼくは訊く。

「そろそろだろう」

「何を観に行ったのかな」

スリムは前ボタンのついた赤茶色の薄手の綿シャツを着て、裾を紺色の短パンにたくしこんでいる。毎日その短パンを穿いていて、本人は同じ短パンを三つ持っていて順番に着回しているんだと言うけど、いつ見ても後ろポケットの右下の隅に同じ穴が開いている。青いビーチサンダルはふだん、スリムの老いぼれてたこだらけになった足、乾いた土がこびりついて汗臭い足と完全に一体化しているのに、いまはスリムが危なっかしく車を降りるときクラッチに引っかかったまま取り残されている。フーディーニは年老いた。フーディーニはブリスベンの西外れの町でついに水槽からの脱出に失敗した。さすがのフーディーニも歳月からは逃れられない。スリムはＭＴＶから逃げられない。スリムはマイケル・ジャクソンから逃げられない。スリムは一九八〇年代から逃げられない。

「『愛と追憶の日々』」スリムは助手席側のドアを外から開けながら答えた。

ぼくは心の底からスリムを愛している。スリムがオーガストとぼくを心の底から愛してくれているから。若いころのスリムは、非情で冷酷な人間だった。でも年とともに丸くなった。スリムはどんなときもオーガストとぼくを見守り、変わったことがないか、ぼくらがどんなおとなに成長しようとしているか、つねに気を配ってくれている。今日みたいに母さんとライルが長い時間留守にしているとき、実は二人はベトナム料理店の経営者から買ったヘロインを売りに行っているんだけど、それでも映画を観に行っているとぼくらに思わせようとするスリムが、ぼくは死ぬほど大好きだ。

「ライルがそんな映画を選んだわけ?」

母さんとライルはドラッグの密売人なんじゃないかとぼくが疑うようになったきっかけは、五日前、裏庭の物置小屋の芝刈り機のなかに、黄金の三角地帯（ゴールデン・トライアングル）産ヘロインの重量五百グラムの塊が隠してあるのを見つけたことだった。母さんとライルは『愛と追憶の日々』を観に行っているとスリムが言った瞬間、母さんとライルはやっぱりドラッグの密売人なんだとぼくは確信した。

スリムは刺すような視線をぼくに向けた。「ほら、運転席に移れよ、坊主」口の端でぼそぼそ言う。

クラッチを切る。一速に入れる。アクセルペダルをじわりと踏みこむ。車は一つがたんと揺れてから前進を始めた。「もうちょいアクセル」スリムが言う。ぼくは裸の右足でペダルを踏む。脚は完全に伸びきっている。車はうちの芝生を突っ切り、お隣のミセス・ダジンスキーの家の歩道際のバラの茂みに突っこみそうになる。

「道に戻れ」スリムが笑いながら言う。

ハンドルを力いっぱい右に切り、縁石を越えて、サンダーカン通りのアスファルトの上に出た。

「クラッチ、二速」スリムが大声で言う。

速度が上がった。フレディ・ポラードの家の前を過ぎる。首なしのバービー人形を乗せた乳母車を押して道を歩いているフレディの妹のイーヴィを追い越す。

「停まったほうがいい？」ぼくは訊く。

スリムはバックミラーをのぞき、首の向きをさっと変えて助手席のサイドミラーを確かめる。

「いや、行っちまえ。このブロックを一周だ」

三速に上げて、時速四十キロで突っ走る。よし、これでぼくらは自由だ。脱獄成功。ぼくとフーディーニ。逃走中。すたこら逃げる脱獄の名人コンビ。

「ねえ、ぼく、車を運転してる」ぼくは歓声を上げる。

スリムは笑い、老いぼれた胸がぜいぜい鳴った。

左折してスワナヴェルダー通りへ。第二次世界大戦中のポーランド人移民センターの前を通った。ライルのお母さんやお父さんがオーストラリアに来て間もないころ滞在していた施設。また左折してブッチャー通りに入る。フリーマン一家は外国産のいろんな鳥を飼っている。がーがー鳴くクジャク、タイワンアヒル。自由に羽ばたけ、鳥たち。走る。車は走る。左折してハーディ通り、左折してふたたびサンダートカン通り。

「速度を落とせ」スリムが言う。

ブレーキをかけたはいいけどクラッチを踏みそこねて、エンストした。車はさっきみたいにオーガストの横に停まった。オーガストはまだ真剣な顔で空中に文字を書いていた。

「ガス、見てた?」ぼくは叫ぶ。「ぼくが運転してるの見てくれた?」

オーガストは自分が書いている文字から目をそらさない。少年は、そもそもぼくらを乗せた車が走り去ったことにも気づいていなかった。

「今度は何て書いてる」スリムが訊いた。

同じ二語を繰り返し書いている。半月みたいな大文字のC。丸ぽちゃの小文字のa。痩せっぽちの小文字のi。空中に引かれた縦線のてっぺんに、おまけのチェリーを一つ。オーガストは、煉瓦塀のいつもと同じ場所、煉瓦が一つだけ欠けているところ、赤い錬鉄の郵便受けから煉瓦二つ分の位置に座っている。

オーガストは一つだけ欠けた煉瓦だ。月のプールはぼくの兄さんだ。オーガストは月のプールだ。

「二語」ぼくは言う。「Cから始まる名前」

ぼくはその名前を、車の運転を覚えた日と結びつけて思い出すだろう。これから死ぬまでずっと、一つだけ欠けた煉瓦と月のプール、スリムのランドクルーザーとフロントガラスに入ったひび、ぼくの幸運のほくろ、それに兄貴のオーガストにまつわるすべてから、その人を連想するだろう。

「何て名前だ」スリムが訊く。

「ケイトリン」

ケイトリン。見間違いじゃない。ケイトリン。あの右手の人差し指、その名前が書かれた青空の無限の紙。

「ケイトリンって知り合いがいるのか」スリムが訊く。

「いないよ」

「もう一つの言葉は何だ」

ぼくは空を舞うオーガストの指を目で追う。

「スパイズ(spies)だね」ぼくは答えた。

「ケイトリン・スパイズ」スリムが言う。「ケイトリンは盗み見する(スパイズ)」思案げな表情でたばこを一服する。「さっぱりわからんな」

ケイトリンは盗み見する。見間違いじゃない。

身の破滅は死んだブルー・レン。少年、世界をのみこむ。ケイトリンは盗み見する。

見間違いじゃない。

それが答えだ。

疑問に対する答えだ。

少年、虹を作る

Boy Makes Rainbow

真実の愛の部屋。血塗られた部屋。空色の石膏ボードの壁。微妙に色が違うところがあるのは、ライルがパテで埋めた穴の跡だ。整えられたクイーンサイズのベッド、几帳面(きちょうめん)に折りこまれた白いシーツ、ライルのお母さんやお父さんが逃げ出してきた死の収容所のどれかには似合いそうな古ぼけた灰色の薄っぺらな毛布。誰もが何かから、とりわけ思想から、逃げてきた。

ベッドの上の壁にイエス・キリストの肖像画の額。神の子と、とげとげの冠。プレッシャーに強いのか、額に血が流れているわりには落ち着いた様子だけど、いつもどおり、オーガストとぼくがこの部屋にいるのが気に食わないみたいなうんざり顔をしている。静けさに包まれた青い部屋、地上のどこよりも静穏な空間。揺るがぬ愛の部屋。

スリムにいわせると、往年のイギリス人作家の恋愛小説やロマンス映画は、真実の愛は簡単に見つかるという勘違いを招く。星や惑星や太陽の周りを巡るもの頼みだと、運命頼みだと、ほのめかす。真実の愛は眠っていて、誰かに見つけてもらえるのをじっと待っているのだと。誰かと誰かの人生が偶然に交差し、その二人の視線がぶつかり合った瞬間、それは炸裂(さくれつ)する。どかーん。ぼくの知るかぎり、真実の愛は試練だ。本物のロマンスには死がくっついてくる。真夜中に揺り起こされることもあるだろうし、大便のかけらがシーツについているのを見つけることもあるだろう。運命を待っていたら、そういう本物の愛はその前に死んでしまう。本物の愛は、絵空事はそこらに放り捨てて現実と向き合えと要求する。

オーガストが先に立って歩く。少年はぼくに何か見せようとしている。

「ここにいるのを見つかったら殺されるよ」

リーナの部屋は立入禁止エリア、神聖不可侵だ。リーナの部屋に入っていいのは息子のライルだけだ。オーガストは肩をすくめた。懐中電灯を右手に持って、リーナのベッドのさらに奥に行く。

「このベッドを見ると悲しくなるよね」

オーガストはわかるよという風にうなずく。(ぼくはおまえよりもっと悲しくなるんだよ、イーライ。何を見てもぼくはもっと悲しくなる。ぼくのほうがおまえよりずっと感受性が鋭いんだからな。それを忘れないでくれ。)

ベッドは片側がたわんでいる。夫のオーレリー・オーリックが一九六八年に前立腺ガンで死んで以降の八年間、反対側で寝てバランスを取る夫の体重なしにリーナ・オーリックが一人で寝ていたせいで、その側だけがへたっている。

オーレリーは静かに死んだ。この部屋と同じように静かに死んだ。

「リーナはいまもぼくらを見てると思う?」

オーガストはほほえみ、肩をすくめる。リーナは神を信じていたけど、愛を信じてはいなかった。少なくとも、運命の愛みたいなものは信じていなかった。リーナは運命を信じていなかった。オーレリーへの自分の愛が運命だったとするなら、アドルフ・ヒトラーの邪悪さと狂気に満ちたくそったれな成人期も運命だったことになる。一九四五年、アメリカがドイツに設置した難民キャンプでリーナとオーレリーが出会ったのは、モンスター独裁者、〝あの汚らわしい怪物(ポトヴル)〟のおかげにほかならないことになってしまうからだ。二人は難民キャンプで四年間暮らし、オーレリーはそのあいだに集めた銀で作った結婚指輪をリーナに贈った。ライルは一九四九年にその難民キャンプで誕生し、地上での初めての夜を鉄の大きな洗濯バケツに寝かされて過ごした。いまこの寝室のベッドにあるのとそっくりな灰色の毛布にくるまれて。アメリカはライルを受け入れようとせず、イギリスもライルを受け入れようとしなかったが、オーストラリアは受け入れ、ライルはその事実を決して忘れることなく、荒れて無為に過ごした非行少年時代にも〈メイド・イン・オーストラリア〉の印がついた建物には絶対に放火せず、ぶち壊すこともしなかった。

一九五一年、オーリック一家は、この家から自転車で六十二秒の距離にあるウェイコール東部難民支援一時滞在センターに到着した。それから四年間、計三百四十室の丸太小屋が並ぶセンターで二千人の難民の人々と一緒に暮らした。トイレや風呂は共用だった。オーレリーは、ダーラと近隣の町オクスリーやコリンダを結ぶ新鉄道の線路の枕木を打つ仕事を見つけた。リーナはブリスベン南西の町イーロングピリーの製材所で、自分の倍の体格と半分の根性を持った男たちに交じってベニヤ板を切る仕事をした。

オーレリーは自分でこの部屋を作った。週末ごとに鉄道会社のポーランド移民の同僚に手伝ってもらって、この家を自分で建てた。最初の二年は電気も通っていなかった。リーナとオーレリーは、石油ランプの明かりで英語を勉強した。家は成長を続けた。ハンマーをふるって一部屋、木を切り倒してまた一部屋。やがてリーナが作るポーランド料理――野生のキノコのスープ、ジャガイモとチーズのピエロギ、キャベツと肉と米のゴウォンプキ、羊肉のロースト(バラニーナ)――のいいにおいが寝室三つとキッチン、リビングルーム、応接間、キッチン横の洗濯室、バスルーム、水洗式のトイレ、便器の奥の壁に飾られた身廊が三つあるワルシャワの白亜の聖救世主教会の写真に染みついた。

オーガストが立ち止まり、ウォークイン・クローゼットの引き戸のほうを向いた。この家を建築中の父親やポーランド人の同僚を観察して学んだ木工技術を注ぎこみ、ライルが自分で造りつけたクローゼットだ。

「何なの、ガス」

オーガストは右に首をかしげた。（おまえが開けろよ。）

オーレリー・オーリックは静かに生き、死ぬときも静かに、最後まで威厳を保ちたいと考えた。心電図モニターの電子音や、あわただしく動き回る医療スタッフに囲まれて死ぬのではなく、ひっそり死にたかった。空になったおまるや、吐いたもので汚れた胸をきれいにするための洗い立てのタオルを持ってリーナがこの死の部屋に戻ってくるたび、オーレリーは面倒をかけてすまないと謝った。リーナに向けた最後の言葉は「すまない」で、何を謝りたいのか説明する暇もなく息を引き取った。夫が二人の愛について謝っているのではないことだけはリーナにもわかった。この本物の愛には試練があったし、忍耐や報いや挫折や再スタートがあり、最後に死もあったけれど、後悔はないと断言できたからだ。

ぼくはクローゼットの引き戸を開けた。古ぼけたアイロン台。床にはリーナの古着が詰まった袋。リーナのワンピースがポールに並んでいた。どれも無地だ。オリーブ色、薄茶色、黒、青。

リーナは騒々しく死んだ。鋼鉄がぶつかり合う音とフランキー・ヴァリの裏声（ファルセット）の暴力的な不協和音のなかで。トゥーンバのフラワー・カーニバルからの帰り道、黄昏時（たそがれどき）のハイウェイ上、ブリスベンまで八十分の地点で、リーナの車は、パイナップルを積んだセミトレーラーの鋼鉄のフロントグリルに衝突した。ライルはそのとき、十年続くヘロイン依存症を克服しようと、三度目の正直で、当時のガールフレンド、アストリッドと一緒にはるか南、シドニー郊外のキングスクロスのリハビリ施設にいた。事故現場を調べたハイウェイ沿いの町ガットンの警察官に会ったときも、実はヘロインの禁断症状に耐えていた。「苦しまずにすんだと思いますよ」年配のほうの警察官が言った。ライルは、〝相手はそりゃもうバカでかいトラックでしたからねぇ〟と言いたいところを気遣ってくれたのだろうと解釈した。警察官は、車の残骸からかろうじて救い出せたリーナの所持品を差し出した。リーナのハンドバッグ、ロザリオ、ハンドル越しに前がよく見えるようシートに敷いていた小さな円形クッション、それにもう一つ、質素なカーステレオから奇跡的に排出されていた、フランキー・ヴァリ&ザ・フォー・シーズンズの『ルッキン・バック』のカセットテープ。

「くそ」ライルはテープを受け取って首を振った。

「どうかしましたか」警察官が言った。

「いや別に」ライルはごまかした。よけいな説明をするとヘロインを打つのがそれだけ遅くなってしまうと思った。そのときは、ドラッグを求める肉体の渇望や、ヘロインがもたらす美しい白昼夢のことで頭がいっぱいだった。ドラッグをやれば、それが堤防になって心を守ってくれるだろうが、一週間もたてばその堤防は決壊して、自分を愛してくれる人はもうこの世に誰もいなくなったのだという考えの洪水が押し寄せてくるだろう。リーナが死んだ夜、ライルはダーラに戻り、幼なじみのタドゥーシュ・〝テディ〟・カラスの家の地下室の小さなソファベッドに腰を下ろし、左腕に針を刺してドラッグを注射しながら、母リーナがどれほどロマンチックな人間だったか、どれほど深く夫のオーレリーを愛していたかを思い返し、フランキー・ヴァリの天まで届きそうなファルセットは世界中のすべての人を笑顔にするが、母だけは例外だったことを思った。フランキー・ヴァリは、リーナ・オーリックを泣かせた。ライルはヘロインで朦朧とした頭で、テディの地下室に据え付けられたテープデッキに、ザ・フォー・シーズンズのカセットを挿入した。再生ボタンを押す。リーナがパイナップルを満載したセミトレーラーに突っこんだ瞬間に聴いていた曲を聴きたかった。『ビッグ・ガールズ・ドント・クライ』が流れ出した瞬間、ライルはフランキー・ヴァリの高音のように揺るぎなく思い出した。リーナ・オーリックのすることに偶然や事故はないのだ。

真実の愛は試練だ。

「で、何なの、ガス」

オーガストは人差し指を唇に当てる。リーナの服の袋をそっとよけ、リーナのワンピースをポールの端っこに寄せる。クローゼットの奥の壁を押す。すると圧縮機構が動くかちりという音が聞こえ、一メートル角の白く塗られた板が一枚倒れてきた。オーガストはそれを受け止めた。

「何やってるの、ガス」

オーガストは、ポールに下がったリーナのワンピースの奥の壁に白い板をもたせかけた。

クローゼットの奥に黒い空間が口を開けていた。どこまで奥行きがあるのかわからない真っ黒な深淵(しんえん)。そこからあふれ出す期待と可能性に興奮して、オーガストが目を見開く。

「何なのこれ?」

ぼくらはアストリッドを介してライルと知り合った。母さんがアストリッドと知り合ったのは、ブリスベンの北側の町ナンダーの慈善修道女会が運営している女性向けシェルターだった。シェルターの食堂で、ぼくとオーガストと母さんはロールパンをビーフシチューに浸して食べていた。母さんによると、アストリッドは同じテーブルの端の席に座っていた。ぼくは五歳だった。オーガストは六歳で、アストリッドの左目の下の紫水晶のタトゥーを何度も指さした。アストリッドは左目から水晶の涙を流しているように見えた。アストリッドはモロッコ人で、美人で、何歳になっても若々しくて、いつ見ても宝石をじゃらじゃら着けて神秘的で、ぼくはコーヒー色のおなかをあらわにしたアストリッドを見かけるたびに『アラビアンナイト』の登場人物を思い浮かべた。ランプの精、短剣、空飛ぶ絨毯。食堂のテーブルで、アストリッドはオーガストのほうに顔を向け、目をのぞきこんだ。オーガストも笑顔で見つめ返した。やがてアストリッドは母さんに向き直った。

「あなた、自分が特別な存在に思えるでしょうね」アストリッドが言った。

「どうして?」母さんは訊いた。

「精霊からこの子の保護者に選ばれたわけだもの」アストリッドはオーガストのほうにうなずいた。

　あとでわかったことだけど、アストリッドの〝精霊〟は万物の創造主を漠然と指していて、その創造主はときおりアストリッドの前に三つの姿のどれかで現れる。白いローブをまとった神秘的な女神の精霊、シャーナ。古代エジプト王、オムラー。宇宙の悪のすべてを象徴する、放屁癖があって口の悪いエロール。こいつは酔っ払った小柄なアイルランド人みたいなしゃべり方をするらしい。ぼくらにとっては幸運なことに、精霊はオーガストがお気に入りで、それからまもなく、精霊は霊的な修行の一環としてブリスベン東部の町マンリーにあるアストリッドのおばあちゃん、ゾーラの家のサンルームにぼくらを三カ月間住まわせなさいとアストリッドに告げた。ぼくはまだ五歳だったけど、嘘は嘘とわかった。だけどマンリーは、モートン湾の干潮時の干潟を裸足で好きなだけ――はるばるアトランティス大陸に渡ったつもりになってこのまま永遠にここに住んでもいいなと思い始めるか、タラのフィッシュ・アンド・チップスのにおいが漂ってきて急にうちに飛んで帰りたくなるかするまで走り回れる、海辺の町だ。そこでぼくはオーガストにならって口を閉じた。

　ライルはアストリッドに会いにゾーラおばあちゃんの家に来ていた。ゾーラの家に来る理由はまもなく、母さんとスクラブル〔アルファベットが書かれた駒を使って単語を作る、クロスワード的要素を持つボードゲーム〕で遊ぶことに変わった。ライルは勉強は苦手だけど世の中のことはよく知っているし、ペーパーバックの小説を際限なく読んでいて、言葉はたくさん知っている。母さんもそれは同じだ。ライルが言うには、三倍の得点が与えられるマスを母さんが〝ドンキホーテ的な（quixotic）〟という単語で埋めた瞬間、恋に落ちた。

母さんの愛は試練だった。苦しみをはらんでいた。血と悲鳴があり、石膏ボードの壁に拳が叩きつけられもした。なぜかといえば、ライルがした最悪のことは、母さんにドラッグを教えたことだったからだ。ライルがした最高のことは、母さんにドラッグをやめさせたことだけど、やめさせたからといって覚えさせたことが帳消しにはならないことにぼくは気づいているし、ぼくがそう気づいていることにライルも気づいている。ちなみにライルはこの部屋で母さんにドラッグをやめさせた。この真実の愛の部屋で。この血塗られた部屋で。

オーガストは懐中電灯をオンにし、クローゼットの壁の奥に出現した黒い虚空に光を向けた。うちのバスルームくらいありそうな小さな空間にまばゆい光があふれた。懐中電灯の光は、茶色い煉瓦壁三枚に囲まれた、おとなの男性がちょうど立てそうなくらいの深さがある空間を照らし出した。核シェルターに見えなくもないけど、貯蔵品はなくて完全に空っぽだ。床は、空間を掘ったときのまま、土でできていた。オーガストの懐中電灯は何もない空間を探り、やがてそこにある唯一の物体を照らし出した。クッションのついた円い木のスツール。そのスツールの上に、プッシュボタン式の据え置き型電話機がある。電話は赤かった。


一番手に負えないタイプのジャンキーは、自分が一番手に負えないタイプのジャンキーだと思っていないジャンキーだ。四年くらい前の一時期、母さんとライルはその域まで落ちぶれた。見た目や挙動の問題じゃない。ぼくの八歳の誕生日を忘れて朝から晩まで寝通したとか、そういう話でもない。問題は、地雷みたいに家のなかにばらまかれている注射器や何かだった。寝室にそっと入り、二人を起こして今日はイースターだよと言おうとしたのに、喜びにあふれたイースターバニーよろしくベッドにぴょこんと飛び乗ったとたん、膝小僧に使用済み注射針がぷすりと突き刺さる。

八歳の誕生日のその日、オーガストがパンケーキを焼き、メープルシロップをかけてキャンドルを立ててくれた。キャンドルといっても、太い家庭用の白い蠟燭(ろうそく)だった。パンケーキを食べ終えると、オーガストは、今日はおまえの誕生日だから何でもおまえの好きなことをしようと身ぶりで伝えてきた。そこでぼくは、誕生祝いのキャンドルで燃やしたいものがあるんだと言った。最初の犠牲者は、オーガストとぼくの手もとの記録によれば、冷蔵庫に四十三日間入ったままになっていた、緑色のカビが生えたパンだ。

そのころはオーガストが全部の役割を引き受けていた。母さん、父さん、おじさん、おばあちゃん、神父、牧師、コック長。二人分の朝食を作り、二人分の制服にアイロンをかけ、ぼくの髪をブラシでとかし、宿題を見てくれた。ライルと母さんが眠りこけているあいだに、二人が散らかしたものを片づけ、ドラッグの袋やスプーンを隠し、注射器を残らず拾い集めて処分した。ぼくはいつもそのあとをくっついて歩きながら、「ほっときなよ、ラグビーしに行こうよ」と繰り返した。

でもオーガストは、森のなかで迷子になった歩き始めの子ジカの面倒を見るみたいに母さんの世話を焼いた。たぶん、オーガストは何か秘密を知っていたからだ。これは一時(いっとき)のこと、母さんの物語の一部で、ぼくらは黙ってやり過ごすしかないとわかっていた。母さんにはこの段階が必要で、このドラッグ休憩を、死んだように長い眠りを、脳味噌(のうみそ)を休ませる期間を与えられて当然だと思っていた。過去を――暴力と孤立、悪い父親を持った若い女性のためのシェルターが交互に映し出されるスライドショーみたいな三十年間を、しばし忘れさせてやるべきだとオーガストは信じていた。オーガストは眠っている母さんの髪にブラシをかけ、毛布を胸の上まで引っ張り上げ、口もとを汚したよだれをティッシュで拭った。オーガストは母さんの保護者だった。もしもぼくが何もわからないくせに批判がましいことを言ったり、いやそうな顔を見せたりしていたら、突き飛ばされ、パンチの雨を浴びて根性を叩き直されることになっていただろう。なぜなら、ぼくにはわかっていなかったから。母さんを理解しているのはこの世にオーガスト一人だったから。

それが母さんのデビー・ハリー『ハート・オブ・グラス』時代だ。世間では、ヘロインをやると死人みたいな外見に変わることになっている。髪の毛が抜け、落ち着きのない指のせいで顔や手首がかさぶただらけになり、指の爪の下にはいつも血やむけた皮が入りこんでいるようになるとされている。歯や骨のカルシウム分をヘロインに吸い取られ、腐りかけた死骸みたいにソファに座ったきりになると世間はいう。たしかに、ぼくはそのとおりのものを見た。一方で、ヘロインのおかげで母さんはきれいになったとも思った。痩せていて、透き通るような白い肌をしたブロンド美人の母さんは、デビー・ハリーほど淡いブロンドじゃなかったけど、同じくらいきれいだった。ヘロインをやるようになって、母さんはまるで天使みたいに見えるとぼくは思った。母さんはいつもちょっとぼんやりした顔、『ハート・オブ・グラス』のビデオクリップのデビー・ハリーみたいに、そこにいるような、どこかに行ってしまっているような表情をしていた。夢から抜け出してきたみたいな。眠りと覚醒の、生と死のあいだにある空間で生きているような。サファイア色をした瞳の奥でミラーボールが休むことなく回り続けているような。ぼくはこう思ったことを覚えている。天国から突然、クイーンズランド南東部の町ダーラに落ちた天使は、きっとあんな顔をするだろう。いつのまにか地上にいることに気づいた天使は、きっとあんな風に呆然(ぼうぜん)とした顔、困り果てたような顔、焦点の合わない目をして、翼をぱたぱた動かしながら、キッチンのシンクに積み上がった食器の山を興味深げに見つめ、家の前の通りを行き交う車をカーテンの隙間からのぞき見るだろう。

ぼくの寝室の窓の外に、ゴールデン・オーブ・ウィーヴァーというクモが金色に輝く巣を張っている。この巣はものすごく複雑で、完璧で、まるで雪のひとひらを顕微鏡で一千倍に拡大したみたいだ。その巣の真ん中で待機しているオーブ・ウィーヴァーは、水平方向にパラシュート降下している途中、なぜだかわからないけどその任務を終わりにしたくなって、宙ぶらりんになっているように見える。風や雨、電柱が倒れるくらい猛烈な夏の午後の嵐に打たれようと、クモは負けない。あの時代の母さんは、オーブ・ウィーヴァーだった。母さんはクモの巣でもあったし、チョウでもあった。生きたままクモに食われる、サファイア色の翅を持つブルー・タイガー・バタフライ。

「もう行こうよ、ガス」

オーガストは懐中電灯をぼくに持たせ、向きを変えて床に膝をつき、後ろ向きでクローゼットの奥の何もない空間に脚をそろりと伸ばす。それから飛び下りてまっすぐに立った。ぼくのほうを向き、背伸びをして、クローゼットの入口の引き戸をあごで指した。ぼくは引き戸を閉めた。ぼくらはたちまち完全な暗闇に包囲された。頼りは懐中電灯だけだ。オーガストがあごをしゃくっておまえも下りろといい、手を伸ばしてぼくの手から懐中電灯を取った。ぼくは首を振った。

「どうかしてる」

オーガストは、下りろとまたあごをしゃくる。

「頭がおかしいんじゃないの」

オーガストがほほえむ。ぼくも似たようなものだと知っているからだ。ドアの奥で腹を空かせたベンガルトラがうろうろ歩き回っていると誰かに言われたとしたら、本当かどうか、ぼくならドアを開けて確かめずにいられないことをオーガストは知っている。ぼくも下りた。裸足の裏が冷たく湿った土の床についた。壁に掌をすべらせると、煉瓦と土の粗い感触が伝わってきた。

「ここ、何なの？」

オーガストは突っ立ったまま赤い電話を見つめていた。

「何見てるの？」

オーガストはまだ電話を見つめていた。興奮した、どこか遠くを見るような目をしていた。

「ガス。ねえ、ガス……」

オーガストが左手の人差し指を立てる。（あとちょっとだ。）

電話が鳴り出した。忙しいリズムが空間を満たす。りんりーん。りんりーん。

オーガストがぼくを見る。大きく見開かれた目は、ネオンみたいなブルーをしていた。

「出ちゃだめだよ、ガス」

電話があと三度鳴るのを待ってから、オーガストは受話器に手を伸ばした。

「ガス、出るなってば！」

オーガストは受話器を持ち上げた。耳に当てる。その時点でもうにこにこしている。電話の相手の話をおもしろがっているみたいに。

「何か聞こえる？」

オーガストはほほえむ。

「何て言ってるの。ちょっと聞かせてよ」

ぼくは受話器を取ろうとしたけど、オーガストに腕を押しのけられた。オーガストは左の耳と肩で受話器をきつくはさんでいた。笑っている。

「誰か話してるの？」

オーガストがうなずく。

「だめだよ、もう切りなよ、ガス」

オーガストはぼくに背を向け、電話の声にじっと聞き入った。電話のくるくる巻いた赤いコードが肩にからみついていた。オーガストはそれからまる一分くらい、ぼくに背を向けたままでいたあと、うつろな表情でこちらに向き直った。ぼくを指さす。（おまえと話したいって、イーライ。）

「いやだよ」

オーガストはうなずいて受話器をぼくに差し出した。

「やめとくよ」ぼくは受話器を押し返した。

オーガストは口もとをゆがめ、両方の眉を吊り上げた。（子供みたいなこと言うなよ。）それから受話器を投げてよこし、ぼくは反射的に受け取ってしまった。一つ深呼吸をした。

「もしもし」

男の声が聞こえた。

「もしもし」

いかにもおとなの男の太い声だ。五十代くらいの男の声。六十代といわれればそうかもしれない。

「どちらさまですか」ぼくは訊いた。

「誰だと思う」男が答える。

「わかりません」

「わかるはずだ」

「ほんとにわかりません」

「わかるはずさ。昔から知っている」

オーガストが笑みを浮かべてうなずいた。誰なのか、ぼくにも見当がついた。

「タイタス・ブローシュ?」

「いいや、タイタス・ブローシュではないよ」

「ライルの知り合い?」

「ああ」

「芝刈り機に隠してあったゴールデン・トライアングル産のヘロインをライルに渡した人?」

「ゴールデン・トライアングル産のヘロインだとなぜわかる」

「ぼくの友達のスリムは『クーリエ・メール』を毎日読んでるんだ。自分が読み終わると、ぼくにくれる。『クーリエ・メール』の犯罪報道部は何度かに分けて、ダーラから供給されるヘロインの使用者がブリスベン全域で増えてきてるって記事を載せてる。その記事によると、東南アジアのビルマとラオスとタイにまたがる世界最大のケシ栽培地から輸入されてるんだって。で、その栽培地がゴールデン・トライアングル」

「よく知ってるな、坊や。読むのは好きか」

「読めるものは何でも読むよ。スリムはね、読むのは最高の逃避だっていつも言うの。スリムは大脱走を何度も成功させてる人だ」

「スリムはとても知恵のある人だね」

「スリムを知ってるの?」

「ボゴ・ロードのフーディーニだろう、誰だって知ってるさ」

「ぼくの一番の親友なんだ」

「殺人罪で服役した犯罪者が親友なのか」

「スリムはタクシー運転手を殺した犯人じゃないってライルが言ってた」

「そうなのか」

「そうだよ。スリムは自白をでっち上げられたんだって。前科があったから、嘘の調書を作ってスリムを犯人にした。よくある話でしょ、警察がそういうことするの」

「スリム本人から聞いたのか？　自分はやってないって」

「はっきり聞いたわけじゃないけど、でもスリムがそんなことするなんて絶対にありえないってライルは言ってた」

「ライルを信じるわけか」

「ライルは嘘をつかないからね」

「誰だって嘘はつくさ、坊や」

「ライルは別だよ。嘘をつけない体質なんだ。少なくとも母さんにはそう言ってる」

「そんな話を信じたのか」

「れっきとした病気なんだって言ってた。〝脱抑制型対人交流障害〟だって。真実を隠せないって意味。嘘をつけないんだよ」

「嘘をつけないという意味ではないと思うがね。隠しごとができないという意味ではないかな」

「同じことでしょ」

「まあそうだな」

「おとなって隠しごとばかりでうんざりだよ。全部ちゃんと話してくれる人はひとりもいない」

「なあ、イーライ」

「どうしてぼくの名前を知ってるの？　誰なの？」

「イーライ？」

「何」

「本当に全部知りたいか」

そのとき、クローゼットの入口の引き戸が開く音がした。オーガストが大きく息を吸いこむ。ライルがクローゼットを見回している気配が伝わってきて、それから怒鳴り声が聞こえた。

「おい、おまえたち。そこで何してる」

オーガストはさっと身を低くした。暗闇のなか見えるのは、じめじめしたちっぽけな地下室の壁を稲妻のように走り回る懐中電灯の光だけだ。オーガストは必死に何かを手探りしていた。まもなくその何かを見つけた。

「逃げられると思うな」ライルが歯を食いしばってうなる。

オーガストは逃げられるつもりでいるらしい。右手の壁の下のほうに茶色い金属の四角いはねあげ戸がある。バナナを詰める大きな段ボール箱の底くらいの面積だ。戸はブロンズの掛けがねを床に埋めこまれた木切れに引っかけて固定されていた。オーガストは掛けがねをはずし、はねあげ戸を開け、すばやく腹ばいになると、地下室から延びるトンネルを肘を使って這い始めた。

ぼくはわけがわからないままライルを見上げた。

「この部屋は何？」

でも、答えは待たなかった。受話器を放り出した。

「イーライ！」ライルのわめき声が聞こえた。

ぼくは腹ばいになると、オーガストのあとを追ってトンネルを這った。腹が土の地面にこすれる。湿った土と砂混じりの硬い土の壁が肩にこすれた。暗闇を照らすのは、ジグザグに跳ね回っている
オーガストの懐中電灯の真っ白な光だけだ。学校の友達のドゥック・クアンは、おじいちゃんやお

ばあちゃんに会いにベトナムに遊びに行ったとき、家族でベトコンが掘ったトンネル網を見学した。トンネルを這うのはものすごく怖かったとドゥックは言っていた。せまくて息ができなくなりそうだし、土がぼろぼろ崩れて顔や目に落ちてくる。これはまさにそれ、北ベトナム軍の狂気そのものだ。ドゥック・クアンはトンネルの半分まで進んだところで恐怖から動けなくなり、すぐ後ろから這ってきていた観光客二人がしかたなくドゥックを後ろ向きに引っ張り出した。ぼくは後退はできない。後退して地下室に戻ったら、ライルが待ち構えている。ライルの右手はいまごろ指を曲げ伸ばしして、ぼくの生白い尻をぴしゃりと打つための準備体操をしているだろう。ベトナムのトンネルで、ドゥックは恐怖から前に進めなくなったが、ライルの恐怖はいま、ぼくをベトコンの爆破作戦決行中のベテラン軍人みたいに前へ前へと這わせている。暗闇の奥へ六メートル、七メートル、八メートル。トンネルはごくわずかに左に向きを変えた。九メートル、十メートル、十一メートル。ここは暑い。汗と土が混じり合い、ぼくの額で泥になる。湿った空気がまつわりついてくる。

「勘弁してよ、オーガスト。ここ、息もできない」

オーガストが止まった。懐中電灯の光が新たな金属のはねあげ戸を照らす。オーガストがそこを開けたとたん、強烈な硫黄のにおいがトンネルに充満して、ぼくは吐きそうになった。

「何なのこのにおい。うんこのにおい？　きっとそうだ、うんこだよ、オーガスト」

オーガストは這ってトンネルの出口をくぐり、ぼくも急いでそのあとを追った。四角い空間が開けたところで大きく息を吸った。クローゼットの地下室よりせまかった。それでもぼくら二人が立つスペースはどうにかあった。真っ暗だった。ここも床は土のままだけど、地面の上に何かの層があって、クッションみたいに柔らかかった。おがくずだ。さっきのにおいはいっそう強烈だった。

「やっぱりそうだよ、これうんこだよ、オーガスト。いったいどこだよ、ここ」

オーガストは上を向いた。ぼくもつられて見上げると、頭上にきれいな円が浮かんでいた。大きさはディナープレートくらい。次の瞬間、光の円をライルの顔が埋めて、ぼくらを見下ろした。赤い髪、そばかす。ライルはおとなになったジンジャー・メグス〔新聞連載まんがの主人公。赤毛のわんぱく少年〕だ。いつもビーチサンダルを履き、夏にはこれからブリキ屋根の小屋で五十頭の羊の毛を刈るんだというみたいなくたびれた青いアンダーシャツを着て、細いけど筋肉質な腕は、安っぽくて意味不明なデザインのタトゥーで埋め尽くされている。右肩には、鉤爪(かぎつめ)で赤ん坊をつかんだワシ。左肩に、学校の七年生クラスの担任のハンフリーズ先生にそっくりな、杖(つえ)を振り回す老いぼれの魔法使い。左の前腕に、膝を揺らして歌う『アロハ・フロム・ハワイ』以前のエルヴィス・プレスリー。母さんはビートルズのカラー写真集を持っていて、ライルは『プリーズ・プリーズ・ミー』のころの素朴なジョン・レノンに似てるとぼくはいつも思う。ぼくはライルのことを、『ツイスト・アンド・シャウト』と結びつけて思い出すだろう。ライルは『ラヴ・ミー・ドゥー』だ。ライルは『ドゥ・ユー・ウォント・トゥ・ノウ・ア・シークレット』だ。

「二人とも覚悟(イン・シット)するんだな」ライルが頭上の丸い穴から言った。

「なんで？」ぼくは喧嘩腰(けんかごし)で言い返した。動揺が怒りに変わろうとしていた。

「なんでって、文字どおりクソ(シット)に埋もれてるからさ」ライルが言う。「トンネル伝いに屋外便所に来たんだよ、おまえたちは」

くそ。屋外便所か。リーナの家の裏庭の隅っこに建っている、ブリキ板で囲まれた、いまはもう使っていない屋外便所。いつも腹を空かしていて、うっかりすると尻にまで食らいついてくるセアカゴケグモやブラウンスネークが根城にしている、クモの巣だらけの掘っ立て小屋。視点っていうのは不思議なものだ。地中二メートルから見上げると、世界はいつもと違って見える。ぼっとん便所の底から見る世界。オーガストとイーライのベル兄弟は、どん底から這い上がるしかない。

　ライルは真ん中に穴のあいた分厚い板をどけた。屋外便所の床に敷いて便座の代わりにされていた板、かつてリーナとオーレリーと、ぼくらがたったいま秘密のトンネル経由で奇跡的に脱出してきた家を建てるのを手伝ったオーレリーの同僚全員のぼってりと太った尻を優しく支えた板。

　ライルは穴の底に向かって右手を差し出した。ぼくらを引き上げようとしている。「ほら早く」

　ぼくはライルの手から後ずさりした。

「いやだ。尻を叩くつもりだろ」ぼくは言った。

「まあ、おれは嘘をつけないからな」

「くそったれ」

「汚い言葉を使うな」ライルが言う。

「いまから訊くことに答えてくれるまでは出ないからね」ぼくは叫んだ。

「いいかげんに怒るぞ、イーライ」

「ライルと母さんはまたドラッグをやってるよね」

　図星だった。ライルはがっくりとうなだれて首を振った。さっきまでの怒りは消え、悲しげで無念そうな顔をしていた。

「やってないよ」ライルは言った。「おまえたちと約束したもんな。おれは約束を守る」

「じゃあ、赤い電話の人は誰なんだよ」ぼくは大声で言った。

「誰だって?」ライルが訊く。「いったい何の話だ、イーライ」

「電話が鳴って、オーガストが出たんだ」

「イーライ……」

「男の人」ぼくは言う。「低い声だった。麻薬取引のボスなんじゃないの。芝刈り機に隠してあったヘロインの袋をライルに渡したボスだ」

「イーライ……」

「あれが極悪非道なボスなんでしょ。裏で糸を引いてる黒幕。優しそうで、いかにもいい人そうで、高校の図書館司書みたいに退屈だけど、実は誇大妄想症で、人殺しが大好きなんだ」

「イーライ、いいかげんにしろ！」ライルがわめいた。

ぼくは口を閉じた。ライルが首を振る。深呼吸をする。

「あの電話には誰からもかかってこない」ライルは言った。「おまえのいつもの空想だろう」

ぼくはオーガストの顔を見る。それからまたライルを見上げる。

「でも、鳴ったんだよ。オーガストが出た。男の人だった。ぼくの名前を知ってた。うちの家族を全員知ってた。スリムのことも。一瞬、ライルかなと思ったけど、でも……」

「そのくらいにしておけ」ライルが怒鳴った。「リーナの部屋に入ろうと言い出したのはどっちだ」

オーガストが親指で自分の胸を指した。ライルがうなずく。

「よし、こうしよう」ライルは言った。「いますぐそこから出てきてお仕置きを受ければ、みんなが落ち着いたところで、いま何がどうなってるかおれから少し説明する」

「いやだね」ぼくは言った。「いますぐ答えてよ」

ライルは木の便座を元どおり置き直した。

「ちゃんとした口のききかたを思い出したらまた呼べ、イーライ」

ライルは行ってしまった。

四年前、ライルはこれきりどこかに行ってしまうんだと思ったことがあった。ライルは右肩にダッフルバッグをかけて玄関に立っていた。ぼくはライルの左腕をつかみ、全体重をかけてその手を引っ張ったけど、ライルはぼくを引きずったまま外に出た。

「いやだよ」ぼくは言った。「行かないで、ライル」目に涙があふれた。鼻にも口にもあふれた。

「おれはこのままじゃいけないんだよ」ライルは言った。「オーガストがおまえや母さんの面倒を見てくれるからな。おまえはオーガストの面倒を見てやってくれ。いいな」

「いやだ」ぼくは絶叫した。振り返ったライルの目に涙が光っていて、ぼくの説得がきいたんだと思った。ライルは絶対に泣かないから。「行っちゃいやだ」

するとライルは怒鳴った。「手を離せ、イーライ」それからぼくを家のなかに向けて押しのけた。ぼくは玄関のサンポーチのリノリウム張りの床にひっくり返った。床にこすれて肘の皮がむけた。

「愛してる」ライルは言った。「かならず帰ってくるからな」

「嘘だ」ぼくは叫んだ。

「おれは嘘をつけないよ、イーライ」

そう言ってライルは玄関から出ていき、門までの小道をたどり、錬鉄の郵便受けと、煉瓦が一つ欠けているところのある茶色い煉瓦塀の横を通って外に出た。ぼくは門まで追いかけていき、喉が引き裂かれそうに大きな声で叫んだ。「嘘つき。ライルの嘘つき。ライルの嘘つき。ライルの嘘つき」ライルは一度も振り返りさえしなかった。黙って歩いていってしまった。

でも、ライルはちゃんと帰ってきた。六カ月後に。それは一月のすごく暑い日のことで、ぼくがこんがり焼けた上半身裸で前庭にいて、園芸用の散水ホースの先を親指で押さえ、太陽に向けて霧みたいな水を噴き上げてぼくだけの虹を作っていると、水の薄い壁を透かしてライルが歩いてくるのが見えた。ライルは表の門を開け、前庭に入って門を閉めた。ぼくはホースを放り出してライルに駆け寄った。ライルは紺色のワークパンツを穿いていて、紺色のデニムのワークシャツは油で汚れていた。顔色がよくてたくましくて、ぼくと目の高さを合わせようと小道に片膝をついた姿は、アーサー王みたいだった。それまでの短い人生で、ぼくがライルほど深く愛した人はほかにいなかった。だから、虹はライルで、油の染みはライルで、アーサー王はライルだ。ぼくは勢いよくライルに飛びつき、そのはずみでライルは尻もちをつきそうになった。ぼくは常勝のパラマタ・イールズの鋼鉄のロックフォワード、レイ・プライスみたいに突進したからね。ライルは笑い、ぼくが肩をつかんで抱きつくと、ライルはぼくの髪に鼻先を埋めて頭のてっぺんにキスをし、どうしてそんなことを言ったのか自分でもわからないけどぼくは言った。「父さん」

ライルは小さくほほえみ、ぼくの肩を支えて立ち上がらせ、目をのぞきこんだ。「父さんはもうほかにいるよな、イーライ。だが、おれもいる」

五日後、母さんはリーナの部屋に閉じこめられて、薄っぺらな壁を拳で殴りつけていた。ライルは二つある窓に板を打ちつけてふさいでいた。リーナのくたびれたベッドを引きずり出し、壁のイエス・キリストの肖像を下ろし、リーナの古い花瓶や、遠い親戚やダーラ・ローンボウリング・クラブの仲間の写真の額を片づけた。空っぽになった寝室に薄いマットレスが一枚だけ置かれた。シーツも毛布も枕もなかった。それから七日間、ライルはあの空色の部屋に母さんを監禁した。ライルとオーガスト、ぼくは、鍵のかかったドアの前に立って母さんのわめき声に耳を澄ました。家族に死人が出ると予告する妖精バンシーみたいな、長いでたらめな叫び声。あの鍵のかかったドアの奥で、宗教裁判官の監督のもと、滑車を利用したいろんな拷問具で母さんの手足がいまにも引きちぎれんばかりにされているとでもいうような恐ろしい声。でも、部屋にいるのはたしかに母さん一人だった。母さんは昼ごはん時に遠吠えのような声を上げ、真夜中には甲高い声で泣いた。右側のお隣のジーン・クリミンズは、定年退職した元郵便配達員で、誤配達された郵便物や、郊外の町の道ばたで遭遇したちょっとした事件の話なんかを果てしなく聞かせてくれる楽しい人だけど、そのジーンが何事かと様子を確かめに来た。

「あともう一歩なんですよ、ジーン」玄関に出たライルが言ったのはそれだけだったのに、ジーンは完璧に了解したみたいにうなずいた。隠しごとなら任せておけとでもいうようだった。

五日目、母さんはぼくを名指しした。一番弱いのはぼくだと知っていたからだ。

「イーライ」ドア越しに母さんは叫んだ。「ライルは母さんを殺す気なのよ。だから警察を呼んで。通報して、イーライ。このままじゃ殺されちゃう」

ぼくは電話に走っていった。ダイヤルの一番遠い位置にあるゼロを三度回したところで、オーガストが電話のフックを静かに押して首を振った。(だめだ、イーライ。)

ぼくは泣いた。オーガストはぼくの肩を優しく抱いた。ぼくらは廊下を歩いて寝室の前に戻り、ドアを見つめた。ぼくは涙が止まらなかった。少ししたころ応接間に行って、合板の造りつけキャビネットの一番下の扉を開けた。そこに母さんのレコードがしまってある。ローリング・ストーンズの『ビトウィーン・ザ・バトンズ』。母さんが数えきれないくらい何度も聴いていたアルバム。ジャケット写真のメンバーは冬物のコートを着こんでいて、キース・リチャーズはタイムトンネルに入って未来に行こうとしている瞬間みたいにぼやけている。

「ねえ、イーライ。『ルビー・チューズデー』をかけて」母さんはかならずそう言った。

「それってどの曲?」

「A面。端っこから三つ目の太い線」母さんはかならずそう言った。

ぼくはレコードプレイヤーの電源コードを抜き、廊下を引きずっていって、リーナの寝室のドアに一番近いコンセントにつないだ。針を下ろした――端っこから三つ目の太い線に。どこから来たか絶対に言おうとしない女の子の歌。その歌が家じゅうに響き渡り、ドアの奥から母さんのすすり泣く声が聞こえた。歌が終わった。「もう一度かけて、イーライ」母さんが言った。

七日目、日没と同時にライルがドアの鍵を開けた。二分か三分したころ、リーナの寝室のドアがぎいと開いた。母さんは痩せ細り、骨と骨が糸でつながれているみたいにゆらゆらしながらゆっくりと出てきた。何か言おうとしたけど、唇や口や喉が乾ききっていたし、体力を消耗し尽くしていて、声が出なかった。

「みん……」母さんは唇を湿らせて、もう一度言った。「みん……」

母さんは目を閉じた。気絶するのかと思った。オーガストとぼくは母さんを見守り、ぼくらの母さんが戻ってきたしるしを待った。長い眠りからようやく目が覚めたことを示すしるし。たぶん、母さんがライルの腕のなかに倒れこみ、次に床にくずおれて、命の恩人かもしれない男にすがりつき、その男ならきっと成功すると信じた二人の少年を手招きしたこと、それがそのしるしだったんだとぼくは思う。ぼくらは、巣から落ちた小鳥を守るように母さんの周りに集まった。

ぼくらの体の洞窟の底から、母さんは小鳥が鳴くように二つの言葉を発した。

「みんなでハグ」かぼそい声だった。ぼくらは母さんをきつくハグした。そのままでいたら石になってしまいそうなくらい、ダイヤモンドにだってなりそうなくらい、しっかりと。

やがて母さんはふらつきながら立ち上がり、ライルに支えられて、二人の寝室に向かった。ライルは母さんと一緒になかに入ってドアを閉めた。静寂が訪れた。オーガストとぼくはすぐにリーナの寝室に入った。ドゥック・クアンの祖父母のふるさと、北ベトナムのジャングルの地雷原におそるおそる踏み入るような足取りで。

ごっそり抜けた髪の毛の塊や、紙皿や食べかすが散らかっていた。隅っこにおまるがあった。寝室の空色の壁には、母さんの拳サイズの小さな穴が無数に開いていて、その穴から血の筋が流れていた。戦場の風に吹かれてずたずたになった赤い旗のようだった。壁二枚に沿って、干からびた大便の茶色の線がどこにも通じていない未舗装道路みたいに長々と延びていた。あの小さな寝室で母さんがどんな相手と戦ったにせよ、たったいま、母さんは勝利を収めたんだとぼくらにはわかった。

ぼくの母さんの名前は、フランシス・ベルだ。

オーガストとぼくは無言で穴の底に立っている。まる一分が過ぎた。オーガストが腹立たしげにぼくの胸を突く。

「ごめんよ」ぼくは言った。

沈黙のなか、さらに二分が過ぎた。

「でも、言い出しっぺの容疑を引き受けてくれてありがとう」

オーガストは肩をすくめた。また二分が過ぎ、肥だめのにおいと熱気がぼくの喉や鼻や分別を握りつぶそうとした。

ぼくらは裏庭に掘られた糞(ふん)つぼの底から頭上の光の円を見つめた。

「ライル、戻ってくるかな」

少年、あとを尾(つ)ける

Boy Follows Footsteps

目が覚めた。真っ暗闇。寝室の窓から射しこむ月の光がオーガストの顔を明るく照らしている。オーガストは二段ベッドの下段のぼくのかたわらに座り、ぼくの額に浮いた汗を拭っていた。

「また起こしちゃった?」ぼくは訊く。

オーガストは小さく笑ってうなずく。(まあな。気にするな。)

「同じ夢を見た」

オーガストがうなずく。(だろうと思った。)

「魔法の車の夢だ」

魔法の車の夢のなかで、オーガストとぼくは、リーナの空色の寝室の壁と同じ色のホールデン・キングスウッドの薄茶色の合皮の後部シートに並んで座っている。ぼくらは〝カーブ〟遊びをしていた。運転している誰かがハンドルを切って車が急カーブを左に右に曲がるたび、ぼくとオーガストは互いに必要以上に体重をかけてもたれ、小便をちびりそうなくらい大笑いしている。ぼくが自分の側の窓を下ろすと、サイクロン級の強風が吹きつけてきて、オーガストを反対側のドアに押しつけた。広い外からせまい車内に強引に入ってくる風に全力で逆らって外に首を突き出してみると、車は空に浮かんでいた。誰かが運転している不思議な車は雲の下をくぐり、雲のあいだを縫って走っている。窓を元どおり閉めると、外は灰色になった。どっちを向いても灰色だ。「ただの雨雲だろ」オーガストが言う。夢のなかのオーガストはふつうにしゃべる。

やがて窓の外は灰色と緑色になった。外にあるすべてが灰色と緑色で、そして濡れていた。タイに似た魚の群れがぼくの側の窓のすぐ外を泳いでいき、車はゆらゆら揺れるシダみたいな海草の森を通り抜けた。いま車が走っているのは雲のなかじゃない。海の底だ。運転席の誰かが振り返る。ぼくの父さんだった。「目をつむって」父さんが言う。

ぼくの父さんの名前は、ロバート・ベルだ。

「腹減って死にそうだよ」

オーガストがうなずく。ライルは、秘密の部屋を見つけたぼくらの尻を叩かなかった。でも、尻を叩かれるほうがきっとましだった。沈黙はよっぽど怖い。がっかりした視線のほうがよほどこたえる。もう子供じゃないっていうこの感覚、秘密の部屋にこっそり忍びこんだお仕置きに尻をぺんぺん叩かれるような子供じゃないっていうこの感覚、芝刈り機にヘロインを隠してあるのを見たんだぞって騒いで許される子供じゃないんだっていうこの感覚に比べたら、平手で尻を十発叩かれるほうがずっとましだろう。今日の午後、ライルは無言でぼくらを便所穴から引っ張り上げた。自分たちの部屋に行っていろとわざわざ言われるまでもなかった。ぼくらは常識で判断し、黙って自分たちの部屋に行った。ライルの体は、ひどいにおいのコロンみたいに怒りをぷんぷんまき散らしていた。ぼくらの部屋はどこよりも安全だ。ぼくらの窮屈な聖域を彩るものといえば、とうの昔に色が褪せてしまったマクドナルドのベンソン&ヘッジス世界クリケット選手権の後援ポスター一枚だけ。それはワンデー・インターナショナル方式で行われた一九八二―八三大会のイングランド代表とニュージーランド代表のチーム写真で、前列に写っているイングランド主将のデヴィッド・ガウアーの額には、ちんぽことタマのオーガスト特製タトゥーが入っている。その晩、ぼくらはごはん抜きだった。一言も口をきいてもらえなかった。しかたなくそのまま寝ることにした。

「やってられないよ、何か食べてくる」二時間後、ぼくは言う。

真っ暗な廊下を爪先立ちで歩いてキッチンに行った。冷蔵庫を開ける。光がふわりとキッチンに広がった。だいぶ前からそこに鎮座しているラップでくるまれたデリのランチョンミート、ETAのマーガリン。冷蔵庫の扉を閉め、次にパントリーをのぞこうとして左を向いた拍子にオーガストにぶつかった。オーガストはもうカウンターの上のまな板にパンを四枚並べていた。ランチョンミートとトマトソースのサンドイッチ。オーガストは自分の分を持って月の見えるリビングルームの窓際に行った。窓の前に立つなり、外から姿が見えないようにあわてて身をかがめた。

「どうしたの」ぼくは訊いた。

オーガストは右手を下に向けて振った。ぼくも身をかがめて窓の下のオーガストの隣に行った。オーガストは上に向けてあごをしゃくり、両方の眉を吊り上げた。（見てみろよ。ただしゆっくりな。）ぼくはそろそろと首を伸ばし、窓の下の枠ぎりぎりから外の通りをのぞいた。もう真夜中を過ぎているのに、ライルが歩道際にいて、郵便受けのそばの煉瓦塀に座ってたばこを吸っていた。

「何やってんだろ」

オーガストは当惑顔で肩をすくめ、ぼくと一緒になって外をのぞいた。ライルはカンガルー撃ち用の厚手のジャケットを着ていて、首もとから真夜中の冷たい空気が入りこまないよう、分厚いウールの襟を立てていた。ライルが吐き出したたばこの煙が灰色の幽霊のように暗闇を漂った。

ぼくらはまた窓の下に隠れ、サンドイッチにかぶりついた。オーガストがこぼしたトマトソースが窓際のカーペットに落ちた。

「ガス。ソース」ぼくは言う。

ドラッグをやめてからのライルと母さんは家の美化にやけに熱心で、このカーペットの上ではものを食べてはいけないことになっている。オーガストはカーペットに落ちたソースを親指と人差し指で拭い、指先を赤く染めたソースをなめた。カーペットに残った赤い染みをつばで湿らせ、ごしごしこすってなじませようとしたけど、さすがに母さんもこれには気づくだろう。

そのとき、大きな破裂音が町の上空に響き渡った。

オーガストとぼくは即座に首を伸ばし、窓の外をのぞいた。一ブロックくらい先の夜空に紫色の花火が上がっていた。郊外の家並みを上から覆った暗闇に火の玉がしゅわしゅわと螺旋を描いて昇っていき、最高点に達したところで十個くらいの小さな火の玉に分かれ、傘のような形を作りながら、鮮やかな紫色のまばゆい光の噴水を町に浴びせた。

ライルは花火が開くのを見守ったあと、たばこを最後にもう一服してから足もとに落とし、右足のブーツの底でもみ消した。カンガルー撃ち用のジャケットのポケットに両手を入れ、通りに出て、花火が上がった方角に歩き出す。

「行こう」ぼくはオーガストにささやいた。

それからランチョンミートとトマトソースのサンドイッチの残りをむりやり口に押しこんだ。巨大なビー玉を二ついっぺんに食べているみたいな顔になっていたと思う。オーガストは窓の下に座ったまま悠々とサンドイッチを食べていた。

「早く、ガス。行こうよ」ぼくは小声でせかした。

オーガストは窓の下に座ったまま、いつものように状況を熟考していた。いつものように、いろんな角度から事態をながめ、いつものように、選択肢を比較検討している。

やがて首を振った。

「急げよ、ライルの行き先、知りたくないわけ？」

オーガストは小さな笑みを作った。ついさっきトマトソースを拭った右の人差し指を空中で動かし、目に見えない線で単語を二つ書いた。

もう知ってる。

ぼくの尾行は年季が入っている。尾行を成功させるのに重要なのは、距離と信念だ。気づかれずにあとをつけるための充分な距離。自分は対象を尾行しているのではないと思いこむための確固たる信念。実際には尾行しているわけだけど。信念は、姿を隠してくれる。とくに意識したことのない他人だらけの世界のなかの、とくに意識したことのない他人の一人になれる。

外は寒い。ぼくはライルを五十メートルくらい先に行かせてから尾行を開始した。郵便受けの横を過ぎたところで、冬用のパジャマに裸足だということを思い出した。ズボンの尻の右側に大きな穴が開いたパジャマだ。ライルは両手をジャケットに入れてどんどん歩いていき、ぼくらの家からすぐ先のデューシー通り公園の入口を照らす街灯の下を過ぎて、その先の暗闇に吸いこまれた。ライルの影は闇に包まれた大きなクリケットフィールドを越え、その先の斜面を登って、子供用の遊び場や、三月にソーセージをじゅうじゅう焼いてオーガストの十三歳の誕生日を祝った町営のバーベキュー場があるあたりに向かった。ぼくはフィールドの芝生を音を立てずに横切った。亡霊みたいに宙に浮かんで。忍者みたいに静かに、すばやく。ぱきーん。靴下さえ履いていないぼくの右足に踏まれて、乾いた小枝が折れた。ライルは公園の反対側の街灯の下で立ち止まった。向きを変え、ぼくと公園を丸呑みにした闇にじっと目をこらす。その目はぼくがいる場所にまっすぐ注がれていたけど、距離と信念がぼくの味方をして、ライルからぼくは見えない。ぼくは自分は見えないと信じている。ライルの目も、ぼくは見えないと判断した。ライルはまた向きを変えて公園を出て、ハリントン通りを右に歩き出した。ぼくは公園の暗がりを猛然と走り抜けて街灯の下に飛び出し、ストラスイーデン通りとハリントン通りの交差点に無遠慮に枝を広げたマンゴーの木の陰に隠れた。ライルは昼のように明るい街灯の下を歩いてアルカディア通りを左に曲がった。そしてダレン・ダンの家に入っていった。

ダレン・ダンは、ぼくと同じ学年にいる生徒だ。州立ダーラ学校の七年生は十八人しかいなくて、そのなかで将来――校舎に火をつけて燃やすとかして――誰より有名になりそうなのは、整った顔立ちをしたベトナム系オーストラリア人ダレン・ダンと思って間違いない。先月、第一次移住船団がテーマだった自由研究の時間に、アイスキャンディの木のスティックを使ってイギリスの帆船を造っているとき、ぼくの机の横を通りかかったダレンが小声でささやいた。「おい、ティンク」

イーライ・ベル。ティンカーベル。縮めて、ティンク。

「おい、ティンク。瓶捨て場。昼休み」

翻訳すると、「左右の耳がそろったままクイーンズランド州立学校で義務教育を無事に終えたいなら、今日の昼休み、校務員のミスター・マッキノンの道具小屋の裏にある資源ごみ回収所に来い」になる。ぼくは資源ごみ入れのそばで三十分待ち、ダレン・ダンは急に決まったぼくらのランデヴーには現れないのかもしれないないなどとありもしない希望を抱き始めたとき、いつのまにか背後から来ていたダレンに、親指と人差し指で首の後ろをつかまれた。「忍者を見たのなら、幽霊も見えるだろう」ダレンのささやき声が聞こえた。それは映画『オクタゴン』のせりふだ。その二カ月前、体育の時間に、ぼくはダレン・ダンに言った。〝悪の忍者軍団の秘密の養成所にチャック・ノリスが切りこんでいく『オクタゴン』こそ史上最高の映画だっていうきみの意見に、もちろんぼくも賛成だよ〟。そんなの嘘っぱちだけどね。史上最高の映画は『トロン』だから。

「ははは！」エリック・ヴォイトが笑った。エリックは、煉瓦工場の真向かいにある自動車変速機&ウィンドウフィルム工場を経営する、おつむが空っぽで小太りな一家の、おつむが空っぽで小太りな、ダレン専属用心棒だ。「妖精ティンカーベルちゃんは、びっくりして妖精のちっちゃなパンツにうんこ漏れちゃいました」

「漏らしちゃいました、だろ」ぼくは言った。「ティンカーベルが主語なら、うんこは〝漏らす〟じゃないと」

ダレンは資源ごみ入れのほうを向き、ミスター・マッキノンがそこに入れた酒の空き瓶の山に手を突っこんだ。

「あのおっさん、どんだけ飲むんだろうな」ダレンはブラック・ダグラスの瓶を持ち上げ、底にキャップ半杯分だけ残っていたスコッチをあおった。ジャック・ダニエルの小瓶の残り、ジムビームの瓶の残りも飲んだ。「いるか？」ダレンは、やはり飲み残しのあるストーンズ・グリーン・ジンジャー・ワインをぼくに差し出した。

「いらない」ぼくは言った。「ここに呼び出した用は何だよ」

ダレンはにやりと笑い、右肩にかけていたキャンバス地の大きなダッフルバッグを下ろした。

バッグに手を入れる。

「目をつぶれ」ダレンは言った。

ダレン・ダンが発するその手の要請は、いつもかならず涙か血で終わる。だけど、学校と同じく、ダレン・ダンと関わり合いになったが最後、奴から逃れる現実的な手段は一つとしてない。

「なんで？」ぼくは訊いた。

エリックがぼくの胸を小突く。「いいから目をつぶれって、亀頭野郎（ベル・エンド）」

ぼくは目を閉じた。無意識のうちにタマを両手でかばった。

「開けていいぞ」ダレンが言った。目を開けると、でかいドブネズミが鼻先にぶら下がっていた。二本並んだ前歯が道路工事のドリルみたいに小刻みに上下していた。

「やめろよ、ダレン」ぼくはわめいた。

ダレンとエリックが大笑いした。

「倉庫で捕まえた」ダレンが言った。

ダレン・ダンのお母さんの〝バック・オフ〟ことビック・ダンと、ダレンの義理のお父さんのクアン・グエンは、ダーラ駅前通りのリトル・サイゴン・スーパーマーケットを経営していて、そこに行けばベトナム産の野菜、果物、スパイス、精肉、鮮魚がひととおりそろう。裏手の精肉用冷蔵冷凍室のすぐ隣にある倉庫は、ダレンにとっては喜ばしいことに、クイーンズランド州南東部で最古の、そしてもっとも栄養状態のよいでっぷり太ったドブネズミ王朝が君臨する帝国になっている。

「ちょっと持ってな」ダレンは言い、ぼくがしぶしぶ差し出した手にネズミを乗せた。

ネズミはぼくの掌の上でぶるぶる震えていた。怯（おび）えて動けずにいる。

「名前はジャバ」ダレンは言い、ダッフルバッグにまた手を入れた。「尻尾をつまんどけ」

ぼくは気乗りしないままネズミの尻尾を右の親指と人差し指でつまんだ。

ダレンのダッフルバッグから次に出てきたのは、マチェーテだった。

「何だよそれ」

「うちのじいちゃんのマチェーテだよ」

マチェーテはダレンの右腕より長かった。薄茶色の木の柄（え）、幅広の長い刃。刃の平らな部分は錆（さ）

びていたけど、刃先は油で磨かれて銀色に光り輝いていた。

「そんなんじゃだめだ。尾っぽをちゃんとつまんどけって。逃げられるぞ」ダレンが言った。「指じゃなくて掌全体で尾っぽをつかんどけ」

「ちゃんと握っとけって、ちんぽこ握るときみたいにな。逃げられちまうぞ」エリックが言った。

ぼくは尻尾をしっかりと握った。

ダレンはダッフルバッグから大判のハンカチのような赤い布を取り出した。

「よし、そいつをそこの浄化槽に置け。逃がすなよ」

「もしかするとさ、エリックが持ったほうがいいんじゃないかな」ぼくは言った。

「おまえが持つんだよ」ダレンの目の奥で狂気みたいな何かがひらめいた。予測不可能な何か。

資源ごみ入れのすぐ隣にコンクリートの半地下浄化槽があって、金属でできたどっしりとした赤い蓋がはまっている。ぼくは右手で尻尾をつかんだまま、ジャバを浄化槽の上にそっと下ろした。

「一ミリも動くんじゃねえぞ、ティンク」ダレンが言った。

ダレンは大判の赤いハンカチを細長く折りたたみ、それで目隠しをすると、いざハラキリをしようとしている日本の武士みたいに地面に両膝をついた。

「おい、冗談だよな、ダレン。まさかだよな」ぼくは言った。

「動くんじゃねえぞ、ティンク」エリックがぼくのすぐそばに立った。

「心配するなって。もう二回もやったから」ダレンが言った。

哀れなネズミのジャバは、怯えきった情けない顔で凍りついていた。ぼくだってそれは同じだった。ジャバが前歯をかたかたさせながらぼくを見上げた。事態がのみこめずにすくみ上がっている。

ダレンはマチェーテの柄を両手で握り、儀式張ったしぐさでしずしずと頭上に振りかぶった。来る惨劇のステージに降り注ぐ陽射しを、見るからに残忍な武器の鋭い刃先がぎらりと跳ね返した。

「ちょっと待てよ、ダレン。ぼくの手を切り落とす気かよ」ぼくはうろたえた。

「何言ってんだ」エリックが言う。「ダレンは忍者の血を引いてる。目で見るより、心の目で見たほうがおまえの手がはっきり見えるんだよ」

エリックはぼくの肩に手を置いてぼくが動けないようにした。

「とにかく動くなよ」エリックは言った。

ダレンが深く息を吸いこむ。吐き出す。ぼくは最後にもう一度ジャバを見た。恐怖で身を縮こまらせ、ぴくりとも動かない。動かずにいれば、自分がそこにいることをぼくらが忘れてくれるかもしれないと期待しているかのようだった。

ダレンがマチェーテを振り下ろす。しゅっと凶悪な音を立て、油で磨かれてぎらぎらと光を放つ刃先が浄化槽の蓋に叩きつけられ、黄色い火花が散った。ぼくの握り締めた拳からわずか一センチのところで。

ダレンは目隠しをむしり取り、勝ち誇った様子でドブネズミのジャバの血まみれの死骸を確かめようとした。だが、見るべきものは何もなかった。ジャバは消えていた。

「どゆことだよチンク」ダレンがわめいた。かっとなったせいで、ベトナム語のアクセントがふだんより強くなっていた。

「こいつ、逃がしやがった！」エリックが叫ぶ。「逃がしやがった！」

エリックはぼくの首に腕を巻きつけた。腐った沼みたいな腋のにおいが鼻をつく。逃げていくジャバの姿が視界の端っこをかすめた。学校の金網のフェンスの下をくぐり、ミスター・マッキノンの道具小屋沿いの低木の茂みに飛びこむ。

「おまえ、おれの顔に泥を塗ったな、ティンク」ダレンが低い声で言った。

エリックの腹の重みが背中にのしかかってきて、ぼくは浄化槽に平らに押しつけられた。

「血には血を」エリックが言った。

「勇士の掟は知ってるな、イーライ・ベル」ダレンがもったいぶった調子で言った。

「知らないよ、ダレン。掟なんてほんとに知らない」ぼくは言った。「それに、昔ながらの掟なんて、せいぜいゆるいガイドライン程度のものじゃないの」

「〝血には血を〟だ」ダレンが言った。「勇気の川が干上がったら、そこには代わりに血が流れるんだよ」ダレンはエリックにうなずいた。「指」

エリックはぼくの右腕を浄化槽の上に伸ばした。

「よせよ、ダレン」ぼくは腹の底からわめいた。「考えてみろよ。退学になるぞ」

エリックがぼくの固く握り締めた拳から右の人差し指をほじり出す。

「ダレン、自分が何をしようとしてるか、もう一度よく考えてくれ」ぼくはすがるような声で言った。「少年院行きになってもいいのか」

「おれは運命をとうに受け入れてるんだよ。おまえはどうだ？」

ダレンはまた目隠しをすると、マチェーテを両手で握って大きく振りかぶった。エリックがぼくの手首を折れそうになるくらいねじり、ぼくの上に体重をかけ、まっすぐに伸びたぼくの無防備な指を浄化槽の蓋に押しつけた。ぼくは恐怖と痛みから悲鳴を上げた。ぼくの指はネズミだ。ぼくの指は、いますぐここから消えてしまいたがっているネズミだ。ぼくの右の人差し指、第二関節に幸運のほくろがある指。ぼくの幸運のほくろ。ぼくの幸運の指。ぼくは幸運のほくろを見つめて祈った。幸運を祈った。そのときだ。ミスター・マッキノンが現れたのは。七十代初めでスコッチ好きな酔っ払いのアイルランド系の校務員、ミスター・マッキノンが道具小屋の角を曲がって現れ、赤い目隠しをしたベトナム系の少年が、浄化槽に覆いかぶさるような姿勢を取った別の少年の幸運のほくろがある人差し指を生け贄の儀式か何かみたいに切断しようとしている光景に目をとめて、面食らったような顔をした。

「おい、これはいったい何の騒ぎだ！」ミスター・マッキノンが怒鳴る。

「逃げろ！」エリックが叫ぶ。

ダレンは逃げた。大好きな忍者に負けない目にもとまらぬ反射神経を発揮した。エリックはそれほどすばしこくなく、ぼくの左肩にどんと載っけていた腹の贅肉をずいぶんと時間がかかってようやく持ち上げたところで、ミスター・マッキノンが伸ばしたがっちりした左腕に捕まりかけたが、ぎりぎりで逃げていった。ミスター・マッキノンの左腕はエリックをあきらめ、代わりにぼくの栗色の制服の短パンの後ろポケットをつかんだ。おかげで、逃げようとしたぼくの足は宙に浮いて空回りした。まるでアニメのワイリー・コヨーテみたいだった。

「逃げられると思うなよ」ミスター・マッキノンが言った。息はブラック・ダグラスくさかった。

いま、ぼくは身を低くして、背の高い茶色のとがり杭を並べたダン家の柵に近づく。ライルはダレン・ダンの家の長い私道をすたすたと歩いていく。ダレン・ダンの家は、ダーラで一番大きな民家の一つだ。ダーラ煉瓦工場からじかに買いつけた三千個の黄色い煉瓦を使った三階建てで、イタリアの大邸宅を理想に描いたものの、悪趣味で安っぽい郊外の現実から逃げきれなかったような家だ。家の前の芝生はラグビー場の半分くらいあって、大きなヤシの木が五十本くらい、その芝生を囲んでいる。ぼくはコンクリート敷きの私道を歩き出したけど、すぐに右にそれてヤシ並木のあいだにまぎれた。家の近くにトランポリンが置いてあって、ダレンの三人の妹、カイリー、カレン、サンディのプラスチックでできたお城がその周りにいくつも置いてあった。ぼくは急ぎ足でトランポリンに近づき、一番大きなお城の陰に隠れた。ピンク色のプラスチックでできたおとぎの国の城には茶色い吊り上げ橋がついていて、それが幼児用の滑り台になっている。城の壁はぼくの姿を隠してくれるくらい大きかった。そこからこっそり家のほうをうかがうと、リビングルームのガラスの引き戸の奥にライルがいるのが見えた。ダレンのお母さんのビックや義理のお父さんのクアンと一緒に応接セットに座っている。

〝すっこんでな（バック・オフ）〟というニックネームの由来は、ビックの言語に絶する残虐行為だ。ビックはリトル・サイゴン・スーパーマーケットのほかに、大きなベトナム料理店と、そのすぐ近く、ダーラ駅前のぼくがいつも髪の毛を切りに行っている美容院も経営している。クアン・グエンは、ビックの旦那さんというより、謙虚で忠実な家来といった感じだ。ビックは町の有名人で、どうして有名かといえば、ダーラの地域イベント――ダンスパーティ、歴史研究会の展覧会、資金集めのフリーマーケット――に惜しみなく資金を提供しているからというのもあるけど、カレン・ダンが昼休みにいつも蒸しごはんを食べているのをからかった州立ダーラ学校五年生の生徒、シェリル・ヴァーディの左目をスチールのものさしで刺したからでもある。その事件のあと、シェリル・ヴァーディは手術を受けた。あやうく失明するところだったのに、ビック・ダンが刑務所に行かずにすんだ理由はぼくにはいまだわからない。この町には独特のルールや法律や掟があるらしいことにぼくが気づいたのは、そのときだった。もしかしたら、そもそもそういう規則を無私無欲の精神で起草したのはビック・ダンだったのかもしれない。ビックの最初の旦那さん、ダレンの実のお父さんのルー・ダンがどこでどうしているのかは誰も知らない。実のお父さんは六年前に失踪した。ビックが毒殺したらしいともっぱらの噂だ。エビと豚肉の春巻きにヒ素を混ぜたとみんな言っている。だけど、ビックがスチールのものさしでルーの心臓を刺したんだとしても、ぼくは驚かない。

ビックは薄紫色の部屋着姿で、こんな真夜中なのに、五十代なかばの顔に化粧をしていた。ダーラ在住のベトナム系のお母さんたちはみんな同じ外見をしている。そろって団子に結ったボリュームのある真っ黒な髪は、油か何かをこってり塗っているおかげでまぶしいくらい光を反射する。白すぎるパウダーファンデーションを頬に塗りたくり、真っ黒の長いつけまつげをしているせいで、一日二十四時間、びっくりしっぱなしに見える。

ビックは手を組み、肘を膝について、何やら指示をしているところだった。ときおり人差し指で相手を指さすのが、パラマタ・イールズの偉大な監督、ジャック・ギブソンがゲーム中にサイドラインからチームの頭脳、レイ・プライスとピーター・スターリングに指示を与えていた姿を彷彿とさせた。ビックはライルが言ったことにうなずき、次に旦那さんのクアンを指さした。どこかに行くように指示したらしく、クアンは従順にうなずいて視界からいったん消えた。まもなく大きな直方体をした発泡スチロールのクーラーボックスを持って戻ってきた。ダン夫妻が経営するスーパーマーケットで鮮魚を冷蔵保管するのに使っているのと同じものだ。クアンはクーラーボックスをライルの足もとに置いた。

そのとき、鋭くて冷たい金属の刃がぼくの首に押し当てられた。

「りんりーん、イーライ・ベル」

ダレン・ダンの笑い声がヤシの並木に反響した。

「何だよ、ティンク」ダレンは言った。「透明人間のふりをしたいならさ、よれよれのパジャマなんかじゃかえって目立っちまうぜ。郵便受けのとこからでも、おまえのその生白いオージーのケツが見えたぞ」

「いい忠告だね、ありがとう、ダレン」

長くて薄い刃がぼくの首の側面に食いこみかけていた。

「それってサムライの刀？」ぼくは訊いた。

「そうさ」ダレンは誇らしげに答えた。「質屋で買ったんだ。今日は六時間ぶっ通しで研いだ。一振りでおまえの首くらい落とせる。見てみるか」

「頭がなくて、どうやって見るんだよ」

「人間の脳味噌はな、頭が切り落とされたあとでもしばらくは機能するんだよ。きっといかすぜ。おまえの首なし死体を抱えたおれが手を振ってるのを、おまえの目玉は地面から見上げるってわけだ。ひゅう。そんな楽しい死に方、そうそうできないぜ！」

「だな。笑いすぎて首がもげそうだよ」

ダレンはがははと笑った。

「おもしれえじゃん、ティンク」そう言った次の瞬間、急にまじめな顔になり、刀をいっそう強くぼくの首に押し当てた。

「で、なんで自分の父ちゃんをスパイしてる？」

「ライルはぼくの父さんじゃない」

「じゃあ誰なんだよ」

「母さんのボーイフレンド」

「ちゃんとしてるのか」

「何が」

刀の食いこみかげんが少しだけゆるんだ。

「おまえの母ちゃんに優しい人か」

「うん、すごく優しいよ」

ダレンは刀を下ろし、トランポリンのところに行って端っこに尻を載せ、跳ぶ面の黒いキャンバス地をつなぐスチールのスプリングの上にだらりと脚を置いた。ダレンは黒ずくめだった。黒いセーターとジャージのズボンは、襟足を刈り上げたマッシュルームカットの黒髪に負けないくらい真っ黒だ。

「たばこ吸うか」

「いいね」

ダレンは刀の向きを変えて地面に突き立て、トランポリンのへりにぼくが座る場所を空けた。商品名の書かれていない白い柔らかそうなパックからたばこを二本抜き取り、口にくわえて火をつけてから、一本をぼくに差し出した。ぼくはおそるおそる煙を吸った。胸のなかに火がついたみたいになって咳きこんだ。ダレンが笑った。

「北ベトナム産のたばこだよ」そう言ってにやりとする。「すんげえがつんと来るよな。けど、いい感じにハイになる」

ぼくは大きくうなずいた。もう一服すると、頭がくらくらした。

ガラスの引き戸越しにリビングルームをのぞく。ライルとクアンは、発泡スチロールのクーラーボックスをはさんで話している。

「向こうからは見えないの?」ぼくは訊いた。

「見えないよ」ダレンが言った。「取引のあいだ、周りなんかまるで気にしてない。アマチュアだよな。いつかそれが命取りになる」

「あそこで何してるのかな」

「知らないのか」

ぼくは首を振った。ダレンが口もとをゆるめた。

「よせよ、ティンク。知ってんだろ。百パーセントのオージーでも、さすがにそこまでバカじゃないはずだ」

ぼくはにやりとした。

「あのクーラーボックスにはヘロインが詰まってる」ぼくは言った。

ダレンはたばこの煙を夜空に向けて吐き出した。

「で……？」そう言って先を促す。

「さっきの紫色の花火は、秘密の警報システムか何かだ。おまえのお母さんは、品物の用意ができたことを花火で売人に伝える」

ダレンが笑みを作った。

「オーダーが上がったぞってわけだ」

「売人によって花火の色を変えてるんだな」

「たいへんよくできました」ダレンが言う。「おまえの父ちゃんは、ボスの使い走りで来てるってわけさ」

「タイタス・ブローシュ」ぼくは言った。タイタス・ブローシュ。またの名を〝肢体の帝王〟。

ダレンはたばこを吸ってうなずいた。

「いつから知ってた？」

「たったいまわかった」

ダレンがにやりとする。

「で、感想は？」

ぼくは黙っていた。ダレンが肩を揺らして笑う。トランポリンから飛び降り、サムライの刀を地面から抜いた。

「何か刺したい気分だろ」

ぼくはその魅惑的な提案を熟考した。

「そうだね、ダレン。そうかも」


その車は、ダレンの家から二ブロック先、ウィンズロー通りのちっぽけな平屋建ての家の前に駐まっていた。家のなかは真っ暗だった。車はグミキャンディみたいな緑色をした小型のホールデン・ジェミニだ。

ダレンはズボンの後ろポケットから黒い目出し帽を出してかぶった。

ポケットからはストッキングも出てきた。

「ほら、おまえはこいつをかぶれ」ダレンはひたひたと車に接近しながら言った。

「どこから持ってきたわけ」

「うちの母ちゃんの洗濯物かご」

「やめとく。ありがとう」

「心配するなよ、小さすぎるってことはないから。ベトナム人の女にしちゃ、母ちゃんの脚は太いんだ」

「これってモンロー神父の車だよね」ぼくは言った。

ダレンはうなずき、音を立てずに車のボンネットに飛び乗った。ダレンの重みで、錆の浮いたボンネットがべこんとへこんだ。

「何する気だよ」ぼくは訊いた。

「しいぃぃぃぃ！」ダレンが小声で言い、片方の腕をモンロー神父の車のフロントガラスについて体重を支え、ルーフによじ登って真ん中に立った。

「よそうよ、モンロー神父の車を壊したりとかするなよ」

モンロー神父。ちょっと厳(いか)めしいおじいちゃんって雰囲気のモンロー神父は、スコットランドのグラスゴーからオーストラリアに来て、ダーウィンとタウンズヴィル、それにクイーンズランド州のセントラル・ハイランズ地方のエメラルドを経て、ダーラに落ち着いた。町の笑い物、罪の告白の聞き手。ぼくやオーガストみたいないつも喉がからからの町の子供のために、紙コップに入れて凍らせたオレンジ味とライム味のシロップジュースを一階の冷凍庫に欠かさず用意している。

「神父さんに何の恨みがあるんだよ」

「恨みなんかないよ」ダレンは言った。「おれは何の恨みもない。神父がヘンなことしたのはフロッギー・ミルズだからな」

「神父さんはいい人だ。もう帰ろうよ」

「いい人？」ダレンが聞き返す。「フロッギーはそうは言ってなかったな。フロッギーによると、モンロー神父は毎週日曜のミサのあと、フロッギーに十ドル渡して、フロッギーのちんちんを見ながらマスかくらしいぜ」

「そんなの嘘だ」

「フロッギーは嘘をつかない。あいつは信心深いからな。モンロー神父は、嘘は罪だってフロッギーに教えた。けど、七十五歳のじいさんにバットとボールを見せるのは罪じゃないってわけだ、言うまでもなく」

「車のルーフは金属だ、刺さるわけないだろ」

ダレンは靴の底でルーフをこつこつ叩いた。

「金属ったって、薄いぜ。錆びてヤワになってるし。六時間ぶっ通しで研いだ刀だ。はるばる海を渡ってきた、ニッポンが誇る鋼だぜ――」

「ミル通りの質屋で買ったんだろ」

目出し帽の穴の奥で、ダレンは目を閉じた。柄を両手で握り、刀を頭上に持ち上げ、心のなかの何かに意識を集中した。伝統に則って親友に――あるいはオーストラリアの郊外の町で日常の足として使われている自動車に――とどめを刺そうとしている老いた戦士のようだった。「うそだろ」ぼくはつぶやき、ビック・ダンの洗濯前のストッキングをあわててかぶった。

「起きな、殺してやる」ダレンが『ブレードランナー』のせりふを真似た。

刀を振り下ろす。金属と金属がこすれる悲鳴みたいな音がして、刀は車のルーフを突き通った。先端から三分の一くらいまでルーフに埋もれた刀は、石に刺さった聖剣エクスカリバーみたいだ。

ダレンがあんぐりと口を開けた。

「おお、刺さったよ」そう言ってうれしそうに笑う。「いまの見たよな、ティンク!」

モンロー神父の家の明かりがともった。

「急げ、逃げるぞ」ぼくは怒鳴った。

ダレンは柄を揺らしたが、ルーフに刺さった刀は動かない。両手で三度、全力で引っ張った。

「抜けねえぞ」柄を手前に引き、前方に押したが、刀はびくともしなかった。

モンロー神父の家のリビングルームの窓が開いた。

「おい。おい、そこのきみたち、何をしている？」半分開いた窓からモンロー神父の声が轟く。

「早く。行くぞ」ぼくはダレンをせかした。

玄関が開いて、モンロー神父が門に続く小道を猛然と歩いてきた。

「わたしの車から降りなさい！」

「くそ」ダレンは車の後部から飛び降りた。

自分の車のところまで来たモンロー神父は、小刻みに揺れているサムライの刀を見つめた。道ばたに駐めておいた車のルーフに、神秘的に光を跳ね返す刃がいつのまにか突き刺さっている。

ダレンは安全な距離まで逃れたところで振り返り、パンツからベトナム産のちんちんを引っ張り出して楽しげに振り回した。

「ほら、見たけりゃ見ろよ、ヘンタイ神父。十ドルぽっきりだぜ！」ダレンは叫んだ。

風のない夜、縁石に座ってたばこを吸う二人の少年。満天の星。ぼくの足から一メートルの路上に、車のタイヤにぺちゃんこにされたオオヒキガエルが一匹。破裂したピンク色の舌が口からはみ出していて、ラズベリー味のへビ形グミを食っている途中で車に轢かれたみたいに見えた。

「くそったれだよな」ダレンが言った。

「何が」

「善人に育てられたつもりでいたのに、実は周りは悪党だらけなわけじゃん」

「ぼくの周りは悪党だらけじゃない」

ダレンは肩をすくめた。「ま、そう思うならいいけどさ。うちの母ちゃんに裏稼業があるって初めて知ったときのことは覚えてる。まだイナーラに住んでたときでさ、リビングルームにいたら、玄関を破っておまわりがなだれこんできた。家じゅうめちゃくちゃにされたよ。おれは七歳で、うんこが漏れちまうくらいびびったよ。いやほんとにパンツにうんこ漏らしちまった」

刑事たちはビック・ダンを裸にむき、石膏ボードに叩きつけ、家じゅうのものを愉快そうに壊して回った。ダレンがちょうど『パートリッジ・ファミリー』を見ていたナショナルの大型テレビも、ドラッグを探していた刑事の手でひっくり返された。

「悪夢みたいだった。そこらじゅうでものがぶっ壊れるわ、母ちゃんは刑事に向かってわめき散らしてるわ。脚をばたつかせて、刑事をひっかいたりもしてたな。母ちゃんは玄関から引きずり出されていって、おれはリビングルームの床に一人で取り残されて、女みたいに泣いたよ。漏らしたうんこでジャージをもっこりさせたまんまな。ショックがでかすぎて、パートリッジ家のママが子供たちに何か話して聞かせてるのをただぼんやり見てたよ。逆さまになったテレビで」

ぼくは首を振った。

「ひどいな」

「やばい商売だからな」ダレンは肩をすくめた。「それから二年くらいたって、母ちゃんから全部聞いた。うちは元締めなんだって。それ聞いてさ、いまのおまえと同じ気分だったよ」

沈みこんでいくような感覚が胸の奥にあるのは、自分は悪党と暮らしてるって気づいたせいなんだとダレンは言う。ただし、悪党のなかの悪党ってわけじゃない。

「悪党のなかの悪党は、おまえに代わって汚れ仕事をする連中だよ」ダレンは言う。

プロの殺し屋だとダレンは言う。冗談が通じなくて、とにかくふつうじゃない。元軍人、元服役

四、元人間。三十代とか四十代とかでも独身の男。正体のわからない連中、青果コーナーでアボカドを指でつまんでつぶしてしまう客よりもっと奇怪な手合い。他人の喉をつかんで、つぶれるまで握り締めるような奴ら。この閑静な町の間隙でうごめいている小悪党ども。こそ泥に詐欺師、子供をレイプして殺す男たち。暗殺者といえば格好いいけど、ぼくらが愛する『オクタゴン』に出てくるような暗殺者とはだいぶ違う。奴らはビーチサンダルにスタビーズの短パンでぺたぺた歩き回る。サムライの刀じゃなく、日曜日に夫を亡くした母親が遊びに来たときロースト肉をスライスするのに使う包丁で人を刺す。郊外の町のサイコパス。ダレンを導いているのはそういう連中だ。

「ぼくの汚れ仕事をしてるわけじゃないからさ」ぼくは言った。

「まあな、けど、おまえの父ちゃんの汚れ仕事をしてる」ダレンが言う。

「だからぼくの父さんじゃないって」

「そうだった、忘れてた。悪い。ほんとの父ちゃんはどこだよ」

「ブラッケンリッジに住んでる」

「いい人か？」

誰もがぼくの身近なおとなを善良さを基準に測ろうとする。ぼくはディテールをものさしにして人を測る。思い出を基準に。ぼくの名前を呼ぶときのその人を基準に。

「知らない」ぼくは答える。「どうしていつもいい人かどうか訊くんだよ」

「いいおとなにまだ会ったことがないからだよ。それだけだ」ダレンは言った。「おとななんてさ、ティンク、地球上で一番いかれた生き物だぜ。おとななんか信じちゃだめだ」

「おまえの本当のお父さんはどうしたの」ぼくは訊いた。

ダレンは縁石から立ち上がり、歯を食いしばってつばを吐き出した。

「似合いの場所にいる」ダレンは答えた。

ダレンの家の私道を歩き、トランポリンのところに戻ってまた端っこに座った。ライルとビックはまだ話しこんでいて、当面終わりそうにない。

「心配することないって」ダレンが言う。「宝くじに当たったようなもんだぜ。成長産業のど真ん中にまんまと着地したんだから。あのクーラーボックスに入ってるブツのマーケットは今後も絶対になくならない」

つい最近、ダレンはお母さんから、オーストラリア人の秘密を教えてもらったという。その秘密こそがダレンをかならず金持ちにするのだといって。オーストラリア最大の秘密は、国民に代々受け継がれている憂鬱だとお母さんは話した。ビック・ダンは、ポール・ホーガン〔オーストラリアのコメディアン。八六年の映画『クロコダイル・ダンディー』で世界的に有名〕が「バーベキューのエビを一つサービスするよ」と言うアメリカ向けの観光誘致コマーシャルを見るたびに笑う。外国人観光客に現実を教えておいてやるべきだとビックは言った。オーストラリア産エビのバーベキューから五時間後に何が起きるか。ビールとラム酒の酔いに、強い陽射しが起こす頭痛が上乗せされて、土曜の夜には国中の閉ざされた玄関ドアの奥で暴力沙汰が起きる。オーストラリア人の子供時代は、ビーチに出かけたり、裏庭でクリケットをやったりと、のびのびして楽しさにあふれているけれど、成人後の人生は、子供時代に思い描いていたものとほど遠い。この楽園みたいな島国で過ごす人生の前半が理想的であるがゆえに、後半の人生はどうしたって憂鬱なものになる。なぜなら、小麦色に焼けた優柔不断な肌に隠された現実的で正直な骨の髄は、人生で一番幸福な時期は終わってしまったと知っているからだ。オーストラリア人は地球上で一番すてきな国で暮らしているけど、心の奥底にはみじめな思いしかない。だからヘロイン業界が衰退することはない。オーストラリア人の憂鬱がなくなることはないからだ。ビックはそう言った。

「十年後、二十年後には、ダーラの四分の三はおれのもんになってる。イナーラの半分もだな。リッチランズの大半も」ダレンは言う。

「どうやって？」

「ビジネスを拡張してに決まってんだろ、ティンク」ダレンは目を見開いた。「おれにはプランがあるんだよ。この一帯は、未来永劫ブリスベンの肥だめのまんまってわけじゃない。将来、このあたりの不動産の価値は上がるから、ただ同然で買えるうちに買い占めとくつもりでいる。ヘロインだって同じさ。時間と場所が大事なんだよ。あそこにあるブツだって、ベトナムじゃただみたいなもんだ。それを船に乗っけてヨーク岬に運べば、黄金に変わる。魔法だよ。土んなかに埋めて十年も待てば、ダイヤモンドに変わるんだ。時間と場所だよ」

「学校じゃこんなにしゃべらないよね。なんで？」

「学校の勉強には熱くなるほどのもんがないからだよ」

「麻薬の密売には熱くなれるってこと？」

「密売？　よせよ。リスクが高すぎる。うちは輸入するだけだ。小売はしない。お膳立てするだけだよ。街に流す汚れ仕事は全部、おまえらオージーがやってくれる」

「じゃあ、ライルはダレンのお母さんたちの汚れ仕事をやってるってこと？」

「そうじゃない」ダレンが言う。「タイタス・ブローシュの汚れ仕事をやってる」

タイタス・ブローシュ。肢体の帝王。

「そんな顔するなよ、男は誰だって金を稼がなくちゃならないんだからさ、ティンク」

ダレンはぼくの肩に腕を回した。

「な、まだ礼を言ってなかったな。ジャバのこと、チクらないでいてくれたろ」ダレンは言った。そして笑った。「ネズミ（ラット）の件を告げ口（ラット）しないでいてくれた」

校務員のミスター・マッキノンは、ぼくの襟首をつかんで校長室に連行した。ミスター・マッキノンは目が悪いのか、単に酔っ払っていたせいなのか、ぼくの右手の人差し指をマチェーテで切り落とそうとしていた男子生徒二人の顔をはっきり見ていなかった。

ミスター・マッキノンは「一人はベトナム系」だったとしか証言できなかった。うちの学校の生徒の半分はベトナム系だ。ぼくが告げ口しなかったのは義理立てしたからじゃなく自衛のためだったし、鼓膜を破られるよりは、一週間、簡単な計算問題をひたすら解く居残りのほうがずっとましだ。

「おまえみたいな奴なら歓迎だ」ダレンが言った。「周りは信用できる奴で固めたいもんな。どう思う？　おれの帝国を築くのを手伝わないか」

ぼくはライルを見つめた。おっかないビック・ダンや腰の低い旦那さんとまだ仕事の話をしている。

「そう言ってもらえるのは光栄だけどさ、ぼくの人生計画にヘロイン帝国を築くって目標は入ってないんだ」

「へえ」ダレンは吸い殻を指ではじいた。吸い殻は妹のおとぎの国のお城に飛びこんだ。「人生計画があるわけか。で、どんなだよ？　ティンク・ベルの壮大な人生計画は」

ぼくは肩をすくめた。

「いいじゃん、教えろよ、イーライ。おまえみたいなお利口さんなオージーは、どうやってこの肥だめから這い出すつもりだ？」

ぼくは夜空を見上げた。南十字星が見えた。空に浮かぶソース鍋。ちらちらきらめく白い星が並んで、毎週土曜の朝、ライルがゆで卵を作るのに使う小さな調理鍋みたいな形を作っている。

「ジャーナリストになりたいんだ」ぼくは言った。

「うへえ！」ダレンが叫ぶ。「ジャーナリスト？」

「そう」ぼくは言った。「『クーリエ・メール』の犯罪報道部の記者になるんだ。ザ・ギャップに家を買って、『クーリエ・メール』に犯罪レポートを書いて一生を過ごす」

「ははー笑えるな。悪党の一員が悪党の話を書いて食ってくってか」ダレンが言った。「だいたいさ、なんでザ・ギャップになんか住みたいんだよ」

うちにあるゲーム機は、『トレーディング・ポスト』の広告欄で見つけて買った中古だ。ライルの車でザ・ギャップに住む売主の家まで行った。ザ・ギャップはブリスベンの中心部（シティ）から八キロ西に行ったところにある緑豊かな町だ。売主の一家はコモドール64デスクトップコンピューターを買ったところで、いらなくなったそのゲーム機を三十六ドルで売ってくれた。一つの町にあんなにたくさんの大木があるのは初めて見た。背の高いユーカリの木陰になったクルドサック〔住宅街に設けられる袋小路状の私道。単なる行き止まりではなく、奥がロータリーなどになっている〕で、子供たちがスクールハンドボール〔オーストラリアやニュージーランドなどの主として学校で行われる遊び。四面から六面程度に仕切ったコートで、テニスボールなどのボールを手で打ち合う〕をやっていた。ぼくはクルドサックが大好きだ。ダーラにはクルドサックが足りない。

「クルドサックがたくさんあるから」ぼくは言った。

「何だよ、クルドサックって」ダレンが訊く。

「たとえばダレンの家はクルドサックに建ってる。行き止まりになってる道だよ。奥の広場でスクールハンドボールやクリケットができる。車が通り抜けできないから」

「たしかに、おれも通り抜けできない道は好きだ」ダレンは首を振った。「おまえな、ザ・ギャップに家を買おうったって、ジャーナリストなんかやってたらさ、二十年、三十年たってもまだ買えないぜ。大学を出なくちゃいけないし、仕事くださいってへいこらしなくちゃならないし、いけ好かない上司に三十年もこき使われながら必死になって小銭貯めてさ、ようやく家を買える金ができるころには、ザ・ギャップの不動産はもうみんな誰かに買われちまってて、おまえが買えるような家は一軒も残ってないに決まってる」

ダレンはリビングルームを指さした。

「あの発泡スチロールのクーラーボックス、な。おまえの父ちゃんの足もとに置いてあるやつ」

「うん」

「あそこにザ・ギャップの家が残らず詰まってる」ダレンは言う。「おれら悪党はさ、ティンク、ザ・ギャップに家を買いたきゃすぐ買えるんだよ。この商売じゃ、その気になれば明日にだってザ・ギャップの家が全部買えるんだ」

ダレンはにやりとした。

「楽しい？」ぼくは訊いた。

「え？」

「その商売」

「楽しいに決まってるだろ。おもしろい連中といくらでも知り合える。商売の知識を蓄積するチャンスだっていくらでもある。警察が嗅ぎ回りに来たりしてみな、おお、おれは生きてるって実感できるぜ。警察の目と鼻の先で大量のブツをまんまと密輸して、儲けを銀行に預けたら、振り返って家族や友達に言うんだよ。〝ふう、一致団結してお互いのためにがんばると、こんなすごいことを成し遂げられるんだぜ〟って」

ダレンは大きく息を吸いこんだ。

「おれにとっちゃやりがいのある仕事だ。オーストラリアみたいな国ならどんなことも実現できるって信じる気になる」

しばらく二人とも無言だった。やがてダレンはライターをかちりと鳴らし、トランポリンから飛び降りた。玄関前の階段のほうに歩いていく。

「来いよ、家んなか入るぞ」ダレンが言った。

ぼくはわけがわからずに黙っていた。

「何やってんだよ」ダレンが言う。「母ちゃんがおまえに会いたがってる」

「ダレンのお母さんがぼくに？　なんで？」

「ネズミの件をチクらなかった子に会ってみたいんだとさ」

「まずいよ」

「なんで」

「もう夜中の一時になる。ライルに尻を蹴飛ばされる」

「おれらがやめろって言えば、蹴らないさ」

「なんでそう言いきれる？」

「おれらが誰だか知ってるから」

「ダレンたちは何なんだよ？」

「悪の組織さ」

バルコニーに面したガラスの引き戸から室内に入った。ダレンは左手のアームチェアに座ったライルを完全に無視し、胸を張って入っていった。ダレンのお母さんは、応接セットの長い茶色のソファに座って肘を膝に載せていた。旦那さんはその隣で背もたれに寄りかかっていた。

「母ちゃん。うちの庭でスパイを発見したぜ」ダレンが言った。

ぼくは尻の右側に穴があいたパジャマでリビングルームに入った。

「こいつがジャバのことをチクらなかった奴だよ」ダレンが付け加えた。

ライルが右を向き、ぼくを見るなり怒りで顔を真っ赤にした。

「イーライ。ここで何してる」低くて険のある声だった。

「ダレンに誘われた」ぼくは答えた。

「夜中の一時だ。うちに帰ってろ。早く」

ぼくは即座に向きを変え、リビングルームのガラス戸から外に出た。

ソファからビック・ダンの穏やかな笑い声が聞こえた。

「坊や、そんなにあっさりあきらめて本当にいいのかしら」

ぼくは立ち止まった。振り返る。ビック・ダンがほほえむ。大きな笑みを作ろうとしている口の周りの小じわに沿って、磁器みたいに真っ白なファンデーションがひび割れていた。

「言い分があるなら堂々と話しなさい、坊や」ビックは言った。「夜のこんな時間に、パジャマで外に出て、その真っ白なかわいらしいお尻を見せびらかしてるのはどうしてなのか、ここにいるみんなに聞かせてちょうだい」

ぼくはライルを見た。ライルはビックを見ていて、ぼくはその視線を追った。

ビックは銀のケースから長くて白いメンソールたばこを一本取り、火をつけ、ソファにもたれ、最初の一口を吸い、煙を吐き出した。そのあいだずっと、生まれたばかりの赤ちゃんを見るみたいに目をきらきらさせていた。

「どうなの?」ビックが促す。

「紫色の花火を見ました」ぼくは言った。ビックが心得顔にうなずく。うわあ。こんな美人だったなんて、いままで気がつかなかったな。年齢は五十代のなかばくらい。もしかしたら六十代かもしれない。それでも、ものすごくエキゾチックで、冷酷そうなところがたまらなくセクシーだ。ヘビににらまれたときに似ている。そうか、この年齢でも美を保っているのは、脱皮してるからかもしれない。若々しい皮が見つかると、古い皮を脱ぎ捨てて、中身だけ新しいほうに移る。ビックは魅惑的な笑みを浮かべたままぼくをじっと見つめていた。ぼくはたまらず目をそらし、うつむいて、だぶだぶのパジャマのズボンのウェストの引き紐をもてあそんだ。

「で……?」

「えっと……その……ライルのあとを尾けてここに……」

声がかすれた。ライルは椅子の肘かけを握り締めていた。

「いろいろと確かめたいことがあったから」

ビックがソファから身を乗り出し、ぼくの顔をまじまじと見た。

「こっちにいらっしゃい」

ぼくはビックのほうに二歩、踏み出した。

「もっと近く」ビックが言った。「すぐ前までいらっしゃい」

ぼくはおずおずと近づいた。ビックはたばこをガラスの灰皿の角に置き、ぼくの手を取って引き寄せた。膝小僧と膝小僧が触れ合った。たばこと柑橘系(かんきつけい)の香水のにおいが漂った。ビックの手は透けるように白くて柔らかで、爪は長く、消防車みたいな真っ赤に塗られていた。それから二十秒、ぼくの顔をじろじろ見たあと、ほほえんだ。

「忙しい子ね、イーライ・ベル。その頭には数えきれないくらいたくさんの考えが詰まってる。たくさんの疑問が詰まってる」ビックは言った。「遠慮はいらないわ、何でも訊きなさい」

ビックは真顔に戻ってライルのほうを向いた。

「言っておくけど、ライル。あんたは正直に答えるのよ」

ビックは両手をぼくの腿に置いてライルのほうを向かせた。

「さあ、遠慮しないで、イーライ」ビックは言った。

ライルはため息をついて首を振った。ぼくはうつむいたままでいた。

「ビック、こういうことは——」

「勇気を出して訊くのよ、坊や」ビックはライルをさえぎった。「舌が使えるうちに使ったほうがいいわ。ぐずぐずしてるとうちのクアンに切り落とされて、ヌードルスープの具にされちゃうから」

「ビック、こんな必要はないと思うんだが」ライルが言った。

「それを決めるのは坊やよ」ビックは楽しげに言った。

ぼくには知りたいことがある。知りたいことの一つや二つ、いつだってある。多すぎるくらいある。

ぼくは顔を上げ、ライルの目をまっすぐに見た。

「ドラッグの密売をしてるのはどうして?」ぼくは訊いた。

ライルは首を振り、目をそらした。何も答えない。

ビックはうちの学校の校長先生みたいな声音で言った。「ライル、この子には答えてもらう権利があるんじゃないかしらね」

ライルは大きく息を吸ってからぼくのほうに向き直った。

「タイタスに頼まれてやってる」

タイタス・ブローシュ。肢体の帝王。ライルがやることはみんなタイタス・ブローシュのためだ。

ビックが首を振る。「本当のことを言いなさい、ライル」

ライルは肘かけに爪をいっそう深く食いこませ、長いこと考えていた。立ち上がり、リビングルームのカーペットに置かれた発泡スチロールのクーラーボックスを持ち上げる。

「タイタスからまた次の注文の連絡があると思う。さあ、帰るぞ、イーライ」

ライルはガラスの引き戸から出ていった。ぼくは追いかけた。そのときのライルの声には思いやりがこめられていたから。そこにはライルの愛が感じられて、ぼくは愛の行く先ならどこへでもついていくだろう。

「待ちなさい！」ビック・ダンの声が飛んできた。

ライルが立ち止まる。ぼくも立ち止まった。

「もう一度ここに来なさい、坊や」ビックが言った。

ぼくはライルを見た。ライルがうなずく。ぼくはおっかなびっくりビックのところに戻った。ビックがぼくの目をのぞきこむ。

「うちの息子のこと、チクらなかったのはどうして？」ビックが訊いた。

ダレンはキッチンからリビングルームに向かって延びるカウンターに座り、ミューズリーバーをかじりながら、無言で目の前のやりとりを見守っていた。

「友達だからです」ぼくは答えた。

それを聞いて、ダレンは驚いたようだった。にっと笑った。

ビックがぼくの目の奥の奥をのぞきこむ。それからうなずいた。

「友達を裏切ってはいけないと教えてくれたのは誰？」ビックは訊いた。

ぼくは迷わず親指の先をライルに向けた。

「ライルです」

ビックはにっこりと笑った。ぼくの目をのぞきこんだまま言った。「ライル、一ついいかしら」

「どうぞ」ライルが答えた。

「イーライをまたいつか連れてきてちょうだい。いいこと？　そのとき、いま新しく見えてきたチャンスについて話し合いましょう。わたしたちで新しいビジネスを始められないか、考えてみましょうよ」

ライルはそれには答えなかった。「行くぞ、イーライ」

ぼくらはガラスの引き戸から外に出た。でも、ビック・ダンはあと一つ質問を残していた。「知りたいという気持ちはまだ変わらない、イーライ？」

ぼくは立ち止まって振り向いた。

「はい」

ビックはソファの背にゆったりともたれると、長くて白いたばこを一服した。

それからうなずき、大量の煙を吐き出した。灰色の雲が大きく広がってビックの視線を隠す。雲とヘビ、ドラゴン、そして悪の組織。

「何もかもあなたのためなのよ、坊や」

少年、手紙をもらう

Boy Receives Letter

親愛なるイーライ

　B16監房からこんにちは。いつも手紙をありがとう。二度と経験したくないような一カ月だったが、きみの手紙が心の支えになったよ。このところ塀のなかは北アイルランド並みに物騒でね。超過密状態の改善を求めて、一部の受刑者がハンガーストライキをした。監房は定員オーバーだし、運動場に出られる日もろくに体を動かせない状態だ。昨日、ビリー・ペドンはブロック4の便器に頭を突っこまれた。外の寒さを愚痴ったグイグシーに生意気な口を叩きすぎたからだ。刑務所は全部の便器の内側に一回り小さい、人間の頭が通らない直径の枠を取りつけた。これも一種の進歩と言えるのかな。日曜には食堂で大乱闘が起きた。ハリー・スモールコムじいさんが、ジェイソン・ハーディの左の頬にフォークを突き刺した。きっかけは、ハーディがライスプディングを全部食っちまったことで、大乱闘になって、第一ブロックのテレビは一台残らず撤去された。『デイズ・オブ・アワ・ライブズ』〔一九六五年から放映されている長寿ドラマ〕の続きはもう見られないってわけさ。ボゴ・ロードの受刑者の自由を奪うのはかまわない。人権や人間らしい生活、生きたいという意思を奪ってもかまわないが、頼むから『デイズ・オブ・アワ・ライブズ』だけは取り上げないでくれ！　案の定、受刑者は怒りまくって、サルみたいに刑務所のそこらじゅうに糞をして回った。〝エイプシット〟って言葉はそこから来たのかもしれないね。ともかく、ドラマの続きがどんな展開になってるのか、外の誰かが教えてくれないかと全受刑者が知りたくてうずうずしてる。だから、何か教えてもらえたらありがたい。おれたちが最後に見た回は、マリーを撃った罪でリズが逮捕されたことをほのめかすところで終わった。事故だったとはいえ、撃つなんてバカだよな。シルクの〝C〟のスカーフはまだ見つかっていなくて、あれがいつか罪の証拠になるんじゃないかとおれはにらんでる。火曜日に監房の便所が詰まった。出されたヒラマメが傷んでて、デニスが下痢したせいだ。デニスは支給されたトイレットペーパーを使いきっちまったもんだから、ずいぶん前からそのへんに転がってた『ソフィーの選択』のページをちぎって代わりに使った。本の紙はもちろん水に溶けない。それで便所が詰まって、デニスの尻の穴から出た悪魔のにおいが第一ブロックの隅から隅まで充満した。この前の手紙に、トライポッドの話は書いたっけな。少し前に、運動場にもぐりこんできた猫をフリッツが見つけたんだ。フリッツはこのところ行儀よくしてたから、毎日の運動の時間、フリッツが運動場で猫の世話を焼いてても看守は見て見ぬふりをしてた。おれたちもみんな、昼めしを少し取っといてやったりするようになったから、猫はそれを当てにして運動の時間になるとおれたちの監房に顔を出すようになった。ところが、看守の一人が猫に気づかずに監房の扉を閉めちまってね、かわいそうに、猫は獣医に運ばれた。獣医は、フリッツの愛猫に悩ましい宣告をした。バカ高い手術で脚を一本切除するか、眉間に銃弾を撃ちこむか（厳密には獣医の提案は別のものだったが、まあ、言いたいことはわかるよな）。猫が大ケガしたって噂がすぐに広まって、おれたちはさっそく帽子を回して寄付を募った。フリッツの愛猫を助けてやろうぜって、全員が一月分の稼ぎを寄付したんだよ。手術を受けた猫は、すぐにまたおれたちの監房に三本脚で出入りするようになった。そこでおれたちは長時間の会議を開いて、おれたち全員で命を救った猫の名前を考えた。全員一致で〝三脚（トライポッド）〟に決まった。いまじゃ猫はビートルズ以上の人気者だよ。オーガストときみの学校の成績は上々だと聞いて安心した。しっかり勉強しておくことだ。肥だめみたいなムショに入るようなおとなにはなるな。薬を盛られて強姦魔にケツを掘られるのはいやだろう？　学校の勉強をちゃんとやってない子供には、そういうことが起きたりしがちだ。ところで、スリムに頼んでおいたよ。きみやオーガストが成績表を持って帰ってきたら、点数がよかろうと悪かろうと、どんな様子かかならず知らせてくれって。さて、きみの質問に答えよう。誰かがきみをナイフで刺すつもりで近づいてきているのかどうかを見分けるポイントは、そいつの歩くスピードだ。誰かを殺そうと考えていると、目つきも変わる。殺意が目に表れるんだ。武器を隠している奴は、遠くから獲物を狙っているタカみたいな目でターゲットを凝視しながら、まずはゆっくり近づいてくる。もう少しというところまで来ると、足取りが速くなる。すっ、すっ、すっ。自分が誰かを刺そうとしてるなら、背後からターゲットに接近して、できるだけ腎臓に近いところにナイフを刺すといい。そうすると、ターゲットはジャガイモの袋みたいにあっけなく倒れる。大事なのは、こっちの言いたいことが相手にしっかり伝わる程度には深く、しかし殺人罪で起訴されない程度に浅く刺すことだ。この加減がなかなか難しい。

　スリムに伝えてくれ。スリムが作った花壇はいま最高にきれいだ。ツツジは鮮やかなピンク色で、ふわふわして、おれたちは王立園芸協会の展示会に出品する綿菓子を作っているような気分でいる。

ハヴァティ先生の写真をありがとう。きみの説明以上の美人だな。めがねをかけた若い教師ほどセクシーなものはない。きみが書いていたとおりだ。先生の顔は、まさに夜明けの太陽だね。きみが世の中のことを少しでもわかってるならきっと先生本人には黙っていてくれるだろうが、この棟の全員が先生によろしくと言ってる。おっと、そろそろ時間切れだ。食事休憩がもう終わる。食堂が閉まっちまう前に行って、ボロネーゼソースのスパゲティを腹に入れとかないと。つねに高みを目指せよ、イーライ。ただし足もとに気をつけてな。

アレックスより

追伸
お父さんには電話してみたかい？　父子関係をどうこう言える立場じゃないが、きみがお父さんのことがそれほど気になるなら、お父さんのほうもきみのことを同じくらいしょっちゅう考えてるんじゃないかと思う。

土曜の朝はスリムと手紙を書く。母さんとライルはまた映画に出かけている。大した映画マニアだ。今日は『007 オクトパシー』らしい。オーガストとぼくも観たいと言ってみた。今回もだめだと言われた。笑わせるよな。素人め。

「『オクトパシー』ってのはどんな映画だ」スリムが訊いた。右手はものすごく几帳面な筆記体で手紙をひたすら綴っている。

ぼくは手紙を書くのを中断して答えた。

「ジェームズ・ボンドが、プッシーが八つある海の怪物と戦うんだ」

ぼくらはキッチンテーブルに向かっていて、それぞれコップでミロを飲み、スライスしたオレンジをつまんでいた。キッチンのシンクのそばに置いたラジオからイーグルファーム競馬場のレース中継が流れていた。オーガストは四つ切りにしたオレンジの皮を、ラグビー選手のマウスガードみたいに前歯にはめている。外は蒸し暑い。夏だし、ここはクイーンズランドだからね。スリムはシャツを脱いでいて、痩せ細った戦争捕虜みたいなあばらが見えている。たばこと悲しみを主食にしているせいで、ぼくの目の前でじわじわ死んでいこうとしているみたいに痩せていた。

「ちゃんと食べてるの、スリム」

「その話はよせ」スリムは手巻きのたばこを口の端っこにぶら下げたまま言った。

「幽霊みたいに見えるよ」

「友好的な幽霊か」

「んー、友好的じゃなくはないかな」

「そっちは陽に焼けすぎて、まるで銅像だぞ、坊主。手紙は書けたか」

「あと少し」

スリムはボゴ・ロード刑務所で計三十六年服役した。D9監房では手紙のやりとりをほぼずっと禁止されていた。受刑者にとって、よく書けた手紙がどれだけありがたいものか、スリムはよく知っている。手紙は外部とのつながりを意味する。人間らしさとか、眠りからの目覚めを。スリムはもう何年もボゴ・ロードの受刑者に手紙を書いていた。封筒には偽名を書く。赤煉瓦の壁に囲まれた要塞から脱出する手段に誰より詳しいアーサー・〝スリム〟・ハリデーから届いた手紙とわかれば、刑務所の検閲でかならずはねられるからだ。

スリムは一九七六年にブリスベンの自動車修理工場で働いていたとき、やはり同じ工場で働いていたライルと知り合った。終身刑のうち二十三年の服役を終えて、〝通勤刑〟に切り替わったところだった。昼間は刑務所の外の監督つきの職場で働き、夜はボゴ・ロード刑務所に帰る。スリムとライルの二人でやると、エンジン修理はあっという間に片づいた。自動車の仕組みに二人ともすごく詳しかった。青春時代を無為に過ごしたという共通点もあった。金曜の夕方になると、ライルは手書きの手紙をスリムのデイパックにこっそり入れておいた。刑務所でスリムが見つけて読めば、ライルの幼稚園児レベルの手書きの文字を介して、週末もおしゃべりを続けられる。いつだったかスリムは、ライルのためなら命だって惜しくないよとぼくに言った。

「だからってな、ライルの奴、死ぬより難儀な頼みごとをしてきやがって」

「どんな頼みごとだったの？」ぼくは訊いた。

「おまえたちのベビーシッターさ」

二年前、キッチンテーブルでスリムが手紙を書いているのを見かけた。

「家族や友達から手紙をもらえない受刑者に宛てた手紙だ」スリムは言った。

「家族や友達はどうして手紙を書いてあげないの」ぼくは訊いた。

「家族も友達もいない奴が大半だからさ」

「ぼくも書いていい？」ぼくは尋ねた。

「もちろんだ」スリムは言った。「そうさな、アレックスに書いてやってくれ」

ぼくはペンと紙を持ってきて、テーブルのスリムの隣に座った。

「何書いたらいい？」

「自己紹介と、今日何をしたか」

親愛なるアレックス

ぼくの名前はイーライ・ベルです。十歳で、州立ダーラ学校の五年生です。オーガストという名前のお兄ちゃんがいます。オーガストはひとこともしゃべりません。しゃべれないからではなくて、しゃべりたくないからです。ぼくの一番好きなゲームは〈ミサイルコマンド〉で、一番好きなプロのラグビーチームはパラマタ・イールズです。今日、オーガストとぼくはイナーラに自転車で行きました。公園に行ったら、公園から外に流れる下水トンネルがありました。ぼくらがもぐりこめるくらい大きいトンネルでした。でもアボリジニの子供が来て、そのトンネルは自分たちのだから、おまわりに棒で叩かれたくないならトンネルから出ろと言われました。アボリジニの子供のなかで一番体の大きい子の右腕に大きな傷あとがありました。オーガストがその子を叩くと、みんな逃げていきました。

帰り道、歩道でツムギアリの群れに生きたまま食われているトンボがいました。ぼくはトンボを死なせてやろうとオーガストに言いました。オーガストは放っておこうと言いました。だけどぼくはトンボを踏みつぶして死なせました。でもそのときいっしょにツムギアリも十三匹つぶしてしまいました。どう思いますか、ぼくはトンボを放っておいたほうがよかったですか。

イーライ

追伸

誰からも手紙をもらえないなんてさびしいと思いました。よかったらぼくがまた手紙を書きます。

二週間後、便箋六枚の返事がアレックスから届いて、ぼくは有頂天になった。六枚のうち三枚にはアレックスの子供時代のできごとが綴られていた。下水トンネルのなかで少年グループに脅されて喧嘩になったときの話だ。人間の鼻の詳しい構造や、鼻は額に比べて殴られた衝撃に弱いことを説明するくだりを読んで、ぼくはスリムに尋ねた──ぼくはいったい誰と文通相手になったんだろ。

「アレクサンダー・バミューデスだよ」スリムは答えた。

エイトマイルプレインズの自宅裏庭の小屋で密輸入のソビエト製ＡＫ74が六十四丁発見されて、アレックスは九年の刑を言い渡され、ボゴ・ロード刑務所に服役していた。ＡＫ74は、かつてアレックスが支部長を務めていたバイカーギャング〝レベルズ〟のメンバーに配る予定で保管していたものだった。

「忘れるな、具体的に書けよ」スリムはいつも言う。「ディテールだ。ディテールを一つ残らず書け。塀のなかの連中は、日常生活のつまらんディテールに飢えてる。自分ではもう経験できないわけだからな。おまえが学校の先生に熱を上げてるなら、その先生はどんな髪の毛をしてるのか、どんな脚をしてるのか、昼めしには何を食うのか書け。その先生の担当が幾何学なら、どんな風に黒板に三角形を描くのか詳しく説明しろ。昨日、おまえが駄菓子を買いに出かけたなら、自転車に乗っていったのか、歩いていったのか、途中で虹を見たりしたのか。買ったのはぺろぺろキャンディか、ビスケットか、それともキャラメルだったのか。先週食べたミートパイがうまかったなら、具は挽き肉と豆だったのか、カレーか、牛肉とマッシュルームの煮込みだったのか。全部書け。言いたいことはわかるな。ディテールだ」

スリムは便箋にひたすら書き続ける。たばこを吸って頬がへこむ。そうすると頭蓋骨の形がくっきりして、襟足と横が短くててっぺんが四角いヘアスタイルのせいで、フランケンシュタインの怪物みたいに見える。生きてる！　でも、いつまで、スリム？

「スリム」

「何だ、イーライ」

「一つ訊いていい？」

スリムは書く手を止める。オーガストも動きを止める。二人そろってぼくを見る。

「タクシー運転手を殺したのはスリムだったの？」

スリムはかすかな笑みを浮かべる。唇が小さく震え、スリムは黒いめがねを押し上げる。知り合って長いから、スリムが気分を悪くしたときはすぐにわかる。

「ごめん」ぼくは言い、下を向いて、ボールペンの先を便箋に戻した。「今日の新聞に特集記事があったから」

「特集記事？」スリムが大声を出す。「今朝の『クーリエ・メール』には何もなかったぞ」

「『クーリエ・メール』じゃないよ。地元紙だ。『サウスウェスト・スター』。〈クイーンズランドは忘れない〉ってシリーズの最新の記事。ものすごく長い記事だった。〝ボゴ・ロードのフーディーニ〟がテーマでさ。スリムの脱獄事件の話。サウスポートの殺人事件のことも取り上げられてて、スリムは無実かもしれないって書いてあった。犯してもいない罪のせいで二十四年も服役したのかもしれないって――」

「大昔の話だ」スリムはぼくをさえぎった。

「だけど、本当のことをみんなに知ってもらいたくないの？」

スリムはたばこを吸った。

「一つ訊いていいか、坊主」

「うん」

「おまえはどう思う。おれは運転手を殺した犯人だと思うか」

わからない。ぼくにわかるのは、何があろうとスリムは負けなかったってことだ。ぼくが知っているのは、スリムは決してあきらめなかったってことだ。看守に負けなかった。鉄格子にも。懲罰房にも。ブラック・ピーターにも負けなかった。それまでぼくはたぶん、もしもスリムが人を殺したなら、罪の意識に押しつぶされて、地下懲罰房で過ごした暗黒の日々に耐えきれなかっただろうと思ってきた。でもスリムは喪失感にも人生を奪われた悔しさにも負けなかった。人生の半分を刑務所で過ごしたのに、人を殺したのかとぼくに訊かれて、ほほえむ余裕さえ残している。〝フーディーニ〟は合計で三十六年間、箱に閉じこめられていても生還した。気の長い奇術。帽子からウサギがぴょこんと顔を出すまで三十六年もかかる奇術。人の命の長い長い奇術。

「スリムは心のきれいな人だと思う」ぼくは言った。「人を殺せるとは思わない」

スリムはくわえていたたばこを指でつまんで下ろした。テーブルに乗り出す。そして低くて不気味な声で言った。

「何ができて何ができないか、どんな相手だろうと、甘く見ちゃいかん」

それだけ言って、また椅子の背にもたれた。

「その特集記事とやらを見せてみろ」

クイーンズランドは忘れない

どれほど薄いチャンスであろうとそれに賭けた〝ボゴ・ロードのフーディーニ〟

アーサー・〝スリム〟・ハリデーは英連邦内でもっとも危険な囚人、脱獄の名人〝ボゴ・ロード刑務所のフーディーニ〟と呼ばれる人物ではあるが、彼がやってのけた最高のマジックは、自由の身となって刑務所の正門から堂々と出たことだろう。

十二歳で両親を亡くし、教会の孤児院で少年期を過ごしたスリム・ハリデーが犯罪者人生の第一歩を踏み出したきっかけは、羊毛の刈りこみの仕事に就くためクイーンズランドに向かう際、列車の無賃乗車で逮捕され、刑務所に四日間収容されたことだった。一九四〇年一月二十八日、ボゴ・ロード刑務所の悪名高き第二ブロックから初めて脱獄したとき、ハリデーは三十歳、詐欺罪や家宅侵入罪など、いくつもの前科を重ねていた。

スリムの脱獄

フーディーニ・ハリデーの最初の奇術めいた脱獄が成功したのは、刑務所の塀のある一角が周囲の監視塔の死角になっていることに気づき、そこをよじ登ったからだった。この一角はのちに〝ハリデーの跳躍〟と呼ばれることになる。ハリデーが単独で脱獄したあと、警備体制の甘さが批判されたものの、その一角に脱走防止策が施されることはなかった。

一九四六年十二月十一日、ハリデーはふたたび脱走した。伝説の〝ハリデーの跳躍〟からわずか十五メートルの距離にある刑務所内の工場の角の壁をよじ登る手口が報じられると、ブリスベン市民は少なからず驚いた。ハリデーは刑務所の塀のすぐ外側で囚人服を脱ぎ、その下に着こんでいた平服でタクシーを拾い、少し遠いからといって余分のチップを運転手に渡してブリスベン北部の町に向かった。

警察による懸命かつ広範な捜索を経て、ハリデーは四日後にふたたび捕えられた。大胆にも二度目の脱獄に挑んだ動機を訊かれて、ハリデーはこう答えた。「自由は人間にとって何より大切なものだ。自由になろうとした人間を責めることはできない」

終身刑のサイクル

ハリデーは一九四九年に刑期を満了して出所し、シドニーに移って慈善団体の救世軍で働いたのち、ボゴ・ロード刑務所で身につけた板金技術を活かして屋根修理ビジネスを興した。一九五〇年にはアーサー・デールと名前を変え、ブリスベンに戻り、ウールルーンガーバの軽食堂経営者の娘と恋に落ちた。一九五一年一月二日、アイリーン・キャスリーン・クロースと結婚し、二人は一九五二年にブリスベン北部の海沿いの町レッドクリフのアパートに引っ越したが、このわずか数カ月後、ハリデーはふたたび新聞の一面を飾ることになる。サウスポートの遊歩道で発生したタクシー運転手アソール・マコーワン殺害事件で有罪となり、終身刑を宣告されたのだ。

この事件の捜査を指揮したクイーンズランド州警察のフランク・ビショフ警部補によると、ハリデーはマコーワン殺害現場から逃走してシドニーに行き、ギルフォードの商店に強盗に入ったが、勇気ある商店主に抵抗され、もみ合ううちに四五口径の拳銃が暴発してハリデー自身の脚に弾が当たり、その場で警察に逮捕された。

傍聴人であふれる法廷で証言台に立ったビショフは、ハリデーは銃創の治療のためにパラマタ病院に入院しているあいだにマコーワン殺害事件を自白したと話した。一九五二年五月二十二日の運命の夜、ハリデーはサウスポートでマコーワンが乗務するタクシーを拾い、そこからさらに南に下ったカランバン・ヒル保護公園内の展望台周辺の人目につかない場所でマコーワンに銃を突きつけて金を出せと脅したが拒まれ、四五口径の拳銃でマコーワンを殴打して殺害したという。ビショフの証言によれば、ハリデーは自白の際に詩を暗唱した。「鳥は食い、鳥は自由。奴らは働かない、なぜ人間だけ?」

一方、スリム・ハリデー当人は、自分はビショフにはめられてマコーワン殺害犯人に仕立て上げられたと反論した。詳細な自白の内容——正確な地名から暗唱したとされる詩まで——ビショフの想像の産物だとしている。

一九五二年十二月十日付『クーリエ・メール』によれば、「ハリデーから〝おれが殺しました〟と告白されたとビショフが証言したとき、ハリデーは声を上げて抗議した」。

記事には「ハリデーは勢いよく立ち上がり、被告人席の手すりから身を乗り出して〝それは嘘だ〟と叫んだ」とある。ハリデーは、マコーワン殺害事件当夜、自分はおよそ四百キロ離れたニューサウスウェールズ州グレンイネスにいたと一貫して主張した。

フランク・ビショフ警部補は、一九五八年から一九六九年までクイーンズランド州警察本部長を務めたのち、汚職疑惑がささやかれるなか退職した。一九七九年死去。終身刑の宣告前に、ハリデーは被告人席から断言した。「何度でも言う。おれは犯人じゃない」

法廷の外で、ハリデーの妻アイリーン・クロースは、最後まで夫を支えていくと胸に誓った。

ブラック・ピーターでの暗黒(ブラック)の日々

一九五三年、新たに脱獄を試みて失敗し、ハリデーはボゴ・ロード刑務所の悪名高き〝ブラック・ピーター〟、地下に設けられた独房に監禁された。ブリスベンが殺伐とした未開の流刑地だった時代の遺物である。ハリデーは十二月の猛暑のなか十四日間の監禁を生き延びた。この一件は現代の犯罪者更生方法のありかたについて広く議論されるきっかけとなった。

「ハリデーは独房監禁されたという」これは一九五三年十二月十一日『クーリエ・メール』に掲載されたゲイソーン在住のL・V・アトキンソンの投書だ。「刑務所に閉じこめられた哀れな囚人は、本能的に自由を求めたがために、中世の監獄制度の名残であるもっとも厳しくもっとも忌まわしい罰を与えられたことになる。現代の刑法の原則に照らし合わせるなら、拷問じみた刑罰を許容してよいはずがない」

ハリデーがブラック・ピーターから生還した話は広く伝わった。一九五〇年代の小学生が朝食のテーブルでアンザックビスケットをかじりながら小声で語り合うのは、オーストラリアの山賊ネッド・ケリーではなく、アメリカのギャング、アル・カポネでもなく、〝ボゴ・ロードのフーディーニ〟の伝説だった。

「建造物や屋根、工具に関する知識、持ち前の根気と勇気が、ハリデーをボゴ・ロード刑務所でもっとも厳重に監視される受刑者にした」『サンデー・メール』はそう書いた。「押しこみ強盗時代を知る刑事たちは、ハリデーはまるでハエのように塀を登ると証言する。ハリデーはおそらく、これからも脱獄を試み続けるだろう。ハリデーを知る警察官は、終身刑で生涯を終えるその瞬間まで、一分たりともハリデーから目を離してはならないと言う。平均的な寿命をまっとうすると仮定すれば、ハリデーは少なくともあと四十年、ボゴ・ロードの赤煉瓦塀のなかのやっかいな存在であり続けるのだ」

それから十一年間、ハリデーは一日に三度、裸検身を受けることになった。監房で許可される着衣はパジャマと室内履きのみだった。どこに行くにも看守が二名、付き添った。生涯学習クラスへの参加は取り消された。D9監房の扉には錠前が追加され、D棟の出入口にも錠前が追加された。ボゴ・ロード刑務所の第五運動場は改修されて最重警備運動場となり、ハリデーは日中、金網で囲まれた区画で体を動かした。週末にかぎり、ほかの受刑者が一人だけ一緒に金網に入ってチェスの相手をした。脱獄の極意が広まるのを恐れて、ハリデーがほかの受刑者と会話することは禁じられた。

一九六八年九月八日、ブリスベンの『トゥルース』紙はハリデーがまもなく六十歳の誕生日を迎えようとしていることを次のような見出しで報じた――〈殺人犯の衰え　いまは誰とも話さない〉

「クイーンズランド州の殺人犯であり〝ブーディーニ〟との異名を取る脱獄の名人でもあるアーサー・アーネスト・ハリデーの目は、かつての輝きを失っていた。常時二名の刑務官に監視され、クイーンズランド州では前例のない厳格なセキュリティ下に置かれてきた六十歳の〝スリム〟・ハリデーは、ボゴ・ロード刑務所の厳めしい塀の内側で無気力に過ごしている」

しかし、当時の刑務所長はマスコミの取材に、ハリデーの〝不屈の精神〟は衰えていないと答えている。「どれほど過酷な刑罰によってもその精神はくじかれておらず、またどれほど厳しく不愉快な扱いを受けようと、ハリデーは文句一つ口にしたことがない」

長期にわたる服役が終わりに近づくにつれ、老ハリデーの脱獄への執着は薄れた。六十代後半になると、ボゴ・ロード刑務所の赤煉瓦の塀をよじ登るのは体力的に不可能になった。長年の模範的な服役態度を認められて、刑務所内の図書室の司書に任じられると、文学や詩のすばらしさをほかの受刑者に伝えた。その情熱に感化される受刑者はしだいに増え、最近では定期的に運動場に集まり、敬愛するペルシアの学者で詩人ウマル・ハイヤームの詩を朗読する〝ブーディーニ〟・ハリデーの声に聞き入るという。ハリデーがウマル・ハイヤームの詩に出会ったのは、一九四〇年代、刑務所内の図書室でのことだった。

ウマル・ハイヤームの作品中、ハリデーがとりわけ気に入っていたのは『ルバイヤート』で、刑務所内の工場の機械を使って自ら一つひとつ丹念に作った駒を並べたチェス盤をにらみながら、そのなかの一編をよく暗誦(あんしょう)していた。

人の世は闇と光の格子盤
人を駒に運命が遊ぶ
こちらへあちらへ動かされ、詰められ、倒されて
ひとつ、またひとつと箱のなかへ

記者、金を掘り当てる

結局のところ、〝ブーディーニ〟・ハリデーが演じてみせた最高の奇術は、ボゴ・ロード刑務所を生き延びたことだった。アソール・マコーワン殺害の罪で二十四年服役したのち、受刑者と刑務官の両方の笑顔の祝福に見送られ、ハリデーは正門から刑務所をあとにした。

一九八一年、ブリスベンの『テレグラフ』記者、ピーター・ハンセンは、長く世間の目を逃れて暮らしていたスリム・ハリデーがキルコイ近郊の小川で砂金採りをしているところを取材した。ハリデーは林野管理庁に五ドルを納め、試掘者として合法的にそこで暮らしていた。

「おれは一度も罪を認めていない」ハリデーは問題の殺人事件についてそう話した。「ビショフがおれの供述をでっち上げて法廷で証言した。ビショフは冷酷な人間だ。おれを有罪にした功績で警察本部長にのし上がった。おれは事件の二日前にブリスベンを離れていた……有罪を宣告されたのは、おれの名前がアー

サー・ハリデーだから、それだけのことさ」

ハリデーは、年老いたいまでもボゴ・ロード刑務所に戻ることを恐れていないと語った。「あそこはおれの家みたいなものだからね。最後のころは、セキュリティ顧問として意見を求められることもあった」

それから二年、アーサー・″スリム″・ハリデーは、いまでは地球上から消えてしまったかのようだ。最後に判明している消息は、ブリスベン北部のレッドクリフに駐めたトラックの荷台で寝起きしていたというもの。しかしスリム・ハリデーの伝説は、いまもボゴ・ロード刑務所の赤煉瓦の塀の内側、″ブーディーニ″が出所して以来、空室であり続けているD棟の9号監房で生き続けている。空室なのは、単純に監房の割り振りの結果にすぎないと刑務所側はいう。しかし受刑者のあいだでは、D9監房にふさわしい囚人が現れないからだというのが定説になっている。

「スリム?」

「何だ、坊主」

「その記事にはさ、アイリーンは夫を支えていくつもりでいたって書いてあるよね」

「ああ」

「けど、結局そうはならなかったわけだ」

「いいや、彼女はずっと支えてくれたよ、坊主」

スリムは陽に焼けた長い腕をテーブル越しに伸ばし、記事をぼくに返してよこす。

「そばにいなかろうと、誰かを支えることはできる」スリムは言った。「手紙は書けたか」

「あと少し」

親愛なるアレックス

ボブ・ホーク首相をどう思いますか。スリムは、適度に小ずるくて根性があるから、ボブ・ホークにならオーストラリアを任せられそうだって言います。ボブ・ホークを見てると、一九六〇年代の真ん中ごろ、スリムと一緒に第二ブロックの胴元をやってたラフィー・レジーニを思い出すそうです。ラフィー・レジーニは策略家と強面の取り立て人が一人になったみたいな人で、どんな賭けでも引き受けました。競馬、フットボール、ボクシング、運動場の喧嘩、チェス。一九六五年には、刑務所の復活祭の昼ごはんのメニューまで賭けにしました。スリムによると、ラフィー・レジーニはゴキブリ配達システムを開発した人です。いまでもゴキブリ配達システムは使われていますか。賭けの勝利金はたいがいホワイト・オックスたばこで支払われていたけど、夜、監房の扉が閉まる前に払ってほしいって要望が多かったそうです。たばこがほしくなるのは夜だから。そこでラフィー・レジーニは、ゴキブリ配達システムを開発してほかの胴元との差別化をはかりました。自分のベッドの下にパイナップルの空き缶を置いて、そこでデカくて栄養のいいゴキブリをたくさん飼いました。ゴキブリはけっこうな力持ちだそうです。ラフィーは毛布やシーツの綿をほぐした糸を使ってホワイト・オックスたばこ三本をゴキブリの背中にくくりつけ、監房の扉の下の隙間から放して、顧客の監房に運ばせました。でも、どうやって目的の監房にゴキブリを確実に行かせたのか、不思議ですよね。ゴキブリの脚は体の両側に三本ずつ、合計六本あります。ラフィーはこの小さな配達人でいろいろ実験しました。その結果、六本の脚のうちどれをちぎるかで行き先をコントロールできることがわかりました。前のほうの脚を一本取ると、ゴキブリは北東や北西の方角に進みます。真ん中の左の脚なら左方向に進み続けて、反時計回りに円を描きます。真ん中の右なら、時計回りの円です。ゴキブリを壁際に置いて放すと、延々と壁に沿って進みます。ラフィーはこれを利用しました。たとえば、左側の七つ先の監房にいるベン・ベナガンにたばこを届けたいなら、てっぺんのたばこに宛先の名前〝ベナガン〟を書き、ゴキブリの左の真ん中の脚をちぎってから大冒険に送り出します。勇敢なゴキブリは、通り道の全部の監房にいちいち入ってしまいますが、何より名誉を重んじる受刑者は、律儀にゴキブリを放して、また壁沿いに延々と進ませるわけです。みんなゴキブリを優しく扱っただろうとぼくは思います。殺人犯に強盗犯にペテン師。どんな人にも優しい瞬間はあるはずだと思います。時間ならいくらでもあったわけだから。

このところずっとこんな風に考えてます、アレックス。世界中で起きている問題、過去に起きた犯罪は、どれも誰かのお父さんに原因があるんじゃないかって。強盗、レイプ、テロ、アベルを殺したカイン、切り裂きジャック、どれもこれも原因はお父さんにあります。お母さんにもあるかもしれないけど、世界中のどのろくでなしのお母さんも、お母さんになる前はろくでなしのお父さんの娘だったはずです。もしも話したくなかったら話さなくていいけど、アレックスのお父さんの話を聞きたいです。善良な人でしたか。思いやりのある人でしたか。そばにいてくれましたか。父さんに電話してみなさいってアドバイス、ありがとう。アレックスの言うとおりです。どんな物語にも二つの面があるよね。

『デイズ・オブ・アワ・ライブズ』のこと、母さんに訊いてみました。入院中のマリーは回復のきざしを示しているそうです。リズは真実を打ち明けようと思ってICUに行ったけど、意識を取り戻したマリーが、真っ暗だったから自分を襲った犯人の顔は見ていないと言ったので、リズは何も話さないで帰って、罪を隠したまま生きていきそうな雰囲気だそうです。目を覚ましたマリーが一番に言ったのは「ニール」で、マリーが本当に愛してるのはニールだけど、ニールの奥さんとして自分は失格だから、リズと再婚して子供たちと一緒に暮らしてかまわないってニールに言ったそうです。

またすぐ手紙を書きます。

イーライ

追伸

ウマル・ハイヤームの詩集『ルバイヤート』を同封します。スリムは、これのおかげで刑務所でがんばれたって言ってます。人生の浮き沈みについて書いてあります。人生の欠点は、短くて、いつか終わりが来ることです。人生のよい点は、パンとワインと本がついてくることです。

「スリム？」

「何だ、坊主」

「アーサー・デール。途中でその名前に変えたよね」

「ああ」

「デール」

「ああ」

「それって例の看守の名前でしょ。デール刑務官」

「そうだ」スリムは答える。「紳士の名前がほしかった。おれが知ってる誰より紳士だったのがデール刑務官だった」

デール刑務官は、一九四〇年代にスリムが初めて服役したときボゴ・ロード刑務所に勤務していた刑務官だ。

「いいか、坊主。塀のなかじゃありとあらゆる悪を目にする」スリムは言う。「入ったときは善良だった奴が悪い人間になったりする。悪そうに見えた奴が、実はちっとも悪い人間じゃないとあとでわかることもある。かと思えば、骨の髄まで悪に染まってる奴もいる。そういう環境で育ったせいだ。ボゴ・ロード刑務所の看守のざっと半分がこれに当てはまる。奴らが刑務所の仕事を選んだのは、類は友を呼ぶからなんだよ。レイプ犯に殺人犯にサイコパス。看守たちは、そういった連中の更生を手助けしてるふりをして、実際には自分のいかれた頭のなかの檻にいる邪悪な獣に餌をやっておとなしくさせてるわけだな」

「でも、デール刑務官は違った」

「そう、デール刑務官は違った」

最初の脱獄のあと、ボゴ・ロード刑務所の看守はスリムにいやがらせをするようになって、必要もないのに一日に何度も服を脱がせて身体検査をした。向きを変えさせるのにスリムの頭の横をはたいたり、前屈みになれといってスリムの尻を蹴ったり、後ろに下がらせるのにスリムの鼻を肘打ちしたりした。ある日、怒りを抑えきれなくなったスリムは、監房の汚物入れの中身を看守たちに投げつけた。看守は高圧ホースで水を浴びせて対抗した。やがて一人が刑務所の厨房から沸騰した湯をバケツ二つ分持ってきた。別の一人は、真っ赤に焼けた火かき棒で監房の鉄格子の隙間からスリムを突こうとした。

「奴らは、闘鶏用の雄鶏を興奮させようとしてるみたいにおれを威嚇した」スリムは言う。「おれは食事用のナイフを研いだやつを枕の下に隠してたから、それで看守の一人の手を刺した。狂犬病の犬みたいにつばや泡を飛ばしながらナイフを振り回した。そこから地獄が口を開けたような騒ぎになったが、そのなかで一人、デール刑務官だけがおれをかばってくれた。ほかの連中に向かって、そのくらいにしろ、もう充分だろうと怒鳴った。そのときのことはよく覚えてる。周囲で起きてることがスローモーションのようになって、おれはデール刑務官を見ながら思った。人間の本質ってのは地獄でこそ表れるものなんだ、本当の善良さってのは、その正反対がふつうになってる暗黒の世界でこそひときわ輝くものなんだと。悪が日常で、善良さは贅沢品って世界で。わかるな？」

スリムはほほえみ、オーガストのほうを見た。オーガストは、得意の訳知り顔でスリムにうなずく。まるで隣のD10監房でスリムと一緒に服役したと思いこんでいるみたいだった。

「しかしな」スリムは続ける。「地獄のあれくらい深いところまでもぐると、悪魔のウィンクがドリス・デイの手コキみたいに思えてくる。わかるか？」

オーガストはまたうなずいた。

「嘘つけ、ガス。ドリス・デイって誰なのかさえ知らないくせに」ぼくは言った。

オーガストは肩をすくめた。

「まあいい」スリムは言った。「肝心なのはだ。連中を止めようとしてるデール刑務官を見てたら、大混乱のさなかで白昼夢を見てるみたいな心地になった。その勇気に感動して涙が出そうになったよ。そのあと本当に涙が止まらなくなったがな。看守の第二波が押し寄せてきて、催涙ガス弾をいくつもおれの監房に投げこんだんだ。おれはめちゃくちゃに蹴飛ばされ、そのままブラック・ピーターに放りこまれた。そのときは冬のさなかだった。毛布はない。マットレスもなかった。真夏にブラック・ピーターで過ごす十四日間は悪夢だと誰もが言う。だが、真冬にずぶ濡れのままブラック・ピーターで一晩過ごすのと、真夏の十四日間とどっちがいいって訊かれたら、おれは迷わず真夏の十四日間を選ぶね。朝まで震えどおしだった。一晩中ずっと、一つのことを考えてた……」

「誰にだって善良なところはあるってこと？」ぼくは訊いた。

「いいや、坊主。誰にでもあるわけじゃない。デール刑務官だけのことさ」スリムは言った。「だが、その一件をきっかけにこう考えるようになった。あんなろくでもない連中と長いこと一緒に働いてるのに、デール刑務官は善良なところを完全には失わずにいた。だとすると、ブラック・ピーターを耐え抜いたあと、おれのなかにも善良さのかけらくらいは残ってるかもしれないって。ムショと永遠におさらばしたらな」

「新しい名前、生まれ変わり」ぼくは言う。

「あの地下牢みたいな場所では、いい考えに思えた」スリムが言う。

ぼくは『サウスウェスト・スター』を手に取った。〈クイーンズランドは忘れない〉の記事に添えられた写真の一枚は、一九五二年、サウスポート裁判所の控え室に座っているスリムを撮影したものだ。スリムは幅広の襟がついた白いシャツにクリーム色のスーツを着て、たばこを吸っている。このあと二十四年間、刑務所の監房で暮らすことになるわけだけど、それよりもキューバのハバナあたりにいるのが似合いそうだった。

「どうして？」ぼくは訊いた。

「何が」

「どうしてそんなに長いあいだがんばれたの？　その……」

「カミソリの刃を詰めた輪ゴムのボールをのみこまずに、か？」

「うん、まあ、〝あきらめずに〟って言おうとしてたんだけど……でも、うん、それも含めて」

「その記事にあるフーディーニの奇術(マジック)うんぬん、な。半分は当たりだ」スリムは言う。「あの刑務所でおれがやったことは、一種のマジックだった」

「どういうこと？」

「刑務所にいるあいだ、おれは時間を操作できた」スリムは言った。「時間と親しい仲になって、好きに操れたんだよ。進みを速くしたり、遅くしたり。時間に速く過ぎてもらいたい日は、自分の脳をだます。考える暇もないほど忙しくして、やりたいことを全部やり遂げるにはとてもじゃないが時間が足りないと自分に思わせる。〝やり遂げる〟といっても、バイオリンを弾けるようになるとか、経済学の学士号を取るとか、そういう話じゃないぞ。現実的なこと、昼日中に刑務所の監房でやれることだ。黒いボールみたいなゴキブリの糞を、それを並べて自分の名前が綴れるくらい大量に集めるとか。日によっちゃ、血が出るまで爪を嚙むのが、エルヴィス映画の二本立てを観に行くくらい楽しみでしかたなくなったりする。やることはたくさんあるのに、時間は足りない。寝床を整えて、『白鯨』の三十章を読んで、アイリーンのことを考えて、『ユー・アー・マイ・サンシャイン』を始めから終わりまで口笛で吹いて、たばこを巻いて、たばこを吸って、チェスをやって、初戦で負けて悔しくてたまらないからもう一局チェスをやって、頭のなかでブライビー島に行って釣りをして、レッドクリフの桟橋でも釣りをして、釣った魚のうろこを落として、腸(わた)を取って、サットンズビーチで脂ののったコチを炭火で焼いて、夕陽が海に沈むのをながめる。時計の針ってやつと猛烈な競走をしてたらいつのまにか一日が終わっちまって、想像のなかで今日の予定をこなしただけなのにぐったり疲れて、あくびをしながら午後七時に枕に頭を置き、朝から晩まで忙しく動き回ってこんなに遅くまで起きてるなんてどうかしてるぞとつぶやく。反対に、ゆっくり楽しみたい時間帯、よく晴れた日中に運動場で過ごしたりするようなときは、時間の進みを遅くすることだってできる。よく調教された馬の手綱を引くようにして、花壇をいじって過ごす一時間を半日に延ばすことだってできるんだよ。おれたちは五次元の時間に生きてるんだからな。においのするもの、味のするもの、手で触れるもの、聞こえるもの、見えるもの。その五つだ。ものの内側に、またものがある。花のおしべに小さな宇宙がある。層をなしている。なんでかっていうと、コンクリートの壁に囲まれた何も動かない毎日を送ってると、花壇に行くたびに、テクニカラーの花園に足を踏み入れたドロシーの気分になるからだ」

「ディテールを一つ残らず見ることを覚えたんだね」ぼくは言った。

スリムがうなずく。ぼくとオーガストを交互に見る。

「絶対に忘れちゃいかんぞ、二人とも。おまえたちは自由だ。一日、一日が陽の当たる時間帯だ。ディテールを残らず意識すれば、その時間を永遠に続かせられる」

ぼくは深々とうなずいた。

「〝時間を殺れ〟だね、スリム」

スリムは誇らしげにうなずいた。

「そうだ。時間に殺られる前にな」

それはスリムがムショ暮らしで身につけたお気に入りの人生訓だった。

時間を殺れ。時間に殺られる前に。

スリムがそう言うのを初めて聞いたときのことは忘れていない。ぼくらはブリスベンのシティ・ホールの時計塔の機械室にいた。シティ・ホールは街の中心にそびえる褐色砂岩の壮麗な古い建物で、キング・ジョージ広場を見下ろしている。ぼくらはスリムと三人でダーラから電車で出かけた。

時計塔には年代物のエレベーターがあって、それで一気に塔のてっぺんまで行けるんだとスリムは話していて、ぼくはそんなの嘘だろうと思った。そこのエレベーター係のクランシー・マレットはスリムが農場で働いていたころの知り合いで、おかげで無料でエレベーターに乗せてもらえる約束になっていたけど、ぼくらが行った日はエレベーターが故障して修理中で、スリムはイーグルファーム競馬場の第五レースに賭けろといってクランシーにたっぷりチップをはずみ、シティ・ホールの職員しか知らない秘密の階段で上らせてくれと口説き落とすはめになった。暗い階段は、上っても上っても時計塔のてっぺんにはなかなか着かなくて、スリムと年寄りのエレベーター係クランシーはずっとぜいぜい苦しそうに息をしていたけど、ぼくとオーガストは最後まで笑いながら上った。機械室に入る薄っぺらなドアをクランシーが開けた瞬間、ぼくらは息をのんだ。たくさんの鋼鉄の滑車や歯車——街を動かしている機械——が、時計塔の四つある時計に動力を供給していた。北、南、東、西。それぞれに巨大な黒い鋼鉄の針があって、ブリスベンの一日の分や秒を刻んでいる。スリムは催眠術にかかったみたいにまる十分も時計の針を見つめていた。それから、時間は最古の敵だと言った。時間はぼくらをじわじわと殺しにかかっている。「みんないつか時間に殺される。だから、先に殺れ。殺られる前にな」

エレベーター係のクランシーの案内でまた別の秘密の階段を上り、機械室のさらに上にある展望台に行った。ブリスベンの子供は昔、展望台の手すり越しにコインを投げて、七十五メートル下のシティ・ホールの屋根に落ちるまでのあいだに願いごとをしたんだとスリムが言った。

「もっと時間がほしい」ぼくはそう願いごとをして、銅の二セント硬貨を手すり越しに投げた。

ちょうどそのとき、鐘が鳴った。

「耳をふさげ」クランシーがにやりとし、ばかでかい鋼色の鐘を見上げた。ぼくは鳴り出して初めて鐘があることに気づいた。鐘はものすごい音で十一回鳴った。鼓膜が破れるかと思った。ぼくは願いごとを変更した。新しい願いが叶(かな)っていたら、時はその瞬間に止まっていただろう。

「ディテールを残らず見てるだろうな、イーライ」スリムがテーブルの向こうから訊く。

「え？」ぼくは現実に返って聞き返した。

「どんなディテールも見逃していないだろうな」

「うん」ぼくは答えた。ぼくを試すようなスリムの視線に戸惑いながら答えた。

「ぱっと見は関係がなさそうなディテールも、何一つ見逃してない。そうだな、坊主？」

「うん。いつもちゃんと見てるよ。ディテールだろ」

「だが、おまえはその記事の一番興味深い部分を見逃したぞ」

「え？」

ぼくは記事を読み直す。そこに書いてあることをひととおり確かめる。

「署名だ」スリムが言った。「右の一番下にある」

署名。署名。右下。インクで印刷された言葉や写真を超えて、下へ、下へ、下へ。あった。これが記者の名前だ。

「どういうことだよ、ガス！」

ぼくはこの名前を、時間を操るすべを学んだ日と結びつけて思い出すだろう。

その名前は、ケイトリン・スパイズだ。

スリムとぼくは鋭い視線をオーガストに向ける。オーガストは何も言わない。

少年、雄牛を倒す

Boy Kills Bull

半分開けっぱなしの寝室のドアの奥に母さんが見える。クローゼットのドアの内側に貼ってある鏡の前で、首もとを飾った銀色のネックレスを直している。母さんがそばにいて幸せな気分にならない男、満ち足りた気持ちにならない男がいるはずがない。家で母さんみたいな奥さんが待っているんだ。誰だってうれしくなるに決まっている。

なのに、父さんはどうしてそれをぶち壊しにしたんだろう。母さんがあまりにもすてきだから、ぼくはしじゅう怒りで爆発しそうになる。母さんの半径五十センチ以内に近づく男を見たら、誰彼かまわず、まずは最高神ゼウスの許可をもらってこいよと言いたくなる。

母さんの寝室にそっと入り、鏡の前にいる母さんのそばのベッドに腰を下ろす。

「母さん?」

「なあに」

「どうして父さんから逃げたの」

「イーライ、そういう話はあとにしてもらえる?」

「父さんは母さんにひどいことをしたんだよね」

「イーライ、そういう話は――」

「ぼくがもっと大きくなってから」ぼくは先回りして言った。母さんのいつもの逃げ口上だ。

母さんはクローゼットのドアの鏡に向かって小さな笑みを浮かべた。申し訳なさそうに。そんなことを気にするぼくに心を動かされたみたいに。

「あなたのお父さんは、調子が悪かったの」

「父さんはいい人？」

母さんは少し考える。それからうなずく。

「父さんはどっちに似てる？　ぼく？　それともガス？」

母さんは考える。何も言わない。

「ガスのこと、怖いと思ったことある？」

「ないけど」

「ぼくはときどき、怖くてしょんべんちびりそうになるよ」

「言葉づかいに気をつけなさい」

言葉づかいに気をつけろだって？　ぼくが本当にしょんべんをちびりそうになるのは、うちはヘロインの密売をやってるって実態と、ぼくらが築き上げた『サウンド・オブ・ミュージック』のフォン・トラップ一家の道徳観の蜃気楼が真正面からぶつかり合うこういう瞬間だ。

「ごめんなさい」ぼくは言った。

「どんなところを怖いと思うの？」母さんが訊く。

「どんなところって、オーガストが言うこととか、魔法の杖みたいな指で空中に書くこととか。そのときは意味不明だったのに、二年後とか、一カ月後とかに突然、あれはこのことだったのかってわかったりして、オーガストがあらかじめ知ってたなんてありえないのにって怖くなる」

「たとえばどんな？」

「ケイトリン・スパイズとか」

「ケイトリン・スパイズ？　ケイトリン・スパイズって誰？」

「ただの名前だよ。どういう意味があるのかさっぱりわからないけど、ずいぶん前、スリムと一緒にランドクルーザーでうちの周りをうろうろしてたとき、オーガストが空中にその名前を何度も書いてたんだ。ケイトリン・スパイズ。ケイトリン・スパイズ。ケイトリン・スパイズ。で、先週になって、『サウスウェスト・スター』の記事を読んだ。〈クイーンズランドは忘れない〉っていう特集でさ、スリムが取り上げられてたわけ。ボゴ・ロードのフーディーニのことを詳しく書いた記事で、すごくおもしろくて。で、一番下に、その記事を書いた記者の名前がちっちゃく印刷されてた」

「ケイトリン・スパイズって名前が」母さんが言う。

「え、よくわかったね」

「ふつうわかるでしょ、話の流れで」

母さんは白い抽斗の前に立ってアクセサリー入れを開けた。「オーガストはきっと地元の新聞でその記者の記事を何度か読んだことがあったんじゃない？　それで、その名前の響きが気に入った。いつものことよ。オーガストは人の名前や単語が気に入ると、頭のなかで何度も何度も繰り返す。お兄ちゃんはしゃべらないけど、だからといって言葉が嫌いってわけじゃないんだから」

母さんは緑色の宝石がついたイヤリングを取り、ぼくのほうにかがみこむと、声を落としてゆっくりと言った。

「お兄ちゃんはね、あなたのことを世界で一番愛してるのよ」母さんは言った。「あなたがまだ赤ちゃんだったころ……」

「うん、その話ならもう聞いたよ」

「……あなたから絶対に目を離そうとしなかった。ベビーベッドに張りついてずっと番をしててね。それに全人類の生死がかかってるって信じてるみたいに。いくら引き離そうとしても無理だった。

お兄ちゃんほど頼りになるお友達は、一生かかっても見つからないわよ」

母さんは体を起こすと、鏡に向き直った。

「どう?」

「すごくきれいだよ、母さん」

稲妻を司る者。炎と戦争と知恵とウィンフィールド・レッドたばこの女神。

「若作りの年増女よね」母さんが言った。

「それどういう意味?」

「おばあちゃんの羊が子羊のふりしてめかしこんでるって意味」

「そういうこと言わないでよ」ぼくはむっとして言う。

母さんは鏡越しにぼくの表情に気づいた。

「怒らないの、冗談よ」そう言ってイヤリングを直す。

母さんが自分を卑下するようなことを言うといやになる。ぼくが思うに、自尊心は、ぼくらがこの通りに住んでることから今夜のぼくの服まで、ありとあらゆることを決める最大の要因だ。ちなみにぼくは黄色いポロシャツと黒いスラックスという服装で、どっちも隣町のオクスリーのヴァンサン・ド・ポール協会のチャリティショップで買った。

「母さんはこんなところにはもったいないよね」ぼくは言った。

「何の話?」

「こんな家に住むような人じゃない。こんな町で暮らすには頭がよすぎる。ライルにはもったいない。ぼくたち、なんでこんなクソみたいなところにいるんだろ。もっとましなところにいていいはずなのに」

「わかったわかった。警告はありがたく聞いておくから。もう行って自分の支度をすませなさい」

「子羊がほんとの子羊だったときから自分を年増だと思いこんでたせいで、ろくでもない男ばかりに食われた」

「そのくらいにしなさい、イーライ」

「母さんなら弁護士になれたのに。医者になれたのに。ドラッグの売人なんかじゃなくてさ」

母さんが振り向くより先に母さんの手が飛んできて、ぼくの肩をぴしゃりと叩いた。

「出ていきなさい」母さんが怒鳴る。今度は右手でぼくの肩を突き、次にまた左手で突いた。

「出てって、イーライ！」母さんがわめく。歯をきつく食いしばっていて、上唇にしわが寄っている。息は荒くて深かった。

「だって、みんな嘘っぱちじゃないか」ぼくは怒鳴り返す。「言葉に気をつけなさい？　言葉に気をつけなさいだって？　うちはドラッグの売人なんだ、ドラッグの売人は口が悪くてふつうだろ。母さんやライルのお上品ぶったお芝居にはうんざりだ。宿題をすませてしまいなさい、イーライ。ブロッコリーもちゃんと食べなさい、イーライ。キッチンの片づけを頼めるかしら、イーライ。勉強をがんばりなさい、イーライ。ほんとはヘロインの売人一家なのに、『ゆかいなブレディー家』みたいなふりしてさ。つきあわされる身にもなって――」

次の瞬間、ぼくは宙を飛んでいた。背後から伸びてきた手に脇の下をつかまれ、母さんとライルのベッドから持ち上げられて飛び、寝室のドアにぶつかった。肩から先に。次に頭。ぼくはドアに跳ね返され、磨き上げられた床板に落ち、そこで骨の小山になった。ライルがぼくの上にそびえ立ち、ダンロップのテニスシューズ――ふだんのビーチサンダルからワンランクアップした、ライルの盛装用の靴――を履いた足がぼくの尻を蹴り、ぼくは腹で床を二メートルすべり、そのまま廊下に出てオーガストの素足の前で止まったところで、オーガストが不思議そうな（また？　もう？）という視線をライルに向けた。

「くそくらえだ、ヤクまみれのろくでなし」ぼくはつばを飛ばしてわめき、朦朧としてふらつきながら立ち上がった。

ライルはぼくの尻をまた蹴飛ばし、ぼくは今度はリビングルームの床に倒れこんですべった。ライルは理性が完全に吹っ飛ぶくらいの怒りに燃えていた。ぼくは不幸にも過去に三度、同じ怒りを目撃している。ライルの背後から母さんの叫び声が聞こえた。「やめて、ライル。もういいでしょ」

一度は、家出して、レッドランド・シティのレッカー場にあった無人のバスで一晩過ごしたとき。二度目はオオヒキガエルを六匹、冷凍庫に閉じこめて苦痛なく死なせてやろうとしたときで、頑丈で醜い両生類は零下の棺のなかでライルが仕事から帰宅するまで生き延び、いつものラム・アンド・コークを作ろうとしたライルが冷凍庫を開けると、オオヒキガエルが二匹、ライルの氷トレーの上に座って目をぱちくりさせていた。三度目は、救世軍の慈善活動を謳い、同級生のジャック・ホイットニーと一緒に各戸を回って寄付を募ったときだ。ぼくらの募金の目的は、実はゲームソフト『E．T．ジ・エクストラ・テレストリアル』を買うためだった。これについてはいまも後悔している。クソゲーだったから。

オーガスト、心の清い親愛なるオーガストは、三度ぼくの尻を蹴ろうと近づいてきたライルの前に立ちはだかった。首を振り、ライルの肩に手を置く。

「心配するな、オーガスト」ライルが言った。「イーライと一度ちゃんと話をしたいだけだ」

ライルはオーガストの横をすり抜け、チャリティショップで買ったぼくのポロシャツの襟をつかんで荒っぽく立ち上がらせ、玄関に引きずっていって外に出た。そのまま玄関前の階段を下り、通路を歩き、門を抜けた。街角の喧嘩で鍛えた拳がぼくの首の後ろをがっちりつかんでいた。「止まらないで歩け、へらず口」ライルが言う。「止まるな」

通りを渡り、頭上の月より明るい街灯の下を通り、うちの真向かいの公園に入る。ぼくの鼻が感じるのは、ライルのオールド・スパイスのアフターシェーブローションのにおいだけだった。聞こえるのは、ぼくとライルの足音と、翅をこすり合わせて鳴くセミの声だけだ。セミは空気が張り詰めているのを感じ取ってわくわくし、パラマタ・イールズのプレイオフ進出がかかったリーグ最終戦の開始直前にライルが掌をこすり合わせるみたいに、翅をこすり合わせている。

「いったいどうしたんだ、イーライ」ライルはぼくを引きずってクリケット場を突っ切りながら訊く。芝は刈られていなくて、シマスズメノヒエの黒い毛皮の切れ端みたいな穂がぼくの靴に蹴り上げられてズボンにくっついた。ライルは運動場の真ん中のクリケットのピッチまで来たところでぼくを放した。大きく息を吸い、吐き出し、ベルトのバックルの位置を直しながら行ったり来たりしている。今夜はクリーム色のスラックスを穿き、帆を上げた背の高い白い船のイラストがついた青いコットンの前ボタンのシャツを着ていた。

泣くなよ、イーライ。泣くな。泣くなって。くそ。何だよ、まったく弱虫だな、イーライ。

「なんで泣く?」ライルが訊く。

「わかんない。ぼくだってほんとは泣きたくなんかないんだよ。だけど、脳味噌が言うことを聞いてくれない」

そう思うとまた泣けてきた。ライルはぼくの涙が止まるのをしばらく待った。ぼくは目を拭った。

「大丈夫か」ライルが訊く。

「ケツがびりびりして痛い」

「悪かった」

ぼくは肩をすくめた。「ううん、いけないのはぼくだから」

ライルはまた少し待った。

「なんですぐ泣くのか、自分で考えてみたことはあるか、イーライ」

「弱虫だから」

「おまえは弱虫なんかじゃないぞ。泣くのは恥ずかしいことじゃない。おまえがしじゅう泣くのはな、誰かに本気で腹を立てるからだ。本気で腹を立てるのは恥ずかしいことじゃない。世の中は泣けない弱虫ばかりだ。みんな誰かに本気で腹を立てるのが怖くて泣けないんだよ」

ライルは向きを変えて星空を見上げた。もっとよく見えるようにだろう、クリケットのピッチに腰を下ろし、空を、宇宙を、そこに散らばったクリスタルの粒をじっと見つめた。

「さっきおまえが母さんについて言ってたことな。おまえの言うとおりだよ」ライルは言う。「おれにはもったいない人だ。初めからそうだった。おれが思うに、おまえの母さんに釣り合う男なんていないんだよ。あの家だって釣り合わない。この町にも釣り合わない。おれにも」

ライルは星空を指さす。「オリオン座と並んでようやく釣り合うかな」

ぼくはじんじん痛む尻をライルの隣にそっと下ろした。

「この町を出たいか」ライルが訊く。

ぼくはうなずき、オリオン座を見上げた。完璧な光の集合体。

「おれだって同じだよ、イーライ」ライルが言う。「おれがタイタスの余分の仕事を引き受けてる理由は何だと思う」

「余分の仕事、か。聞こえがいいね。パブロ・エスコバル〔コロンビアの麻薬王〕ならどう呼ぶのかな」

ライルはがっくりとうなだれた。

「わかってるよ。金を稼ぐ手段としては最悪だよな」

しばらく二人とも口を開かなかった。やがてライルがこっちを向いた。

「一つ取引をしよう」

「いいけど……」

「半年くれないか」

「半年？」

「どこに引っ越したい？　シドニー、メルボルン、ロンドン、ニューヨーク、パリ？」

「ザ・ギャップがいいな」

「ザ・ギャップ？　なんでまたザ・ギャップなんだ？」

「いい感じのクルドサックがたくさんあるから」

ライルは笑った。

「クルドサックか」そう言って首を振る。それから真剣そのものの表情でぼくを見た。「何もかもうまくいくよ、イーライ。悪い時期があったなんて忘れちまうくらい、何もかもうまくいく」

ぼくは星空を見上げた。オリオン座は狙いを定め、弓を引いて矢を放ち、その矢はおうし座の左目を貫き、荒れ狂う雄牛は動かなくなる。

「取引成立」ぼくは言う。「でも、条件が一つある」

「何だ」ライルが訊く。

「ぼくにも仕事を手伝わせて」

ビック・ダンのベトナム料理店は、うちから歩いていける距離にある。レストランはママ・ファムという名前で、これは一九五〇年代に生まれ故郷のサイゴンでビックに料理の手ほどきをしたずんぐり体型の料理の天才、ママ・ファムにちなんだ名前だ。店の正面に掲げられた看板は、東洋風の赤い背景にライムグリーン色のネオンで〈Mama Pham〉と綴られているけど、〝Pham〟のPの文字が壊れて光らないものだから、三年くらい前からずっと〈ママ・ハム〉に見えて、通りすがりの人には豚肉やベーコン料理の店みたいに思われている。ライルは左手にビールの六缶パックをぶら下げてママ・ファムのガラスのドアを開け、母さんを先に通した。赤いワンピースにベッドの下から引っ張り出した黒いハイヒールを履いた母さんはライルの横をすり抜けて店に入った。髪をいいかげんに後ろになでつけ、ママ・ファムから馬券屋の前を通って七軒か八軒先にあるチャリティショップで買った淡い灰色のスラックスに、キャッチイットのブランドロゴが入ったピンク色のTシャツの裾をたくしこんだオーガストが次に続いた。

ママ・ファムのなかは映画館みたいに広い。八人、十人、場合によっては十二人が一度に囲める大きさの回転盆つき円テーブルが二十卓以上ある。きれいに化粧をして毛の一本たりとも動かないヘアスタイルをしたベトナム系の美人のお母さん、ふだんは無口なのに、ビールとワインとお茶で気分がほぐれ、腹の底から笑っているお父さん。各テーブルの真ん中に、焼き艶をつけられ、油に浸され、ゆでられ、パン粉をつけられ、塩とこしょうを振られた海の大物が横たわっている。メコン川やもっと遠く、たとえば海王星あたりから届いた海の怪物もいる。大きくてぽってりした不細工な下唇、緑色や苔（こけ）色や青緑色や灰緑色や茶色、黒や赤のぬらついた触手。ビック・ダンは、ポーランド系移民センターよりもっと先、ダーラの奥地の土地を何エーカー分も所有していて、年を取ってしわだらけで賢い農夫がそこのチョコレートケーキみたいな土を耕して栽培したベトナムコリアンダーやシソ、スペアミント、バジル、レモングラス、マジョラムなんかのハーブを出す。今夜もテーブルを囲んだ客がそれぞれハーブを取ったりほかの人に回したりしていて、なんだか子供向けのパーティゲームでもやっているみたいだった。特大のミラーボールが頭上でまたたき、ベトナム系の歌手もステージの上でまたたいている。紫色のラメ入りの頬紅、メコン川の岸辺に打ち上げられた人魚のうろこみたいにちらちら輝くターコイズ色のスパンコールのドレス。歌っているのはカーペンターズの『星空に愛を（Calling Occupants of Interplanetary Craft）』で、雑音混じりの伴奏に合わせて体を揺らすのがどことなく異星人じみていて、ダーラにやってきたときの乗り物にマイクを通じて呼びかけているように見えなくもなかった。壁にはきらきら光る赤いモールが飾られ、その下にナマズやマダラ、センネンダイ、クリケットのバットで脳天を殴られたみたいなこぶのあるゴウシュウマダイが入った水槽が並んでいる。水槽はもう二つあり、今夜のメインディッシュになる運命を観念して受け入れているような様子をしたイセエビとノコギリガザミが入っている。みんな作りもののサンゴや石でできた安っぽいおもちゃのお城の下でじっと動かない。あとはハーモニカや口にくわえる麦わらがあれば、アメリカ南西部のバイユーののどかな日常風景になりそうだ。イセエビやノコギリガザミは自分たちの価値をまるでわかっていない。塩こしょうとチリペーストで味をつけて焼いた自分たちの内臓を味わうために、はるばるサンシャインコーストから来る人がいるとは想像もしていない。

レストランの右手に階段を上ると吹き抜けになった二階があり、ここにもテーブルが十卓並んでいる。ビック・ダンが二階に案内するのはＶＩＰ客だけだ。今夜のＶＩＰ客は一組で、吹き抜けに面した手すりに誕生日を祝う横断幕が飾られていて、そこに主役の名前がでかでかと書いてあった――〈八十歳おめでとう　タイタス・ブローシュ〉。

「ライル・オーリック、オーレリーの息子！」タイタス・ブローシュが芝居がかった調子で言い、二階の手すりから乗り出しながら歓迎の身ぶりで両手を高く上げた。「この惑星でわたしが迎えた八十周年を、どうやらビックはありとあらゆる手を尽くして祝おうとしてくれているらしい！」

タイタスは骨を連想させる。骨のように白いスーツ、骨のように白いシャツ、骨のように白いネクタイ。靴はぴかぴかに磨かれた茶色の革で、髪の毛はスーツと同じ骨のような白だ。背が高くて痩せた体は骨でできているみたいで、笑顔はといえば、理科室の骨格標本がスタンドからひょいと立ち上がり、オーガストとぼくがレモネードと同じくらい大好きな『ビリー・ジーン』のミュージックビデオのマイケル・ジャクソンみたいに踊ったら、きっとこんな顔をするだろうって表情だ。タイタスの頰骨はボールみたいに丸く突き出していて、ビック・ダンの水槽にいるゴウシュウマダイの頭そっくりだけど、ほっぺたの肉は、この惑星で八十年暮らしているあいだにゆっくりと内側にへこみ続け、タイタスが唇を震わせると——タイタスの唇はいつも震えている——一瞬の休みもなくピスタチオの実を吸って食べようとしているように見える。それか、人間の肝臓に吸いついているキュウケツコウモリみたいだ。

タイタス・ブローシュが骨を連想させるのは、人の骨格を見て未来を占うからだ。タイタス・ブローシュは、ヒューマン・タッチ社のライルの上司だ。ヒューマン・タッチは、うちから車で十分くらいの距離の町マルーカにある、義肢や装具の製造販売会社だ。ライルはそこに勤めていて、クイーンズランド州各地にいる腕や脚を失った人たちのために人工の腕や脚を製造する機械の整備をしている。タイタス・ブローシュは肢体の帝王で、タイタスの人工じゃない腕はすごく長くて、六年前、ライルが幼なじみのテディの紹介でヒューマン・タッチで働くようになって以来、ぼくやオーガストの暮らしはタイタスのその長い腕に支えられている。ふさふさの黒い口ひげを生やしたテディは、ＶＩＰテーブルのタイタスの席の右四つ目の白いプラスチックの椅子に座っていた。テディもヒューマン・タッチの機械工をやっている。そして、ライルが今夜話していたタイタス・ブローシュの実入りのいい〝余分の仕事〟を、このテディも手伝っているんじゃないかとぼくはずっと疑っている。テディの隣に座っている灰色のスーツに栗色のネクタイを締め、ニュースキャスターみたいなスタイルをした黒髪の男は、地元選出の国会議員スティーヴン・バークに気味が悪いほどそっくりだ。ちなみにバークは毎年、裏がマグネットになった小さなカレンダーを送ってくる。母さんはそれを冷蔵庫に買い物リストを貼っておくのに使っていた。カレンダーには〈スティーヴン・バーク――町のみなさんの代表です〉と書いてある。目の前にいるこの人は、そう、間違いなく本物のバーク議員だ。今夜の彼はさしずめ〈みなさんの町の売人(ディーラー)です〉といったところか。

　タイタス・ブローシュが骨を連想させる最大の理由は、タイタスに会うたび――といっても今夜で二度目だけど――ぼくの背骨を寒気が震わせるからだ。タイタスがぼくにほほえみかけた。母さんにほほえみかけ、オーガストにもほほえみかけた。でもぼくは、あのピスタチオを吸ってるみたいな笑顔なんか一瞬たりとも真に受けない。どうしてなのかはわからないけど。とにかく、ぼくの骨の髄がいやな予感で震えるんだ。

　初めてタイタス・ブローシュに会ったのは二年前、ぼくが十歳のときだった。ライルやオーガストと一緒にブリスベンの北側のスタフォードにあるローラースケート場に遊びに行った日だ。ライルは、機械のレバーが故障したとかで、行きがけにマルーカの工場に寄った。タイタス・ブローシュが骨みたいに白いスーツを買えるのは、その機械が人工の腕や脚を成形しているおかげだ。ヒューマン・タッチがいまの最新鋭の工場に生まれ変わる前で、そのころはまだ古い倉庫でしかなかった。テニスコートくらいの大きさのアルミでできた安普請の建物で、天井の巨大な扇風機が太陽に焼かれた金属の屋根や壁に熱せられた空気をかき回し、その下に無数の人工手足がフックや棚に並んでいて、そのさらに奥で、石膏職人が人体のパーツを成形し、機械工が偽物の膝関節や偽物の肘関節のねじを回していた。

「そのへんのものに触るなよ」ライルはぼくらを従え、胴体がないのに奇跡的に踊っているムーラン・ルージュのカンカン・ダンサーたちみたいに無限に続いている人工の脚の列を抜けて工場の奥に進んだ。天井からフックで吊り下げられていた腕にはプラスチックの手がついていて、その下を通ると指先がぼくの頰をなぞり、地面に突き立てられた長い槍の先からぶら下がっている円卓の騎士たちの青ざめた死体が手を伸ばしてオーガストやぼくに助けを求めている様を想像したけど、触るなとライルにきつく言われているわけで、かの偉大な湖の騎士ランスロットに手を差し伸べられてもぼくは何もしてやれなかった。ずらりと並んだ手や足が命を持ってぼくのほうに伸びてくるのが見えた。ぼくをつかみ、ぼくを蹴ろうとしていた。あの倉庫は、できの悪いホラー映画百本の終わりで、これからぼくが見る百の悪夢の始まりでもあった。

「フランシスの息子で、オーガストとイーライです」ライルは、倉庫の一番奥にあったタイタス・ブローシュの事務所にぼくらを呼び入れて言った。オーガストはぼくより背が高くて年上だから、事務所に先に入った。紹介された瞬間から、タイタスの関心を引きつけたのはオーガストだった。

「もっと近くに来てくれないか」タイタスが言った。

オーガストは、大丈夫なのと確かめ、逃げ道を探すようにライルを見たけど、ライルは無言でうなずいて、毎晩、うちのテーブルに肉と野菜三種類が並ぶのはこの人のおかげなんだから、失礼にならないよう言われたとおりにしなさいと暗黙のうちに伝えた。

「手を見せてごらん」赤っぽい茶色のアンティークの机の奥の回転椅子からタイタスが言った。机の背後の壁に、巨大な白いマッコウクジラの絵が額に入れて飾ってあった。あとでライルから聞いたところによると、タイタス・ブローシュの愛読書『白鯨』のなかの絵らしく、その本は、片方の脚を失い、復讐（ふくしゅう）に病的な執念を燃やす男に追われる神出鬼没のクジラの話で、ヒューマン・タッチ義肢装具社ナンタケット支社があればきっとその男の役に立っていただろう。そのあとすぐ、『白鯨』は読んだかとスリムに訊いたら、二回読んだと答えた。読み返す価値のある本だったからだけど、二度目は、世界中のクジラの種類なんかを細かく説明しているところは飛ばしたそうだ。ストーリーを初めから終わりまで話してとせがむと、二人でスリムのランドクルーザーを洗車しながら、二時間かけて、血湧き肉躍る冒険物語を熱のこもった口調で話してくれた。おかげで、昼ごはんにはナンタケット風フィッシュチャウダーを、夜ごはんにはマッコウクジラのステーキを食べたくなった。スリムの描写によると、エイハブ船長は、狂気を宿した目をした年寄りで、痩せていて、何もかも真っ白だったから、ぼくの頭のなかでは、吹きすさぶ風にもてあそばれる捕鯨船の上で観測手にわめき散らす船長はタイタス・ブローシュに、タイタスの獲物はタイタスと同じ真っ白なクジラに変わった。スリムはランドクルーザーをモビー・ディックに変え、園芸用の散水ホースを銛（もり）に変えてクジラの横腹に突き立てた。クジラはぼくらを深淵に引きずりこもうとし、ぼくらはゴムのホースに命懸けでしがみつき、ホースからあふれた水は大海原になって、ぼくらを底へ、底へとのみこみ、海と園芸ホースの神ポセイドンのもとへ連れていこうとした。

　オーガストが差し出した右手をタイタスは両手でそっと包みこんだ。

「どれどれ」タイタスは言った。人差し指と親指でオーガストの右手の指を一本ずつ、親指から小指へとつまんでいった。

「おまえさんは強さを秘めているようだ。そうだろう」タイタスは言った。

オーガストは黙っていた。

「聞こえなかったか。〝おまえさんは強さを秘めているようだ〟と言ったんだ」

オーガストは黙っていた。

「ふむ……答える気はないのかね」タイタスは困惑したように言った。

「こいつはしゃべらないんですよ」ライルが言った。

「しゃべらないとはどういう意味だね」

「六歳のときから、一言も話したことがないんです」

「おつむが鈍いのかね」タイタスが訊く。

「いいえ」ライルが答えた。「鈍いどころか、回転がよすぎるくらいです」

「では、自閉症とかいうものか？　社会生活にはなじめないが、わたしの砂時計に砂が何粒入っているか、一目で答えられるのか」

「オーガストはただしゃべらないだけです」ぼくは我慢できなくなって言った。

タイタスが回転椅子を回してぼくを見た。

「ほほう」タイタスはぼくの顔をまじまじとながめた。「おまえさんが家族のスポークスマンというわけか」

「ぼくが話すのは、話す価値があることがあるときだけです」

「口が達者だな」タイタスが言った。

それから手を伸ばした。

「腕を貸しなさい」

ぼくは右腕を差し出した。タイタスは柔らかくて老いぼれた手でぼくの腕をつかんだ。掌の感触はすべすべしていて、母さんがキッチンのシンク下の三段目の抽斗にいつもしまっているグラッド・ラップを張りつけたみたいだった。

タイタスはぼくの腕をぎゅっと握った。ぼくはライルを見た。ライルは大丈夫だというようにうなずいた。

「怯えているな」タイタス・ブローシュは言った。

「そんなことない」ぼくは言った。

「いいや、怯えている。おまえさんの骨の髄に恐怖を感じる」タイタスが言う。

「骨じゃなくて髄？」

「そうさ、おまえさんの髄だ。おまえさんの骨はヤワだ。骨は硬いが、中身が詰まっていない」

それからオーガストのほうにうなずいた。「かのパントマイム師マルセル・マルソーの骨は硬くて中身が詰まっていた。兄貴のほうは、おまえさんが一生持てない強さを持っているようだな」

オーガストは勝ち誇ったような訳知り顔でぼくににやりとしてみせた。

「でも、ぼくの指の骨はすごく強いよ」ぼくはオーガストに向けて中指を立てた。

そのときだ。タイタスの机の上の金属でできた台に人間の手が置いてあることに気づいたのは。

「それ、本物？」ぼくは訊いた。

手は本物にも偽物にも見えた。手首のすっぱりとした切り口はキャップのようなもので覆われていて、五本の指はどれも蠟でできているか、タイタスの掌の感触と同じグラッド・ラップを張りつけてあるみたいに見えた。

「さよう、そいつは本物だよ」タイタスが言った。「アーニー・ホッグという六十五歳のバス運転手の手でね。寛大にも、クイーンズランド大学で解剖学を学ぶ学生のために献体した。そしてクイーンズランド大学で最近始まったプラスティネーション研究に誰より多額の資金を提供しているのは、このわたしだ」

「プラスティネーションって何？」ぼくは訊いた。

「四肢の内部の水分や脂肪分を硬化性ポリマー――要するにプラスチックだね――で置き換える技術、本物の四肢を触ったり、間近で観察してスケッチしたりできるようにする技術だよ。献体の四肢は、いやなにおいをさせないし、腐ることもない」

「うへぇ、気色悪い」ぼくは言った。

タイタスは含み笑いをした。「そんなことはない」目が奇妙で不気味な光を帯びた。「それが未来なのだよ」

机には、鎖でつながれた年配の男の小さな陶器の像があった。古代ギリシャ風の男もののドレスみたいな服を着ていて、むき出しの背中に油絵の具の血が流れていた。男は歩いているところで、足首から下がない脚の先端に包帯が乱暴に巻きつけてある。

「それは？」ぼくは訊いた。

タイタスは像のほうを向いた。

「あれはヘゲシストラトスだ。史上もっとも偉大な肢切断者だよ。古代ギリシャの易者でね、恐ろしくて危険な能力を秘めていた」

「易者って？」ぼくは訊いた。

「易者と一口に言ってもいろいろだ」タイタスは言った。「古代ギリシャの易者は、予言者に近い。未来が読神々から下されたしるしを解釈して、ほかの人間には見えないものを見ることができた。未来が読めたのだよ。戦時には貴重な能力だ」

ぼくはライルのほうを向いた。「ガスみたいだね」

ライルは首を振った。「話はそのくらいにしておこう、イーライ」

「それはどういう意味かな、坊や」タイタスが訊いた。

「ガスにもいろんなものが見える」ぼくは言った。「ヘゲシストラトスだっけ、そこの人みたいに」

タイタスはさっきまでとは違う目でオーガストを見やった。オーガストはかすかな笑みを浮かべ、首を振りながら後ろに下がってライルと並んだ。

「いろんなものとは？」

「そのときは意味不明なんだけど、あとになって本当だったとわかるようなこと」ぼくは答えた。「で、それを空中に書くんだ。たとえば、オーガストが〈パークテラス〉って空中に書いたことがあって、そのときは何のことだかさっぱりわからなかったけど、母さんが帰ってきて、コリンダまで買い物に行ったときの話をしたんだ。信号が変わるのを待ってたら、おばあさんがいきなり車道に出ようとしたんだって。左右も見ないでいきなり。そこにくそったれな車が――」

「おい、言葉に気をつけろ、イーライ」ライルが怒った調子で言った。

「ごめんなさい。で、母さんは買い物の袋を放り出して、おばあさんのほうに二歩踏み出して、おばあさんの腕をつかんで歩道に引き戻したんだって。あとちょっとでも遅かったら、おばあさんはでっかい公営バスに轢かれるところだった。母さんはおばあさんの命を救ったってわけ。で、その通りは何て名前だったと思う？」

「パークテラス」タイタスが目を見開いて言った。

「はずれ」ぼくは言った。「オクスリー通りだった。で、母さんはおばあさんを数ブロック先の家まで送っていったんだけど、おばあさんはびっくりしたみたいな顔をしてるだけで、一言もしゃべらなかった。おばあさんの家に着いたら、玄関が全開のままになってて、外開きの窓が風に吹かれて大きな音で開いたり閉じたりしてて、おばあさんは自分じゃ玄関の階段を上れないって言うから、母さんが支えて一緒に上ろうとしたんだけど、おばあさんはパニックを起こして〝いや、いやよ、いやいや〟って叫んだんだ。あんたが行ってくれって顔で母さんにうなずいて。母さんは、やっぱり硬くて中身がみっちり詰まった骨をしてるから、階段を上って家に入った。その古いクイーンズランド風の家の四面に外開きの窓があって、全部が風でばたんばたん大きな音を立ててた。その家のキッチンをのぞいてみたら、ハムとトマトのサンドイッチにハエがたかってて、家じゅうが漂白剤ともう一つなんだか甘ったるいいやなにおいをさせてて、リビングルームを抜けて廊下を歩いて、その家の一番大きな寝室まで行ってみたら、ドアは閉じてて、それを開けた瞬間、ものすごいにおいで母さんは卒倒しかけた。キングサイズのベッドの隣のアームチェアでおじいさんが死んでた。そのにおいだ。おじいさんは頭からビニール袋をかぶってて、すぐ横にガスタンクがあった。その通りは何て名前だったと思う？」

「パークテラス」タイタスが言った。

「はずれ」ぼくは言った。「警察が駆けつけてきて、家のなかを調べたあと、どういうことだったか母さんに話した。おばあさんは一月(ひとつき)前に寝室でおじいさんがそんなことになってるのを見つけたんだけど、おじいさんから決行するつもりだって打ち明けられたとき、おばあさんはやめてって言ったのに、おじいさんはそれを無視してやっちゃったものだから、おばあさんはものすごく腹を立ててたし、現場を見てものすごくショックを受けたから、おじいさんがそこで死んでなんかいないふりをすることにした。一月のあいだ、一番大きな寝室のドアを閉めきって、家じゅうに漂白剤をまいてにおいをごまかして、自分はふだんどおりの生活を続けた。昼ごはんにハムとトマトのサンドイッチを作ったりね。でも、ついににおいをごまかしきれなくなって、おばあさんは現実に返った。家じゅうの窓を開けて、オクスリー通りまで歩いていって、バスの前に身を投げようとした」

「で、パークテラスはいつになったら出てくるんだね」タイタスが訊く。

「うん、パークテラスは母さんとは関係ないんだよ。それと同じ日に、ライルが出勤途中にスピード違反をして切符を食らったのがパークテラスだった」

「なかなかおもしろい話だな」タイタスが言った。

それからオーガストを見て、回転椅子の上で身を乗り出した。そのときのタイタスの目には、何やら不穏な色が浮かんでいた。タイタスはすごい年寄りだけど威圧感がある。げっそりやつれた頬、真っ白な髪、ぼくのヤワな骨が感じ取った不吉な予感。あれはエイハブ船長だ。

「なるほど、オーガスト、おまえさんは予言者の卵らしいな。一つ教えてもらえないか」タイタスは言った。「わたしに何が見える?」

オーガストは首を振り、いまのぼくの話を全否定するみたいに肩をすくめた。

タイタスはほほえんだ。「おまえさんから目を離さんようにしておこう、オーガスト」そう言って回転椅子の背にもたれた。

ぼくはまた小さな像のほうを向いた。

「この人の足がないのはどうして?」ぼくは尋ねた。

「血に飢えたスパルタ人に捕まって鎖でつながれた」タイタスが答える。「しかし、自分の足を切り落として逃げ出した」

「まさかそんなことをするとはスパルタ人は予想してなかった」ぼくは言った。

「そうだ、イーライ。予想していなかった」タイタスは笑った。「というわけで、ヘゲシストラトスの伝説の教訓は何だと思うね」

「ギリシャに旅行するときは、弓のこを忘れずに持っていくこと」

タイタスはにやりとした。それからライルのほうを向いた。

「犠牲だよ」タイタスは言った。「即座に手放すことのできないものに愛着を抱くなということだ」

ママ・ファムの二階で、タイタスは母さんの肩に両手を置き、右の頰にキスをした。

「ようこそ。よく来てくれたね」

タイタスは右隣に座っていた女性を母さんとライルに紹介した。

「娘のハナだ」

ハナが立ち上がった。タイタスと同じように白い服を着ていた。髪は真っ白に近い金色だった。というか、色がない。命をすっかり吸い取られてしまったみたいだった。ハナはタイタスと同じように痩せていた。

髪はストレートで長く、白い前ボタンのトップスの肩より下まで伸びていた。トップスの袖は、テーブルの下に隠れていた手まで届いていた。年齢は四十歳くらい。もしかしたら五十歳かもしれないけど、話す声を聞いたら、三十歳の内気な人だとしてもおかしくない気がした。

ハナのことはライルから聞いていた。ライルにいまの仕事があるのは、ハナがいたからだ。ハナ・ブローシュが肘までしかない腕を持って生まれていなかったら、タイタス・ブローシュは、ダーラに創業した自動車用電装工場を、いまのヒューマン・タッチの前身である装具製造工場に業種転換しようとは考えなかっただろう。ヒューマン・タッチは、近隣に住むハナのような手足のない人にとって天からの贈り物のような存在で、タイタスは身体障害者の生活の質を改善した功績をたたえられて、地元の各団体から何度か表彰されている。

「初めまして」ハナはささやくような声で言い、ほんの一瞬だけほほえんだ。あの笑顔がもっと長く続いたら、小さな町をまるごと照らせそうだ。母さんは手を差し出し、ハナはテーブルの下に隠していた手を伸ばして握手に応じた。ただしハナの手は、白い袖から伸びる人工の腕と手だった。でも母さんはためらうことなくその肌の色をしたプラスチックの手を取って優しく握った。ハナはさっきより長く笑みを浮かべた。

タイタス・ブローシュを見ると骨を連想するのは、ぼくは骨でできているからだけど、たったいまぼくの目をとらえた男は、石でできていた。全身が石でできていた。石の男がぼくをじっと見つめていた。半袖の黒い綿シャツを着ていた。年を取っているけど、タイタスほどじゃない。五十歳くらい。ひょっとしたら六十歳。ライルの知り合いによくいる強面な感じの人だ。たくましくて、恐ろしげな人相をしている。半分に切ったら、年輪で年齢を推測できそうだ。その男はぼくをただじっと見ていた。円いダイニングテーブルの周りで起きていることにはおかまいなしといった感じで、鼻が大きくて目が細く、長い銀色の髪をポニーテールにしてるけど、生え際は頭のてっぺん近くまで後退しているものだから、髪を背後の掃除機で吸われて頭皮が後ろにずれているみたいに見える。スリムがよくこの話をしていた。自分の人生という映画のなかの、小さな映画。多次元で構成された人生、複数の視点で進行する人生。これは時の流れのある一点、円形のダイニングテーブルの周囲に何人かが立って、みんなで席につく前におしゃべりをしている場面なんだけど、複数の視点から見た一点でもある。そういう瞬間の時間は、直線上に進むとはかぎらない。無数の視点を取りこむために大回りすることもあって、そういう視点をすべて足し合わせると、一つの瞬間の内側で、永遠に近い時間が横向きに流れていたりする。何かそれに似たことが起きている。

この瞬間をぼくと同じ視点から目撃した人はほかにいない。ぼくのその後の人生はこの瞬間によって、銀色の髪をポニーテールにした薄気味の悪いそいつによって、定義されることになる。

「イヴァン」タイタス・ブローシュがライルの肩に手を置いたまま、ぼくの隣に立っているオーガストを指さした。「例の子供というのはその子だ。一言もしゃべらない。おまえさんと同じでな」タイタスがイヴァンと呼ぶ石の男は、ぼくから視線を動かしてオーガストを見た。

「おれはしゃべらないわけじゃない」タイタスがイヴァンと呼ぶ男は言った。

タイタスがイヴァンと呼ぶ男は、また視線を動かして、今度は目の前のビールのグラスを見た。それを右手できつく握り締めると、車椅子用昇降機みたいにのろのろと口もとに運んだ。一口でグラスの半分くらいを流しこむ。タイタスがイヴァンと呼んだ男は、もしかしたら、本当は二百歳なのかもしれない。半分に切って年輪の数を数えられた人はまだ誰もいない。

ビック・ダンが遠くから大きな声で何か言いながらテーブルに近づいてきた。エメラルド色のきらきら輝くドレスを着ていて、そのドレスは肌にぴたりと張りつきながら上半身から脚まで覆い隠していて、足もとも見えないから、ダイニングエリアを横切ってくるビックは、宙に浮いているように見えた。後ろからダレン・ダンがもぞもぞついてくる。しゃれた黒いジャケットとパンツでめかしこんでいて、着慣れないせいか、いかにも居心地が悪そうだった。

「みなさん、ようこそ。ようこそいらっしゃいました。さあ、どうぞどうぞ、席について」ビックはタイタス・ブローシュに片方の腕を回した。「みなさん、食欲を忘れずに持ってきてくださったかしら。こちらのタイタスが一生で召し上がってきた温かい食事を全部合わせたよりたくさんのお料理を用意しましたのよ」

視点。視野。アングル。母さんは赤いワンピースを着て、ライルと一緒に笑いながら、かりかりしたティラピアを自分の皿に取り分けている。ニンニクと唐辛子とコリアンダーのソースをたっぷりかけたティラピアは、黒く焦げたとげみたいな背びれのなかに無数の白い骨が透けている様子が、地獄で悪魔が弾くひしゃげたピアノの象牙の鍵盤のようだった。

タイタス・ブローシュは片方の腕を娘のハナに回し、議員のスティーヴン・バークと話している。バークは箸を片手にレモングラスと牛肉のベトナム風ヌードルサラダと格闘していた。

ライルの一番の親友のテディは、テーブル越しにうちの母さんばかり見ている。

ビック・ダンがまた料理を運んできた。

「ライギョの蒸し煮です！」ビックが満面の笑みで言う。

ぼくの左にはダレン・ダン、右にはオーガストが座っている。ぼくらは春巻きを食べていた。タイタスがイヴァンと呼ぶ男はテーブルの向こう側で、チリソースをからめた鮮やかなオレンジ色のカニのはさみをしゃぶっている。

「イヴァン・クロール」ダレンが下を向いて春巻きをかじりながら言った。

「え？」ぼくは聞き返す。

「じろじろ見るの、よせって」ダレンは顔ごとあちこちきょろきょろしながら、ただしタイタスがイヴァンと呼ぶ男のほうだけは見ないようにしながら言った。

「だって、背筋が凍りそうだろ」ぼくは言った。

このテーブルはやかましい。下の階で歌っている歌手の声、お酒が入ってつい声が大きくなっているこのテーブルの面々、ビック・ダンの雌鶏（めんどり）みたいな笑い声など、レストランの物音が目に見えない遮音壁になってダレンとぼくを囲んでいて、おかげでぼくらは同じテーブルについているほかの人たちの耳を気にせずに話せる。

「それが仕事だからな」ダレンが言った。

「何が」

「人の背筋を凍らせること」

「どういう意味だよそれ。あの人、何なの」

「昼間はデイボローのラマ牧場の経営者」

「ラマ牧場？」

「おれ、行ったことあるんだ。牧場にラマがたくさんいる。いかれた生き物だよ、ラバがラクダとセックスしちまったみたいな。下の歯がでかくて、黄色くてさ、そんな最悪な矯正具、世の中にあるのかなって言いたくなるような代物でさ。ひでえ歯だから、リンゴを半分に切ったやつをやっても、かじれない。でかい飴玉(あめだま)でもなめてるみたいに、舌で口んなかを転がすしかできないんだよ」

「夜は……？」

「夜は、人の背筋を凍らせて歩いてる」

ダレンはぼくらのテーブルの回転盆を回し、塩こしょうをきかせて焼いたノコギリガザミ(ソルト・アンド・ペッパー・クラブ)のボウルを取ってぼくらの皿のあいだに置いた。はさみとこんがり焼けた脚三本を自分の飯椀にのせる。

「それが仕事なの？」ぼくは訊いた。

「そうだよ」ダレンは言った。「あいつがいなかったら商売が成り立たないってくらい重要な仕事だ」ダレンは首を振った。「まったく、ティンク、麻薬密売人の息子のくせに何も知らないんだな」

「あのさ、言ったよね、ライルは父さんじゃない」

「悪い、忘れてた。仮の父ちゃんだったな」

ぼくはソルト・アンド・ペッパー・クラブのはさみを取り、大きな奥歯で噛んだ。その圧力で、カニの殻は卵の殻みたいに割れた。ダーラの住人の結束を示す旗を作ることがあれば、殻の柔らかいノコギリガザミのイラストを旗のどこかに入れるべきだ。

「どうやって他人の背筋を凍らせるわけ」ぼくは尋ねた。

「評判と噂。うちの母ちゃんはそう言ってた。まあ、評判なんて、誰にだって簡単に作れるよな。通りに出て、最初に目に入った哀れな住人の首にナイフを突き立てるだけのことだ」ダレンはまた回転盆を回し、今度は魚肉団子のボウルのところで止めた。

イヴァン・クロールはたばこのヤニで黄色くなったまっすぐで大きな前歯にはさまったカニの半透明の筋をほじくっている。ぼくはそのイヴァンから目を離せないでいた。

「まあな、イヴァン・クロールはずいぶんと悪いことをしてきたし、それはみんな知ってる」ダレンは言った。「誰かの後頭部に弾をぶちこむ。誰かを塩酸風呂に落とす。けど、世間が怖がるのは、ほんとかどうかわからない話だろ。イヴァン・クロールみたいな奴の場合、噂が流れた時点で、仕事の半分は終わったようなものだ。人の背筋を凍らせるのは噂だ」

「どんな噂？」

「知らないのかよ」

「どんな噂なの、ダレン」

ダレンはイヴァン・クロールのほうを見た。それからぼくの耳もとにかがみこんだ。

「骨だよ」ダレンがささやく。「骨。骨だよ」

「何の話だよ」

　ダレンはカニの脚を二本持ち、テーブルの上で人間の脚のように踊らせた。

「足の指の骨は、足の骨につながってる」ダレンは歌った。「足の骨は足首の骨に、足首の骨は脚の骨につながってる。さあ骸骨の骨を振って踊ろう」

　ダレンは噴き出した。それからさっと手を伸ばしてぼくの首をつかみ、力をこめた。「首の骨は頭の骨につながってる」また歌う。それから拳をぼくの額に当てた。「頭の骨はちんちん（ディック）の骨につながってる」

　ダレンは大笑いし、イヴァン・クロールが皿から顔を上げ、死んだ茶色い目をテーブルに巡らせた。ダレンは即座に背筋を伸ばして真顔に戻った。イヴァンがまた下を向き、皿の上のカニのバラバラ死体の始末に戻った。

「バカ（ディックヘッド）」ぼくは小声で言った。今度はぼくが耳もとにかがみこんだ。「骨って、何の話だよ」

「その話はもうよせ」ダレンは箸を飯椀に突っこんだ。

　ぼくは手の甲でダレンの肩をぴしゃりとはたいた。「そこまで話しといてやめるのかよ」

「だいたいさ、何がそんなに気になるんだよ。将来『クーリエ・メール』に書くネタ探しか？」

「知っとかなくちゃ危ないからだよ」ぼくは言った。「ライルの仕事を手伝うことになったから」

　ダレンの目が輝いた。

「手伝うって、どう？」

「周囲に目を配るとか」ぼくは胸を反らした。

「え？」ダレンは笑った。椅子の背にもたれて腹の底から笑った。「あはは！　ティンカーベルが周囲に目を配るんだとさ！　神をたたえよ、おれのタマにキスをしな！　ティンカーベルが目配り！　いったい何を見る気だよ」

「ディテール」ぼくは言った。

「ディテール？」大声で言い、自分の膝をぴしゃぴしゃ叩く。「どんなディテールだよ。たとえばこうか、今日のダレンのパンツは緑色で、ソックスは白でしたとか？」

「そうだよ」ぼくは言った。「何もかもだ。どんなちっちゃなディテールも見逃さない。ディテールは知識だってスリムが言ってた。知識は力なんだ」

「ライルは本気でおまえにフルタイムでそんなことさせる気か」ダレンが訊く。

「見る仕事は無休だからね」ぼくは言った。「一日二十四時間、週七日の仕事だ」

「じゃあたとえば、今夜は何を見た？」

「骨の話をちゃんと説明しろよ。そうしたら今夜ぼくが何を見たか話すから」

「何を見たか、おまえが話したら、おれも骨の話をしてやるよ、ティンク」

ぼくは一つ大きく息を吸った。テーブルを見回す。ライルの親友のテディは、あいかわらずテーブル越しにうちの母さんに見とれている。母さんをああいう目で見る男はこれまでもたくさんいた。テディは黒い巻き毛とオリーブ色がかった浅黒い肌をして、黒いふさふさの口ひげをたくわえている。スリムにいわせると、そういう口ひげを生やしているのは、肥大した自尊心とちっぽけなペニスの持ち主と決まっている。テディとは同房になりたくないとスリムは言う。どうしてなのかは教えてくれない。テディの母方はイタリア系、もしかしたらギリシャ系らしい。うちの母さんを見てる自分をぼくが見てることに気づいて、テディはにっこり笑う。あの笑みは前にも見たことがある。

「そっちはどうだ、楽しいか」テーブルの話し声に負けない大声でテディが訊く。

「うん、楽しいよ、テディ」ぼくは答える。

「おまえはどうだ、ガシー」テディはオーガストに向けてビールのグラスを持ち上げた。オーガストは乾杯に応じるみたいにレモネードのコップを掲げ、左の眉をお義理だけ持ち上げた。

「その調子だ、二人とも」テディはにやりと笑い、楽しげにウィンクをした。

ぼくはまたダレンの耳もとにかがみこんだ。「ちっちゃなディテール」ぼくは言った。「たった一つの場面に、ディテールは百万個くらいある。おまえのその、右手の人差し指が痛そうな箸の持ち方。おまえの腋のにおい、シャツの裾についてる水パイプの染みのにおい。あそこに座ってる女の人の肩の、アフリカ大陸の形をした母斑。タイタスの娘のハナは、お米を何口か食べたけど、ほかはほとんど何も食べてない。タイタスは三十分以上前からずっとハナの左の膝に手を置いたままでいる。ダレンのお母さんは、町会議員にこっそり封筒を渡した。議員はトイレに立って、そのあと席に戻ったところで、飲み物の冷蔵庫の横に立ってるダレンのお母さんにワイングラスを掲げてみせた。お母さんは笑ってうなずいたあと、一階に下りて、ビージーズの『ニューヨーク炭鉱の悲劇』を歌ってるあの下手くそな歌手ばかり見てる大柄なベトナム系のおじいさんに話しかけた。マスの水槽の前に子供がいて、ビールの泡立てノズルで魚を突っついてた。その子供のお姉ちゃんはテューイ・チャンで、テューイはジンダリー高校に通ってる八年生で、今日は黄色いワンピースを着ててものすごくきれいだ。ちなみに今夜はここまでに四回もおまえのほうを見上げたのに、ダレン、おまえはマリファナでラリってて、それに気づいてもいない」

ダレンは一階を見下ろした。テューイ・チャンはダレンの視線に気づいてほほえみ、まっすぐな黒髪を顔から払いのけた。ダレンは即座にぼくに向き直った。「すげえや、ベル。おまえの言ったとおりだ」ダレンは首を振った。「おれ、アホな客どもがめし食ってるとしか思ってなかったよ」

「骨の話を聞かせろよ」ぼくは促した。

ダレンはレモネードをがぶりと飲み、ジャケットとパンツを直した。それからまたぼくのほうに体をかたむけた。ぼくらは真正面にいる話題の人物、イヴァン・クロールを見つめた。

「三十年前、奴の兄貴が消えたんだ」ダレンは言った。「兄貴はマグナーって名前でさ、ポーランド語だか何だかで〝強い男〟って意味なんだってさ。名前のとおりダーラで一番タフな野郎だった。正真正銘のサディストだ。しじゅうイヴァンをいじめてた。火をつけたり、線路に縛りつけたり、ジャンパー線で引っぱたいたり。で、噂によると、マグナーはポーランド産のウィスキー、ていっても五十パーセントはロケット燃料だろうけどさ、とにかくそのウィスキーを食らって、家族で住んでた掘っ立て小屋で酔いつぶれた。そこでぶつけた車の修理をしてたイヴァンは兄貴の腕をつかんで、掘っ立て小屋から百メートルくらいのとこにある一家の修理工場まで引きずっていった。それから顔色一つ変えずに、工場の奥の電源に電動丸のこをつないで、スイッチを入れて、兄貴の首をちょん切った。フォード・ファルコンのルーフを切り離すみたいに落ち着き払ってな」

ぼくらはイヴァン・クロールを見つめた。イヴァンが顔を上げた。ぼくらの視線を察知したみたいに。それから膝のナプキンを取って口もとを拭った。

「それ、ほんとなの」ぼくは小声で訊く。

「うちの母ちゃんが言うには、イヴァン・クロールに関する噂はかならずしも正確ってわけじゃない」

「だろうね」ぼくは言った。

「そこで納得するなって、ティンク」ダレンは言った。「わかってねえな。うちの母ちゃんはな、イヴァン・クロールに関する噂は、事実の一部分しか伝えてないって言ってんだよ。まともな神経の持ち主には理解できそうにない部分ははしょられてるんだ」

「じゃあ、ほんとはマグナーに何をしたわけ。マグナーの死体に何したんだよ」

「それは誰も知らない」ダレンが言った。「マグナーは忽然と消えた。影も形もなくなった。それきり誰も見かけてない。いなくなったってこと以外はみんな噂にすぎないってことだよ。そこがイヴァンの天才的なとこだ。だから、いまの仕事をとてつもなくうまくやれる。あいつににらまれた人間は、ある日、どこかの通りを歩いてるけど、次の日には、この世のどこも歩いてない」

ぼくはイヴァン・クロールから目を離せなかった。

「お母さんは知ってるの？」ぼくは訊いた。

「何を」

「イヴァンが兄貴の死体をどうしたのか」

「いや、母ちゃんは知らない」ダレンは言った。「けど、おれは知ってる」

「死体をどうしたわけ」

「ほかのターゲットと同じさ」

「どういうこと？」

ダレンは回転盆を回し、カニのチリソースの皿を手前にして止めた。スナホリガニを一杯まるごと持ち上げて自分の皿に取る。

「よく見てろよ」

ダレンはカニの右のはさみをつかみ、乱暴にむしり取って身を吸った。次に左のはさみをつかんで甲羅から取る。雪だるまの肩に差した木の棒の腕を抜くみたいに簡単だった。

「ここまでが腕な」ダレンが言った。「次は脚だ」

甲羅の右側の三本の脚をむしった。左側もむしる。

「奴のターゲットはみんな、ただ消えるんだよ。チクリ屋、口の軽い奴、敵、ライバル、ツケがたまりすぎた顧客」

ダレンは次に遊泳脚をはずした。関節が四つある遊泳脚は、釣り用の小さな平べったいおもりみたいな形をしている。脚の身を全部吸い出したあと、まだ形を保っている脚の殻を甲羅の横の解剖学的に正しい位置に並べた。ただし、脚の付け根は甲羅に触れていない。ダレンははさみも元の位置に戻したが、脚と同じように、チリソースまみれの甲羅から一ミリほど離れていた。

「解体だ、イーライ」ダレンは小声で言った。

それからぼくに顔を向けた。ぼくの阿呆（あほう）面には阿呆っぽい表情が浮かんでいたはずだ。次にダレンはカニの脚とはさみを全部まとめると、甲羅を裏返してそこに入れた。「六つに分ければ楽に運べるだろ」そう言って、殻の積み上がった甲羅を、すでに身を吸われた空っぽの殻でいっぱいになったボウルに入れた。

「どこに運ぶんだよ」

ダレンはにやりと笑い、タイタス・ブローシュのほうに首をかしげた。

「安住の地に」

肢体の帝王のもとへ。

ちょうどそのとき、タイタスが立ち上がってフォークでワイングラスをちりんちりんと叩いた。

「お楽しみのところ申し訳ないが、みなさん、ここでこのすばらしい夜にお礼の言葉を申し上げたい」

歩いて帰る途中で見上げると、オリオン座は分厚い雲の向こうに隠れていた。オーガストと母さんは先を歩き、ライルとぼくは少し遅れて歩いていた。オーガストと母さんはデューシー通り公園の緑色の丸太の柵の上に危なっかしく立っていた。その丸太の柵——明るい緑色のペンキを塗ったマツの長い丸太を二つの短い丸太の上に渡したもの——は、この六年くらい、ぼくらのオリンピック体操競技の平均台の役割を果たしてきた。

母さんが優雅にジャンプし、平均台の上に両足で着地した。

それからまたジャンプすると、空中で両脚をはさみのように動かし、これもまた着地を成功させた。オーガストが盛大な拍手をした。

「さあ、白い妖精コマネチ選手、いよいよ下り技です」母さんは言い、慎重に足を運んで丸太の端に立った。腕を大きく広げてクジャクのようにひらひらさせ、架空のモントリオールの審判と一九七六年五輪で時代が止まっている人たちにアピールした。オーガストは両腕を前に伸ばし、膝を曲げて腰を落とした。母さんが平均台からジャンプし、待ち受けていたオーガストの腕に飛びこむ。

「十点満点！」母さんが言う。オーガストは母さんを抱き上げ、くるりと一回転して祝福した。二人は並んで歩き出したが、今度はオーガストが平均台に上った。

ライルは少し離れたところから笑顔で二人を見守った。

「で、どう思う？」ぼくは訊いた。

「何をだ」ライルが聞き返す。

「ぼくの計画だよ」ぼくは言った。

「その特別対策本部の話をもう少し詳しく聞かせてくれ」

「ヤヌス特別対策本部」ぼくは言った。「あのさ、新聞くらいもう少しちゃんと読もうよ。黄金の三角地帯から麻薬を密輸入してる組織に警察が宣戦布告したってこと」

「嘘だろ」ライルが言った。

「ほんとだって。新聞に書いてあった。疑うならスリムに訊いてみてよ」

「まあ、その特別対策本部とやらは本当にあるのかもしれないが、狙ってるものはまったく別だろう。煙幕だよ。この界隈の警察の上層部の半数は、タイタスの金でクリスマス休暇を楽しんでるわけだからな。麻薬の密輸入ルートを断ちたいやつなんか一人もいないはずだ。タイタスから入る賄賂も絶たれちまうんだから」

「ヤヌス特別対策本部を組織したのは、この界隈の警察じゃないんだよ」ぼくは言った。「オーストラリア連邦警察だ。国境警備に重点を置いてる。海上で阻止しようとしてるんだ。ブツを積んだ船が岸に着く前に」

「つまり……」

「つまり、もうじき供給が需要に追いつかなくなるってこと」ぼくは言った。「ダーラやイプスウィッチ周辺で、ヘロインを買いたいのに買えないジャンキーが一千人くらい出るはずだよ。ヘロインを持ってるのは連邦警察だけで、連邦警察が売ってくれるわけないだろ」

「だから？」ライルが訊く。

「だから、いまのうちに買っておこうって話。思いきって大量に買うんだ。買った分は土のなかに埋めておく。一年か二年、放っておけば、そのあいだに連邦警察がダイヤモンドに変えてくれる」

　ライルはぼくのほうを向き、頭のてっぺんから爪先までながめ回した。

「ダレン・ダンとつきあうのはやめたほうがよさそうだな」

「それは悪手だよ」ぼくは言った。「ダレンはビックとぼくらをつなぐコネだからね。ダレンの家に行くときはぼくも一緒に連れていってよ。で、ライルはビックとこれまでどおりおしゃべりをする。責任感が強くて愛情のある保護者らしくね。そのうちビックはライルを信用して、ヘロインを十キロくらいまとめて売ってくれる」

「どうかしてるぞ、坊主」ライルが言った。

「ダレンに市場価格を聞いたんだ。ダレンによると、ヘロイン十キロは、いまの市場価格で一グラム当たり十五ドルで売れるから、十五万ドルの儲けになる。一年か二年、寝かせておけば、一グラム十八ドル、十九ドル、二十ドルで売れる。ザ・ギャップの一軒家は七万一千ドルくらいで買える。二軒買って、両方にプールを作ってもまだおつりがくる計算だよ」

「おれが副業で自分の商売を始めたとタイタスに知れたらどうなる？　イヴァン・クロールをよこして、言い訳してみろと迫られたら？」

それには答えられなかった。ぼくは歩き続けた。縁石にエナジードリンクの空き缶があった。ぼくは右の靴でそれを蹴飛ばした。缶は跳ねながら通りの真ん中で止まった。

「拾いなさい」ライルが言った。

「え？」

「缶だよ。いま蹴った缶だ」ライルは腹立たしげに言った。「この通りを見ろよ。公園にはワゴンが捨ててあるし、チップスの包装紙や使用済みのおむつまでそのへんに散らかってる。おれが子供のころはな、このあたりはごみ一つなくてきれいなもんだった。自分の住んでる通りをきれいにしようって気があったんだよ、住人に。おまえの大好きなザ・ギャップと同じくらいきれいだった。いいか、始まりは小さなことなんだ。たとえばダーラで暮らすママやパパが使用済みのおむつを道ばたに散らかすような小さなことだ。そこから始まって、シドニーのオペラハウスの前でタイヤに放火するような大事になる。オーストラリアが荒れたのは、だからだ。おまえがたったいま空き缶を道のど真ん中に蹴飛ばしたみたいなことから始まるんだよ」

「郊外の町にヘロイン常習者が増えるほうが破滅への近道だって気がするけど」

「いいから缶を拾えって、このへらず口」

ぼくは空き缶を拾った。

「湖の一滴だね」ぼくは言った。

「何だって？」ライルが訊く。

「波及効果」ぼくはそう言って空き缶を持ち上げた。「これ、どうする？」

「あそこのくず入れに捨てるといい」ライルが言った。

ぼくは道ばたの黒いくず入れに空き缶を捨てた。くず入れは、シルヴィオのピザ店の箱やビールの空き缶で満杯だった。ぼくらは歩き続けた。

「湖の一滴って、何のことだ」ライルが訊く。

ぼくの誕生にまつわるぼくの持論だ。母さんとオーガストを見ると、公園の外周に並んだ丸太のフェンスの隙間をジグザグに縫って歩いていた。

「母さんが小さかったころ、母さんのお父さん、ぼくのおじいちゃんが家を出た。それが湖の一滴」ぼくは言った。「母さんの人生のさざ波の始まりはそれだった。おじいちゃんが失踪して、おばあちゃんはシドニー西部の郊外の町の靴箱みたいに小さな家で六人の子供を育てなくちゃならなくなった。母さんはきょうだいの一番上だったから、十四歳で学校をやめて、仕事を探して家計を助けた。二年か三年したころ、母さんはおばあちゃんに我慢しきれなくなった。母さんには夢があったからだ。弁護士だか何だかになって、シドニー西部の貧しい子供たちが将来、刑務所に入らずにすむようにしてやりたいと思ってたんだ。母さんはヒッチハイクでオーストラリアじゅうを旅することにした。ナラボー平原を突っ切って、はるばるオーストラリア西部まで行って、ローズ・アンド・クラウン・ホテルでウェイトレスの仕事を見つけた。ある晩、帰り道でいかれた男に喉にナイフを突きつけられて、そいつの車に押しこまれた。車は真っ暗なハイウェイを走った。そいつが母さんをどうする気だったのか知らないけど、ハイウェイ沿いで道路の夜間拡張工事か何かをしてて、そこにさしかかったところで車が速度を落とした。母さんは世界一勇敢な女性だから、時速五十キロで走ってる車から飛び降りた。アスファルトに着地したとき右腕の骨が折れたし、脚にも大きな切り傷ができたけど、利口な母さんはかまわず立ち上がって全力疾走した。子供のころは運動会の徒競走でいつも一等賞を取ってたくらい足が速いんだ。男の車は真っ暗なハイウェイをバックで追いかけてきたけど、母さんは作業員用の移動式休憩車を見つけてそこに飛びこんだ。作業員が三人、たばこ休憩中だった。母さんはたったいま何が起きたかパニック状態で叫んだ。一人が外に飛び出していって、いかれた男の車がタイヤを鳴らしながらハイウェイを逃げていくのを確認した。その一人はトレーラーハウスに戻って言った。〝もう大丈夫だよ、もう心配ない〟。その作業員がロバート・ベル、ぼくの父さんだった」

ライルはその場で足を止めた。

「湖の一滴の話、母さんから聞いてなかったの？」

「ああ、イーライ。おまえの母さんからは一度も聞いてない」

ぼくらは歩き続けた。

「タイタスはイヴァン・クロールをぼくらに差し向けると思う？」ぼくは尋ねた。

「ビジネスはビジネスだからな」ライルが答える。

「ほんとなのかな。イヴァンに関する噂」

「噂って？」

「ダレンから聞いた。イヴァンが死体をどうするか。ほんとなのかな」

「おれは自分で確かめてみようと思ったことは一度もないな。自分の身がかわいけりゃ、イヴァンが死んだ犯罪者の死骸でどんなことをするのか、聞いて回るのはやめたほうがいい」

　ぼくらは歩き続けた。

　ライルは大きく息を吸い、吐き出した。

「で、明日はどこ行くの？」ぼくは訊いた。

「おまえは学校に行くんだよ」

「じゃあ、土曜日は」ぼくは負けずに訊いた。不沈の船のように。

「テディとローガンシティに配達に行く」

「一緒に行っていい？」

「だめだ」ライルが言う。

「ぼくらは車で待ってるから」

「車で待ってて何になる？」

「言ったよね、何でもいいから見たいんだ」

「何が見られるつもりでいるんだ、イーライ」

「今夜見たようなもの。ライルには見えてないもの」

「たとえば？」

「たとえば、テディが母さんに恋しちゃったこととか」

少年、運に見放される

Boy Loses Luck

湖の一滴。母さんは、学校の慈善バザー実行委員会の委員をやってくれと頼まれて、それから一月(ひとつき)、毎週土曜日にミーティングに出なくちゃいけなくなった。母さんは大乗り気だった。ふだんはそういう活動にいっさい関わらなくて、役員の人たちを煙たがってはいるけど、たまに参加するくらいならかまわないらしい。タイミング悪く、スリムの胸の調子が悪くなって、小便が錆色になった。病院で肺炎と診断されて、ダーラとはブリスベンをはさんで反対側にある町レッドクリフのこぢんまりした借家にこもって療養している。そんなわけで、土曜日にオーガストとぼくを見ていられるベビーシッターがいなくなってしまった。

一九八六年春。ぼくは高校に進学していた。州立ダーラ学校の教室の窓からぼんやり外をながめる代わりに毎日オーガストと一緒にバス通学をして、イナーラの州立リッチランズ高等学校の教室の窓からぼんやり外をながめるようになった。ぼくは十三歳で、クイーンズランド州に住む、声変わりしてタマが大きくなってそれなりの自尊心を持つティーンエイジャーの例にもれず、新しいものごとを経験したくてうずうずしていた。たとえば、それからの一カ月間、毎週土曜日に、ヘロインを配達に行くライルにくっついていくとか。そこで母さんには、オーガストとぼくにはおとなの目がないとすぐに何かに火をつけて燃やしてみたくなる傾向があるということをさりげなく思い出させた。ついこの前、慈善団体がオクスリーに設置している古着や不用品の寄付ボックスに灯油まみれの地球儀が入っているのを見て、オーガストはやっぱり火をつけたんだよね、とか。

「世界をあっと言わせてやる(セット・ザ・ワールド・オン・ファイア)!」オーガストが拡大鏡の焦点をオーストラリア大

陸に合わせるのを見て、ぼくは叫んだ。拡大鏡は太陽の破滅の熱をブリスベンの一点に集めた。

「おれがこいつらをジンダリーのプールに連れていくよ」ライルは母さんに言った。「何時間かプールで遊ばせておく。そのあいだにテディとおれで用事を片づけて、帰り道にまた拾ってくる」

母さんはオーガストとぼくを見た。「宿題は何と何が残ってるの？」

「数学だけ」ぼくは答えた。

オーガストもうなずく。（ぼくも。）

「数学を先にすましておけばよかったのに。難しいことは先に片づけるほうがいいのよ」

「人生はかならずしもそういう風に進むとはかぎらないんだよ、母さん」ぼくは言った。「場合によっては、難しいことを先に片づけられないこともある」

「何よ、えらそうね」母さんは言った。「まあいいわ、プールに行ってもいいけど、二人とも、母さんが帰ってくるまでに宿題を終わらせておきなさい」

それくらい楽勝だ。と思ったけど、ジンダリーのプールに行ってみたら休みだった。五十メートルプールの水を抜いて、なかのシートを貼り替えているらしい。

「くそ」ライルが大声で言った。

テディは運転席に座っていた。車の持ち主はテディだからだ。一九七六年型のオリーブグリーンのマツダのセダンは、まだ春だというのに、動くかまどみたいだった。熱を持ったシートの茶色の合皮が腿の裏に張りついてくる。ぼくとおそろいのKマートで買った灰色の短パンを穿いているオーガストも同じだった。

テディが腕時計を確かめた。

「ジャンボリーハイツにあと七分で行かなくちゃならない」

「くそ」ライルは首を振った。「行こう」

車はジャンボリーハイツの二階建ての家の前で停まった。黄色い煉瓦造りの家で、アルミの大型の車庫扉と玄関に上る階段があって、階段を上りきったところに五歳くらいの上半身裸のマオリ族の男の子がいて、ピンク色のビニールの縄で猛然と縄跳びをしていた。外はものすごく暑くて、ぼくが座っている側の窓から見ると、路面で熱せられた空気が作るガラスみたいな逃げ水がちらちら輝いていた。

ライルとテディはすぐには車を降りずに周囲を確かめた。車のバックミラーやサイドミラーをのぞく。テディがトランクの蓋を開けた。二人は同時に車を降りてトランクの側に回った。

ライルは青いプラスチックのクーラーボックスを持って助手席側に戻り、開けっぱなしのドアから車内をのぞきこんだ。

「いいか、おとなしくそこに座ってろよ。わかったな?」そう言ってドアを閉めようとした。

「冗談だろ、ライル」ぼくは言った。

「何が」

「車のなか、五十度くらいありそうだ。十分きっかりで二人ともフライになる」

ライルはため息をつき、大きく息を吸いこんだ。周囲を見回して、歩道のそばの小さな木に目をとめた。

「わかったよ。あの木の下で待ってろ」

「そこの家の人が出てきて、なんでうちの木の下に座ってるんだって訊かれたら何て言えばいい?」ぼくは言った。「〝ちょっとそこでドラッグの取引をしてるだけですから、気にしないでください〟って?」

「おまえ、本当に腹の立つ奴だな、イーライ」ライルはドアを叩きつけるようにして閉めた。それからオーガストの側のドアを開けた。

「来い」ライルは言った。「ただし、一言たりとも口をきくんじゃないぞ」

ぼくらは縄跳びの男の子の横を通った。男の子はぼくらを目で追った。黄色い洟が下唇にたまっていた。

「やあ」ぼくは通り過ぎざまに声をかけた。

男の子は黙っていた。ライルが玄関ドアの外側の網戸の枠を指の関節でノックした。「ライル、おまえか？」暗いリビングルームから声が聞こえた。「入ってくれ、ブラザー」

ぼくらは家のなかに入った。ライルが先頭で、次にテディ、その次がオーガスト、最後にぼく。マオリ族の男が二人、茶色のアームチェアに座っていた。その隣に無人の三人掛けのソファがある。煙がリビングルームを満たしていた。アームチェアの肘かけにそれぞれ灰皿を置いていて、吸い殻が山盛りになっている。一人は痩せていて、左の頬にマオリ族のタトゥーが入っていた。もう一人は、ぼくが生まれて初めて見るくらい太っていて、声の主はこっちの男だった。

「ライル、テディ」男が挨拶代わりに言った。

「やあ、エズラ」ライルが応じた。

エズラは黒い短パンと黒いだぼっとしたTシャツを着ていた。脚はものすごく太くて、腿周りの贅肉が垂れ下がって膝小僧を隠していて、脚の真ん中に牙のないセイウチがくっついているみたいだった。ただ、ぼくがつくづく考えたのはその男のでかさじゃなくて、その男が着ている黒いTシャツのでかさについてだ。表で太陽に焼かれているテディの車の上に広げれば日よけになりそうなサイズだった。

痩せたほうはアームチェアから身を乗り出して、ポータブルトレーの上のボウルに入ったジャガイモの皮をむいていた。

「おい、ライル」エズラがオーガストとぼくを見て言った。「親としてどうなんだよ、ガキどもをドラッグの取引に連れてくるってのは」自分の膝をぴしゃりと叩き、タトゥーのある痩せた友人を見たが、友人は何も言わない。「今年のベスト・ファーザー(バーパラ)賞だな、え、ブラザー(カズ)」

「おれの子供じゃない」ライルが言った。

リビングルームに女の人が入ってきた。「あら、あんたの子供じゃないなら、あたしがもらっちゃうわよ、ライル」そう言ってオーガストとぼくにほほえみかけ、ソファに腰を下ろした。素足で、黒いTシャツを着ていた。マオリ族の女性で、右腕にトライバルタトゥーが輪のように一周していた。右のこめかみにも点線のようなタトゥーがある。その人もポータブルトレーを持ってきていて、ニンジンやサツマイモ、四分の一に切ったカボチャが載っていた。

「やるわけにはいかないな、エルシー」ライルが言った。「フランキーの息子たちだから」

「そうだろうと思った。あんたの子供(タマリキ・ターネ)にしてはハンサムだもの」

エルシーはオーガストに向かってウィンクした。オーガストが笑みを返す。

「この子たちの父親代わりになって何年くらい？」エルシーが訊く。

「最初に会ってからもう八年か九年になるな」ライルが答えた。

エルシーがオーガストとぼくを見た。

「八年か九年？　坊やたちはどう思うの？　ライルの息子だって言われてもかまわない感じ？」

オーガストはうなずいた。エルシーはぼくに視線を移して答えを待った。

「はい、そう思います」ぼくは答えた。

エズラと痩せた男はテレビの映画にすっかり見入っていた。ブロンズ色の肌をした筋肉の塊みたいな戦士が、古代の盛大な宴の上席に座っている。

「人生の最上の楽しみは何だ」チンギス・ハンみたいな衣装を着た男が画面のなかから言った。

ブロンズ色の肌をした戦士は、あぐらをかいて座っていて、筋肉は鋼のよう、ヘッドバンドはピエロのようだった。

「敵を打ち破ることです」ブロンズ色の戦士が答えた。「敵の息の根を止め、女どもの悲鳴を聞くことです」

オーガストとぼくは、しばしその戦士に目を奪われた。

「それ誰?」ぼくは訊いた。

「アーノルド・シュワルツェネッガーだよ、ブラザー」エズラが言った。「『コナン・ザ・グレート』だ。こいつは大スターになるぜ」エズラが言った。

「どんな映画?」ぼくは尋ねた。

「戦士の話だよ。あとは魔法使いと剣と魔術」エズラが答えた。「最大のテーマは復讐だな。コナンは世界中を旅して、自分の父ちゃんを犬に食わせ、母ちゃんの頭をちょん切った仇を探してる」

テレビの下にビデオカセットレコーダーがあった。

「それ、ソニーのベータマックス?」ぼくは息をのんだ。

「そうさ」エズラが言った。「解像度が高いし、音はハイファイだ。にじみがなくて、コントラストが向上してて、輝度ノイズも少ない」

オーガストとぼくは競うようにカーペットに腹ばいになって、レコーダーを見つめた。

「輝度ノイズって何?」

「知るか」エズラが言った。「箱にそう書いてあった」

テレビの横の棚には、背の白いラベルに映画のタイトルが書かれた黒いビデオテープがびっしり並んでいた。数百本はありそうだ。青いボールペンで線を引いてタイトルを消し、その横に別のタイトルを書きこんだテープもあった。『レイダース／失われた聖櫃（アーク）』『E.T.』『ロッキー3』『バンデットQ』『タイタンの戦い』。オーガストが一本をまっすぐ指さした。

「『エクスカリバー』がある！」ぼくは叫んだ。

「当然だろ、ブラザー」エズラがうれしそうに笑った。「ヘレン・ミレンが出てるからな。セクシーでホットな女だ」

ぼくは大きくうなずいた。

「あとマーリンだ」

「ああ、すごいよな」エズラがうっとりと言う。

ぼくはビデオテープのタイトルに目を走らせた。「『スター・ウォーズ』がそろってる！」

「『スター・ウォーズ』の最高傑作はどれだ」エズラが言った。聞く前から答えを知ってるみたいな声だった。

「『帝国の逆襲』」ぼくは答えた。

「正解」エズラが言った。「最高のシーンは」

「ダゴバのヨーダの洞窟のシーン」ぼくは迷わず答えた。

「おい、ライル。おまえの息子、ずいぶんとおとなびた洞察を持ってるな」エズラが言った。

ライルは肩をすくめ、ポケットからホワイト・オックスのパックを出してたばこを巻いた。

「何の話だか、おれにはさっぱり」ライルは言った。

「ルークは洞窟の奥でダース・ベイダーを見つけて倒す。するとダース・ベイダーのマスクが割れて、ルーク自身の顔が現れる」エズラは謎めいた調子で言った。「いったいどういうことだよ、ブラザー。おいライル、この子の名前は？」

ライルはぼくを指さした。

「こいつはイーライ」今度はオーガストを指す。「そっちはオーガスト」

「よう、イーライ。洞窟のエピソードはどういうことだ」エズラは訊いた。「あのシーンにはどんな意味がある？」

ぼくはビデオテープのタイトルを一つずつ確かめながら答えた。

「あの洞窟は世界なんだ。ヨーダも言ってたとおり、洞窟にあるのは、自分が持ちこんだものだけだ。ルークはあの時点でもう、自分の父親が誰なのか、察してたんだと思うな。心の奥底ではもうわかってた。お父さんに会うのが怖くてたまらなかった。どうしてかっていうと、自分のなかにすでに存在してるもの、生まれたときから内側にあるダークサイドが怖くてたまらなかったから」

リビングルームが一瞬静まり返った。オーガストがぼくの顔をじっと見る。心得顔でうなずき、両方の眉を吊り上げた。

「大したもんだ」エズラが言った。

ライルが青いクーラーボックスをエズラのアームチェアのそばに置いた。

「ビールを持ってきた」ライルは言った。

エズラは痩せた男にうなずいた。それだけで意図は伝わって、痩せた男はアームチェアから跳ねるように立ち上がり、クーラーボックスの蓋を開けた。瓶ビールをかき分けて底のほうに手を突っこみ、黒い厚手のビニール袋でくるまれた長方形の塊を引っ張り出した。それをそのままエルシーに差し出す。エルシーが顔をしかめた。

「自分で試しなさいよ、ルーア」

痩せた男は助けを求めるような目をエズラに向けた。エズラは映画に見入っていたけど一瞬だけ目を動かしてエルシーを見て、キッチンのほうにあごをしゃくった。エルシーは腹立たしげにソファから立ち上がり、黒い包みをルーアの手からひったくった。「ふん、何なのよ」

それからオーガストとぼくに笑顔を向けた。「一緒に来て、飲み物を選ぶ？」

ぼくらはライルを見た。行ってこいよとライルがうなずく。ぼくらはエルシーにくっついてキッチンに行った。

ルーアがエズラとライルとテディにビールを配った。

「クイーンズランドじゃ、いつかフォーエックス・ビター以外のビールを売る日が来るのか」エズラが言った。

「ビールならほかにもある」テディは『コナン・ザ・グレート』を見ようと三人掛けのソファに座った。「フォーエックス・ドラフトとかな」

午後一時になるころ、ぼくらはマルーカのマジック・マイル沿いの軽食堂でポテトスカロップ〔ジャガイモを輪切りにして衣をつけて揚げたもの〕を食べていた。マジック・マイルは、ジャンボリーハイツから車で十五分の距離にある町マルーカの通りで、自動車販売店がひしめいている一角があり、そこにブリスベンじゅうの人が車を買いに来る。自動車販売店のグレードやクラスは〈当店の車はすべてエアバッグが標準搭載です！〉から〈当店の車はすべてフロントガラス標準搭載です！〉までいろいろだ。

ぼくらは白くて円いプラスチックのテーブルを囲み、茶色い紙袋を破いたなかから、衣のついたポテトスカロップ、牛肉のコロッケ、シーフードスティック、鮮やかな黄色をした大きな揚げシュウマイ、チップスをつまんでいる。チップスは古い油で揚げたらしく、折れ曲がったたばこの吸い殻みたいで、味もたばこの吸い殻を食べているみたいだった。

「コロッケ、最後の一つだけど、ほしい奴？」テディが訊いた。

牛肉のコロッケを食べているのはテディ一人だった。牛肉のコロッケを食べるのはいつもテディ一人だ。

「食べていいよ、テディ」ぼくは言った。

オーガストとぼくは、紫色の缶のカークス・パシートを飲んでいた。ぼくらが二番目に好きな炭酸飲料だ。これにはまったのは、スリムのせいだった。スリムは炭酸飲料といえばカークスって人で、どうしてかというと、クイーンズランド州で製造されているし、もともとのカークス社で働いていたっていうおじいさんを昔知っていたかららしい。創業時のカークスはヘリドン・スパ・ウォーター社っていって、一八八〇年代にトゥーンバの近くのヘリドンの強壮作用があるという湧き水を瓶に詰めて売り出して有名になった。ヘリドンに住んでいたアボリジニは、アボリジニにとってとても深い意味を持つ湧き水で金儲けをしようと企む強欲な人間を追い払うのに必要な体力を与えてくれる水だと言ったそうだけど。ぼくはヘリドンの湧き水を飲んでみたことはないけど、きんと冷やしたサルサパリラ〔サルサ根で風味をつけた炭酸飲料〕ほど元気を回復させる力はないだろうな。

「エルシーのキッチンにはカークスのビッグサーズがあった」ぼくはポテトスカロップを少しずつ慎重にかじってオーストラリア大陸の形にしようとしていた。オーガストは忍者の手裏剣にしようとしている。「炭酸飲料のスモール缶が棚いっぱいに並んでた。カークスは全種類あったよ。レモンスカッシュ。クリーミングソーダ。オールド・ストーニー・ジンジャービア。全部そろってた」

　ライルはまたたばこを巻いていた。

「エルシーとキッチンに行ったとき、ほかには何を見た、ディテール隊長？」ライルが訊く。

「うん、いろいろ見たよ」ぼくは答えた。「冷蔵庫の野菜トレーの上の段に、まだ開封してないアイスド・ヴォヴォ・ビスケットのパッケージがあった。昨日の夜はリベッツでポークリブをテイクアウトしてきて食べたんだと思う。ビスケットの上の棚に、リベッツの銀色のテイクアウトの箱があったから。蓋が閉まっててなかは見られなかったけど、あれはリベッツのポークリブだと思う。箱の縁からリベッツのバーベキューソースが垂れてたからね。あの店のバーベキューソースは見れば絶対にわかる」

　ライルは巻いたたばこに火をつけた。

「エルシーが冷蔵庫にしまってるもの以外に、おまえが気づいたディテールはなかったのか」ライルはポテトスカロップに煙がかからないよう、右に顔を向けながら言った。

「うん、いろいろ見たよ」ぼくは言い、チップスを三つ、口に押しこんだ。もう冷めて、さくさくした歯ごたえはなくなっていた。「キッチンのカウンターの上の壁にマオリ族の武器が飾ってあって、あれは何ってエルシーに訊いたら、〝メレ〟だって教えてくれた。木の葉みたいな形をした大きな棍棒で、グリーンストーンとかいう素材でできてて、エルシーの家族に代々受け継がれてるものなんだ。それからエルシーはシンクの前に行って、そこのカウンターでライルが渡したヘロインの塊を慎重に切って、キッチンのはかりを用意しながら、エルシーのひいひいひいおじいちゃんのハミオーラがその棍棒を使ってどんな恐ろしいことをしたか話してくれた。別の部族の長にマラーマって人がいて、ハミオーラの部族はそのマラーマから何かといやがらせをされたり脅されたりしてた。だからハミオーラは、マラーマの司令本部に行って……」

「昔のマオリ族の首長が司令本部を構えてたとは思えないな」テディが言った。

「じゃあ、マラーマの小屋。ライバル部族の首長の小屋」ぼくは言い直した。「ハミオーラがマラーマの小屋に行くと、マラーマはハミオーラのメレの大きさや形を見て笑った。そんなもので殴られても痛くもかゆくもなさそうだったから。石でできた麺棒とか、ビスケットの生地をのばすのに使う道具にしか見えない。マラーマはハミオーラを馬鹿にするジョークを言って、ハミオーラを取り囲んでたマラーマの部族の人たちもそれに乗っかってハミオーラの家に代々伝わる武器を馬鹿にしたり笑ったりした。ハミオーラも一緒になって笑ったけど、次の瞬間、〝ジャムドロップのビスケット〟って言う暇もないくらいの速さで、マラーマたちが馬鹿にして笑ってた代々伝わる棍棒をマラーマの脳天に振り下ろした」

ぼくは小ぶりの揚げシュウマイを一つつまんだ。

「ハミオーラはグリーンストーンの棍棒をヴィヴ・リチャーズがクリケットのバットを振るみたいに振るった。ハミオーラの得意技は、前腕で押すように相手のこめかみを打つ動きで、打撃の瞬間、棍棒をすばやくひねる」

ぼくは小ぶりの揚げシュウマイの上から三分の一くらいを一気にちぎった。

「たった一撃でマラーマの脳天がぱっくり割れた。部族の人たちは武器を抜くのも忘れて呆然とした。それまで茂みに隠れてたハミオーラの部下が飛び出してきて、呆然としたままのライバル部族に襲いかかった」

シュウマイの脳天側を口に放りこんだ。

「で、この話をしながら、エルシーはぼくの目を見てるようで見ないまま、ヘロインの包みを慎重に開いた。ぼくは昔話に夢中になってるみたいに〝ほんとに？〟とか〝こわいな！〟とか言ってたけど、実はそのあいだもずっとキッチンを見回してディテールを観察してた。右の目は、そのとき見るべきところを見てたけど、左の目はキッチンじゅうを飛び回っていろんなものを記憶に刻みつけてた」

ライルとテディがこっそり目を見交わした。ライルが首を振る。

「オーガストと一緒に冷蔵庫をのぞいて、エルシーのカークスの炭酸飲料コレクションを見てるときも、ぼくはカウンターでヘロインの包みを開けてるエルシーを観察してた。エルシーはよく切れそうな包丁を出して、ヘロインの塊の端っこを何度かこそぎ落とした。チェダーチーズの塊の角っこを薄く削るみたいな感じで。そうやってそぎ落としたヘロインの薄片をいくつか集めて一グラムの玉を作って、灰色の蓋がついた写真フィルムの小さな黒いケースに入れた。そのケースをジーンズのポケットに入れてから、ヘロインの塊を元どおり包み直して、ライルたちが『コナン・ザ・グレート』に釘(くぎ)づけになってるリビングルームに戻って、〝上物ね〟って言った。でもライルたちは何も言わなかった。

エルシーはまたキッチンに来て、ひいひいひいひいおじいちゃんのハミオーラと、愚かな愚かな愚かな愚かなマラーマの話を続けた。そのあいだもぼくはディテールを一つ残らず観察してた。たとえば電話の横に郵便物が積んであったこととか。役所からの通知やテレコムからの請求書だ。電話のそばにはメモもあって、いろんな人の名前と電話番号が書いてあった。ライルやタイタスの名前もあったよ。あとはカイリーとかマルって人。ほかにはスナッパーって人の名前の横に電話番号があって、ダスティン・ヴァングって人の名前の横にも電話番号……」

「ダスティン・ヴァング?」テディが聞き返し、ライルのほうを向いた。ライルは驚いたように眉を吊り上げてうなずいた。

「なるほど、そういうことか」ライルは言った。

「ダスティン・ヴァングって誰？」ぼくは訊いた。

「ビック・ダンがハミオーラなら、ダスティン・ヴァングはマラーマだ」ライルが言った。

「いいことを教えてもらったよ」テディが言った。

「なんで？」ぼくは訊いた。

「健全な競争を意味するから」テディが言った。「ビックのほかにも輸入してる業者がいるなら、タイタスにとってはいい知らせだ。ビックはいまより競争力のある価格を提示しなくちゃならないし、そうなると、これまでみたいにおれたちから搾り取ってばかりもいられなくなる」

「だが、タイタスには悪い知らせとも言えそうだな。エズラが新しい取引先から仕入れようと考えてるんだとすれば」ライルが言った。「タイタスの耳に入れておいたほうがよさそうだ」

テディが肩を揺らして笑った。

「でかしたぞ、ディテール隊長」


東南アジア産のヘロインほど都市のなかの点と点を効率よく結ぶものはない。プールが改装のために閉鎖されていたその輝ける一月、土曜日ごとに、ライル、テディ、オーガストとぼくはブリスベンの街を縦横無尽に走り回り、不規則に広がった熱い街の汗まみれの胸に抱かれた文化的マイノリティ、ギャング、人知れぬサブカルチャーを訪れた。

サウスブリスベンのイタリア人街。襟を立てたバリモアのラグビーファン。フォーティテュード・ヴァレーのドラマーやギタリストや大道芸人や売れないバンド。

「母さんには一言たりともしゃべるんじゃないぞ、いいな」全国的ネオナチ集団、ホワイト・ハマーの州本部前に車を駐めて、ライルは言った。州本部のリーダーは、ティモシーという穏やかな話し方をする二十五歳の瘦せた男で、現金と麻薬をいつもどおり交換したとき、自分のスキンヘッドはわざわざ髪を剃(そ)っているわけではなくてもともと禿(は)げているのだとライルに打ち明けるようなさばけた人だった。ぼくはそれを聞いて、白人至上主義と白人男性型禿頭症のどっちがきっかけで独特の思想を持つに至ったんだろうと内心で思わずにいられなかった。

　麻薬取引に何を期待していたのか、自分でもよくわからない。冒険だろうか。危険やサスペンス？　いま思うと、郊外の平均的な使いっ走り密売人は、そのへんのピザの宅配人とそう変わらない気がする。ライルとテディがこなしている取引の半数くらいは、ぼくが愛車のマングースのＢＭＸでブリスベン南西部を疾走すれば、半分の時間で終わるだろう。オーガストならもっと短時間でやれそうだ。オーガストのほうが自転車で走るのが速いし、オーガストの自転車は十段変速のマルヴァーン・スターのロードバイクだから。

　オーガストとぼくは、テディの車の後部シートで数学の宿題をやった。車はストーリー橋を北から南へ、南から北へと渡った。物語(ストーリー)の橋。たとえば人をぶちのめす兄弟の物語。たとえば、一言も口をきかない少年と、質問に対する答えさえもらえればほかには何もいらない弟の物語。

　オーガストは誕生日にもらった十桁の科学計算用電卓を持ち、数字を入力しては電卓を逆さまにして言葉を綴った。7738461375＝SLEIGHBELL（そりの鈴）。5318008＝BOOBIES（おっぱい）。また数字を入力した。それから誇らしげに電卓をぼくに向けた。ELLIBELL（イーライ・ベル）。

「ねえ、テディ」ぼくは訊く。「八十枚用意した学校のお祭りの入場券のうち、二十枚は前売り券でした。前売り券の割合は何パーセントですか」

テディはバックミラー越しにぼくを見た。「ちょっと考えればわかるだろう。八十に二十はいくつ入る？」

「四つ」

「とすると……」

「二十枚は、全体の四分の一？」

「そうだ」

「百の四分の一は……二十五パーセント？」

「正解だ」テディはあきれ顔で首を振った。「なあ、ライル。納税申告書の計算はこいつらにやらせないほうがいいぞ」

「納税申告書？」ライルがわざとらしく眉を寄せた。「それは何だっけ。代数の公式だったか？」

麻薬の配達は土曜日じゃなくちゃいけない。ライルの取引相手、第三層にいる売人はたいがい昼間の仕事を持っていて、平日はいないからだ。タイタス・ブローシュは第一層。ライルは第二層。ライルは第三層の売人にブツを売り、第三層の売人は路上で末端の顧客にさばくか、ケヴ・ハントの例でいえば、海上の末端の顧客にさばく。ケヴはトロール船に乗っていて、サイドビジネスとして第三層の密売人をやり、モアトン湾のエビ漁場にいる客の大半にブツを供給している。ケヴは平日はだいたい漁に出ている。だからケヴの都合に合わせ、ぼくらは土曜日にボールドヒルズのケヴの家まで行く。悪くない商売だ。ライルは顧客のニーズに合わせる。たとえばシェーン・ブリッジマンは街の中心部で弁護士事務所を開いていて、そのかたわら第三層の売人としてジョージ通りあたりの法曹界の需要をまかなっている。平日はいつも事務所にいて、自宅にはほとんど帰らないけど、三軒先はクイーンズランド州裁判所だから、事務所で麻薬の取引をするのはさすがにまずい。そこでぼくらは、ブリスベン中心街のすぐ北に位置する町ウィルストンのシェーンの自宅まで行く。取引はいつも玄関脇のサンルームですませる。そのあいだ、シェーンの奥さんはキッチンでブルーベリーマフィンを焼いていて、息子は裏庭の黒いごみ容器を的に、赤いクリケットボールで投球練習に励んでいる。

ライルはそういう土曜の取引の名人だ。外交官で、文化大使で、ボスのタイタス・ブローシュの代理人だ。王と臣民をつなぐメッセンジャーだ。

麻薬取引には、機嫌が悪いときのぼくの母さんの話を聞くときと同じ態度を心がけているとライルは言う。慎重に慎重を期す。警戒を怠らない。相手を包丁の近くに立たせない。柔軟であれ、根気強くあれ、そして臨機応変であれ。顧客（怒った母さん）はつねに正しい。どんなときも自分の気持ちより顧客（母さん）の気持ちを優先する。中国系の不動産開発業者に役所は融通が利かなくてと延々と愚痴られれば、ライルは親身になってうなずく。バイカーギャングのバンディドスの支部長に愛車のハーレーダビッドソンのエンジンのアイドリングが安定しないんだと延々と愚痴られれば、ライルは、ぼくが見るかぎり、心の底から興味があるような顔でうなずく。このあいだの夜、母さんが、ライルと母さんはぼくらの学校の保護者と友達になる努力をしていないと延々と嘆いたときも、ライルは同じ表情でうなずいた。黙って取引をまとめて、愛する女にキスをして、労賃を懐におさめ、生きてその部屋を出ることが肝心だ。

土曜の配達についていくのも今回で最後という日、ライルは赤い電話がある地下室の話をオーガストとぼくにした。あの部屋はライルが自分で造ったもので、地下から地上へ向けて掘った。オーガストとぼくが腹ばいになって入ったりしてはいけなかったあのせまいトンネルの下に深い穴を掘り、そこから家に向けて上へと掘り進んだ。ダーラ煉瓦工場から買った煉瓦三百個を使って作った秘密の地下室。母さんとライルが以前、マリファナを密売していたころ、マリファナの入った大きな箱を保管していた秘密の部屋。

「もうマリファナの密売はやめたわけでしょ。いまは何のためにあるわけ」ぼくは訊いた。

「万が一のときのため。逃げ隠れしなくちゃならなくなったときのため」ライルは言った。

「誰から？」

「誰からでも」

「あの電話は何？」ぼくは訊いた。

テディが横を向いてライルを見る。

「あの電話は、タイタスの屋敷にある同じような赤い電話と専用線でつながってる」

ライルはそう言って後部シートを振り返り、ぼくらの反応をうかがった。

「じゃあ、あの日ぼくらが話した相手はタイタスだったってこと？」

「いや」ライルは言った。「それは違うよ」ライルとぼくはバックミラー越しに見つめ合った。「おまえたちは誰とも話しちゃいない」

ライルはアクセルペダルを踏みこみ、ぼくらの最後の仕事先へと急いだ。

「今日ね、これまで感じたことのないものを感じたわ」母さんは夕食のテーブルでスパゲティをフォークでみんなの皿に取り分けながら言った。ラミネート加工された緑色のフォーマイカの天板にスチールの脚がついたテーブルは、ライルが子供のころバーブカ〔ポーランド風のレーズン入りパン菓子〕を食べたのと同じものだ。

今日は学校の慈善バザーの当日だった。日曜日の焼けるような太陽の下、母さんは八時間にわたって州立リッチランズ高校の運動場に設置されたブース三つを運営した。その一つは魚釣りゲームで、子供たちは五十セントと引き換えにカーテン用のポールと糸を渡され、平べったい発泡スチロールの魚を釣る。魚の裏側にはカラーシールが貼ってあって、同じ色のシールが貼られた、今日ぼくが〈ボブおじさんの納屋〉小動物園のそばで踏んづけたポニーのうんこと同程度の価値の賞品と交換できる。今日、ある意味一番人気を集めたのは、母さんが考案した『スター・ウォーズ』人気に便乗したゲームで、州立リッチランズ高校の役員たちの資金不足を解消した。母さんの〈ハン・ソロ　ブラスター銃チャレンジ〉の銀河の救世主にならんとする挑戦者は、オーガストとぼくの帝国軍ストームトルーパーのフィギュア三体を、母さんがハン・ソロ愛用のブラスター銃に似せて黒く塗った大型水鉄砲で撃ち落とす。一度成功するたびに、次の標的はどんどん遠くなる。母さんは標的のストームトルーパーをものすごく戦略的に配置した。最初の二体は、楽勝で落とせる距離にあって、五歳から十二歳の客はその二回の成功に気をよくし、次に挑戦せずにいられなくなるけど、最後の一体は、フォースを味方につけ、水鉄砲の弾を絶妙の放物線を描いて飛ばさなくては届かない距離にあった。一方で、母さんは一番人気のなかったアトラクションの責任者でもあった。〈ポップ・スティック大作戦〉だ。手押し車いっぱいの砂に、アイスキャンディの棒百本が突き立っていて、そのうち十本に当たりの星印がついていた。全部の棒の先に人生の本当の意味が書いてあるとでも謳えば、同じゲームでも八時間で六ドル五十セントくらい稼げただろう。

「地域の一員になったって気がしたの」母さんが言った。「自分の居場所を見つけたっていうのか」

ライルは右の拳であごを支え、優しい笑みを母さんに向けていた。母さんは、ベーコンとローズマリーをたっぷり入れたボロネーゼソースを大きなスプーンでぼくらの皿によそっているだけなのに、ライルは目を見開き、畏怖の念に打たれたといった表情で母さんを見つめている。母さんが黄金のハープの炎でできた弦を爪弾いて、ローリング・ストーンズの『黒くぬれ!』を演奏しているとでもいうみたいに。

「よかったじゃないか」ライルは言った。

キッチンからテディの声がした。「ビールは、ライル?」

「ああ、もらうよ」ライルは言った。「冷蔵庫の扉にある」

テディも一緒に夕飯を食べることになっていた。テディはいつもうちで夕飯を食べていく。

「やるな、フランキー」テディがキッチンからリビングルームに来て言った。必要もないのに母さんの肩に腕を回す。必要もないのに、母さんを抱き寄せる。「誇らしいよ」テディは言った。なれなれしい調子で。だって、何考えてるんだよテディって話だろう。よりによってリーナとオーレリーのテーブルで?

「おれの勘違いかもしれないが、その青い瞳がいつになくきらきら光ってるように見えるな」テディは言い、右の親指で母さんの頬骨をなぞった。

ライルとぼくは目配せを交わす。オーガストがぼくに鋭い視線をよこす。(おいおい、見ろよ。ふつう、親友の目の前であんなことするか? ぼくはこいつを端から信用してない。上っ面だけはいいよな、けど、こういう上っ面のいい奴ほど信用しちゃいけないんだぞ、イーライ。誰に酔ってるのかわからない。母さんか、ライルか、それとも自分自身か。)

ぼくはうなずく。(ほんとだよな、オーガスト。)

「そう?」母さんは肩をすくめた。いつもは太陽みたいに明るいのに、ちょっと気まずそうに見えた。「一員に加われてうれしいの。何か……」

「退屈なものの一員?」ぼくは言った。「田舎くさい町の、とか?」

母さんはかすかにほほえんで考えた。ボロネーゼソースをすくったスプーンが空中で止まる。

「何の変哲もないものの一員、かしらね」

それからぼくの分のスパゲティにソースをかけて、いつもの小さくて美しい笑みをぼくに向けた。一方通行の愛情のトンネルを抜けて狙いの相手にまっすぐ届く母さんの笑顔。狙いの相手以外の誰にも見えない、一生涯絶えることのない愛が詰まったトンネル。でも、オーガストにも同じトンネルが通じていることをぼくは知っている。ライルのトンネルもある。

「よかったね、母さん」ぼくは言った。何かをこれほど真剣に言うのは初めてだ。「母さんには似合ってるよ。何の変哲もないもの」

ぼくはオーガストのゲロみたいなにおいのするクラフトのパルメザンチーズを取った。粉チーズをスパゲティに振りかけ、母さん自慢のスパゲティにフォークを差しこんでくるくる巻いた。

そのとき、うちのリビングルームにタイタス・ブローシュが入ってきた。

ぼくのなかでタイタスを一番よく知っているのは背骨のてっぺんだ。背骨のてっぺんが最初にあの真っ白な髪を察知した。あの白いスーツを、作り笑いの口もとにのぞく真っ白な歯を、感じ取った。ぼくの体の残りの部分は凍りつき、混乱していたけど、背骨だけはタイタス・ブローシュがうちのリビングルームに入ってきた事実をちゃんと認識し、上から下に向けて震えた。ライルのお気に入りのパブ、トゥウォングのレガッタ・ホテルのトイレでおしっこをしてるときに無意識にぶるっと体を震わせるときと同じように。

タイタスに気づいたとき、ライルはスパゲティを口いっぱいに頬張っていた。ライルは動きを止め、ぼくらの家にゆっくりと歩いて入ってくるタイタス、キッチンとトイレのさらに向こうにある裏口から迷わずリビングルームに入ってきたタイタスを目で追った。呆然としていた。

ライルがタイタスの名前を口にした。質問みたいだった。「タイタス？」

ライルとぼくはテーブルの片側に並んでいて、オーガストと母さんは向かい側に座っていた。二人はそろって体をひねり、入ってくるタイタスにようやく気づいた。タイタスの後ろからもう一人入ってきた。タイタスより大柄な男。もっと暗い目をして、もっと暗い雰囲気を漂わせた男。くそ。くそくそくそ。なんであいつがうちに？

イヴァン・クロール。その後ろからもう二人、脳味噌まで筋肉でできていそうなタイタスの用心棒が入ってきた。イヴァン・クロールと同じように、その二人もビーチサンダルを履き、スタビーズのタイトな短パンに前ボタンの襟つき綿シャツの裾を入れて着ていた。一人は痩せ型で頭が禿げていて、もう一人はがっちりした体格と口角がやけに上がった笑みと三重あごをしていた。

「タイタス！」母さんは客を迎える女主人モードに即座に切り替えて言った。跳ねるように席を立つ。

「いやいや、どうかそのままで、フランシス」タイタスが言った。

イヴァン・クロールが母さんの肩にそっと手を置いた。そのしぐさは、座っていろと母さんに伝えていた。このときになってぼくは、イヴァンがアーミーグリーンのダッフルバッグを提げていることに気づいた。イヴァンはダッフルバッグをリビングルームのテーブル脇の床に静かに下ろした。

テディは右手にフォークを持っていた。紺色のボンズのTシャツの襟ぐりにペーパータオルを二枚はさんでいる。唇がボロネーゼソースで赤く染まっていて、まるで口紅がにじんだピエロみたいだ。「タイタス、何かあったんですか」テディが訊く。「せっかくだから一緒に……」

タイタスはテディのほうを見もせずに人差し指を口に当てた。「しぃぃぃぃぃぃ」

タイタスはライルを見ていた。静寂があった。静寂はまる一分くらい続いた。もしかしたら三十秒だったかもしれないけど、雷鳴みたいに耳を痛めつける静寂が三十日くらい続いて、その間、タイタスとライルはじっと見つめ合っていた。複数の視点とたくさんのディテール。永遠に引き延ばされた一瞬。

痩せた用心棒の左腕にあるナチスの軍服を着たバッグス・バニーのタトゥー。スパゲティのスプーンを握っているオーガスト、スプーンの柄を落ち着きなくこすっている親指。母さんの視点から見たこの瞬間は——ゆったりしたデザインの桃色のTシャツを着て、困惑顔で座ったまま、視線を顔から顔へと動かして答えを探したあげく、一つも見つからなくて、唯一見つかったのは、母さんがこれまで生きてきてたった一人だけ愛した男の顔に浮かんだ答えだった。恐怖だ。

やがて、ありがたいことに、ライルが沈黙を破った。

「オーガスト」

オーガスト？　オーガストだって？　いまこの瞬間にオーガストがどう関係するっていうんだ？

オーガストが椅子の上で向きを変えてライルを見つめた。

それと同時に、ライルが空中に文字を書き始めた。右手の人差し指が羽ペンみたいに空中を動き回り、オーガストの目がそのひらひらした言葉を追う。でもぼくには読み取れなかった。ライルと向かい合っているわけじゃないから、空中に書かれた単語を心のなかの鏡でうまく反転させられなかった。

「そいつはいったい何をやっている？」タイタスがうなるように言った。

ライルは空中に文字を綴り続けている。すばやく、迷いなく。そしてオーガストはそれを目で追い、理解したしるしに一語の区切りごとにうなずいた。

「やめろ」タイタスのうなり声。

それからタイタスはわめいた。「やめろと言っているだろう！」でかいほうの用心棒に顔を向け、歯を食いしばって怒りに満ちた声で言った。「そのわけのわからんことをやめさせろ」

ライルは憑かれたように文字を書き続け、オーガストはそれを読み取った。一語、また一語と文字が綴られていく。やがて体格のいい三重あごの用心棒の右腕がライルの鼻めがけて飛び、ライルは椅子ごと後ろ向きに倒れてリビングルームの床に転がった。鼻から血が噴き出してあごを伝った。

「ライル」ぼくは叫び、ライルに駆け寄って胸に覆いかぶさった。「ライルにかまうな」

口に血がたまって、ライルが咳きこんだ。

「ちょっと、タイタス。いったいどういう――」テディがもごもごと言いかけた。しかしイヴァン・クロールが抜いたボウイナイフの銀色に光る鋭い切っ先をあごに突きつけられて、即座に口を閉じた。刃にぎざぎざが刻まれた恐ろしげなナイフだった。エイリアンみたいで、ぎらぎら光っていて、いかにも切れ味のよさそうなめらかな刃がついた片側はしゅうと低い声で、もう一方ののこぎり状の刃は甲高い悲鳴のような声で威嚇していた。あのぎざぎざした邪悪な鋼鉄の刃は、ものを切断するのに特化しているんだろう――たとえば人の首とか。

「黙れ、テディ。黙っていれば、おまえは明日まで生きていられるかもしれないぞ」

テディは椅子の上で用心深く身を縮こまらせた。タイタスは床に倒れたライルに目を向けた。

「連れていけ」タイタスは言った。

ライルを見下ろして立っていたでかいほうの用心棒に痩せたほうも手を貸し、二人はライルとその胸にすがりついたぼくごとリビングルームの床を二メートルくらい引きずった。

「ライルにかまうな」ぼくは泣きながら叫んだ。「あっち行け！」

二人はライルを立ち上がらせ、ぼくは振り落とされて床に転がった。

「ごめんよ、フランキー」ライルが母さんに言った。「心から愛してるよ、ごめん」

瘦せたほうがライルの口にパンチをめりこませた。母さんはスパゲティ・ボロネーゼのボウルを手にテーブルを回ってくると、ライルを殴った用心棒の頭にボウルを叩きつけた。

「彼を放して」母さんが叫ぶ。檻に入れられたけもの、これまでずっと母さんのなかに閉じこめられていたけもの、生まれてこのかた三度か四度しか表に出たことがなかったけものが、でかいほうの用心棒の腕に両腕をからませた。母さんのモンスターは、満月の晩のオオカミみたいな爪を用心棒の頰に食いこませた。皮膚が筋状に剝がれて血がにじみ出した。母さんは、リーナの寝室に監禁されたときと同じわめき声を上げていた。死を予言する妖精バンシーじみた、腹の底から湧き上がる、背筋が凍るような泣き声。こんなに怖いと思ったのは初めてだった。ぼくは母さんに怯えていた。タイタス・ブローシュに怯えていた。ぼくの手についたライルの血、玄関に引きずられていくライルの顔に浮かんだ表情に怯えていた。

「その女をどうにかしろ」タイタスが平然と言った。

ボウイナイフを右手に、イヴァン・クロールが急ぎ足でテーブルの反対側に回った。オーガストが反対側からテーブルを回っていき、廊下との境でイヴァン・クロールの前に立ちふさがった。一九二〇年代のボクサーみたいに胸の前で拳をかまえる。イヴァン・クロールは間髪容れずにオーガストの顔を狙ってナイフを振った。オーガストは身をかがめてかわしたが、ナイフの攻撃は目くらましで、イヴァン・クロールの抜け目ない左脚がさっと動いてオーガストの足を払った。オーガストは背中から床に叩きつけられた。「おまえら、二人とも動くんじゃない」イヴァン・クロールは低い声でぼくらに言うと、母さんを追って玄関へと走り出した。

「母さん、後ろ！」ぼくは叫んだ。でも、頭に血が上った母さんには聞こえていなかった。母さんは全力でライルの腕を引っ張り、リビングルームに連れ戻そうとしていた。イヴァン・クロールはボウイナイフを左手に持ち替え、ナイフの柄の尻の側を目にもとまらぬ速さで母さんのこめかみに二度、叩きつけた。母さんは床に倒れた。頭が力なく揺れて左肩に止まり、右のふくらはぎが腿の下敷きになっている姿は、限界を超えて壁にぶつけられた衝突試験のダミー人形みたいだった。

「フランキー」玄関から引きずり出されながらライルが叫ぶ。「フランキーーーー！」

オーガストとぼくは母さんに駆け寄ろうとしたが、イヴァン・クロールが立ちふさがり、ぼくらを廊下からダイニングテーブルに引きずっていった。床に踏ん張って人殺しの怪力に反撃しようにも、十三歳と十四歳の脚はひ弱だった。ものすごい力で引っ張られたせいでぼくのシャツは頭の上までずり上がり、ぼくの視界はオレンジ色の綿毛布みたいなシャツの前身ごろと真っ暗闇で埋め尽くされた。

イヴァンはぼくらをダイニングテーブルの椅子に放り出した。二人とも母さんに背中を向けていた。母さんは廊下に倒れて意識を失っている。下手をしたら……いや、考えたくない。

「座ってろ」イヴァン・クロールが言った。

ぼくは恐怖のせいで、暴力と混乱のせいで、息ができなかった。イヴァン・クロールはアーミーグリーンのダッフルバッグからロープを取り出した。それをオーガストに手早く三度巻きつけて椅子に縛りつけた。

「何するんだよ」ぼくは吐き捨てた。

涙と鼻水があふれて、椅子にまっすぐ座っていることさえできなかった。でもオーガストは落ち着いた様子で座り、閉じた口を反抗的にゆがめてタイタス・ブローシュをにらみつけていた。タイタスもオーガストをにらみ返した。

ぼくは涙の合間にどうにか息をしようとしたけど、空気はちっとも肺に入ってこない。タイタスはぼくのその様子をうっとうしく感じたらしい。

「ちゃんと息をしろよ、まったく。息をしろって」タイタスは言った。

オーガストが右足をずらしてぼくの左足に載せた。

それだけでぼくは落ち着いた。どうしてだかわからないけど、息ができるようになった。

「その調子だ」タイタスが言った。それから、テーブルの上座で放心しているテディに鋭い視線を向けた。「おまえは消えろ」

「その子たちは何も知らないよ、タイタス」テディがあわてた様子で言った。

このときにはもうタイタスはオーガストに目を戻していた。その状態でテディに答えた。

「二度は言わないぞ」

テディは跳ねるように立ち上がり、リビングルームから飛び出していった。意識のない母さんをまたいで廊下を走っていく。ぼくは廊下に倒れた母さんや、どこかに引きずられていってしまったライルが心配でたまらなかったけど、それでも、テディはなんて意気地のない腰抜け野郎なんだと考えるだけの余裕はあった。

オーガストが椅子に縛りつけられて腕を動かせないいま、イヴァン・クロールはぼくの真後ろに立ち、ボウイナイフを握った右手を腰のあたりに置いていた。イヴァンの気配をぼくは背中で感じた。奴のにおいを感じた。

タイタスが大きく息を吸いこみ、吐き出した。いらいらした様子で首を振った。

「さてと、きみたち二人が不運にも陥ることになったこの状況を、わたしがわかりやすく説明して進ぜよう」タイタスは言った。「きみたちの若い耳にはわたしの説明は早すぎて聞こえるかもしれないが、時間がない。いまからざっと十五分後、わたしがこのみすぼらしい家を出るのと入れ違いに、ベテラン刑事二名が玄関から入ってきて、その時点でまだ生者の国にとどまっていればの話ではあるが、きみたちの母親を、ライル・オーリックがブリスベン西部で急成長中させたヘロイン供給ネットワークにおいて配達人の役割を担っていた容疑で逮捕することになっているからだ。ちなみにライル・オーリックはいまからおよそ二分前、この地球上から謎の失踪を果たした」

「ライルをどこに連れていくんだよ」ぼくはわめいた。「何もかも警察に話してやる。おまえだろ」ぼくはいつのまにか立ち上がっていた。つばを飛ばしていた。指を突きつけていた。「黒幕はおまえじゃないか。おまえは悪党だ」

イヴァン・クロールの平手が飛んできて頬を張られ、その勢いでぼくは椅子に崩れこんだ。

タイタスは向きを変え、リビングルームを突っ切った。飾り棚の前に立ち、リーナの持ち物だった古い小さな像を持ち上げた。リーナの先祖はポーランド系の坑夫がポーランド南部で岩塩坑の開港坑に協力したことがあり、のちにその岩塩坑で働いていたポーランド系の坑夫が塩の塊を彫って作ったものだった。

「きみの言い分は正しくもあり、誤ってもいる」タイタスは言った。「きみが何もかも警察に話すことはない。なぜなら、警察はきみとは話をしないからだ。しかし、わたしはきみがいま言ったとおりの人間だ。その事実とはとうの昔に折り合いをつけている。ただしわたしは、悪党の仕事に子供を引きずりこむほど腹黒い人間ではないよ。その手の悪事はライルのような人間のやることだ」

タイタスは岩塩坑夫の像を棚に戻した。

「きみたちは忠誠心とはどんなものか知っているかね」タイタスが訊く。

ぼくらは答えなかった。タイタスがにやりとする。

「それもまた忠誠心の一つの形だね。答えないというその態度もな」タイタスは言った。「きみたちはよく知りもしない男に忠誠を尽くそうとしているわけだ。わたしに不誠実な行為をした結果、きみたちをこの窮地に陥れた男に」

タイタスはその場でくるりと向きを変え、咳払いをしたあと、ちょっと考えてから続けた。

「さて、きみたちに一つ尋ねたいことがある。そしてきみたちが答える前に、あるいは答えないという選択をする前に、一つ頼みたいことがある。自分自身に対する忠誠心より、ライルに対する忠誠心を優先するような真似はいまだけはしないでくれ。なぜかといえば、非情な運命の悲劇的な定めにしたがって、きみたちにはもうお互いしか頼る相手がいなくなったようだからね」

ぼくはオーガストを見た。オーガストはぼくを見なかった。

タイタスがイヴァン・クロールにうなずき、次の瞬間、イヴァンの力強くてびくともしない手がぼくの右手をつかんだ。イヴァンの腕がぼくの掌をテーブルに押しつけた。リーナのダイニングテーブルの緑色の天板の上に。ついさっき世界が崩壊する直前、山々が崩れて海に沈む直前、空から星が落ちてこの恐怖の夜を形作る直前まで、ぼくが食べていたスパゲティの皿のすぐ横に。

「何する気だよ」

イヴァン・クロールの腋のにおいがした。オールド・スパイスのコロンのにおいがした。服はたばこのにおいをさせていた。イヴァンはぼくの上にのしかかり、ぼくの右の前腕に体重をかけ、鋼鉄でできた大きな手でぼくの右の人差し指を、幸運の第二関節に幸運のほくろがあるぼくの幸運の人差し指をこじってまっすぐ伸ばそうとしていた。ぼくの手は反射的に拳を握ったが、イヴァンは恐ろしいほど力が強く、体の内側にある何かが荒れ狂う気配が掌からぼくにも伝わってきた。真っ黒な電気。理性の欠如。怒り以外の感情の欠落。イヴァンはぼくの拳を怪力で握り締めた。ぼくの人差し指が耐えきれずに飛び出し、テーブルの上にまっすぐ横たわった。

ぼくは吐きそうだった。

オーガストが、テーブルにまっすぐ伸びたぼくの指を見る。

「奴は何と言った、オーガスト?」タイタスが訊いた。

オーガストはタイタスを見た。

「空中に何と書いた、オーガスト?」タイタスが訊く。

オーガストは困ったような、わけがわからないといった表情を作った。

タイタスがぼくの背後のイヴァン・クロールにうなずいた。ボウイナイフの刃がぼくの人差し指の付け根の関節のすぐ上に軽く触れた。

ゲロ。胃袋のなか。喉もと。時間の進みが遅くなった。

「あの男は空中にメッセージを書いたな」タイタスが不愉快そうに言う。「何と書いたんだ、オーガスト?」

刃が指に食いこむ。血がにじみ出て、ぼくは息を吸った。

「オーガストはしゃべらないんだよ」ぼくは叫んだ。「オーガストはしゃべらない。たとえ答えたくても答えられないんだ」

オーガストはあいかわらずタイタスをにらんでいる。タイタスもオーガストをにらんでいた。

「あの男は何と言ったんだ、オーガスト」タイタスが訊く。

オーガストはぼくの指を見た。イヴァン・クロールがナイフの刃をますます強く押しつける。皮膚と肉が完全に切れ、刃はぼくの指の骨にじかに当たっていた。

「ぼくらは知らないんだ、タイタス。わかってよ」ぼくは叫ぶ。「何も知らないんだ」

めまい。半狂乱。冷たい汗。タイタスはオーガストの目の奥の奥をのぞきこむ。イヴァン・クロールにまたうなずき、イヴァンはボウイナイフをいっそう強く押しつける。オールド・スパイスのコロン、イヴァンの息、それにあの刃、ぼくの骨の髄に食いこんでいるあの果てしない刃。ぼくの骨の髄。ぼくの弱っちい骨の髄。ぼくの弱っちい指。

ぼくは苦痛のうなり声を上げる。あらゆる束縛から解放された声、生々しい声、甲高い金切り声になって消えた声。焼けつくような痛みとショック、それに信じたくない思いから出た声。

「やめろよ」ぼくは泣きながらうなる。「こんなことはやめろ」

刃はさらに深く食いこみ、ぼくは苦悶のうめきを漏らす。

そのとき、どこからだろう、部屋のなかのどこかから、ぼくの声に別の声が重なった。

その声はぼくの左側から聞こえていたけど、自分の悲鳴がやかましくてちゃんと聞こえなかった。

それでもその声は、ナイフの刃を押しつけているイヴァン・クロールの手をゆるめさせた。記憶の始まりまでさかのぼっても、ぼくは一度も聞いたことのない声。タイタスがテーブルに、オーガストのほうに身を乗り出す。

「何だって？」タイタスが訊いた。

静寂。オーガストが唇をなめ、咳払いをした。

「言いたいことがある」オーガストが言った。

これは夢じゃないと裏づける唯一のしるしは、ぼくの幸運の人差し指から流れ出している血だ。

タイタスの目が輝く。うなずく。

オーガストは顔を横に向けてぼくを見た。その表情なら知っていた。口角をほんの少しだけ持ち上げる笑み。細められた左目。オーガストが〝ごめん〟と言わずに謝るときの顔だった。悪いことが起きようとしているけど、オーガストにはもう止められないとき、それを謝ろうとするときの顔。

オーガストはタイタス・ブローシュに向き直った。

「身の破滅は死んだブルー・レン」オーガストは言った。

タイタスが笑みを浮かべる。困ったようにイヴァン・クロールを見る。くっくと笑う。いまこの瞬間にタイタスの顔に表れるとはぼくが夢にも思っていなかった何かを隠そうとして発せられた、面目を保つための笑い。その瞬間、タイタスの顔を恐怖がよぎったのをぼくは見た。

「悪いな、オーガスト。もう一度言ってもらえるか」タイタスが言った。

オーガストが口を開く。オーガストの声はぼくとそっくりだった。ぼくとそっくりな声で話すなんて、ぼくはそれまで知らなかった。

「身の破滅は死んだブルー・レン」オーガストは言った。

タイタスは指先であごをかいた。一つ深呼吸をし、目を細めてオーガストの表情を探った。それからイヴァン・クロールにうなずき、ボウイナイフの刃がリーナのテーブルにぶつかり、ぼくの幸運の人差し指は、ぼくの手と切り離された。

ぼくはまばたきをする。生と、暗闇。ぼくらのうちと、暗闇。幸運のほくろがあるぼくの幸運の人差し指は、テーブルに広がった血だまりに横たわっている。まぶたが閉じた。暗闇。まぶたが開く。タイタスは白いシルクのハンカチでぼくの指を拾い、丁寧に折りたたんだ。まぶたが閉じる。暗闇。まぶたが開いた。

ぼくの兄貴のオーガスト。まぶたが閉じる。開く。兄貴のオーガスト。まぶたが閉じる。暗闇。

少年、脱走を図る

Boy Busts Out

魔法の車。空飛ぶ魔法のホールデン・キングスウッド。窓の外に広がる魔法の空は淡いブルーとピンクだ。雲は綿毛みたいにふわふわで、大きくて奇妙な形をしていて、オーガスト得意の〈あの雲、おまえには何に見える？〉ゲームのお題の第一候補だ。

「ゾウだな」とぼくは言う。「大きな耳がある。ほら、右と左に。その真ん中から下に向かって、鼻が伸びてる」

「違うよ」オーガストが言う。魔法の車の夢のなかだとオーガストはしゃべる。「あれは斧（おの）だよ。刃がある。ほら、右と左に。その真ん中から下に向かって、斧の柄が伸びてる」

空飛ぶ車が向きを変え、合皮の後部シートの上で、ぼくらの尻がそろって横に持ち上がる。

「どうして飛んでるの」ぼくは訊く。

「いつも飛んでるだろ」オーガストが言う。「心配するなって。いつまでも飛ぶわけじゃないから」

空飛ぶ車ががくんと一気に高度を下げて、左に弧を描きながら雲を突き抜け、雲の下に出る。

ぼくは車のバックミラーをのぞく。ロバート・ベルの濃いブルーの瞳。ぼくの父さんの濃いブルーの瞳。

「もうここにいたくないな、ガス」ぼくは言う。急降下する車の勢いで、ぼくらはシートの背もたれに押しつけられている。

「だよな」オーガストが言う。「けど、いつもかならずここに来るはめになる。ぼくが何をしてもそれは変わらない。結局こうなるんだ」

下に水面が広がっている。こんな水面は見たことがない。この水面は銀色で、脈打つように銀色の光を放ちながら、どんどん広がっていく。

「あれ何」ぼくは訊く。

「あれは月さ」オーガストは答える。

車は銀色に輝く水面にぶつかり、水面はふいに液体に変わって、車は海の下の息もできないような緑色の世界へともぐっていく。魔法のホールデン・キングスウッドは水と、ぼくらの口から吐き出される泡でいっぱいになって、ぼくらは顔を見合わせる。オーガストはこんな風に水中にいても平然としていてまるで動じていない。右手を挙げ、右手の人差し指を立て、水に三つの言葉をゆっくりと書く。

少年、世界をのみこむ。

ぼくは右手を持ち上げる。ぼくも何か書きたいからだ。ところが、右の人差し指を立てようとすると、人差し指がない。血がたまった関節の穴があるだけで、そこから赤い血があふれて海に広がっていく。ぼくは叫んだ。視界が赤く染まった。次に真っ黒になった。

目が覚めた。視界のにじみが取れて、真っ白な病室が像を結ぶ。右手の脈を打つような痛みがすべてを研ぎ澄ます。ぼくの内側にあるもの。細胞の一つひとつ。包帯とテープでぐるぐる巻きにされた人差し指の関節、ついこのあいだまで幸運のほくろのある幸運の人差し指だった関節のダムにごうごうと流れこみ、ダムの壁に激しくぶつかる血液の分子の一つひとつ。だけど待って、痛みはもうさほどでもなくなったかもしれない。おなかに何か温かい感覚がある。浮かんでいるような感覚、ふわふわしてぼうっとしてほぐれたような感覚。

液体がぽたりぽたりとしたたって、左手の甲の真ん中を叩いている。喉が渇いた。むかむかする。まだ夢のなかにいるみたいだ。病院の硬いベッド、体をすっぽり覆う毛布、消毒薬のにおい。U字型のカーテンレールがベッドをぐるりと囲い、そこにリーナのオリーブグリーンのベッドシーツにそっくりなカーテンが下がっている。天井は真四角なタイルでできていて、タイルのそれぞれに数百個のちっちゃな穴が開いている。すぐそこの椅子に男の人が座っていた。背が高い。ひょろりと痩せている。スリムな人。

「スリム」

「気分はどうだ、坊主」

「水」ぼくは言った。

「待ってな」スリムが言った。

スリムはベッド脇のワゴンから白いプラスチックのコップを取ってぼくの唇にあてがった。全部飲んだ。スリムは水をもう一杯注ぎ、ぼくはそれも全部飲んでから、それだけのことで疲れきって頭を枕に戻した。なくなった指をまた見る。右手の親指、包帯を巻いた関節、でこぼこしたサボテンみたいに突き出した残り三本の指。

「気の毒だが、坊主」スリムが言った。「なくなっちまった」

「なくなってはいないよ」ぼくは言う。「だってタイタス・ブローシュが……」

動いたせいで手ががんがん痛んだ。スリムがうなずいた。

「だな、イーライ」スリムが言う。「いいからじっとしてろ」

「ここどこ」

「王立ブリスベン病院」

「母さんは」

「警察にいる」スリムは答えた。それから下を向いた。「母さんにはしばらく会えそうにないぞ」

「どうして」ぼくは訊いた。体のなかにたまっていた涙が両目に押し寄せた。体のなかの血液が人差し指の切り株に押し寄せるみたいに。だけど涙を止めるダムはなくて、あっけなくあふれ出す。

「何があったの」

スリムは椅子をベッドのすぐそばに引き寄せた。無言でぼくを見つめる。

「何があったかはおまえも知ってるな」スリムは言った。「そろそろブレナン先生って女の人が来て、何があったんだっておまえに尋ねる。どう答えるか決めておかなくちゃいけない。先生はおまえの話を信じるだろうから。先生は救急隊員から聞いた話、つまり警察が来る前におまえの母さんが救急隊にした話を信じていない」

「母さんは何て話したの」

「おまえとオーガストは斧をおもちゃに遊んでたと話した。おまえは『スター・ウォーズ』のフィギュアを手に持ったまま丸太の上に置いて、真っ二つに割ってよとオーガストに言った。オーガストはダース・ベイダーを真っ二つにした。おまえの指を巻き添えにして」

「斧?」ぼくは言う。「たったいま、斧の夢を見てた。斧みたいな形の雲が出てくる夢。ものすごく鮮明な夢で、これはもしかしたら夢じゃなくて記憶なのかもって気がした」

「見る価値があるのはそういう夢だけだ。目が覚めたあとも覚えてるような夢」

「オーガストは警察にどう話したの」

「いつもどおりさ」スリムが答える。「一言もしゃべらなかった」

「ライルはどうして連れていかれたの?」ぼくは訊く。

スリムはため息をつく。「その話はきれいさっぱり忘れろ、坊主」

「どうしてだよ、スリム」

スリムは大きく息を吸いこんだ。

「ライルはビック・ダンと裏取引をしてた」

「裏取引?」

「ボスに隠れて商売してたってことだよ」スリムは言った。「何か胸算用があったらしい。将来の計画があった」

「どんな」

「足を洗おうとしてたんだ。〝準備金〟と呼んでた。手持ちの麻薬を少しずつ増やして、一年か二年、寝かせておくつもりでいた。時間と市場が価値を倍にしてくれるのを待ってた。ところがタイタスがその話をどこからか聞きつけて、当然の反応をした。タイタスはビック・ダンと手を切った。いまはダスティン・ヴァングから仕入れている。ライルの件をビック・ダンが知ったら、ダーラの町なかで第三次世界大戦が勃発するだろうな」

準備金。第三次世界大戦。ライルの件を知ったら。くそ。

「くそ」

「汚い言葉を使うな」

涙があふれた。病院のガウンの右袖で目もとを拭った。

「どうした、イーライ」

「ぼくのせいだ」

「え？」

「ぼくの思いつきだったんだよ。市場の話をしたのはぼくなんだ。ぼくが需要と供給の話をした。スリムから聞いた話。ほら、ヤヌス特別対策本部の話だよ」

スリムはシャツの胸ポケットからホワイト・オックスを取り出してたばこを巻いた。巻いたらとりあえずパックにしまっておいて、病院を出た瞬間に吸うんだろう。火をつけられないたばこを巻き始めたのは、それくらい動揺しているという証拠だ。

「ライルに話したのはいつだ」スリムが訊く。

「二カ月か三カ月前」ぼくは答えた。

「ライルが裏取引を始めたのは半年前だ。とすると、おまえの責任ではありえないな」

「だけど……そんなの……それはないよ……だって、ライルがぼくに嘘つくなんて」

ライルがぼくに嘘をついた。嘘をつけない人なのに。ライルがぼくに嘘をついた。

「子供に嘘をつくのと、子供本人のために何かを隠しておくのとは、まったく別の話だ」スリムが言う。

「あいつら、ライルに何したの？」

スリムは首を振った。「おれにもわからんよ、坊主」スリムは言った。優しい声だった。「おれは知りたくないし、おまえも知らずにすませたほうがいいだろうな」

「嘘をつくのと隠しておくのとは同じだよ」ぼくは言った。「どっちもくそったれに臆病だ」

「言葉に気をつけろ」スリムが警告口調で言う。

たぶん、指があるはずの関節の痛みのせいだ、腹の底でこんなに激しい怒りが燃えているのは。

それとも、うちの廊下で母さんが殴り倒された記憶のせいか。

「あいつらはモンスターだよ、スリム。郊外のちっぽけな町を牛耳ってるサイコパスだ。訊かれたらぼくは本当のことを話すよ。本当のことを全部話す。イヴァン・クロールの話、あいつが人の死体を切り刻む話をする。高潔なタイタス・ブローシュと〝バック・オフ〟・ビック・ダンとくそったれダスティン・ヴァングがブリスベン西部のヘロイン需要の半分を供給してることとか。あいつらは、うちでみんながスパゲティを食べてるところに乗りこんできて、ライルを連れていった。ライルをぼくらから奪っていったんだよ」

ぼくはスリムに近づこうと右の肘を支えにして上半身を起こした。鋭い痛みが指の付け根に押し寄せた。

「教えてよ」ぼくは言った。「ライルはどこに連れていかれたの」

スリムは首を振った。「わからんよ、坊主。いまはそのことは忘れろ。それより、おまえの母さんがなんであんな話をでっち上げたのか、そのことを考えるんだ。母さんはな、おまえたち二人を守ろうとしてる。おまえたちのために耐えようとしてる。だから、おまえたちは母さんのために耐えなくちゃならん」

ぼくは左手を額に当てた。目をこすり、涙を拭う。めまいがする。頭がごちゃごちゃだ。こんなところにいたくない。帰ってゲームをやりたい。母さんの『週刊オーストラリア女性』に載ってたジェーン・シーモアの写真に十分間見とれたい。ぼくの裏切り者の幸運の人差し指で、思う存分、鼻をほじりたい。

「オーガストは？」ぼくは訊いた。

「警察がおまえたちの父さんの家に送っていったよ」

「え？」

「いまは父さんがおまえたちの保護者だ」スリムは言った。「これからは父さんがおまえたち二人の面倒を見る」

「ぼくは行かないからね」

「おまえの行く場所はほかにないんだよ」

「スリムの家に行く」

「それはだめだ」

「なんで」

堪忍袋の緒が切れかけたときのスリムの一例だ。大きな声は出さないが、つっけんどんになる。

「おまえはおれの子供じゃないからだよ、坊主」

予想外の。望んでいない。成り行きの。未確認の。発展途上の。未熟な。未完成の。望まれない。愛されない。半死の。そもそもぼくは生まれるべきじゃなかった。生まれてはいけなかった。生まれる予定ではなかった。遠い昔、もしもどこかのヘンタイ野郎が母さんを車に引きずりこんでいなければ。母さんが家を飛び出していなければ。母さんのお父さんが母さんを置いて失踪していなければ。

母さんのお父さんを想像してみる。タイタス・ブローシュに似ていた。母さんを車に引きずりこんで連れ去ろうとしたヘンタイ野郎も三十年前のタイタス・ブローシュに似ていた。三十年分若くしたあのゾンビ顔、舌の代わりの飛び出しナイフ。父さんを思い浮かべようとしても、どんな顔をしていたか思い出せず、だから父さんもタイタス・ブローシュと同じ顔になる。

スリムはうなだれていた。息づかいが聞こえる。ぼくは頭を枕の上に戻し、泣きながら天井の真四角なタイルを見上げる。左端の一枚から始めて、それぞれのタイルにあいている穴を数える。一、二、三、四、五、六、七……

「なあ、イーライ。おまえはいま穴の底にいる」スリムが言った。「わかるな。いまがどん底だ。それ以上は下りようがないとも言えるんだよ。ここがおまえのブラック・ピーターだ。あとは上るだけなんだよ」

ぼくはひたすら天井を見上げていた。訊きたいことがある。

「ねえスリム。スリムは善良な人？」

スリムは怪訝な顔をした。

「なんでまたそんなことを訊く？」

ぼくの目から涙があふれ、こめかみを伝った。

「スリムは善良な人？」

「ああ」スリムが答えた。

ぼくはスリムに顔を向けた。スリムの目は病室の窓から外を見つめていた。青い空と雲。

「おれは善良な人間だ」スリムが言う。「だが、悪い人間でもある。それは誰にでも当てはまることだよ、坊主。人はみんな、善良なところと悪いところを持っている。難しいのはな、どんなときも善良でいるのを学ぶこと、どんなときも悪い人間にならないのを学ぶことだ。それができる奴もいる。だが、ほとんどの人間にはできない」

「ライルは善良な人？」

「ああ、イーライ」スリムは答えた。「ライルは善良な人間だよ。いつもってわけじゃないが」

「ねえスリム……」

「何だ、坊主」

「ぼくは善良だと思う？」

スリムはうなずいた。

「ああ、坊主。おまえはよい人間だ」

「でも、善良かな」ぼくは訊いた。「善良なおとなになると思う？」

スリムは肩をすくめる。「そうだな、おまえはいい子だよ。だが、いい子だからといって、かならず善良なおとなになるとはかぎらないだろうな」

「テストを受けたいよ。性格試験みたいなテスト。自分がどういう人間なのか知りたいんだ」

スリムは立ち上がり、ぼくの点滴袋のラベルを確かめた。

「何か妙な薬を点滴されたんじゃないのか、坊主」スリムは椅子に座り直して言った。

「気分はいいんだ」ぼくは言った。「まだ夢を見てるみたいな気分だ」

「それは鎮痛剤の作用だろうな」スリムは言う。「どうして試験なんか受けたい？　自分は善良な子供だって、どうして思えない？　おまえはきれいな心を持ってるぞ」

「そうかな。自分じゃそうは思えない。だって、ぞっとするようなことを考えたりもするんだよ。善良な人間なら考えもしない、ものすごく悪いことを考えたりする」

「邪悪なことを考えるのと、邪悪な行いをするのとは、まったく別の話だ」スリムは言った。

「ときどき想像するんだ。エイリアンが二人、地球にやってきて、ピラニアみたいな顔をしてて、そいつらがぼくを宇宙船にさらって宇宙に飛び立つ。宇宙船のバックミラーに地球が映ったところで、エイリアンの一人がぼくのほうを見て〝さあどうする、イーライ〟って言う。ぼくが最後にちらっと地球を見てから〝やってくれ〟って言うと、もう一人のエイリアンが赤いボタンを押す。バックミラーのなかの地球はデス・スターみたいに爆発するわけじゃなくて、音もなくただ宇宙から消えるんだ――さっきまで存在してたのに、次の瞬間には消えてるんだよ。破壊されたっていうより、宇宙からただ消去されるんだ」

スリムがうなずく。

「ときどき、スリムは俳優なのかなって思うことがある。母さんのことも。ライルやガスもだ。ガスなんてさ、史上最高の俳優だよね。で、みんなはぼくの前で芝居をしてるだけで、ぼくの人生は壮大な劇で、ぼくはエイリアンたちに観察されてるんじゃないかって」

「それは邪悪ではないな。ただのイカレた妄想にすぎん。やや自己中心的でもあるな」

「テストを受けたい」ぼくは言う。「本当の人格が自然に表れる瞬間がかならず訪れるようなテスト。一瞬の迷いもなく何か気高い行動を取ることが何度かでもあれば、それがぼくにとって当然のことだからよい行いをするようなことが何度かでもあれば、自分は本当によい人間なんだって納得できる」

「誰だってな、遅かれ早かれそういう試験を受けることになるんだよ」スリムは窓の外を見つめて言った。「毎日欠かさずよい行いをすればいい。今日の善行は何になりそうか、わかるか」

「何？」

「おまえの母さんに話を合わせることだよ」

「どんな話だっけ」

「オーガストが斧でおまえの指を切り落とした」

「オーガストはいい奴だよ」ぼくは言った。「オーガストが理由もなく誰かに悪いことをしたことなんて一度もない」

「残念だがな、善悪のルールはオーガストには適用されない」スリムは言った。「オーガストはそれとは別の道を歩んでいるとおれは思う」

「オーガストの道はどこに続いてるのかな」

「わからん。オーガストだけが行き方を知ってるどこかだ」

「しゃべったんだよ、スリム」

「しゃべったって、誰が」

「ガスが。ぼくが気絶する直前。しゃべったんだ」

「何て言った？」

「こう言ったんだ――」

そのとき、U字型のカーテンレールに沿ってオリーブグリーンのカーテンが開いて、女の人が顔をのぞかせた。ゴムの木の枝に留まったワライカワセミの絵がついた青いウールのセーターを着て、ゴムの木の葉と同じ深緑色のスラックスを穿いていた。髪の毛は赤くて、肌は青白く、見たところ五十代後半くらい。カーテンを開けると同時にぼくの目を見ていた。クリップボードを抱えている。プライバシー確保のためにカーテンを閉じ直す。

「若くて勇敢な兵士さんの調子はどうかしら」その人は訊いた。

アイルランド風のアクセントだった。そんなアクセントで話す女の人と会うのは初めてだ。

「よさそうですよ」スリムが言った。

「その包帯を見せてちょうだいな」

ぼくはその人のアイルランド風のアクセントがすっかり気に入った。いますぐこの人と一緒にアイルランドに行って、崖の際のふかふかした緑色の草の上に寝転がり、塩とバターとこしょうで味をつけた茹でたじゃがいもを食べて、アイルランド風のアクセントで話す十三歳の少年にできないことなんかないって話をアイルランド風のアクセントで語り合いたくなった。

「キャロリン・ブレナンよ。あなたが勇敢なイーライね？　特別な指をなくしてしまった少年」

「どうして特別だって知ってるの」

「それはね、誰の右の人差し指も特別だからよ。星空を指さすのに使う指だもの。クラス写真のなかの、ひそかに恋してる女の子を指すのに使う指。大好きな本のなかの、ものすごく長い単語を読むのに使う指。鼻をほじったり、お尻をぼりぼりかいたりするのに使う指。でしょ？」

ブレナン先生は、上の階の外科医の先生たちにも、ぼくのなくなった指をどうにかすることはできなかったと言った。最新の指の再接着手術は患者が十代の場合、七十パーセントから八十パーセントくらい成功するけど、手術の成否はたった一つの要素で決まる――くっつけ直す指があるかどうか。切断された指の再接着手術をせずに十二時間くらい経過すると、初めは七十パーセントから八十パーセントだった成功率は、「麻薬密売人の哀れな腐れ息子よ、あいにくだったな」レベルまで低下する。指の再接着手術が別のよけいな問題を引き起こすこともあるとブレナン先生は説明した。切断されて一人ぼっちになったのが人差し指や小指だった場合に問題が起きやすいそうだ。だけどぼくの耳にその話は、板切れにしがみついて海上を漂流している飢えかけた人を「ポークハムを持っていなかったのは幸運だったね、ハムを食べたらきっと便秘になっただろうから」と励ますようなものに聞こえた。

ぼくみたいに指が付け根から切断された場合、問題はさらにややこしくなる。ぼくの家出した思春期の指が、氷を入れたバスケットに入ってひょっこり帰ってきたとしても、神経機能はおそらく元どおりにはならず、せいぜいパーティの余興として焼けた石炭の山に人差し指を突っこんでみせられる程度にしか回復しない。

「中指を立ててみて」ブレナン先生は自分の中指を立ててくるくる回した。

ぼくは中指を立てた。

「鼻の穴に突っこんでみて」

先生は両方の眉を上げ、中指を自分の鼻に突っこんだ。

スリムがにやにや笑う。ぼくは先生にならって中指を鼻に突っこむ。

「ね？」ブレナン先生は言った。「人差し指にできることで、中指にできないことはないのよ。わかったでしょ、若きイーライ？　中指だってりっぱに役に立つんだから」

ぼくはほほえみ、うなずいた。

先生はぼくの指のない関節に巻かれた包帯を慎重に剝がした。むき出しの断面に空気が触れただけでぼくは飛び上がった。おそるおそる見ると同時に、肉の断面の真ん中に真っ白な関節の骨が埋まっている光景から目をそらした。ポークソーセージに奥歯が埋まってるみたいだ。

「順調に治っていそうよ」先生が言った。

「どのくらいで退院できますかね、先生」スリムが訊く。

「少なくとももう二、三日は様子を見たいところですね」先生は答えた。「受傷直後の感染症が心配ですから」

先生は傷口に包帯を巻き直した。それからスリムのほうを向いた。

「イーライと二人だけでお話しさせていただけます？」

スリムがうなずく。立ち上がると、老いぼれた骨がぎしぎし鳴った。スリムは二つ咳をした。胸の奥から出た湿った咳、ひゅうひゅうと音がするような咳。怒ったオオツノカブトムシが喉の奥に詰まっているような咳だった。

「その咳。どこかで診てもらってます？」ブレナン先生が訊く。

「いや」スリムが答える。

「どうして」

「どうしてって、先生みたいな有能な医者は何するかわかりませんからね。おれを生き長らえさせるとか」スリムは答えた。それからぼくにウィンクをして、ブレナン先生の横を通って病室を出ていこうとした。

「イーライには退院後に身を寄せられる先はありますか？」ブレナン先生がスリムに訊いた。

「父親の家に行く予定になってます」スリムが言った。

ブレナン先生はぼくをじっと見た。

「本人はそれでいいの？」

スリムは黙ってぼくの反応を待っている。

ぼくはうなずいた。スリムもうなずいた。

スリムは二十ドル札をぼくに渡した。「退院したら、タクシーで父さんの家に行け。いいな？」

ぼくのベッドの下の棚を指さす。「そこに靴と着替えを持ってきておいた」

それからメモを一枚置いて、出口に向かった。メモには番地と電話番号が書いてあった。

「父さんの住所だ」スリムは言った。「おれの家もそう遠くない。ホーニーブルック橋を渡るだけだ。何かあったらその番号に電話しろ。おれの部屋の下の質屋の番号だ。ジルを呼び出せ」

「呼び出して、何て言えばいい？」ぼくは訊いた。

「スリム・ハリデーの親友だって言えばいい」

そしてスリムは行ってしまった。

ブレナン先生はクリップボードのカルテを確かめた。それからベッドの端っこに腰を下ろした。

「腕を出して」手榴弾(しゅりゅうだん)みたいな形をした黒いポンプのついたベルベットのカフをぼくの左腕に巻きつける。

「それ何?」

「血圧を測定する機械。リラックスして」

先生は手榴弾を何度か握った。

「『スター・ウォーズ』が好きなのね」

ぼくはうなずいた。

「わたしもよ。登場人物のなかで誰が好き?」

「ハン・ソロ。いや、ボバ・フェットかな」ぼくはしばらく考えた。「やっぱりハン・ソロだ」

ブレナン先生の鋭い視線が突き刺さる。

沈黙。

「ルーク」ぼくは言った。「ほんとはルーク・スカイウォーカー一筋だよ。先生は誰が好き?」

「ダース・ベイダーよ。ダース・ベイダー一筋」

話の先が読めた。ブレナン先生は刑事になるべきだな。ぼくは餌に釣られることにした。

「ダース・ベイダーが好きなんだ」

「そうよ、根っからの悪党好きなの。悪党がいなくちゃ、お話はおもしろくならないでしょ。とても悪い悪党がいるからこそ、とても善良なヒーローが引き立つのよ」

ぼくはほほえんだ。

「ダース・ベイダーになりたくない人なんている？」先生は笑った。「だって、ホットドッグの列に並んでるとき誰かが横入りしてきたら、フォースを使ってそいつの喉をこっそり締め上げられるのよ」先生は親指と人差し指でつまむしぐさをした。

ぼくは笑って空中で同じしぐさをして言い、先生と二人で笑った。「おまえのマスタードの欠如が不愉快だ」ぼくはダース・ベイダーの真似をした。

何かがぼくの視界の隅をかすめた。病室の入口に男の子が立っていた。ぼくと同じように水色の病院のガウンを着ている。頭はつるつるなのに、襟足から長い茶色の髪が一筋、長い茶色のネズミの尻尾みたいに伸びて右の肩に垂れていた。左手で点滴スタンドを押していて、点滴袋から伸びたチューブが手に刺さっていた。

「どうかした、クリストファー」ブレナン先生が訊いた。

男の子は十一歳くらいだ。上唇に傷痕があって、夜道で遭遇したくない点滴スタンドを押した十一歳の少年の代表例といった風だ。少年は尻をぼりぼりとかいた。

「今日のジュースも薄かったんだけど」不機嫌そうな声だった。

ブレナン先生がため息をつく。「クリストファー、粉ならこの前の倍も入れたわよ」

クリストファーは首を振って向きを変えた。

「もうじき死ぬ相手に、たかがジュースの粉をけちるってわけ」廊下を歩き出しながら言う。

ブレナン先生は眉を吊り上げた。「悪うございました」

「何の病気で死んじゃうの」ぼくは尋ねた。

「あの子はね、かわいそうに、頭のなかにエアーズロックくらい大きな腫瘍があるのよ」

「治るかもしれないし」先生はクリップボードにはさんだ紙にぼくの血圧を記入しながら言った。「治らないかもしれない。治るかどうかに医学は関係ないこともあるのよ」

「治せないの？」

「じゃあ何が……神様とか？」

「いいえ、神様（ゴッド）じゃないわ。ゴッグよ」

「誰それ」

「神様の弟でね、お兄ちゃんよりずっと怒りっぽくてキレやすいの」先生は言った。「神様がヒマラヤを造ってるあいだ、トホホなゴッグは、ブリスベンの男の子の頭に腫瘍を作って回ったのよ」

「きっと大勢に恨まれてるね」ぼくは言った。

「ゴッグはいまもそのへんにいるのよ。ところで、どこまで話したんだった？」

「ダース・ベイダー」

「ああ、そうだった。あなたはダース・ベイダーが好きじゃないようね」先生は言った。「お兄ちゃんと一緒にダース・ベイダーを斧で真っ二つにしようとしたんでしょう」

「オビ＝ワンを殺した罰」

先生はクリップボードをベッドに下ろしてぼくの目をまっすぐに見た。

「ねえイーライ、こういうことわざを聞いたことある？　〝嘘つきは嘘にだまされない〟」

「スリムのお気に入りだ」ぼくは言った。

「でしょうね」

「病院ではね、嘘（シット）なんて珍しくも何ともないのよ」先生は言った。アイルランド風のアクセントのせいか、よく晴れた明け方の空の話でもしているように聞こえた。「緑のうんち、黄色いうんち、黒いうんち、紫色に水玉模様のうんち、そのまま義理のお母さんを殴り倒せそうなくらい硬いうんち。そんな穴があったんだってびっくりするようなところから出てくるうんちも見たことがある。おとなの女の人、男の人のお尻の穴が裂けちゃうくらい大きなうんちも。だけどね、いまあなたが口からひねり出そうとしてるような危険なうんちは、先生もあんまり見たことがないわ」〝うんち(シット)〟を連発しているのに、先生の口調には愛情や思いやりがあふれていて、ぼくはつい笑ってしまった。

「ごめんなさい」ぼくは言った。

「選択肢はいくつかある」先生は言った。「安全な施設はいくつもあるし、信頼できる人を頼るのもいいわね。こんな街だけど、警察よりもっと力を持ってる人はいまでもいるの。ブリスベンにもまだルーク・スカイウォーカーが何人か残ってるってことよ」

「ヒーローがいるってこと?」

「そうよ、ヒーローも何人かいないと。だって、悪役しかいないんじゃお話にならないでしょ」

親愛なるアレックス

この手紙はブリスベン王立病院の小児科病棟から書いています。まず、字が汚くてごめんなさい。ついこのあいだ、右の人差し指がなくなってしまった(話せばものすごく長くなります)けど、ボールペンくらいなら中指と親指と薬指でどうにか握れます。主治医のブレナン先生から、手を使う練習を始めなさいって言われました。手紙を書くのは、書く練習になるだけじゃなく、手の血行をよくするのにもちょうどいいって言ってもらいました。アレックスやほかの人たちや、猫のトライポッドは元気ですか。『デイズ・オブ・アワ・ライブズ』の最新情報を伝えられなくてごめんなさい。小児科病棟にはテレビが一台しかなくて、朝から晩まで子供向けの番組しかやってないんだ。アレックスは入院したことがありますか。この病院は悪くないよ。ブレナン先生はすごくいい人で、アイルランド風のアクセントで話します。きっと第一ブロックの人たちは先生のファンになると思います。夕飯のラムのローストはちょっとつらいけど、朝（コーンフレーク）や昼（チキンサンドイッチ）はばっちり食べられます。もう少し入院していたいところだけど、ぼくにはやることがたくさんあるからそれは無理です。ずっとヒーローのことを考えてるんだ。アレックスにはヒーローはいますか。ピンチを救ってくれた人。守ってくれた人。ヒーローの条件って何だろう。ルーク・スカイウォーカーは旅の初めからヒーローだったわけじゃありません。最初はただオビ＝ワンを探して会いたかっただけでした。でも旅の途中で、このままじゃいけない、自分の快適（コンフォート）ゾーンから足を踏み出さなくちゃって考えたよね。自分の心の声に従うことにした。そう考えると、ヒーローの条件ってそれなのかな、アレックス。心の声に従うこと。外の世界に踏み出すこと。これからしばらく、ぼくと連絡がつかなくなるかもしれません。しばらく家に帰らない予定だから。探求の旅に出るつもりです。ちょっとした冒険に出るんだ。スリムはいつも、大事なことは四つあるって言います。タイミング、計画、運、信念。それって人生みたいだとぼくは思います。生きるってそういうことじゃないかって。また機会が来たら手紙を書きます。でもしばらく手紙を書けない場合に備えて、いまのうちに伝えておきます。たくさんの手紙をくれてありがとう。ぼくの友達でいてくれてありがとう。もっともっと話したいことがあるけど、それはまたいつかに取っておきます。ぼくの勝負の時が目の前に迫ってるし、ぼくの時間はどんどん減っていってるから。
砂時計の砂みたいに。あはは。

永遠の友達イーライより

刑務所から脱走することに関して、スリムは一風変わった信条を持っていた。ざっくりいうと――「看守の目にこっちの姿が見えていると本気で信じれば、看守の目にこっちの姿は本当に見える。だが自分は透明人間だと本気で信じれば、看守もこっちが本当に透明人間だと信じる」スリムはそんなようなことを言いたかったんだと思う。自信の問題なんだ。ボゴ・ロードのフーディーニは、魔法が使えたというより、こそこそするのがうまくて自信に満ちていた。自信に満ちたこそつき屋は、特別な魔法を使える。初めてボゴ・ロード刑務所からの脱走に成功したときは、真っ昼間に決行した。一九四〇年一月二十八日、猛烈に暑い日曜の午後だった。スリムとD棟の受刑者は、中庭をぐるっと回って第四運動場に向かっていた。スリムは集団からわざと遅れ、そして自分は透明人間だと信じた。だから周囲の誰からも見えなくなった。

脱獄の成功要因は四つ。タイミング、計画、運、信念。タイミングは申し分なし。日曜の午後三時から四時にかけては、刑務所の看守のほぼ全員が、受刑者のほぼ全員が参加する第四運動場での祈禱会の監視に当たっている。第四運動場は、スリムが収容されていたD棟とは敷地の反対側に位置していた。単純で効果的で大胆な計画だった。第四運動場に向かう途中、スリムはさりげなく透明人間になり、一列に並んで歩く集団から幽霊みたいに離れ、D棟のすぐ隣の第一運動場にもぐりこんだ。第一運動場は、スリムの最終目的地、刑務所の工場棟に一番近い運動場だった。

次にスリムが信じたのは、自分は高さ三メートルの木の塀をよじ登れるということで、そのとおりに実行した。第一運動場の仕切りの塀をよじ登り、反対側の通路に下りた。刑務所の塀の内側に沿って走っている通路で、全体として四角い形をしている。その通路から工場が集まっている一角に入った。ふだんなら看守が巡回しているけど、日曜の祈禱会の時間帯には誰もいない。汗をかき、熱気にうだり、音を立てず、人目を忍んで、スリムは工場の裏手に回り、看守の目に見えない透明人間として外塀にはりついた。そこを上ると工場の屋根まで行ける。

屋根の上では、監視塔の看守には見られるおそれがあったけど、スリムは刑務所にこっそり持ちこまれた盗品のペンチを取り出し、工場の換気用の窓を覆っている金網を切断した。タイミング、計画、運、信念。それに、痩せっぽち（スリム）な体格。ボゴ・ロードのフーディーニは、ひょろりと細長い体を換気用の窓に押しこみ、工場棟のセクションの一つ、靴工場に飛び下りた。

それぞれの工場は金網で仕切られていた。スリムは金網を切断しながら靴工場からマットレス工場へ、マットレス工場から木工工場へ、木工工場から織機工場へ、織機工場からパラダイスへ――その直前の数週間、スリムが働いていて、脱走キットを隠しておいたブラシ工場へと進んだ。

ぼくの脱走のタイミングは申し分なかった。午後三時の小児病棟のプレイルーム、共用スペースの磨き抜かれた木の床は、八角形を半分に切ったような形をしている。学校の教室の窓と同じような、白いペンキを塗った木の枠がついたすべり出し窓が並ぶ。スリムが脱獄したのと同じ午後の時間帯。この棟に入院している子供――ざっと十八人、下は四歳から上は十四歳まで、闘っている相手は虫垂炎から腕の骨折、脳震盪（のうしんとう）、ナイフの刺し傷まで、なかには人工肢のスペシャリストによって指を切断された少年もいる――の大半は、午後のおやつに出された粉末ジュースや緑色のハーブのシロップを溶いた飲み物でハイになっていて、舌はモンテカルロ・ビスケットにはさまれたクリームの甘い快楽にまだとろけたままでいる。

トラックを押す子、指に絵の具をつけてちょうちょを描いている子、パンツを下ろして自分のちんちんをおもちゃにしている子。年長の子は本を読んでいて、五人は『ロンパールーム』を見ながら、テレビのなかのヘレナ先生もマジックミラーの向こうから自分を見てくれているものと思いたがっている。赤毛の男の子は、黄色と黒のブリキのマルハナバチの形をしたコマを回していた。ぼくと同じくらいの年ごろの女の子が、工場で働く作業員がマルハナバチの形をしたコマが流れていくコンベアベルトをはさんで交わすような小さな笑みをぼくに向けた。壁には珍しい異国の動物の絵。点滴スタンドを押したクリストファーもいた。頭のなかにエアーズロックがある男の子だ。

「これ、見てる?」ぼくはクリストファーに訊いた。

クリストファーは共用のテレビの前のアームチェアに座り、ビスケットを剝がしてなかのオレンジクリームをなめているところだった。

「見てないって」憤慨したような声だった。「『ロンパールーム』なんか見ない。ぼくは『アーノルド坊やは人気者』がいいって言ったんだけど、年長の子より年少の子の方が多いからさ、みんなで『ロンパールーム』を見なくちゃいけないんだよ。勘弁してほしいよな。このガキども、一生『ロンパールーム』見てろって言ってやりたいよ。ぼくはあと三カ月で死ぬ。いまやりたいことは『アーノルド坊やは人気者』を見ることだけだ。なのに誰も聞いてくれない」

舌でオレンジクリームをべろりとなめる。病院の水色のガウンは、ぼくのと同じように、不格好によれてしわだらけになっていた。

「ぼくはイーライ」ぼくは自己紹介した。

「クリストファーだよ」

「脳の腫瘍のこと聞いた。残念だ」

「別にいいんだ」クリストファーが言う。「もう学校に行かなくてすむしさ。うちのママもゴールデン・ゲイタイムのアイスクリームをいくらでも買ってくれるし。ぼくがゴールデン・ゲイタイムって言った瞬間、ママは車を停めて店に走っていって、買ってきてくれる」

そこで包帯でぐるぐる巻きにされたぼくの手に目をとめた。

「指、どうしたの」

ぼくはクリストファーに近づいた。

「麻薬組織の親玉が差し向けた殺し屋にボウイナイフでちょん切られたんだ」

「えぇぇぇぇ」クリストファーは叫んだ。「だけど、なんで？」

「ぼくの兄ちゃんが親玉の質問に答えなかったから」

「何訊かれたの」

「知らない」

「お兄ちゃん、なんで答えなかったんだよ」

「うちの兄ちゃんはしゃべらないから」

「しゃべらない相手にしゃべれって言ったってこと？　なんで？」

「最後にはしゃべったから」

「何て言ったの」

「身の破滅は死んだブルー・レン」

「え？　何？」クリストファーが訊く。

「いいんだ」ぼくはクリストファーの椅子ににじり寄り、耳もとに口を近づけて小声で言った。「な、あっちの工事の人、見えるよな」

クリストファーはぼくの視線を追い、病棟の反対側のほう、ナースステーションの向こうの収納棚に増設工事をしている人を見た。

「足もとに置いてある工具箱のなかに、ベンソン&ヘッジスのたばこと紫色のライターがある」ぼくは続けた。

「だから?」クリストファーが訊く。

「あそこに行って、何か質問してくれないかな。工事の人の目を工具箱からそらしてほしいんだ」ぼくは言った。「その陽動作戦のあいだに、ぼくは後ろから近づいて、工具箱からライターをくすねる」

クリストファーは困ったように眉を寄せた。「陽動作戦って何」

終身刑を言い渡されたあと、一九五三年十二月、スリムは陽動作戦を使った。第二ブロックのマットレス工場にマットレスの材料の布や綿の山を作り、そこに火をつけた。燃えるマットレスの山は、駆けつけてきた看守に、消火を優先すべきか、ボゴ・ロードのもっとも悪名高い服役囚を追いかけるのを優先すべきか、迷わせるための陽動だった。そのときスリムはもう、間に合わせの梯子を上って天窓に向かっていた。だけどスリムの陽動作戦は裏目に出た。天窓を破ろうとしているところに上ってきた煙を大量に吸いこんで、スリムは五メートル下の床に転落した。それでも教訓は生きている——火事は人をパニックに陥らせる。

「誰かの注意をそらすってことだよ」ぼくは言った。「ぼくの手を見てて」

ぼくは右の拳を高々と突き上げてぐるぐる振り回した。クリストファーの緑色の目は律儀にぼくの拳を追い、ぼくの左手に耳たぶを引っ張られるまで、その動きにまったく気づかなかった。

「つかまえた」ぼくは言った。

クリストファーはにやりとしてうなずいた。

「で、ライターを何に使うわけ」

「あそこの本棚にある『赤毛のアン』に火をつけるんだよ」

「陽動作戦？」

「のみこみが早いな」ぼくは言った。「きみの脳味噌、まだまだちゃんと機能してるってことだ。ど派手な陽動作戦に引っかかって、あそこのナースステーションにいる人がみんなこっちに来るだろう。その隙にぼくは、ふだんはみんなが見張ってるあっちの出入口から出る」

「出てどこ行くのさ」

「いろんなところだよ」ぼくはうなずきながら言った。「ぼくは世界に羽ばたくんだ」

クリストファーがうなずく。

「一緒に来る？」ぼくは訊いた。

クリストファーはぼくの誘いをちょっと検討してから答えた。

「やめとく」クリストファーは言った。「ここの先生たち、あきらめが悪くてさ、いまだにぼくを治せる気でいるんだよな。だからもう少しいてやろうと思う」

クリストファーは立ち上がり、点滴スタンドから伸びて手の甲に刺さっていた点滴の針を抜き取った。

「おい、何する気だよ」ぼくは訊いた。

でもクリストファーはもうテレビのほうに歩き出していて、顔を少しだけこっちに向けて答えた。

「陽動作戦を実行する」

テレビは標準的な大きさで、横にして置いたらクリストファーの腰のあたりまで届きそうだ。クリストファーはテレビの上に身を乗り出し、左手でテレビの裏側を、右手で手前の下側をしっかりつかんで一気に持ち上げ、そのまま針金みたいな腕で肩の上にかつぎ上げた。レインボーカラーのマットに腹ばいになって『ロンパールーム』を見ていた子供たちは、画面の奥のヘレナ先生がななめにかたむいていくのを呆然と見つめた。クリストファーは歯を食いしばり、ものすごい形相でテレビを高々と掲げた。

「『アーノルド坊やは人気者』が見たいって言ってるだろうが！」

ぼくはそろそろと後ずさりしてナースステーションのほうに移動した。ステーションから看護師が四人、飛び出してきてクリストファーのところに駆けつけ、半円を描いて取り囲んだ。年齢の若い看護師が一人、年少の子供をクリストファーから遠ざけ、ベテランの看護師はクリストファーに近づいた。自爆ベストを着た男の説得を試みる警察の交渉人みたいだった。

「クリストファー……テレビ……テレビを……下ろしなさい……ね？」

ぼくが出入口の前まで来たとき、クリストファーがテレビを頭上に持ち上げたまま後ろによろめき、テレビの電源コードは限界まで引っ張られて壁のコンセントからいまにも抜けそうになった。

クリストファーは何か歌を歌っていた。

「クリストファー！」ベテラン看護師が叫ぶ。

クリストファーが歌っているのは『アーノルド坊やは人気者』のテーマ曲だった。理解と多様性と相違をテーマにした歌だ。生まれつき貧しいけれど、同時に豊かな人もいると歌っている。人と人とのつながりを歌った歌だ。

クリストファーは三歩、四歩、五歩、よろめいた。まるでフランケンシュタインの怪物だ。それから腰を落とし、伸び上がると同時にテレビと画面の奥でほほえんでいる優しいヘレナ先生を放り投げた。テレビは一番近い白枠のすべり出し窓を突き破り、どこか確認不能の目的地に落ちていった。看護師が一斉に息を飲み、クリストファーは振り返って両手を突き上げた。腕は多様性（ダイヴァージョン）のDではなく、勝利（ヴィクトリー）のVの字を作っていた。勝ち誇った雄叫（おたけ）びを上げるクリストファーに看護師が一斉に飛びかかって押し倒す。陽動のカオスの奥から、クリストファーの目が戸口にいるぼくを的確にとらえ、左目ですばやいウィンクをした。ぼくも勇ましく拳を突き上げて応えたあと、戸口をぐって自由へと足を踏み出した。

タイミング、計画、運、信念。一九四〇年一月二十八日、靴工場からマットレス工場へ、木工工場から織機工場へと骨折って金網を切断しながら移動したスリムは、ようやく最後の金網を切断してブラシ工場に入り、脱走キットを手に入れた。

ブラック・ピーターで最長の期間を生き延びるずっと前のそのころから、スリムは忍耐強かった。長い期間をかけ、工場の看守の巡回の合間を縫って脱走に必要な物品を少しずつそろえていった。時間だけはいくらでもあったからだ。計画の立案も楽しんだ。自由への旅を思い描いていると、ひそかに感情が高ぶってぞくぞくした。刑務所の世界は単調そのものだったが、脱走用の工具をこっそり作って隠すプロセスはスリムに楽しみと目的を与えた。工場の看守の油断ない視線の隙をつき、スリムは何カ月もかかって全長九メートルの脱走用ロープを作った。材料にはココヤシの繊維、コイアを使った。ちなみに、スリムが寒くてじめじめして真っ暗なブラック・ピーターでマットレス代わりに与えられていたマットは、刑務所のカーペット工場でこのコイアを使って作られたものだった。ロープには足をかけるための結び目をざっと五十センチごとに作った。脱走キットにはもう一本、長さ三メートルのロープと、ハンモック用の木の棒を二本、十字にして縛ったものも入っていた。十字の棒は九メートルのロープに結びつけてあった。

脱走キットを手に、スリムはブラシ工場の天井に上り、さらに扇型の天窓の金網を切り、ふたたび工場棟の屋根の上に出た。このとき立っていた位置は、監視塔からは見えなかった。刑務所のアキレス腱(けん)、完璧な死角で、スリムは顔を空に向けて工場の敷地を何時間も何時間も何時間も歩き回り、複数ある監視塔と工場棟の屋根と自由の三つの変数を盛りこんだ見取り図を頭のなかに大ざっぱに描いていた。

短いほうのロープを工場棟の屋根から垂らし、ロープに掌をこすられながら地面に下りた。そこは最初にも通った刑務所の外周の内側を走る通路で、スリムは高さ八メートルの刑務所の外壁を見上げた。脱走キットから十字に縛ったハンモックの棒を取り出す。足をかける結び目つきの鉤縄。スリムは足を踏み締めて投擲(とうてき)に備えた。

タイミング、計画、運、信念。孤独な監房で、高い塀に鉤縄をうまく引っかけるのに必要な科学とテクニックを何週間も研究していた。ボゴ・ロード刑務所の煉瓦塀には、壁の少し低い部分ともっと高い部分がつながる箇所がいくつかある。スリムは、マッチ棒を十字に縛った鉤縄とボゴ・ロード刑務所の煉瓦塀のミニチュア模型を使って何週間も研究を重ねた。十字の鉤を塀の向こうに投げ、その重みで張ったロープを塀のてっぺんに沿ってずらし、低い部分と高い部分が作る小さな段差に持っていく。角にしっかり引っかかってロープがぴんと張りきったときどんな気持ちがしたか、スリムはこんな風にぼくに話した。イングランド国教会付属の孤児院で迎えたクリスマスの朝、そろって痩せた孤児の前に立った院長が、今日のお昼には温かいプラムプディングとカスタードのデザートがつくよと言ったときの気持ちに似ていた、と。それはまさに自由の味だとスリムは言った。温かいプラムプディングとカスタード。スリムはロープを上った。麗しい死角に隠れ、両手両足でロープの結び目をしっかりとつかみ、塀の向こう側には第一運動場の壁の外側に設えられた花が咲き乱れる庭園。こちら側にはスリムにとって唯一の永住の地――生まれて初めて持った固定の住所――たる煉瓦造りの刑務所の不規則に配置された住居棟。塀のてっぺんの空気を深々と吸いこんでから、フックを反対向きにし、のちに〝ハリデーの跳躍〟と呼ばれることになる塀の角の刑務所側にかけ直すと、スリムは自由へと下りていった。

ぼくの自由は四階下にある。病院のエレベーターの〈地上階〉のボタンを押す。刑務所の花壇のあいだを這うように抜け、敷地を囲んで走るアナーリー通りに出たところで、スリムが最初にしたのは囚人服を脱ぐことだった。午後四時十分、午後の点呼で看守がスリムの名前を呼んでいるころ、スリムはブリスベン郊外の住宅地のフェンスを次々と飛び越え、あちこちの洗濯物干しロープから着替えを失敬していた。

いま、ぼくはフーディーニだ。ぼくの〝まばたきしてると見逃すよ〟の奇術はこうだ。病院のガウンを脱ぎ捨て、その下に着ていた、逃亡者とは疑われない私服姿――着古した紺色のポロシャツと黒いジーンズ、灰色のダンロップKT－26ランニングシューズになる。ガウンを丸めた水色の布のボールを左手に持ったところで、エレベーターが三階で止まった。

クリップボードを持った男性の医者が二人、エレベーターに乗りこんできた。会話に没頭している。

「その子の父親に話したんだ。プレー中にこう何度も脳卒中を起こすようなら、ラグビーよりもっと身体接触の少ない競技に変えることも考慮したほうがいいのではとね。たとえばテニスとか、ゴルフとか」医者の一人が言った。ぼくはエレベーターの左後ろの隅に下がり、ガウンのボールを背中に隠した。

「そうしたら父親は?」もう一人が訊いた。

「決勝戦が迫っているから、チームを抜けるわけにはいかないそうだ」最初の医者が言った。「だからこう言ったよ。〝ミスター・ニューカム、どちらのほうがより大切か、よく考えてください。ブラザーズがクラブ選手権のU-15部門で優勝トロフィーを獲得するのと、おたくの息子さんが〝クラブ選手権〟と言えるだけの脳機能をこれからも維持できることと〟」

二人はそろって首を振った。一人目がぼくのほうを向いた。ぼくはにっこり笑った。

「迷子になったのかな」医者が訊く。

想定していた事態だ。ラムのローストの晩ごはん、ゆうべは食べなかった晩ごはんのあいだ、この場面に備えて何度もリハーサルしておいた。

「小児病棟に入院してる兄貴の見舞いに来ただけです」

エレベーターが地上階で止まった。

「お母さんやお父さんは一緒なのかな」医者が訊く。

「はい。外でたばこを吸ってます」

エレベーターの扉が開き、医者二人は右に歩き出した。ぼくは磨き抜かれたコンクリートのエントランスホールを歩き出した。見舞客やストレッチャーを押した救急隊員でごった返していた。最初の医者がぼくの右手の包帯に気づいて立ち止まった。「おい、きみ、ちょっと……」

そのまま歩け。前を向いて歩け。信念だ、信念。おまえは透明人間だ。自分は誰からも見えないと信じれば、本当に誰からも見えない。そのまま歩き続けろ。ウォータークーラーのそばを通り抜ける。コカ・コーラの瓶底みたいなめがねをかけた車椅子の女の子を囲んだ家族を追い越す。〈ライフ。ビー・イン・イット〉ビール腹の男の人のポスターの前を通る。政府がやっている健康促進キャンペーンだ。あのキャンペーンのテレビコマーシャルがかかると、オーガストはいつも腹がよじれるほど笑う。

右の肩越しにさっと振り返ると、一人目の医者が受付カウンターに近づき、ぼくを指さしながらカウンターの女性に何か尋ねていた。ぼくは足を速めた。もっと速く。もっと。おまえは透明人間なんかじゃないんだぞ、このまぬけ。おまえは魔法なんかじゃない。おまえは十三歳の子供だ。見ろよ、医者は今度はポリネシア系らしき巨漢の警備員と話してるぞ、きっともうじきあの巨漢に捕まる。捕まって、ろくに会ったこともない父親の家に送られる。

ブリスベン王立病院はボーエン・ブリッジ通りに面している。この界隈なら知っていた。毎年八月のブリスベン博覧会——通称〝エッカ〟——は病院のすぐ先の古い催物場で開かれるからだ。母さんやライルと来たことがあって、会場でもらったミルキーウェイのチョコバーの無料サンプルを二人で一気に食べながら、タスマニアから来た体のでかい人たちが足もとに置いた薪（まき）を斧で割るのをながめ、ほかの観客と一緒に拍手をした。ダーラに帰るときは、この近くのどこかにあるはずのボーエンヒルズ駅から電車に乗った。ぼくは帰りの電車で気持ちが悪くなって、博覧会でもらったプラスチックのマシンガンとプラスチックの手榴弾、弾帯、迷彩柄のヘッドバンドが入ったアーミー・コンバットの見本袋に吐いた。ヘッドバンドは、最高機密の秘密任務を帯びてダーラの通りを駆け抜けるときに着けようと思っていたのに、チョコレートシェイクとアメリカンドッグが半々に混じったみたいなゲロにまみれたのを見てあきらめた。

外に出ると、昼の月が出ていた。ボーエン・ブリッジ通りを車がせわしなく行き交っている。病院の敷地に沿って走る歩行者用通路に灰色の大きな電気ボックスがあった。ぼくはその陰に隠れてエントランスをうかがった。ポリネシア系の警備員が病院の自動ドアを抜けて駆け出してきた。左を見て、右を見て、また左を見る。手がかりを探しているけど、見つからない。バス停のベンチに近づき、灰皿つきくず入れのそばに座ってたばこを吸っていた緑色のカーディガンとふわふわしたスリッパの女の人に何か訊いている。

いまだ、逃げろ。交差点を渡っているあの集団に追いつけ。その集団のなかにまぎれこめ。少年、逃走する。少年、病院の職員を出し抜く。少年、世界を知恵で負かす。少年、宇宙を欺く。

この通りなら知っている。この通りから博覧会の会場に入った。ライルと母さんは、壁にあいたコンクリートの窓口で男の人から入場券を買った。厩舎(きゅうしゃ)やウシの糞、ヤギ百頭、納屋いっぱいのニワトリとニワトリの糞のあいだを歩き回った。それから丘を登ってアトラクションエリアに行き、オーガストとぼくは幽霊列車に乗りたいとライルにせがみ、次に鏡の迷路に入った。どのドアから向こうをのぞいても、ぼくしか見えなかった。この通りをまっすぐ行け。誰かに道を訊け。誰でもいい。たとえばこの男の人だ。

「すみません」ぼくは言った。

その人は大きなアーミーグリーンのジャケットを着てビーニー帽をかぶり、組んだ脚のあいだにコカ・コーラの大瓶をはさんで、展示会場との境のコンクリート壁にもたれていた。コカ・コーラの瓶は、オーガストとぼくが集めて、ときどきオクスリーの商店に返しに行くと、店のおばあちゃんがぼくらにそれぞれ二十セントの駄賃をくれて、ぼくらはもらった二十セントで二十一セントのキャラメル味のチョコレートを買った。男の人のコカ・コーラの瓶には透明な液体が入っていて、アルコールのにおいで酒なんだろうとわかった。男の人が顔を上げた。唇はわなわな震えていて、ぼくの肩越しに照りつける太陽がまぶしいのか目をしばたたかせた。

「駅はどっちですか」ぼくは訊いた。

「バットマン」男の人は頭をゆらゆらさせながら言った。

「はい？」

「バットマン」男の人が叫ぶ。

「バットマン？」

男の人はテレビのテーマソングを大きな声で歌った。「ナナナナナナナナナナナ……バットマン！」

その人は陽に焼けていて、大きな緑色のジャケットの下で汗をかいている。

「バットマン。はい」ぼくは言った。

男の人は自分の首を指さした。首の横側が血だらけだった。「コウモリに嚙まれた」頭はゆっくり左右に揺れていた。毎年秋の博覧会でぼくらが乗る海賊船みたいだった。よく見ると、男の人の左目は赤黒いひどい痣で囲まれていた。

「大丈夫ですか」ぼくは訊いた。「誰か助けを呼びますか」

「助けなどいらん」男の人はがらがら声で言った。「おれはバットマンだからな」

まったく、おとなってのは。おとなの男ってのは。そろって頭がどうかしてる。信用ならない。どいつもこいつもビョーキだ。異常者だ。殺人鬼だ。この人にいったい何があって、ブリスベンの中心部の脇道でバットマンになったのか。この人にはどのくらいの善良さがあるのか。悪があるのか。この人の父親は誰なのか。父親は何をしたのか。何をしそこねたのか。世の中のおとなは、いったいどんな風に人生をだいなしにするのか。

「電車の駅はどっちですか」ぼくは訊いた。

「何らって？」

「電車の駅、です」ぼくは大きな声で言った。

男の人が指をさす。ゆらゆらする右腕、力ない人差し指が、ここから左に行ったところにある交差点を指さす。

「このまま歩き続けな、ロビン」

このまま歩き続けな。

「ありがとう、バットマン」ぼくは言った。

男の人が手を差し出す。

「握手しよう」有無を言わさぬ調子だった。

ぼくは反射的に右手を差し出そうとして、指がなくなって包帯が巻いてあることを思い出し、おずおずと左手を差し出した。

「いいね、いいね」男の人は力強くぼくの手を握った。

「道を教えてくれてありがとう」ぼくは言った。

次の瞬間、男の人はぼくの手を引き寄せて、狂犬病の犬みたいに嚙みついた。

「ぐるるるるぅー」そう言いながらぼくの手をよだれまみれにする。ぼくの手を嚙んでいるのに、口のなかは皮膚とゼリーみたいな歯茎だけだった。ぼくが手を引っこめると、男の人は背をのけぞらせ、大口を開けていかれた笑い声を上げた。その大口に歯は一本もなかった。

逃げろ。

ぼくは走り出した。パラマタ・イールズの強力（ごうりき）なウィング選手、エリック・グローテみたいに全力で走った。ぼくの横にサイドラインが、八十メートル先にトライラインがある。命懸けで走った。足にはジェットブーツ、心には決して消えない炎。交差点を突っ切る。ぼくのダンロップKT－26が、行くべき道を教えてくれるだろう。Kマートの靴売り場に並んでいたなかで一番安くて一番走りやすい靴、流れるようなデザインでクッション入りのこのKT－26を信じるしかない。体に温かい血が流れる地球最後の少年になったつもりで、世界がバンパイアで、吸血コウモリであふれているつもりで、全力疾走する。

走れ。右手には自動車販売店、左手には生け垣。走れ。左手にオレンジ色の煉瓦の建物。その建物は一区画全部を占めていた。外壁にりっぱな社名が掲げられている。〈クーリエ・メール〉。

止まれ。

ここで作っているんだ。ここであの新聞は作られているんだ。この場所のことはスリムから聞いたことがある。記者はみんなここに来る。ここでタイプライターを使って記事を書いて、ビルの裏にある活版印刷工場で植字工が活字を組む。スリムによると、昔ジャーナリストの取材を受けたことがあって、その人は、夕方になると自分の記事が印刷されているインクのにおいが漂ってくると言っていたそうだ。あれよりいいにおい、明日の一面のスクープ記事が印刷されているインク以上にいいにおいはこの世に存在しないとジャーナリストはスリムに話した。ぼくは大きく息を吸ってそのにおいを嗅ぎ取ろうとした。誓ってもいい、インクのにおいが確かにした。ちょうど締め切りの時間帯で、印刷機が稼働しているからだろう。いつの日か、ぼくはこの場所の一員になるんだという気がした。だって、さっきの歯のないバットマンがぼくをここに来させた理由がほかにある？『クーリエ・メール』の犯罪報道部の記者たちが取材から戻ってきて記事を送り、クイーンズランド州を、世界を変える場所、まさにその場所にぼくを来させた理由が。あのバットマンは、ほんのちょい役かもしれないけど、それでも『イーライ・ベルの非凡で予想外だけど想定内の人生』という壮大な作品のなかできらりと光る演技を見せた。バットマンはわかっていてぼくをここに来させた。そうとしか思えない。

警察のパトロールカーが交差点を突っ切って、ぼくがいまいる通りに向かって走ってきた。警察官が二人乗っている。助手席の一人がぼくのほうを見た。目を合わせちゃだめだ。目を合わせちゃだめだ。でも、パトロールカーに乗っているのは警察官で、ぼくはそっちを見ずにはいられない。助手席の警察官はいま、ぼくをじっと見ていた。パトロールカーは速度をいったん落としたあと、交差点を渡り終えた。よし、逃げろ。

スリムが脱獄して二週間後、一九四〇年二月九日、市民からスリムの目撃情報が寄せられた。州の威信をかけた捜索はニューサウスウェールズ州との州境まで範囲が広がり、南に向かう道路に警察車両の長い列ができた。スリムは南に向かったものと思われたからだ。ところが実際には北に向かっていて、クレイフィールドで盗んだ車にガソリンを入れようとブリスベンの北側の町ナンダーのガソリンスタンドに午前三時に立ち寄った。ガソリンスタンドのオーナー、ウォルター・ワイルドマンは、給油ポンプが作動する音で目を覚ました。当然の反応として、弾をこめた二連散弾銃をかまえてスリムの前に飛び出した。

「動くな!」ワイルドマンは怒鳴った。

「あんた、まさか本気で撃つ気じゃないだろう、え?」スリムは説得を試みた。

「いいや、本気さ」ワイルドマンは答えた。「どたまを吹っ飛ばしてやる」

その答えを聞き、当然ながらスリムは盗んだ車の運転席に飛びこんだ。それを見たウォルター・

ワイルドマンはスリムを狙い、脳味噌を吹き飛ばそうとして二発撃ったが、弾は車のリアウィンドウを吹き飛ばしただけだった。スリムは急発進してブルース・ハイウェイに向かい、さらに北に向かった。ウォルター・ワイルドマンは警察に通報し、車のナンバーを伝えた。スリムはブリスベンから三十分ほどの距離の町カブールチャーまで逃げたが、そこで警察車両に追いつかれ、草木の生い茂る脇道を突っ走り、ブラインドコーナーの連続を切り抜け、小渓谷に下りたり上ったりするスリル満点のカーチェースを繰り広げたものの、やがてスリムの車は金網のフェンスに突っこんで停まった。スリムは車を降りて雑木林を徒歩で逃げようとしたが、まもなくクイーンズランド州警察の三十名近い刑事に包囲され、大きな木の切り株の陰に隠れているところを確保された。警察はスリムを車に乗せ、ボゴ・ロード刑務所に連れ戻し、第二ブロックD棟のもとの監房に放りこみ、扉を閉ざした。スリムはいつもの硬いベッドに腰を下ろした。そしてほほえんだ。

「なんでそこでほほえむわけ？」ぼくはスリムに訊いた。

「自分で設定したゴールに到達したからさ」スリムは言った。「いいか、坊主。いまおまえの目の前に座ってるこの何一ついいところのない親をなくした悪党は、そのとき、自分にも得意なことがあると知ったんだ。空の上にいる誰かさんがおれを背が高くて痩せた男に造ったわけがわかった。刑務所の塀を跳び越えるのに向いた体に造ったんだよ」

線路。電車。ボーエンヒルズ駅。イプスウィッチ線三番ホーム。電車が入ってきて、ぼくはコンクリートの階段を駆け下りる。片方の目で足もとを、もう一方で電車の開いた扉を見ながら、五十段くらいありそうなコンクリート階段を一段抜かしで大急ぎで下りた。ところが目測が狂い、ダンロップKT－26を履いた右足が最後の一段を踏みはずし、右足首がねじれて、ぼくは三番ホームの荒れたアスファルトの地面に顔から先に突っこんだ。衝撃の大部分を右の肩が引き受けたけれど、BMXに乗っていて急ブレーキをかけると後ろのタイヤが長く引きずられるように、右の頰と耳の表面が地面にこすれた。でも電車の扉はまだ開いていたから、ぼくは地面から体を引き起こし、息を切らしながらおぼつかない足取りでよろめき歩いた。そこで扉が閉まりかけ、ぼくは命懸けで飛びこみ、どうにか電車のなかに着地した。四人がけのシートに座っていたおばあちゃんの三人組がこっちを向くなり息をのんだ。

「あらまあ、大丈夫?」一人が訊いた。膝の上のバッグを両手で握り締めていた。

ぼくはうなずき、一つ大きく息を吸ってから電車の通路を歩き出した。ほっぺたに砂利の粒が食いこんでいた。生傷に空気が触れてじんじんした。いまはなくなった指をかつてコントロールしていた関節が、慈悲を求めて叫んでいた。ぼくは座席に腰を下ろし、息を整え、この電車がダーラに停まりますようにと祈った。

人っ子一人いない夕暮れ時の郊外の町。世界は本当に終わったのかもしれない。いるのはぼくだけで、バンパイアは、まだ太陽が沈んでいないから、眠っているのかもしれない。ぼくは正気を失いかけていて、病院で投与された鎮静剤が切れそうになった状態のまま太陽の光を浴びて外を歩いていてはいけないのかもしれないけど、この夢はだんだん現実味を帯びていこうとしていた。自分の腋のにおいがきつくなり始めているし、上唇をなめると汗の味がした。ダーラ駅前通りの商店街を通り過ぎた。ベトナム料理店ママ・ファムの前を過ぎた。スナック菓子の空き袋が風に吹かれてぐるぐる旋回していた。青果店の前を通り過ぎた。美容院や慈善団体のリサイクルショップや馬券屋の前を過ぎた。デューシー通り公園を突っ切る。シマスズメノヒエの種がジーンズの裾や靴紐にくっついた。もう少しだ。もうすぐうちだ。

ここからが要注意だ。サンダーカン通り。だいぶ手前で立ち止まり、午後のそよ風に枝を揺らしているゴムの木の陰に隠れて様子をうかがった。うちの前に駐まっている車はない。通りを歩いている人もいない。木々のあいだを慎重にすばやくジグザグに動き、公園を横切ってぼくらの家に近づく。空はオレンジ色と深いピンク色に染まり、夜の闇が訪れようとしていた。犯行現場に戻ってきた。ぼくは疲れきっていたけど、それでも神経が高ぶっていた。この旅は正解だったのか、どうなのか。でも、ぼくは世界に羽ばたかなくちゃいけない。穴に落ちたら、あとは上るしかない。いや、もしかしたらもっと下まで落ちるしかないのかもしれないな。地獄まで一直線に落ちるしか。

小走りに通りを渡って門を抜けた。何もおかしいことなんかないって顔で。だって、ここはぼくの家なんだから。正確にはライルの家か。ライルの家。ライル。

玄関からは入れない。裏に回るしかない。裏のドアにも鍵がかかっていたら、リーナの寝室の窓を見てみよう。リーナの寝室の窓にも鍵がかかっていたら、お隣のジーン・クリミンズの家に面したキッチンの引き違い窓だ。母さんが、いやもしかしたらぼくが、窓のレールに侵入防止用の鉄のカーテンポールをはめておくのを忘れているかもしれない。ぼくみたいな侵入者を阻むためのつっかい棒。でかい計画を抱いたぼくみたいな侵入者。

世界に羽ばたく。

裏口には鍵がかかっていた。リーナの寝室の窓はびくともしない。キャスターつきの黒いくず入れをキッチンの窓の下まで引っ張ってきてそこに上り、窓を動かしてみた。窓はレールに沿って五センチ動く。いいぞ、開きそうだと思った瞬間、カーテンポールにぶつかり、期待はしゅんとしぼんだ。こうなったらやけだ。ほかにしようがない。ガラスを割ろう。

くず入れから飛び降りた。空はだいぶ暗くなっていたけど、縁の下はまだどうにか見えた。土の地面に石が散らばっている。でも、ぼくの目的に役立ちそうな大きさのものはない。ああ、これならいけるぞ。煉瓦だ。すぐ近所の煉瓦工場で造られた町の誇りたる煉瓦の一つだろう。地場産の煉瓦。ダーラ産の煉瓦。家の下から這い出し、煉瓦をくず入れの蓋に置いて、自分もくず入れに上ろうとしたところで、背後から誰かの声が聞こえた。

「おい、何かあったのか、イーライ」ジーン・クリミンズだ。隣の家のリビングルームの両開き窓から身を乗り出していた。ジーンの家とうちのあいだは三メートルくらいしかなくて、穏やかな声で話しても聞こえる。ジーンはもともと穏やかな声で話す人で、聞いているとなんとなく安心する。ぼくはジーンが好きだ。ジーンはよけいなことを言わずにいられる人だ。

「こんにちは、ジーン」ぼくはくず入れから手を放してジーンのほうを向いた。

ジーンは白いTシャツと青いコットンのパジャマのズボンという格好だった。

ぼくの顔の傷に目をとめる。

「おやおや、イーライ。どうしたんだね」

「駅の階段を駆け下りて転んだんです」

ジーンはうなずいた。「どうした、閉め出されたか」

ぼくはうなずいた。

「お母さんは」

ぼくは首を振る。

「ライルは」

ぼくは首を振る。

ジーンはうなずいた。

「何日前だったかな、怪しい連中がライルを引きずり出して車に乗せるのを見たよ」ジーンは言った。「仲よくアイスクリームを食べに行こうとしているようには見えなかった」

ぼくはうなずいた。

「ライルは無事なのかね」

「わかりません」ぼくは答えた。「できればそれを確かめたいんです。その前にまず、家に入らないと」

「それでその煉瓦」

ぼくはうなずく。

「わたしはきみに気づかなかった。いいね？」ジーンが言った。

「ありがとう、内緒にしてくれて」ぼくは言った。

「昔から運動神経がよかったね。いまも変わらないかな」ジーンが訊く。

「そう思いますけど」

「じゃあ、これを」

ジーンが鍵を放った。ぼくは両手を丸めて受け取った。鍵はカンガルー形の栓抜きがついたキーホルダーにぶら下がっていた。

「スペアキーだよ。何かあったとき（レイニーデイ）のためにと、ライルから預かっていた」

ぼくはうなずいた。

「たしかに、雨が降ってきたみたいです、ジーン」ぼくは言った。

「ああ、土砂降りだな」ジーンが言った。

家のなかは暗くて静かだった。明かりはつけなかった。あの晩、スパゲティ・ボロネーゼを食べた皿は、シンク横の水切りラックに重ねてあった。誰かが洗ってくれたらしい。きっとスリムだろう。キッチンの水道水を片手ですくい、ごくごく飲んだ。冷蔵庫をのぞくと、ラップされたデヴォンソーセージとチーズの塊があった。スリムは逃走中の食事をどうしていたんだろう。小川の水を飲み、鶏小屋から卵を失敬したとか？　パン屋で誰も見ていない隙にパンを盗み、木からオレンジをもぐ。食べたり飲んだりする行為は、こそこそできない。どうしたって顔を上げなくちゃならない。キッチンのカウンターに食パンがあった。暗闇のなかでにおいを確かめた。緑色のカビだらけだと一発でわかった。デヴォンソーセージとチーズを一口ずつかじり、口のなかで混ぜた。パンがなくても同じとは言えなかったが、大口を開いて待っている胃袋が満たされることに変わりはない。シンク下の三段目の抽斗から赤い懐中電灯を取り、まっすぐリーナの部屋に向かった。

真実の愛の部屋。血塗られた部屋。壁のイエス・キリスト。懐中電灯の光がキリストの悲しみに満ちた顔を照らし出す。こうして暗いなかで見ると、よそよそしくて冷淡な顔に見えた。

右手がずきずき痛む。人差し指の付け根が熱を持ち、そこより先に行かれない血が渋滞を起こしている。少し休んだほうがいい。動き続けていてはいけない。横になって体を休めないと。リーナのクローゼットの引き戸を開け、ポールに吊り下がったリーナの古びたワンピースを左右に寄せる。左手で奥の壁を押す。圧縮機構が働いて、壁が開く。ライルの秘密の部屋の入口。

ここにあるはずだ。だって、ここ以外に考えられないだろう？

懐中電灯の光がテニスボール大の月になり、ライルの秘密の部屋の土の床を跳ね回る。ぼくは床に下りた。ダンロップKT－26が土を掘る。懐中電灯の光が煉瓦の壁に囲まれた空間を隅々まで照らす。壁、赤い電話。ここにあるはずだ。ここになくちゃおかしい。ライルはものを隠すためにこの秘密の部屋を造ったんだから、ここ以外の場所に隠すわけがない。

なのに、秘密の部屋は空っぽだった。

ぼくはしゃがみ、壁に造りつけられた秘密のはねあげ戸を手探りする。引き上げ戸を開け、ライルが屋外便所まで掘ったトンネルに懐中電灯を向ける。ヘビもクモも何もいなかった。あるのは土とよどんだ空気だけだ。

ちくしょう。心臓がばくばくした。やるしかないか。やりたくはない。だけど、やるしかない。腹ばいになり、膝小僧で踏ん張ってトンネルに体を押しこむ。怪我をした右手を胸に抱き、肘で土の地面をかいて前進する。トンネルの天井に頭がぶつかり、土が降ってきて目に入った。息をしろ。落ち着け。あと少しで出口だ。懐中電灯の光がトンネルの先を照らす。何かある。屋外便所の穴の真下に何かあるのが見えた。箱だ。

それが見えた瞬間、身をくねらせて進むぼくの動きは速くなった。ぼくはカニだ。勇ましく前進するミナミコメツキガニだ。ビー玉みたいな体をした紫色の小さなカニ。ライルのお気に入りの日帰り旅行先、ブリスベンから車で一時間くらいの距離にあるブライビー島に遊びに行くと、オーガストとぼくは、何百匹ものミナミコメツキガニの群れがぼくらの体の上を這っていくに任せた。ライルは二匹か三匹を拾って手の上を這わせたあと、ひょいとぼくらの頭の上に載せた。陽が落ちるころ、釣りをしているぼくらを残してビーチから人影が消え、カモメが二羽、ぼくらが釣り上げたイワシを物欲しげな目で見つめた。

頭がトンネルを出て屋外便所に入った。懐中電灯の光が箱を照らした。白い箱だ。ビック・ダンが使っている長方形の発泡スチロールの箱。これに入れないわけがない。屋外便所に隠さないわけがない。

脚を引き寄せてしゃがみ、懐中電灯で箱を照らしておいて蓋を取った。空っぽだった。懐中電灯を忙しく動かして隅々まで確かめたけど、何度見ても何も入っていない。空っぽだ。タイタス・ブローシュが先に来たんだ。タイタス・ブローシュは何でも知っている。タイタス・ブローシュは、世界よりも一歳年上だ。

箱を蹴る。くそったれな発泡スチロールの箱を蹴る。ぼくのくそったれな人生を蹴り、くそったれなライルを蹴り、くそったれなタイタス・ブローシュとサイコのイヴァン・クロールと母さんとオーガストと臆病者のテディを蹴る。ぼくの人生がいちばん真っ暗な時にぼくを家に連れて帰ってくれないなら、そもそもあんなにかわいがってくれなかったほうがましだった役立たずなスリムも。世間からぼろ人形扱いされる気持ちを、誰にも求められず、望まれない気持ちを、誰よりよく知っているはずのスリム。

右のダンロップKT－26で踏みつける。発泡スチロールのかけらが屋外便所の床に散らかり、おがくずが敷かれた床の上で集まっていろんな国の形を描きながら世界地図を作る。それに、何だよこれは、ぼくの目に浮かんできたこれは。毎度毎度、ぼくを裏切らずにいられないこのいまいましい液体は何なんだよ。それはぼくの目の縁で洪水を起こし、ぼくの頬を濡らす。あふれた液体が邪魔で息さえできない。そうか、それだな。ぼくはそれで死ぬんだ。ぼくは泣いたせいで死ぬんだ。泣きすぎて、この便所の底で脱水症状を起こして死ぬんだ。くそったれなぼくには肥だめで死ぬのがお似合いだ。『サウスウェスト・スター』にケイトリン・スパイズの記事が載るだろう。

八週間前から行方不明になっていた十三歳の病院脱走犯イーライ・ベルが昨日、裏庭の屋外便所の底で死体となって発見された。たった一人、心から愛した男性の命を救うことになる品物が入っているはずだった箱を破壊したと思われる。イーライの唯一連絡可能な親族、オーガスト・ベルにコメントを求めたが、何も話さなかった。

ケイトリン・スパイズ。ぼくは疲れきって地面にうずくまった。おがくずの上に骨張った尻を下ろし、屋外便所のざらついた木の壁に背中からもたれた。目を閉じる。息をする。眠れ。眠れ。懐中電灯のスイッチを切り、腹の上に置いた。この肥だめの底は暖かい。気持ちがいい。眠れよ。眠れ。

ケイトリン・スパイズが見えた。姿が見えた。夕陽を浴びたブライビー島のビーチを歩いている。紫色のミナミコメツキガニが数百匹、ケイトリンの前に集まっていて、ケイトリンが近づくと二つに分かれ、クイーンズランド州の理想的なビーチの砂でできた通り道を空けて、ケイトリンは両手を開いて働き者のミナミコメツキガニに応えながら、そこをゆっくりと歩いてくる。濃い茶色の髪が潮風にひるがえり、ぼくはケイトリンの顔を一度も見たことがないのに、それでもケイトリンの顔が見える。彫りの深い目は緑色で、何もかも知っていて、ケイトリンはほほえむ。世界中の何もかもを知っているのと同じようにぼくを知っているからだ。足もとのミナミコメツキガニ、沈みゆく太陽。ケイトリンの上唇、そういう風にほほえんだときはいつもほんの少しだけめくれ上がる上唇。ケイトリン・スパイズ。見たことがないほど美しい人。ぼくに何か伝えようとしている。「こっちに来て。もっとこっちに」ケイトリンは言う。「内緒の話だから」ケイトリンの唇が動き、そこから出てきたのは聞き慣れたあの言葉だ。「少年、世界をのみこむ」

ケイトリンが横を向いてそっちを見つめると、ついさっきまで太平洋だったところには銀河がどこまでも広がっていて、惑星や超新星があり、無数の天文現象が一斉に起きている。ピンクや紫色の爆発。鮮やかなオレンジ色と緑と黄色の炎が閃き、どこまでも深い黒色をした宇宙のキャンバスに無数の星がまたたく。ぼくらは宇宙の端っこにいる。宇宙はぼくらのいるここから始まっている。手の届くところに土星がある。土星の輪が震え出す。ぶるん。ぶるん。震える土星の輪の音は、電話の音に変わる。りんりーん。

「電話、出ないの？」ケイトリン・スパイズが訊く。

電話。ぼくは目を開ける。電話の音がする。りんりーん。秘密のトンネルの反対側、秘密の部屋で鳴っている。ライルの秘密の赤い電話が鳴っている。

ぼくはトンネルを這って戻る。痣のできた膝を、すり傷だらけの肘を、湿った土に踏ん張る。この電話は重要だ。だって、鳴るタイミングがよすぎる。これが偶然とは思えない。ぼくがここにいる偶然、ぼくがここにいるあいだに電話が鳴り出す偶然。トンネルの反対側から秘密の部屋に這い出たときも、電話はまだ鳴っていた。信じがたいことだった。イーライ・ベル参上、またしてもいいときにいいところに居合わせるラッキーな奴。秘密の場所、未知のタイミング、それでもちゃんとそこにいる。手を伸ばし、秘密の赤い電話の秘密の赤い受話器を持ち上げようとする。いやいや、ちょっと待て。このできすぎたタイミングをよく考えてみよう。ぼくがここに来たタイミングで電話が鳴り出す。ぼくが来るとあらかじめ知っていたみたいに完璧なタイミングだ。半面、ぼくがキッチンの窓からうちに入りこもうとしているのを見ていたとすれば、そう驚くほどのことじゃない。ジーン・クリミンズがもし、タイタス・ブローシュの差し出すうまい汁を吸っているんだとしたら。窓越しに親切にしてくれたのも、ぼくをはめるためだったとしたら。イヴァン・クロールが表の通りに停めた車で、ラジオから静かに流れるカーペンターズの歌を聴きながら、ボウイナイフを研いでいるんだとしたら。

りんりーん。えい、やけだ。土星から電話がかかってきたら、出るしかない場合だってある。

「もしもし」

「やあ、イーライ」電話の声が言った。

前回と同じ声だった。男の声。いかにもおとなの男といった太い声。低くて少しかすれている。疲れているようにも聞こえる。

「この前の人だよね」ぼくは言う。「おまえは誰とも話してないってライルには言われたけど、あのときぼくが話した人だ」

「そう、おそらくな」男が言った。

「ぼくがここにいるってどうしてわかったの」

「知らなかったよ」

「じゃあ、ぼくがここに来たタイミングで電話をかけたのは、単なるラッキーな偶然ってことか」

「偶然とも言えないかな」男が言う。「この番号に一日四十回かけることになっているから」

「この番号って、どの番号」

「イーライ・ベルの番号だ」

「言ってみて」

「773の8173」

「ありえない」ぼくは言う。「この電話にはかかってこないんだから」

「そう言ったのは誰だ?」

「ライル」

「しかし、現にこうしてかかっているね」

「まあね」

「とすると、かかってくることになる」男は言った。「ところで、いまどこだ」

「どういう意味？」

「人生のどの段階にいる？」

「えっと、十三歳で……」

「ああそうだな」男は早口で言った。「もう少し具体的に頼む。もうじきクリスマスかな」

「え？」

「いや、いいんだ。いま何をしている？　どういう理由で？　嘘はつかないでくれ。嘘をついてもわかる」

「どうして答えなくちゃいけないの」

「ぜひとも話しておかなくてはならないことがあるからさ。きみのお母さんのことでね、イーライ」男はじれったそうに言った。「しかしその前に、きみやきみの家族に何が起きたかを訊かなくてはならない」

「ライルが連れていかれた。タイタス・ブローシュに雇われてる奴らに」ぼくは言った。「それからイヴァン・クロールがぼくの幸運の指を切り落として、ぼくは気絶して、次に目が覚めたら病院にいて、スリムから、母さんはボゴ・ロード女子刑務所に連れていかれて、ガスはブラッケンリッジのぼくの父さんのうちに行ってるって聞いて、ぼくは病院を抜け出して、一九四〇年のスリムみたいに逃げ回って、それからここに……ここに、その……」

「麻薬を探しに来たわけだな」男は言った。「ライルがこっそりためていたヘロインを探そうと思った。それをタイタス・ブローシュのところに持っていけば、ライルと交換してもらえるかもしれないと思ったから。ところが……」

「なくなってる」ぼくは言った。「タイタスに先に持っていかれた。ヘロインもライルもタイタスのところだ。何もかもタイタスに取られた」

あくびが出た。疲れた。「疲れちゃったよ」ぼくは受話器に向かって言った。「疲れた。きっとこれは夢だね。ただの夢なんだ」

疲れきったまぶたが下りてくる。

「これは夢ではないさ、イーライ」男が言った。

「どうかしてる」ぼくは言った。頭がくらくらする。頭のなかがごちゃごちゃだ。熱があるのか、寒気がした。「どうしてぼくがここにいるってわかったの」

「きみが電話を取ったんだよ」

「よくわからない。疲れたよ」

「これから言うことをよく聞きなさい、イーライ」

「わかった。聞くよ」

「ちゃんと聞いているか」

「うん、ちゃんと聞いてるよ」

長い間があった。

「母さんはクリスマスまでしかもたない」男は言った。

「何の話？」

「母さんはオブスに収容されているんだ」

「オブスって？」

「監視房のことだよ、イーライ。自殺を警戒されている」

「ねえ、あなたは誰なの」

吐き気がした。休まないと。きっと熱がある。

「クリスマスはもうじきだ」男が言った。

「ねえ、ぼくを脅かそうとしてる？　ぼくはもう眠りたいんだ」

「クリスマスはもうじきだ」男が繰り返す。「そりの鈴（SLEIGH BELLS）」

「横になりたい」

「そりの鈴だ、イーライ」男が言う。「そりの鈴！」

「目が閉じちゃう」

「そりの鈴」男が繰り返す。

　母さんが歌っていたクリスマスの歌、そりの鈴の歌はどんなだった？　冬の銀世界。そりの鈴の音。雪と一羽の青い鳥。

「そうだね、そりの鈴だ」ぼくは男に言った。「身の破滅は死んだブルー・レン」

　ぼくは受話器を戻し、ライルの秘密の部屋の土の床で身を丸め、スリムの生涯の恋人アイリーンがこの穴の底で一緒に眠っているふりをした。アイリーンと一緒にベッドにもぐりこみ、陶器のようになめらかな肌にぴたりと寄り添い、アイリーンの温かな乳房に優しく腕を回すと、アイリーンがこちらを向いておお休みのキスをする。そのときアイリーンはケイトリン・スパイズの顔をしていた。ぼくがこれまで見たどの顔よりも美しい顔だった。

少年、少女と出会う

Boy Meets Girl

地方紙『サウスウェスト・スター』の社屋は、ダーラの隣町サムナーパークのスパイン通りに面している。二つの町のあいだを走るハイウェイを北上すればブリスベンのシティに、西に向かえばダーリングダウンズに行ける。『サウスウェスト・スター』の社屋は、ライルがいつも中古タイヤを買っているギルバートのタイヤ店の二軒先で、両隣はそれぞれ窓ガラスのスモーク加工店と、ペット用品の安売り店だ。オーガストとぼくはよく、スパイン通りの反対の二軒先にある軍の物資払い下げ店に自転車で行っている。古い軍用の銃剣やベトナム戦争時の水筒をながめ、母国愛にあふれ激しやすく、左目が外を向いていてケニー・ロジャースの歌をこよなく愛し、オーストラリアを守ることに情熱をかたむけている店主のボマー・ラーナーが、まだピンが刺さっていて使える威力絶大の手榴弾をレジの下の金庫から出してみせてくれたりする。

『サウスウェスト・スター』は平屋建ての商店みたいな建物で、通りに面した窓ガラスはミラー加工され、『サウスウエスト・スター』の文字と、四つの赤い流れ星が南十字星を形作っているロゴがあしらわれた深紅のバナーが掲げられている。ミラー加工のガラスに、ぼくの姿が映っていた。昨日よりはしゃっきりしている。頭のなかも整理されて、思考にも体にも心にもだいぶ余裕があった。朝ごはんにはシリアルをボウルに四杯、キッチンの水道のお湯をかけて食べた。シャワーも浴びた。服装は栗色のTシャツとジーンズとダンロップKT-26。指と手の包帯は取り替えてきた。母さんの救急箱にあった包帯を巻き、ブレナン先生が傷口に当てたガーゼも新しいテープでとめ直した。学校用の鞄（かばん）はベッドの支柱にぶら下がったままになっていた。ケミカルウォッシュのブルーデニムのバックパックで、いろんなバンドの名前がびっしり書いてある。ＩＮＸＳ、コールドチゼル、レッド・ツェッペリン。セックス・ピストルズの曲は一つも聴いたことがないけど、それでも二年前、セックス・ピストルズの名前もバックパックに書いた。後ろのジッパーつきポケットの表面には、ぼくの空想から生まれた太った三本腕の宇宙モンスター、サーストン・カーバンクルのスケッチ。こいつは鼻の穴から人間の子供を丸呑みする奴で、アルフレッド・ヒッチコックの映画の大ファンだから、いつも『サイコ』の袖なしＴシャツを着ている。そういう落書きのほかにも、何が書いてあるのかわからない、学校の運動場でその場のノリで書いた油性ペンのメッセージがいくつかあって、ずきずき痛む指の付け根と同じように、子供時代で成長が止まっている。中指を立てた拳に重ねて、〈ここに座って一回転〉とか。ほかは悪趣味にもほどがあるものばかりで、さっさと消しておくべきだったといまさら思う。ぼくはバックパックをまるまる一分ながめて、いまよりずっと単純だった日々を思い返した。これの前の時代。あれの前の時代。指をちょん切られる前の時代。くたばれ、くそったれタイタス・ブローシュ。バックパックに着替えと食料——パントリーにあったベークトビーンズの缶詰二つとミューズリーバー一つ——と、スリムが貸してくれた脱獄小説『パピヨン』を詰めて、裏口からダーラの肥だめをあとにした。二度と戻るものかと思った。でも三十秒後、表の門から通りに出たところで、これからサムナーパークまで長い距離を歩く前に小便をしておくのを忘れたことを思い出した。

　ミラー加工の窓ガラスに顔を近づけ、なかの様子をうかがおうとしたけど、自分の顔が間近に迫っただけだった。入口のガラスドアの取っ手を引く。びくともしない。ドアの横に楕円形の白いスピーカーがあった。一番下の緑色のボタンを押した。

「はい、ご用件をうかがいます」スピーカーから声が聞こえた。

ぼくはスピーカーに顔を近づけた。

「えっと、ぼくは……」

「ボタンを押して話してください」声が言った。

ボタンを押す。

「すみません」

「どういったご用件でしょう」声が訊く。女性の声だ。目のくぼみを使ってマカダミアナッツの殻を割れそうな、タフな感じの声。

「記者のケイトリン・スパイズに会いに来ました」

「ボタンを押して話してください」

ボタンを押す。

「すみません、何度も」ボタンから手を離さないようにしながら言った。「記者のケイトリン・スパイズに会いに来ました」

「いらっしゃることをケイトリンは知っているかしら」

痛いところを突かれた。ここまでだ。ぼくは一つ目のハードルを飛び越えられなかった。約束があるか。ない。バラの花は、天気雨が来ると知って待っているか。原生樹は、雷に打たれると知っているか。海は干満を知っているか。

「ええと、はい……いいえ」ぼくは言った。「いいえ、知らないと思います」

「スパイズにどのようなご用件でしょう」女性がスピーカー越しに訊く。

「記事になりそうな話を持ってきました」

「どのような?」

「ここでは言えません」

「ボタンを押して話してください」

「すみません。ここでは言えません」

「そう」ため息が聞こえた。「では、どういう種類のお話かだけでも教えてもらえますか。あらましをケイトリンに伝えておきます。あなたは秘密主義者のようだから」

「種類?　ちょっとよくわからないんですけど」

「ニュース記事になりそうな話?　特集記事?　地域の話題?　スポーツ?　政治に関する話?　町議会への苦情?　どんな内容かしら」

　ぼくは少し考えた。犯罪の話。人が行方不明になった話。家族の話。兄弟の話。悲劇。緑色のボタンを押した。

「愛の話です」ぼくは言った。咳払いをする。「ラブストーリーです」

「あらまあ」スピーカーの女性は冷やかすように言った。「すてきなラブストーリーはわたしも大好きよ」女性の笑い声が聞こえた。「で、あなたのお名前は、ロミオ?」

「イーライ・ベル」

「ちょっと待っててね、イーライ」

　ぼくは入口のミラー加工のガラスに映った自分を見つめた。髪はもつれてだらしがない。ライルの粗い櫛を借りてとかし、ライルのヘアジェルをちょっと揉みこんでおけばよかった。振り返って通りを見回す。ぼくはいまも逃走中の身だ。誰も探していないお尋ね者。ぼくを探しているのは警察くらいのものだろう。巨大なミキサー車が轟音とともにスパイン通りを走っていく。その後ろから配達のバン、ニッサンの赤い四駆車、角張った黄色いフォード・ファルコン。ファルコンの運転手は窓から吸い殻を投げ捨てた。

ドア横のスピーカーがかりかりと音を立てた。

「ロミオ……？」

「はい」

「ごめんなさいね。ケイトリンはいま手が離せないようなの」女性が言った。「連絡先と用件を簡単に書いてもらえるかしら。あとでこちらから連絡しますから。どの記者もいつも本当に忙しくて」

引き潮は起きない。上げ潮も。

また緑色のボタンを押す。

「スリム・ハリデーの居場所を知ってるって伝えてください」

「はい？」

「スリム・ハリデーの親友ですって伝えてください。その件で話したいことがありますって」

長い沈黙があった。

「ちょっと待っててね」

そこに突っ立ったまま、力を合わせて戦利品を運んでいくアリの行列を三分間ながめた。行列の出発点はパンのかけらで、その先にもパンくずが点々と落ちていて、ペット用品店の駐車場に落ちた食べかけのソーセージロールまで続いていた。ぼくはアリの行列を、ケイトリン・スパイズと結びつけて思い出すだろう。食べかけのソーセージロールを、ケイトリン・スパイズに初めて会おうとした日と結びつけて思い出すだろう。アリはときどき互いに頭をぶつけている。あの一瞬の接触は、質問をするためか、作戦を練っているのか、指示を伝えているのか、それとも単におっとごめんと言い合っているだけのことなのか。同じように列をなしてうちの玄関前の階段まで行ったり来たりしているアリの群れをスリムと観察したことがある。階段でたばこを吸っているスリムにぼくは訊いた。アリはこうやって歩きながら何を言い合ってるのかな。どうしてしじゅう互いに触れ合ってるのかな。するとスリムは、アリの頭にはアンテナがついていて、しゃべらなくてもそのアンテナを介して話ができるんだと言った。オーガストと同じように、特別な意思表示の方法を持っている。触れ合って意思を伝え合う。アンテナの先端にちっちゃな毛が生えていて、その毛がにおいを伝える。そのにおいは、ものがどこにあるか、餌場がどこにあるか、これからどこへ行こうとしているのか、いままでどこに行っていたかを相手に伝えられる。

「道しるべフェロモンだ」スリムは言った。

「フェロモンって？」ぼくはスリムに訊いた。

「簡単に言うと、意味を持ったにおいだな」スリムは言った。「化学反応だ。それがほかのアリの反応を誘発して、全員に同じ意味が伝わる」

「においが意味を持つわけがないよ」

「いやいや、持つさ」スリムは言い、うちの玄関前の階段から手を伸ばして、母さんが庭に植えたラベンダーの茂みから紫色の花をむしった。掌を合わせて花をもんだあと、すりつぶされた花をぼくの鼻先に近づけた。ぼくはにおいを吸いこんだ。

「どんなにおいがする？」スリムが訊く。

「母の日に学校で出る屋台」ぼくは答えた。

「つまり、ラベンダーのにおいはおまえの母さんを意味するわけだ。今日からは〝母さんのラベンダーの茂みの隣の階段を行ったり来たりするアリの行列〟という意味を持つかもしれない。ほかにはたとえば、フルーツケーキはクリスマスだ。ミートパイは日曜の午後のラグビー観戦。塩味のピアーナッツは、ビールで酔っ払ったおじさん。サンライトの洗剤はカーリングフォードの冬や、孤児院の院長に氷かと思うような水の風呂に放りこまれた子供のころのおれだ。膝についた土の汚れを洗えと言われたが、院長の命令で孤児院の入口の階段を掃除するのに、あまりにも長い時間、泥のなかに膝をついてたもんだから、どんなに洗っても落ちなかった。ちょうどいま座ってるみたいな階段だったよ」

ぼくはうなずいた。

「道しるべだ、坊主」スリムは言った。「これから行くところ。いままでいたところ。世界がおまえに何かを伝えてくる手段の一つにすぎない」

『サウスウェスト・スター』の入口脇のスピーカーがかりかりと音を立てた。

「入って。あなたのお話を聞かせて、ロミオ」

オートロックがはずれる音がした。また鍵がかかってしまう前にドアを引き、『サウスウェスト・スター』のエントランスホールに入る。エアコンが効いていた。青みがかった灰色のカーペット。プラスチックの白いコップが積まれたウォータークーラー。入館受付の白いカウンター。背が低くてずんぐりした女性がカウンターの奥にいた。紺色の肩章がついたかっちりした白い警備員のシャツを着ている。女性がほほえんだ。

「そこにかけて待っててちょうだい。すぐに来ますから」女性は二人がけのソファとアームチェアが置かれたウォータークーラーのそばの一角にうなずいた。気遣わしげな表情をしていた。

「大丈夫？」

ぼくはうなずいた。

「大丈夫そうに見えないけど」女性は言った。「顔が真っ赤だし、汗をかいてる」

それからぼくの包帯ぐるぐる巻きの手を見た。

「その包帯は誰が巻いたの？」

ぼくは包帯を見下ろした。ほどけかけていた。しわが寄っているところがあれば、きつすぎるところもある。目の見えない酔っ払いに救急処置をしてもらったみたいだった。

「母さんです」ぼくは言った。

カウンターの女性はうなずいたけど、疑っているのは明らかだった。

「お水を飲んでおきなさい」

ぼくはプラスチックのカップに水を注ぎ、一息に飲み干した。左手のなかでカップがくしゃりとつぶれた。もう一杯注いで、それも一気に飲んだ。

「何歳？」女性が訊く。

「あと五カ月で十四歳です」

ぼくの内も外も変わろうとしている。心のなかでカウンターの人に向けてそう付け加えた。脚はぼくの過去よりも長く伸びようとしている。右の脇の下には毛が二十本以上生えてきている。

「じゃあ、十三歳ね」女性が言った。

ぼくはうなずく。

「ここに来てること、お父さんやお母さんはご存じ？」

ぼくはうなずく。

「ずっと歩いてきたのね」

ぼくはうなずく。

女性はぼくの足もとのバックパックに目を向けた。

「どこかに行くところ？」

ぼくはうなずく。

「どこ？」

「えっと、ここまで来ました。で、いまは着いた。このあとは、たぶん、またほかのどこかに行きます。このあとしだいです」

「このあとしだいって？」カウンターの奥から女性が訊く。

「ケイトリン・スパイズしだいってことです」

女性はほほえみ、顔を別のほうに向けた。その視線の先を追って、ぼくは反射的に立ち上がった。

「噂をすれば影ね」

ぼくは、地平線に現れたスペイン艦隊をビーチで発見したアステカ族の十三歳の少年のように立ち上がった。

彼女が歩いてくる。カウンターの警備の女性に向かってではない。ウォータークーラーに向かってでもない。入口のドアに向かってでもない。ぼくに向かって歩いてくる。イーライ・ベルに向かって。見たことがないような美しい顔。宇宙との境目に立っていたのと同じ顔。ぼくに話しかけたあの顔。昔からぼくに話しかけてきた顔。濃い茶色の髪を後ろで一つにまとめ、太い黒縁のめがねをかけ、白い長袖のシャツの裾を外に出して着て、アシッドウォッシュ加工の水色のジーンズを穿いている。ジーンズの裾は茶色い革ブーツの履き口にかかっていた。右手にペンと、掌サイズの黄色いスパイラックスの小型ノートを持っている。

彼女はぼくの前で止まった。

「スリム・ハリデーを知ってるんだって？」そっけない声だった。

ぼくは二秒、フリーズした。それから脳味噌が口に開けと命令し、脳味噌は次に声帯に返事をしろと命令したが、何も出てこなかった。もう一度試みた。やはり言葉は出てこない。イーライ・ベル。言葉に詰まったイーライ・ベル、宇宙の境界線に立って言葉を失ったイーライ・ベル。ぼくの声はつかのまぼくを見捨てた。自信や落ち着きと一緒になってぼくを見捨てて逃げた。ぼくはウォータークーラーに向き直ってまた水を注いだ。それを飲み干しているあいだに、包帯を巻いた右手が勝手に宙に文字を書き始めた。**スリムはぼくの親友です。** 包帯が巻かれた棍棒みたいな手で、空中に書いた。**スリムはぼくの一番の友達です。**

「それ何？」ケイトリン・スパイズが訊く。「何してるの」

「ごめんなさい」ようやく言葉が出てきて胸をなで下ろす。「兄貴はいつもこうやって話すから」

「こうやってって、どうやって？」ケイトリン・スパイズが訊く。「家にペンキを塗りたいのに刷毛がないみたいに見えたけど」

ほんとに？　そんな風に見えた？　おもしろい人だ。すごく冴えている。

「兄貴はしゃべらないんだ。代わりに空中に文字を書く」

「へえ」ケイトリンは鋭い声で言った。「締め切り前なの。スリム・ハリデーとどういう知り合いなのか、手短に教えてもらえない？」

「スリムはぼくの親友なんだ」ぼくは答えた。

ケイトリンは笑った。

「スリム・ハリデーの親友？　きみが？　スリム・ハリデーはね、三年前から行方不明なの。たいがいの人はもう死んだんだろうって思ってる。なのにきみは、スリム・ハリデーはぴんぴんしてて、しかも……ねえきみ、何歳？　十二歳くらい？」

「十三歳」ぼくは言った。「最初にスリムの親友になったのは……その……スリムはぼくのベビーシッターだったから」

ケイトリンは首を振った。

「きみのお父さんやお母さんは、人を殺して服役した犯罪者に子供を預けたってこと？　ボゴ・ロードのフーディーニでしょ？　オーストラリアの刑務所史上、一番有名な脱獄犯。脱走を成功させるためなら、十三歳の子供の腎臓だって平気で売り渡しそうな犯罪者だよ？」

そう言うケイトリンの声には親しみがこめられていた。ユーモアや信じられないといった響きもあったけど、それよりも親しみがこもっていた。先入観がぼくにそう思わせたのかもしれない。ケイトリンは、ぼくの理想の女の子、クラーク・ケント風の縁の太いめがねで美少女ぶりを隠した女の子そのものだったから。でも、ケイトリンが口にすることにはどれもぬくもりが感じられた。そのぬくもりは、口角が持ち上がるたびに軽くめくれ上がる上唇から伝わってきた。頰の肌や赤い下唇から伝わってきた。ブリスベン西部の緑深いザ・ギャップに住む一家からゲーム機を譲ってもらった日、ライルがオーガストとぼくを泳ぎに連れていってくれた、スイレンの花に縁取られたエノゲラ貯水池の深い水たまりみたいな緑色の瞳からも。「突撃！」と叫んでその緑色の瞳に飛びこみ、水しぶきを上げてケイトリン・スパイズの世界にもぐり、息ができなくなってもそこにいたいような気持ちになった。

「ねえ」ケイトリンがぼくの鼻先で手を振った。「ねえ、起きてる？」

「あ、はい」ぼくは言った。

「いまは起きてるけど、目を開けたまま寝てるみたいだったよ」ケイトリンが言った。「わたしをじっと見たまま、どこかに行っちゃってたよね。透かしっ屁してるキリンみたいなまぬけ面で」

たしかにそんな顔だっただろうな。彼女、本当におもしろい！

ぼくは二人がけのソファのほうを向き、かすれた声で言った。

「ちょっと座って話したいんだけど」

ケイトリンは腕時計を見た。

「記事になりそうな話だから」ぼくは言った。「でも落ち着いて順序よく話さないと」

ケイトリンは大きく息を吸いこみ、ため息をついた。それからうなずいてソファに腰を下ろした。

ぼくは隣に座った。ケイトリンはノートを開き、ペンのキャップを取った。

「メモ、取らなきゃだめ？」ぼくは訊いた。

「そう先走らないでもらえる？」ケイトリンは言った。「まずきみの名前のスペルを教えて」

「どうしてスペルなんか？」

「きみの名前の入ったカーディガンを編むから」

ぼくは反応に困った。

「記事を書くとき、きみの名前を正しく綴るため」

「ぼくの記事を書くの？」

「これから聞かせてくれる話に、記事にするだけの価値があれば」

「偽名でもいい？」

「いいけど。じゃあ、偽名を教えて」

「セオドア……ザッカーマン」

「すっごく偽名っぽい偽名だね」ケイトリンは言った。「ザッカーマンって名前のオージーの知り合い、いる？　それより……そうだな……イーライ・ベルなんてどう？」

「どうしてぼくの名前を知ってるの」

ケイトリンは受付カウンターの女性にうなずいた。

「ロレインに名前を教えたでしょ」

カウンターの奥でロレインがいたずらっぽい笑みを浮かべた。

ぼくは深呼吸をした。「匿名で」ぼくは言った。

「わかった、じゃあ匿名で」ケイトリンは言った。「よほどすごい話なんでしょうね、ディープ・スロート」

ケイトリンは脚を組んでぼくのほうを向き、ぼくの目をまっすぐに見た。

「で？」

「で、何？」ぼくは訊いた。

「何でもいいから話して」

「〈クイーンズランドは忘れない〉のスリムの記事、すごくおもしろかった」

「ありがとう」

「最後の脱走は、自由の身になってボゴ・ロードの正門から堂々と出たことだったっていうところがすごくよかった」

ケイトリンがうなずく。

「ほんとにそのとおりだから」ぼくは続けた。「結局のところ、スリムのとっておきのトリックは、生き延びたことだった。それが事実だ。世間はスリムがどんなに抜け目ない囚人だったかって話ばかりするけど、スリムの辛抱強さとか、意志や決意の強さとか、そういった話は誰もしない。輪ゴムで作ったカミソリだらけのボールをのんでやろうって何度も思ったこととか」

「あらすてきな比喩」ケイトリンが言った。

「だけど、あの記事でも、スリムの半生の、何より人の胸を打つ物語は省かれてた」

「どんな？」

「善良な人間になりたかったのに、スリムのなかの邪悪なものに計画を邪魔されてばかりいたこと」ぼくは言った。「スリムはほかの誰とも変わらない。スリムのなかには善良なところと邪悪なところが同居してた。だけどスリムには、善良な人間として世の中に出ていくチャンスが初めから与えられていなかったんだ。ずっと刑務所に入れられてたから、善良な部分は死んだも同然だった」

「ねえ、クイーンズランド州の犯罪者の人生について考察するには、きみはちょっと子供すぎない？」ケイトリンが言った。「その年齢でやることって、ほかにもあるよね。たとえば、ヒーローのフィギュアで遊んだりとか」

「ヒーローのフィギュアなら、兄貴のガスと一緒に拡大鏡で燃やした」

「お兄ちゃんは何歳？」

「十四歳」ぼくは答えた。「ケイトリンは何歳？」

「二十一歳」

それじゃだめだ。それじゃ勘定が合わない。それじゃ何だかいけない気がする。

「ぼくより八つ上か。とすると、ぼくが十八歳になると、ケイトリンは……二十六歳？」

ケイトリンは眉を片方だけ上げた。

「ぼくが二十歳になると、ケイトリンは……」

ケイトリンがさえぎる。「きみが二十歳になるとわたしが何歳かなんて、何にどう関係があるの」

ぼくはまたあの緑色の目をのぞきこんだ。

「だって、ぼくらの運命は、ほら……」

何だよ、イーライ？　ぼくらは何だっていうんだ？　いったい何の話をしてる？

疑問の答え。身の破滅は死んだブルー・レン。ケイトリン・スパイズ。

少年。世界を。のみこむ。

ぼくらがどういう運命にあるのか、オーガストならきっと知っているだろう。

「いや、いいんだ」ぼくは言い、目をこすった。

「大丈夫？」ケイトリンが訊く。「ご両親に連絡してあげようか」

「大丈夫だって」ぼくは言う。「ちょっと疲れただけだから」

「その手。どうしたの？」ケイトリンが訊く。

ぼくは包帯を巻いた手を見つめた。タイタス・ブローシュ。そのために来たんだろう？　タイタス・ブローシュ。ケイトリン・スパイズに会いに来たんじゃない。

「これからある話をするけど、その話をどうするか、ものすごく慎重に考えてほしいんだ」ぼくは言った。「これからある男の話をするけど、そいつはものすごく危険な奴だから。人に恐ろしいことをする連中なんだ」

ケイトリンは真剣な目をして言った。「その手はどうしたのか教えてよ、イーライ・ベル」

「タイタス・ブローシュって奴、知ってる？」ぼくはささやくような声で言った。

「タイタス・ブローシュ」ケイトリンは考えこんだ。

それからその名前をノートに書き留めようとした。

「だめ、書かないで」ぼくは言った。「覚えられるなら覚えるだけにして」

「タイタス・ブローシュ」ケイトリンは繰り返した。「タイタス・ブローシュって誰?」

「そいつがぼくの――」

そこで尻切れトンボになった。通りに面したガラスを拳で殴りつける音がしたからだ。ぼくらが座っているすぐ上だった。ぼくは反射的に首をすくめた。ケイトリン・スパイズも同じだった。ばん。ばん。拳が二つに増えた。

「またあの人」カウンターの奥からロレインが言った。「レイモンド・リアリー」

「警察に電話して、ロレイン」ケイトリンが言った。


レイモンド・リアリーはキャメル色のスーツとネクタイに白いビジネスシャツを着ていた。年齢は五十代なかば。顔は丸くて、麦わら色の髪はかかしの髪の毛みたいなざんばらだ。腹が出ていて、拳は肉づきがよく、ものすごい怨念をこめてその拳を叩きつけるものだから、ガラス全体がびりびり震えた。なかのウォータークーラーまで少し揺れていた。ロレインがカウンターのボタンを押し、インターコムを介して呼びかけた。

「ミスター・リアリー。ガラスから離れてください」

レイモンド・リアリーがわめく。「入れろ！」ガラスに顔を押しつける。「入れろ！」

ケイトリンがカウンターに歩み寄り、ぼくもそれに続いた。レイモンド・リアリーがまたガラスを殴りつけた。「ガラスから離れてて」ケイトリンが言った。

「あの人、誰なの」ぼくはケイトリンの隣に移動して訊いた。

「州政府がね、イプスウィッチ自動車道の出口を新設するのに、あの人の家を取り壊したの」ケイトリンが言う。「レイモンドはだまされたみたいなことになって、奥さんは鬱になって、イプスウィッチ自動車道でミキサー車の前に身を投げた。レイモンドの家があった場所に新設された出口がオープンする直前に」

「だからって、どうしてここのガラスをぶっ叩いてるわけ」

「うちの新聞がその件を記事にしないから」

レイモンドの拳がまたガラスに叩きつけられた。

「警察に電話して、ロレイン」ケイトリンがまた言った。

ロレインはうなずいて、デスクの上の電話を取った。

「どうして記事にしないの」ぼくは訊いた。

「政府の出口新設計画を後押しするキャンペーンを展開したから」ケイトリンは言った。「うちの読者の八十九パーセントが、自動車道のあの区間を改善したほうがいいって意見だった」

レイモンド・リアリーが几帳面に五歩、ガラスから離れた。

「あーまずい」ケイトリン・スパイズが言った。

レイモンド・リアリーはガラスの壁に向かって走ってきた。何をする気か、すぐにはぴんとこなかった。現実と思えなかった。だって、どう考えたっておかしいだろう。どう考えたってふつうじゃない。ありえないことに思えた。でも、それが現実に起きようとしていた。リアリーは頭からガラスの壁に突っこんだ。幅があって脂肪がたっぷりついた額が文字どおり最初にガラスの壁にぶつかった。その一点に、どのくらいだろう、百五十キロくらいの体重が追突した。その衝撃はすさまじくて、ケイトリン・スパイズとカウンターの奥のロレインとぼく、イーライ・ベル——孤独な冒険者、病院からの脱走者、逃走中の少年——はそろって息をのみ、危険なガラスが砕け散るのに備えて身がまえた。ところがガラスは持ちこたえた。びりびり震えただけで割れなかった。レイモンド・リアリーの頭部が跳ね返り、首の骨が折れたんじゃないかと思った。リアリーの目に、自分のしたことを理解したような色が浮かんだ。その目は持ち主の頭がおかしくなっていること、もはや動物も同然であることを伝えていた。その目は、彼がおうし座のおうしであることを宣言していた。

「そうです、『サウスウェスト・スター』の本社です。サムナーパークのスパイン通り六四番地。お願い、急いで」ロレインが受話器を下ろした。

リアリーはふらつき、体勢を立て直したあと、今度は七歩下がり、大きく息をして、ふたたびガラスに突進してきた。びしっ。頭がさっきより大きく跳ね返り、がっくりと膝が抜けた。もうよせよ、レイモンド・リアリー。やめろって。額の真ん中にたんこぶが盛り上がった。色と形がみるみる変わって、オーガストとぼくが持っている使いすぎて真っ黒になったぼろぼろのテニスボール、ぼくらがサンダーカン通りのど真ん中でスクールハンドボールを数えきれないほどプレーしたテニスボールそっくりになった。リアリーはまた後ずさった。怒りがふくれ上がり、一歩下がったところで爆発し、またふくらんで、また一歩下がる。肩を回す。拳を握り締める。おうし座のおうしは、今日、死ななければ気がすまないらしい。

ロレインがインターコムのボタンを押して早口で言った。「それは強化ガラスです、ミスター・リアリー。体当たりしても割れません」

挑戦は受け入れられた。すり切れたキャメル色のスーツを着たレイモンド・リアリー。強化ガラスの壁に仕掛けられる悲しい体当たり攻撃。リアリーがふたたび突進する。びしっ。リアリーは衝撃でぶっ倒れ、左肩から地面に激しく叩きつけられた。口からよだれがあふれた。自分の狂気に酔って、ついにつぶれた。よろよろと立ち上がる。スーツのジャケットの左肩は裂け、目の焦点が合わず、狼狽（ろうばい）したような表情をしていた。左右に揺れている。つかのま、ガラスに背を向けた。この瞬間を選んで、ぼくはドアに向かった。

「イーライ、何する気？」ケイトリン・スパイズが叫ぶ。

ぼくはドアを開けた。

「イーライ、やめて。外に出ないで」ケイトリン・スパイズの鋭い声。「イーライ！」

ぼくは通りに足を踏み出した。ぼくがするりと抜け出すと同時に背後でドアが閉まった。

レイモンド・リアリーは立ったままゆらゆら揺れている。強烈なパンチを食らったボクサーみたいだ。横に三歩移動したところで止まり、首をひねってぼくを見た。額が割れて真っ黒に腫れ上がっていて、割れた傷から血がどくどくあふれ、その真っ赤な血が顔を伝い、折れた鼻の山脈を越え、わなわなと震える唇の尾根を越え、くぼみのあるがっしりとしたあごの平野を横切って、アイロンのきいた白いビジネスシャツやネクタイを濡らしていた。

「もうやめて」ぼくは言った。

リアリーはぼくの目をまっすぐに見て、ぼくの言ったことを理解しようとした。たぶん、理解したんだと思う。息をし始めたから。呼吸は人間のすることだ。ぼくらは息をする。ぼくらは思考する。でも、ぼくらは狂気に憑かれたりもする。悲しすぎて、深い狂気にとらわれたりする。

「頼むからもうやめて、レイモンド」ぼくは言った。

リアリーはまた息をして、一歩後ろに下がった。まごついている。目の前の少年を見て混乱している。通りの真向かいにあるちっぽけな店、ミートパイやグレービーのかかったチップスを売っている店から、作業服を着た男の人たちが何人かこちらをうかがっていた。

通りは静まり返っている。前を通る車は一台もない。この一瞬は、時の流れのなかで凍りついている。おうしと、少年。

リアリーの息づかいが聞こえた。疲労困憊(ひろうこんぱい)している。精根尽き果てている。リアリーの目に光のようなものがともった。人間らしい何か。

「奴らはおれの話を聞こうとしない」リアリーは言った。

それからガラスのほうに向き直り、ミラー加工のガラスに映っている自分を見た。

「ぼくが聞くよ」ぼくは言った。

リアリーの右手が持ち上がって、額のたんこぶを指先でそっとこすった。指が血だらけになった。その指は、顔を伝い落ちる血の小川をたどった。今度は右手の掌でたんこぶに触れ、そこからあふれる血を円を描くようにこすった。血は額に広がった。その血を顔全体に広げる。真っ赤な色。そして、まるで夢から覚めたみたいにぼくに向き直った。(なんでここにいるんだっけ？　きみは誰だ？)信じられないといった顔で首を振る。それからうなだれた。ミートパイの店にいた作業員たちが通りを渡ってこようとしていた。レイモンド・リアリーは機能を停止したように見えた。

「おい、大丈夫か、坊や」作業員の一人が大きな声で訊いた。

それが合図になったみたいに、レイモンド・リアリーは顔を上げ、ガラスに映った自分をもう一度見つめたかと思うと、ガラスめがけてまたもや突進した。血だらけの顔が血だらけの顔にぶつかり、二人のレイモンド・リアリーはそろって失神して地面に伸びた。

三人の作業員が通りを走って渡ってきて、レイモンド・リアリーの周りに半円を描いた。

「こいつ、どこかおかしいのか？」一人が訊いた。

ぼくは答えなかった。黙ってレイモンド・リアリーを見つめた。仰向(あおむ)けにひっくり返り、両手両足を大きく広げている。ダ・ヴィンチの人体図のモデルはこの人かと思うようなポーズだった。ケイトリン・スパイズがおっかなびっくり出てきて、仰向けに倒れたレイモンド・リアリーを見つめた。

優しい風が吹きつけ、額に垂れたケイトリンの前髪をふわりと浮かせた。額をステージにして操り人形が踊っているみたいだった。太陽の下で見るケイトリン・スパイズは美しかった。光がケイトリンの顔を輝かせ、ケイトリンの動きを時と現実を超越したものに見せていたからだ。宇宙との境界線をスローモーションで動いているかのようだった。

ケイトリンがぼくに歩み寄る。ぼくに。イーライ・ベルに。逃走中の少年に。警察に追われている少年に。

ぼくの左肩にケイトリンの手がそっと置かれた。彼女の手が、ぼくの肩に。逃走中の少年の肩に。恋に落ちた少年の肩に。

「大丈夫?」ケイトリンが訊く。

「ぼくは平気」ぼくは答えた。「この人は……?」

「どうかな」ケイトリンはレイモンド・リアリーをまじまじと見たあと、一歩下がって首を振った。

「きみは勇敢だね、イーライ・ベル。バカだけど。バカみたいに勇敢」

太陽はいま、ぼくのなかにある。ぼくの心のなかにあって、全世界は——中国の漁師も、メキシコのトウモロコシ農家やカトマンズの犬の背中にしがみついているノミも——昇っては沈むぼくの満ち足りた心を頼みにしている。

警察のパトロールカーが来て歩道に乗り上げて停まった。右の前輪がコンクリートの排水溝の蓋を踏んでいる。男性の制服警官が二人降りてきて、地面に倒れたレイモンド・リアリーに駆け寄った。「みなさん、下がってください」一人が言い、手袋をはめてレイモンド・リアリーのかたわらに膝をついた。レイモンドの左耳のそばのコンクリートに血だまりが広がっていた。

　警察。

「さよなら、ケイトリン・スパイズ」ぼくは言った。

　レイモンドの周りに集まった小さな集団から後ずさる。

「え?」ケイトリンが言った。「どこ行くのよ」

「母さんに会いに行く」

「だけど、話の続きは?　まだ話してくれてないじゃない」

「タイミングが悪いよ」

「タイミング?」

「時機が悪かった」ぼくは後ろ向きに歩きながら言った。

「よくわからない子だね、イーライ・ベル」ケイトリンが言った。

「待っててくれる?」ぼくは訊いた。

「何を?」

　レイモンドを囲む集団のなかから受付カウンターのロレインがケイトリンを呼んだ。「ケイトリン。警察の人がいくつか訊きたいことがあるそうよ」

　ケイトリンは向きを変えた。ロレインのほうに。警察と、ガラスの前で繰り広げられているできごとのほうに。ぼくは走り出した。スパイン通りを全力で走った。ぼくの痩せて骨張った脚は速いけど、クリスマスの訪れほど速くはないかもしれない。

　世界を待ってて、ケイトリン・スパイズ。ぼくを待っていて。

少年、モンスターを目覚めさせる

Boy Stirs Monster

月のプール。ブリスベンの最北端、市の境界線にある町。真夜中の満月は、オーガスト・ベルのためならどこであろうと輝く。アーサー王と円卓騎士団の町ブラッケンリッジで輝かないわけがない。

ランスロット通り五番地。オレンジ色の煉瓦造りのこぢんまりとしたロバート・ベルの家は、アーサー通りとガウェイン通りとパーシヴァル通りとジェレイント通りから坂を下ったところにある、オレンジ色の煉瓦造りのこぢんまりとした家がひしめくクイーンズランド州公営住宅団地のなかの一軒だ。その家の風雨で白茶けた棒に支えられた黒い郵便受けのそばの歩道際に〝だんまりのオーガスト卿〟が座っている。園芸用の散水ホースを右の腿に置いて、ランスロット通りのアスファルトにできた平らなくぼみに満月がちょうど映るように水をためている。水面に映った月は目をみはるほど鮮やかで、そこの上で唇を濡らして『アンド・ザ・バンド・プレイド・ワルツィング・マチルダ』を口笛で吹いている男がはっきりと見える。

ぼくは通りの五軒先の家の前に駐まった青いファミリー向けバンの陰からオーガストの様子をうかがった。オーガストは月を見上げ、散水ホースの先端を指ではさんで水を止めた。月のプールが静止し、銀色の完璧な満月を映した。オーガストは次に、すぐ横に置いてあった錆の浮いた古い七番アイアンを取り、立ち上がって月のプールの上に身を乗り出し、そこに映った自分を見つめた。ゴルフクラブを上下逆さまにし、グリップ側の先端で水たまりの中心を軽く叩く。そしてオーガストにしか見えないものに見入った。

それから顔を上げて、ぼくに気づいた。

「その気になればしゃべれるってこと?」ぼくは言った。

オーガストは肩をすくめ、空中に文字を書いた。**悪かったよ、イーライ。**

「口で言ってよ」

オーガストはうなだれた。少しのあいだ、何か考えていた。それからまた顔を上げた。

「ごめん」オーガストは言った。

少年の声は甘く、繊細で、ぎこちなく、不安げだった。少年の声は、ぼくの声に似ていた。

「どうしてなんだよ、ガス」

「何が」

「どうしていままでしゃべらなかったのか」

オーガストは息を吸いこんだ。「そのほうが無難だから。黙ってれば誰のことも傷つけずにすむから」

「それ、何の話だよ」

オーガストは月のプールを見下ろす。そしてほほえむ。

「おまえを傷つけずにすむ」オーガストは言った。「ぼくらを傷つけずにすむ。言いたいことはたくさんあるよ、イーライ。だけど、もしも言ったら、いろんな人を怖がらせちまう」

「たくさんって、たとえば?」

「大きなこと。世間の人には理解できないこと、もし言えば、ぼくが誤解されるようなこと。ぼくが誤解されるってことは、ぼくらが誤解されるってことだ。ぼくは連れていかれる。そうなったら誰がおまえの面倒を見る?」

「ぼくは一人でもやっていける」

オーガストはほほえんだ。そしてうなずいた。

頭上から街灯が通りを照らしている。この通り沿いに建つ家の窓はどれも暗い。明るいのは、ぼくらの家のリビングルームの窓だけだった。

オーガストは、そばに来いようなずいた。ぼくは隣に立ち、二人で月のプールをのぞきこむ。

見てな、とオーガストは言わずにそう言う。七番アイアンのグリップの先で水たまりを軽く叩く。叩かれた中心点から円形のさざ波が広がって、ぼくらの――ぼくら兄弟二人の――姿が十三か十四の年輪に分かれて揺れた。

オーガストが空中に書いた。**おまえとぼくとおまえとぼくとおまえとぼくとおまえとぼくと**

……

「わけがわからない」ぼくは言った。

オーガストはまた水たまりを叩いてさざ波を指さした。

「ぼくは頭がおかしくなりかけてるみたいだよ、ガス」ぼくは言った。「このまま本当におかしくなりそうだ。眠くてしかたがない。夢のなかで目が覚めたみたいな感じだ。現実みたいに思える夢が終わろうとしてるところみたいな。もうじき本当に目が覚めようとしてるみたいだよ」

オーガストがうなずく。

「ぼくはおかしくなりかけてるのかな」

「おまえはおかしくなんかないさ、イーライ」オーガストが言った。「おまえは特別なんだよ。自分は特別なんだって思うことがあるだろう?」

「ぼくは特別じゃないよ。ただ疲れてるだけだ」

そろって月のプールを見つめた。

「で、これからは人と話すことにしたわけ？」

オーガストは肩をすくめた。

「まだ考えてるところだよ。おまえにだけは話すことにしようかな」

「何事もどこからか始めないことには始まらないからね」

「口を閉じてるあいだにわかったことがある」

「何？」

「人が言うことの大半は、そもそも言う必要のないことだ」

そしてまた月のプールをつついた。

「ライルから言われたいろんなこと、ずっと考えてた」オーガストは続けた。「いろんなことを山ほど言ってくれたけど、それを全部足し合わせても、ぼくの肩を抱き寄せてくれたとき伝わってきたものにはとうていかなわない」

「テーブルのこっちとそっちで、ライルは何を伝えたの」

「ドラッグの隠し場所」オーガストは言った。

「どこだよ」

「おまえには教えない」

「なんで」

「あのときライルから、おまえのことを頼むって言われたから」

「なんで」

「ライルは知ってたんだよ、イーライ。おまえも特別だってことをさ」

ぼくは冒険のことを話した。ぼくの旅の顛末を話した。ケイトリン・スパイズに会ったこと。ケイトリンがどんなにきれいな人か。ケイトリンの何もかもが理想的だってこと。「ケイトリンのことは何でも知ってるような気がするんだ。だけど、そんなのありえないよね」

オーガストはうなずいた。

「あの日、なんでケイトリンの名前を知ってたんだよ」ぼくは訊く。「うちの前の塀に座って、ケイトリンの名前を何度も何度も書いてただろ。それも〝大きなこと〟の一つだったの？　知ってるけど、言わないほうが無難だから言えないことの一つ？」

オーガストは肩をすくめた。

「新聞でその名前を見ただけだよ」

ぼくはケイトリンの顔の細部まで話した。歩き方も。話し方も。

それから何もかも話した。病院を抜け出したこと、バットマンに遭遇したこと、ダーラに戻ったこと、あの秘密の部屋に下りたこと、電話の男から母さんに関するメッセージを受け取ったこと。

途中でランスロット通り五番地のリビングルームから遠吠えみたいな野太い声が聞こえて、話が中断した。

「何あれ」

「父さんだよ」オーガストが言った。

「死にかけてるとか」

「歌ってるんだ」

「クジラと会話してるみたいに聞こえるけど」

「母さんに歌ってるんだ」オーガストが言う。

「母さんに？」

「夜、二日ごとにああなる」オーガストが言った。「箱ワインの最初の四杯は、母さんを罵りながら飲む。ありとあらゆる悪口雑言を並べ立てる。次の四杯は、母さんに歌を捧げながら飲む」

その奇怪な遠吠えは震えたり細くなったりしながら、オレンジ色の煉瓦造りの家の通りに面した大きな引き窓の奥から聞こえてきた。遠吠えに言葉はなかった。ただ悲しみだけがあった。狂気じみて、感傷的で、酔っ払って、しわがれた震え声。口にビー玉を詰めこまれたオペラ歌手がクレッシェンドで歌っているみたいだった。

通りに面した窓越しに、リビングルームの壁を跳ね回っている青と灰色のテレビの光が見えた。

ぼくはしばしば家をながめた。

この通り沿いに並んでいる家はどれも公営住宅で、どれも同じ造りをしている。寝室が三つある平屋の四角い一軒家で、建物の左手、通りから二歩のところに玄関ポーチがあり、コンクリートのスロープの先に勝手口がある。父さんは、ランスロット通り五番地の前庭の芝を刈っていなかった。裏庭の芝生も刈っていない。それでも、裏庭よりは前庭のほうが芝刈りの頻度はやや高いらしい。前庭の芝もぼくの膝小僧まで伸びているけど、裏の芝はぼくの鼻まで届きそうだ。

「こんなクソみたいな家」ぼくは言った。

オーガストがうなずく。

「二人で会いに行かなくちゃ、ガス」ぼくは言った。「母さんに会いに行こう。ぼくらの顔を見れば、母さんはもう大丈夫だ」

ぼくはリビングルームの窓にあごをしゃくった。

「頼んだら面会に連れていってくれるよね」ぼくは言った。

オーガストは首をかしげ、疑わしげな表情を浮かべた。でも何も言わなかった。

ぼくらが玄関ポーチに上ったとき、遠吠えみたいな歌声はいっそう大きくなっていた。その嘆き。そのメロドラマ。

夜や運命や死を憂える歌に合わせて支離滅裂な震え声も聞こえた。

オーガストが先に立って、大ざっぱに焦げ茶色をした分厚い木の玄関ドアからなかに入った。

リビングルームの床は濃い茶色の板張りで、磨かれていなかった。入口のそばに一九六〇年代からあるらしいクリーム色の飾り棚があるけど、ほとんど空っぽだ。古びたマグが六つか七つ、木彫りのバナナとリンゴとオレンジを盛った茶色いボウルが一つ、何かのおまけらしき金属っぽい表面のバンパーステッカーが一枚、並んでいるだけだ。リビングルームの石膏ボードの壁はピーチ色で、どの壁にも小さな穴、大きな穴、へこみがあり、ランダムに散らばった穴やへこみのあいだには白いペンキの染みがある。穴をパテで埋めた跡らしい。壁に額に入った複製画がかかっていた。白いワンピースを着たきれいな女の人が池に浮かんだボートに座り、絶望の表情を浮かべて両手を差し伸べている。

父さんは、ぼくらが家に入ってきたことに気づいていなかった。たばこの煙と一九六〇年代のサイケデリック・ロックが立ちこめる一角の奥にいる。音を消して砂嵐だけが映っているテレビから五十センチくらい離れた床の上に膝をついて座っていた。白いコーヒーテーブルに片方の肘を危なっかしく載せている。テーブルはジョーブレーカー・キャンディ〔白地にさまざまな色が散った棒キャンディ〕みたいに、ところどころにある傷に歴代のペンキの色がのぞいていた。右の素足のすぐ横に黄色いプラスチックのコップがある。小学校時代にぼくがハーブのシロップを飲むのに使っていたカップにそっくりだ。カップの隣に、最後の一滴まで絞られた箱ワインの銀色の中袋が使い古しのシャモア革みたいに放り出されていた。

ロバート・ベルの遠吠えじみた歌声は、テレビの横のステレオから最大音量で流れているドアーズの曲と一緒に歌おうという試みだった。

父さんがまた野太い歌声を轟かせた。高音で声が割れ、低音はつばと酒に沈んでくぐもった。ジム・モリソンの歌詞についていけず、ただ首をのけぞらせてあうあうーと遠吠えするばかりで、それに反応した真夜中過ぎのオオカミの群れがそろそろ集まってきそうだった。父さんは痩せて骨張っているのにビール腹で、ごま塩頭をクルーカットにしていた。ライルがジョン・レノンなら、父さんは骨と皮ばかりの根暗で存在感の薄いジョージ・ハリスンだ。白いTシャツに青いスタビーズの短パンを穿いていた。年齢は、たぶん四十歳にはなっていると思う。見た目は五十歳だけど。タトゥーは六十歳くらいに見える。ライルのタトゥーと同じで、その昔、自分で入れたようなタトゥーだ。右の前腕に、十字架にからみつくニシキヘビ。右のふくらはぎに〈SOS〉の文字が並び、その下をタイタニック号らしき巨大客船が航行中だ。

徘徊（はいかい）する幽霊みたいな煙が充満したリビングルームの一角で歌うモンスター。体を丸めて膝をついたあの姿勢。あの野太い声。マッドサイエンティストの助手イゴールやそのお仲間たちと仲よくどこかの地下室で暮らしていそうなモンスター。顔は古くなってくたびれて薄茶色の伸びたチューインガムそっくりで、その顔の眼窩（がんか）の内側で充血した右目が動いて、ぼくを見つけた。

「やあ、父さん」ぼくは言った。

ぼくを見つめる父さんの顔がふるふると揺れた。それから右手でコーヒーテーブルの下を探った。その手が斧の柄を探し当てた。見栄えのする茶色いしっかりした木の棒で、てっぺんの刃はついていない。父さんはその武器を握り締めて立ち上がった。「おおぉぉぉまぁぁぁ……」歯をむいて言う。「わあぁぁぁぁ……」短パンに小便の染みができていた。むき出した歯、飛び散るつばき。何か言おうとしている。どうにか発音しようと懸命の努力をしている。ぼくを見つめたまましばらくゆらゆら揺れていたが、ようやくバランスが取れた。「だあぁぁぁえぇぇぇ……」唇を湿らせて言い直す。「だあぁぁぁれぇぇぇ」そしてまた口を開く。「こぉぉぉのぉぉぉ」息を切らし、懸命に発音しようとする。次の瞬間、目にもとまらぬ速さで一直線にぼくの前まで来ると、斧の柄を高々と振りかぶった。

「やぁぁぁろぉぉぉぉう」父さんは絶叫した。

ぼくの脳はそれ以上優れた防衛手段を提案してくれず、ぼくはその場に突っ立ったまま両腕を上げて頭を守ろうとした。

〝だんまりのオーガスト卿〟、〝命知らずのオーガスト卿〟がぼくの前にすっくと立った。オーガストは右の拳をまったく無駄のない動きで突き出し、父さんの左のこめかみにめりこませた。父さんは斧の柄を握り締めたまま身を二つに折り、オーガストはすかさず父さんのTシャツの襟首をつかむと、前に倒れようとする父さん自身の勢いを利用して、その酔っ払った頭をぼくらの背後のピーチ色の壁に叩きつけ、父さんは頭突きで壁の穴をまた一つ増やした。磨かれていない板張りの床に体がぶつかる前から父さんはもう失神していた。ぼくらは倒れこんだ父さんを見下ろした。唇は床に押しつけられ、まぶたは閉じていた。手はまだ斧の柄を握り締めていた。

オーガストが息を吐き出す。

「心配するな」オーガストは言った。「しらふのときはなかなかお茶目な人だから」

オーガストはキッチンの冷蔵庫を開けた。扉はひどく錆びていて、触ったら掌が赤茶色の粉だらけになった。

「悪いな、食うものはあんまり入ってないんだ」オーガストが言った。

冷蔵庫にはボトル入りの水とメドウ・リーのマーガリンと酢漬けのタマネギの瓶詰めがある。一番下の野菜室では何かかびっぽくて黒いものが増殖中だ。あとはステーキ肉らしきもの、または小型の人間みたいなものも入っていた。

「夕飯は何を食べてたわけ」ぼくは訊いた。

オーガストはパントリーの扉を開け、ホーム・ブランドのチキンヌードルの六個入りパックを指さした。

「何日か前に買った」オーガストは言った。「袋入りの冷凍野菜も買って、ヌードルに入れて食べた。作ってやろうか」

「いい。いまはともかく寝たい」

オーガストのあとにくっついてリビングルームで伸びている父さんの横を通り過ぎて廊下を進み、左手の一番手前の寝室に行った。

「ぼくはここで寝てる」オーガストが言った。濃い青色のカーペットが敷き詰められ、左側の壁際にシングルベッドが一台と、反対側の壁にクリーム色のペンキが剝がれかけた古びた衣装だんすがあった。

「ベッドの横のカーペットで寝ろよ」オーガストが言った。

それからオーガストは、廊下の一番奥の寝室を指さした。

「父さんの部屋だ」

ぼくはオーガストの寝室の隣の部屋を指さした。ドアが閉まっていた。

「そこは?」

「図書室」

「図書室?」

オーガストはその部屋のドアを開け、電灯のスイッチを入れた。この部屋にはベッドも衣装だんすもなく、壁に絵が飾られていたりもしなかった。あるのは本だけだ。といっても、本は棚に並んでいるわけではない。書棚らしい書棚もないからだ。主にペーパーバックの本でできた山が部屋の四隅からせり上がっていて、部屋の真ん中の頂上はぼくの目の高さにあった。火山の形に積み上がった数千冊の本のほかに、図書室には何一つなかった。スリラー小説にウェスタン小説、ロマンス小説に古典、アクション系冒険小説、数学や生物学やスポーツ科学の分厚い教科書、詩やオーストラリア史や戦争やスポーツの本、宗教学の本。

「これ全部、父さんの?」ぼくは訊いた。

オーガストがうなずく。

「どこから買ってくるんだよ、こんなに」

「チャリティショップで買ってくる」オーガストが言った。「一冊残らずちゃんと読んでると思う」

「さすがに無理でしょ」

「そうでもないと思うよ。朝から晩まで本しか読まない。あとは酒を飲むだけ」

オーガストは廊下の奥の寝室を指さした。

「朝は早い。五時ごろには起きて、その日吸う分のたばこをいっぺんに巻く。三十本のときもあれば四十本のときもある。そのあとはひたすら本を読んで、巻いておいたたばこを吸う」

「出てくることはあるの」

「あるよ。酒を飲むときは出てくる」オーガストは言った。「あとはテレビの早押しクイズ番組を見るとき」

「いかれてるな」ぼくは言った。

オーガストがうなずく。

「まあな。でも、父さんなら出たら勝てる」

「しょんべんしたい」ぼくは言った。

オーガストはうなずき、父さんの寝室の隣のトイレと風呂に向かった。オーガストがトイレのドアを開けるなり小便とビールの強烈なにおいが襲いかかってきて、ぼくらはそろって後ずさりした。便器のプラスチックの蓋の上に、だいたい真四角に破いた『クーリエ・メール』が何枚かあった。オーガストはその紙で尻を拭いている。

トイレは陶器の便器とドアの開閉スペースがようやく収まる奥行きしかなく、床には父さんの小便が深さ二センチくらいたまっていた。ひよこみたいな黄色のふわふわしたトイレマットが便器の脇で小便に浸かっていて、そのすぐ横の壁にトイレの掃除ブラシが立てかけてある。「五杯飲むと、狙いが定まらなくなるんだ」オーガストは父さんの小便のプールのへりに立って言った。「そのほうがよければ外からしてかまわないよ。小便タンクが満杯なら、外からでも届くだろ」

ぼくは小便プールのへりに立ってジッパーを下ろした。

オーガストは廊下の物入れからシーツとタオルを取った。寝室に戻り、タオルをくるくる巻いてぼくの枕にした。ぼくは濃い青色のカーペットに寝転がってシーツを上に掛けた。オーガストは寝室の入口に立ち、右手を電灯のスイッチに伸ばそうとした。

「消すぞ」オーガストが言った。

「うん、いいよ」ぼくは寝心地のいい姿勢を探して脚を伸ばした。

「顔を見たら安心したよ、ガス」

「話せて楽しいよ、イーライ」

「話せて楽しいよ」ぼくは言った。

オーガストがにやりとする。

「話せて楽しいよ。少し休んでおけよ。何も心配することないから」

「ほんとにそう思う?」ぼくは訊いた。

オーガストはうなずいた。

「心配するなって、イーライ」オーガストが答えた。「あとはうまくいくよ」

「何がうまくいくの」

「ぼくらの人生」オーガストは答えた。

「どうしてわかるんだよ」

「電話の男がそう言ってた」

ぼくはうなずいた。そうだよ、ぼくらは頭がおかしくなったわけじゃない。疲れてるだけだ。寝不足なだけだ。

「おやすみ、オーガスト」

「おやすみ、イーライ」

明かりが消えて、寝室は真っ暗になった。オーガストがぼくをまたいでいってベッドに入った。

オーガストが寝転がってマットレスのスプリングが縮む気配がした。静寂。イーライとオーガストのベル兄弟は、新たな黒い寝室でまた一緒に眠ろうとしている。スリムは言っていた。穴蔵みたいなブラック・ピーターの何層にも重なった暗闇の奥の奥で、こんな風に目を開けて暗闇を見つめたことが何度もあったと。そういうとき、暗闇は決して真っ暗闇ではないと思うことにしたと言っていた。暗闇はただの広がりだ。宇宙だ。深宇宙だ。

「ガス？」

「何」

「ライルはいまも生きてると思う？」

沈黙。長い沈黙。

「ガス？」

「何」

「何でもない」ぼくは言った。「また話すのをやめちゃったのかと思っただけ」

沈黙。

「ぼくに話すのはやめないでよ。ガスと話すと楽しいよ」

「おまえに話すのはやめないよ、イーライ」

沈黙。深宇宙の無音。

「ライルはいまも生きてると思う？」ぼくは訊いた。

「おまえはどう思うんだ、イーライ」

ぼくは考えた。しじゅうそのことを考えている。

「パラマタ・イールズの負けが決まったようなものなのに、それを認めたくないとき、ライルがよく言ってたこと、覚えてる？」

「覚えてるよ」オーガストが言った。

沈黙。

「何て言ったか覚えてる？」

「あ、ごめん」オーガストが言った。「いま空中に書いてた」

「それでいいよ。ぼくも言いたくないから」

空中に書いておこう。ライル・オーリックはたぶん、そこでなら生きているから。空中で。ぼくの頭のなかで。ぼくの心のなかで。ぼくの怒りとともに。ぼくの復讐心とともに。ぼくの憎しみとともに。いつか来るその日に備えて。ぼくの宇宙で。

「クワの実をみんな食っちまったときのこと、覚えてるか」オーガストが訊いた。

覚えている。ぼくらのダーラの家の裏庭の塀を越えて、裏のドット・ワトソンの家の敷地から枝を広げていたクワの木。その日はスリムがベビーシッターに来ていたけど、その前にオーガストとぼくが熟しきったクワの実を大量に食べたことは知らずにいた。昼ごはんのあと、ぼくは紫色の川みたいなゲロを吐いた。洗濯室を駆け抜けて裏口から外に飛び出したけど、芝生に行く前に吐いてしまった。洗濯紐が張ってあるところまで紫色のゲロの小川ができた。誰かがワインを瓶ごと落っことしたみたいに、紫色の染みがコンクリートに点々と散った。ぼくの腹はしくしく痛んだけど、スリムは同情などかけらも示さず、殺菌剤入り洗剤とお湯を使って自分で洗い落とせと言った。ぼくの掃除が終わると、南部の孤児院で子供のころ食ったみたいなクワの実のパイを作ろうとスリムは言い出した。

「スリムが聞かせてくれた口のなかに宇宙がある少年の話、覚えてるか」オーガストが訊いた。

ぼくらがクワの実を摘んでいると、ボゴ・ロード刑務所で読んだという物語をスリムが始めた。神様だか、宗教上の重要な人だかの話だ。といっても、ぼくらにもおなじみの十字架に磔にされている人じゃなく、イエス・キリストが主人公の宗教でもなく、スリムにいわせればインディアナ・ジョーンズが喜んで行くような土地で口伝えされている宗教の話だ。あるところに特別な少年――実際は特別な男――がいた。少年は大勢の子供たち、年上の子供たちと、実のなる大木の下で遊んでいた。年上の子供たちは、特別な少年を木に登らせなかった。体が小さいからだ。代わりに、自分たちが木に登っているあいだ、地面に落ちた実を拾うのはかまわないと言った。年上の子供たちは、実は汚いから食べてはいけないよと少年に言い聞かせた。「集めるだけだぞ」一人が言った。でも特別な少年は、地面に落ちたよく熟れて汁気たっぷりの紫色の実を拾っては口に入れた。何かに憑かれたように食べた。実を食べても食べても胃袋が満たされなくて、やがて土くれまで拾って口に入れ、木の実と土を一緒くたにして食べた。どんどん口に詰めこんで、口から紫色の汁の小川が流れ出した。「おい、何やってる？」年上の子供が訊いた。「何やってるんだ。ちゃんと説明しろよ。何か答えろ。洗いざらい答えろよ」でも少年は答えなかった。黙っていた。汚れた木の実で口が満杯になっていてしゃべれなかった。年上の子供たちはやめろと言ったのに、少年は食べるのをやめなかった。そこで年上の子供たちは、少年の母親を呼びに行った。「おばさんちの子、泥を食べてるよ！」子供たちは叫んだ。母親はかんかんに怒り、口を開けなさいと息子に言った。おまえの無謀さ、貪欲さ、愚かさの証拠を見せなさいと言った。「口を開けなさい！」母親は怒鳴りつけた。少年は口を開けた。母親がのぞきこむと、そこには森や、雪をかぶった山脈、青い空、宇宙のすべての星、すべての月や惑星や太陽があった。母親は息子を抱き寄せた。「おまえは誰なの？」ささやくように訊いた。「誰なの？　いったい誰なの？」

「誰だったの?」ぼくはスリムに訊いた。

「あらゆる答えを知る少年だよ」スリムは言った。


ぼくは寝室の暗闇に向かって話した。

「少年は自分のなかに全世界を持ってた」

「世界をのみこんだ少年」オーガストが言った。

暗闇に静寂が広がった。

「ガス」ぼくは言う。

「何?」オーガストが応じる。

「赤い電話の男は誰なのかな」

「本当に知りたいか」

「知りたい」

「おまえはまだ知る準備ができてないと思う」

「できてるよ」

宇宙に長い沈黙が広がった。

「また答えを空中に書いたな」ぼくは言った。

「そうさ」

「教えてよ、ガス。赤い電話の男は誰?」

宇宙に長い沈黙が広がった。

「あれはぼくだよ、イーライ」

少年、バランスを崩す

Boy Loses Balance

ぼくはミセス・バークベックを、ミセス・バークベックの事務室の電話の脇にあるコイルスプリングのてっぺんで踊るプラスチックのサンタクロースと結びつけて思い出すだろう。十二月の第二週。冬休み前の最後の週。クリスマスはまもなくだ。そりの鈴が鳴る。聞こえるかい？

ポピー・バークベックは、州立ナッシュヴィル高校のスクールカウンセラーで、太陽みたいにまぶしい笑顔と、十代の妊娠と中絶やドラッグ依存症の十六歳が珍しくない日常にあっても絶対に揺らがない楽観主義の持ち主だ。郊外の町ブラッケンリッジの性犯罪者が重度の攻撃的行動障害を持つ少年に性的いたずらをして、しかもその性犯罪者は、息子にそんなことがあったとは夢にも思っていない少年の両親と一緒にディナーに出かける仲だったりしても、ミセス・バークベックの楽観主義にはひび一つ入らない。

「率直に言って、ね、イーライ」ミセス・バークベックは言う。「あなたを退学にしない理由を思いつかないのよ」

ナッシュヴィル高校は、州都がナッシュヴィルのアメリカのテネシー州とは何の関係もない。ナッシュヴィルはブラッケンリッジから北のレッドクリフに行く途中にあるブライトンの近くに昔あった町で、歳月と開発の波に押し流されて消えてしまった。ナッシュヴィル高校はうちから歩いて三十分の距離にあって、地元の人がサンシャインコーストに行くのに使う幹線道路の下のトンネルをくぐっていく。ぼくが転校してきて六週間になる。転校二日目、十年生のボビー・リニエットから歓迎を受けた。ぼくが社会科学棟のウォータークーラーの横を通りかかると、ボビーは何の理由もなくぼくの左肩につばを吐きかけてきた。汚いつばだった。胸の底から吐き出したみたいなどろどろで、黄色っぽい痰や鼻水や、ボビー・リニエットの具合の悪いところから出る何もかもが混じっていた。ボビーは社会科学棟の廊下の鞄置きに座り、マレットヘア〔前髪と左右は短くて、後ろだけが長いヘアスタイル〕をしたニキビ面のハイエナみたいな取り巻きは声を立てずに笑っていた。ボビー・リニエットは右手を挙げ、右の人差し指を隠して手を振った。「人差し指はどこ？　人差し指はどこ？」『フレール・ジャック』のメロディに乗せて、幼稚園の先生みたいな声で歌った。

ぼくは欠けた人差し指を見下ろした。傷口と皮膚の戦争に皮膚が勝利を収めかけていて、骨の周囲はそろそろ埋まり始めていた。それでもまだ小さな絆創膏を貼っておかなくちゃならなくて、いじめられっ子の目印みたいにボビー・リニエットのような校庭のいじめっ子を引き寄せた。

ボビーは人差し指をひょいと立てた。「ここだよ、ここにあるよ」そう歌ってバカ笑いした。

ボビー・リニエットは十五歳で、割れあごで、胸毛がある。ぼくが転校して三週目に入ったころ、ボビー・リニエットの仲間が寄ってたかってぼくを押さえつけ、ボビーは売店で買ってきたチューブ入りのトマトソースを全部、ぼくの髪やシャツの背中に絞り出した。ぼくはそういう向かっ腹の立つできごとを先生に報告しなかった。学校のいじめなんていう、あくびが出そうにつまらないことに自分の計画を邪魔されたくなかったからだ。オーガストは、父さんが釣った魚をさばくのに使うナイフでボビー・リニエットの脇腹を刺してやると言ったけど、ぼくはやめてと言った。もうお兄ちゃんにいじめっ子から守ってもらうような年齢は卒業しているというのもあるけど、それもやっぱりぼくの計画を邪魔することになるからだ。六週目の初め、今週の月曜日、放課後に幹線道路をくぐるトンネルを歩いていると、ボビー・リニエットが来てぼくのキャンバス地のバックパックを肩からむしり取って火をつけた。ぼくは燃えるバックパックを見つめた。目に映る炎は、ぼくの心の奥底にこう語りかけていた。ボビー・リニエットはたったいまおまえの計画をだいなしにしたぞ。なんといってもあのバックパックのなかにおまえの計画がまるごと入っているんだから。学校規定の罫線が青いノート一冊に、計画の骨子や丹念に立案した戦略なんかがインクで書きこまれていた。進行表や図表、鉤縄のスケッチ、塀の寸法図も。傑作なのは、ノートの真ん中の見開きに鉛筆で描いたスケッチだ。それはボゴ・ロードのフーディーニからじきじきに賜った貴重な内部情報の産物だった。2Bの鉛筆で描いた、ボゴ・ロード女子刑務所の敷地と建物の詳細な見取り図。

「あんな……あんな……暴力的なことがよくできますね」ポピー・バークベックがデスクの向こうから言った。

ミセス・バークベックは、母さんが大好きな一九六〇年代の歌手メラニー・ソフィカにそっくりな服装をしていた。デスクの上で腕を組んでいて、ゆったりしたデザインのワンピースの炎の色をした袖が肘の先に引っかかって垂れている。アメリカのインディアンの厄除け(やくよ)の儀式の主催者みたいにも見えるし、サンシャインコーストの内陸部で木の幹を彫って作った置物を売っている人みたいにも見える。

「だってそうでしょう、ふつう学校の運動場でやるようなことではないですからね」ミセス・バークベックが言う。

「わかってます、ミセス・バークベック」ぼくは計画をふたたび軌道に乗せるべく神妙に言う。「学校の運動場でやるようなことじゃありません。刑務所の運動場でやるようなことです」

「ええ、そのとおりね、イーライ」

本当にそのとおりだ。ボゴ・ロード刑務所の第一運動場で起きることをそっくり真似たような話なんだから。受刑者のやり口をちょいと拝借した。必要なのは、枕カバー一枚、壊れにくい品物一つ、壊れやすい膝小僧一つ、それだけだ。

枕カバーは、午前十時の八年生の家庭科の教室から盗んだ。今日は裁縫の実習だった。男子のほとんどはハンカチを縫った。でも、家庭科の裁縫実習の真髄は、たとえばオーストラリアの動物を刺繍（ししゅう）したウェンディ・ドッカーの枕カバーだ。ぼくはワライカワセミの刺繍をあしらったウェンディ・ドッカーの枕カバーに、午前十一時の保健体育の時間に運動用具倉庫から盗んだ五キロのプレート状のウェイトを二枚詰めた。

午後零時十五分に昼休みのベルが鳴った直後、ぼくはボビー・リニエットを探した。四面制スクールハンドボールのコートの列にハイエナの群れを引き連れて並んで、チコロール〔野菜や豆、肉などの具をパイ生地で包んで揚げたファストフード。春巻に似た形状をしている〕をかじっていた。

ぼくは、文通相手でバイカーギャング〝レベルズ〟のクイーンズランド支部長だったアレックス・バミューデスから教わった、まだ何も気づいていないターゲットに近づいて手製のナイフを突き立てるときのコツを実践した。アレックスの手紙に書いてあった内容は、メラニー・ソフィカの『キャンドルズ・イン・ザ・レイン』の歌詞と同じようにすっかり頭に入っている。

> 背後からターゲットに接近して、できるだけ腎臓に近いところにナイフを刺すといい。そうすると、ターゲットはジャガイモの袋みたいにあっけなく倒れる。大事なのは、こっちの言いたいことが相手にしっかり伝わる程度には深く、しかし殺人罪で起訴されない程度に浅く刺すことだ。この加減がなかなか難しい。

早足で一気にボビーに近づいた。五キロのウェイトを二枚入れて口をしっかりねじった枕カバーは、ワライカワセミの刺繍がついた鎚矛(メース)の頭になった。ボビーの右の腎臓、学校の灰色の短パンのすぐ上を狙って力いっぱい振り出した。ボビーは苦痛と衝撃から右にかたむき、同時にチコロールが手から落ち、踏みつぶされた空き缶みたいに地面に転がった。ボビーには、ぼくの顔を見る時間のゆとり、自分の顔を怒りにたぎる血で真っ赤にする時間のゆとりはあったが、次に右の膝を狙って振り出された枕カバーをよける時間のゆとりはなかった。ぼくは枕カバーをスイングした。こっちの言いたいことがしっかり伝わる程度には強く、でも退学にはならない程度に軽く。ボビーは割れた膝小僧を抱え、左足で二度飛び跳ねた。それからスクールハンドボールコートを四面に仕切っている十字の中心点の、おろし金みたいにざらついたアスファルトに仰向けにひっくり返った。ぼくはボビーを見下ろし、ウェイトの入った枕カバーをボビーの頭上に持ち上げた。ぼくの内側で燃えさかる怒りの炎は、この十年のあいだにぼくの父さんがくれた唯一のプレゼントだと思った。

「この野郎！」ぼくはボビーの顔に向かって絶叫した。つばが飛んだ。ぼくのわめき声は、それはそれは大きく、猛々(たけだけ)しく、恐ろしくて、ボビーの取り巻き一同は後ずさりしてぼくら二人から離れた。焚(た)き火(び)のど真ん中に灯油の缶があって、いまにも破裂しそうになっているのに気づいたかのようだった。

「もうやめろよな」ぼくは言った。

ボビーは泣いていた。青ざめていて、でも頬はやけに赤くて、必死に体をよじって枕カバーのウエイトから逃れようとしていた。もしウェイトを落としたら、ボビーの頭はコートに完全にめりこむかもしれないとぼくは思った。

「頼むからやめてくれよな」ぼくは言った。

ミセス・バークベックのオフィスには、色を塗ったアルミの動物がたくさん飾られている。ぼくの右手の壁際にあるファイルキャビネットの上には、緑色のカエルがぶら下がっている。ミセス・バークベックの後ろの壁には舞い上がるワシ。ぼくの左手の壁にはゴムの木の枝にしがみついているコアラ。そういう装飾品はどれも、このオフィスの主役、氷の砂漠をよちよち歩くペンギンの写真が入った大きな額と、その下の文字――〈限界：翼を広げてみるまでは、自分がどれほど遠くまで行けるかわからない〉――の脇役にすぎない。

デスクの上の電話の隣に、シェリー・ハフマンのための募金箱があった。

シェリーを思いやって、〈限界〉ペンギンの額を下ろしてくれたらいいのに。

募金箱の上に、ナッシュヴィル高校の制服を着てほほえむシェリーの写真がある。前歯が何本か欠けた笑顔は、シェリーのような要領のよい子が、遠慮のないカメラマンからもっと楽しそうに笑ってと言われて作るような表情だった。シェリーはぼくと同じ八年生だ。家はうちからすぐ、同じ公営住宅団地のトール通りにあって、オーガストとぼくは毎朝その通りを歩いて登校する。四カ月前、四人兄弟の上から二番目のシェリーは、この先一生を筋ジストロフィーとともに生きていかなくてはならないと診断された。ぼくらが家の前を通ると、たいがいシェリーはものすごく生意気なことを言ってくるけど、それでもオーガストもぼくもシェリーが好きだった。シェリーはブラックンリッジに来てからできた唯一の友達だ。いつも玄関ポーチで腕相撲をしようと挑んでくる。勝つのはだいたいシェリーだ。シェリーの腕のほうが骨がしっかり太くて長いうえに、優位な立場にあるからだ。シェリーは、腕相撲でぼくに勝てなくなったら、ついに筋ジストロフィーが本格的に発症したという証拠だといつも言う。学校では、シェリーの家の玄関の内外に車椅子用のスロープを設置したり、バスルームやシェリーの寝室やキッチンに手すりをつけたりして、シェリー呼ぶところの〝落ちこぼれにも優しい住まい〟に改装するための寄付金を募っている。資金が余れば、ハフマン一家のために車椅子に優しい大型バンも購入する予定らしい。一家でブリスベン東部の町マンリーにシェリーを連れていき、モアトン湾の水平線に去っていく小型モーターボートやヨットや小型の手こぎボートをながめさせてやれるように。学校の見積もりでは、将来に備えた家に改装するのに七万ドル必要で、これまでのところ集まったのは六千二百十七ドル、シェリーの言い方を借りれば〝スロープの半分〟だ。

ミセス・バークベックは咳払いをしてデスクに身を乗り出した。

「おうちに四度も電話したのに、お父さんは一度も出てくれないのよ」

「父さんなら、電話には出ません」ぼくは言った。

「どうして」

「人と話すのが嫌いだから」

「折り返し電話をくださいって伝えて」

「伝えても無理です」

「どうして」

「うちのは着信専用回線だから。こっちからかけられるのは緊急電話番号だけです」

「一度学校に来てくださいって伝えてちょうだい。とても重要なお話があるの」

「伝えますけど、来ないと思います」

「どうして」

「父さんは外出するのが嫌いだから。家を出るとしたら、午前三時から六時のあいだだけです。その時間なら外に誰もいないから。例外は、酔っ払っていて、しかも家に一滴もお酒が残ってないときだけです」

ミセス・バークベックはため息をついて背もたれに寄りかかった。

「お父さんは、あなたとオーガストをお母さんに会いに連れていってくれたの？」

ランスロット通りでの初日、ぼくは寝坊した。目が覚めたらオーガストのベッドはもう空っぽで、ぼくは丸めたバスタオルを枕にしていたせいで首を寝違えていた。オーガストの寝室を出て、父さんの寝室の開けっぱなしのドアの前を通り、トイレに行った。父さんはベッドにいた。本を読んでいた。トイレのドアを開けると、床は汚れ一つなくぴかぴかになっていて、消毒剤のにおいがしていた。長々とおしっこをしてから、隣のバスルームに行った。バスルームは真っ白な壁四枚と黄色いバスタブ、かびだらけのシャワーカーテン、鏡、洗面台、ぺらぺらに薄くなったわびしげな黄色い石けん一つと、黄緑色のプラスチックのくし一本で構成されていた。ぼくは鏡に映った自分を凝視し、気持ちが悪い原因を考えた。腹が減りすぎているせいなのか、それともバスルームのすぐ隣の部屋で本を読んでいる人にこれからしなくてはいけない質問のせいなのか。父さんの部屋のドアをノックすると、父さんがこちらを向いた。ぼくは黒い闇のような父さんの顔をじろじろ見てなんかいないふりをしようとした。ありがたいことに、青みがかった灰色の半透明のたばこの煙が部屋に充満して、ぼくらのあいだにベールを広げていた。

「母さんに会いに行けないかな」ぼくは訊いた。

「行けない」父さんは言った。

次の瞬間にはもう読書に戻っていた。

ミセス・バークベックはため息をついた。

「この六週間で百回くらい訊いてみたけど、返事はいつも同じなんです」ぼくは言った。

「お母さんとの面会に連れていきたくない理由は何だとあなたは思う？」ミセス・バークベックが訊く。

「父さんはいまも母さんを愛してるから」

「だったらふつう会いたいと思うものじゃないかしら」

「父さんは母さんを憎んでもいるから」

「お父さんはあなたを守ろうとしているんじゃないかって考えてみたことはある？　いまのような状況にあるお母さんを見せたくないと思っていらっしゃるのかも」

そんなことは一度も考えたことがなかった。

「お母さんと連絡を取ったことは？」

「ありません」

「お母さんから電話があったりは？」

「一度も。電話してくるとも思えないし。具合が悪いから」

「どうしてわかるの」

「なんとなく」

ミセス・バークベックはぼくの右手を見た。

「指をなくしたのはどうしてと言ってたかしら」

「オーガストが斧でちょん切ったんです。うっかり」

「自分が何をしてしまったか気づいて、オーガストはショックを受けたでしょうね」

ぼくは肩をすくめた。「別に。すごく冷静でした」ぼくは答えた。「オーガストはショックを受けたりしないんです」

「指は順調に治ってる?」

「はい。だいぶ治ってきました」

「書くのに問題はない?」

「はい、汚い字しか書けないけど。そのうち慣れると思います」

「書くのが好きなんでしょう」

「はい」

「いつもどんなことを書いてるの」

ぼくは肩をすくめた。「犯罪実録。ときどきだけど」

「どんな事件を取り上げるの」

「何でも。『クーリエ・メール』の事件報道を読んで、同じ事件についてぼくなりに書き直してみたり」

「夢なのね」

「え?」

「事件の記事を書くこと」

「いつか『クーリエ・メール』の事件報道ページに記事を書きます」

「犯罪に興味があるの?」

「事件そのものより、事件を起こす人間のほうに」

「人間のどんなところがおもしろいと思う?」

「そこに至るまでの道筋かな。善良な人間じゃなく、悪い人間になろうって決心する瞬間に興味があるんです」

ミセス・バークベックは椅子の背にもたれた。ぼくの顔をまじまじと見る。

「イーライ。トラウマって言葉、知ってる?」

ミセス・バークベックの唇は厚くて、深紅の口紅をたっぷり使う。ぼくはトラウマを、ポピー・バークベックのルビー色のビーズのネックレスと結びつけて思い出すだろう。

「はい」ぼくは答える。

計画のことも忘れない。

「トラウマはいろんな形で人に影響を及ぼすの。いろんな仮面をつけて現れるものなのよ」

「知ってます」

「あっけなく消えることもあれば、一生残ることもある。トラウマに決まった終わりはない。そうよね」

「そうです」

計画どおりにな、イーライ。

「あなたとオーガストは、大きなトラウマを負った。そうよね?」

ぼくは肩をすくめ、デスクの上の募金箱にうなずいた。

「シェリーほどじゃないです」ぼくは言った。

「そうね、だけど、トラウマの種類が違うわ」ミセス・バークベックは言った。「シェリーの不幸は誰のせいでもない」

「この前、シェリーは神さまのことをクソ野郎呼ばわりしてましたけど」ぼくは言った。

「そういう言葉は使わないの」

「すみません」

ミセス・バークベックはデスクに乗り出して右手をぼくの左手に重ねた。その姿勢にはどことなく宗教くささが漂っていた。

「わたしが言いたいのはね、イーライ。トラウマの影響で考え方が変わることもあるということよ。トラウマのせいで、真実ではないことを信じてしまうこともある。世界観ががらりと変わってしまうこともある。ふつうならしないことをしてしまうことだってあるわ」

ずる賢いミセス・バークベック。ぼくを骨抜きにして話を聞き出そうとしている。骨が一本なくなったのはなぜなのか、骨の髄までしゃぶって聞き出そうとしている。

「そうですね、トラウマってとらえどころがないですよね」ぼくは言う。

ミセス・バークベックはうなずいた。

「あなたの協力が必要なのよ、イーライ。どうしてあなたにもう一度チャンスをあげるべきだと思うのか、学校の偉い人たちにきちんと説明できるようにしておきたいの。わたしはね、あなたとお兄さんのオーガストは、ナッシュヴィル高校にとって欠かすことのできない財産になるだろうと思ってる。あなたとオーガストは、真に特別な生徒だと思うのよ。だから、協力してちょうだい。どう、協力してくれる?」

だめだ、計画を忘れるな。

「うーん……いいですけど」ぼくは言った。

ミセス・バークベックはデスクの右側の抽斗を開け、筒状に丸めた画用紙を取り出した。輪ゴムでとめてある。

「おととい、お兄さんが美術のクラスで描いた絵なんだけど」

ミセス・バークベックは輪ゴムをはずした。画用紙の上を転がる輪ゴムがぱちんぱちんと鳴る。それから画用紙を広げてぼくに見せた。

ブルーとグリーンとパープルの色鮮やかな絵だった。オーガストが描いたのは、海の底に沈んでいる空色のホールデン・キングスウッドだった。エメラルド色の背の高いアシが車を取り巻き、海馬（タツノオトシゴ）が海の底の一場面をギャロップで横切っていく。オーガストが描いたのは、ぼくの夢だ。

「これは誰かしらね、イーライ」ミセス・バークベックは運転席に座った男を指さした。

だめだだめだ、計画を忘れるな。

「うちの父さんだと思います」ぼくは答える。

「じゃあ、こっちは」ミセス・バークベックは車の後部シートを指さす。

計画を忘れるな。

「それはオーガストです」

「これは？」

計画を忘れるな。

「それはぼくです」

「そう」ミセス・バークベックは静かに言った。「一つ教えてもらいたいの、イーライ。三人とも眠っているのはなぜかしら」

このせいで、計画はぶち壊しになるかもしれない。

少年、助けを求める

Boy Seeks Help

　クリスマスまであと五日、ぼくは眠れない。ぼくらの寝室に一つだけある引き窓にはカーテンもブラインドもついていなくて、真夜中の月の光がベッドから突き出たオーガストの右腕を照らしている。ぼくが眠れないのは、マットレスがちくちくして、小便のにおいをさせているせいだ。父さんはこのマットレスをコル・ロイドからもらってきた。コル・ロイドは、ランスロット通りに面したうちから五軒先の家に奥さんのカイリーや五人の子供と暮らしているアボリジニの人で、五人兄弟の一番上、十二歳のタイがぼくの前にこのマットレスを使っていた。眠れないのはおしっこのにおいのせいだけど、目が覚めたのは計画のせいだった。

「ガス、いまの聞こえた？」

　オーガストは黙っている。

　うめき声みたいな音。「うぅぅぅぅぅーー」

　たぶん、父さんの声だ。今夜はお酒を飲んでいない。三日連続で飲んだくれた名残を醒まそうとしているからだ。三日連続飲酒マラソンの最初の晩、父さんはそれはそれはひどく酔っ払い、オーガストとぼくがリビングルームのソファの下にもぐりこんで父さんの左右の靴の紐を結んでもまるで気づかなかった。テレビで『アウトロー』を見ていた父さんは、クリント・イーストウッドの劇中の妻子を愚かにも殺したならず者集団の一人を罵倒しようと立ち上がったところで派手に転び、コーヒーテーブルに突っこんだ。三度目に転んだところでようやく靴紐が結ばれていることに気づいて、支離滅裂な罵詈雑言をろれつの怪しい舌で連発し、少なくとも二十三回「くそガキども」とわめいたあと、ぼくらを裏庭の枯れたマカダミアナッツの木の下に生きたまま埋めてやると言った。オーガストは人差し指で**やれるもんならやってみな**と空中に書き、肩をすくめ、チャンネル7でやっていた『クリープショー』にテレビのチャンネルを変えた。三日連続飲酒マラソンの二日目、父さんはジーンズと前ボタンのシャツに着替え、土曜の朝のラム・アンド・コーク六杯とブリュットのコロンで景気づけしたあと、行き先を言わないまま、五二二番のバスに乗って出かけていった。帰ってきたのは午後の十時で、オーガストとぼくはチャンネル9で『パラダイス・アーミー』を見ていた。父さんは裏口から入り、キッチンを素通りし、鳴っていても絶対に取らない電話を置いてある棚の前に行った。電話の下に、貴重品の抽斗がある。父さんはそこに、未払いの請求書や支払い済みの請求書、ぼくらの出生証明書、パニック発作の薬なんかをしまっている。その貴重品の抽斗を開け、犬をつなぐ鎖を取り出し、右手に念入りに巻きつけた。家じゅうの明かりを消して回ったあと、最後に、ソファに座っているぼくらを一顧だにせずテレビを消した。それから通りに面した窓の前に立ち、ひだ飾りのついたくたびれたクリーム色のカーテンを閉め、真ん中の隙間から外をのぞいた。

「どうしたの」ぼくは訊いた。胃袋がむかむかし始めていた。「父さん、何なの?」

暗闇のなか、父さんは黙ってソファに腰を下ろし、犬をつなぐ鎖を拳にきつく巻き直した。うとうとしかけたみたいに一瞬、がくりと下を向いたあと、左の人差し指を立て、それに全意識を集中しているような表情で唇に持っていき、「しいいいいいいいい」と言った。その晩、ぼくらはまんじりともしなかった。父さんがいったいどんな相手を、あるいは集団を、鎖を拳に巻きつけなくてはならないほど怒らせたのか、オーガストとぼくは想像をたくましくした。パブで居合わせた小悪党。パブに行く途中ですれ違った巨漢。パブからの帰り道にすれ違った殺し屋。パブに居合わせた全員。忍者の集団。ヤクザ。ヘビー級王者のジョー・フレイジャー。夫婦デュオ、ソニー&シェール。神と悪魔。オーガストは、悪魔はどんな格好でうちの玄関に来るのかなと言った。ぼくは、きっと水色のビーチサンダルを履いて、後ろの髪を一筋だけネズミの尻尾みたいに長く垂らしたマレットヘアで、ラグビーのバルメイン・タイガーズのニット帽をかぶって角を隠してると思うなと言った。するとオーガストは、悪魔は白いスーツを着て白い靴を履き、真っ白な髪と歯と肌をしていると言った。悪魔はきっとタイタス・ブローシュみたいな姿をしていると。その名前は、ぼくらがもう暮らしていない別の世界、別の時代、別の場所の名前に思えるねと言った。いまのぼくらが属している世界は、ランスロット通り五番地だ。

「もう一人のガスともう一人のイーライ」オーガストは言った。「もう一つの世界」

次の日、父さんは朝からずっと、キッチンから洗濯室に入るところの床に陣取り、ローリング・ストーンズの『ルビー・チューズデー』を再生し、巻き戻し、再生し、巻き戻し、また再生していたけど、ついにプレイヤーのなかでカセットテープがからまってしまい、茶色いテープが茶色い巻き毛の小山みたいに父さんの掌にたまった。オーガストとぼくはキッチンテーブルに座ってシリアルを食べながら、カセットテープをきれいに巻き直そうと無駄な努力を重ねる父さんをながめた。直そうとすればするほどかえってテープがどんどん出てきてもっとからまり、ついに二度と聴けない状態になった。父さんはあきらめ、今度はフィル・コリンズのテープを持ってきて聴き始めた。オーガストとぼくは、三日続いた家庭内悪夢のなかのここに至って初めて、児童福祉事務所に連絡したほうがいいんじゃないかと真剣に検討を始めた。その朝の十一時、強烈で痛烈な飲酒マラソンは、キッチンのピーチ色のリノリウムの床に血と胃液のゲロがぶちまけられるというクライマックスを迎えた。父さんは、ゲロで描いた自作の抽象画のすぐそばで気絶していたから、ぼくは父さんの右手の人差し指を引っ張って伸ばし、それを鉛筆代わりに使って、父さんがしらふで目覚めたとき一番に見られるようメッセージをしたためることにした。悪臭を放つゲロにその指を浸して動かし、心の底から伝えたい一言を大文字で書いた――〈専門家に相談して、父さん〉。

「うぅぅぅぅぅーー」その音は、ぼくらの寝室のドアの下の隙間から忍びこんできた。続いて、切なげな叫びが聞こえた。か細い声、聞き覚えのある声。

「オーガスト」父さんが寝室から呼びかけた。

ぼくはオーガストの腕を揺すった。「オーガスト」

オーガストはぴくりとも動かない。

「オーガスト」父さんが呼んでいる。その声は小さくて弱々しい。うめき声というより、息も絶え絶えの悲鳴だ。

ぼくは真っ暗ななか歩いて父さんの寝室の入口まで行き、ライトをつけて、目が明るさに慣れるのを待った。

父さんは両手で胸を握り締めていた。過呼吸の発作だ。はずむような鋭い息の合間に言った。

「頼む……電話……救急車」

「どうしたの、父さん」ぼくは大声で叫んだ。

父さんは必死に空気を吸いこもうとしてあえいだ。全身が震えていた。

そしてうめいた。

ぼくは廊下を走っていって電話に飛びつき、緊急電話番号をダイヤルした。

「警察ですか、救急車ですか」女性の声が訊く。

「救急車を」

電話が切り替わって、別の声が聞こえた。

「どうしましたか」

父さんが死んじゃう。死んだらもう答えを聞けなくなる。

「ぼくの父さんが心臓発作を起こしたみたいなんです」


父さんの家の左隣の住人、六十五歳のタクシー運転手パメラ・ウォーターズは、駆けつけてきた救急車の回転灯の光に誘われ通りに出てきた。無用にでかい胸が栗色のナイトガウンからあふれかけていた。救急隊員が二人、救急車の荷台からストレッチャーを下ろして郵便受けのそばに置いた。

「大丈夫なの、イーライ?」パメラ・ウォーターズがガウンのサテンのベルトを結びながら訊いた。

「わかりません」ぼくは答えた。

「また発作ね」パメラ・ウォーターズは訳知り顔で言った。

いったい何の話だろう。

救急隊員が酸素タンクとマスクを抱え、急ぎ足でオーガストとぼくの前を通り過ぎた。オーガストとぼくは、白いTシャツとパジャマのズボンに素足というおそろいの格好で突っ立っていた。

「父さんは廊下の突き当たりの部屋にいます」ぼくは大きな声で伝えた。

「知ってるよ、坊や。お父さんのことは心配いらないからな」年上の救急隊員が言った。

ぼくらは家のなかに入り、廊下のリビングルーム側に立って、父さんの部屋から聞こえてくる救急隊員の声に耳を澄ました。

「さあ、ロバート。大きく吸って」年上の救急隊員が怒鳴るように言う。「さあ、ロバート。もう大丈夫だ。不安がるようなことは何もない」

息を吸う音。苦しげな息づかい。

ぼくはオーガストのほうを向いた。

「あの人たち、前にも来たことがあるってこと?」

オーガストがうなずいた。

「その調子」この声は若いほうの救急隊員だ。「だいぶ楽になったでしょう?」

二人は父さんの両側から腿の下を両腕で抱えて寝室から出てきて玄関に向かった。シーズン最終戦の勝利を喜ぶパラマタ・イールズのフォワードの選手が、活躍したハーフバックの選手を担ぐような格好だった。

ストレッチャーに乗せられた父さんの顔には、酸素マスクが何十年ぶりかで再会した恋人のようにぴたりと押し当てられていた。

「大丈夫、父さん?」ぼくは声をかけた。

どうしてこんなに心配なんだろう。心の奥底の何か。ずっと休眠中だったもの。何かの力がぼくをこの病的な酒飲みに引き寄せようとしている。

「大丈夫だよ、イーライ」父さんが言った。

その声のトーンなら覚えがある。そのトーンの優しさに覚えがある。大丈夫だよ、イーライ。大丈夫だよ、イーライ。ぼくはこの場面を忘れないだろう。ストレッチャーに横たえられた父さん。大丈夫だよ、イーライ。大丈夫だよ。その声のトーンを忘れない。

「こんな姿を見せてしまってごめんな、二人とも」父さんは言った。「だめな奴だよな。父さん失格だ。だが、かならず立ち直る。かならず立ち直ってみせるからな」

ぼくはうなずいた。泣きたかった。泣きたくなかった。おい、泣くなよ。

「いいんだよ、父さん」ぼくは言う。「気にしないで」

救急隊員が父さんを救急車の後ろに運びこむ。

父さんはまた少し酸素を吸っておいてから、マスクをはずした。

「冷凍庫にシェパーズパイがあるからな。明日の晩ごはんはそれを食べなさい」

それからまたマスクを着けた。父さんの目は、ナイトガウン姿でぼうっと見つめているパメラを見つけた。酸素を肺いっぱいに吸っておいて、大きな声で言った。

「そんなに気になるなら、ポラロイド写真でも何でも撮っておけよ、パメラ」そう叫ぶなり咳きこんだ。父さんがパメラ・ウォーターズに向けて中指を立てた直後、救急車の後ろの扉がばたんと閉まった。


翌朝、うちの前庭をトキが歩いていた。左脚をかばっている。先史時代から進化のない黒い鉤爪足の付け根に釣り糸がからまっていた。障害持ちのトキ。オーガストはリビングルームの窓からトキを目で追った。カシオの電卓を取り出し、何桁か数字を打って、電卓を逆さまにしてぼくに見せた。*IBISHELL*（トキ地獄）。

ぼくは*53780804*と打って逆さまにした。*HOBBLES*（足を引きずって歩く）。

「晩ごはんには帰ってくるから」ぼくは言った。オーガストは窓からトキを見たままうなずいた。

「ぼくの分のパイ、取っておいてよ」ぼくは言い添えた。

左側のサイドスロープを下り、キャスターつきの黒いごみ入れの横を通り過ぎる。薄茶色の円筒型の給湯器のすぐ横、家を支えているコンクリートの支柱に父さんの錆びた自転車が立てかけてある。その奥には、年代物の白物家電のコレクションの捨て場がある――カンタス航空機に搭載されていそうなでかいモーターがついた洗濯機、セアカゴケグモやブラウンスネークの棲み処になっている崩壊しかけの冷蔵庫。車のドアやシートやホイールもあった。裏庭の芝生は、刈るべき時期をとっくに過ぎ、見上げるばかりに高い麦わら色の葉がかたむきながら生い茂っている。ジャングルブックのゾウのハティと少年モウグリがそれをかき分けてバレット通りのビッグ・ルースター〔ファストフードのチェーン店〕に向かう姿が思い浮かんだ。マチェーテでもないと、この芝は刈れそうにない。あとは、うっかり火事が起きるとか。やれやれ、とんでもない肥だめだ。**008**。ブー(BOO)。**5514**。しいっ(HISS)。

自転車は錆びたマルヴァーン・スターの一九七六年型〝スポーツスター〟で、製造国は日本だ。サドルはスプリットタイプで、割れ目に尻がしょっちゅうはさまれる。スピードは出るけど、父さんがオリジナルのハンドルバーを一九六八年型のシュウィンの女性向けモデルのものとわざわざ交換していたりしなければ、もっと速いだろう。ブレーキは壊れていて、止まりたいときは右のダンロップKT－26を前輪のリムに押しつけるしかない。

雨が上がったばかりで空は灰色だったけど、ランスロット通りに虹が架かって、この通りに住む全員に七色の始まりと終わりを約束していた。赤と黄色とランスロット通り一六番地のヴィヴィアン・ヒップウッド。ヴィヴィアンの赤ちゃんは乳幼児突然死症候群で死に、ヴィヴィアンはそれから七日間、赤ちゃんをそれまでどおり着替えさせ、ミルクを飲ませ、青ざめた顔の前でがらがらを振り続けた。ピンクと緑と一七番地。六十六歳のアルバート・ルウィンは、ガレージに目張りをして一酸化炭素中毒で死のうとしたけど死にきれなかった。芝刈り機のエンジンで死のうとしたからで、そんなものを使ったのは二カ月前に車を売ってしまったからで、売ったのはボクサー犬のジョーズの手術代を支払うためで、ジョーズはアルバートが緑色のヴィクタの芝刈り機をガレージに押していく二日前に安楽死させられていた。紫色とオレンジと黒とブルーとランスロット通りに住むママたち。土曜の朝、キッチンテーブルでたばこを吸いながら、頬骨に塗りたくったコンシーラーの下に紫やオレンジや黒やブルーの痣が隠れていることに子供たちが気づきませんようにと祈っている。コンシーラー。隠す人たち。隠されたもの。ランスロット通り三二番地のレスター・クロウは、妊娠中のガールフレンド、ゾーイ・ペニーの腹をヘロインの注射器で十三回刺し、生まれ来る娘を殺そうとした。ランスロット通り五三番地のモンク兄弟は、リビングルームのアームチェアに父親を縛りつけ、石斧で耳を半分切り落とした。夏、どこまでも果てしなく続くこの通りが熱くなりすぎたとき、欲求不満から破裂して陥没したアスファルトをブリスベン市が敷き直した直後だったりすると、ダンロップのラバー底にタールがハバ・ババのバブルガムみたいにへばりついてくるし、ショーンクリフのマングローブから蚊の大群が風に乗って運ばれてきている時期でもどの家の人もカーテンを全開にするから、この通り全体が劇場になって、家々のリビングルームは窓枠で切り取られ、生放送のメロドラマや、ちょっとエッチなコメディや、刑事ドラマなんかを放映するテレビ画面になる。通りに面した窓型テレビの奥で拳が振り回され、爆笑が聞かれ、涙が流される。ブー。しいっ。ブー。ははは。

「こんにちは、イーライ」

シェリー・ハフマンだった。自分の寝室の窓から乗り出し、たばこの煙を家の外に向けて吐き出していた。

ぼくは前輪のリムに靴を押しつけ、通りの真ん中でUターンして、父さんのぽんこつ自転車をシェリーの家の私道に乗り入れた。シェリーのお父さんの車はカーポートに駐まっていなかった。

「やあ、シェリー」

シェリーはたばこをまだ一服し、慣れた口つきで煙を輪にして吐き出した。

「吸う？」

ぼくは二度吸って煙を吐き出した。

「一人？」ぼくは訊いた。

シェリーがうなずく。

「家族はみんなキングスビーチに行ってるの。ブラッドリーの誕生日だから」

「シェリーは行きたくなかったの？」

「行きたかったに決まってるでしょ。だけどねえ、あたしもすっかり老いぼれちまって」シェリーは開拓時代のアメリカ西部地方のおばあちゃんみたいな声音で言った。「砂の上を歩くとなると、ちょいと骨が折れるのさ」

「で、きみを一人置いていっちゃったわけだ」

「そろそろおばさんがベビーシッターをしに来てくれる」シェリーが言った。「ママには、フレッチャー通りの犬用ホテルにでも預けてくれたほうが気が楽って言ったんだけど」

「うん、あそこなら一日三食出してもらえるらしいね」

シェリーは笑い、窓枠の下側にたばこを押しつけてもみ消すと、隣家との境のフェンスに沿って造られた花壇に吸い殻を放った。

「昨日、お父さんが救急車で運ばれたんだって？」

ぼくはうなずいた。

「どうしたの？」

「ぼくもわからない。急に震え始めてさ。話もできなくなった。息もできなかったみたいで」

「パニック発作ね」シェリーは言った。

「え、何」

「パニック発作」シェリーは軽い調子で言った。「うちのママが何年か前によく起こしてた。ママ、何も――本当に何もやる気が起きない時期があったんだよ。人が大勢いるところに行ったとたん、発作を起こしちゃうから。朝、目が覚めたときはご機嫌で、あとでみんなでトゥーンブル・ショッピングタウンに映画を観に行こうなんて言うんだけど、みんながめいっぱいおしゃれして、いざ出発って車に乗りこんだ瞬間、ママがパニック発作を起こすわけ」

「どうやって治した？」

「あたしが筋ジストロフィーって診断されたら治っちゃった」シェリーは言った。「自分で克服するしかなかったんじゃない、きっと」シェリーはそう言って肩をすくめた。「ものの見方の問題ってことだよ、イーライ。ハチに刺されたら死ぬほど痛いけど、誰かにクリケットのバットで殴られたら、それどころじゃなくなるもんね。そうだ、クリケットのボードゲームやらない？　西インド諸島代表を譲ってあげてもいいけど」

「ごめん、だめだ」ぼくは言った。「これから人に会いに行くから」

「例の秘密の計画の一環？」シェリーがほほえむ。

「計画のこと知ってるの？」

「オーガストが全部、空中に書いて教えてくれたから」

それを聞いて頭に血が上った。ぼくは灰色の空を見上げた。

「大丈夫、誰にもしゃべらないよ」シェリーは言った。「頭おかしいんじゃないのとは思うけど」

ぼくは肩をすくめた。

「そうかもね」ぼくは言った。「ミセス・バークベックはそう思ってる」

シェリーはうんざりした顔で天を見上げた。「ミセス・バークベックにいわせると、あたしたちはみんな頭がおかしいよ」

ぼくはにやりとした。

「あんな計画、どうかしてると思うよ」シェリーは言った。それから、かわいらしい笑顔を作った。心からの笑み、真心のこもった笑み。「だけど、すてきだなとも思う」

その瞬間、ぼくは計画を中止して、なかに入って、シェリー・ハフマンのベッドに腰を下ろしてボードゲームで遊びたくなった。もしもシェリーがお気に入りのバッツマン、南アフリカ出身のケプラー・ウェッセルズを使って六ランを打ったら――小さい銀色のクリケット球が八角形をした緑色のフェルトのクリケットフィールドの左端にある〈6〉のスペースを抜けたら――お祝いのハグをしてもいい。家族はみんな出かけているし、空は灰色だから。そしてベッドに倒れこんで、キスをしてもいい。そうしたら、計画なんか永遠に忘れたっていい――タイタス・ブローシュを忘れ、ライルを忘れ、スリムと父さんと母さんとオーガストを忘れたっていい。何もかも忘れて、イヴァン・クロールには人を殺すための二本のたくましい腕を与えたくせに、シェリー・ハフマンにはキングスピーチの黄金色の砂の上を歩くことさえできない二本の脚を与えた、不公平で自分勝手なクソ野郎の神と戦うシェリーの看護に、ぼくの一生を捧げてもいい。

「ありがとう、シェリー」ぼくは言い、自転車を押してシェリーの家の私道から出た。

スピードを上げて走り去るぼくの背中を、シェリーの声が追いかけてきた。「ずっとすてきなままでいてよね、イーライ・ベル」

いつだったかライルが言っていた。ホーニーブルック橋の建設には、ダーラのクイーンズランド・セメント石灰石会社で生産されたコンクリートが使用された。ライルによれば、海辺の町ブライトンと景色の美しいレッドクリフ半島を結ぶホーニーブルック橋は、海に架けられたものとしては南半球でもっとも長い橋だ。ちなみにレッドクリフは、ビージーズを育てた町であり、ラグビーリーグのレッドクリフ・ドルフィンズの本拠地でもある。橋には二つ、こぶのように盛り上がったところがある。一つはブライトン側、もう一つはレッドクリフ側で、ブランブル湾を航行する船がその下をくぐれるようになっている。

ブランブル湾を取り巻いて茂るマングローブの泥っぽいにおいを運んでくる風に後押しされて、マルヴァーン・スターは橋の手前の上り坂をぐいぐい上っていった。ライルは〝ガタゴトこぶ〟の橋と呼んでいた。ライルが子供のころ、両親の車で橋を渡ると、荒れてひび割れた路面が車を跳ねるように揺らしたからだ。今日も同じひび割れがぼくの自転車のホイールをがたごといわせている。

橋は一九七九年に閉鎖された。すぐ隣にもっと強固で幅が広くて醜悪な新しい橋が完成したからだ。いまもホーニーブルック橋を使うのは、ブリームやキスやコチを釣る釣り人か、タローウッドの敷板を蹴って後方宙返りをし、緑と茶が混じり合った波高い満潮の海に飛びこんで今日も遊んでいる近所の子供三人くらいのものだ。満潮時には、黄色い塗料が剝がれかけた鉄の危険防止柵を越えて、海水が橋を打つ。

ぼくの頭を雨粒が叩いた。レインコートを着てくるべきだったんだろうけど、ぼくは雨粒に頭を叩かれるのも、雨に濡れたアスファルトのにおいも大好きだ。

橋の真ん中に近づくにつれて、空はどんどん暗くなっていった。いつもこの橋の真ん中で会う。今日もそこにいた。コンクリートの橋の端に座り、長い脚をぶらぶらさせている。緑色の厚手のレインコートをフードを上げて着ていた。エイルヴィの古い木製のリールがついたグラスファイバー製の赤い釣り竿を右肘と脇腹にはさみ、背を丸めてたばこを巻いている。フードをかぶっているから、雨のなかぼくが来るのは見えなかったはずだけど、それでもぼくが来たことを察知した。

「なんだ、どうして合羽を着てこない」スリムは言った。

「ランスロット通りに虹が出てたから、雨はもう上がったと思ったんだ」

「これからが本降りだぞ、坊主」スリムが言った。

ぼくは自転車を黄色い安全柵にもたせかけ、スリムの横の白いプラスチックバケツをのぞいた。でっぷりと太ったブリームが二匹、前にも後ろにも進まずに泳いでいた。スリムの隣に腰を下ろし、橋の横から脚をだらりと下ろす。満潮の海がうねり、盛り上がって、山と谷を作っていた。

「雨のなかでも魚はかかるの？」ぼくは訊いた。

「海のなかじゃ雨は降ってないからな」スリムは言った。「こういう天気だと、コチが砂泥底から出てくる。しかしな、川で釣るとなると話は別だ。西部にいたとき、雨の日にゴールデンパーチが錯乱状態になったのを見たことがある」

「魚が錯乱してるって、どうやってわかるわけ」

「この世の終わりを説教し始めるからわかる」スリムは肩を揺らして笑った。

雨が激しくなった。スリムは釣り具入れから丸めた『クーリエ・メール』を引っ張り出してぼくの頭の上に広げてくれた。

「ありがとう」ぼくは言った。

ぴんと張った釣り糸を黙って見つめた。ブランブル湾の波に引っ張られ上下にそっと揺れていた。

「いまもまだやる気でいるのか」

「やるしかないんだよ、スリム」ぼくは言った。「ぼくに会いさえすれば、あとはもう大丈夫だから。わかるんだ」

「それだけでは足りないかもしれないぞ」スリムは言った。「二年半は長い」

「スリムだって自分で言ってたじゃないか。朝、目が覚めるたびに、塀のなかで過ごす時間は少しずつ楽になるって」

「おれは外に子供が二人いたわけじゃないからな。おまえの母さんの二年半は、おれの二十年に感じられるだろうよ。男子刑務所には、自分は十五年もおつとめしたんだから、骨の髄まで悪人だってつもりになってる奴がいくらだっている。だが、そういう連中は誰のことも愛していないし、誰からも愛されていない。だから気楽だ。本当に強いのは、通りの向かいの塀のなかにいるママたちだよ、毎朝、目が覚めるたびに、塀の外におまえみたいに行き場を失った子供がいて、愛情を注いでもらえるのを待ってることを思い出すわけだからな」

ぼくは頭上に広げていた新聞を下ろし、顔に雨が当たるようにした。涙があふれかけているのをごまかすために。

「だけど、電話の男に聞いたんだよ」ぼくは言った。「父さんはぼくはおかしくなったって言う。父さんは、ぼくの空想だって言う。でも、ぼくはたしかに聞いたんだよ。間違いなく聞いたんだ。クリスマスはもうじきだ。母さんは、ぼくがこれまでに会った誰よりもクリスマスが大好きな人だよ。信じてくれる、スリム？　ぼくを信じる？」

ぼくはぼろぼろ泣いていた。真っ黒な空から落ちてくる雨に負けないくらいぼろぼろ泣いていた。

「信じるさ、坊主」スリムが言った。「だがな、おまえたちを面会に連れていかない父さんの考えも理解できる。あんな世界を見ることはない。母さんだって、そんなところにいる自分をおまえに見られたくないだろう。それでよけいにつらくなることだってある」

「例の人と話はできた?」ぼくは訊いた。

スリムはうなずき、一つ大きく息を吸った。

「何て言ってた?」

「引き受けるとさ」

「ほんと?」

「ああ、本当だ」

「お礼はどうすればいいって?」ぼくは訊いた。「ちゃんとお礼はするつもりだよ。借りはちゃんと返す。約束するよ」

「まあそう急ぐな」

スリムは釣り糸をリールに巻きこんだ。手ごたえを確かめながら、古びたハンドルを静かに三度回す。

「かかったの?」

「当たりが来た」

リールをもう一回転。それきり何も起きなかった。

「やるといっても、おまえのためってわけじゃない」スリムが話を再開した。「ずいぶん昔の話だが、そいつの弟が長期の刑を食らったことがあってな、おれが塀のなかで面倒を見てやった。そいつはジョージって名前で、おまえはそのジョージって名前だけ知っておけばいい。果物の卸を商売にしてて、この十二年、ボゴ・ロードの男子と女子の両方の刑務所に果物を配達してる。看守はジョージをよく知ってるし、スイカとロックメロンの木箱の底が二重になってて、ジョージがそこに何を隠して塀のなかに持ちこんでるかも知ってる。もちろん看守はたっぷり金を受け取って、見て見ぬふりをしている。刑務所相手に商売をしてるシャバの小売業者にとってクリスマスは書き入れ時だ。ジョージもクリスマス時季にはふだんからいろんな贈り物を持ちこむ。おとなのおもちゃ、クリスマスケーキ、アクセサリー、ドラッグ、ランジェリー、鼻をくすぐってやると赤く光る赤鼻のトナカイのランプ。しかしな、冒険がしたいだの、クリスマス当日にママに会わなくちゃ気がすまないだの、子供っぽいことを言う十三歳の子供を持ちこむのはジョージにとっても初めてだ」

ぼくはうなずいた。「そうだろうね」

「いいな、イーライ。万が一、見つかったときは——まあ、まず間違いなく見つかるだろうな——おまえはジョージなんて男は知らないし、ジョージの果物トラックのことも知らない。おまえは一言もしゃべらない。わかるな？　兄貴にならって、口にチャックだ。クリスマスイブとクリスマス当日の朝にかけて、配達のトラックは合計で五台出入りする。その全部に不法なおまけの荷が積まれてる。看守たちは、おまえを一刻も早く、しかもできるだけ目立たないように塀の外に出そうとするはずだ。十三歳の小僧がボゴ・ロード女子刑務所の塀のなかを走り回ってたなんて話が漏れて、誰より困るのは看守だからな。刑務所の上のほうに知れたら、おまえ以上にまずいことになる。マスコミにすっぱ抜かれたら、刑務所に査察が入って、看守はそれまでの賄賂を受け取れなくなる。そうなると、看守の女房のなかには、ずっとほしかった料理用のミキサーがお預けになる者も出てくるだろう。するとその旦那は、日曜の朝の豪華なパンケーキだの、その、夜の何だのにありつけなくなるわけだ。わかるな」

「性交のこと？」ぼくは訊いた。

「そうだ、イーライ。性交のことだ」

スリムは釣り竿を二度軽く揺らし、疑うような目で竿の先端をにらみつけた。

「また当たりが来たの?」ぼくは訊く。

スリムはうなずき、釣り糸をまた少し巻き取った。頭を胸に抱えるような姿勢を取り、両手でたばこを雨から守りながら火をつけた。

「で、当日はどこに行けばいい?」ぼくは訊いた。「ぼくだってジョージにわかるかな」

スリムは雨のなかに煙を吐き出した。レインコートの胸もとから左手を差し入れ、フランネルのシャツの胸ポケットを探り、二つに折りたたまれた紙切れを取り出した。

「向こうにはおまえだってわかる」スリムが言った。

紙切れを手に持ったまま、しばし迷っているような顔をした。

「あの日、病院で、おまえに訊かれたな。人間の善良さと邪悪さについて」スリムは言った。「あれからずっと考えてた。ずいぶん考えた。あのとき、選択にすぎないと答えればよかったと思った。過去は関係ない。母親も父親も関係ない。どこで生まれてどう育ったかも関係ない。ただの選択だ。善良か。邪悪か。その二つしかない」

「だけど、スリムにはいつもかならず選択肢があったわけじゃないよね」ぼくは言った。「子供のころとか。子供のころは選択の自由はなかった。生きるためにやらなくちゃいけないことをやるしかなかった。世の中に出たあとも、世の中はスリムに選択肢を与えなかった」

「いや、おれにもいつだって選択肢はあったさ。いまのおまえにも選択肢がある。この紙を受け取るか。それとも一呼吸おくか。一歩下がってよく考えて、自転車にまたがってうちに帰り、クリスマスを一緒に過ごすのがいまから楽しみだよと父さんに言って、母さんの代わりに服役してやるのはどうしたって無理なんだから、気をもむのは金輪際やめたっていいんだ。いいか、おまえはまさにそのとおりのことをしてる。母さんと一緒に塀のなかで暮らしてるようなものだ。一歩引いてよく考えろ。さもないとこれから二年半、おまえは塀のなかで暮らすことになる」

「いまさらやめるなんてできないよ、スリム」

スリムはうなずき、紙切れを持った手を差し出した。

「選ぶのはおまえだ、イーライ」

雨粒が紙切れをぱたぱたと叩く。たかが紙切れだ。受け取れよ。受け取れって。

「ぼくが受け取ったら、スリムは怒る？」

スリムは首を振って即座に答えた。「いいや」

ぼくは紙切れを受け取った。何が書いてあるのか確かめもしないで短パンのポケットにしまった。

それから海を見つめた。スリムはぼくをじっと見た。

「おれと会うのはこれが最後だ、イーライ」スリムは言った。

「え？」

「おれみたいな老いぼれの悪党といつまでもつきあっていちゃよくない」

「怒らないって言ったじゃないか」

「怒ってなどいないさ」スリムは言った。「どうしても母さんに会うというなら、それはそれだ。しかし、前科者とつるむのは今日を最後にしろ」

動揺して、頭がくらくらした。涙があふれかけた。雨が頬を流れていった。ぼくの頭を、涙をいっぱいにためた目を、流れていった。

「たった一人の本物の友達なのに」

「なら、ほかにも本物の友達を増やすことだ」スリムは言った。

ぼくはうなだれた。拳を目に当てた。切り傷を押さえて血を止めるみたいに、強く。

「ぼくはこれからどうなるんだろう、スリム」

「おまえの人生を生きていくんだよ」スリムは言った。「おれには夢見ることしかできなかったようなことをやるんだ。世界を見るんだよ」

心が寒くなった。身震いが出そうに寒かった。

「冷たいこと言わないでよ、スリム」ぼくは泣きじゃくりながら言った。

心が怒りでいっぱいになった。怒りがあふれそうになった。

「きっと本当にタクシー運転手を殺したんだな」ぼくは言った。「冷酷な殺人犯なんだ。ヘビみたいに冷血だ。ブラック・ピーターを生き延びられたのは、ふつうと違って心がないからなんだ」

「そうだな、そうなんだろう」

「人殺し」

ぼくが唐突にそう叫ぶと、スリムは目を閉じた。

「落ち着け」スリムは橋の左右を見た。聞こえる距離には誰もいなかった。誰もいなくなっていた。みんないつかはいなくなる。わざわざ雨のなかにとどまる奴はいない。自分から雨に突っこんでくる奴なんかいない。心が寒かった。

「刑務所に入れられたのは自業自得だ」ぼくは吐き捨てた。

「もうよせ、イーライ」

「スリムの言うことはみんな嘘なんだ」ぼくは叫んだ。

スリムが怒鳴った。スリムの怒鳴り声を聞いたのは初めてだった。

「よせと言ってるだろう！」大きな声だった。大きな声を出したせいでスリムの喉がぜいぜいと鳴り、そのまま咳の発作を起こした。左肘の内側で口を押さえて咳をした。いまにも吐きそうな音、肺の奥底から出る湿った音だった。まるでスリムのなかには老いぼれた骨とブラック・ピーターの土埃しか残されていないかのように。深く息をし、ぜいぜいと喉を鳴らし、つばを飛ばし、うがいのような音を立て、二メートルくらい右に放り出された餌のイワシのそばに痰を吐き出した。それでようやく落ち着いた。

「おれはさんざん悪いことをしてきた」スリムは言った。「あまりにも大勢に対して悪いことをした。不当に長い実刑を食らったと不平を言ったことは一度もなかったよ。おれはこう言っただけだ。あの殺しはやっていないと。それでも、悪いことをしてきたのは事実だし、それは神も知っていて、実際にした悪いことについてよく考えてみろといっておれを刑務所に放りこんだ。だから考えたよ、刑務所にいるあいだじゅう考え続けた。自分がしてきたことを隅から隅まで考えた。代わりにおまえに考えてもらうまでもない。おまえはな、女の子のことでも考えてりゃいいんだよ、イーライ。山をどうやって登ろうかと考えていればいい。ブラッケンリッジのあの肥だめからどうやって這い出そうかと考えていればいいんだ。みんなの物語を語るのはやめて、たまには自分の物語を語れ」

スリムは首を振った。そして茶色がかった緑色の海を凝視した。

そのとき、釣り竿の先端が勢いよくしなった。一度。二度。三度。

スリムは無言で釣り竿を見つめた。それからぐいと勢いよく引いた。竿は、ぼくがランスロット通りで見た虹のように弧を描いた。

「逃がすものか」スリムが言った。

雨が叩きつけてくる。急に動いたせいで、スリムはまた激しく咳きこんだ。発作を抑えこむほうに専念しようと、ぼくの手に釣り竿を押しつけた。「コチだ」咳の合間に言う。「怪物級の大物だ。

五キロ近くありそうだぞ」さらに咳を三つ。「たぐり寄せてくれ」

「え？」ぼくは言った。「そんな、無理だよ……」

「糸を巻きこむだけのことだ」スリムは大きな声で言った。立ち上がって膝に手を当て、魔女が煮立てた毒物みたいなどす黒い痰を吐き出している。血も。血の混じった痰が橋のアスファルトの路面に落ち、雨がそれを洗い流したが、それが追いつかないくらいスリムは何度も痰を吐いた。スリム・ハリデーの血の色と同じ鮮やかな色をした痰。ぼくは海とスリムの足もとの血とを交互に見ながら糸をせっせと巻き取った。海と血。海と血。


コチは釣り糸をぐいぐい引っ張った。命懸けで泳いでいる。ぼくも負けずに竿を引き、ダーラの家の裏庭の錆びた回転物干しのハンドルを回すみたいに、リールをゆっくり慎重に巻いた。

「すごい大物だよ、スリム」ふいに畏怖の念と高揚感に突き動かされて、ぼくは叫んだ。

「落ち着いていけ」スリムは咳をしながら言った。「糸をちぎられそうになったら、少し手をゆるめて泳がせろ」


スリムが立っているのを見て初めて、ひどく痩せてしまっていることに気がついた。もちろん、スリムは昔から痩せていた。昔からずっと〝スリム〟だった。アーサー・ハリデーには新しいニックネームが必要だけど、〝痩せこけたハリデー〟じゃ、〝スリム〟に感じるロマンがない。

「何を見てる？」スリムは背を丸めて苦しげな声で言った。「やつを引き寄せろ！」


海中のコチの動きが伝わってきた。左へ。右へ。焦り。当惑。一時（いっとき）、そうしなさいという神の声でも聞こえたかのように、ぼくの動きに、口に引っかかった針の動きに従った。海の底を這いながら生き延びる道を探してきたのはこのため、イワシと釣り針とこの雨の日のブランブル湾の潮の流れというゴールのためだったとでもいうみたいに。ところが次の瞬間、反撃に出る。ふいに力強く泳いで遠ざかろうとし、リールのハンドルがぼくの手の甲にぶつかった。

「くそ」ぼくは叫んだ。

「あきらめるな」スリムが声を絞り出す。

ぼくは竿を引くと同時にリールを巻いた。大きく、ゆっくりと巻く。リズミカルに。決然と。容赦なく。怪物は疲れてきている。ぼくも疲れていた。スリムの声が背後から聞こえた。

「あきらめるな」静かな声だった。それからまた咳をした。

リールを巻く。巻く。さらに巻く。雨粒がぼくの頬を叩く。世界がふいにすぐそこに迫ってきた。そこにあるかけらのすべて、分子のすべてが迫ってくる。風。魚。海。そしてスリム。

怪物の力がゆるむ。ぼくは一気にリールを巻く。怪物が海面にせり上がってくるのが見える。ロシアの潜水艦みたいに浮上してくる。

「スリム、来たよ！　上がってきたよ！」ぼくは興奮して叫んだ。長さ八十センチくらいありそうだ。五キロなんて程度じゃなく、八キロくらいある。宇宙から来た怪物みたいな魚。筋肉ととげの塊。周囲に溶けこむオリーブグリーン。「ほら見てよ、スリム！」ぼくは有頂天で叫んだ。猛烈なスピードでリールを巻いた。火を熾せそうな勢いで。橋のレッドクリフ側のマングローブが茂る泥地の岸で、怪物をホイルに包んで焼いて二人で食べ、デザートにマシュマロを焼いてミロに浸して食べられそうな勢いで。コチが空中に跳ね上がり、釣り竿と釣り糸は、金では買えない荷を高層ビルに届けるクレーンになった。ぼくの怪物は黒い空を飛ぶ。海底の砂に埋もれて暮らしてきた生き物は、初めてその背に雨を感じた。ぼくは海の上の世界を垣間見た。息をのむぼくの顔を、歓喜に目を丸くしたぼくの顔を見た。

「スリム！　スリム！　捕まえたよ、スリム！」

スリムの気配がなかった。海と血。海と、そして血。

魚から目を引き剝がし、スリムのほうを振り返った。仰向けに倒れていた。顔が少し片側にかたむいていた。唇に血がついている。目を閉じている。

「スリム」

海の上に跳ね上がったコチは、とげの生えた強靭な体を鞭のようにしならせた。釣り糸はあっけなく切られた。

ぼくはこの瞬間を、頬を流れる涙と結びつけて思い出すだろう。ぼくはこの瞬間を、スリムの剃刀を当てていない頬のちくちくする感触と結びつけて思い出すだろう。無様にへたりこんだぼく自身と結びつけて。無様だったのは、座ろうなんて考えたわけじゃなかったから。ただスリムのことだけを考えていたから。ぼくはこの瞬間を、雨のなかでスリムが息をしているかどうかわからなかったことと結びつけて思い出すだろう。唇を濡らした血、あごまで伝っていた血。ホワイト・オックスのたばこのにおい。橋の路面に浮いた砂利がぼくの膝小僧に食いこんでいた感触。

「スリム」ぼくは泣いた。「スリム」ぼくは絶叫した。そのときぼくは、なすすべもなくただただ体を前後に揺らしていた。「だめだ、スリム。だめだよ、スリム。絶対に許さないよ、スリム」

ぼくの涙声、声にならないつぶやき。「あんなこと言ってごめん。あんなこと言っちゃってごめん。あんなこと言っちゃって、本当にごめん」

海の上の世界を見たあと、茶色がかった緑色の海に飛びこみ、満潮の海の底に戻っていった怪物級の魚。

あの魚は、違う世界をほんの一瞬見たかっただけだった。そこで見えたものが気に入らなかった。雨が気に入らなかった。

少年、海を分ける

Boy Parts Sea

ぼくらのクリスマスツリーは、ヘンリー・バスという名前の観葉植物だ。ヘンリーはベンジャミン（ウィーピング・フィグ）で、父さんが植え替えた植木鉢を含めて、高さは百五十センチくらいだ。父さんは木が好きで、カヌーみたいな形の緑色の葉を生やし、凍らせたカーペットニシキヘビみたいな灰色の幹をしたヘンリーのことも気に入っている。父さんは植物を擬人化するのが好きだ。なぜかというと、人格を持たせないと——植物にもちっぽけな心、うちのリビングルームにある合皮のビーンバッグの中身の粒々と同レベルの秩序や予測可能性で動いているらしいとぼくにもわかり始めたような気まぐれな心がちゃんとあって、人間と同じく欲求や欲望があると想定しないと——水をやるのをつい忘れがちになったり、手巻きたばこを次々押しつけてもみ消してしまったりするからだ。〝ヘンリー〟は作家のヘンリー・ミラーにちなんでいて、〝バス〟のほうは、風呂（バス）に浸かりながらミラーの『北回帰線』を読んでいるとき、ベンジャミンに名前をつけようと思いついたからだ。

「ヘンリーはどうして泣く（ウィープ）の」ぼくは訊いた。そのときぼくらはベンジャミンをリビングルームの真ん中に引きずっていこうとしていた。リビングルームの真ん中には、一週間に七日、一日に二十四時間、アイロン台がある。うちのアイロンは、金属の持ち手が錆びて崩壊しかけている。

「一生かかってもヘンリー・ミラーを読めないからさ」父さんは答えた。

植木鉢を押していって真ん中に置く。

「置く場所に気をつけないといけない」父さんは言った。「新しい場所に移動すると、ヘンリーはショックを受ける」

「それほんと？」

父さんはうなずいた。「光の当たり方や室温、隙間風の具合、湿度なんかが前と違うと、季節が変わったと勘違いして、葉を落としたりする」

「じゃあ、ヘンリーには感覚があるわけだ」

「もちろんさ。ヘンリーには感覚がある」父さんは言った。「ヘンリー・バスは感受性の鋭い奴でね。しじゅう泣く（ウィープ）のはそのせいさ。おまえに似てるな」

「ぼくに似てるって、どういう意味だよ」

「おまえもよく泣くじゃないか」

「そんなことない」

父さんは肩をすくめた。

「子供のころはよく泣いた」

忘れてた。父さんは、ぼくが父さんを知るより前からぼくのことを知っている。

「そんなことを覚えてるなんて、意外だな」ぼくは言った。

「忘れるわけがないだろう。父さんの人生で一番幸福な時期だった」

父さんは一歩下がり、ヘンリーの新しい居場所をながめた。「ここでいいかな？」ぼくに訊く。

ぼくはうなずいた。オーガストはクリスマスの飾りのモールを二本持って待っていた。一つは赤くて、もう一つは緑色だけど、歳月とともにきらきらする繊維が抜けていっている。ヘンリー・バスが一枚、また一枚と葉を落とすように。父さんの心を支える繊維が一本、また一本と失われているかもしれないように。

オーガストはモールを慎重にヘンリー・バスに巻きつけた。ぼくらはヘンリーを囲むように立ち、ランスロット通りで一番、どころかたぶん南半球で一番しょぼいクリスマスツリーをながめた。

父さんがぼくらのほうを向いて言った。

「今日の午後、ヴァンサン・ド・ポール協会のチャリティショップからクリスマスの贈り物が届く。細々したものを見繕っておいた。ハムの缶詰、パイナップルジュース、リコリススクエア〔グミに似た食感の四角い菓子。黒いリコリス味の層とフルーツ味などカラフルな層が交互に重なっている〕。明日はクリスマスらしい一日にしよう。互いにプレゼントを贈るとか」

「え、ぼくらにプレゼントがあるの？」ぼくは半信半疑で聞き返した。

「いやまあ、プレゼントとは言えないか。しかし、ちょっとした思いつきはある」

オーガストがうなずく。**いいね、父さん。**空中にそう書き、詳しく話してくれるよう父さんを促した。

「図書室にある本から一人一冊選んで、包装して、ツリーの下に置く」父さんは言った。

寝室一つを埋め尽くす父さんの本の山を、オーガストとぼくがどれだけ楽しんでいるか、父さんは知っている。

「ただ選べばいいというわけじゃない」父さんは続けた。「読んだことがある本、自分にとって本当に大事な本、誰かが喜んで読みそうな本を選ぶ」

オーガストは両手を打ち合わせてほほえみ、父さんに向けて親指を立ててみせた。ぼくはあきれ顔で目を回した。ぼくの目玉はヴァンサン・ド・ポール協会のチャリティショップから届く贈り物にもきっと入っているだろう、クールミントの飴玉だというようにぎょろぎょろと。

「というわけで、今年のクリスマスは、リコリススクエア・キャンディを食べて、本を読んで過ごそうかと思う」父さんは言った。

「それって、父さんが毎日してることとどこが違うんだよ」ぼくは言った。父さんはうなずいた。「それは、そうだな、リビングルームでそろって本を読むところか」父さんは言った。「三人一緒に本を読む」

オーガストがぼくの肩をパンチした。(いちいち突っかかるなって。父さんだって努力してるんだ。つきあってやれよ、イーライ。)

ぼくはうなずいて言った。「楽しそうだね」

父さんはキッチンテーブルにあった馬券屋の馬投票券を一枚破り、さらに三つに破いて、出走表に丸をつけるのに使う鉛筆で名前を一つずつ走り書きした。紙切れをねじってくじにし、手で握ってぼくらに差し出した。

「おまえが引け、オーガスト」父さんは言った。

オーガストは一枚選び、クリスマスを待ちわびるように目を輝かせて紙片を開いた。名前が書いてある面をこちらに向ける。〈父さん〉。

「よし」父さんが言った。「オーガストは父さんに読ませたい本を選ぶ。父さんはイーライの本を選び、イーライはオーガストの本を選ぶ」

父さんがうなずく。オーガストもうなずく。父さんはぼくを見る。

「おまえも出かけたりせずに参加するよな、イーライ?」父さんが訊く。

オーガストがぼくを見た。(おまえってほんと、おとなげない奴だよな。)

「うん、参加するよ」ぼくは言った。

ぼくは参加せずに出かけた。クリスマスの当日の午前四時、オーガストのために選び、『クーリエ・メール』のスポーツ欄でくるんだ『パピヨン』をクリスマスツリーの根もとに置いた。父さんはぼくに選んだ本を『クーリエ・メール』の求人広告欄で包んでいた。オーガストは父さんに選んだ本を新聞の一面で包んでいた。

ブラッケンリッジの隣町、フィッシュ・アンド・チップスと老人ホームで有名な海沿いの町サンドゲートの電車駅まで歩いた。サンシャインコーストに向かう自動車専用道を渡る近道を通った。ブラッケンリッジ在住の子供にとって、鉄のガードレールを跳び越え、四車線分の猛スピードで行き交う車のあいだをすり抜け、また鉄のガードレールを跳び越えて、さらに自治体が設置した金網のフェンスに空いたディナー皿サイズの穴をすり抜けるのは、スタントマンのイーヴル・クニーヴル級の向こう見ずな行動だ。それも警察に見つからずにやってのけなくちゃいけないし、自動車専用道を渡る歩道橋を設置するよう何年も前から自治体に圧力をかけ続けている心配性の保護者には、警察以上に気をつけなくちゃいけない。でもこの朝の自動車専用道は空っぽだった。ぼくはクリスマスキャロルの『神が歓びをくださるように』を口笛で吹きながら、のんびりとガードレールをまたぎ越えた。

自動車専用道を渡った先は、ディーゴン競馬場に沿って走るレースコース通りで、このクリスマス当日の早朝、ゆっくりと目覚めようとしている太陽の柔らかな光に包まれた競馬場に目をこらすと、女性騎手がマホガニー色の壮健なサラブレッドを駆って走っていた。ニット帽をかぶった老人が一人、競馬場のフェンスにもたれてその様子を見守っていた。ちょっとだけスリムに似ていたけど、スリムのはずがない。スリムは病院にいる。〝フーディーニ〟・ハリデーはいま、死から逃げようと闘っている。自分を探してうろつき回っている、よく研がれた大鎌を持つマントを着た骸骨に見つからないよう、低木の茂みに隠れている。

「メリー・クリスマス」老人が言った。

「メリー・クリスマス」ぼくはうなずき、足を速めた。

今日は電車が四本しかない。午前五時四十五分のセントラル駅行きはビンダ駅に停車する。駅のホームからゴールデン・サークル缶詰工場の鉄のパイプや野ざらしのコンベアベルトが見えて、いつもはそのへんから異臭が漂っているけど、今日は工場が休みだからさほどでもなかった。昨日の午後、赤毛と赤いマニキュアのすごく感じのいい女性が届けてくれたヴァンサン・ド・ポール協会のクリスマスボックスには、ゴールデン・サークルのオレンジとマンゴーのジュースの一リットル缶が入っていた。ビンダ駅の前の缶詰工場の勤勉な労働者が詰めたパイナップル缶も入っていた。

スリムから渡された紙切れに書いてあったとおりの場所で、古びた赤いトラックが待っていた。チャペル通りと聖ヴィンセンツ通りの交差点に停まって、低いアイドリングの音を響かせていた。トラックの前の部分は豊かな曲線と錆びからできている。『怒りの葡萄(ぶどう)』のトム・ジョードがカリフォルニアに移住するとき乗っていったのはこんな車じゃないかと想像するようなトラックだった。荷台は鉄の壁四枚で囲まれ、その父さんの家のキッチンくらいありそうな直方体の箱のてっぺんは青いキャンバス地で覆われていた。ぼくは背負ってきたバックパックのストラップを握り締め、トラックの運転席側のドアに近づいた。

運転席に男が座り、ウィンドウに右肘を置いてたばこを吸っていた。

「ジョージ？」ぼくは確かめた。

ギリシャ系らしい。もしかしたらイタリア系かもしれないけど。年齢はスリムと同じくらいで、頭はつるりと禿げ、腕はぽっちゃりと太かった。運転席のドアを開けてトラックを降り、くたびれたランニングシューズでたばこをもみ消した。灰色の厚手の靴下は、足首でためてある。ずんぐり体型だけど、身のこなしは機敏だった。颯爽とした男。

「引き受けてくれてどうもありがとう」ぼくは言った。

ジョージは黙っていた。荷台の扉を大きく開け、掛けがねでトラックの側面に固定した。あごをしゃくって〝乗れ〟と伝えてくる。ぼくは荷台に上った。ジョージも続いて上ってきた。

「誰にもしゃべりません。約束します」ぼくは言った。

ジョージは黙っていた。

荷台には果物や野菜が詰まった箱が満載されていた。カボチャの箱。ロックメロンの箱。ジャガイモの箱。左側の壁に手動のパレットジャッキ。荷台の扉のそばにパレットがあって、空っぽの大きな四角い木箱が載っていた。ジョージはその箱に身を乗り出して、偽の底板を持ち上げた。本当の底から三分の一くらいの位置で止まるようになっている。ジョージが二度うなずく。ぼくはオーガストがうなずく様子からメッセージを読み取る訓練を積んでいるから、ジョージは〝箱に入れ〟と言っているのだとすぐにわかった。バックパックを先に入れて側面をまたぎ、箱の底に寝転がった。

「息はちゃんとできるのかな」

ジョージは箱の四面にあるドリルで開けたらしい空気穴を指さした。ものすごく窮屈で、左の脇腹を下にして両膝を胸に抱き寄せていないといけない。バックパックを枕代わりにして頭を載せた。ぼくの収まり具合を確かめ、納得すると、偽の底板を持ち上げて、ぼくの小さく折りたたまれた体の上に置こうとした。

「待って」ぼくは言った。「向こうに着いたらこうしてほしいとか、何かありますか」

ジョージは首を振った。

「力を貸してくれてありがとう」ぼくは言った。「ぼくが母さんを助けるのを助けてくれて」

ジョージはうなずいた。「おれがしゃべらないのはな、坊や、おまえさんはここにいないからだ。わかるな？」

「はい」

「じっと静かに待っていればいい」

ぼくは三度うなずいた。偽の底板がぼくの上に下りてくる。

「メリー・クリスマス」ジョージの声が聞こえた。

そして真っ暗になった。

エンジンの回転が上がって、ぼくの頭は木箱の底にごつんとぶつかった。息をしろ。短く、規則正しい呼吸を繰り返せ。父さんみたいにパニック発作を起こしてる場合じゃない。これこそ人生だ。これこそスリムがよく言っていた、〝切り羽で生きる〟ということだ。臆病者は岩の壁が崩落するのを恐れて、炭坑の一番奥の切り羽を掘るのを尻込みする。だけどぼく、イーライ・ベルは、最前線に立って人生の壁を掘り、ぼくだけの鉱脈を、ぼくだけの宝を探している。

暗闇にはアイリーンがいる。シルクのスリップ。むき出しのふくらはぎの筋肉、疵一つない肌、足首にぽつんとあるほくろ。トラックはスピードを上げて走っていく。ジョージがギアを替える衝撃が伝わってくる。路面のでこぼこの一つひとつが伝わってくる。今度はビーチにケイトリン・スパイズがいる。アイリーンのシルクのスリップを着て、ぼくの名前を呼んでいる。輝くような笑みを浮かべ、永遠の宇宙を振り仰ぐ。

トラックが速度を落とし、まもなく停止して、ウィンカーの音が聞こえ、左折して、私道の入口に設けられた段差を乗り越えた。まっすぐ進んだあと、トラックはビープ音を鳴らしながらバックした。止まった。荷台の扉が開いて、ジョージが荷台から鉄のスロープを引き出す。スロープががらんと音を立ててコンクリートの地面に下ろされる。機械——おそらくフォークリフトだ——がスロープを上ってきた。エンジンオイルとガソリンのにおい。機械がこの木箱に迫ってくる。木箱が震え、揺れて、金属のフォークが二本、ぼくのすぐ下のパレットに差しこまれ、次の瞬間、ぼくは箱に入ったまま宙に浮かぶ。そのまま移動を始め、ぼくの頭は木箱のあちこちにぶつかる。フォークリフトが鉄のスロープを下り、木箱はコンクリートにどんと着地する。パレットからフォークが抜かれ、フォークリフトは前後に動いた。本当にすぐそばで動いていて、回転するタイヤのゴムのにおいまで嗅ぎ取れた。びいい、びいい。ざっ、ざっ。左。右。やがてフォークが別の箱を持ち上げる気配がした。次に重量物がぼくのすぐ上の偽の底板に雨のように降り注いだ。どん。ごん。どすん。だん。どっどどどどど。木箱の新しい荷の重量が偽の底板をしならせ、ぼくの鼓動が速くなる。ぼくのすぐ上に果物が積まれている。においがした。スイカだ。それからまたぼくはフォークリフトに持ち上げられ、トラックの荷台に積み直された。そして、トラックはふたたび走り出した。

目を閉じてビーチを探す。でも、そこにいるのはスリムだけだ。橋で倒れたときのように顔を少しかたむけて横たわっていて、唇に乾きかけた血がついている。砂の上に足跡があるのに気づいて、それをたどった。足跡をたどっていくと、男がいた。その男はイヴァン・クロールで、別の誰かを引きずって砂の上を歩いている。引きずられているのはライルだ。最後にライルを見たあの晩、ダーラの家から引きずり出されていったあの晩と同じシャツと短パン姿だった。ライルの頭は見えない。首を後ろにのけぞらせているせいで見えないからだけど、ぼくは真実を知っている。ライルが消えたあの日から、ぼくは真実を知っていた。ライルの頭は見えないに決まっている。そう、頭は見えないに決まっている。

トラックががつんとブレーキをかけ、ぐるりと右に旋回した。次に左に小さく曲がり、減速帯らしきものを乗り越えながら、私道を上っていく。まもなくトラックは停止した。

「やあ、クリスマスおめでとう、ジョージ」トラックの外にいる誰かの声が聞こえた。

ジョージとその男が話している。話の中身までは聞き取れない。笑い声。話の断片が聞こえた。女房。ガキども。プール。酔っ払っちまってさ。

「いつか連れてこいよ」ジョージじゃないほうが言った。

大きな自動ドアか電動ゲートが開く音がした。トラックが前進し、エンジンを吹かしてゆるやかな坂を上っていき、ふたたび停まった。今度は二人の男がジョージと話している。

「メリー・クリスマス、ジョージ」一人が言った。

「さっさとすませちまおうぜ」もう一人が言う。「今年もカッサータ〔イタリアの菓子〕、作るのか」

ジョージが何か言い、二人が愉快そうに笑った。

トラックの荷台の扉が開き、二組の足音が荷台に上ってきた。ぼくが入っている木箱の隣にある一つを調べている。

「見ろよ」一人が言った。「ここの女どもはおれらよりよほどいいもん食ってんな。サクランボ。ブドウ。プラム。ロックメロン。ん？　チョコレートがけのイチゴはないのか？　リンゴ飴は？」

二人ともぼくの箱には手を触れもしなかった。

足音が荷台から下りていく。扉が閉まった。

シャッターが上がるがらがらという音。

「いいぞ、入れよ、ジョージ」一人が言った。

トラックがゆっくりと前進し、何度か左右に曲がってから停まった。また荷台の扉が開き、鉄のスロープがコンクリート床に下ろされた。

またもやぼくは空中に持ち上げられ、移動を始めた。今回はジョージの手動のパレットジャッキを使っているらしく、エンジンの音は聞こえず、金属のレバーがきいきい鳴る音だけだ。スロープを下り、コンクリート床に下りる。ジョージはさらに六箱、荷台から下ろしてぼくの隣に置いた。鉄のスロープを荷台に戻す音がした。荷台の扉が閉まり、ジョージのランニングシューズのゴム底が床にこすれるきゅっきゅという音がして、ジョージが近づいてきた。誰も書こうとさえ思いつかなかったクイーンズランド州のどこかの町のスパイの手引き書から抜け出してきたような、二重底になったスイカ入りの箱。空気穴からジョージのささやき声が聞こえた。

「幸運を祈るよ、イーライ・ベル」それから木箱を二度軽く叩き、きゅっきゅと遠ざかっていった。

トラックのエンジンが轟音とともに息を吹き返し、その音がぼくのいる部屋に大きく響いた。ぼくのいる、窮屈でそろそろ閉所恐怖のパニックを起こしそうなスパイ空間に排気ガスが充満した。

それから、静寂が訪れた。


不安から、ぼくは時間の進みを速めた。不安から、あれこれ考えた。ぼくの思考が時間を操る。母さんはどこだろう。無事でいる？　ぼくに会いたがるだろうか。ぼくはこんなところで何をしているんだろう。赤い電話の男。赤い電話の男。

迷える子供を導くカウンセラーのミセス・バークベックは、トラウマについて何と言っていた？現実には起きていないことを起きたと思いこむことを指して何というんだっけ？　いま、これは本当に起きていることなのか。ぼくは本当にここにいるのか、クリスマスの日に、スイカが詰まった木箱の底に閉じこめられているのは現実なのか。愚の骨頂だ。いや、頂きではなくて、果物の箱の底か。

ここに着いて、どのくらい時間がたっただろう。一時間か。それとも二時間？　腹の減り具合からすると、そろそろ昼めし時に違いない。とすると、三時間だ。くそ、腹が減った。オーガストと父さんはいまごろ、缶詰のハムを食べているだろう。クリスマスの本を読んで、缶詰のパイナップル・スライスをちゅうちゅう吸っているころだろう。オーガストはきっと、伝説の脱獄犯アンリ・シャリエールが〝パピヨン〟と呼ばれたのは、陽に焼けた毛深い胸に蝶のタトゥーを入れていたからだと父さんに話しているだろう。ここから無事に出られたら、ぼくもそうしよう。ブラッケンリッジのパーシヴァル通りのトラヴィス・マンシーニの家に行って、得意のインディアンインクのタトゥーをぼくにも入れてくれと頼もう。胸の中心から鮮やかな青い翅を広げている蝶のタトゥー。ほかの子供たちがサンドゲートのプールで泳いでいるぼくを見たら、きっと集まってきて、胸に青い大きな蝶のタトゥーを入れているのはなぜかと訊くだろう。そうしたら、これはパピヨンの不屈の精神、人間の魂の強靱さをたたえて入れたのだと言おう。母さんの命を救うためにボゴ・ロード女子刑務所に潜入したあとに入れたのだと、蝶の図柄を選んだのは、あの日のぼくはさなぎだったから、スイカが詰まったさなぎに閉じこめられた幼虫だったからだと話そう。でもぼくは生き延びたからだと、復活し、変態を遂げてスイカのなかから世界に羽ばたいたからだと言おう。

少年、過去をのみこむ。少年、自分自身をのみこむ。少年、世界をのみこむ。

ドアが開く音、閉まる音。足音。磨かれたコンクリート床をゴム底がこする音。誰かが木箱のそばに立つ。スイカをつかみ出す。偽の底板にかかる重量が変化する。たわみが戻る。偽の底板が持ち上げられて、光が視界にあふれた。ぼくの瞳孔は光と格闘したあと、木箱をのぞきこむ女性の顔に焦点を合わせる。その顔はぼくを見下ろしていた。アボリジニの女の人だ。骨太で、どっしりとしていて、年齢は六十歳くらい。黒い髪の根もとに灰色が見え隠れしていた。

「ああ、いたいた」女性は楽しげに言った。にっこりほほえむ。その笑顔は、大地で、太陽で、翅をはためかす青い蝶だった。「メリー・クリスマス、イーライ」

「メリー・クリスマス」ぼくはあいかわらず踏みつぶされた缶みたいに木箱の底で縮こまったまま言った。

「出るなら手を貸そうか」女性が訊いた。

「はい」

差し出された右手をつかんで起き上がった。女性の右腕の内側を色鮮やかなドリームタイム〔アボリジニの天地創造の時のこと〕の虹蛇のタトゥーが這い上っていた。虹蛇については五年生の社会科の授業で教わった。命を与えるもの。堂々として威厳を放つが、絶対に怒らせちゃいけない。だって、オーストラリアの半分は、この蛇の腹から吐き出されてできたらしいから。

「あたしはバーニー」女性は言った。「スリムから聞いてるよ。クリスマスにあんたが来るって」

「スリムを知ってるの?」

「ボゴ・ロードのフーディーニを知らない人なんていないよ」バーニーは大まじめに言った。「スリムは元気?」

「わからない」ぼくは答えた。「まだ入院してる」

バーニーはうなずき、優しい目でぼくの目をのぞきこんだ。「先に言っとくけど、あんたが来るって話で刑務所じゅう持ちきりだよ」ぼくの右の頬をそっとなぞった。「ああ、イーライ。ここにいる、おっぱいにミルクをためたことのある女は、一人残らずあんたを抱き締めたがるだろうね」

ぼくは伸びをして、凝り固まった首の後ろをほぐしながら、いまいる部屋を見回した。厨房だった。そこそこ実用的な調理スペースで、広々としたステンレスのカウンター、シンク、乾燥ラック、業務用のオーブンやレンジがある。厨房の入口のドアは閉まっていて、トレーが十二個収まる料理保温用のスチームテーブルのシャッター式カバーも閉まっていた。ぼくらがいるそこは、厨房からあふれ出したような、物置のようなスペースだった。厨房の奥にシャッターが見える。ぼくはおそらくあそこから入ってきたんだろう。

「ここはバーニーのキッチン?」ぼくは訊いた。

「違うよ。あたしのキッチンじゃない」バーニーは気分を害したような表情を装った。「ここはあたしのレストランだよ、イーライ。店の名前は〝ジェイルバード〟、囚人って意味。たまに〝セルブロック・エイト〟って呼ぶこともある。〝エイト〟は8じゃなくて〝食べた〟のａｔｅだよ。あとは〝バーニーのバー&グリル〟って言うこともあるけど、だいたいは〝ジェイルバード〟で通してる。あたしが作る牛肉のブルゴーニュ風は、ブリスベン川の南側で一番おいしいよ。レストランの立地としては最悪だけどね、店員はフレンドリーだし、朝、昼、晩と毎日欠かさず通ってくれる常連が百五十人いる」

ぼくは思わずくすくす笑った。バーニーも笑い、人差し指を唇に当てた。「しーっ、ネズミみたいに静かにしてないと。わかった?」

ぼくはうなずいた。

「母さんがどこにいるか知ってる?」

バーニーがうなずく。

「母さんの様子は？」

バーニーはぼくを見つめた。左のこめかみに星座のタトゥーが入っていた。

「ああ、かわいいイーライ」バーニーはぼくのあごを両手で包みこんだ。「あんたのことは、お母さんからいろいろ聞いてるよ。あんたやお兄ちゃんがどれだけ特別な子なのか、話してくれた。あんたはお母さんに会いに来たかったのに、お父さんが連れてきてくれなかったって話も、ここにいるみんなが知ってる」

ぼくはうなずいた。ぼくの目は、厨房のカウンターにある赤いリンゴの箱に吸い寄せられた。

「さてはおなかが空いてるね」バーニーが訊いた。

ぼくはうなずいた。

バーニーは箱のところに行き、クリケットの投手のデニス・リリーが投げる前にボールをズボンにこすりつけるみたいにリンゴをスラックスにこすってきれいにしてからぼくに放ってくれた。

「サンドイッチか何か作ってあげようか」

ぼくは首を振った。

「コーンフレークならあるし、たしかＤ棟のターニャ・フォーリーが内緒で持ちこんだフルーツ・ループス〔カラフルなリング型のシリアル〕を持ってる。ちゃっともらってきて、それにミルクをかけてあげようか」

ぼくはリンゴをかじった。汁気たっぷりでしゃきっとしてうまかった。「このおいしいリンゴだけで充分。でもありがとう」ぼくは言った。「母さんのところに連れていってもらえる？」

バーニーはため息をつき、カウンターに体を引き上げて座ると、受刑者用のシャツの裾を直した。

「それは無理だね。ただ案内するってわけにはいかない」バーニーは言った。「どうしてかっていうと、あんたももう気がついてるかもしれないけどね、ここは女子刑務所なんだ。夏休みの旅行で泊まるホテルとは違って、じゃあちょっとB棟に行って、コンシェルジュに頼んで館内放送でお母さんを呼び出してもらおうってわけにはいかない。はっきり言っとくけど、あんたがここまで来られたのは、スリムからここまでは入れてやってほしいって頼みこまれたからだよ。この正気とは思えない大冒険をどうしても進めたい理由をちゃんと聞かせてもらえないと、これ以上は手伝えないね」

厨房の外から合唱の声が聞こえてきた。

「あれ何？」ぼくは訊いた。

美しい歌声だった。天使の合唱だ。クリスマス・ソングだった。

「救世軍だよ」バーニーが言った。「この隣の娯楽室でチャリティ合唱会をやってる」

「毎年クリスマスに来るの？」

「あたしたちがいい子にしてればね」

歌声はいっそう大きく聞こえてきた。女声三部のハーモニーが、バーニーのジェイルバード・レストランのドアの下の隙間から入りこんでくる。

「いま歌ってるのは何ていう歌？」

「聞こえない？」

バーニーは歌い出した。クリスマスソングだ。『ウィンター・ワンダーランド』。そりの鈴の音と雪と青い鳥の歌。あの歌だ。鳥と白い雪と魔法の銀世界の歌を歌いながら、ぼくに近づいてくる。その笑顔はなんとなく不気味だった。バーニーのなかの狂気が透けて見えるような気がした。目はぼくを見ているのに、視線はぼくを素通りしてどこかを見つめていた。

鈴の音が聞こえる。聞こえるでしょ、イーライ。青い鳥は行ってしまった。

閉じたままの入口のドアをノックする音が聞こえた。

「どうぞ」バーニーが大きな声で言った。

二十代の女の人が入ってきた。額の生え際に金色の髪が一房、襟足にも金色の髪が一房。その二つのあいだは、クルーカットみたいに短く刈りこまれていた。両手両足は骨に皮が張りついているように細い。厨房に入ってくるなりぼくに輝くような笑みを見せた。その笑顔は、どんどん妙ちくりんになっていく今年のクリスマスにぼくが受け取った一番の贈り物だった。その笑みはすぐに消えて、女の人はバーニーのほうを向いた。

「出てこようとしないんだよ」女の人は言った。「魂が抜けたみたいな顔しててさ。ぼうっと壁を見てる。頭のなかはもう死んじゃったみたいに。どっか行っちゃってるんだよ、完全に」

女の人はぼくを見た。「ごめんね」

「ちゃんと伝えたの？　この子が来て、この厨房で待ってるってさ」バーニーが訊く。

「それは言えなかった。監房のドアを閉めたままにしてるんだけどね、〝ブライアン卿〟が珍しく黙認してるわけ。また発作的にバカなことするんじゃないかって心配してるみたい」

バーニーは下を向いて考えた。その姿勢のまま、片方の腕を持ち上げて女の人を指した。「イーライ、紹介するよ、こっちはデビー」

デビーがまたぼくを見てほほえむ。

「メリー・クリスマス、イーライ」デビーが言った。

「メリー・クリスマス、デビー」

バーニーが顔を上げ、ぼくに向き直った。

「さて、イーライ。はっきり言ったほうがいい？　それともチョコレートソースをかけててっぺんにチェリーを載っけたバージョンで聞きたい？」バーニーは訊いた。

「はっきり、のほうで」ぼくは言った。

バーニーはため息をついた。

「お母さんのことだけどね、調子が悪そうなんだよ」バーニーは言った。「ここしばらく何も食べようとしない。監房から一歩も出てこない。前回、午後三時の自由時間に出てきたのは、もう思い出せないくらい前の話なんだ。一時期はここであたしの料理教室に出席してたんだけどね、それもやめちまった。お母さんは鬱のどん底にいるみたいなんだ」

「それは知ってる」ぼくは言った。「だからスリムに頼んだんだ。ここにもぐりこませてって」

「ただ、お母さんのほうは、あんな状態であんたに会いたがってない。それはわかる？」

「ぼくに会いたがってないのも知ってる」ぼくは答えた。「わかってる。だけど、バーニー、母さんはぼくに会いたくないとしてもやっぱり会いたいと思ってるし、ぼくは母さんのところに行って、何もかもうまくいくよって伝えなくちゃならないんだ。何もかもうまくいくよってぼくが母さんに伝えたら——いつもかならずうまくいくから。ぼくがそう言えば、いつもかならずうまくいくんだ」

「つまりこういうこと？　あんたはお母さんの監房に行って、ここで服役してるあいだ何もかもうまくいくってただ言うだけ。そうすると」バーニーは指をぱちんと鳴らした。「じゃじゃーん、何もかもうまくいって、フランキー・ベルはもう安心だって？」

ぼくはうなずく。

「言うだけで？」

ぼくはうなずく。

「魔法みたいに？」

ぼくはうなずく。

「あんたは魔法使いか何かなの、イーライ?」バーニーは訊いた。

ぼくは首を振った。

「謙遜しないでいいよ、あんたは新しいボゴ・ロードのフーディーニなんだろうからさ」バーニーはからかうような調子で言った。「スリムはフーディーニの後継者をよこしたのかもしれないね。あたしたち全員をここから逃がすために。逃がしてくれる、イーライ? あんたの魔法の杖の一振りで、あたしはダットン・パーク駅に瞬間移動する。そこから子供の一人に会いに行くんだ。あたしには子供が五人いてね。どこに住んでるか知らないけど。そのうちの一人にでも会ってみたいよ。一番下の子かな。キムっていうんだ。キムはもういくつになったんだろうね、デビー?」

デビーが首を振る。

「ね、バーニー」デビーは言った。「この子、せっかくここまで来たんだよ。とにかくお母さんに会わせてやろう。なんてったってクリスマスなんだから」

バーニーはぼくのほうを向いた。

「たった一分だけでいいんだ。母さんに必要なのはそれだけだから」ぼくは言った。

「あたしはね、あんたのお母さんが心配なんだよ、イーライ」バーニーは言った。「あんな状態の自分を子供に見られて平気でいられる母親は世界中探したっていやしないだろうから。それなのに、あんたを連れていく理由がある? あんたのクリスマスを少しだけ楽しくするために、ただでさえ参ってるお母さんをもっと参らせるようなことはしたくないよ」

ぼくは真剣な目でバーニーの目の奥の奥までのぞきこんだ。石のように頑固なバーニーの魂が見えるくらい、奥の奥まで。「理由は、ぼくは魔法なんか知らないからだよ」ぼくは言った。「ぼくは何についても何一つ知らない。だけど、母さんが兄貴やぼくについてバーニーに話したことは本当だってことだけは知ってる」

「あたしに話したことって何さ」

「ぼくらは特別だってこと」


この日、娯楽室に急ごしらえされたステージの上で、B棟の受刑者がミュージカルを上演していた。C、D、E棟と、常設の監房が満員のとき新入り受刑者が仮に収容される仮設のF棟の全受刑者が娯楽室に集まって、昼食後の楽しいクリスマスコンサートを鑑賞している。B棟の出し物は、聖書のキリスト降誕劇とミュージカル『グリース』を融合したパフォーマンスだった。マリアとヨセフを演じる女子受刑者はそれぞれジョン・トラボルタとオリヴィア・ニュートン・ジョンの衣装を着けていた。東方の三博士は『グリース』の〝ピンク・レディーズ〟の扮装(ふんそう)をしていた。赤ん坊のイエスは革の上下で決めた人形で、未来の救世主が一晩過ごすのは飼い葉桶(おけ)ではなく、映画のなかでジョン・トラボルタが運転する車を段ボールで再現した模型のトランクだ。ミュージカルのタイトルは、劇中歌のタイトルをもじった『ハンド・ジャイヴを踊るために生まれた子(ア・チャイルド・ボーン・トゥ・ハンド・ジャイヴ)』。


劇のクライマックスは、マリアの歌う『愛のデュエット～クリスマス・バージョン(ユー・アー・ザ・ワン・ザット・アイ・ウォント・フォー・クリスマス)』で、観客は熱狂し、雷鳴のような歓声がB棟に轟き渡った。膝を叩いて盛り上がる観客を囲うように三点に配置されていた、がっちりした体を緑色がかった茶色の制服で包んだ三人の看守たちも、ぴたぴたの黒いレギンス姿でマリアを演じた女子受刑者の、キャバレーの踊り子のような妖艶な姿にすっかり見入っていた。

「よし、行こう」華やかなステージが磁石のように全員の目を引きつけていることを確かめ、バーニーがささやいた。

ぼくはキャスターつきの大きな黒いくず入れのなかに隠れている。蓋をしたそのくず入れをバーニーが引いて歩く。なかには刑務所の食堂で回収したクリスマスの昼食の紙皿が入っていて、ぼくの足がそれを上から押しつぶしていた。足首まで缶詰のハムや豆やトウモロコシに埋まっている。バーニーはぼくが入ったくず入れを引いて厨房を出て、食堂を突っ切り、娯楽室に集まってステージを見ている観客の後方の誰もいないスペースを急ぎ足で通り抜けた。くず入れが右に向きを変え、ぼくは脂じみて異臭のする内壁に押しつけられた。バーニーは小走りに三十歩か四十歩進んだところで立ち止まり、くず入れはふたたび直立した。蓋が開き、バーニーの顔がこちらをのぞきこむ。

「あたしの名前は?」バーニーが訊く。

「知らない」ぼくは答えた。

「どうやってここにもぐりこんだ?」

「配達のトラックの荷台に隠れて」

「どのトラック?」

「わからない」ぼくは答える。「白いやつだったかな」

バーニーはうなずき、小声で言った。

「ほら、出て」

ぼくは立ち上がった。そこは監房が八つくらい並んだ廊下で、突き当たりにある壁一面の曇りガラスの窓が唯一の明かりだった。それぞれの監房の扉の真ん中に、父さんの家の郵便受けくらいの大きさのガラスののぞき窓がはまっていた。

くず入れから出た。バックパックは背負ったままだ。バーニーが二つ先の監房をあごで指した。

「あれだよ」そう言ってくず入れの蓋を閉め、急ぎ足で歩き出した。

「あたしが手伝えるのはここまでだよ、フーディーニ」小声で言う。「メリー・クリスマス」

「ありがとう、バーニー」ぼくも小声で言った。

母さんの監房に近づいた。扉ののぞき窓は高い位置にあって、背伸びをしてもぼくには届かなかった。でも、扉が分厚いおかげで、窓の周囲はくぼんでいる。そこに指をかけて体を引き上げ、膝で扉をこするようにしてさらに上によじ登った。右手がすべった。指が四本しかないせいだ。窓のくぼみにもう一度しっかりと指をかけ直した。母さんが見えた。白いシャツの上に画家みたいな水色のスモックを着ている。刑務所の服のせいか、見たことがないくらい若く、小さく、弱々しく見えた。スイスのなだらかな丘陵で牛の乳を搾っているのが似合う少女みたいだ。監房の右側の壁際に机が一つ、右奥の隅にクロムメッキの便器と洗面シンク。左側の壁に二段ベッドがボルトどめされていて、母さんは下の段に座り、組んだ両手を膝のあいだにはさんでいた。頭はぼさぼさで、顔や耳の上に髪の毛が垂れている。バーニーと同じ青いゴムサンダルを履いていた。両腕が体重を支えきれなくなって、ぼくは扉から床にすべり落ちた。もう一回よじ登った。のぞき窓のへこみにさっきよりしっかりとつかまった。今回はもう少し長く室内を観察できた。真実をありのままに見た。肉がまったくついていない母さんのすねの骨。ハンマーのとがった側みたいに突き出た肘。腕は火を熾す棒みたいに細くて、ここにいる大勢のお母さんたちへのクリスマス・プレゼントとして、長期滞在ホームみたいなこの刑務所を焼き払えそうだった。母さんの頬骨は顔の高い位置に移動したように見え、肉が完全にそげ落ちた頬はまるで薄い皮膚が張りついた窪地(くぼち)だし、顔は、命を持ったものというより、人間らしい感情を持たないよこしまな彩色画家が陰影をつけた絵のよう、指先をつばで湿らせてささっとこすればすぐに消せる絵のようだった。ただ、ぼくの心をざわつかせたのは、脚でも腕でも頬骨でもなかった。母さんの目だ。向かい側の壁をぼんやり見つめている目だ。脳味噌をまるごと切除されてしまったようにうつろなまなざし。『カッコーの巣の上で』でロボトミーを受けたあとのジャック・ニコルソンにそっくりだった。設定も重なっている。母さんが何を見ているのか、すぐにはわからなかったけど、やがてぼくにも見えた。ぼくだ。オーガストと腕をからめているぼく。監房の壁に写真が貼ってあった。二人とも上半身裸で、ダーラの家の裏庭ではしゃいでいる。オーガストは腹を突き出し、右手の指は、そのころオーガストがしつこいほどやっていた〝ET、おうち、電話する〟の形をしている。ぼくはオーガストが突き出した腹を、ボンゴを叩くみたいな手つきで叩いていた。

のぞき窓のガラスをそっとノックした。母さんには聞こえていない。もう一度、今度は強くすばやくノックした。まだ聞こえていない。ぼくはいったん扉からすべり下り、また飛びついた。「母さん」小さな声で呼びかける。またノックする。二度。次は三度。ちょっと大きく、強く叩きすぎた。ぼくは廊下の右を見た。『ア・チャイルド・ボーン・トゥ・ハンド・ジャイヴ』のキャストが意気揚々と最後のお辞儀をしているところで、B棟の廊下の先からまだ笑い声と拍手が聞こえていた。「母さん！」ぼくは目いっぱい大きなささやき声を出した。もっと強くガラスを叩く。ごんごん。母さんがこちらを向いた。のぞき窓から必死の形相で見ているぼくに気づく。「母さん」ぼくはささやいた。ほほえむ。母さんの顔もぱっと明るくなった。内側にあるライトのスイッチが入ったみたいに。でも、それも一瞬で、スイッチはすぐに切れた。「メリー・クリスマス、母さん」ぼくは泣いていた。泣くに決まっている。母さんのためにずっと泣きたかったのに泣けずにいたことに、いまのいままで――ボゴ・ロード女子刑務所の二四号監房ののぞき窓に指を引っかけてぶら下がったいまこの瞬間まで――ぼくは気づかずにいた。「メリー・クリスマス、母さん」

母さんに大きな笑みを見せた。見て、母さん。見てよ。いろんなことがあったけど、ライルのこと、スリムのこと、母さんが刑務所に入れられたこと、本当にいろんなことがあったけど、ぼくはいまも前と変わってないよ。何一つ変わってないんだ、母さん。何があってもぼくはぼくだ。何があっても母さんは母さんだ。これまで以上に愛してるよ、母さん。ぼくの愛は減っちゃったんじゃないかと心配してると思うけど、いろんなことがあったからこそ、ますます母さんを愛してる。愛してる。見て。ぼくの顔を見ればわかるだろう?

「ここを開けて、母さん」ぼくは小声で言った。「ここを開けて」

ぼくは床に下り、また扉に取りついた。右の中指の爪が割れ、手の甲に血が流れた。「ここを開けて、母さん」もうつかまっていられない。手で涙を払った。濡れた指がすべりやすくなった。それでもまた扉に取りついた。母さんはぼんやりとぼくを見ながら首を振っていた。いやよ、イーライ。ぼくはそのしぐさをそう読み取った。この十年近く、兄貴の無言のしぐさを読み取ってきたように。いやよ、イーライ。ここではいや。こんな風にはいや。いやなの。「開けてってば、母さん」ぼくは言う。「開けてよ、母さん」ぼくはすがるように言う。母さんは首を振る。母さんも泣いていた。いやよ、イーライ。ごめんね、イーライ。だめなの。いやなの。できないの。

指がすべり、ぼくは刑務所の廊下の磨き抜かれた硬いコンクリート床に落ちた。泣いて泣いて、息もできない。扉に背中からもたれた。頭を二度、扉にぶつけた。二度。扉のほうがぼくの頭より硬かった。

息をした。大きく息を吸った。ライルの秘密の部屋にあった赤い電話が思い浮かぶ。リーナ・オーリックの空色の寝室。今日が誕生日のイエス・キリストの額入りの絵。あの部屋にいる母さん。そしてぼくは歌い出した。

母さんにはあの歌がなくちゃいけないから。母さんのあの歌を鳴らすにもレコードプレイヤーがないから、だからぼくが代わりに歌う。あんなに何度も聴いていた歌。A面の端っこから三つ目の太い線。どこから来たか絶対に言おうとしない女の子の歌。

向きを変え、扉の隙間に向かって歌った。一センチ幅の光に向けて。腹ばいになって、扉の下の隙間に唇を近づけて歌った。

ルビー・チューズデー、彼女の痛み、切望、去っていってしまう彼女、クリスマスの日のぼくのしゃがれた声。ぼくは歌った。歌い続けた。何度も何度も。その歌を歌った。

やがて歌うのをやめた。沈黙が流れた。額を扉にぶつけた。もうあきらめようと思った。母さんをあきらめようと。みんなあきらめようと思った。ライル。スリム。オーガスト。父さん。母さんも。ケイトリン・スパイズに会いに行って、ケイトリンのこともあきらめようと思うと言おう。それきりぼくは黙る。もう夢は見ない。穴に這って入り、父さんと同じように、夢を追う人たちの本を読み、読んで、読んで、酒を飲み、飲んで、たばこを吸い、吸って、そして死ぬ。さよなら、ルビー・チューズデー。さよなら、エメラルド・ウェンズデー。さよなら、サファイア・サンデー。さよなら。

そのとき監房の扉が開いた。監房のなかのにおいがじかに鼻をついた。汗と、湿気と、体臭。母さんのゴムサンダルがぼくのすぐ横の床を踏んできゅっと鳴る。母さんがしゃがむ。泣いている。静かに泣きながらぼくの肩に手を置く。監房の入口で、ぼくの上に覆いかぶさってくる。

「みんなでハグ」母さんはささやいた。

ぼくは起き上がり、両腕を母さんに回す。母さんの肋骨がどれか折れてしまうんじゃないかと心配になるくらい、きつく抱き締める。母さんの肩に頭を預けた。このにおいが恋しかったなんて、自分でも知らなかった。母さんの髪のにおい。母さんの感触。

「全部うまくいくよ、母さん」ぼくは言った。「何もかもうまくいくから」

「わかってるわ、イーライ」母さんが言った。「わかってる」

「あとはよくなる一方だからね」

母さんがいっそうきつくぼくを抱き締めた。

「これを乗り越えればあとはよくなる一方だ」ぼくは言った。「オーガストがそう言ってたんだ、母さん。オーガストが言ってた。いまだけ我慢すればもう大丈夫だって。いまだけだって」

母さんはぼくの肩に顔を埋めて泣いた。「わかった」ぼくの背中をそっと叩く。「わかったわ」

「あと少しの我慢だよ。あとはよくなる一方だからね。オーガストにはわかるんだよ、母さん。いまが、いまここが底なんだ。これ以上は悪くならない」

母さんはますます激しく泣いた。「もういいから。何も言わないで、抱き締めて。ただ抱き締めて」

「ぼくの言うことを信じてくれる、母さん?」ぼくは訊く。「ぼくを信じてくれるなら、ここからはよくなる一方だって信じられるし、そう信じれば、本当にそうなる」

母さんはうなずいた。

「約束するよ。ぼくがいまよりももっとよくするって約束する」ぼくは言った。「ここを出たあと住む家をぼくが買う。住みやすくて、安全で、ぼくらは幸せに暮らせるし、そこなら母さんも自由なんだ。相手は単なる時間だよ。時間はね、どうとでもなる相手なんだよ」

母さんがうなずく。

「ぼくを信じてくれる?」

母さんがうなずく。

「ちゃんと言って」

「あなたを信じるわ、イーライ」

そのとき、廊下の先から女の人の声がした。

「その子供はいったい何？」受刑者の服を着た赤毛の女の人だった。おなかが大きくて、背を後ろにそらしている。手に持ったデザートボウルのなかで、赤いゼリーがふるふると震えていた。その人は二四号監房の戸口にいる母さんとぼくを見つめた。それから娯楽室のほうを振り向いて大きな声で言った。「ねえ、看守。ここって託児所なの？」女の人は怒った顔でデザートを床に叩きつけた。「なんで今日、フランキー姫だけ面会を許可されてるわけ？」

母さんがぼくをきつく抱き寄せた。

「もう行かなきゃ、母さん」ぼくは母さんの腕をほどこうとした。「もう行くよ」

母さんはぼくにしがみつき、ぼくはその腕を振りほどいて立ち上がった。母さんはうなだれて泣いた。「あと少しだけがんばろう、母さん」ぼくは言った。「たかが時間だ。母さんは時間より強いはずだよ。母さんは負けないはずだ」

ぼくは向きを変え、廊下を走り出した。赤毛の受刑者の視線を追って、背が高くて肩のがっしりした看守が角を曲がって母さんの監房がある棟に現れた。「おい、どうして――」ぼくに気づいて呆然としている。ぼくはバックパックのストラップを握り締め、全速力で廊下を走った。看守はベルトに差した警棒に手をやった。ぼくの心の目にブレット・ケニー――パラマタ・イールズの栄えあるスタンドオフ――が見えた。オーガストと二人で裏庭に出て、右に左に敵をかわしていくケニーの走り、破壊的な右ステップを練習した日々が次々と蘇っては去った。

「そこで止まれ」看守が命令する。ぼくはさらに速度を上げた。廊下の四メートルある幅を最大限に利用し、相手チームのディフェンスラインを突破するブレット・ケニーのごとく、左に、右にひらりひらりと身を翻す。ぼくが廊下の右側に大きくふくらむと、太くてのろくさい脚とトラクターのタイヤ並みに太った腹をしたのろくさい看守も同じ方向に動いて、ぼくの進路に立ちふさがる。あと二メートルぼくが近づけば手を伸ばして捕まえられるというタイミングで、看守は両足を踏ん張り、両腕を大きく広げてぼくをすくい上げようとした。ブランブル湾のぬるぬるすべるコチやウナギ(イール)を網ですくうみたいに。その瞬間、ぼくは右足をばねのように使って弾丸のように飛び、廊下の左側に進路を変え、看守のやる気満々な腕をすり抜けた。看守の腕が大きく空振りする。ブレット・ケニーはディフェンスのギャップを見つけて飛びこみ、シドニー・クリケット・グラウンドの西側スタンドを埋めた青と黄色のイールズのサポーターが一斉に立ち上がる。ぼくは角を左に曲がってB棟の娯楽室と食堂がつながった大きな部屋に駆けこむ。そこには食堂のテーブルやカードテーブル、チェステーブル、編み物テーブルが並んでいて、四十人の女子受刑者がテーブルの周りに立ったり座ったりしていた。食堂の奥にいた別の看守――背は低いがたくましくて敏捷(びんしょう)だ――がぼくを見つけ、追跡を開始した。ぼくは食堂を駆け抜けながら出口を探した。受刑者たちが笑い、口々に叫び、手を打ち鳴らしている。食堂の左側からもう一人別の看守が追跡に加わった。「止まれ!」ぼくは止まらない。食堂の真ん中を貫く通路を全力疾走する。テーブルにアフタヌーンティー用のボウルを並べてクリスマス・プディングを作っていた母さんの服役仲間が大喜びでテーブルを叩いてはやし、テーブルの上のゼリーやカスタードがぷるぷる震えた。食堂には出口がない。看守は両側から半円を描いて迫ってきている。そこでぼくはいま来たほうに向きを変え、食堂に並んだスチールのテーブルからテーブルへと飛び移りながらななめに走った。さっき廊下でかわした看守がちょうど食堂に入ってきて、ボゴ・ロード刑務所のテーブルや椅子の上を少年が跳ねていくシュールな場面を見ようと食堂側に移動してきていた女子受刑者の海を乱暴にかき分けた。看守たちは腹立たしげに、不器用にテーブルに上ったり、通路を走ったりして先回りしようとした。何か脅しめいた文句をわめいていたけど、シドニー・クリケット・グラウンドを揺らす地鳴りのような歓声にかき消されて、ぼくには聞き取れなかった。〝ケニー！　ブレット・ケニーが行くぞ！　ディフェンスをかわしたイーライ・ベル、トライを狙っています。得点は間違いなしでしょう。ラグビーリーグの伝説に名を刻むこと間違いなしです〟。

　ぼくはロシアのバレリーナのようにテーブルからテーブルへと飛び回り、哀れな看守が伸ばしてくる腕を映画のなかの海賊の剣をかわすエロール・フリンのようにかわす。女子受刑者はいまやロックンロール・ショーの観客に変わり、ダンロップKT－26のゴム底にジェットエンジンが仕込まれているかのごときイールズのスタンドオフの快進撃を喜んで拳を突き上げる。ぼくは最後のテーブルから大きく跳躍し、食堂の入口の磨き抜かれたコンクリート床に着地した。そこに集まっていた人たちが一歩引いて——女子受刑者の海が分かれて——ゆるやかな栄誉礼の列を作った。ぼくはそのあいだを駆け抜けた。どういうわけかみんなぼくの名前を知っていた。

「行け、イーライ！」口々に叫ぶ。

「走れ、イーライ！」口々に叫ぶ。

　その声に後押しされてぼくは走った。走り続けた。まもなく厨房と監房と食堂を結んでいる共用エリアの奥に出口が見えてきた。そこを開ければ、外の芝生に出られる。自由が待っている。〝ケニー！　ブレット・ケニー、トライを狙って走ります！〟走る、全力で走る。後ろに看守が三人、そこへ四人目の看守が右手から飛び出してきて、ぼくと出口のあいだをふさぐ。相手チームのフルバックだ。フルバックの看守。あらゆるチームの守りの最終ライン、チーム一のディフェンス巧者。機敏で屈強で、フィールド中を縦横無尽に走り回り、カバータックルを決めて、ブレット・ケニーのような神々のシーズン最終戦にかける夢をくじく。母さんは若いころ陸上競技をやっていた。すごいスプリンターだった。競技会の短距離レースで何度も優勝した。いつだったか、全速力よりもっと加速するには、ほかの選手を引き離すには、地面に伏せることだと教えてくれた。鋤になった自分、脚で地面を切りながら進む自分を想像する。鋤になったつもりで百メートル走の最初の五十メートルを走り、後半の五十メートルでもまた鋤になったつもりで地面を切りながら走り、ゴールラインに来たら頭をのけぞらせ、胸から先にラインを越える。だからいま、四人目の看守が弧を描きながら刑務所の床を蹴って迫ってきたこの瞬間、ぼくは鋤になる。でもぼくの〝鋤力〟はちょっと足りなくて、ぼくの軌道が自由の芝生への出口に到達する前に看守の軌道がそれと交差しそうだった。ところがそこでクリスマスの奇跡が起きる。奇跡が受刑者の服を着て降臨する。バーニーだ。キャスターつきのくず入れを引いてゆっくり歩いてくる。ぼんやりしているようでいて、実はちっともぼんやりなんかしていない。ゆっくりと歩いて、猛チャージ中の四人目の看守の行く手を横切ろうとする。「そこをどけ、バーニー！」看守は手を振り回しながら怒鳴る。

「え、何？」バーニーは、サイレント時代のドタバタ喜劇の俳優みたいにぽかんとした顔で振り返り、くず入れを押し戻す芝居をする。それは偶然に見えるけど、くず入れは看守の追跡コースにきっちりと入る。看守はかたむいたくず入れを飛び越えようとした。でも片方の足がてっぺんに引っかかって、看守は豪快に空を飛んで磨き抜かれたコンクリート床に腹から先に叩きつけられた。

　ぼくはB棟の裏口から飛び出し、ゆるやかに起伏しながらフェンスで囲まれたテニスコートまで続く手入れの行き届いた芝生を走った。走った。どこまでも走った。〝ブレット・ケニー、三週連続でマン・オブ・ザ・マッチに選ばれた男が走ります。デッドボール・ラインを大幅に超え、歴史を走り抜けていこうとしています。〃イーライ・ベル。神出鬼没のイーライ・ベル。魔法使いマーリンと呼んでくれ。ボゴ・ロード女子刑務所の魔法使い。ボゴ・ロードから逃走に成功した史上初の少年。芝のにおいがする。草のあいだに白いクローバーの花、そこで蜜を集めているミツバチ。刺されると足首が腫れ上がる種類のミツバチだ。乗り越えろ、イーライ。世界にはミツバチより怖いものがほかにいくらでもある。芝生はテニスコートに向かって下っていた。ぼくは走りながら後ろを確かめた。看守が四人、死に物狂いで追ってきていた。何か叫んでいるが、ぼくには聞き取れない。走りながら、バックパックのストラップから右腕を抜く。バックパックのジッパーを開け、片手を入れてロープをつかむ。よし、いくぞ、イーライ。ここからが勝負だ。

監房のスリムと同じように、ぼくもマッチから始めた。マッチと糸。輪ゴムをねじってマッチ二本を縛り、十字の鉤縄を作った。タイミング、計画、運、信念。ぼくは信じる。信じるよ、スリム。寝室に何時間もこもり、オレンジ色がかった茶色の高い煉瓦塀に鉤縄をうまく引っかけるのに必要な科学とテクニックを研究した。自信がついたところで、長さ十五メートルの頑丈なロープを用意し、足をかける結び目を五十センチごとに作り、父さんがうちの縁の下に放置していた古いレーキの柄を二つに切ってロープで縛った。できあがった鉤縄を持って毎週土曜の午後にブラッケンリッジ・ボーイスカウト・センターに通った。センターには、幼いボーイスカウトが協調性を培う演習で登るためだけに作られた高い壁がある。ぼくはそこで鉤縄を何度も何度も投げ、十字の鉤を塀に引っかける腕を磨いた。ある日の午後、珍妙な脱獄リハーサルにいそしんでいるぼくを見かけた隊長がいかめしい顔でこう訊いてきた。「きみ、それはいったい何をしているつもりなのかな」

「脱獄です」ぼくは答えた。

「何だって？」

「バットマンごっこです」ぼくは答えた。

　ぼくはテニスコートの手前で左に急旋回し、左手に刑務所のC棟が、右手に縫製工場がある細い通路に飛びこんだ。そろそろ息が切れてきた。疲れもたまっている。塀を探せ。塀はどこだ。F棟の解体可能な監房の列の前を通り過ぎる。後ろを振り返る。看守の姿は見えなかった。一番高い塀を目指して急ぐ。それは古びた茶色い煉瓦の塀で、威圧感を持って高くそびえている。ここだとロープの長さが足りるか自信がない。そこで塀に沿って走った。探す、探す、茶色の煉瓦の要塞のどこかにあるはずの、高い塀とそれより少し低い塀が接している箇所を探す。あった。鉤縄を手早くほどき、二メートルのところを手で握る。塀の段差を見上げ、投げ縄をくるくる回すカウボーイみたいにロープを二度回す。レーキの柄を半分に切った鉤が、ロープを先導する重量となって投げ上げられる瞬間に備えている。チャンスは一度しかない。手伝って、スリム。力を貸して、ブレット・ケニー。頼むよ、神様。助けて、オビ＝ワン・ケノービ、あなただけが頼りです。助けて、母さん。助けて、ライル。助けて、オーガスト。

　一か八かのロングパス。純然たる信仰心と野心と信念に基づく行為。信じるよ、スリム。ぼくは信じる。鉤は天高く飛んでいき、塀のてっぺんを越えた。ぼくは右に二歩移動してロープのたるみを取り、鉤が高低の塀の段差に引っかかるしかないよう位置決めをして、ぐいとロープを引いた。

「おい！」看守の大声がした。振り返ると、五十メートルくらい後ろから塀に沿って走ってこようとしていた。そのすぐ後ろにもう一人見える。「よさないか、このクソがき」看守が言った。

ぼくはロープの結び目を握り、グリップがよくて頼り甲斐のある最高にすてきなダンロップKT－26を履いた足を塀に踏ん張り、両手で体を引き上げながら登り始めた。背中は下の芝生の地面と平行だ。ぼくはバットマンだ。昔のテレビシリーズの『バットマン』でゴッサムシティ市役所の壁を登るアダム・ウェストだ。うまくいきそうだ。驚いたな、うまくいきそうだぞ。

体重が軽いほど、楽に上れる。これと似た塀を登ったとき、スリムは〝スリム〟だったけど、ぼくは少年だ。塀を登った少年、看守を出し抜いた少年。ボゴ・ロード刑務所から逃げ出した少年。偉大なる魔術師マーリン。女子刑務所の魔法使い。

この角度からは空しか見えない。青空と雲。あとは高いほうの塀が少しだけ。地上六メートルまで来た。七メートル。そろそろ八メートル。九メートル。十メートルに到達したころ、ぼくの頭は雲の上に出る。ぴんと張りきったロープ、それを握る手はこすれて痛い。右手の中指は、欠勤中の同僚、人差し指の分まで残業をこなして疲れ、うずき始めている。

看守が二人、走ってきて真下に立ち、ぼくを見上げている。二人の声は、ぼくに腹を立てたときのライルみたいだ。

「おい、頭がいかれたのか、悪ガキ」一人が言った。「いったいどこに行くつもりだ」

「さっさと下りてこい」もう一人も言った。

でもぼくは塀を登り続ける。よじ登り、さらによじ登る。テロリストに人質に取られた市民を救出する英国空軍特殊部隊員のように。

「落ちたら死ぬぞ」二人目の看守が言った。「そんなロープで体重を支えきれるとは思えない」

そんなことはない。このロープは頑丈だ。ボーイスカウト・センターで十七回も試した。縁の下で見つけた父さんの古いロープ、錆びついた手押し車のなかで土と埃にまみれていたロープ。上へ、上へとぼくは登る。ああ、ここまで来ると空気がすがすがしい。あのときもこんな感じだった、スリム？　こんな風にぞくぞくした？　てっぺんから見た風景はこうだった？　塀の向こうで何が待っているだろうって期待で胸がふくらんだ？　向こうではきっと、未知の物語が待っている。「怪我する前にさっさと下りてこい」一人目の看守が言った。「なあ、下りろって。忘れたか、今日はクリスマスだ。クリスマスの日に死んだりしたら、お母さんが悲しむぞ」

あと一メートルで頂上というところでちょっと止まって一息つく。意気揚々と塀のてっぺんを乗り越える前に、不可能を成し遂げる前に、マーリンが帽子からびっくり顔のウサギを引っ張り出す前に。両足を塀に踏ん張って、深呼吸を三つ。さらに上へと体を引き上げる。壁にしっかりと食いこんでいる父さんのレーキの柄が見えた。ぼくの体重で歪(ゆが)みかけてはいるけど、まだまだしっかりしている。頂上。エベレストの孤独な頂点。一瞬だけ顔の向きを変えて、下にいる看守を見る。「向こうでまた会おう、きみたち」ぼくはもったいぶった調子で言った。空気の薄い塀の頂上から地上を見下ろして、ちょっと気が大きくなっていた。「ジョージ通りの偉い人たちに伝えてくれたまえ。ボゴ・ロードの魔術師を拒める塀などオーストラリアには一つとして――」

レーキの柄の片方が折れ、ぼくは背中から宙に放り出された。青い空と白い雲がみるみる遠ざかっていく。手足をむなしくばたつかせているあいだ、これまでの人生が走馬灯のように視界に浮かんでは消えた。宇宙。夢のなかを横切っていく魚の群れ。バブルガム。フリスビー。ゾウ。ジョー・コッカーの生涯と作品。マカロニ。戦争。ウォータースライド。カレー風味のたまごサンド。あらゆる答え。疑問に対する答え。最後に、ぼくの怯えた唇から、思いがけない言葉がこぼれ落ちた。

「父さん」

少年、海を盗む

Boy Steals Ocean

銘板にはこうあった。〈オードリー・ボーガット、一九一二―一九八三。トムの愛情深い妻、テレーズとデヴィッドの母。その生涯は、思い出すに値するすばらしい記憶を残した。〉

オードリー・ボーガットは死ぬまでに七十一年かけた。

その隣の銘板にはこうある。〈ショーナ・トッド、一九〇六―一九八一。マーティンとメアリー・トッドの愛する娘、バーニスとフィリップの姉。唇に触れた人生の味は甘く、ショーナは残りを一気に飲み干した。〉

ショーナ・トッドは死ぬまでに七十五年かけた。

「行こうよ、始まるよ」ぼくはオーガストに言った。

ぼくらはアルバニークリーク火葬場の真ん中にある煉瓦造りのこぢんまりとした礼拝堂に入る。一九八七年冬。ぼくの大がかりなインターバル撮影実験の九カ月目。

スリムの言っていたことは正しい。何もかも単なる時間だ。ブラッケンリッジからアルバニークリーク火葬場に車で移動するのに三十九分。靴の紐を結ぶのに二十秒。オーガストがシャツの裾をウェストに押しこむのに三秒。母さんの出所までざっと二十一カ月。ぼくは急速に時間を操る達人になろうとしている。二十一カ月なんか、二十一週間くらいに思えるようにできる。棺に横たわった人が、ぼくにそのことを教えてくれた。

スリムは死ぬまでに七十七年かけた。この半年は、入院と退院を繰り返していた。ひょろりとのっぽな体の隅々に癌が広がって、やがて手に負えなくなった。

ぼくはできるかぎりお見舞いに通った。学校がないとき。午後、宿題が終わってから。おとなに近づくぼくと、人生から脱出したスリム。スリム最後の大脱走。

〈犯罪時代の終焉〉。昨日、父さんから渡された『テレグラフ』の見出しにそうあった。〝今週、アーサー・アーネスト・〝スリム〟・ハリデーがレッドクリフ病院で死去した。享年七十七歳。彼の死によって、クイーンズランド犯罪史の刺激的な一章が幕を閉じた〟。

礼拝堂で、時間は止まった。棺に歩み寄るほんの一握りの会葬者――スーツ姿の男性二人――は声を立てない。ここにいる誰も互いを知らない。

ぼくはスラックスのポケットに手を入れ、スリムがぼくに宛てて書いた最後の言葉の感触を確かめる。それは刑務所に禁制品を持ちこむ果物運搬トラックの男、謎に包まれたジョージとの待ち合わせ方法を書いたメモの最後に記されていた。

時間を殺れ。時間に殺られる前に。真の友、スリムより。

時間を殺れ、イーライ・ベル。時間に殺られる前に。

火葬場の職員が、人生と時間について一言述べるが、人生と時間について考えていたぼくは、それを聞き逃す。まもなくスリムの棺が運ばれていった。

あっという間だった。あっけない。楽しい時間。

礼拝堂を出ようとしたとき、黒いスーツと黒いネクタイの老人がオーガストとぼくに近づいてきた。スリムの友達で、昔はノミ屋をしていたという。出所したあとの一時期、スリムを雇っていたことがある。

「きみたちはどういう知り合いかね」老人は訊いた。優しそうで親しみやすい顔をしていた。俳優のミッキー・ルーニーにそっくりな笑顔だ。

「スリムはぼくらのベビーシッターでした」ぼくは答えた。

老人は、戸惑った様子でうなずいた。

「おじさんはどうしてスリムを知ってたんですか」ぼくは黒いスーツの老人に訊く。

「うちの家族と一緒に住んでいたことがあったんだよ」老人は言った。

その答えを聞いて、スリムにはぼくの知らない人生もあったんだと悟った。ぼくの知らない視点があった。ぼくの知らない友達。ぼくの知らない家族。

「きみたちは優しいね。こうしてスリムを見送りに来てくれて」老人が言った。

「一番の親友だったから」ぼくは言った。

老人は肩を揺らして笑った。

「わたしにとっても一番の親友だったよ」

「本当に？」ぼくは聞き返す。

「本当さ」老人は言う。「心配しなさんな」小声で付け加える。「〝一番の親友〟が何人いたっておかしくないし、そのうちの誰か一人がほかの人よりもっと〝一番〟だなんてことはないから」

ぼくらは火葬場の芝生を一緒に歩いた。礼拝堂の裏の墓地に並んだ灰色の墓石が、陰鬱で均一な小道をいくつも作っていた。

「スリムはタクシー運転手を殺した犯人だと思いますか」ぼくは訊いた。

老人は肩をすくめた。

「本人には一度も尋ねなかったな」

「訊かなくてもわかるから、ですよね」ぼくは言った。「一緒にいればわかるものだから。本当にやったならぴんとくるはずだから」

「〝ぴんとくる〟？　どういう意味かね」老人が訊いた。

「前に、大勢を殺した人に会ったとき、ぴんときたんです。その人は大勢殺してるって」ぼくは言った。「背筋に寒気が走って、大勢を殺してるってわかった」

老人はその場で足を止めた。

「本人に確かめたことは一度もない。礼儀としてね」老人は言った。「わたしはスリムを尊敬していた。タクシー運転手を殺していないなら、なおさら尊敬に値するだろう。神よ、彼の霊を休ませたまえ。スリム・ハリデーと一緒にいて、背筋に寒気が走ったことは一度もなかったしね。もしタクシー運転手を本当に殺したんだとすれば、りっぱに更生したわけで、それも敬意に値するものは言いようだ。ありがとう、謎のおじいさん。ぼくはうなずいた。

老人は両手をポケットに入れ、墓地の通路の一つを歩き出した。ぼくはこの世の誰より自由な人を見るような目で、墓石の列のあいだを抜けていく後ろ姿を見送った。

オーガストは壁に顔を近づけ、そこにずらりと並んだ故人をたたえる金色の銘板に見入っていた。

「ぼく、仕事を探さないと」ぼくは言った。

オーガストが肩越しにさっと振り返った。（どうして。）

「母さんが出所したとき住む家を用意しなくちゃ」

オーガストは銘板の奥をのぞきこむような目をした。

「行こう、ガス」ぼくは歩き出しながらせかした。「ぐずぐずしてる暇はないよ」

ボゴ・ロード女子刑務所の塀から落っこちたあの日、ぼくは看守たちの腕に受け止められた。あっぱれなことに、看守はみんな、ぼくの不運な災難そのものより、ぼくの心の健康を心配していた。

「知能が低いとかかな」赤いひげを生やした若いほうの看守、前腕にそばかすが散った看守が言った。「この子、どうします？」赤毛の看守は先輩看守に尋ねた。

「マザに訊いてみよう」もう一人が言った。

二人はそれぞれぼくの腕を片方ずつつかんで歩かせ、芝生の上を元来たほうに歩き、ほかの二人の看守が待っているところに戻った。その二人のほうが年長で看守歴が長く、十代の少年を追って刑務所の敷地内を走り回る体力は持ち合わせていなかった。

刑務所の管理棟に戻って、四人は戦略会議を開いた。居合わせたぼくにいわせれば、ツイスター〔しごく単純なルールのパーティゲーム。四色の円が並んだシートの上に立ち、ランダムに指定される色の円の上に手や足を置いていく。倒れたら負け〕のルールの解釈に困って額を突き合わせている四人の初期ネアンデルタール人みたいだった。

「こいつのおかげでおれたちがやばいことになりかねませんよ、マズ」一番体格のいい看守が言った。

「所長に報告しないとやばいですかね」赤毛が言った。

「いや、所長には連絡しないでおこう」マザ、マズ——あとは、これが本名だろうに、誰もそうは呼ばないみたいだったけど——マレーと呼ばれているらしい看守が言った。「どうせ近いうちに耳に入るだろうがな。この件が外に漏れたら、所長だってまずい立場に置かれる。ただ、家でルイーズとクリスマスのハムを食ってるときにわざわざ知らせることはない」

マザはしばし熟考した。それから腰を折ってぼくの目の高さに合わせた。

「お母さんを心の底から愛してる。そうだな、イーライ」

ぼくはうなずいた。

「おまえは頭のいい子だ。そうだな、イーライ」

「頭のよさがちょっと足りなかったみたいだけど」ぼくは言った。

マザは含み笑いをした。「そうだな、それは言えてる。しかし、おれたちの人生が面倒くさくなるようなことがあったら、こういう施設で何が起きるか理解できるくらいには頭がいい。そうだな?」

ぼくはうなずいた。

「こういう場所では、夜、ありとあらゆることが起きかねないんだ」マザは言った。「本当に恐ろしいことが起きる。信じられないようなことが起きるんだよ」

ぼくはうなずいた。

「さて、おまえはクリスマスをどんな風に過ごした?」

「ヴァンサン・ド・ポール協会から届いた缶詰のパイナップルを、兄貴や父さんと一緒に食べた」

マザはうなずいて言った。

「メリー・クリスマス、イーライ・ベル」

赤毛の看守、ブランドンという名前だとわかった看守が、私用の車、一九八二年型の紫色のコモドアでうちまで送ってくれた。車内ではずっとヴァン・ヘイレンのアルバム『1984』がかかっていた。ぼくは三曲目の『パナマ』の腹を殴られているみたいな低音に合わせて両の拳を突き上げようとしたけど、左手をブランドンの車の左のアームレストに手錠でつながれていたせいで、ぼくの表現の自由はいくらか限定されていた。

「楽しい人生をな、イーライ」ブランドンは、ぼくの頼みを聞き入れて、ランスロット通りの三軒手前の家の前で車を停め、手錠をはずして降ろしてくれた。

はずむような足取りでうちに入ると、オーガストはリビングルームのソファで、『パピヨン』を胸に伏せたままうたた寝していた。父さんの部屋から廊下にたばこの煙が漂っていた。歴史上もっともしょぼいクリスマスツリーの根もとに、新聞でくるまれたプレゼントが一つ残っていた。長方形の大判の本で、新聞にフェルトペンで〈イーライへ〉と書いてあった。新聞を破ってなかのプレゼントを取り出した。本じゃなかった。紙の束だった。Ａ４サイズの紙。五百枚くらいありそうだ。最初の一枚に、短いメッセージがあった。

この紙で家に火（ファイア）をつけてもいい。世界をあっと言わせるのでもいい（セット・ザ・ワールド・オン・ファイア）。おまえしだいだよ、イーライ。メリー・クリスマス。父さんより

父さんは、ぼくの十四歳の誕生日にまた紙の束をくれた。フォークナーの『響きと怒り』も一緒だった。ぼくの肩がたくましくなり始めていることに気づいたからだ。父さんによると、肩のたくましい青年はかならずフォークナーを読まなくてはならない。

父さんにもらったＡ４の紙の一枚に、自転車で通える範囲で見つけられそうな仕事、母さんの出所に備え、オーガストとぼくがブリスベン西部の緑豊かな町ザ・ギャップに家を買う足しにできそうな仕事を書き出した。

・バレット通りのファストフード店ビッグ・ルースターで、チップスを揚げる係をする
・バレット通りの食料品店フードストアで品出し係をする（冷凍食品コーナーがあって、夏の猛暑の時期、オーガストとぼくがよく涼みに行き、ハヴァ・ハート、バブル・オ・ビル、そして並ぶもののない傑作、バナナ味のパドル・ポップのアイスクリームのうち、どれが一番コストパフォーマンスが高いか迷いまくる店）
・いかれたロシア人が経営するバレット通りの新聞雑誌販売所で配達少年をする

・新聞雑誌販売所の隣のパン屋でパン職人見習いになる
・プレイフォード通りのビル・オグデンじいさんの家のハト小屋の掃除をする
愛用のキロメトリコの青インクのボールペンで紙を叩きながら、ほかに何かなかったかとしばし考えた。まもなく、自分のスキルが限られていることを考慮に入れても可能性のありそうな仕事をもう一つ書き加えた。
・麻薬の密売
玄関をノックする音が聞こえた。これまで一度もなかったことだ。前回、誰かがうちの玄関をノックしたのは三カ月前、若い制服警官が訪ねてきたときのことで、用件は、三年前に父さんが飲酒運転をして起こした事故の追跡調査だった。デナム通りの保育施設の前の一時停止の標識を倒したと近所のお母さんたち数人から警察に通報が行っていた。

「ミスター・ベルですね」若い警察官は確かめた。

「え、誰だって?」父さんは聞き返した。

「ロバート・ベルを探しているんですが」

「ロバート・ベルだって?」父さんは考えこんだ。「いや、そういう名前の知り合いはいないな」

「失礼ですが、あなたは――?」警察官が訊く。

「わたしか?」父さんは言った。「わたしはトムだ」

警察官がメモ帳をかまえる。

「ラストネームを教えていただけますか、トム」

「ジョード」父さんは答えた。

「綴りを教えてください」

「ヒキガエル(toad)のＴをＪに替える」父さんが言った。

「えーと……Ｊ－Ｏ－Ｄ－Ｅ、ですか」警察官が言った。

父さんは身震いをした。

玄関に響くノックの音は、うちでは何かドラマチックな事件の発生を意味する。

オーガストは『パピヨン』――読むのはこれでもう三度目だ――をリビングルームのソファに置いて玄関に走った。ぼくもすぐさまあとに続いた。

訪ねてきたのはミセス・バークベックだった。学校のカウンセラー。赤い口紅。赤いビーズのネックレス。書類がたくさんはさまったマニラフォルダーを抱えていた。

「こんにちは、オーガスト」ミセス・バークベックは優しさのこもった声で言った。「お父さんはいらっしゃるかしら」

ぼくは首を振った。ミセス・バークベックは世界を救いに来た。ミセス・バークベックはトラブルを起こしに来た。職務熱心すぎ、自我が肥大しすぎていて、〝親身になる〟と〝よけいなお世話〟のあいだにある距離は、ケツの穴にめりこんだ直径五センチのとげとまったく同じだということに気づいていない。

「父さんなら寝てます」ぼくは答えた。

「起こしてきてもらえるかしら、イーライ」ミセス・バークベックは言った。

ぼくはまた首を振り、玄関から廊下に向き直ると、父さんの寝室にゆっくり歩いていった。

父さんは青いＴシャツに短パンを穿き、手巻きのたばこをくわえてパトリック・ホワイトを読んでいた。

「ミセス・バークベックが来てるんだけど」ぼくは言った。

「どこの誰だ、ミセス・バークベックってのは」父さんが嚙みつくように訊く。

「学校のカウンセラー」ぼくは答えた。

父さんはうんざり顔で天を見上げた。ベッドから飛び下り、たばこをもみ消した。騒々しく咳払いして喉にからまっていたたばこの痰をベッド脇の灰皿に吐き出した。

「おまえはそのカウンセラーを好きなのか」

「悪い人じゃないよ」ぼくは答えた。

父さんは廊下を歩いて玄関に向かった。

「どうも。ロバート・ベルです」

父さんがほほえむ。その笑みにはぬくもりがあった。初めて見るような甘ったるい笑顔だ。父さんは握手のために手を差し出した。それもぼくは初めて見た。誰かの手をあんな風に握るなんて。父さんが人間らしいレベルで交流できる相手はオーガストとぼくに限られると思っていた。ついでにいえば、ぼくらはだいたい、うなずいたりうなったりするだけで意思疎通をすませている。

「ポピー・バークベックです」ミセス・バークベックが自己紹介した。「息子さんたちのスクール・カウンセラーです」

「ええ、イーライから聞いていますよ。うちの息子たちにすばらしい助言をしてくださってると」父さんが言った。

大嘘つき。

ミセス・バークベックは、内心でちょっと感激したらしかった。「本当に?」そう聞き返し、頰を赤らめながらぼくを見る。「ミスター・ベル、おたくの息子さんは二人ともとても特別な生徒です。計り知れない可能性をお持ちのようです。わたしの仕事はその可能性を現実に変えるお手伝いをすることだと思っています」

　父さんはにこやかにほほえんだ。現実、か。現実は、真夜中のパニック発作だ。いまにも自殺しかねない重度の鬱のエピソードの数々だ。三日にわたる飲酒マラソン。パンチを食らって二つに裂けた眉毛。胃液まじりのゲロ。茶色いおしっこ。現実、か。

「情緒の教育なしに知性を教育しても、それは教育ではない」父さんが言った。

「おっしゃるとおりです！」ミセス・バークベックは驚いた様子だった。

「アリストテレス」父さんは真面目くさった顔で言った。

「そのとおり！」ミセス・バークベックが言う。「わたしの座右の銘です」

「これからもそれに従って人生を歩んでいただきたいですね、ポピー・バークベック。せがれどもの手本となってやってください」父さんは真心のこもった調子で言った。

　これがうちの父さんなの？

「ええ」ミセス・バークベックはほほえんだ。「お約束します」それから話題を変えた。「実は、ロバート。あっと、ロバートとお呼びしてかまいませんか」

　父さんがうなずく。

「その……息子さんたちは、今日もまた学校を休んで……その……」

「その件は謝りますよ」父さんがさえぎった。「この子たちの古い友人の葬儀に連れていったもので。この二、三日はいろいろあって」

　ミセス・バークベックはぼくらを見つめた。

「この数年はいろいろあったようね」

ぼくらはそろってうなずいた。父さん、オーガスト、ぼく。薄っぺらい昼ドラマの主人公一家のようだった。

「少しお話ししたいんですけど、ロバート」ミセス・バークベックが言った。「できれば二人だけで」

父さんは一つ大きく息を吸ってからうなずいた。

「おまえたちは外で遊んでいなさい」

オーガストとぼくは外に出て、給湯器の前を過ぎ、父さんの錆びついたエンジン二機が放置してあるサイドスロープを下りた。それから縁の下にもぐり、父さんがそこに置いている壊れた洗濯機や冷蔵庫のあいだを這って進んだ。地面はリビングルームやキッチンがあるあたりに向かってゆるやかに上っていて、縁の下はどんどんせまくなった。ぼくらは縁の下の左側のてっぺんを目指して匍匐前進した。膝に茶色い泥がこびりついた。キッチンの下まで来ると、父さんとミセス・バークベックがオーガストとぼくについて話し合っている八角形のテーブル、ひとり親手当の支給日の真夜中に父さんが決まって眠りこむテーブルの真下に陣どった。そこにいれば、床板の隙間から二人の話が一言漏らさず聞こえてくる。

「率直に申し上げて、オーガストの作品はすばらしいできばえです」ミセス・バークベックが言った。「タッチ、独創性、天性のスキルを見れば、正真正銘、芸術の才能に恵まれているとわかります。ただ……ただ……」

ミセス・バークベックは口ごもった。

「ただ――?」父さんが先を促す。

「心配なんです」ミセス・バークベックが言った。「心配なんです、二人とも」

ミセス・バークベックには何一つ話しちゃいけなかった。だって、いかにもチクリ屋の顔をしているじゃないか。

「ちょっと見ていただけます?」ミセス・バークベックの声が床板の隙間から響いてきた。

オーガストは土の地面に仰向けに寝転がっていた。おとなたちの話を聞いていないわけではないけど、内容には興味がないらしい。頭の後ろで手を組んでいる姿は、ミシシッピ川のほとりで寝転がり、麦わらを口にくわえてぼんやり白昼夢を見ているみたいだった。

でも、ぼくは話の内容に興味津々だった。

「これは去年、オーガストが美術のクラスで描いた絵です」ミセス・バークベックが言った。

長い沈黙があった。

「そしてこれは……」紙がこすれ合う音。「……今年の初めごろの絵で、これはつい先週の絵」

また長い沈黙があった。

「ごらんのとおり、オーガストはこの場面が頭について離れないようなんです。しかもそのせいで、オーガストと美術担当のプロジャー先生との関係が気まずくなりかけています。プロジャー先生は、オーガストのことを優秀でまじめな生徒だと考えていますが、オーガストはこの場面以外を絵に描こうとしません。たとえば先月のテーマは静物画でしたが、オーガストはこの絵を描きました。先々月はシュールレアリスムでしたが、オーガストが描いたのはこちらです。先週は、オーストラリアの風景画を描くことになっていましたが、オーガストはまた同じ場面を描きました」

オーガストは微動だにせず床板をまっすぐ見上げていた。

父さんは黙りこくっている。

「わたしも通常であれば生徒の信頼を裏切るような真似はしません」ミセス・バークベックが続けた。「カウンセラーのオフィスはある種の聖域、生徒たちが安心して悩みを打ち明けられる場所、慰めと教育を期待できる場所であるべきだと思っています。〝金庫〟と呼んだりすることもあります。開けるための合い言葉を知っているのはわたしと生徒だけの金庫。そしてその合い言葉は〝信頼〟です」

オーガストがあきれ顔で目をぎょろりと回す。

「でも、わたしたちの学校において生徒個々人の安全が脅かされているおそれがあると感じる場面では、口を閉じたままでいるわけにはいきません」

「オーガストが他人を傷つけるかもしれないという話なら、あいにくですが、それは勘ぐりすぎでしょう」父さんが言った。「あの子は理由もなく人を傷つけたりしませんよ。気まぐれに何かするということもありませんしね。どんなことであれ、実際に行動に移す前に、考えすぎるくらい考えるような子です」

「お父さんがそうおっしゃるとは興味深いお話です」ミセス・バークベックが言った。

「〝そう〟というのは？」

「〝考えすぎるくらい考える〟」

「現にあの子はものを深く考えるタイプですから」父さんが言った。

また長い沈黙があった。

「わたしが心配しているのは、ほかの生徒のことではないんです、ロバート」ミセス・バークベックが言った。「オーガストは――あの非凡な頭脳を使って考えすぎるくらい考えているオーガストは、誰でもない、オーガスト本人に危害を及ぼすおそれがあるのではと心配なんです」

キッチンの板張りの床を椅子の脚がこする音が短く響いた。

「この場面に心当たりは」ミセス・バークベックが訊く。

「ええ、どの場面を描いたかはわかります」父さんが言った。

「イーライは〝月のプール〟と呼びました」ミセス・バークベックが言った。「イーライがそう言うのを聞いたことは？〝月のプール〟と」

「ありませんね」

オーガストがぼくをじろりと見る。（おまえ、どこまでチクったんだよ、イーライ。）

ぼくは小声で言った。「何でもいいから何か言うしかなかったんだよ。退学になるかどうかの瀬戸際だったんだ」

オーガストがぼくをじろりと見る。（だからって、狂信者じみたカウンセラーに月のプールのことをしゃべるなんてどうかしてるだろ。）

「ここ最近、ご家族にどんなことが起きたか、ガードナー校長から聞きまして、そういったことが息子さんたちの行動に何らかの影響を及ぼしているとすれば、無理のない話だと思いました」床板の上のミセス・バークベックが言った。「息子さんたちは二人とも何らかの心的外傷後ストレス障害に苦しんでいるのではないかとわたしは思います」

「はあ？　戦争神経症とかそういう類いの話ですか」父さんが聞き返す。「あの二人は戦争帰りだとでも、ミセス・バークベック？　あの二人がソンムの戦いから帰還したばかりだとでも思うんですか？」

父さんの堪忍袋の緒はちぎれかけていた。

「ええ、まあ、それに近いことではないかと」ミセス・バークベックは言った。「弾丸や砲弾が飛び交う戦争ではありませんよ。言葉と記憶と過酷なできごとの戦争です。成長期の少年の脳に及ぼす悪影響という点では、西部戦線を体験したのと変わらないでしょう」

「あの二人の頭はおかしいと言いたいわけですか」

「いいえ、そうは言ってません」

「あの二人はおかしいと言ってるように聞こえますがね」父さんが言った。

「わたしが申し上げているのは、二人の頭のなかで起きていることは……ふつうとは違うということです」

「起きていることとは？」

オーガストがぼくをじろりと見る。（ぼくが誰にも何も話さないわけがこれでわかっただろ。）

「息子さんたち二人ともに悪影響を及ぼしかねないことです」ミセス・バークベックが言った。

「わたしとしては児童福祉事務所に通報すべきと考えているようなことです」

「児童福祉事務所？」父さんが聞き返す。辛辣な調子だった。

オーガストがぼくをじろりと見る。（全部おまえのせいだぞ、イーライ。だから言ったろ。なんで口を閉じておけないんだよ？　何でもかんでもべらべらしゃべって。）

「息子さんたちは何か計画しているようです」ミセス・バークベックは言った。「二人で目的地に向かって歩き出しているのに、その目的地がどこなのか、周囲のわたしたちにもわかるころには手遅れになっているだろうという気がします」

「目的地？」父さんが言った。「あの二人がどこに行こうとしていると思うんですか。ロンドン？パリ？　それともバーズヴィル競馬場ですか」

「物理的な場所とはかぎりません」ミセス・バークベックは言った。「頭のなかにある場所、十代の少年が行くには危険なところに行こうとしているという意味です」

父さんは笑った。

「オーガストの水彩画を見ただけでそこまで考えたというわけですか」

「息子さんたちに自殺行動が見られたことはありますか」ミセス・バークベックは訊いた。

オーガストはうんざりした顔で首を振った。ぼくは幻のピストルの銃口をあごの下に当て、幻の脳味噌を吹き飛ばしてみせた。オーガストは声を立てずに笑い、幻の首吊り縄で首を吊る真似をして舌をだらりと垂らした。

「イーライによると、オーガストはイーライが夢で見たことを絵に描いているそうです」ミセス・バークベックが続けた。「月のプールはイーライが夢で見たものだと言っていました。ただ、月のプールと深い恐怖、暗闇とが結びついているとも言っています。その夢のディテールを鮮やかに思い出すことができるというんです。何度も繰り返し見るというその夢について、イーライが何か話したことはありますか」

オーガストは小枝を拾って小さく折り、切れ端をぼくの頭に投げつけた。

「いいえ」父さんが答えた。

「イーライはその夢を異様なほど鮮明に再現できるんです」ミセス・バークベックが続ける。「その夢のなかでは激しい暴力が起きるんです。どんな夢か聞かせてくれましたが、お母さんの声の感じや、どこかの家の床に点々と落ちた血のしずくまで具体的に描写しました。そのときどんなにおいがしていたかまで覚えていました。そこでわたしは、夢ににおいはついていないものだと指摘しました。夢には音もついていないことも。だから、それを夢とは呼ばずに、本来の名前で呼ぶべきでしょうと言いました」

長い沈黙。

「本来の名前とは」父さんが訊く。

「記憶です」ミセス・バークベックが言った。

オーガストが空中に書く。**児童福祉事務所、オーガスト・ベルを地獄送りにする。**

オーガストが空中に書く。**児童福祉事務所、イーライ・ベルに口を閉じておくことを学ばせる。**

「イーライの話では、フランシスがあなたのもとを去る二日前に車が月のプールに落ちたそうですね」ミセス・バークベックが言った。

「どうしてそんな話を蒸し返そうとするのかな」父さんが言った。「あの二人は何でもありませんよ。二人とも未来へ向けて前進している。いまさらどうだっていい話をそうやって蒸し返されて、頭のなかをほじくり回されて、あの二人の頭のなかで起きたことをあなたの頭のなかで起きたことで置き換えられていたら、前に進めなくなる」

「イーライによると、あなたが運転する車があの二人を乗せたまま月のプールに落ちたそうですね、ロバート」

ミセス・バークベックがそう表現した瞬間、あの夢がそれまでとまったく違うように感じられた――あなたが運転する車があの二人を乗せたまま月のプールに落ちたそうですね。ぼくらを車ごと月のプールに落としたのは、父さんだ。ほかの誰でもない。父さんでしかありえない。ぼくらは後部シートに乗っていた。車がカーブを曲がるたび、シートの上でそろって大げさにかたむき、片方がドアに押しつけられた。

「おたくの息子さんたちのことは、わたしも大好きです、ロバート」ミセス・バークベックは言った。「今日は期待をこめてうかがいました。二人のために。オーガスト・ベルとイーライ・ベルは、唯一の保護者に怯えながら暮らしているようだと児童福祉事務所に通報しなくていいのだと納得したくて来たんです」

ぼくは夢を思い出す。記憶を思い出す。夜のことだった。車は急に向きを変えて道路をはずれ、砂利の上を大揺れしながら進んだ。両側にそびえるゴムの木が窓の向こうを背後に飛び去った。誰かの生涯のスライドショーを神さまが早回しで見せているように。

「パニック発作だった」父さんが言った。「わたしはパニック発作を起こす。しじゅう起こしている。子供のころにはもう起こしていた」

「イーライはあなたがわざとやったと思っているようです」ミセス・バークベックは言った。「その夜、あなたは意図的に道路をはずれたんだと」

「あの子の母親もそう考えた」父さんは言った。「彼女が逃げ出した理由はそれですよ」

長い沈黙があった。

「パニック発作だった」父さんは言った。「疑うなら、サムフォードの警察に問い合わせてみるといい」

サムフォード。それだ。サムフォード。緑に囲まれた場所だった。そうだ、あれはサムフォードだ。見渡すかぎりの森と丘。車はゆるやかにうねる丘の斜面のくぼみや溝をいくつも乗り越えた。運転席の父さんの顔をうかがう時間のゆとりはあった。「目をつむれ」と父さんは言った。

「子供たちをシダークリークの滝に連れていくところだった」父さんが言った。

「夜にシダークリークの滝に？　どうして」ミセス・バークベックが訊く。

「今度は刑事ごっこか」父さんが言った。「楽しくてしかたがないらしいな」

「何が」

「わたしを追い詰めるのが」

「わたしが？　何のために」

「チェックボックスの一つに印をつけて、あの二人をわたしから取り上げるために」

「生徒の安全を守るために厳しい質問をしなくてはならないのなら、その質問をするのがわたしの仕事です」ミセス・バークベックは言った。

「自分の職務を高潔な態度と思いやりを持って遂行しているつもりでいるわけだな」父さんは言った。「あの子たちをわたしから取り上げ、二人を引き離して、丸裸にしてやろうというわけだ。あの二人にはお互いしか頼るものがないというのに。そのうえであんたは、マーガレットリバー産の高級シャルドネのグラスをかたむけながら、自分の子供をあやうく殺しかけるようなたちの悪い父親の手から少年二人を救ったと友達に自慢するんだろう。あんたが救った二人は、里親から里親へたらい回しにされたあげく、いつかあんたの家の門の前で再会する。二人とも灯油の缶をぶら下げてな。そしてよその家族の事情に首を突っこんだ礼として、あんたの家に火をつける」

目をつむれ。ぼくは目をつむった。あの夢が浮かぶ。記憶が浮かぶ。車はダムの縁にぶつかって――ブリスベンの西の端っこの肥沃な土地、サムフォードの山奥に住む誰かが自分の農場に造った小さなダムだった――ぼくらは車ごと宙に放り出された。

「二人とも意識を失ったそうですね」ミセス・バークベックは言った。

これに父さんが何と答えたかは聞き取れなかった。

「生還者がいただけでも奇跡です。二人とも意識を失っていた。あなたが二人を車から引っ張り出したということですか」

魔法の車。空飛ぶ空色のホールデン・キングスウッド。

父さんがため息をつく。床板の隙間からその気配が伝わってきた。

「キャンプに行くところだった」父さんは言った。何か言うたびに長い空白があった。考えるため、たばこを一服するための間。「オーガストは星空の下でキャンプをするのが大好きだった。寝る前に月を見上げるのが大好きだった。あの子たちの母親とわたしはそのころ……険悪な仲になっていた」

「あなたから逃げたわけですね」

沈黙。

「ああ。そう言っていいと思う」

沈黙。

「思うに、あのころのわたしは彼女との関係について考えすぎていた」父さんが続ける。「車を運転してはいけなかった。シダークリーク通りを走っていて、崖の上にある先の見えないカーブにさしかかったところで、ひどい不安にとらわれた。道がよく見えなかった。わたしの脳味噌は完全にパニックを起こしていた」

長い沈黙。

「あれは幸運だった」父さんは言った。「子供たちは左右の窓を下ろしていた。オーガストはいつも窓を下ろしていた。月が見られるように」

オーガストは動きを止めている。

ぼくの心のなかの黒いダムを月明かりが照らす。ダムの水面に満月が映っている。ダムの水面(プール)。あのいまいましい月のプール。

「ダムの近くに小さなバンガローを所有している住人が飛び出してきた」頭上から、父さんの声が床板の隙間を抜けて聞こえてくる。「その住人が二人の救助に協力してくれた」

「二人とも意識を失っていたんですね」

「もうだめだと思った」父さんの声が震えた。「死んだと思った」

「息がなかったんですか」

「そこがややこしいところでね、ミセス・バークベック」父さんが言った。

オーガストは小さな笑みを浮かべている。このお話を楽しんで聞いているらしい。前にも聞いたことがある話だというように意味ありげにうなずいているけど、オーガストも初めて聞く話のはずだ。前にも聞いたことがあるはずがない。

「あのときは息をしていないと思った」父さんが言った。「蘇生を試みた。二人を起こそうと、めちゃくちゃに揺すってみたりもした。でも、二人は目を覚まさなかった。わたしは空に向かって気が触れたように叫んだ。それからもう一度二人の顔を見ると、二人とも目を覚ましていた」

父さんはぱちんと指を鳴らした。

「一瞬で生き返っていた」

父さんはたばこの煙を吸いこんだ。吐き出す。

「救急車が来て、隊員に訊いてみたら、もしかしたらショック状態にあったのではないかと言っていた。あの子たちの体は冷えきって麻痺していたから、脈を探したり、息があるか確かめようとしたりするのは難しかったかもしれないとね」

「それについて、お父さんご自身の意見は」ミセス・バークベックが訊く。

「意見などありませんよ」父さんはいらだった調子で答えた。「あれはパニック発作だった。わたしが運転を誤った。あれ以来ずっと、車をシダークリーク通りに戻せたらと一時間に一度は考えていますよ」

長い沈黙。

「オーガストはいまもその夜のことを考え続けているのではないかと思います」ミセス・バークベックは言った。

「どういう意味かな」父さんが訊く。

「その夜のできごとは、オーガストの心に深い傷痕を残したのではないかと」

「あの子はクイーンズランド州南東部で見つかるかぎりの精神分析医にかかってきたんだ」父さんが言った。「何年ものあいだ、あんたのような人たちに分析され、検査され、あちこちを探られてきたが、その全員がオーガストはごくノーマルな子供だと結論づけた。ただ話すのが嫌いなだけのふつうの子供だと」

「オーガストはとても頭のいい少年です、ロバート。弟には打ち明けても、精神分析医の前では決して本心を明かしてはいけないとわかっているはずです」

「本心とは？」

ぼくはオーガストを見た。オーガストは首を振った。（イーライ。イーライ。イーライ。）ぼくは床板を見上げた。ぼくらがそこに油性マーカーで描いた、メッセージやスケッチを見た。スケートボードに乗る未確認生物ビッグフット。『バック・トゥ・ザ・フューチャー』のデロリアンDMC－12を駆るミスター・T。ジェーン・シーモアのヌードを描いた下手くそな絵。おっぱいがまるで金属のごみバケツの蓋みたいだ。おバカな一行メッセージの走り書きもたくさんある。〈ボールがどんどん大きくなるのはどうしてかなと考えてたら、顔面にぶち当たった〉〈銀行の窓口係はぼくの口座残高（バランス）を確認しようとして、ぼくを押した〉〈父さんが道路工事現場で盗みを働いてるなんて信じたくなかったけど、証拠(サイン)となる表示板(サイン)を山ほど見つけてしまった〉。

「オーガストが話すのをやめたのはなぜでしょうね」ミセス・バークベックが訊く。

「わたしにもよくわからない」父さんが答える。「本人からはまだ何も」

「イーライにはこう言っているようですよ。秘密が漏れては困るからだと」

「秘密？」父さんが噛みつくように言う。

「二人から赤い電話の話を聞いたことは？」

オーガストがぼくの右の向こうずねを蹴飛ばした。（このおしゃべり。）

長い沈黙。

「いや、一度も」父さんが答えた。

「ロバート。こんなことをお伝えするのは心苦しいのですが、オーガストは気がかりなことをずいぶんたくさんイーライに話しているようです」ミセス・バークベックは言った。「トラウマになりかねない衝撃的な内容、それ自体がトラウマの結果と言えそうな内容ばかりでした。度を超して豊かな想像力を持った頭のいい少年から出てきた有害な考えです」

「どこの家のきょうだいでも、兄貴は弟にいろんな嘘っぱちを吹きこむものだ」父さんが言った。

「でも、イーライは全部信じているんですよ、ロバート。オーガストが信じているから、イーライもそのまま信じているんです」

「たとえばどんなことを？」父さんはいらだった様子で言った。

ミセス・バークベックはふいに声をひそめ、床板の隙間から聞いているぼくらには聞き取りにくくなった。

「たとえばオーガストは……どう言ったらいいのかしら……月のプールの夜、自分は死んだと思っているようなんです。一度死んで、生き返ったと。それ以前にも死んで、生き返ったことがあると思っているようです。何度か死んで、そのたびに生き返っていると思っているのかもしれない」

キッチンに長い沈黙が流れた。父さんがたばこに火をつける気配がした。

「しかもオーガストはイーライに、その……ほかにも新しいオーガストがいると思っているみたいです……ほかの場所に」

「ほかの場所？」父さんが聞き返す。

「はい」ミセス・バークベックが答える。

「ほかの場所というと？」

「わたしたちの理解を超えた場所です。息子さんたちがいう〝赤い電話〟の向こうにある場所」

「そのくそいまいましい電話……おっと、失礼……その赤い電話というのは？」父さんは怒鳴るように訊いた。忍耐が底をつきかけている。

「声が聞こえると言っていました。赤い電話は男の人とつながっていると」

「何の話なのかさっぱりわからないな」

ミセス・バークベックは、六歳の子供を諭すような調子に切り替えた。「赤い電話です。二人のお母さんが、どういうわけかある日突然この世から消えてしまったという恋人のライルと一緒に暮らしていた家の、秘密の部屋にある赤い電話」

父さんがたばこの煙を長々と吸いこむ。長い沈黙が続いた。

「オーガストが月のプールの夜以来、一言も口をきかなくなったのは、大きな秘密に隠された真実をうっかり漏らしてしまうことを恐れているからです」ミセス・バークベックは言った。「そしてイーライは、魔法の赤い電話は実在すると頑（かたく）なに信じています。その電話で男の人と話したから。

そしてその男の人は、知っているはずのないことを知っているから」

また長い沈黙があった。やがて父さんが笑った。爆笑したといっていい。

「いやはや、ばかばかしいにも程がある」父さんは言った。「荒唐無稽の極致だな」

父さんは膝を叩いて笑っている。

「おもしろがっていただけたようで光栄です」ミセス・バークベックが言った。

「うちの息子たちが本気でそんなことを信じていると？」父さんが訊く。

「二人の心は、おそらくもうかなり前の時点で、現実と想像をごちゃまぜにして大きなトラウマを説明する、複雑で混乱したシステムを作り上げたのだろうと思います。二人とも心に深いダメージを負っているか、または……」

ミセス・バークベックはためらった。

「または？」父さんが訊く。

「または……すべてを説明できるようなもう一つの可能性を考慮しておくべきではないかと」

「その可能性とは？」父さんが訊く。

「二人は、わたしやあなたの考えが及ばないほど特別なのではないかという可能性です」ミセス・バークベックは言った。「本人たちの理解さえ超えたものが聞こえるのかもしれない。二人がいう赤い電話とは、ありえない現象を本人たちが理解するための手段にすぎないのではないかと」

「笑止千万だ」父さんが言う。

「ええ、そうかもしれません」ミセス・バークベックが言った。「いずれにせよ――どれほど非現実的に聞こえようと――強調しておきたいのは、いまお話ししたような考えはどれも本人たちの想像の産物にすぎないとしても、いつかオーガストやイーライに大きな害を及ぼすかもしれないとわたしは本気で心配しているということです。たとえば、オーガストは〝生き返った〟と信じているわけですけど、その考えが誤った方向に転んで、その……自分は不死身だと思いこむようなことになったら？」

父さんはくっくと笑った。

「わたしは心配なんです、ロバート。そういった考えが息子さんたちを無謀な道に進ませているのではないかと」

父さんはそれについてしばし熟考した。ライターのかちりという音。煙を吸いこむ気配。

「そこまで心配していただくようなことではないと思いますよ」父さんは言った。

「そうかしら」

「そうですよ。いまのお話はどれもあまりにも的はずれですからね」

「そうですか？」ミセス・バークベックが聞き返す。

「オーガストはシンプルですから」

「えーと、シンプルというと？」

「裏表がないというのかな」父さんが言った。「わたしには、あなたがイーライにからかわれているように聞こえますね。突拍子もない話をでっち上げて、面倒から逃れようとしたように聞こえる。どっちに転んでもあいつは損をしない。イーライの話をあなたが信じれば、あなたはイーライを特別だと考える。信じなかったとしても、あなたはイーライの頭はおかしいと考え、結局イーライを特別だと考えることになる。ご存じないかもしれないが、あいつはお話を作るのがうまい。こんなことは言いたくありませんが、ミセス・バークベック、イーライは作家に必要な二種類の才能を持って生まれた——文章を作る才能と、ほらを吹く才能」

ぼくはオーガストを見た。オーガストはそのとおりというようにうなずいていた。キッチンの椅子の片方が床板の上をすべる音がした。ミセス・バークベックがため息をつく。

オーガストは起き上がって匍匐の姿勢を取り、カニのように歩いて元来た道をたどった。縁の下の出口に近いところ、地面と家の床のあいだが立ち上がれるくらい広いところまで来ると、オーガストは父さんの洗濯機のところで止まった。洗濯機は上から洗濯物を入れるタイプだ。オーガストは洗濯機の蓋を開けてなかをのぞき、また蓋を閉めた。それからぼくを手招きした。(開けてみろよ、イーライ。蓋を開けてみろ。)

ぼくは蓋を開けた。洗濯機のなかに黒いごみ袋が入っていた。(その袋をのぞいてみな。その袋のなかを見てみろ。)

袋をのぞいた。茶色の蠟紙でくるんだうえで透明のビニール袋に入れたヘロインの長方形の塊が十個。ダーラの煉瓦工場の煉瓦とまったく同じサイズだった。

オーガストは何も言わない。黙って洗濯機の蓋を閉め、家の横を通ってスロープを上り、キッチンに入った。ミセス・バークベックは、椅子に座ったまま振り返るなり、オーガストの真剣な表情に目をとめた。

「どうしたの、オーガスト」ミセス・バークベックが訊く。

オーガストは唇を湿らせた。

「ぼくは自殺なんてしません」オーガストは言った。それから父さんを指さした。「ぼくらは父さんを心の底から愛してます。父さんはその倍くらいぼくらを愛してくれてます」

少年、時間を征服する

Boy Masters Time

時間を殺れ。時間に殺られる前に。ハリントン通りのカーン・ビュイの家の、賞に輝く庭のバラが枯れる前に。ストラスイーデン通りにいつもどおり駐まっているビー・ヴァン・トランの黄色いフォルクスワーゲンの塗装が剝げる前に。

時間は、いうまでもなく、すべての疑問に対する答えだ。人間の怒りや殺人、喪失、浮き沈み、愛、そして死に対する答えだ。

時間は、その経過とともにベル兄弟を成長させ、ライルが隠していたヘロインの価格を上昇させる。時間は、ぼくのあご周りや脇の下に毛を生やし、ぼくのタマに毛を生やすのにはもう少し時間をかける。時間は、オーガストを学校の最終学年に進ませ、ぼくをまもなくそれに続かせる。

時間は、父さんをまずまずの腕を持った料理人に育てる。飲んだくれていない夜はたいがい、ぼくらに食事を作ってくれる。ラムチョップと冷凍野菜。ソーセージと冷凍野菜。まあ上出来なスパゲティ・ボロネーゼ。マトンをローストして、三人で一週間がかりで食べることもある。日によっては朝、世界が目覚める前に、海沿いの町ショーンクリフのキャベッジツリー川の水に腰まで浸かって、クリケット選手のヴィヴ・リチャーズの二の腕みたいに極太なはさみを持ったノコギリガザミを捕まえてきたりもする。日によっては午後、食料品の買い出しにスーパーマーケットまでの半分の道のりを歩いて、手ぶらで帰ってくることもある。ぼくらは理由を尋ねない。パニックにやられたとわかりきっているから、父さんの不安障害のことをぼくらももう理解しているから。不安障害が父さんの人生をだいなしにしていること、記憶やプレッシャーや考えやドラマや死を運んでいる動脈や静脈に不安障害が取りついて父さんを生きたまま内側から食い荒らしていることをぼくらは知っている。

日によっては、ぼくが一緒にバスに乗ることもある。外出のあいだそばについていてほしいと父さんに頼まれるからだ。ぼくが父さんの影になってやらなくちゃいけない。父さんは、何でもいいからしゃべっていてくれという。不安をまぎらわす話を聞かせてくれという。だからぼくは、スリムから聞いた話を聞かせる。ボゴ・ロード刑務所の犯罪者たちの物語を端から聞かせる。ぼくの昔の文通相手、アレックス・バミューデスのこと、受刑者はたった二つのもの――『デイズ・オブ・アワ・ライブズ』の放送と死――を待ちながら塀のなかの日々を過ごしていることを話す。不安に押しつぶされそうになると、父さんはぼくにうなずく。ぼくは降車ボタンを押す。次の停留所で父さんが一息ついているあいだ、ぼくは大丈夫、心配いらないよと父さんを励まし、ぼくらは次のバスで家に帰る。ダンロップの靴を履いた足で、一度に小さな一歩ずつ。外出するたびに、父さんは少しだけ遠くまで出かけられるようになる。ブラッケンリッジからチャームサイド。チャームサイドからケドロン。ケドロンからボーエンヒルズ。

時間は、父さんの飲酒量を減らす。クイーンズランド州の酒店にもアルコール含有量を少し抑えたミッドストレングスのビールが並ぶようになって、父さんがトイレを小便であふれさせることがなくなる。こんな統計が出ることはきっとないだろうけど、ブラッケンリッジで消費されるビールのうちミッドストレングスの割合が増えれば、目の周りに痣を作ってバレット通り医療センターのベンソン先生の診察を受けるブラッケンリッジの母親の数は減るだろう。

時間は、父さんを仕事に就かせる。父さんはセレパックス錠をのんで気分を底上げし、玄関から出てバスに乗り、ブリスベンの中心部(シティ)に近いハミルトンのキングスフォード・スミス・ドライブまで行って、Ｇ・ジェームズ硝子(がらす)アルミニウム工場の就職面接を受けた。それから三週間、父さんは工場の製造ラインでアルミ板をいろんな形やサイズに切って働き、ちょっとした飲み友達のジム・〝スナッパー〟・ノートンから一九七九年型トヨタ・コロナを一千ドルで買った。週百ドルずつ十週間にわたって支払う約束だった。金曜の午後、父さんはにこにこしながら財布を開き、灰色がかった青い紙幣を三枚見せてくれた。うちでは一度も見たことがないもの、スノージャンパーを着て、氷山サイズのタマにぼうぼうと茂った毛を南極の寒風で凍りつかせた南極探検家ダグラス・モーソンの肖像が印刷された百ドル札。父さんのあんなに誇らしげな顔を見るのは初めてだった。その晩の父さんは、酒を飲んで泣くより笑っている時間のほうが長かったくらいだった。でも、夢の賃金労働の四週目、父さんは何も悪くないのに、工場の職長からこっぴどく叱られた。誰かが板金ラインの寸法を誤って入力し、五千ドル分の金属板が五センチずつ短く切断されてしまった。父さんは不当な叱責を許せず、監督を〝にぶちん〟呼ばわりし、その言葉の意味を知らなかった若い職長に聞き返されて、父さんは丁寧に解説してやった。「そばかす顔ののろまって意味さ」その日の帰り道、父さんはキングスフォード・スミス・ドライブから道を一本それたところにあるハミルトン・ホテルに寄り、夢の賃金労働で稼げたはずの金額をそのままフルストレングスのビールの大ジョッキで八杯に替えて、腹に収めた。ハミルトン・ホテルの車寄せから出ようとしたところで警察に停められ、飲酒運転の容疑で裁判所への出頭を命じられた。判事は父さんの運転免許を停止し、六週間の社会奉仕活動を科した。社会福祉活動として、ぼくらが通う州立ナッシュヴィル高校の年取って病弱な校務員ボブ・チャンドラーの手伝いをすることになったと父さんから打ち明けられたとき、オーガストとぼくはかける言葉を思いつかなかった。数学Ａの授業中に教室の窓から外を見たら、数学科学棟のすぐ前の手入れの行き届いた芝生に〈ＥＬＩ！(イーライ)〉の巨大な刈り跡があって、その横で誇らしげに満面の笑みを浮かべている父さんを見つけたとき、ぼくはなおいっそう言葉を失った。

時間は、電話を鳴らす。

「はい」父さんが出た。「はい。そうですか。番地は。はい。ええ。ええ。では」父さんは受話器を置いた。オーガストとぼくはテレビでドラマ『ファミリータイズ』を見ながら、薄切りソーセージとトマトソースのサンドイッチを食べているところだった。

「母さんの出所が一月早まった」父さんはそう言ってから、電話の下の抽斗を開けてセレパックスを二錠、口に放りこみ、それをチックタックの粒ミントみたいにちゅうちゅう吸いながら廊下を歩いて自分の部屋に消えた。

時間は、カーン・ビュイの家の賞をもらった庭に咲いていた赤いバラからしなやかさを奪い、G・ジェームズ硝子アルミニウム工場という春の陽射しのもと、ほんの一時の色鮮やかな日々を過ごしたあとの父さんのように変える。

ぼくはカーン・ビュイの家の前を通ってダーラのアルカディア通りに向かう。五年前の州立ダーラ学校の慈善バザーの一環として開かれたガーデニング品評会で、カーン・ビュイの家の前庭が一等賞を獲ったときのことを思い出す。あのころのカーン・ビュイの庭は、キャンディ・ショップのように色であふれていた。毎朝、ぼくらが通学する時間帯に、青と白のパジャマ姿のカーン・ビュイが観賞植物や土に植わった植物に水をやっていた。たまに、パジャマのズボンの前からしわくちゃのペニスが控えめに顔をのぞかせていることもあったけど、ミスター・ビュイ本人はそれにはまるで気づかなかった。庭があまりにも美しくて、それに目を奪われていたからだ。いま、その庭は干上がり、命を失い、麦わらそっくりな色をして、デューシー通り公園の芝のクリケット場のように雑草に覆われている。

角を曲がってアルカディア通りを歩き出したところで、ぼくは立ち止まる。

ベトナム系の男が二人、ダレン・ダンの家の私道のてっぺんに並べた白いプラスチックのガーデンチェアに座っていた。二人とも黒いサングラスをかけ、アディダスのナイロン地のトラックスーツに白いスニーカーという格好で日なたに座っている。トラックスーツは紺色で、ジャケットとパンツの横に黄色い三本線が入っていた。ぼくはゆっくりと私道に近づいた。一人がぼくに向けて両手を挙げた。ぼくは止まった。二人とも立ち上がり、ダレンの家のでかくて頑丈な門の陰になったところにある何かに手を伸ばした。

二人は切れ味のよさそうな大型のマチェーテを手にぼくに近づいてきた。

「あんた誰だ」一人が訊く。

「イーライ・ベル」ぼくは答えた。「ダレンの学校時代の友達だ」

「その鞄には何入ってる」同じ男が訊いた。ベトナム語のなまりがきつい。

ぼくは通りの左右を見た。通りに並んだ二階建ての民家のリビングルームの窓を一つずつ見て、お節介な住人がこのうさん臭いやりとりに気づいて鼻をひくひくいわせていないか確かめた。

「何って、慎重に扱わないとヤバイものが入ってる」ぼくはささやくような声で言った。

「何の用で来た」同じ男がいまにもキレそうな声音で訊く。犬みたいに歯をむいた表情がそいつの顔の初期設定らしい。

「ダレンに商売の話を持ってきた」ぼくは言った。

「ミスター・ダンのことか」男が噛みつく。

「そう、ミスター・ダンだ」

ぼくの心臓はばくばくいっていた。黒いバックパックのストラップをぐっと握り締める。

「商売の話って」男が言った。

ぼくはまた通りを見回してから、一歩近づいた。

「その……ブツを持ってきた……ミスター・ダンが関心を示しそうなブツ」

「ブツ?」男が訊く。「あんたBTK?」

「え?」

「あんたBTKなら、おれらあんたの舌をちょん切る」男は〝ちょん切る〟のは楽しそうだと思っているみたいに目を見開いた。

「いや、BTKじゃない」ぼくは答えた。

「モルモン教徒?」

思わず笑った。「違うよ」

「エホバの証人?」男が吐き捨てる。「また給湯システムを売りつけようってか」

「違う」

久しぶりに来たこのダーラは、パラレルワールドのダーラなのかなとぼくは首をかしげた。BTKって何だ? いいい、ミスター・ダレン・ダンだって?

「何の話だかさっぱりわからないけど」ぼくは言った。「ダレンに挨拶に寄っただけなんだ」

ベトナム系の二人は、マチェーテの木の柄を握り直しながらさらに近づいてきた。

「その鞄、よこしな」男が言った。

ぼくは後ずさりした。男がマチェーテを持ち上げる。

「鞄」

しかたなくバックパックを渡した。男はもう一人に渡し、もう一人がなかをのぞいてベトナム語で何か言った。最初の男のほうが上役らしい。

「このブツ、どこから手に入れた」上役が尋ねた。

「ダレンのお母さんがうちの母さんのボーイフレンドに売ったんだよ。ずっと前の話だけど」ぼくは答えた。「買い戻してもらおうと思って来た」

男は無言でぼくを見つめた。黒いサングラスに隠れて、目の表情は見えない。

まもなく男はポケットから無線機を取り出した。

「名前、何だって？」男が訊く。

「イーライ・ベル」

男はベトナム語で通信した。ぼくに聞き取れたのは〝イーライ・ベル〟だけだった。

やがて男は無線機をポケットに戻し、ぼくを手招きした。

「来い」男は言った。「両手を挙げろ」

ぼくは両手を挙げ、ベトナム系の二人は掌でぼくの脚や腕や尻を叩いて何か隠していないか確認した。

「ずいぶんとセキュリティが厳しくなったんだね」ぼくは言った。

上役の右手がぼくの股間をまさぐった。「そっと頼むよ」ぼくはもぞもぞしながら言った。

「ついてきな」男が言った。

あのころライルがエキゾチックな〝バックオフ〟・ビック・ダンと取引をした家には入らなかった。黄色い煉瓦造りのダレンの大きな家の左側を通り抜けた。このときになってようやくぼくは気づいた。とがり杭を並べた高い柵の上に鉄条網が張り巡らされている。民家の裏庭というより要塞だ。ぼくらが向かった先は母屋の裏の離れだった。といっても、コンクリートブロックを積んで白く塗った公衆便所みたいな建物で、麻薬の売人やヒトラーが戦略を練るのにぴったりだ。門番の男がピーチ色のドアを一度だけノックし、ベトナム語で何か一言だけ言った。

ドアが開き、門番が先に立って廊下を奥に進んだ。両側の壁にダレン・ダンのベトナムにいる親戚の白黒写真が入った額が並んでいた。結婚式、親戚の集まり、マイクを握って陶酔しながら歌っている男性、茶色い水の流れる川のそばで巨大なエビを持ってポーズを取るおばあちゃん。

廊下の突き当たりはリビングルームで、腕と脚の脇に黄色い三本線が入った紺色のナイロン地のアディダスのトラックスーツをそろって着こんだベトナム系らしい男が十数人立っていた。門にいた二人と同じように、全員が黒いサングラスをかけている。紺色のトラックスーツの男のなかに、腕と脚の脇に白い三本線が入った赤いナイロン地のアディダスのトラックスーツを着た男が一人だけいた。やたらに広い木製の事務デスクの前に座り、そこに置いた文書に目を走らせていた。この一人だけが黒いサングラスをかけていない。かけているのはレンズがミラー加工された金縁のアビエーター型サングラスだった。

「ダレン?」ぼくは声をかけた。

赤いトラックスーツの男が顔を上げた。唇の左端から傷痕が延びていた。サングラスをはずし、ぼくの顔に視線を向けた。まぶしそうに目を細めている。

「何だおまえ、どこのどいつだ」男は言った。

「ダレン、ぼくだよ」ぼくは言った。「イーライだよ」

男はサングラスを机に置き、机の下の抽斗に手を入れた。そこから飛び出しナイフを取り、かちりと刃を出しながら机を回って近づいてきた。鼻の下をこすり、二度短く洟をすすった。目は、切れかけた電球みたいに明滅していた。ぼくのすぐ前に来て、ナイフの刃でぼくの右の頬をなぞった。

「イーライ・誰だって?」低い声で訊く。

「イーライ・ベルだよ」ぼくは言った。「学校で一緒だったろ。頼むよ、ダレン。ぼくだって。昔、すぐ近所に住んでた」

男はナイフの切っ先をぼくの目玉に近づけた。

「ダレン? ダレンってば。ぼくだよ、ぼく」

そこで男は凍りついたように動きを止めた。それから顔全体に笑みが広がった。

「ははははあぁぁぁぁぁぁ!」男は叫んだ。「見ろよ、このまぬけ面!」紺色のトラックスーツのお仲間がぼくを笑う。男はオーストラリア奥地のなまりを真似て言った。「聞いたか?」お仲間に向かって言う。「ぼくだよぉ。ぼくだよぉ、ぼくぅ。イーライだよぉ」

楽しげに自分の腿をぴしゃりと叩いてから、ダレンはぼくに腕を回した。ナイフは右手に握ったままだった。「来いよ、亀頭野郎（ベル・エンド）」そう言って笑う。「つれない奴だよな。電話の一本、手紙の一通もよこさないんだものな。おれはでかいプランを練っておまえを待ってたってのに、ティンク」

「あれからいろいろあってさ」

ダレンは知っているという風にうなずいた。「そうだな、泣き虫イーライ・ベルの身にいろんなことが起きた」ぼくの右手をつかんで目の高さに持ち上げ、なくなった指の青白い付け根に触れた。

「恋しいか」ダレンが訊く。

「書くときはね」

「いや、ダーラの話だよ、バカめ。ダーラが恋しいか」

「まあね」ぼくは答えた。

ダレンはデスクに戻った。

「何か飲むか。向こうの部屋の冷蔵庫にソフトドリンクがひととおりそろってる」

「パシートはある？」

「ないな」ダレンは言った。「あるのはコカ・コーラ、ソロ、ファンタ、クリーミングソーダ」

「遠慮しとく」ぼくは言った。

ダレンはデスクチェアの背にもたれて首を振った。

「そうか、イーライ・ベルが戻ったか！」ダレンは言った。「懐かしいな、ティンク」

そこでダレンの笑みが生気を失った。「ライルのこと、ひでえ話だよな」

「ビックだったの？」ぼくは訊いた。

「何が」ダレンが聞き返す。

「ライルを売ったのはビックだったの？」ダレンは当惑顔で聞き返した。

「うちの母ちゃんだと思うのか」

「ぼくはそうは思ってない」ぼくは答えた。「でも、ビックだったの？」

「母ちゃんはライルを客だと思って尊重してたよ。タイタス・ブローシュを客と思って尊重してたようにな」ダレンは言った。「密告なんか褒められた話じゃないってのは当然として、母ちゃんには自分がやってるサイドビジネスをチクる理由がないだろ。だって、それもビジネスのうちなんだからな。ライルがボスに隠れてうちの母ちゃんと取引を始めたとしたって、それはライルの問題であって、うちの母ちゃんには関係ない。ライルの金には、ほかの誰の金とも変わらない数字が書いてあったわけだし。だいたい、おまえだってわかってんだろ、ライルを密告(ラット)したのが誰かわからない。本当のところはわからない。知らない。見当もつかない。」

ダレンは唖然とした顔でぼくを見つめた。

「おまえって奴は、ほんと世間知らずのお子ちゃまだな」ダレンは言った。「一番太ったネズミ（ラット）は、いつだってチーズに一番近いところにいるもんだ」

「テディ？」ぼくは言った。

「おれからは言えねえけどな、ティンク。おれ、チーズは食わねえし」ダレンは言った。お仲間たちもうなずいた。

あのケツの穴の小さい、虫の好かない、友達だったはずの、タドゥーシュ・〝テディ〟・カラス。あいつがチクり屋（チーズ・イーター）だったのか。

「おまえのお母さんはどうしてる？」ぼくは訊いた。

「母屋で休んでる」ダレンは言った。「一年くらい前かな、ビッグCって診断されてさ」

「癌（キャンサー）？」

「いや、白内障（キャタラクト）だ」ダレンが答えた。「哀れなビック。もう何も見えないんだよ」

門番がぼくのバックパックをダレンのデスクに置いた。ダレンはなかをのぞいた。

「いまでも輸入したブツをタイタス・ブローシュに卸してるわけ？」ぼくは訊いた。

「いや、あのクソおやじは、ダスティン・ヴァングとBTKに乗り換えやがった」ダレンは答えた。「おまえの大事なライルの一件もあって、母ちゃんとタイタスの信頼関係にひびが入ったわけだ」

ダレンはナイフをバックパックに突っこみ、抜き取った。刃先にライルの上物のヘロインが付着していた。

「BTKって何だよ」ぼくは訊いた。

ダレンは、ダイヤモンドの品質を調べる宝石商みたいな目でナイフの先のヘロインを品定めした。

「ボーン・トゥ・キル」ダレンが言った。「世界は様変わりしたんだよ、ティンク。いまじゃ誰も彼もギャング組織の一員だ。BTK。5T。キャナル・ボーイズ。いまとなっちゃ、ベトナムの輸出業者が全部仕切ってる。ブツは全部、南の〝アブラカダブラ・〟カブラマッタを通る。サイゴンのボス連中が派閥に分かれたもんだから、カブラマッタのボスどもも派閥を選んで分かれざるを得なくなった。ダスティン・ヴァングはBTKについて、うちの母ちゃんは5Tについた」

「5Tって？」

ダレンはお仲間に視線をめぐらせた。全員がにやりとした。それから全員で何かをベトナム語で暗唱した。ダレンは立ち上がってナイロン地のアディダスのジャケットのジッパーを下ろし、白いTシャツの襟ぐりを引き下ろして胸のタトゥーを見せた。大きな数字の5と、短剣の形をしたTが描かれ、短剣の切っ先は黒い脈打つ心臓に刺さっていて、心臓にはベトナム語の単語が五つ刻まれていた――Tinh、Tien、Tu、Toi、Thu。

5Tギャングが声を合わせて暗唱する。「愛、金、牢獄、罪、復讐」

ダレンがうなずく。「よく言った！」満足げに言う。

そのとき、要塞のドアにノックの音が響いた。九歳くらいのベトナム系の男の子がオフィス代わりのリビングルームに入ってきた。やはり紺色のナイロン地のアディダスのトラックスーツを着ている。汗をかいていた。ダレンに向かってベトナム語で何か叫ぶ。

「BTKか」ダレンが聞き返す。

男の子がうなずいた。ダレンは右手に控えていたおとなのメンバーにうなずき、そいつがほかの三人にうなずくと、三人は要塞から駆け出していった。

「どうしたの」ぼくは訊いた。

「BTKの野郎どもがグラント通りを歩いていやがる」ダレンが言った。「連中はグラント通りを歩かない取り決めになってる」

ダレンは見るからにいらだって爆発しかけていた。ぼくのバックパックをまた見る。

「いくら?」ダレンが訊いた。

「え?」ぼくは聞き返す。

「いくらだよ」ダレンは繰り返した。「いくらほしい」

「そのブツの話?」ぼくは確かめた。

「違うよ、ティンク。いくら払ったらおれのベトナム産のちんちんをしゃぶるかって話だよ。なんてな、ブツの値段に決まってんだろうが。いくらだって?」

「四年前におまえのお母さんがライルに売ったブツだ」

「へえそりゃ驚きだ」ダレンは皮肉っぽい棒読み調で言った。「最果ての町ブラッケンリッジで輸入業でも始めたのかと思ったよ」

ぼくはセールストークを始めた。昨日、ぼくらの寝室で六度リハーサルしてあった。だけどぼくらの寝室には、威圧感たっぷりのベトナム系の男が十四人もそろって黒いサングラス越しにぼくを見ていたりはしなかった。

「クイーンズランド州警察がヘロインの密売に重点を置いて取り締まりを強化している昨今、これほど品質の確かな……」

「ふん!」ダレンが笑った。「品質が確かだって? こりゃいいや。身元が確かなイギリス人の執事を売りつけようとしてるのかと思っちまいそうだよ」組織のメンバーが笑った。

ぼくはひるまずに進めた。

「……ブツは、めったに手に入らないと思う。だから、そのバックパックに入っている量も考え合わせると、適正な価格は……」

ぼくはダレンの目をのぞきこんだ。こいつは取引に慣れている。ぼくは初めてだ。五時間前のぼくは、湯気で曇った父さんのバスルームのシャワー室のドアに伝説の剣エクスカリバーを握った棒人間の自画像を描いていた。わずか五時間後のいま、5Tギャングの十六歳のボスとヘロインの売買交渉をしている。「えーと……」くそ、〝えーと〟じゃないだろ。自信を持て、自信を。「その……八万ドル？」

ダレンはにやりとした。「おまえの交渉スタイル、気に入ったぜ、イーライ」

それから別のメンバーにベトナム語で何か言った。そいつは別の部屋に走っていった。

「どこ行ったの」ぼくは訊いた。

「おまえの五万ドルを取りに行ったんだよ」ダレンが言った。

「五万ドル？」ぼくは聞き返す。「八万って言ったろ。インフレ率も考慮しろよ」

「ティンク、おれに見える膨張(インフレ)はな、おまえの尻についてる火くらいのもんなんだよ」ダレンはにやにやしながら言った。「だな、たしかにこのブツは最低でも十万の価値がありそうだ。けど、いいか、おれはおまえを心から愛してるがな、イーライ、おまえはおまえで、おれはおれだし、おまえの立場、クリケットの球を投げる立場にないって立場は考慮しないとしても、おまえの問題は、このブツを引き取ってそこのドアを出たとたん、ほかの買い手の当てが一人もいなくなるってことなんだよ」

ぼくは振り返ってドアを見た。納得するしかなかった。

ダレンが笑った。「はは、昔と変わらないな、イーライ・ベル」

組織のメンバーが三人、外から戻ってきてダレンに猛烈な早口で何か報告した。

「くそ、野蛮人どもめ」ダレンが怒鳴る。

手下に向かってベトナム語の指示をわめき立てた。メンバーはそろって隣の部屋に駆けこみ、すぐにまた戻ってきた。全員がマチェーテを手にしていた。別の一人が別の部屋から戻ってきた。こいつはぼくに渡す五万ドルを持っていた。煉瓦みたいな形をした五十ドル紙幣の塊三つ。マチェーテを持った連中は、興奮した様子で廊下の壁をマチェーテで叩きながら、兵隊みたいに一列縦隊で廊下を行進して出ていった。

「何の騒ぎだよ、あれ」ぼくは訊いた。

「BTKの野郎どもが和平協定を破りやがった」ダレンは言い、デスクの抽斗を開けた。「うちから二分のところまで来てる。奴らの首を刎ねてやる。ウナギ野郎どもにはそれがお似合いだ」

ダレンは金色にぎらつくカスタムメイドのマチェーテを取り出した。5Tのロゴが入っていた。

「ぼくはどうしたら」ぼくは訊いた。

「おお、そうだったな」ダレンは言った。

また抽斗をのぞきこみ、もう一本マチェーテを取り出してぼくに放ってよこした。

ぼくは柄をキャッチしようとして取り落とし、危うく足に突き刺さるところだった。床に落ちたマチェーテをあわてて拾った。

「断る」ぼくは言った。「いや、その、取引を終わらせなくちゃ」

「あのな、ティンク。取引はもう完了した」ダレンが言った。

子分がぼくのバックパックを差し出す。ヘロインは消えて、代わりに現金の塊が入っていた。

「行くぞ」ダレンが言った。

廊下を走っていくダレンは、血に飢えた戦士の顔をしていた。

「片づくまで、ぼくはここで待ってるよ」ぼくは言った。

「そいつはだめだ」ダレンは言った。「ここにはな、ベトナムの全国民に毎日ビッグ・ルースターでめしを食わせても半年もつくらいの金を置いてあるんだよ。全出入口に錠を下ろす」

「じゃあ、裏の塀を乗り越えて出る」

「鉄条網が敷地を一周してる。表の門が唯一の出口だ」ダレンは言った。「だいたい、どうしたんだよ？　BTKの連中はおれらの町を乗っ取ろうとしてるんだぞ。ダーラ全域を手に入れようと企んでるんだ。おれらのふるさとを乗っ取られて平気でいられるのか。ここはおれらの縄張りだ。おれらが守らなくてどうする」


戦いは、人類史上のあらゆる戦いと同じように始まった。対立する集団のそれぞれの首領が名乗りを上げた。

「おまえの鼻をそぎ落としてやるからな、トラン。キーホルダーに下げて持ち歩いてやる」ダレンはアルカディア通りのクルドサックにある自分の家の前から叫んだ。その周りにいまや総勢三十名にふくれ上がった5Tのメンバーが集まっていた。

通りの入口に、そわそわと落ち着きのないBTKの野蛮人ども——たしかに他人の命を終わらせるというただ一つの目的のために生まれてきたような見た目をしている——を従えて立っているのが、おそらくトランという名前の奴だろう。トランは右手にマチェーテを、左手にハンマーを持っていた。BTKの人数は、ダレンの子分より十人は多そうだった。

「おまえの耳をそぎ落としてやるからな、ダレン。その耳に毎日、晩めし前に進軍歌を歌って聞かせてやる」トランが言った。

がらんがらんという音が鳴り始めた。双方のメンバーが自分の隣に立っている同志の武器に自分の武器を打ちつけている。リズミカルな音がしだいに大きくなっていく。闘いの雄叫び。死を呼ぶ歌。

そのとき、ぼくのなかの何か――生きたいという欲求、平和を求める使命感かもしれないし、もしかしたら単にマチェーテを脳天に突き立てられることへの本能的な恐怖かもしれない――に背中を押され、5T側の最後尾にいたぼくはほかのメンバーをかき分けて前に出た。

「すいません。すいません」そう言いながらアルカディア通りの真ん中、殺気だった二つの集団の境界線のど真ん中に立った。「邪魔してすみません」ぼくは大きな声で言った。マチェーテを鳴らす音がやんだ。通りはしんと静まり返り、ぼくの震え声がダーラじゅうに響き渡った。

「みなさんにぼくなんかの意見に耳を貸す義理はないことはわかってます」ぼくは大声で続けた。「ぼくはたまたま友達の顔を見に寄った愚かな一般人にすぎません。でも、みなさんがお互いに対して抱いている不満や怒りを解消するのに、第三者的な視点が役に立つのではないかと思いました」

ぼくは双方を見比べた。ダレンの側にも、トランの側にも、心の底から困惑した顔が並んでいた。

「ダーラの息子たちよ」ぼくは続けた。「ベトナムの息子たちよ。きみたちの家族が故国から放逐されたのは、戦争ゆえではなかったか。そもそもきみたちがこの美しい片田舎の町に来ることになったのは、分断と誤解ゆえではなかったか。ダーラの町境を越えた向こうには、オーストラリアと呼ばれる異質な土地が広がっている。その土地は、新参者につねに優しいとはかぎらない。その土地は、よそ者をいつも歓迎するとはかぎらない。町境を一歩越えた瞬間、生まれ育ったこの町という聖域から一歩出た瞬間、きみたちは無数の戦いに直面することになる。そこで一致団結して戦うべきではないのか。ここで互いに殺し合うのではなく」

ぼくは自分の頭を指さした。

「もしかしたら、いまこそ我々一人ひとりがこれを活用すべき時なのではなかろうか」

次に自分のマチェーテを高く掲げた。

「これを使うのではなく」

そして動くもののないアルカディア通りのアスファルトの路面に、ゆっくりと、芝居がかったしぐさでマチェーテを置いた。ダレンが自分の手下を振り返った。トランは両腕をいったん下ろして自分の兵隊の顔を見回したあと、前に向き直ってぼくを見た。そして武器をまた天に突き上げた。

「攻撃開始(タンコン)！」トランが叫んだ。ＢＴＫ軍が進撃した。マチェーテとハンマーとかなてこがブリスベンの空に掲げられた。

「皆殺しだ！」ダレンが叫ぶ。それを合図に無慈悲な5Ｔ軍が全力で走り出した。アスファルトの路面をゴム底がこすり、武器がぶつかり合って期待に満ちた音を鳴らす。ぼくは向きを変え、道路脇に向けて走った。その直後、熱狂する二つの集団が激突した。肉と肉が、刃と刃がぶつかり合う。ぼくは膝丈の塀を跳び越え、ダレンの家から数えて四軒目の山小屋風のこぢんまりとした家の前庭に着地した。腹ばいになり、ＢＴＫのメンバーがぼくの逃亡に気づいていませんようにと祈りながら前庭を這っていった。家の横にたどりつき、白いバラの茂みの陰に隠れたところで、アルカディア通りのマチェーテ大戦を最後に一目だけ振り返った。マチェーテの刃が空気を切り裂き、拳や肘が額や鼻に叩きつけられる。足が腹をえぐる。膝が目玉にめりこむ。ダレン・ダンはぱっと跳ね、乱闘のなかから勝ち誇ったように弧を描いて飛び出すと、油断していた敵の戦士に襲いかかった。ぼくはバックパックの奥に手を入れて、五万ドルの札束がまだちゃんとそこにあるのを確かめた。それから、六番目の〝Ｔ〟を忘れずに与えたもうた戦いの神々に感謝した。向きを変え(ターン)て逃げろ。

少年、幻想を抱く

Boy Sees Vision

　早く話したい。早く会いたい。ぼくの空想のなかのその人は白いワンピースを着ている。長い髪が肩に流れ落ちている。膝をついて、ぼくを胸に抱き寄せる。そのぼくらがその人のために稼いだ金を渡すと、その人の目から涙があふれる。その夜、ぼくらは車でザ・ギャップに行き、その金をザ・ギャップ・ショッピングセンターにある銀行の窓口に置き、その人はハンサムな窓口係に、これは前庭に白いバラの茂みのあるこぢんまりした山小屋風の家を買うための前金なのよと話す。

　ぼくらが乗ったバスはブリスベン北部の町ナンダーのバックランド通りに停車した。秋の大きな太陽がぼくの頭のてっぺんに照りつけて耳や首を焦がす。ぼくらは茶色の煉瓦造りの大聖堂、カトリック聖体教会の前を歩く。大聖堂のてっぺんには父さんの図書室の本の山脈のあちこちにまぎれこんでいる『ブリタニカ大百科事典』で見たロンドンの主要な建物とそっくりな緑色のドームが載っている。

　父さんが〝うち〟と呼ぶちっぽけなボロ家が恋しくなることもあるかもしれない。壁の穴を懐かしく思い出したりもするだろう。たくさんの本も。父さんがしらふでいた夜、クイズ番組『セール・オブ・ザ・センチュリー』を見ながら一緒に問題の答えを考え、司会のトニー・バーバーのジョークに笑い、番組で〝持ち越しチャンピオン〟と呼ばれた回答者の誰より早く正解を答えていた父さんのことも恋しく思うだろう。観葉植物へンリー・バスも。しらふの父さんのたばこを買いに店まで行ったことも。ぼくはきっとしらふの父さんを恋しく思うだろう。

　ぼくらはバックランド通りからベージ通りに曲がった。そこで足を止めた。

「ここだ」ぼくは言った。「六一一番地」

オーガストとぼくは、増改築を重ねた木造のクイーンズランド風建築の家の前に立った。長くて細い柱に支えられた高床式になっている。ものすごく古くて、頼りなくて、杖にすがりながらアイルランドのジャガイモ飢饉(ききん)のジョークをしゃべり出しそうな雰囲気だった。

青いペンキが剝がれかけた細長い階段を上った先に古びたフランス戸があった。風雨にさらされて朽ちかけ、触るとささくれ立っていた。五本指がそろった左手で二度ノックをした。

「はーい」奥から甲高い女性の声が聞こえた。玄関が開き、修道女が出てきた。年を取っていて、半袖の白いワンピースを着ている。青と白の頭巾で髪を覆い、〝穏やか〟と〝にこやか〟の中間の表情を浮かべていた。大きな銀の十字架がネックレスの先で揺れていた。

「きっとオーガストとイーライね」修道女が言った。

「ぼくがイーライです」ぼくは言った。「こっちがオーガスト」オーガストがほほえんで会釈した。

「シスター・パトリシアよ。お母さんのお世話をして、社会に復帰する準備を手伝ってきました」シスターはぼくらの目をのぞきこんだ。「二人のことは聞いていますよ。イーライはおしゃべりが好きで、物語を作るのが上手。オーガストは、賢くて静かな青年。まさに好対照、炎と氷ね」

炎と氷。陰と陽。ソニー＆シェール。うまくいく組み合わせばかりだ。

「どうぞ入ってちょうだい」シスターが言った。

ぼくらは玄関からなかに入り、大きな家のサンルームにかしこまって立った。玄関を入ってすぐのところに、大きな額に入ったイエス・キリストの肖像があった。リーナの寝室にあったものとそう変わらない。悲しみを誘う若きイエス。ハンサムな若きイエス。ぼくの罪の番人。知る人。許す人。このところずっとぼくの頭に居座っている憎しみに満ちた考えをしばし忘れさせてくれる人。黒い希望。ぼくの母さんがここに来る原因を作った連中は焼かれるだろう。ぼくらがかつて知っていたあの連中は、自身の行いの罰として血を流すことになるだろう。水の底に沈めてやってくれ。地獄を見せてやってくれ。病気と怒りと伝染病と苦しみと永遠の炎と氷をくれてやれ。アーメン。

「さあ、そんなところでぼうっとしていないで」シスターが言った。「手をつないでいてあげなくちゃお母さんに会う勇気が出ない？」

ぼくらは廊下を奥へと進んだ。

「右手の二番目の部屋よ」シスター・パトリシアの声が背後から聞こえた。

オーガストが先に立って歩いていた。廊下はカーペット敷きだ。サイドボードに祈りの言葉のカードが入った額やロザリオの数珠のトレー、紫色の花を生けた花瓶が並んでいた。家全体にラベンダーの香りが漂っていた。ぼくは母さんを、ラベンダーの香りと結びつけて思い出すだろう。ロザリオの数珠や淡い緑色がかった青のペンキを塗った縦向きの接合ボードの壁と結びつけて思い出すだろう。右手の一つ目の部屋の前を通り過ぎた。机の前に女の人が座って本を読んでいた。ぼくらに気づいてほほえむ。ぼくらも笑みを返して廊下を先へ進んだ。

オーガストは右手の二つ目の部屋のドアの少し手前で立ち止まった。肩越しにぼくを振り返る。ぼくはオーガストの右肩に手を置いた。ぼくらは話をせずに話をする。（わかるよ、オーガスト。**気持ちはわかる。**）オーガストが部屋に入り、ぼくも兄貴に続いて部屋に入って、オーガストを抱き寄せる母さんを見つめる。母さんはオーガストが入ってくる前からもう泣いていた。着ているのは白いワンピースではなく、水色のサマードレスだった。でも髪はぼくが空想のなかで見たみたいに長くて、顔の表情は温かで、元気そうで、そして何より、ここにいる。

「みんなでハグ」母さんはかすれた声で言った。

ぼくらは空想のぼくらより背が高かった。ぼくは時間の経過を忘れていた。空想は時間に置いてきぼりにされて、現実ではないことを語り、これから現実になることは語らない。母さんはシングルベッドに腰を下ろした。ボゴ・ロード女子刑務所で二段ベッドの下の段に座っていた母さんをぼくは思い出した。その二人の母さんは、これ以上ないほどかけ離れていた。ぼくの頭のなかにいるどん底の母さんと、いまここにいる最高の母さん。

こっちの母さんがこれからの母さんだ。

部屋のドアを閉め、ぼくらは三時間もそこに三人でこもった。会えなかったあいだのできごとを話した。学校で気に入っている女の子、いまやっているスポーツ、読んだ本、ぼくらが起こしたトラブル。モノポリーとウノで遊び、母さんのベッドの脇のラジオで音楽を聴いた。フリートウッド・マック。デュラン・デュラン。コールドチゼルの『ホウェン・ザ・ウォー・イズ・オーヴァー』。

夕食の時間になって、三人で食堂に行った。母さんは、刑務所で一緒だった女性たち、母さんと同じようにシスター・パトリシアのこのおんぼろの家で社会復帰の準備をしている女性たち二人にぼくらを紹介した。名前はシャンとリンダで、スリムならきっと二人のことを気に入っただろう。二人ともTシャツを着ていて、ブラは着けていなくて、喫煙者らしいかすれた声で笑って、笑うとTシャツの内側でおっぱいが揺れた。刑務所生活がどんなにみじめでたいへんなものか話してくれたけど、母さんはそこまで悲惨な経験をしないですんだとオーガストとぼくに思わせるためだろう、二人とも太陽みたいに明るいユーモアを交えて話した。刑務所のなかにも友情や人情や思いやりや愛がある。肉が硬すぎて歯が折れたわよとジョークを言った。看守をからかったりいたずらしたりもした。大胆すぎる脱走計画を試みる人もいた。たとえば子供のころスポーツ選手だったというロシア人は、棒高跳びの棒を作り、それを使って刑務所の塀を跳び越えようとしたけど、無残な結果に終わった。それに、忘れもしない、ブラッケンリッジ在住のおかしな少年もいた。その少年は、お母さんに会いたくて、クリスマスにボゴ・ロード女子刑務所に忍びこんだ。

母さんはその話にほほえみ、同時に涙を流した。

母さんの寝室に分厚い掛け布団を広げた。リビングルームからクッションを借りてきてぼくらの枕にした。寝る前に母さんが、あなたたちに話しておきたいことがあるのと言った。ぼくらは母さんのベッドの両側に座った。ぼくはバックパックに手を入れた。そこに五万ドルが入っている。

「ぼくからも話があるんだ、母さん」ぼくは言った。もう黙っていられなかった。早く母さんに話したくてたまらなかった。ぼくらの夢がもうじき叶うんだよと伝えたくて待ちきれない。ぼくらは自由だ。ぼくらはついに自由になった。

「話って？」母さんが訊く。

「母さんが先に話して」ぼくは言った。

母さんはぼくの前髪をそっと払いのけ、ほほえんだ。それからうつむいた。迷っている。

「話してよ、母さん。先に話して」ぼくは促した。

「どう話していいのかわからなくて」母さんが言う。

ぼくは母さんの肩をそっと押した。「いいから言ってよ」そしてくすくす笑った。

母さんは深呼吸をした。ほほえむ。その笑みは輝くように大きく、ぼくらもつられてほほえんだ。

「テディの家で暮らすことにしたの」母さんが言った。

時間が止まる。時間がほどける。時間が崩壊する。

少年、クモを噛む

Boy Bites Spider

ブラッケンリッジでセアカゴケグモが異常発生していた。ランスロット通りのセアカゴケグモは、暑さと湿気から逃れて便器の蓋の下に這いこんだ。十一年生の最後の登校日、お隣のパメラ・ウォーターズは、いつものように騒々しく排便している最中に噛まれた。ときどきお隣のトイレから泡立つような、何かが裂けるような音が塀を越えて聞こえてくる。オーガストとぼくとしては、どっちに同情していいのか困ってしまう。ミセス・ウォーターズか。それとも、晩ごはんにミセス・ウォーターズの尻の肉に食らいついた、世間に疎いセアカゴケグモか。

　父さんの図書室でクモについて解説した本を見つけて、セアカゴケグモの項を読んだ。その本によれば、メスは交尾中に共食いする。交尾（メート）しながら相手のオスを食うんだ。うちの高校の女子生徒の友達（メート）になると一緒にランチを食べる掟にちょっと似ている。交尾しながら共食いして生まれたちっちゃな子供たちは、母グモの巣で最大一週間くらい暮らしたあと、風に乗って巣立っていく。

　一週間。母さんはオーガストとぼくに夏休みの一週間、テディのうちに遊びに来てと言ってきている。密告屋テディと一週間？　父さんや、交尾しながらオスを食うセアカゴケグモと一緒にブラッケンリッジで過ごすほうがよほどましだ。

「もっとも多くの衛星を持つ惑星は」うちの映りの悪いテレビのなかで、トニー・バーバーが問題を読み上げる。パステルピンクとアクアマリン色の『セール・オブ・ザ・センチュリー』の撮影セットに、三人の挑戦者が並んでいる。

　ビール三十六杯と安売りの箱ワイン三杯を胃袋に収めたあとなのに、それでも父さんの回答のほうが三人の挑戦者よりも早い。

「木星！」

「ルーマニアの首都は」バーバーが訊く。

「〝ノット（Knot）〟は、ある両生類の集合名詞として使われます。その両生類とは」バーバーが訊く。

「唾棄すべき人物テディ・カラスを頼りにするとは、フランキー・ベルは果たして正気なのでしょうか」バーバーが訊く。父さんの大好きなクイズ番組に初めて関心を引かれて、ぼくはふいに背筋を伸ばす。

「さて、有名人ボードのコーナーです。ヒントから、わたしが誰なのか当ててください。早押しクイズです」バーバーが言う。テレビの奥から直接尋ねる。ぼくに向けて質問する。「わたしはうまくいかなかった夫婦のあいだに生まれました。二人兄弟の弟で、わたしの兄は、六歳だったとき、父親が運転する車がダムに落ちた夜から一言も話さなくなりました。わたしが十三歳だったとき、この先ずっとこの人と一緒に成長していくのだと思っていた男性が、表向きは小さな人工肢メーカーの経営者、実は小さな町のドラッグ密売の黒幕である人物にどこかへ連れ去られ、それきり行方知れずになりました。いろんなことが落ち着いて、これからだと思ったとき、母親が、この世の誰よりも愛した男性に死をもたらしたとわたしが信じている男のもとに走りました。混乱と絶望の根無し草のようなわたしは、さあ、イーライ・誰でしょう。お答えください」

　オーガストはぼくらの部屋で絵を描いている。油絵だ。将来は画家（ペインター）になろうかなと言う。

「父親に似たんだな」その話題が出るたび、オーガストが描く、たいがいはぎょっとするような、ときに不安をあおるような油絵と、自分の初めての仕事がウールルーンガーバの塗装（ペインティング）会社の見習社員だったことを強引にこじつけて、父さんは言う。

　ぼくらの部屋にはそこらじゅうにキャンバスが転がっている。壁にも、オーガストのたわんだベッドの下にも。オーガストは多作だ。少し前からシリーズ作品を描いていて、ありえないくらい壮大な宇宙を背景に、小さな町ブラッケンリッジならではの日常の一コマを配置する。近所のファストフード店、ビッグ・ルースターが、地球から二百五十万光年離れた渦巻き星雲アンドロメダのすぐ前に浮かんでいる絵とか。別の一枚では、ショットガンで撃たれて開いた穴から血を噴き出している胃袋のように見えなくもない赤いスターバースト銀河を背景に、マキアリング通りで子供二人が自分たちの家から引っ張ってきたキャスターつきくず入れをウィケット〔ピッチの両端に立てる三柱門〕にして草クリケットに興じている風景を描いた。また別の絵では、フードストア・スーパーマーケットの買い物カートが、十万光年離れた天の川のほとりに浮かんでいた。人類が知る宇宙の最果てにある巨大でカラフルなガス雲を背景に、青いＴシャツを着た父さんがソファに横向きに寝そべって手巻きたばこをくゆらせながら競馬新聞に印をつけている絵も描いた。ガスによると、宇宙の最果てでは、あらゆる物質から父さんのおならのにおいがする。

「それ誰」ぼくは部屋の入口から訊いた。

「おまえだよ」

　オーガストは、パレット代わりに使っているブラック＆ゴールドのチョコチップ・アイスクリームの蓋に絵筆の先を軽く置いて絵の具を取った。キャンバスにぼくが描かれている。州立ナッシュヴィル高校の写真を見ながら描かれたぼく。髪を切らないと。ドラマの『パートリッジ・ファミリー』のバンドでベースでも弾いていそうな長髪だ。十代らしいニキビ、やけにでかい十代らしい耳、脂ぎった十代らしい鼻。ぼくは教室の茶色い机に座り、ちょっと不安げな顔で外を見ている。窓の外には宇宙が広がっている。

「それはいったい何なの」

銀河と銀河のあいだで何か起きている。緑色のスライムみたいなものが星のあいだから広がろうとしている。

「数学の授業中にぼんやり窓の外を見てるおまえの絵だよ。百二十億年かかって届いた光を目撃した直後のおまえ」オーガストが言った。

「どういう意味の絵だよ」

「さあね」オーガストは答えた。「おまえが光を見た。それだけの意味だと思うけど」

「絵のタイトルは」

「『イーライ、数学の時間に光を見る』」

オーガストは油彩のぼくの喉仏に一段暗い色を足した。

「テディのとこになんか行きたくないな」ぼくは言った。

絵の具を塗る。絵の具を取る。絵の具を塗る。絵の具を取る。

「ぼくだって行きたくない」オーガストが言う。

絵の具を塗る。絵の具を取る。絵の具を塗る。絵の具を取る。

「それでもやっぱり行くんだよね」ぼくは言った。

絵の具を塗る。絵の具を取る。絵の具を塗る。絵の具を取る。

オーガストはうなずく。（そうだ、イーライ。行かないわけにはいかない。）

久しぶりに会ったテディの目は前よりもくぼんでいて、腹は前よりも突き出ていた。ダーラの南西に位置する町ウェイコールにあるクイーンズランド様式の二階建ての家の戸口に立っている。その家はテディが両親から相続したもので、両親はいま、ブリスベン通りを車で二十分くらい走ったところの町イプスウィッチの老人ホームで暮らしている。

オーガストとぼくは、鉄の手すりがついたみすぼらしい階段のてっぺんに立っている。階段はあまりにも古く、ぐらぐら揺れて、インディ・ジョーンズと忠実な助手ショート・ラウンドがクロコダイルがうじゃうじゃいる上を渡るのに通ったロープの橋みたいだ。

「久しぶりだな」テディはビールの小さな樽を抱えているような格好で太った腕を母さんに回していた。

ぼくは頭のなかで毎日のようにあんたの顔を見てるよ、テディ。

「久しぶり」ぼくは言った。

オーガストはぼくの後ろにいて、階段の手すりに手をついて身を乗り出し、家の前の階段の上に垂れている枝からアンズらしきものを取ろうとしていた。

「よく来たな、ガス」テディが言った。

オーガストはテディをちらりと見てかすかにほほえんだあと、アンズの実を枝からむしり取った。

「それはおふくろのビワの木だ」テディが言った。「五十年くらい前からずっとある」

オーガストは実のにおいをかいだ。

「遠慮するな、かじってみろ。洋ナシとパイナップルが一つになったみたいな味だよ」

オーガストはビワを一口かじり、もぐもぐと咀嚼（そしゃく）した。それからほほえんだ。

「おまえも食うか、イーライ？」テディが訊く。

あんたのものはもらいたくないな、テディ・カラス。槍に刺したあんたの生首なら別だけど。

「遠慮しとくよ、テディ」

「かっこいいものがあるんだよ。見たいだろ?」

ぼくらは黙っていた。

母さんが鋭い視線を投げてよこした。

「イーライ」母さんは言った。一言で充分だった。

「見せて、テディ」ぼくはビワの大きさくらいの熱意をこめて言った。

トラックだった。だだっ広い敷地脇の怪物級にでかいマンゴーの木の下に一九八〇年型のケンワースK100キャブオーバーが駐めてあって、ボンネットにオオコウモリに汁を吸われたあとの緑色の実がぶつかった跡が無数についていた。

このトラックでウールワース・スーパーマーケットの仕事をしているんだとテディは言った。果物を満載した貨物車を牽いてオーストラリアの東海岸沿いを行ったり来たりしている。テディはぼくらを運転台に乗せ、イグニションをひねった。食料品を運ぶ大型のけものがやかましい音を立てて目を覚ます。

「クラクションを鳴らしてみたいか、イーライ」

ぼくはもう八歳の子供じゃないんだ、テディ。

「いや、やめとくよ」ぼくは言った。

テディは自分でクラクションを鳴らし、うれしそうにくすくす笑った。手癖の悪い田舎の子供がホッピングスティックに乗って飛び跳ねている姿を見てくすくす笑っている、豆粒くらいのサイズの脳味噌しかないおとぎ話の巨人みたいだった。

それからCB無線の周波数ノブをいじり、誰かしらいつも近くにいるんだという運転手仲間を探した。運転手仲間が一人、また一人と応答した。口の悪い奴ばかりで、名前はマーロン、フィッツ、あと一人はオーストラリアのトラック業界の伝説的運転手だとかいう〝ザ・ログ〟。ペニスのサイズにちなんで丸太（ログ）と呼ばれているらしい。

　知り合ったばかりのころ、ぼくはテディ・カラスが好きだった。テディとライルの、いかにも親友らしい仲のよさがうらやましかった。ぼくがライルのなかに見ていたのと同じものが、テディの目にも見えているようだった。髪を後ろになでつけてジェルで固めているところ、ふっくらした唇のめくれ上がり方が、『G・I・ブルース』時代のエルヴィス・プレスリーにちょっと似ていた。でも、いまのテディはどこもかしこも太っていて、ラスヴェガス時代のエルヴィスに似ている。油こってりのピーナツバターのサンドイッチみたいなエルヴィス。テディはライルを売った。タイタス・ブローシュに、ライルはこっそり麻薬を売買しているとチクった。ライルの女を横取りし、タイタス・ブローシュの歓心を買うために、ライルが引きずり出され、四つ裂きにされるように仕向けた。しかしタイタスはテディを追放した。チクリ屋は信用できないと知っていたからだ。チクリ屋は、ウールワースの食料品運搬トラックを運転してオーストラリアの東海岸沿いをうろうろするような地道な仕事にしか就けない。だからテディは刑務所の母さんのところに面会に通い始めた。母さんはたぶん、密告したのはテディじゃないと信じようとしたんだろう。誰かに面会に来てほしかったから。ぼくは面会に行かれなかった。オーガストも行かれなかった。父さんの付き添いがなくては、ぼくらは面会を許されなかった。でも母さんは、外の世界にいる誰かと話がしたかった。外の世界はまだちゃんと存在していることを確かめるためだけであれ。だから母さんはチクリ屋と話をした。テディは毎週木曜の午前中に来てくれたと母さんは言った。話をしていると楽しかったと母さんは言った。テディは優しかった。テディは来てくれた。

「トラックを運転するのは楽しいよ」テディが言った。「ハイウェイを走ってると、こう、ゾーンに入るっていうのかな。うまく説明できないけど」

なら説明してくれなくていいよ、テディ。

「走ってるとき、たまにやることがある。何だと思う？」

マーロンとフィッツとザ・ログとあんたの四人で、無線上でみんなでマスをかくとか？

「何かな」ぼくは話を合わせた。

「ライルと話すんだ」テディが言った。

テディは首を振る。ぼくらは黙っている。

「あいつに何て言うかわかるか」

ごめんなさい？ おれを許してくれ？ 一日二十四時間、週七日、罪と裏切りと強欲を悔いて魂がすり切れるほど苦しんでいるこの状態からもう解放してくれ？

「牛乳トラックの話をするんだよ」

子供のころ、ライルと一緒に牛乳配達トラックを盗んだんだとテディは続けた。ダーラでのできごとだ。牛乳配達人が玄関先でライルのお母さんのリーナと世間話をしている隙に、二人でトラックに乗って走り去り、無謀運転を存分に楽しんだ。あれはたぶん、二人の人生で一番楽しい六分間だった。ライルは近所の雑貨店の前でテディを降ろしたあと、一人でトラックを返しに戻り、責任を一人で引き受けた。ライル・オーリックは善良でまっとうな人間だったから、運や偶然が重なって田舎町のヘロインの売人になっただけのことだからだ。

「あいつに会いたいよ」テディが言った。

そのとき、大きなジャーマンシェパードが二頭来て、トラックの運転席側のドアに向かって吠え始め、テディの思索は中断した。

「よう！」テディは窓から二頭に笑みを見せた。「うちの犬たちを紹介するよ」テディはぼくらに向かって言った。

　テディはトラックから降り、裏庭で犬たちとじゃれた。

「こいつはボー」テディは一頭の頭をわしわしとなでながら言った。左手でもう一頭の腹をくすぐっている。「こっちはアローだ」

　二頭を見つめるテディのまなざしには愛情があふれていた。

「いまとなっては、家族といえるのはこいつらだけだ」テディは言った。

　オーガストとぼくは、言葉を交わさずに言い合った。（みじめな奴だ。）

「こいつらの家を見てやってくれよ」

　ボーとアローの犬小屋は、縁の下にあった。犬小屋というより、コンクリートスラブを土台にした二階建ての犬用リゾートだ。硬材を継ぎ合わせた壁に、ベニヤ板で作った窓とドア。森で迷ったヘンゼルとグレーテルが見つけた山小屋はきっとこんな風だっただろう。小屋は高床式になっていて、ボーとアローは滑り止めがついたスロープを上り下りして、毛布とクッションのある夢の住まいに出入りする。

「おれが作った」テディは言った。

　オーガストとぼくは、言葉を交わさずに言い合った。（いやほんとみじめな奴だよ。）

　テディの家で過ごした最初の三日は文句なく理想的（ピーチー）だった。ビワなくらい理想的だった。テディは思いやりのあるところをぼくらに見せるために母さんにほほえみかけ、ぼくらを手なずけるためにアイスキャンディを買ってくれ、トラック運転手の仲間内ではやっているジョークを言った。ジョークはどれもどうしようもないほど人種差別的で、オチでは決まって十八輪トラックのフロントの大型バンパーにアボリジニやアイルランド人や中国人や女性が跳ね飛ばされた。そして滞在四日目、ダスティン・ホフマンがすべてをだいなしにした。

インドロピリーのエルドラド映画館からの帰りの車中で、たったいま観てきた『レインマン』のダスティン・ホフマンの挙動がオーガストに似ているとテディが言い出した。

「ああいうの、おまえもできるのか」テディがバックミラー越しに後部シートのオーガストを見て言った。

オーガストは黙っていた。

「なあ」テディは引き下がらない。「一目見ただけで、爪楊枝（つまようじ）が何本あるかわかったりするのか。ああいう特殊な能力はないのか」

オーガストはうんざり顔をした。

「ガスは自閉症じゃないよ、テディ」ぼくは言った。「人並みはずれて無口なだけだ」

「イーライ」母さんがきつい声で言った。

それからまる五分、車内は静まり返った。誰も口をきかなかった。ぼくは道路脇に並んだ街灯の黄色い光を見つめた。その光は、ぼくの内側で燃えさかる炎になり、質問が一つ、その炎の熱で鍛えられた。ぼくはその質問を口にした。いっさいの感情をこめることなく。

「テディ、どうして一番の親友を売ったわけ」

テディは何も言わなかった。無言でバックミラー越しにぼくを見つめた。そのときのテディはもう、どの時代、どの街、どの状態のエルヴィスにも似ていなかった。エルヴィスは一度として地獄には行かなかったからだ。エルヴィスに悪魔の時代は一度もなかった。

それから二日間、テディは一言もしゃべらなかった。朝は遅く起きてきて、朝食のテーブルでコーンフレークを食べている母さんとオーガストとぼくのそばを不愉快そうに通り過ぎる。母さんが「おはよう」と声をかけても、テディはこっちを見もせずに黙って出かけていく。

父さんがマラソン飲酒中にリビングルームでぼくらと大喧嘩した翌朝、父さんも似たようなことをする。ちなみに喧嘩を売りつけてくるのは父さんのほう、ぼくらは『21ジャンプストリート』を観ているのに、ぼくらの後頭部をしつこく平手でぴしゃぴしゃ叩いてくるのは父さんのほう、オーガストの堪忍袋の緒をぶち切ってオーガストに目を殴られるのは父さんのほうだ。なのに、邪険にされるのはなぜかぼくらだ。翌朝、目を覚まして顔の痣に気づき、謝ってくることもある。でも、ぼくらを無視することもある。悪いのはぼくらだというみたいに。こんなことになったのはぼくらのせいだというみたいに。まったくおとなってやつは。

テディは、ぼくらがいないかのようにふるまっている。ぼくらは幽霊だとでもいうように。テディが自分は何も悪くないのにいじめられたといいたげに自分の部屋にこもっているころ、リビングルームでボードゲームの〈ピクショナリー〉や〈人生ゲーム〉をやっている亡霊だというように。

やがてぼくは、母さんに居心地の悪い思いをさせていることに居心地が悪くなった。だから、母さんから晩ごはんにラムのすね肉を煮込むから手伝ってと言われたとき、オーガストはじろりとぼくをにらみ、（料理くらい手伝えよな、母さんにとっては大事なことなんだから。きっと楽しいぞ。手伝わないと、その脳天をかち割ってやる。）と暗黙のうちに伝えてきた。

というわけで三人でラムのすね肉を煮込んだ。いじめられっ子のテディの好みに合うように、一日かけてじっくりことこと煮込む。

昼ごろ、テディは足音も高くキッチンを通り抜けて出かけていった。

「どこに行くの？」母さんが訊いた。

テディは答えなかった。

「六時に晩ごはんだから、それまでに帰ってきてね」母さんが言った。

無言。

「ラムのすね肉の煮込みよ」

何か言えよ、唐変木。

「赤ワインのソース煮込みよ、あなたが好きな」母さんが言った。母さんの笑顔。見ろよテディ、あの笑顔を。母さんの内側で輝いている太陽を。テディ？　もしもし、テディ？

やはり無言だった。テディはキッチンを通り抜け、裏の階段を下りていった。下へ、下へ、下へ。悪魔は延々と下へ向かい、悪魔の太陽の女は、笑ってやり過ごそうとする。

テディのおばあちゃんが使っていた、バブルバスを沸かして入れそうに大きなスチールの鍋で、ラムのすね肉をことこと煮込む。半日かけて煮込み、さらに煮込む。赤ワインとニンニク、タイム、ローリエ四枚、みじん切りのタマネギとニンジンとセロリで作ったソースのなかで、一時間ごとに肉をひっくり返す。できあがって味見をすると、すね肉は骨からほろほろと崩れた。フレーク〔薄いチョコレートを層にしたお菓子〕のコマーシャルで、天使みたいな女性、オーガストがすっかり熱を上げている女性の手のなかでほろほろと崩れるチョコレートみたいだった。

テディは午後六時までに帰ってこなかった。二時間後に帰ってきたとき、ぼくらはダイニングテーブルで先に食事を始めていた。

「あなたの分はオーブンにあるから」母さんが言った。

テディはぼくらを見つめた。品定めするような目で見た。テディがテーブルについたとたん、オーガストとぼくは小便のにおいを嗅ぎ取った。テディのなかで悪臭を放っている何か別のものにも気づいた。たぶん、スピードだ。ケアンズまではるばる運転していくトラック運転手の眠気覚ましになるドラッグ。ぼくらを見ているテディの目は焦点が合っていなくて、呼吸する音は耳障りで、喉が渇いた時のように口を開いたり閉じたりしていて、唇の端につばの白い塊がこびりついていた。母さんはテディの分の食事を用意しようとキッチンに立ち、テディはテーブル越しにオーガストを見つめていた。

「今日はどうだった、テディ?」ぼくは訊いた。

テディは答えなかった。黙ってオーガストをじっと見ている。オーガストは下を向いてラム肉の小さな塊に赤ワインソースとマッシュポテトをからめていた。

「何だって?」テディはオーガストを見たまま言った。「悪いな、聞こえなかった」

「オーガストは何も言ってないよ、テディ」ぼくは言った。

するとテディはオーガストのほうに身を乗り出した。でっぷり太った腹がテーブルにつっかえて押し上げられ、青いデニムシャツの胸ポケットからたばこのパックが落ちた。

「もう一回言ってもらえるか。今度はもう少し大きな声で頼む」

そして芝居がかったしぐさで左耳をオーガストのほうに向けた。

「そうだな、そうだな、気持ちはわかるよ」テディが肩をすくめた。「自分の父親にあんなことされたら、おれだって言葉を失うよ」

オーガストは顔を上げて裏切り者を見て、ほほえんだ。テディはダイニングチェアの背にもたれかかり、母さんがその前に料理の皿を置いた。

「間に合うように帰ってきてくれてよかった」母さんが言った。

テディは子供じみた動作でマッシュポテトをフォークで口に運んだ。サメじみた動作でラム肉にかぶりついた。それからまたオーガストを見た。

「お父さんの何が問題か、わかるよな」テディは言った。

「食事を楽しみましょうよ、テディ」母さんが言った。

「おまえが甘やかすから、こいつはいつまでも黙ってるんだよ」テディは言った。「おまえが甘やかすから、二人とも頭のおかしい父親みたいに育ったんだよ」

「そのくらいにして、テディ。もういいでしょう」母さんが言った。

オーガストがまた顔を上げてテディを見た。今回は笑っていなかった。観察するような目で黙ってテディを見ていた。

「おまえらの勇気は大したもんだよ」テディが言った。「自分らを車ごとダムに沈めようとした男と一つ屋根の下で寝てるんだからな」

「いいかげんにして、テディ！」母さんが叫んだ。

テディは笑った。「本当だよな」笑いながら言う。「いいかげんにしろよ、おまえら。いいかげんにな」

それから、母さんより大きな声で叫んだ。「気に入らねえな。これはうちの親父(おやじ)のディナーテーブルだ。うちの親父が造ったテーブルで、いまはおれのテーブルだ。おれの親父はちゃんとした人間だったし、おれをまっとうな人間に育てた。これはおれのテーブルなんだから、好きなことを言わせてもらう」ぼくの左腕の肉を噛み切るみたいに、また一口、ラムのすね肉をかじった。

「気に入らねえな」テディは怒鳴った。「おまえらそろってどっか行けよ」

テディは立ち上がった。「おまえらにこのテーブルに座る資格はない。おれのテーブルから離れろ。おまえらにこのテーブルにつく権利なんかないんだよ、このくるくるパーどもめが」

母さんも立ち上がった。「二人とも、食事の続きはキッチンでしましょう」そう言って自分の皿を取った。同時にテディの手が伸びて、母さんの皿を大きな音を立ててテーブルに置いた。皿が三つに割れてピースサインを描いた。「皿は置いていけ」テディは歯をむいてうなった。

このときにはもう、オーガストとぼくはそろって立ち上がり、椅子から離れて母さんのほうに移動していた。

「気に入らねえな」テディが言った。「このテーブルで食っていいのは家族だけだ」

テディはお粗末な口笛を鳴らした。すると最愛のジャーマンシェパード二頭が裏の階段を駆け上がってきてキッチンを通り抜け、ダイニングルームに現れた。テディはテーブルのぼくが座っていた位置を掌で軽く叩いた。次にオーガストが座っていた位置も叩いた。「おいで」ボーが従順にぼくの椅子に飛び乗り、アローも忠実にオーガストの椅子に飛び乗った。テディは二頭にうなずいた。

「食え。レストランで出てくるようなすね肉の煮込みだぞ」

二頭はぼくらの皿に顔を突っこんで食い始めた。幸せそうに尻尾をぶんぶん振っていた。

ぼくは母さんを見た。

「行こう、母さん」

母さんは、一日がかりで作った料理をがつがつ食っている犬をぼんやり見つめた。それから向きを変え、ロボットみたいな歩き方でキッチンに行った。オーブンのそばの壁にカナリアイエローの古い戸棚が造りつけられている。オーブンにはぼくらが作ったすね肉の煮込みが入った鍋があって、その鍋には、明日の昼ごはん用にすね肉が四人分、残してある。

　母さんはキッチンに突っ立って黙って考えていた。まる一分くらい、そうやって考えていた。

「母さん、行くよ」ぼくは言った。「いいからここを出よう」

　すると母さんはくるりと向きを変えてキッチンの戸棚の前に立つと、白いラバーバンドの奥に立てかけてあるテディのおばあちゃんの古いカントリー風のディナープレート八枚に右の拳を叩きつけた。皿を一枚ずつパンチするようプログラミングされているよう、母さんの体に機械が仕込まれていて、それが母さんの腕を操作しているようだった。陶器の破片が拳にたくさんの切り傷を作っているのに、そのことに気づいていない様子だった。ラバーバンドの奥でまだ無事に立っている皿に、黒っぽい赤をした血のしずくが飛び散った。オーガストとぼくは、びっくりして動けなかった。ぼくは一言もしゃべれなかった。母さんが何をしているのかとっさに理解できず、凍りついていた。血のしずく、拳。次々と繰り出されるパンチ。母さんの拳は次に、戸棚のカップが並んでいる段に設けられた引き戸のガラスを粉砕した。そこから手を入れて、ラジオのFM104のマグと八八年世界博のマグとピンク色の『ミスター・パーフェクト』のミスター・メンのカップをつかみ、ダイニングルームに戻ってくると、テディの頭を狙ってマグを投げつけた。三つ目のマグ、『ミスター・パーフェクト』がテディの右のこめかみにぶつかった。

　その瞬間、テディが母さんに突進した。怒りの炎にドラッグが油を注ぎ、分別を追い散らしていた。オーガストとぼくは反射的にテディと母さんのあいだに割りこんだ。首をすくめて頭を守ろうとしたが、テディは脂肪の層に覆われた膝小僧でぼくらの薄っぺらな頭骨を蹴り上げ、野獣の怒りとパワーでぼくらを押しのけ、母さんの後頭部の髪をわしづかみにすると、キッチンへと引きずっていった。そのままキッチンのリノリウム敷きの床を引きずって勝手口に向かった。ものすごい力で引っ張られて、母さんの髪が幾筋か抜けて床に落ちた。テディは母さんを引きずって――悪魔は母さんを下へ、下へ、下へと引きずって――勝手口の木の階段を下りていった。厚手のラグか切り落とした木の枝でも引きずるみたいに母さんの後頭部をつかんで階段を下りていく。母さんのお尻やかかとが階段にごんごんとぶつかった。このとき、ぼくの頭にふとした疑問が浮かんだ。怪物が母さんを地獄に引きずりこもうとしているこの世にも恐ろしい瞬間に、ある考えが明瞭な輪郭を結んだ。母さんはなぜ悲鳴を上げないんだろう。どうして泣かないんだろう。こんな瞬間なのに、母さんは一言も発しないでいる。そこで閃いた。時間の進みが限界まで鈍り、ループし、無限に伸びようとしていたこの瞬間、わかった。母さんが悲鳴を上げないのは、息子たちのためだ。自分がどれだけ怯えているか、ぼくらに悟られないようにするため。怒りで現実を見失い、スピードの効果で我を失ったサイコパスに髪をつかまれ、木の階段を引きずり下ろされようとしているのに、母さんはぼくらのことだけを考えている。ぼくは母さんの顔を見つめた。母さんもぼくを見つめた。ディテール。暗黙のメッセージ。怖がらないで、イーライ。怒り狂った野獣に髪を引っ張られながら、母さんの顔は、そう伝えてきた。もっとひどいことにも耐えてきたのよ、イーライ。このくらい平気。だから泣かないで、イーライ。ほら、母さんを見て。母さんは泣いていないでしょ?

階段を下りきると、テディは縁の下にあるボーとアローの犬小屋の入口のスロープのほうに母さんを引きずっていった。母さんの首の後ろを乱暴につかみ、ボーとアローの餌のボウルに母さんの顔を突っこむ。母さんの顔は小さな肉の塊とゼリー状のものが混じった茶色のぐちゃぐちゃのなかに沈み、母さんは激しくむせた。

「よせ、このけだもの」ぼくは叫び、右肩からテディの脇腹にぶつかっていった。脂肪の巨大な塊みたいなテディはびくともしなかった。

「おまえの晩めしを作ってやったぜ、フランキー」テディがわめく。見開かれた目は異様にぎらついていた。「ドッグフードだ。犬の食い物だ。犬のための食い物。犬にお似合いの食い物」

ぼくは下からテディの顔を押しのけたり拳で殴ったりした。でもテディは平然としていた。いまこの瞬間、テディは何も感じない。つまり、テディをどかすのは無理だ。ところがそのとき、大きな銀色の物体がぼくの目の前をかすめた。その銀色の物体はテディの頭にぶつかった。血と肉のような感触の温かいものがぼくの背中に飛び散った。ただ、血のにおいはしなかった。ラム肉のにおいだった。ぼくらがラムのすね肉をことこと煮込んだ鍋だった。テディは呆然とした顔でがくりと膝をついた。オーガストがまた鍋をスイングする。今度はテディの顔にまともに当たり、テディは気絶して、両親から相続したみじめな家の縁の下のみじめなコンクリート敷きの地面に仰向けに伸びた。

「表の通りで待ってて」母さんが落ち着き払った声でぼくらに言った。シャツで顔を拭うと、母さんの顔は、ふいに戦士のそれに変わった。暴力の犠牲者ではなく、古代の戦士、倒した敵の血を浴びた頬や鼻やあごを拭った戦士の顔になった。母さんは階段を駆け上って家のなかに戻り、五分後、ぼくらの荷物と自分のバックパックを持ってぼくらに合流した。

一時間後、ウェイコール発ナンダー行きの電車に乗った。ベージ通りのシスター・パトリシアの家の玄関をノックしたのは、午後十時だった。シスターはすぐにぼくらを招き入れた。来た理由は尋ねなかった。

その晩は予備のマットレスを借りてシスター・パトリシアの家のサンルームで眠った。

午前六時に起床し、シスター・パトリシアと、出所後にここで社会復帰の準備をしている元受刑者四人と一緒にダイニングルームで朝食をとった。ベジマイトを塗ったトーストを食べ、ゴールデン・サークル缶詰工場のアップルジュースを飲んだ。ぼくらは十八人から二十人くらい座れそうな長い茶色のテーブルの端っこに座っていた。母さんは無口だった。オーガストは一言も口をきかなかった。

「で……？」ぼくは小声で言った。

母さんはブラックコーヒーを一口飲んだ。

「で、何よ、イーライ？」母さんが優しい声で言った。

「で、これからどうする？」ぼくは言った。「テディと別れたわけでしょ。これからどうするつもり」

母さんはトーストをかじり、唇の端についたパンくずをナプキンで払い落とした。ぼくの頭のなかでは無数の計画がひしめいていて、いまにも爆発しそうだった。未来。ぼくらの未来。ぼくらの家族。

「今夜はぼくらと一緒にうちに泊まるよね」ぼくは言った。考えるのと同じ速度でしゃべった。「父さんには何も言わないで、いきなりうちに来たほうがいいだろうな。父さんは腰を抜かすかもしれないけど、きっと母さんによくしてくれる。根は優しい人だからね、母さん。追い払ったりはできないと思う。そんな冷たいことができる人じゃない」

「イーライ、それは……」母さんが言った。

「母さんはどこに住みたい？」ぼくは訊いた。

「え？」

「どこでも好きなところに住めるとしたら、しかもお金の心配はしなくていいとしたら、母さんはどこがいい？」ぼくは訊いた。

「冥王星」母さんが言った。

「んー、クイーンズランド州南東部に限定しようかな」ぼくは言った。「どこでもいいから言ってみてよ。ガスとぼくで夢を叶えてあげるから」

「どうやって叶えてくれるつもりなの」

オーガストが朝食の皿から顔を上げた。

ぼくはちょっと考えた。頭のなかの交通整理をした。（やめておけ、イーライ。）

「たとえば、たとえばだよ……どこがいいかな……ザ・ギャップに家を買おうって言ったら？」ぼくは言った。

「ザ・ギャップ？」母さんは困惑顔で聞き返した。「どうしてザ・ギャップなの」

「いいところだからだよ。クルドサックがたくさんある。覚えてる、ライルに連れていってもらったでしょ？　ゲーム機を引き取りに」

「イーライ……」母さんが言う。

「きっとザ・ギャップが気に入るって」ぼくは言った。興奮を抑えきれなかった。「きれいだし、緑が豊かだし、町のはずれの森の中に大きな貯水池があって、そこの水は透き通ってて……」

母さんが平手でテーブルを叩いた。

「イーライ！」ぴしゃりと言う。

それから母さんはうなだれた。母さんは泣き出した。

「イーライ。テディと別れるなんて、母さんは一言も言ってない」

少年、首縄を締める

Boy Tightens Noose

ルーマニアの首都はブカレスト。〝ノット（Knot）〟はカエルの集合名詞。イーライ・ベルの集合名詞はプリズム。ケージ。穴。刑務所。

　土曜の夜、午後七時十五分、父さんは便器の隣で眠っている。陶器の便器にゲロを吐いた直後に気を失い、いまはペーパーホルダーの下ですやすやと寝息を立てている。息をするたび、父さんの鼻の穴から空気が噴き出し、ホルダーからぶら下がったシングル巻きのトイレットペーパーの点線三つぶんが風に揺れる降参の白旗みたいにはためいた。

　ぼくはあきらめた。将来は父さんみたいになりたい。

　でも不動のオーガスト卿は、今夜、ライルがこつこつためたドラッグを売って作った現金を、死ぬまで飲んで食うことに使おうというぼくの熱意に賛同してはくれなかった。

　ぼくの当初の計画は、バレット通りで料理をテイクアウトしまくって五百ドルをぱあっと使うというものだった。手始めにビッグ・ルースターに行き——鶏の丸焼き、Lサイズのチップス二人前、コカ・コーラ二つ、アメリカンドッグ二つ——次にフィッシュ・アンド・チップスの店、中華料理店と渡り歩き、デリに寄って大きな揚げシュウマイとチョコチップ・アイスクリームを買う。そのあと、ブラッケンリッジ・タヴァーンにもぐりこみ、父さんの昔からの酒飲み友達のガンサーに、パイナップル一個と引き換えにバンダバーグ・ラムをぼくらの代わりに買ってもらえないか頼む。

（バカかよ）とオーガストは言わない。そこでぼくは一人で飲む。ラムのボトルを抱え、ジーンズのポケットに四百ドルの現金を突っこんで、ショーンクリフ桟橋までバスで行く。桟橋のいまにも消えてしまいそうな光の下に座り、脚をぶらつかせる。ぼくの隣にはボラの頭だけが捨てられている。ラムをストレートでちびちび飲みながらスリムのことを考えているうちに、ラムが体をぬくもらせているのを感じ、これから一年かけて、ライルのドラッグを売ったお金の残りの四万九千五百ドルを全部、ラムとチキン味のツイスティーズ〔スナック菓子〕に注ぎこむのも悪くないんじゃないかと考える。そして桟橋の突端で気絶するまでラムを飲む。

陽射しで目が覚めると頭が割れるように痛み、ぼくは干からびたボラの唇を見つめる。緑色の公共の水飲み場で、まるまる二分もごくごく飲む。パンツ一枚になって、桟橋周辺の寄生虫だらけの海で泳ぐ。バスに乗って家に帰ると、オーガストは、リビングルームのソファの、ゆうべぼくが家を出たときときっかり同じ位置に座っている。そしてうれしそうに笑っている。

「何だよ」

（何でもない。）

並んでテレビを見る。オーストラリア対パキスタンのクリケットの試合中継のちょうど昼休みだ。

「試合、どんな様子？」

オーガストが空中に書く。**ディーン・ジョーンズの82球目**。

疲れた。体じゅうがこわばっている。頭をソファの背に預けて目を閉じた。

するとオーガストがぱちぱち指を鳴らした。目を開けると、オーガストはテレビを指さしていた。チャンネル9の昼のニュースが流れている。

「ブリスベン北部の町ブラッケンリッジに住むある家族に、今年はクリスマスが特別に早く訪れたようです」黒い髪を大きくふくらませてスプレーで固めた女性ニュースキャスターが言った。画面が切り替わり、車椅子に乗ったシェリー・ハフマンがトール通りの家の前で両親と一緒に映し出された。

「シェリーだ！」ぼくは声をあげた。

オーガストが笑う。大きくうなずいて両手を打ち合わせる。

シェリーと両親が涙を流して抱き合う映像が続き、ニュースキャスターの声がそこに重なった。

「四人の子供を抱えるテスとクレイグのハフマン夫妻は、この三年間、筋ジストロフィーを患う十七歳の娘シェリーさんのために、自宅をバリアフリー仕様に改装する資金七万ドルの寄付金を募ってきました。学校や地域の募金活動を通じ、昨日の時点で集まっていたのは三万四千五百四十ドルでした。ところが今朝、テス・ハフマンが玄関を開けると――」

シェリーのお母さんのテスが、涙を拭いながら前庭で記者のインタビューに答えている。クリスマス向けの包装がされた箱を抱えていた。

「そこのパン屋さんまでスコーンを買いに行くところでした。シェリーの祖母が遊びに来ることになっていたので」テスは言った。「玄関を開けると、ドアマットにこの箱が置いてありました。このきれいな包装紙がかかった箱が」

ステッキ型の棒キャンディとクリスマスツリーの列が交互に並んだ柄の包装紙だった。「開けてなかを確かめたら、多額の現金でした」テスはしゃくり上げながら続けた。「奇跡です」

画面がまた切り替わって、シェリーの家の前庭に立つ警察官が映し出された。

「合計四万九千五百ドルです」警察官は真面目くさった顔で言った。「贈り主について引き続き捜査を行いますが、現時点では広い心を持った真のよきサマリア人からの寄付と思われます」

ぼくはオーガストのほうを向いた。オーガストは満面の笑みで自分の膝を叩いていた。

現場取材のレポーターは画面に映っていないが、シェリーに質問する声は聞こえた。

「シェリー、玄関にこのお金を届けてくれた親切な人にどんなことを伝えたいですか」

シェリーは陽射しに目を細めた。

「とにかく……とにかく……誰なのかわからないけど……愛してると伝えたいです」

オーガストは晴れがましい表情で立ち上がり、得意げに何度もうなずいた。

ぼくは立ち上がって大きく二歩踏み出し、オーガストの股間に食らいついて突き飛ばした。オーガストは玄関のポーチに面したガラス戸に突っこんだ。オーガストの後頭部がぶつかった衝撃でガラスが割れそうになった。ぼくはオーガストの腹やあごにアッパーカットを何度も食らわせた。

「勝手なことしやがって!」ぼくはわめいた。するとオーガストはぼくの腰をつかみ、テレビに向かって放り投げた。父さんの茶色いテレビ台の上で、ニュースキャスターが大きくかたむいた。テレビの上にあったピーチ色の陶器のランプが板張りの床に落ちて八つのぎざぎざした破片に割れた。

父さんが自分の寝室から突進してきた。「おい、何の騒ぎだ、これは!」

ぼくはまたオーガストに突っこんだ。オーガストの左のパンチ、次に右のパンチがぼくの顔にめりこむ。ぼくが形ばかりのパンチを何発か浴びせたところで、父さんが割って入った。

「イーライ」父さんが怒鳴りつける。「やめなさい」

父さんはぼくを後ろに押しやり、ぼくは一息ついた。

「なんてことするんだよ」ぼくはわめいた。「頭がおかしくなったんじゃないか、ガス。どうかしてる」

オーガストは空中に書いた。**悪いな、イーライ。こうするしかなかった。**

「おまえは特別でも何でもないんだよ、ガス」ぼくは言った。「ただ頭がおかしいだけだ。生き返ったりなんかしてない。宇宙はこれ一つしかないんだ。しかもただの穴だ。ほかのオーガストなんかいやしないんだよ。オーガストは一人しかいなくて、その一人はビョーキだ」

オーガストはにやりとした。また空中に書く。

あの金をおまえに持たせておいたらきっと捕まってたぞ。

「口でしゃべれよ」ぼくは叫んだ。「空中に書くのにはもううんざりだよ」

ぼくらは三人とも息を切らしていた。画面を上に向けてテレビ台の向こうに落ちたテレビのなかで、ニュースキャスターがしゃべり続けていた。「本当に心温まるニュースですね」

オーガストとぼくはにらみ合った。沈黙のなかでは、オーガストのほうがずっと雄弁だ。(こうするしかなかったんだよ、イーライ。)

電話が鳴った。

(あんな額の金、ぼくらが持っていたって誰のためにもならなかった。何の役にも立たない。シェリーにこそ必要な金だ。)

「ミセス・バークベックの言ってたとおりだな」ぼくは言った。「電話をかけてくる人がいるなんて話はでっち上げだ。頭がおかしいからそんな話をするんだ。現実にうまく適応できなくて、妄想に逃避してるんだよ」

(おまえだって聞いたろう、イーライ。おまえだって電話の声を聞いたはずだ。)

「話を合わせただけだよ」ぼくは言った。「作り話に合わせてやっただけだよ。頭がおかしいんだな、かわいそうだなと思って」

ごめん、ガス。ごめん。

「現実を教えてやるよ、ガス」ぼくは父さんを指さした。「この人は頭がおかしいんだよ。だからぼくらを車ごとダムに沈めようとした。ガスも同じくらいおかしいし、もしかしたらぼくだって同じようにおかしいのかもしれない」

ぼくは父さんに顔を向けた。どうしてそんなことを訊く気になったのか自分でもわからない。それでも訊いた。どうしても知りたかった。これだけは訊いておきたかった。

「わざとだったの？」

「え？」父さんが小さな声で聞き返す。

父さんは言葉を失っている。声も出せずにいる。

「誰も彼もだんまりかよ」ぼくはわめいた。「全世界がだんまりか。わかったよ、言い方を変えるよ。わかりにくかったかもしれないからね。わかりにくい話だってことはぼくにもわかる。だって、わざとやる動機がぼくにはちっともわからないから。もっとはっきり訊くよ、ぼくらを乗せてダムに突っこんだのは、わざとだったの？」

電話が鳴っている。父さんはぼくの質問に殴られたみたいに呆然としていた。

「テディが言ってた。父さんはぼくらを殺そうとしたんだって」ぼくは絶叫した。「テディが言ってた。パニック発作なんて嘘っぱちだって。テディが言ってた。父さんは狂ってるんだって」

電話が鳴っている。父さんは首を振った。怒りで爆発しかけている。

「いいかげんにしろ、イーライ。電話に出るつもりはないのか」父さんが訊く。

「父さんが出れば」

「母さんからだ」父さんが言った。

「母さん？」

「今朝、電話があった」

「母さんと話したの？」ぼくは訊いた。

父さんが母さんと話した。父さんが、母さんと話した。ぼくにとっては画期的なできごとだ。

「ああ、話したさ。この家にだって、声帯を使った意思疎通のしかたを知っている人間が一人もいないわけじゃないからな」

電話は鳴り続けている。

「何の用だって？」

「聞いてない」

電話は鳴り続けていた。ぼくは受話器を取った。

「母さん」

「もしもし、イーライ」

「やあ」

長い沈黙。

「元気？」母さんが訊く。

最悪だ。これ以上は悪くなりようがない。心は煉瓦みたいに重い。頭のなかではハリケーンが吹き荒れている。ゆうべのラムのせいで、目が覚めたら二日酔いだった。いまは二日酔いの上に、四万九千五百ドルのマイナスだ。

「元気だよ」ぼくは嘘をついた。大きく息を吸いこむ。

「あんまり元気そうな声じゃないけど」

「大丈夫だって。母さんは元気？」

「元気よ。オーガストと一緒にまた顔を見せてくれたら、もっと元気になれそう」

長い沈黙。

「どう思う?」

「何を」

「また母さんに会いに来てくれる?」

「あいつがいるあいだは行かないよ」

「テディは二人に会いたがってるのよ。この前のこと、顔を見てちゃんと謝りたいって」

またか。母さんは今度もまた、クイーンズランド州に生息するオスのヒョウは毛皮の模様を変えられると信じている。

「母さん、臆病者のDV男の性格はそう簡単に変わらないよ」

長い沈黙。

「この前のことは本当に悪かったと思ってるのよ」

「母さんには謝ったわけ?」

「ええ」

「何て言って?」

「詳しく話すのはちょっと……」

「頼むよ……」

「何を」

「詳しく話してよ。断片ばかり聞かされるのはもううんざりだ。おとなは断片しか話さない。ぼくは一度も詳しい話を聞かせてもらったことがない。母さんはいつだって言うよね、もっと大きくなったら全部話すからって。ぼくはもう大きくなったのに、母さんの話はかえって曖昧になるばっかりだ。何一つつながらない。ばらばらなガラスの破片みたいだ。物語になってないよ。出だしと、真ん中らへんと、結末だけばらばらに話してくれても、物語にはならないんだよ。母さんからも父さんからも、筋の通った話なんて一度も聞いたことがない」

長い沈黙。長い沈黙と、涙。

「ごめんね」

「イヴァン・クロールはライルに何をしたの」

涙。

「もうやめて、イーライ」

「あいつはライルを切り刻んだ。そうでしょ？　ダレンから聞いたんだよ、あいつがどういうことをするか。親切な気分のときは、先に首を切り落とす……」

「やめて、イーライ」

「だけどサディスティックな気分のとき、たとえば昼めしを食いそこねたとか、朝起きたときからなんとなく機嫌が悪いとか、そういうときは先に足首をちょん切る。猿ぐつわをはめたりはするけど、生かしておくわけだ。それから片方の手を切り落として、次に片方の脚を切り落として、次は腕かな。あっちを切って、こっちを切って……」

「イーライ、あなたの精神状態が心配になってきた」

「それはこっちのせりふだよ」

長い沈黙。

「伝えたいことがあって電話したの」母さんが言った。

「テディの首を刎ねたとか？」

長い沈黙。もうやめろよ、イーライ。このままだと本当におかしくなるぞ。正気を取り戻せ、イーライ。どこかに逃げ出した正気を早く捕まえろ。

「もう気はすんだ？」母さんが訊く。

「うん」ぼくは言った。

「いま学校に通ってるの」母さんが言う。

そりゃすごい。

「そりゃすごい」

「ありがとう。でも、いまのは皮肉？」

「違うよ。ほんとにすごいと思うよ、母さん。どんな勉強してるの」

「社会福祉。刑務所にいたときに教科書を読み始めてね。学費は公的な補助を受けられるから、あとは本を読んで読んで読みまくるだけでいいの。先生たちよりよほどたくさん読んだんじゃないかって思うくらい、教科書ばかり読んでる」

「本当にすごいよ、母さん」

「誇らしい？」

「いつだって母さんを自慢に思ってるよ」

「どんなところを」

「いてくれるところ」

「どこに」

「とにかく、いてくれること」

「そう」母さんは言った。「それでね、講座で知り合った人がいて、甥っ子が『クーリエ・メール』で記者をしてるんですって。だから話してみたのよ、わたしのかわいいイーライの将来の夢は『クーリエ・メール』で働くことなのよって。うちの息子は将来、一流の警察レポーターに……」

「警察記者」

「そうだった。一流の警察記者になるのって話したの。そうしたらその人から、『クーリエ・メール』はいつでも記者見習いを募集してるわよって伝えてあげてって言われたのよ。本社を訪ねてドアをノックすれば、いつでも応募できるはずだからって」

「そう簡単な話じゃないと思うけど」

「簡単なことよ。『クーリエ・メール』の編集局長の名前を調べておいた。ブライアン・ロバートソン。『クーリエ・メール』の本社に行って、オフィスから下りてきて二分だけ会ってくださいって頼んでごらんなさい。二分でいいのよ。二分あれば見抜けるはずだから」

「見抜けるって、何を」

「可能性よ。編集局長なら見抜けるわ。あなたは特別だって見抜けるはず」

「ぼくは特別じゃないよ、母さん」

「いいえ、あなたは特別だわ」母さんは言った。「自分ではまだそう信じていないだけで」

「ごめん母さん、そろそろ切るよ。ちょっと気分が悪くて」

「どこか悪いの？　どうしたの？」

「どこも悪くないよ。ただ、長話する気分じゃないんだ。オーガストと替わろうか」

「そうね」母さんは言った。「とにかく、編集局長に会いに行って、見習いにしてもらいなさい。かならずよ。二分。それだけでわかってもらえるはずだから」

「愛してるよ、母さん」

「母さんも愛してるわ、イーライ」

ぼくはオーガストに受話器を渡した。

「しばらく部屋で一人にしてもらえる?」ぼくは言った。

オーガストはうなずいた。オーガストが母さんと電話で話すことはない。黙って母さんの話を聞くだけだ。母さんがオーガストにいつもどんな話をしているのか、ぼくは知らない。言いたいことを一方的に言うだけなんだろう。


ぼくらの部屋のドアを閉め、A4用紙の薄い束を抱えてベッドに座った。紙。家に火(ファイア)をつけるか、ぼくの可能性とやらで世界をあっと言わせるか(セット・ザ・ワールド・オン・ファイア)。ベッドの頭の側に、軸に歯形がついて凹んだ愛用の青インクのボールペンがある。紙に書いてみたけど、インクが出ない。左右の掌にはさんで猛然とこすって温めた。ようやくインクが出て、ぼくは記事のタイトルに傍線を引いた。

イーライ・ベルの首の縄

郊外の町ブラッケンリッジで発生した火災でぼくが死んだ場合、またはぼくが——二年前、精肉職人の見習い期間を無事に完了したとしても絶対にあんたの子供は産まないわよとシャノン・デニスから言い渡されたときベン・イェーツがしたように——線路にワセリンを塗り、そのために減速しきれないままサンドゲート駅一番線ホームに入ってきた午前四時三十分発セントラル駅行きの電車にはねられて死んだ場合に備えて、ライル・オーリックの失踪にまつわる詳細な事実のごく一部だけでもここに書き残しておきたい。まず第一に記しておきたい事実は、ライル・オーリックを殺害させたのは、ぼくの母さんに片思いをしたテディ・カラスであることだ。母さんはテディ・カラスを愛していないが、ヘロインの密売を仕事にしてはいても善良でりっぱな人物だったライル・オーリックのことは愛していた。ライルがその後どうなったのか、ぼくが現実を受け入れるまでにずいぶんと時間がかかったけれど、おそらくイヴァン・クロールという男に手足を一本ずつ切断されたに違いないといまでは考えるようになっている。イヴァン・クロールはタイタス・ブローシュに雇われたサイコパスの用心棒で、タイタス・ブローシュがブリスベン南部のマルーカで経営している義肢製造会社は、クイーンズランド州南東部を占めるヘロイン密売大帝国の隠れ蓑にすぎない。

ぼくがサンドゲート駅の線路で轢死体となって発見された場合、その死の動機をめぐる疑問解明のすべて、および処理清掃にかかる費用のすべてについて、ブリスベン南西部ウェイコール在住のテディ・カラスに責を負わせてほしい。

念のために付け加えておくと、ぼくは特別ではないし、かつて特別だったこともない。オーガストとぼくは真に特別だと信じていたころもたしかにあった。ライルの謎めいた赤い電話から本当に声が聞こえたと信じた時期があった。でもあれから、ぼくらは特別じゃないと気づいた。ミセス・バークベックの言うとおりだった。人間の心は生き延びるためならどんな風にでもぼくらを納得させる。トラウマはいろんな仮面を着け替える。ぼくも仮面を着けてきた。でももう仮面は着けない。テディ・カラスの言うとおり。オーガストとぼくは特別でも何でもない。ただ頭がおかしいだけだ。

寝室のドアを指の関節でこつこつ叩く音がした。

「邪魔しないでくれよ、オーガスト」ぼくは言った。「調子が出てきたところなんだ」

そう言ってもドアはやっぱり開くものだと思って待った。ところがドアは開かなかった。今日の『クーリエ・メール』がドアの下の隙間から差しこまれた。

真ん中あたりにある特集ページのなかの〝特捜記事〟が開いてあった。〈郊外の町で勃発した戦争——アジア系ヘロイン密売組織による抗争　ブリスベン市中で〉。

ダーラの二つの密売組織5TとBTKの抗争や、ゴールデン・トライアングル産のヘロインがクイーンズランド州南東部にはびこっている現状について、徹底した調査に基づいて書かれた記事だった。取材が行き届いていて、文章も練られている。ブリスベンの麻薬密売の大ボスと疑われる匿名の人物。謙虚で勤勉なレストラン経営者を装いつつ、実際には南はメルボルンから北はシドニーまで、百万ドル級のドラッグ密売網を広げているベトナム系の一家。記者は、麻薬取締課に勤務していたという元刑事の次のような言葉を引用している。腐敗した政治家や警察幹部は、ブリスベン西部郊外を起点にヘロインが蔓延していることを知りながら〝あまりにも長く見て見ぬふりをしてきた〟。警察の情報提供者は、ブリスベンには〝アジアの違法ドラッグシーンという黄金の竜をひそかに乗りこなして〟資産を築いた実業家が何人もいるのではないかという疑念が警察内に広がりつつあると話している。

〝彼らはわたしたちの身近にいます〟と情報提供者は言っている。〝ブリスベン社会を支えているとされる人々は、人を殺していながら何の罰も与えられていないのです〟。

記者の署名を確かめた。ベッドに寝転がり、その名前を中指で空中に書いた——人を殺して何の罰も与えられていない、ブリスベン社会を支えているとされる人々のうちの一人に奪われた、幸運のほくろがある幸運の指のすぐ隣の指で。空中に綴られたその目に見えない名前は、美しかった。

ケイトリン・スパイズ。

少年、どこまでも掘る

Boy Digs Deep

2ドアの黄色いフォード・マスタングに乗った男を最初に見たのは、サンドゲート駅でソースをかけたソーセージロールを昼めしに頰張っているときだった。その男はバス停前のバス専用スペースに車を駐め、窓の奥からぼくを見つめた。年齢は四十代のなかばくらい。駅のホームから見ると、大男に見える。背が高くて、たくましくて、車のシートが窮屈そうだ。黒い髪と黒い口ひげ。黒い瞳がぼくを見る。目が合ったけど、大男がこっちにうなずいてみせるんじゃないかというタイミングで、ぼくのほうからぎこちなく目をそらした。大男はバス停前から車を出し、駅の駐車場に入って車を駐め、車から降りてきた。セントラル駅行きの電車がちょうど来て、ぼくはソーセージロールの最後の一口分をくず入れに放りこみ、急ぎ足でホームを歩いて電車の一番前の車両に乗った。

ボーエンヒルズ駅で降り、裏通りを軽やかな足取りで抜け、赤煉瓦造りの大きな建物まで行った。前面にしゃれた文字で〈クーリエ・メール〉と掲げられている。ここに来る勇気をかき集めるのに三カ月かかった。ここで新聞が作られている。ここでケイトリン・スパイズが働いている。ケイトリンはやってのけた。『サウスウェスト・スター』で記者としてのキャリアをスタートして、実力にふさわしい『クーリエ・メール』に移った。いまは犯罪報道部の一員だ。たぶん犯罪報道部の看板記者だろう。

「編集局長のブライアン・ロバートソンに会いに来ました」ぼくは自信に満ちた態度で受付の女性に告げた。女性は背が低く、短い髪の色は黒、鮮やかなオレンジ色のフープイヤリングを着けていた。

「お約束(エクスペクティング)はおありですか」受付の女性が訊く。

ぼくはネクタイを直す。首が苦しい。父さんのやつ、きつく締めすぎだ。今日は父さんのネクタイを借りてきた。父さんがヴァンサン・ド・ポール協会のチャリティショップで五十セントで買ってきたネクタイだ。W、O、R、D、Sの五種類のアルファベットを無数に散らしたデザインで、Sだけが明るい黄色で目立っている。父さんは、このネクタイをしていけば、ぼくがどれほど言葉(WORDS)を愛しているか、編集局長のブライアン・ロバートソンに伝わるだろうと言った。

「はい」ぼくはうなずいた。「といっても、ブリスベンの誰よりも有望な年若いジャーナリストの卵が来て、自分に会うためにこの建物の玄関をくぐるだろうと期待(エクスペクティング)しているという意味で」

「つまり、お約束はいただいていないわけですね」受付の女性が確かめた。

「はい」

「編集局長にはどのようなご用件で」

「大きな影響力を持つ一流紙の見習い記者に応募したいと思って来ました」

「ごめんなさい」オレンジ色のフープイヤリングの女性は名前や日付やサインが並んだ入館者名簿に目を戻した。「見習い記者の募集は二カ月前に終了しました。次回は来年十一月からの予定です」

「でも、でも……」でも何だよ、イーライ？

「でも……？」女性が訊く。

「でも、ぼくは特別なんです」

「は？」女性が大きな声で聞き返した。「いま何ておっしゃいました？」

このうすのろまぬけ、イーライ・ベル。深呼吸だ。言い直せ。

「その、こちらの新聞に大きく貢献できるんじゃないかと思って」

「あなたは特別だから?」

いいえ、ぼくは特別じゃありません。ぼくはただ頭がおかしいだけです。

「その、特別というか」ぼくは言った。「観察眼があります。視点が違います。ぼくは人と違います」

「それはすてきね」女性は皮肉めいた調子で言った。それから建物のロビーと奥のもっと広い編集部との境の暗証番号で守られたドアを見やった。〝デスク〟の親指についたインクのにおい、競馬記者の机の灰皿にたまった吸い殻のにおい、政治記者のグラスに入ったスコッチのにおいが鼻をかすめ、タイプライターで歴史が綴られていく音が聞こえたような気がした。記者たちはタッチタイピングができない。なぜなら、触覚は備わっていないからだ。記者が持っているのは嗅覚だけ、特ダネを嗅ぎつける嗅覚だけだ。「でも、人と違うというだけであのドアの向こうに入ることはできないのよ、残念ながら」

「入るには何が必要ですか」

「忍耐と時間ね」

「もう充分待ちました」

「本当に?」女性は笑った。「あなた、おいくつ? 十六歳? 十七歳?」

「もうじき十七歳です」

「あらまあ、ずいぶんとお年寄りなのね」女性は言った。「まだ学生?」

「はい。だけどぼくの魂はとっくに学校を卒業しています」

細長い受付カウンターにぼくは身を乗り出した。

「実を言うとぼく、すごいネタを持ってるんです。そのネタを聞けば、編集局長にもすぐわかると思います。ぼくがほかの応募者とは違うって。きっと試しに採用してみようと言うはずです」

オレンジ色のフープイヤリングの女性は困ったように目を回し、ほほえむと、ペンを入館者名簿の上に置いた。

「あなた、お名前は」

「イーライ・ベル」

「いいこと、イーライ・ベル。今日、あのドアの奥に入れてあげるわけにはいかないの」女性はロビーの奥のガラスドアに視線をやってから、カウンターに身を乗り出して小声で続けた。「だけど、すぐ外の生け垣のあたりで今夜八時くらいまで待つというなら、それは止められないわ」

「午後八時になると何が起きるんですか」ぼくは訊いた。

「まったく、どこが特別なのかしらね」女性は首を振った。「編集局長が退勤する時間に決まってるでしょう、お馬鹿さん」

「そうか！」ぼくは小声で言った。「ありがとう。あともう一つだけ教えてください。編集長はどんな人ですか」

女性はぼくの目を見たまま言った。

「わたしの左肩の後ろの壁に額入りの写真が三つ並んでるわね。深刻ぶった顔の偏屈そうな男性の写真が三つ」

「はい」

「真ん中の写真の人がそうよ」

ブライアン・ロバートソンは、午後九時十六分に建物から出てきた。ロビーの受付カウンターの奥の写真より若く見えた。こめかみのあたりに白髪が交じりかけていて、耳の上から頭頂部にかけての巻き毛は灰色っぽい薄茶色だ。老眼鏡をグラスコードで首から下げている。白いビジネスシャツの上に紺色のウールのベスト。茶色の革のブリーフケースを右手に提げ、タブロイド判ではなく大判の新聞を三種類、左の脇に抱えていた。厳しい顔、険しい顔をしている。父さんの古ぼけたラグビーリーグ年鑑で見た一九〇〇年代初期のラグビー選手を思わせる顔つき、兵士として西部戦線の現実の戦いに参加するのと、国の代表チームでラグビーに邁進するのとを器用に両立させていた時代の顔つき。編集局長が建物を出て小さく三歩進んだところで、ぼくはそれまで六時間、ストーカーのように座ったりうろうろしたりしていた生け垣の暗がりから進み出る。

「ミスター・ロバートソン？」

編集局長が足を止める。

「そうだが……？」

「いきなりすみません。どうしても自己紹介したくて」

編集局長はぼくを上から下までじろりと一瞥した。

「いったいいつからここで待っていたのかね」低くうなるような声で訊く。

「六時間前です」

「それはまたご苦労だったね」

編集局長は向きを変え、建物の駐車場のほうにまた歩き出した。

「『クーリエ・メール』、八歳のときから読んでます」ぼくは言った。

「つまり去年からか」編集局長は前を見たまま言った。

「あはは」ぼくは笑い、横に並んで編集局長の視線をとらえた。「おもしろい冗談です。ところで、その……」

「そのネクタイはどこで買った」編集局長はやはり前を見たまま言った。

ぼくを見た時間は、ほんの〇・五秒くらいだったのに、ぼくのネクタイのディテールを見逃さなかった。この人はディテールを見逃さない。ジャーナリストは、ディテールを逃さない。

「父さんがチャリティショップで買ったんです」

編集局長はうなずいた。

「ナレーラ通りの大虐殺を知っているかね」

ぼくは首を振った。編集局長は急ぎ足で歩きながら話し出した。

「一九五七年、ブリスベン東部のキャノンヒルで、マリアン・マイカという三十代なかばのポーランド系移民の男が、ナイフとハンマーで妻と五歳の娘を殺害した。家に火をつけてから、今度は真向かいの住宅に向かった。その家の母親と娘二人も殺し、死体を積み上げた。その家にも火をつけるつもりだったからだ。ところが近所に住む十歳のリネット・カーガーという少女が玄関をノックした。いつものように、登校の途中で友達を誘いに寄ったんだ。マイカはその子も殺し、死体をほかの三人と一緒に積んで、火を放った。それから銃で自殺した。警察が駆けつけてきて、凄惨な現場を発見した。リネットはそのときもまだ、昼ごはんを買う小遣いを握り締めていた」

「ひどい」ぼくは震えながら言った。

「その朝、わたしは取材で現場の家を訪れた」編集局長は続けた。「おぞましい現場をこの目でじかに見た」

「本当に？」

「そうさ」編集局長は猛スピードで歩きながら言った。「そのわたしでも、きみのそのネクタイほど醜悪なものを見たのは初めてだ」

編集局長は歩き続けた。

「アルファベット柄です」ぼくは言った。「言葉を愛するあなたの心にアピールするかと」

「言葉を愛する心？」編集局長は聞き返した。その場で立ち止まった。「なぜわたしが言葉を愛していると思う？　わたしは言葉を憎んでいる。軽蔑している。わたしが目にするのは言葉ばかりだ。夢のなかまで言葉が追いかけてくる。熱い風呂に浸かっていても、言葉が皮膚の下にもぐりこみ、心に入りこんでくる。孫娘の洗礼式で、孫娘のかわいらしい顔のことだけを考えていたいときでも、言葉が神経系を這い上がってきて、気づくと明日の第一面の見出しを考えていたりする」

編集局長はいつのまにか拳を握り締めていたことに気づき、手の力をゆるめると、また駐車場に向けて歩き出した。ぼくは手の内を明かすことにした。

「見習い記者に採用してもらえないかと思って来たんですけど」

「できない相談だな」編集局長はぼくの言葉をさえぎり、大きな声で言った。「見習い記者は当面足りている」

「知ってます。だけどぼくには、ほかの見習い記者が持っていないものがあります」

「ほほう、何かな」

「一面トップを飾る特ダネ」ぼくは言った。

編集局長が立ち止まる。

「一面トップを飾る特ダネ？」そう聞き返してにやりとした。「聞こうじゃないか」

「だいぶ込み入った話で」ぼくは言った。

編集局長は即座にまた歩き出した。

「そいつは残念だ」

ぼくはまた追いついて横に並んだ。

「いまこうやって車に向かって歩きながら全部説明するのはちょっと無理です」

「そんなことはない」編集局長は言った。「クック船長、オーストラリアを発見する。ヒトラー、ポーランドに侵攻する。オズワルド、ケネディを暗殺する。人類、月を征服する。どれも説明すれば込み入った話だ。きみは愛する言葉をここまでさんざんおべんちゃらに費やしたな。いまから聞いてやってもいいのはあと三語だけだ。きみの特ダネとやらを三語にまとめなさい」

考えろ、イーライ。三語だ。考えろ。でも、何も浮かんでこない。編集局長の気難しそうな顔が見えるだけで、頭には何も浮かんでこなかった。ぼくの話を三語で。たった三語で。

無。無。無。

「ぼくにはできません」ぼくは言った。

「それで二語だな」

「でも……」

「三語」編集局長は言った。「残念だな。ぜひまた来年応募してくれたまえ」

編集局長はスロープを上り、高級車が並んだ屋内駐車場に吸いこまれた。

ぼくはこの虚脱感を、今夜の月の色と結びつけて思い出すだろう。今夜の三日月はオレンジ色で、くさび形に切り分けたロックメロンみたいだ。この挫折感と失望と無力をもたらしたできごとを、ボーエンヒルズ駅四番線ホームの真向かいのコンクリート壁を埋めた落書きと結びつけて思い出すだろう。誰かがスプレー塗料で描いた、脈打つ大きなペニス。ただし、亀頭の部分が自転する地球になっていて、その上に文字が並んでいた――〈世界をぶち壊すな〉。ホームの栗色の長いベンチに座り、ぼくを絞め殺しにかかっているネクタイをゆるめ、アルファベットを目で追いながら、ぼくの物語を要約する三語を探した。イーライ、チャンスを逃す。イーライ、みごとに失敗する。イーライ、世界をぶち壊す。ぼくはそのおぞましいネクタイの文字のなかに溺れた。

そのとき、ベンチの反対端から声が聞こえた。

「イーライ・ベル」

声のしたほうを見ると、彼女がいた。ホームにいるのはぼくら二人だけだ。地上に存在するのは二人だけだ。

「ケイトリン・スパイズ」ぼくは言った。

ケイトリンが笑った。

「本物だ」

口をぽかんと開けて、いまにもあごがはずれそうなまぬけ顔をして、息を呑みながらそうつぶやくぼくの声は、強すぎる何か、驚きに満ちた何かが含まれていた。

「そうよ」ケイトリンが言った。「本物よ」

黒いロングコートを着ている。長い茶色の髪は肩の下まで届いていた。ドクターマーチンのブーツ。空気が冷たいせいで、青白い肌がほのかに紅潮しているように見えた。ほのかに発光するケイトリン・スパイズ。貴重な情報が彼女のところにばかり集まってくるのは、きっとそのせいなんだろう。人に口を開かせ、心や頭に詰まった情報を吐き出させるのは、だからなんだろう。あのほのかな輝きで人を幻惑するんだ。あの炎で。

「ぼくを覚えてるの?」ぼくは言った。

ケイトリンはうなずいた。

「覚えてる」そう言ってほほえむ。「どうしてか自分でもわからないけど。人の顔はすぐ忘れるほうなのに」

電車がやかましい音を立てて、目の前の四番線に入ってきた。

「ぼくはケイトリンの顔を毎日見てる」ぼくは言った。

電車の音のせいで、ケイトリンには聞こえていない。

「ごめん、何？　聞こえなかった」

「何でもない」

ケイトリンは立ち上がり、茶色の革鞄のストラップを右肩にかけた。

「きみもこれに乗るの？」ケイトリンが訊く。

「これはどこ行き？」

「カブールルチャー」

「ぼくは……えっと……そうだよ。ぼくもこれに乗る」

ケイトリンはほほえみ、ぼくの顔をじっと見つめた。それから真ん中の車両の銀色のハンドルを引いてドアを開け、電車に乗りこんだ。誰も乗っていなかった。電車に乗っているのはぼくら二人だけだ。宇宙に存在するのは二人だけだ。

ケイトリンは四人がけのシートを選んで座った。二人がけのシートが二つ、向かい合っている。

「一緒に座ってかまわないかな」ぼくは訊いた。

「かまいませんことよ」ケイトリンは貴婦人みたいな声で答えて笑った。

電車がボーエンヒルズ駅を出発した。

「ボーエンヒルズには何の用で?」ケイトリンが訊く。

「編集局長に会いに来たんだ。ブライアン・ロバートソン。見習い記者に応募しようと思って」

「それほんと?」

「ほんと」

「ブライアンと面談したわけ?」

「面談ってほどのことじゃないけど」ぼくは言った。「生け垣の陰で六時間待ち伏せして、午後九時十六分に編集局長が出てきたところをつかまえた」

ケイトリンは首をのけぞらせて笑った。

「で、待ち伏せの甲斐はあった?」

「あんまり」

ケイトリンはわかるわかるというようにうなずいた。

「ブライアンと初めて会ったとき、この人はモンスターみたいに怖い顔をしてるけど、中身はテディベアみたいにかわいらしかったりするんじゃないかって期待した」ケイトリンは言った。「そんなことはなかった。なかにもモンスターがいて、テディベアの頭を食いちぎってた。それでも、オーストラリアのどの新聞の編集局長より有能な人よ」

ぼくはうなずき、窓の外を見つめた。電車は旧アルビオン製粉工場の前にさしかかったところだ。

「ジャーナリスト志望ってこと?」

「ケイトリンと同じことをしたいんだ。犯罪や犯罪者の心理について書きたい」

「そうだった」ケイトリンが言った。「スリム・ハリデーを知ってたんだものね」

ぼくはうなずいた。

「きみが教えてくれた名前、ね」ケイトリンが言った。「調べた。義肢の製造会社を経営してる人」

「タイタス・ブローシュ」

「そうそう、タイタス・ブローシュ。その人の話をしようとしたところで、きみ、帰っちゃったじゃない？　あの日、どうしてあんなに急いで帰ったわけ」

「急いで母さんに会わなくちゃならなかったから」

「病気か何か？」

「ある種のね」ぼくは言った。「でも、ぼくの顔を見たら治った。訊いてくれてありがとう」

「何を」

「母さんのことを心配して訊いてくれたろ。ジャーナリストになると、そういうのが身につくのかな」

「何が」

「大きくて重要な質問のあいだに、小さいけど相手を気遣う質問をはさむ。ケイトリンが相手だと、みんな気分よく話してくれるんじゃないかな」

「そうかも」ケイトリンは言った。「実を言うとね、義肢の人――タイタス・ブローシュのことをずいぶん深く調べたよ」

「何かわかった？」

「かなりたくさんの人に電話で取材した。みんな言うことは同じだった。タイタス・ブローシュは、ブリスベン南西部の誰より思いやり深い人だって。誰よりも正直で、気前がよくて、慈善団体に多額の寄付をしてる。障害のある人たちの一番の味方。そのころマルーカにいた警察官にも何人か電話してみた。地域社会を支える柱のような人だって言ってた」

「そう言うのも当然だろうね」ぼくは言った。「タイタスが気前がいいおかげで、一番おいしい思いをしてるのが警察官だから」

ぼくはオレンジ色の三日月を見上げた。

「タイタス・ブローシュはものすごく邪悪なことをしてる邪悪な人間だ」ぼくは言った。「経営してる義肢の製造会社は、クイーンズランド州南東部最大のヘロイン密輸組織の隠れ蓑にすぎない」

「それを裏づける証拠はあるの、イーライ・ベル」

「ぼくの話が証拠だ」

それにもう一つ、なくしてしまった幸運の人差し指も。いつか見つかることがあればだけど。

「その話、まだ誰にもしてないのね」

「してない。編集局長に話そうとしたんだけど、三語で説明しろって言われちゃって」

ケイトリンは笑った。

「それ、いつもの手なのよね」ケイトリンは言った。「就職面接のとき、まったく同じことを言われた。それまでの人生や信念を三語の見出しにしろって」

ケイトリンはとても美しい。ケイトリンは真実そのもの。ケイトリンがここにいる。

「で、何て言ったの？」ぼくは訊いた。

「バカみたいなこと言ったわよ。とっさに頭に浮かんだバカみたいなこと」

「何て言ったの」

ケイトリンは居心地悪そうにした。

「スパイズ、どこまでも掘る」

カブールルチャー行きの電車が八駅進む時間をかけて、その見出しがケイトリンの半生を反映している理由を話してくれた。まず、生まれるなり死んでいてもおかしくなかったのだという。パシートの缶くらいのサイズで生まれたからだ。でも、ケイトリンではなくお母さんが出産で亡くなって、ケイトリンは、お母さんは神さまと契約を交わしたんだ、命と引き換えに命を助ける取引をしたのだと思いながら生きてきた。その交換取引は、生まれたときからずっとケイトリンを苦しめてきた。一瞬たりとも怠惰に過ごせなかった。一瞬たりともスイッチをオフにできなかった。ゴス系のファッションにはまっていた十代のころでさえ、中途半端にすることを自分に許せなかった。自分が生きていることがいやでたまらず、いまでも毎晩、ボーエンヒルズ駅のホームからあの滑稽な地球とペニスの落書きを目にするたびに、世界をぶち壊したくなる。お母さんが命を落としたのは、娘におざなりな努力をさせるためではないからだ。だからスパイズはどこまでも掘る。どんなときもあきらめない。高校のスポーツ大会。ソーシャルネットボール〔バスケットボールに似た球技〕の試合に出れば、負けずぎらいなものだから、相手チームのウィングアタックの選手を肘で押しのけたりして、審判から〝ファウル！〟と怒鳴られてばかりいた。スパイズ、どこまでも掘る。取材の電話をする前、自分にその三語を言い聞かせる。自己啓発本から借りてきたやる気をかき立てるおまじないみたいにその三語をつぶやく。スパイズ、どこまでも掘る。スパイズ、どこまでも掘る。何度も言い聞かせすぎて、それは励ましの言葉でもある一方で、いまとなっては呪いの言葉にもなっている。他人を深く掘りすぎる。他人のよいところではなく、欠点を探してしまう。大学時代も含めて、この人ならと思えるボーイフレンドを見つけられたためしがない。この先も本当に自分にぴったりな相手は見つからないだろうと思っている。スパイズはどこまでも掘ってしまうから。

「ね、わかるでしょ」ケイトリンは言った。「いまだって深く掘りすぎてる」

「気にしないで」ぼくは言った。「でも、何を探したくて掘ってるの？」

ケイトリンはコートの袖口をいじりながらしばし考えた。

「それ、重要な質問のあいだにはさむ、ものすごくいい質問だね」ケイトリンはほほえんだ。「自分でもわからない。たぶん、理由を知りたいんじゃないかな。どうしてわたしは生きていて、母は死んだのか。わたしが毎日記事に書いているようなレイプ犯や殺人犯や泥棒や詐欺師は生きて、呼吸して、健康でいられるのに、どうして母は生きられなかったのか」

ケイトリンはその考えを振り払うように首を振った。

「次はきみの番」ケイトリンは言った。「イーライ・ベルの半生を要約する三語は何？」

少年、未来を見る。少年、彼女を見る。少年、どこまでも掘る。

「何も思い浮かばない」ぼくは言った。

ケイトリンは目を細め、探るようにぼくを見た。「その答え、信じられないんだけど。きみの一番の悩みは、頭にいろんな考えが浮かびすぎることだって聞いても意外じゃないし」

電車が速度を落とした。ケイトリンは窓の外を見た。人の姿は一つも見えない。この世に誰一人いない。夜があるだけだ。

「わたし、次で降りる」ケイトリンが言った。

ぼくはうなずいた。ケイトリンがぼくの表情を探る。

「本当はこの電車に乗るんじゃなかったんでしょ」

ぼくはうなずいた。「本当はこの電車に乗るんじゃなかった」

「なのにどうして乗ったわけ」

「ケイトリンと話がしたかったから」

「おうちまでの長旅に値する会話だったならいいけど」

「値する会話だったよ」ぼくは言った。「本当のこと、知りたい？」

「いつだって知りたい」

「ケイトリンと三十分話すためなら、パース行きの電車にだって迷わず乗ったよ」

ケイトリンはほほえんだ。それから下を向いて首を振った。

「きみはハムだね、イーライ・ベル」

「え、何？　ハム？　どういう意味？」

「大げさな奴って意味」

「それがどうしてハム？」

「さあね」ケイトリンは言った。「心配しないで、きみは甘くておいしいハムだから」

「ハチミツがけのレッグハム？」

「そう、そんな感じ」

ケイトリンがぼくの目をのぞきこむ。ぼくはその炎にのみこまれる。

「きみはどこから来たの、イーライ・ベル」ケイトリンは思案ありげな顔で謎かけのように訊いた。

「ブラッケンリッジ」

「ふうぅぅぅん」ケイトリンはまだ何か考えていた。

電車が速度を落とした。

「この駅で一緒に降りる？」

ぼくは首を振った。いまはこのシートが心地いい。いまは世界が心地いい。

「しばらくここに座ってるよ」

ケイトリンはうなずいてほほえんだ。

「ねえ」ケイトリンは言った。「タイタス・ブローシュの件、もっと調べてみるね」

「スパイズ、どこまでも掘る」ケイトリンは両方の眉を吊り上げてため息をついた。「そう。スパイズ、どこまでも掘る」

ぼくは言った。


電車が停まり、ケイトリンはドアに向かった。

「そうだ、ところでイーライ、うちの新聞に記事を書きたいなら、とにかく記事を書いちゃえばいいよ。ブライアンが舌を巻いて紙面に載せずにいられないような記事を書いて送ればいい」

ぼくはうなずいた。

「ありがとう」

ぼくは情熱というものを、いま胸を詰まらせているこの感覚と結びつけて思い出すだろう。愛をくさび形に切ったロックメロンと結びつけて。いま胸を詰まらせているこの感覚は、ぼくを動かす原動力だ。ケイトリンは電車を降りていき、ぼくの心臓は一速、二速、三速、四速とギアを上げていく。行け。ぼくは車両のドア口に飛びついて大きな声で言った。

「ぼくを表す三語を思いついた」

ケイトリンが立ち止まる。振り返る。

「ほんと?」

ぼくはうなずく。そして次の三語を高らかに叫ぶ。

「ケイトリン・アンド・イーライ」

ドアが閉まって電車が出発した。でもドアの窓越しにまだケイトリンの顔が見えた。首を振っている。ほほえんでいる。次の瞬間、笑みが消えた。ぼくを見ている。ぼくの目の奥を掘っている。

スパイズ、どこまでも掘る。

少年、空を飛ぶ

Boy Takes Flight

トキの左脚の先はなくなっていた。右脚だけで立っていて、黒い左脚は、かつて地面を蹴って飛び立つとき曲がっただろう関節までしかなくなっている。からまった釣り糸が脚をそこで切断した。釣り糸に血流を遮断され、何カ月ものあいだ激痛に苦しめられていただろう。でもいまは痛みから解放された。片足で跳ねるしかなくても、トキは自由だ。左の足を手放した。痛みに苦しめられたあげく、手放した。うちの前庭を跳ねているトキを、ぼくはリビングルームの窓から観察する。地面を蹴り、翼を元気に羽ばたかせ、四メートルほどの短距離を飛んで、風に乗ってうちの郵便受けまで運ばれてきたチップスの空き袋のそばに着地した。黒くて長いくちばしを袋に突っこみ、何も入っていないと知ったトキが哀れになって、ぼくは塩漬け牛肉（コーンドビーフ）とピクルスのサンドイッチを少しちぎって投げてやった。

「野鳥に餌をやるな、イーライ」父さんが言った。父さんは足をコーヒーテーブルに載せて座り、最近設立されたばかりで前途有望なラグビーリーグ・チームのブリスベン・ブロンコズと、マル・メニンガが所属していてほぼ無敵のキャンベラ・レイダーズとの一戦を生中継で観戦している。このところ父さんは、オーガストやぼくと一緒にリビングルームでテレビをながめることが増えていた。酒の量は減っている。理由は知らない。しじゅう目の周りに痣を作っているのがいやになったのかもしれない。ゲロと小便のプールを掃除するのにもいいかげんうんざりしただろう。オーガストとぼくが一緒に暮らしているのが父さんにはプラスに働いているらしくて、ぼくらがいなかったからこそ父さんの魂は、ブレーキが壊れた状態で坂道を転げ落ちたのかなと思うこともある。父さんはときどき冗談を言ったりすることまであって、三人で一緒に笑うと胸が温かくなる。その感覚を知っているのはアメリカのホームドラマに出てくる家族くらいのものだろうとぼくは思っていた。『ファミリータイズ』のキートン一家や、『コスビー・ショー』のハクスタブル一家、『愉快なシーバー家』の変わり者で頑張り屋のシーバー一家。そういうドラマのお父さんたちは、自宅のリビングルームで子供たちとおしゃべりすることに膨大な時間を費やす。スティーヴン・キートン――ぼくの考える理想のパパ――は、リビングルームのソファやキッチンテーブルの椅子に腰を下ろし、思春期ならではの雑多な災難について子供たちと語り合う以外のことは何もしていないように見える。子供たちの話をひたすら聞いて聞いて聞きまくり、ときおりオレンジジュースをグラスに注いで手渡して、また話を聞く。〝愛しているよ〟と口に出して言うことで、愛しているよと伝える。

うちの父さんは、おならをするとき、親指と人差し指でピストルの形を作り、銃口をぼくに向けることで、愛しているよと伝えてくる。下唇の内側にそんな文字を入れているなんてぼくらは知らなかったタトゥー――〈ファック・ユー〉――をぼくらに見せることで、おまえたちを愛しているよと伝える。酒を飲んでいるときなら、急にめそめそ泣き出し、もっとそばに来てくれ、ハグしてくれよと頼んできたり。抱き締めていると――父さんの無精ひげがぼくのまだ柔らかい頰を紙やすりみたいにこするのを感じていると、不思議とこっちまで気が安らぐし、この十五年近く、うっかりぶつかるくらいのことはあったにせよ、それを除けば父さんには他人との身体的接触がいっさいなかったのかもしれないと思うと、こっちまで悲しくなってくるのも切ない。

「ごめんな」そうやって抱き締めていると、父さんは涙ながらにつぶやく。「ごめんな」

それを聞いてぼくは、きっとこう言いたいんだろうと解釈する。**暗黒の歳月が始まったあの狂気の夜、おまえたちを車ごとダムに落としたりして悪かったよ、父さんは救いようのない大バカ**

野郎だな、それでも父さんなりに猛烈に努力してるんだ。だからぼくは、もっときつく父さんを抱き締める。ぼくには人を許したがる弱さがあるからだ。その弱さが自分では気に入らない。だって、たとえなまくらなナイフで心臓をくり抜かれたとしても、くり抜いた張本人に、この心臓はきみよりも自分に必要なものだったんだとか、きみの心臓をくり抜いたときの自分は人生のなかでも難しい時期にいたんだとか言い訳されたら、それだけでそいつを許してしまいそうだから。突き詰めていくと、意外なことに、すがりついてくる父さんを抱き締めているといいことをしていると思えるし、ぼくは善良なおとなになりたいと思っていて、だからぼくは父さんを抱き締める。

　ぼくはオーガストのような善良な人間になりたい。

　オーガストはリビングルームのコーヒーテーブルでお金を数えている。あの日のお昼のニュースで見たシェリー・ハフマンの目を大きく見開いた笑顔を、多感で物静かなぼくの兄、オーガストはいまも忘れていない。あの笑顔がオーガストのなかの何かに火をつけた。オーガストとイーライのベル兄弟のこれまでの人生に欠けていたものは、他人に与えることだったのかもしれないと悟ったらしい。（ぼくがこの世に戻された理由はそれなんだよ、きっと。）しばらく前、オーガストは口に出さずにそう言った。

「この世に戻されたりしてないだろ、オーガスト」ぼくは言った。「そもそもどこにも行ってないんだから」

　オーガストは聞く耳を持たない。完全に勢いづいていて、人の意見には耳を貸さない。与えることこそ、オーストラリアの郊外の町で暮らす家族、良くも悪くもチンケな犯罪に手を染めている家族の大方に足りなかったものだとオーガストは気づいた。犯罪は、もとより利己的な行為だ。他人から奪い、ペテンにかけ、盗み、密売し、巻き上げることはしても、与えることはしない。というわけでこの三週間、オーガストは、クイーンズランド州南東部筋ジストロフィー協会の募金バケツをぶら下げて、ブラッケンリッジや近隣のブライトン、サンドゲート、ブーンダルの民家のドアをノックして寄付金を集めて回っている。これに関してオーガストはものすごく几帳面で、異様なほどシステマチックだ。地図と予定表を作り、訪問ルートと目標額を設定する。ブラッケンリッジの図書館でリサーチをし、人口統計データを参照して、ブリスベンの富裕層が多く暮らす地域を絞りこみ、電車に乗って出かけていく。たとえば今週なら、アスコット、クレイフィールド、先祖代々の資産家が多いニューファーム、川向こうの活気のない町ブリンバだ。昔スリムに聞いたところでは、夫に先立たれたブリンバ在住のおばあちゃんたちは分厚い現金の束をおまるのなかに隠している。誇り高い泥棒や、場合によっては手癖の悪い家族の頭に、婆(ばあ)さんのおまるをのぞこうなんて考えがよぎることは絶対にないと知っているからだ。他人様(ひとさま)の家を訪ねて一言も口をきかないようでは寄付金なんか集められないだろうとぼくは思ったが、それがかえって秘密兵器になっているらしい。オーガストはクイーンズランド州南東部筋ジストロフィー協会のステッカーが貼られた募金バケツを無言で持ち上げ、自分は話さないということを身ぶりで伝えると、それを見た親切な住人のほとんどは――そうやってたくさんの家を回っていると、人間の心の初期設定は意外にも〝親切〟であることがわかる――バケツを下げた優しげな顔立ちをしたこの青年もやはり筋ジストロフィーを患っていて、それが原因なのかどうかわからないにせよ、耳が不自由で話すことができないのだろうと解釈する。人間は、口を閉じていたほうがよほど効果的に意思疎通ができるのかもしれない。

「どうして餌をやっちゃだめ?」

「手前勝手な行動だからだ」父さんが言った。

「ぼくのサンドイッチを分けてやるのがどうして手前勝手なのさ」

　父さんは表通りに面した窓の前にぼくと並んで立ち、うちの前庭にいる一本足のトキを見た。

「トキは本来、コーンドビーフとピクルスのサンドイッチを食わないからだ」父さんは言った。「おまえがサンドイッチを分けてやるのは、自分がいいことをした気分になりたいからにすぎない。それは手前勝手な考え方だよ。おまえが毎日この窓から餌を投げてやる。するとトキは、うちはビッグ・ルースターや何かのファミリーレストランじゃないのに、毎日午後になるとうちに来るようになる。そのうち仲間を連れてきたりもするだろう。これまでどおり自分で苦労して餌を探していれば、エクササイズになって体力も維持できただろうに、おまえのせいでトキの代謝作用が大きく変化する。それだけじゃない。ブラッケンリッジのトキ社会に大きな内戦も起きる。おまえのコーンドビーフとピクルスのごちそうに一番にありつこうとして、競争が発生するからだ。まだあるぞ、おまえの行動のせいで、一つの地点に不自然にたくさんの個体が集まることになって、ブラッケンリッジ周辺の生態系バランスに悪影響が及びかねない。まあ、父さんも偉そうなことを言えた義理じゃないが、人生ってのはな、基本的に、楽なことより正しいことをできるかどうかだ。自分がいいことをした気分になりたくてした行為のせいで、トキは本当なら湿地帯の木の上で過ごす生き物なのに、地上に下りて、どこかの駐車場か何かでハトの群れといらぬ親睦を深めることになる。そうすると異種間の接触が進み、鳥の免疫システムは弱体化し、ストレスホルモンの分泌量が増え、結果、その小さなペトリ皿からサルモネラ菌が大発生する」

　父さんはお隣の庭でガーデニング用の服を着こみ、オレンジ色のガーベラの列のそばの地面に手足をついて雑草取りをしているパメラ・ウォーターズをあごで指した。

「そしてパメラはバレット通りのデリに出かけていき、レッグハムのスライスを三枚買うが、店主のマックスはこの二時間、商品を並べた棚の窓を開けっぱなしにしていたから、最高に美味(うま)いレッグハムのスライスにサルモネラ菌がくっついていて、二週間後にパメラはくたばる。死因がなんだったのか、医者も突き止められずに終わるが、犯人はレッグハムとエッグサラダのバゲットロールで、犯行現場は自宅のサンルームだ」

「つまりぼくのコーンドビーフのサンドイッチのかけらが、巡りめぐってミセス・ウォーターズを殺しかねないって話?」

「まあな。しかしそう考えると——サンドイッチをトキに食わせろ」

「父さん」

「何だ」

「一つ訊いていい?」

「何だ」

「父さんは善良なおとな?」

父さんは片方の脚をなくしたトキを目で追いながら、食パンの塊を咀嚼してのみこもうとした。

「いや、たぶん違うと思う」父さんは言った。

ぼくらはしばし無言で窓の外を見つめた。

「母さんが父さんを捨てて家を出たのはそのせいだった?」

父さんは肩をすくめた。それからうなずいた。ノーと言ったつもりなのかもしれない。でもきっとイエスだ。

「母さんにしてみれば、父さんから逃げる理由は山ほどあったろうな」父さんは言った。

またしばらくトキを見つめた。ぴょんぴょん跳ねながら庭のあちこちを探索している。

「ぼくは父さんが悪い人だとは思わない」ぼくは言った。

「そうか、うれしいね、イーライ」父さんは言った。「次の履歴書には、いまの心強い推薦の言葉を忘れずに書くとしよう」

「スリムは昔、悪い人間だった」ぼくは言った。「だけど立ち直って善良な人になった」

父さんは笑った。「比較対象がおまえの殺人犯の親友で幸運だな」

そのとき、黄色いフォード・マスタングがぼくらの家の前を通り過ぎた。この前見かけたときと同じ男が運転していた。大男だ。黒い髪と黒い口ひげ。通り過ぎざまに、黒い瞳がぼくらをじっと見た。父さんは男をにらみ返した。車はそのまま通り過ぎた。

「何なんだろうな、いまの奴」父さんが言った。

「いまの人、先週も見かけた」ぼくは言った。「サンドゲート駅のベンチに座ってたら、車からじっとぼくを見た」

「誰なのか心当たりは？」

「さあね、クソくらえだ」

「汚い言葉はできるだけ控えることだ、息子よ」

その日の午後、電話が鳴った。母さんからだった。サンドゲート駅の公衆電話からかけていた。怯えていた。泣いていた。シスター・パトリシアの家には行かれない。あそこに行ってもすぐに連れ戻されてしまう。テディはシスター・パトリシアの家を知っている。

テディの奴、殺してやる。小型ナイフで腎臓を刺してやる。

ぼくは受話器を置いた。

父さんはソファに座ってマルコム・ダグラスの冒険ドキュメンタリー番組を見ていた。ぼくはクッション一つ分を空けてソファに座った。

「ぼくらだけが頼りだ、父さん」

「え？」

「母さんには父さんの力が必要だ」

ぼくが何を考えているか、父さんも察している。

「ほかに行くところがないんだよ」

「だめだ、イーライ」父さんは言った。

テレビでは、冒険家マルコム・ダグラスがオーストラリア奥地のマングローブで泥の穴に右手を突っこんでいた。

「図書室を片づけるよ。母さんに家事を手伝ってもらおう。ほんの何カ月かだけでも」

「だめだ、イーライ」

「ぼくが一つでも頼みごとをしたことがある、父さん？」

「やめてくれ」父さんは言った。「父さんには無理だ」

「ぼくが一つでもわがままを言ったことがある、父さん？」

マルコム・ダグラスは、オーストラリア北端部の泥の穴からノコギリガザミを引きずり出した。

ぼくは立ち上がり、表通りに面した窓の前に立った。そうするのが正しいと父さんは知っている。

片脚のトキはぴょんぴょん跳ねたり、短い距離を飛んだりしながら、ランスロット通りの家々を渡り歩いていた。トキは、そうするのが正しいと知っている。

「ある善良なおとながぼくに何て言ったか聞きたい、父さん？」

「人生は、簡単なことよりも正しいことをできるかどうかだ」

「何だ」

母さんのサマードレスはすり切れて伸びていた。駅の公衆電話の前に裸足で立っていた。オーガストとぼくは、母さんがほほえむのを待った。母さんの笑顔は太陽で、空で、ぼくらを温めてくれるからだ。ぼくらは笑顔になって公衆電話のほうへ駆け出す。母さんは何も持っていなかった。鞄も。靴も。財布も。でも、あの笑顔はいまも持っていた。一瞬で終わってしまう天文現象。母さんの唇が右から左へと開き、上唇が持ち上がって、その笑顔は、ぼくらの頭はおかしくなんかないこと、どんなことについてもぼくらは正しいこと、間違っているのは世界のほうだということをぼくらに伝えてくる。ぼくらを見つけた母さんはあの笑顔を作り、でもその瞬間、世界は正しくて、間違っているのは母さんの笑顔だとわかる。なぜなら、母さんの前歯は二本欠けているからだ。

駅からうちまでの車中、誰もが黙りこくっている。父さんが運転し、母さんは助手席に座っている。ぼくは母さんの真後ろに座り、ぼくの隣に座っているオーガストは、ときおり左手を伸ばし、励まそうとするように母さんの右肩をそっとなでた。車のサイドミラー越しに母さんの顔が見えた。上唇は、腫れ上がっているせいで、いつものように持ち上がらない。左目の周りは真っ黒で、白目は充血して真っ赤だ。あいつの目玉をナイフでえぐり出してやりたい。あの野郎の目玉をナイフでほじくり出してやりたい。

車がうちの私道に入ったところで、ようやく最初の言葉が発せられた。母さんが父さんに向かって何か言うのをぼくは初めて見た。

「ありがとう、ロバート」

オーガストとぼくは、父さんの書物庫に築かれた本の山脈を崩しにかかった。全部を詰めるには箱が足りない。ペーパーバックは千冊くらいありそうだったし、そこから考えると、ページのあいだを泳ぎ回る紙魚は五万匹くらいいそうだ。

オーガストが空中に書く。**本のガレージセール。**

「天才だな、ガス」

ぼくらは父さんの古いテーブルを縁の下から引っ張り出し、うちの郵便受けの脇の通路に本の屋台を設置した。父さんのビールの空き箱で看板を作った。内側の茶色い無地の部分にこう書いた——〈ブラッケンリッジ　本の大特価セール　どれでも一冊50セント〉。一万冊売れたら、五千ドルの売上になる。母さんが住む場所を借りる前金に足りるだろう。新しい靴だって買えるだろう。

オーガストとぼくは、図書室と外の屋台を行ったり来たりして本を運び、母さんと父さんは紅茶を飲みながら話をしていた。昔の思い出でも語り合っているんだろう。二人のあいだには暗号みたいな独特の言語がある。そう考えて、改めて気づいた。あの二人は昔、愛し合っていたんだ。

「しかし、きみはステーキは好きじゃなかったよな」父さんが言った。

「そうなんだけど」母さんが言う。「それにしたって硬くて、ちょっとしたテーブルくらいは作れそうだった。ほかの子たちが言ってた。車に轢かれた動物の死骸の骨のそばから肉を丸くくり抜いてきたら、何だって牛ヒレ肉に見せられるよねって」

あの二人は、憎み合うようになる前は愛し合っていた。父さんの目に、初めて見るような生き生きとした光が宿っていた。真剣な顔で母さんの話を聞いている。誰かを味方に引き入れたいときの芝居とは根本から違っていた。母さんが何か言うと、父さんは笑う。母さんの話はおもしろい。刑務所の食事や、この十五年くらいのあいだに経験したむちゃくちゃな大冒険をネタにしたブラックなジョークの連発。

ぼくの目は何かをとらえた。過去が見えた。未来が見えた。母さんと父さんがぼくの誕生に至る行為をしているところまで見えて、ちょっと吐き気を催したけど、同時にほほえましくもあった。だって、ぼくら〝家族〟がスタートを切ったとき、二人の胸にはきっと希望があったから。不和の時代が到来する前。二人が世界にのみこまれてしまう前。

電話が鳴った。

ぼくは電話に飛びつこうとした。

「イーライ、待って」母さんが言った。ぼくは立ち止まった。「彼かもしれない」

「そうなら好都合だ」ぼくは言った。

受話器を右耳に当てた。

「もしもし」

沈黙。

「もしもし」

声。あいつの声。

「お母さんと替われ」

「この腑抜(ふぬ)け野郎」ぼくは電話に向かって言った。

父さんがやめておけと首を振っている。

「警察に連絡したと言え」父さんが小声で言った。

「母さんは警察に通報したからな、テディ」ぼくは言った。「青い制服を着た奴らが迎えに行くからな」

「誰も警察に通報なんかしてねえだろ」テディは言った。「おれはフランキーを知ってるんだよ。警察に通報なんかしてねえ。おまえのママに伝えろ。いまから連れ戻しに行くとな」

「母さんに近づくな。近づいてみろ――」

「近づくと、何だ、イーライ?」テディは電話の向こうでわめいた。「近づいてみろ、おまえの目玉をナイフでえぐり出してやるからな」

「へえ、やってみな」

ぼくは父さんを見た。一人くらいは助っ人が必要だ。

「やってやるさ、テディ。うちの父さんは、おまえのその臆病者の頭を真っ二つに割るぞ。ココナツを素手で真っ二つに割るみたいに」

父さんの顔が驚愕に満ちた。「ちょっと電話を貸しなさい、イーライ」

「おまえのママに、連れ戻しに行くと伝えろ」テディがわめいた。

「ああ、来いよ、ここで待ってるからな、腰抜け野郎」怒りがぼくを大胆にしていた。ふだんのぼくとは別人だ。腹の底から何かが湧き上がってきた。ぼくが思春期をかけて肋骨の内側の奥深くに押しこめてきた怒りの集合体。ぼくは絶叫した。「ここで待ってるからな」

電話は切れた。ぼくは受話器を置いた。父さんと母さんを見る。オーガストはソファで首を振っていた。三人とも、狂人を見るような目でぼくを見ていた。実際、そうなのかもしれない。

「何だよ」ぼくは言った。

父さんが首を振った。立ち上がってパントリーのドアを開けた。キャプテン・モルガンのボトルのキャップを取り、安物のラムを半カップくらい一気にあおった。

「オーガスト。悪いが、斧の柄を取ってきてくれないか」

スリムがいつか言っていた。時間の最大の弱点は、本当には存在しないということだ。時間は、たとえばテディの首のような物理的な存在ではない。テディの首なら、手をかけて締め上げられる。でも時間は、コントロールできず、避けようとしても無理で、操ることもできない。なぜなら、本当には存在しないからだ。ぼくらのカレンダーに数字を書いたのは宇宙じゃないし、時計にローマ数字を書いたのも宇宙じゃない。ぼくらだ。もし時間が存在して、両手をかけて締め上げられるものなら、ぼくはそうしている。両手で時間を捕まえ、腕を回してヘッドロックをかけて動きを封じ、脇の下にはさんだまま、八年くらい時間を凍りつかせる。そのあいだにぼくはケイトリン・スパイズの年齢に追いつく。もしかしたら、同年代のおとなの唇にならキスしてもいいと思ってもらえるかもしれない。そのころには、さすがにぼくの顔にだってひげが生え始めているはずだ。声は低くなっていて、政治についてケイトリンと意見を交換する。ザ・ギャップにあるぼくらのこぢんまりした家にはどんな家具が似合いそうか、裏庭にどんな種類の犬がいたらいいか、そんな話もする。ぼくらが時計に数字を書かなければ、ケイトリン・スパイズは年を取らず、ケイトリン・スパイズはいまのまま変わらなくて、ぼくはケイトリンと一緒になれる。これまでのぼくは何かとタイミングが悪かった。いつだって時間と歩調が合っていなかった。でも、今日は違う。ブラッケンリッジのランスロット通り五番地の、通りに面したリビングルームの窓の前に立っているいまこの瞬間は違う。真昼の決闘。乾いて埃っぽい通りを転がっていくタンブルウィードはどこだ？　町の酒場の鎧戸（よろいど）をあわてて閉ざす老婆はどこだ？

父さんは斧の柄を右手に握り、落ち着かない様子で立っている。オーガストは、ふだんはキッチンの窓の防犯具に使っている薄い金属のバーを持って隣に立っている。ぼくはサンドゲートの質屋で十五ドルで買ったグレイ＝ニコルズのバット——クリケット・バット界のエクスカリバー——を持って立っている。Ｔシャツとビーチサンダルと短パンで身を固め、いざ敵を待ち受ける下腹の突き出たお粗末な戦士たち。三人とも、ぼくらの女王のためなら命だって投げ出す覚悟でいる。女王は廊下の先、ぼくらがのろのろと本を運び出しかけている図書室に安全にかくまわれている。父さんだって、女王のためなら命を捨てるだろう。女王への愛を証明するチャンスだ。これは父さんの救済につながる道なのかもしれない。自宅の前庭に数歩進み出て、テディのこめかみに斧の柄を叩きつける。すると母さんは感謝感激して父さんの細腕のなかに飛びこみ、父さんの右肩に彫りこまれた伝説の山賊ネッド・ケリーは、真の愛を認めて親指を立てる。

「父さんが頭を真っ二つに割ってやるなんて、どうしてまたそんなことを言った？」父さんが訊く。

「そう言えば怖じ気づいて来るのをやめるかなと思って」ぼくは答えた。

「父さんは喧嘩のケの字もできないことはおまえだって知ってるだろうに」

「喧嘩がめちゃくちゃ弱いのは、酔ってるせいだと思ってた」

「いや、酔ってるときのほうが父さんは強いぞ」

そっか。運命は決まったな。人生ってそういうものだ。

そのとき、黄色いマスタングがうちの前の通りにまた現れて、しかも——ぼくの喉に恐怖がせり上がり、膝は笑い始めた——うちの私道に入って停まった。

「あいつだ」ぼくはかすれた声で言った。

「あれがテディか」父さんが訊く。

「違う、駅でも見かけた奴」

男はエンジンを切り、車から降りてきた。灰色のジャケットを着てスラックスを穿き、ジャケットの下に黒いシャツを着ていた。ブラッケンリッジに来るにはずいぶんとかしこまった格好だ。赤いセロファンでギフト用の包装をした小さな箱を左手に持っていた。

そのまま前庭を突っ切ってきて、ぼくら三人が——ベル・ボーイズが——汗ばんだ手でいかにも恐ろしげな武器を握り締めて立っているリビングルームの窓に近づいた。

「おまえがテディの仲間なら、それ以上近づかないほうが身のためだぞ」父さんが言った。

男は立ち止まった。

「誰の仲間だって？」男が聞き返す。

ちょうどそのとき、別の車が来てうちの郵便受けの前の歩道際に停まった。青いニッサンの大型バンだった。テディが助手席から降りてきた。運転していた男も降りてきて、助手席の真後ろのドアからは三人目が降りてきて、大きな音を立ててドアを閉めた。三人とも体がでかく、動きがいちいちのろくさい。ぼくはブリスベン博覧会の薪割りコンテストで毎年かならず優勝するタスマニアの木こりを連想した。いかにもクイーンズランド州の長距離トラック運転手らしい、ゴリラみたいに拳をひきずり、特大サイズの尻が重たそうな歩き方だった。テディはきっと無線で仲間を呼んだんだろう。刑事と泥棒ごっこをしていて援軍を頼む七歳の子供みたいだ。見下げたイボ痔野郎だ。助っ人の二人のどっちかが〝ザ・ログ〟、丸太みたいな息子を持った丸太並みのバカなのかもしれない。蹴るときは確実にタマをやってやろう。この道化トリオが全員、アルミの野球バットを握り締めていなかったら、ぼくは声を出して笑っていただろう。

テディがうちの前庭のど真ん中を偉そうに歩いてきて、窓に向かって大声で言った。左手に贈り物らしきものを持って窓の下に立っている灰色のジャケットの男には目もくれない。

「いますぐ出てくるんだな、フランキー！」テディはがなり立てた。

今回もまた景気づけにドラッグをやっているらしい。長距離トラック運転手向けスピードで気が大きくなった奴。

灰色のジャケットの男は何気ないそぶりで騒ぎの中心から身を引き、困った顔でテディを見つめていた。そのとき初めて気づいたけど、男のそのたたずまいは、ロバに道を譲る黒ヒョウだった。

母さんが来て、窓の前に立つぼくの背後に立った。

「部屋に戻っていろ、フラン」父さんが静かな声で言った。

「フラン？」テディがわめく。「フランだって？　そいつは昔、おまえをそう呼んでたのか、フランキー？　そのへなちょことよりを戻そうって気か？」

灰色のジャケットの男は、うちの玄関前のコンクリート敷きのポーチに上がる二段の階段の上り口に移動していた。階段に腰を下ろし、思案顔で人差し指を唇に当て、騒ぎを見守っている。

母さんがぼくとオーガストのあいだに割りこんできて、窓から身を乗り出した。

「あんたとはおしまいよ、テディ」母さんは言った。「もうごめんだわ。二度と戻らないから。絶対に戻らないからね、テディ。わたしたちはおしまいなの」

「そうはいかないぜ」テディが言った。「おれが終わりだって言うまで、おれたちは終わらない」

ぼくはグレイ＝ニコルズのバットをしっかりと握り直した。「母さんは帰れって言ってるんだよ、テディ・ベア。聞こえなかったのか」

テディがにやりとした。「イーライ・ベル、ぼくがママを守ってやるってか。言うことだけはでかいが、どうせおまえの膝はがくがく震えてるんだろ、このちびっ子め。いつまでも虚勢張ってるなよ、しょんべんちびっちまうぜ」

　認めるしかないだろう、図星だった。ここまで小便をちびりかけて切羽詰まったことは一度もないし、ここまで毛布にくるまって母さんのチキンスープをすすりながら『ファミリータイズ』を見ていたいと思ったこともない。

「母さんにあと一歩でも近づいてみろ、その目玉をえぐり出してやる」ぼくは歯を食いしばって言った。

　テディが用心棒二人を振り返る。二人がうなずく。

「よし、ここまでだ、フランキー」テディは言った。「そっちから出てこないなら、こっちから引きずり出しに行く」テディとごろつき仲間二人は、玄関のポーチにのしのしと歩き出した。

そのときだった。灰色のジャケットの男が立ち上がったのは。このときだった。灰色のジャケットの男の肩がどれだけ広いか、灰色のジャケットの袖に包まれた男の腕がどれだけたくましいか、ぼくがようやく気づいたのは。持っていた贈り物は、ポーチの階段の一段目に置いてあった。

「そこのレディは、おまえとは終わりだと言ってる」灰色のジャケットの男は言った。「そこの少年は、帰れと言ってる」

「何だてめえ？　誰だよ」テディが吐き捨てた。

　灰色のジャケットの男は肩をすくめた。

「おれがどこの誰だか知らないなら、おれがどこの誰だか知らないままのほうが身のためだろうな」男は言った。

　ぼくは、『ペイルライダー』のクリント・イーストウッドが大好きだけど、この男のことも同じように大好きになり始めていた。

二人の男たちはにらみ合った。

「もう帰ったほうがいい」灰色のジャケットの男は諭すように言った。「そこのレディは、おまえとは終わりだと言ってる」

テディは首を振って笑い、ごろつき仲間二人を振り返った。二人はやる気満々で野球のバットを握り締めていた。スピードの効果で、水と血に飢えている。テディは向き直るなり、うちの玄関ポーチに立っている見知らぬ男の頭を狙って、だまし討ちのようにアルミのバットを振り下ろした。男はボクサーのように身軽にバットをかわした。一瞬たりとも敵から目を離さなかった。そして左の拳をテディの右脇腹にめりこませ、一歩踏みこむと重心を落とし、ふくらはぎと腿と腰の力を右の拳に集めて、テディのあごにアッパーカットを食らわせた。衝撃でテディは目を白黒させながらよろめいたが、焦点を取り戻したときにはもう男の額が鼻の先に迫っていて、よける間もなく鼻の骨が折れ、鼻はぐしゃりとつぶれ、破裂して、人間の血で描いた抽象画に変わった。この男がどこの誰なのか、ぼくにも察しがついた。刑務所にとらわれていたけものだ。刑務所から解き放たれたけもの。黒ヒョウ。ライオン。気絶して地面にぶっ倒れたテディのぐちゃぐちゃの顔を見た瞬間、ぼくの目に狂気の混じった幸福の涙が浮かんだ。乾ききった唇から、名前が一つこぼれ落ちた。

「アレックス」ぼくはささやいた。

テディのごろつき仲間はおそるおそる男に近づこうとしたが、男がスラックスのベルトの背中側から抜いた黒い銃を見て立ち止まった。

「下がれ」男は言った。銃口を手前のごろつきの頭に向ける。

「おまえ」男は言った。「運転してきた奴。車のナンバーは覚えた。いつでもおまえを探し出せるぞ。わかるな？」

バンを運転してきた男は呆然とした顔、怯えきった顔でうなずいた。

「このよく肥えたバカをもとの巣穴に戻しておけ」男は言った。「目を覚ましたら、アレクサンダー・バミューデスと〝レベルズ〟クイーンズランド支部に所属する二百三十五名のメンバーが、こいつとフランキー・ベルの仲は終わったと言っていたと伝えろ。いいな？」

バンを運転してきた男はうなずいた。「悪かったよ、ミスター・バミューデス」もごもごと言う。「手間をかけて悪かった」

アレックスは、このシュールな光景を窓際からじっと見守っている母さんに視線をやった。

「この男の家から持ってきておきたい荷物はありますか」アレックスは母さんに尋ねた。

母さんはうなずいた。アレックスは任せておけというようにうなずき、銃をスラックスのベルトの背中側に収めてから運転手に視線を戻した。「運転してきた奴。明日の日没までに、そちらのレディの荷物をまとめてこの玄関まで届けろ。いいな？」

「はいはい、もちろんです」バンを運転してきた男は言った。このときにはもう、テディを引きずってうちの前庭を横切り、車に戻ろうとしていた。二人がかりでテディを青いバンに押しこみ、車でランスロット通りを走り去った。運転席の男は最後にもう一度だけアレックスにうやうやしく会釈をし、アレックスもうなずき返した。それからアレックスは窓に向き直った。「うちのおふくろにいつも言ってたんですよ。これこそこの国の最悪の一面だって」アレックスはそう言って首を振った。「いじめっ子だらけなところが、ね」

アレックスはキッチンのテーブルで紅茶を飲んでいる。

「この紅茶、うまいですよ、ミスター・ベル」

「ロブと呼んでもらえないか」父さんが言った。

アレックスは母さんにほほえんだ。「いい息子さんたちをお持ちですね、ミセス・ベル」

「フランキーって呼んで」母さんが言った。「そうね、二人ともいい子に育ってくれたわ、アレックス」

アレックスは次にぼくのほうを向いた。

「ムショにいたころ、何度かどん底の日々を経験した」アレックスは言った。「おれみたいな組織のアタマには、外の友達から山のように手紙が届くものだろうと世間には思われている。しかし、現実はその正反対だ。ほかのみんなが手紙を書いているものだとみんなが思って、誰一人手紙なんか書きやしない。だが、人はひとりでは生きていけないものでね。それはオーストラリアの首相だろうと、マイケル・ジャクソンだろうと変わらないし、バイカーギャング〝レベルズ〟クイーンズランド支部長だって同じだ」

アレックスは母さんに向き直った。

「服役中、何が一番うれしかったかといえば、おそらく若きイーライから届く手紙でした」アレックスは言った。「イーライはおれを幸せな気持ちにしてくれた。人間として何が大切か、教えてもらったようなところもあったりしてね。イーライは人を色眼鏡で見ない。会ったことさえないおれに思いやりを示してくれた」

アレックスは父さんと母さんを見た。

「イーライにそのことを教えたのは、お二人でしょう？」

父さんと母さんはぎこちなく肩をすくめた。ぼくが代わりに沈黙を埋めた。

「突然、手紙を書かなくなってごめん」ぼくは言った。「ぼくも暗い穴に落っこちちゃったんだ」

「知ってるよ」アレックスは言った。「スリムのことは残念だ。きちんとお別れを言えたかい？」

「まあね」

アレックスは持ってきた贈り物をテーブルに置いてぼくのほうに押しやった。

「きみに」アレックスは言った。「お粗末な包装で申し訳ない。おれたちバイカーは、ラッピングが得意な集団じゃなくてな」

ぼくは不器用に折ってテープで貼られた赤いセロファンを両側から剝がし、なかの箱を引き出した。ボイスレコーダーのエクゼクトーク・ディクタフォンだった。ボディカラーは黒。

「ジャーナリストなら取材用に持っておかないと」

ぼくは泣いた。元服役囚、バイカーギャング〝レベルズ〟の有力な幹部の前で、十七歳の赤ん坊みたいに泣いた。

「おいどうした、相棒？」アレックスが訊く。

どうしたんだろう。いけないのは、何かと勝手にゆるみまくる涙腺だ。ぼくの言うことなんか聞きやしない。

「何でもない」ぼくは言った。「最高のプレゼントだよ、アレックス。ありがとう」

ぼくはボイスレコーダー本体を箱から取り出した。

「いまもジャーナリストになる気だろう？」アレックスが訊く。

ぼくは肩をすくめた。

「たぶん」

「頼りないな、それが夢なんだろうに」

「うん、そうだよ」ぼくは言った。急に気持ちがふさいだ。アレックスが信じてくれているせいだ。

ぼくがジャーナリストになれるなんて誰も信じていなかったときのほうがましだった。そのほうが気が楽だった。誰からも何も期待されないから。越えなくちゃいけない目標がなければ、成功も失敗もない。

「じゃあ、何がいけないんだ、特ダネ記者くん」アレックスは明るい声で訊いた。

箱をのぞくと乾電池も付属していた。ぼくは乾電池をボイスレコーダーに入れた。ボタンを押して試す。

「ジャーナリストの世界にもぐりこむのは、思ってたより難しかった」

アレックスはうなずいた。

「おれで何か役に立てるかな」アレックスは言った。「殴りこみなら得意だぞ」

父さんが気弱に笑った。

「どんなところが難しい?」アレックスが重ねて訊く。

「どんなところかな」ぼくは言った。「ほかの人とは違うことを証明してみせなくちゃならないところ」

「で、何があれば証明できる?」

ぼくはちょっと考えてから答えた。

「一面トップ記事」

アレックスは笑った。キッチンテーブルに身を乗り出し、ぼくの真新しいボイスレコーダーの赤い録音ボタンを押した。「たとえば、だ。反社会的バイカー集団レベルズのクイーンズランド支部長の独占インタビューならどうだ?　そう簡単に取れるネタじゃないと思うがな」

人生って、そんなものだ。

少年、海をあふれさせる

Boy Drowns Sea

ねえスリム、ぼくらが見える？　オーガストがあんな風に笑ってる。母さんがあんな風に笑ってる。人生の十九年目を迎えたぼくは、こんな風に時間の速度を落としている。手伝ってよ、ねえ、スリム。ぼくはこの一年のこの時点にいつまでもとどまっていたいんだ。この瞬間でいつまでも立ち止まっていたい。父さんの家のソファのそば。驚いて目を輝かせているオーガスト。クイーンズランド州知事から届いたタイプ打ちの手紙に目を通すオーガストを囲んでいるぼくら。

わかってるよ、スリム。ぼくはまだ父さんに月のプールのことを聞いていない。この幸福があるのは、ぼくとオーガストと母さんが暗黒の時代を忘れているからこそだ。ぼくらは自分をだましている。それはわかっているんだ。でもさ、忘れるという行為には、小さな罪のない嘘がかならず含まれているものだろう？

あの夜、車ごとダムに落ちたのはわざとじゃなかったのかもしれない。わざとだったのかもしれない。スリムはタクシー運転手殺しの犯人じゃないのかもしれない。真犯人なのかもしれない。

スリムはその罪を刑務所で償った。充分以上に償ったよね。もしかしたら、父さんだって同じかもしれない。

母さんには、父さんが罪を償う時間が必要だったということかもしれない。父さんのところに戻ってくるには必要な時間だった。いま、父さんに新たなチャンスをあげようとしているのかもしれない。母さんの存在は父さんのためになっているみたいなんだ、スリム。母さんが戻ってきて、父さんは人間らしくなった。恋人同士とかそういうのとは違うけど、二人は友達に戻った。それはすごくいいことだ。父さんは、母さん以外の友達をみんな追い払った。お酒も、自分を痛めつけるのもやめた。どんな人も邪悪な人間になることがある。どんな人も、善良な人間になることがある。結局はタイミングの問題だ。スリムが言っていたとおりだった。オーガストはあらゆる答えを知っていた。だから言ったろってオーガストはしつこいくらい言ってくる。こうなるって自分は知ってた、前回もそうだったからって言う。自分はどこかから戻ってきたんだといって譲らない。ぼくらは二人ともどこかから戻ってきたんだって言う。オーガストのいう〝どこか〟は月のプールだ。ぼくらは月のプールから戻ってきた。

オーガストは人差し指で空中にひたすら文字を書く。**だから言ったろ、イーライ。だから言ったろ、イーライ。**

あとはよくなるだけだ。オーガストは言っていた。**最高によくなるだけだ。**

親愛なるミスター・オーガスト・ベル

一八五九年六月六日にクイーンズランド州がニューサウスウェールズ州から正式に分離したことを記念し、六月六日、クイーンズランド州民は心を一つにして〝クイーンズランド・デー〟を祝います。この祝賀の一環として、優れた業績を通して州に貢献した五百名の功労者を〝クイーンズランド州功労賞〟受賞者として表彰いたします。つきましては、一九九一年六月七日、ブリスベン・シティホールで開催予定の第一回クイーンズランド州功労賞授賞式にご出席ください。クイーンズランド州南東部筋ジストロフィー協会のためのたゆみない募金活動をたたえ、貴君を〝地域社会の功労者〟部門で表彰いたします。

アレックス・バミューデスはあの日、うちのキッチンで、四時間にわたって半生を語った。話が終わると、オーガストのほうを向いた。

「きみはどうだ、ガス？」アレックスは訊いた。

どうって？ オーガストは空中に書いた。

「〝どうって？〟って言ってます」ぼくは通訳した。

「おれで力になれることはないか」アレックスは訊いた。

それが生まれたのはこの瞬間だった。オーガストがソファに座ったまま困り顔で自分のあごをぽりぽりとかき、テレビではドラマの『ネイバーズ』をやっていたこのとき、〝クリミナル・エンタープライゼス〟、クイーンズランド南東部の一流犯罪者によるオーストラリア初の地下慈善団体を組織しようというアイデアがオーガストの頭に浮かんだ。オーガストは筋ジストロフィー募金バケツに寄付してもらえないかとアレックスに頼んだ。アレックスはバケツに二百ドル入れた。オーガストはそこからさらに一歩進めた。空中に綴られた文字をぼくにせっせと通訳させながら、オーガストは自分のアイデアをアレックスに売りこんだ。反社会的バイカー集団レベルズのメンバーに慈善活動に参加してもらいたい。それに加えて、アレックスのほかの知り合いの裕福な犯罪者に、これまで荒らしたり破壊したりしてきた地域社会に何らかの埋め合わせをしたいと考えていそうな人がいれば、その人たちも巻きこんでほしい。クイーンズランド州に広がる悪の世界はこれまで、慈善活動の観点からはいまだ手つかずで残されている膨大な資金源だったが、たったいま、アレックスの手で最初の資金供出が行われた。真っ黒な闇に包まれた犯罪の世界の住人は、物騒な悪党や、夏に向けてプールがほしくなって自分のおばあちゃんをナイフで刺したような男ばかりかもしれないが、自分よりも恵まれない人々に手を差し伸べたいという大きな心を持った人間だって、なかにはいるはずだ。これまで、生活上のサポートや教育サービスを必要としている人を大勢見てきた。地域の犯罪者の善意が集まれば、彼らによりよい支援を提供できるようになるかもしれない。たとえば、貧困地域で生まれ育った若い男女を医学部で勉強させてやれるかもしれない。引退した犯罪者、生活苦にあえぐ犯罪者の子供のための奨学金制度を創設したいという人もいるかもしれない。ロビン・フッド的な活動と考えてもらえばいいとオーガストは言った。犯罪者の懐は少しだけ寂しくなるかもしれないが、その分、魂は豊かになる。天国の真珠の門の前に立って呼び鈴を鳴らす日がついに来たとき、空のどこかから見守っている最高の審判者にひらひらと振って見せる勲章が手に入るかもしれない。

オーガストの言いたいことを察して、経験を踏まえたぼくなりの解釈も加えた。

「ガスが言いたいのは、何のためにやってるんだろうってふと疑問に思うことはないかってことじゃないかな、アレックス」ぼくは言った。「いつかピストルやメリケンサックをついに片づける日が来て、最後の一仕事を終えたあと、自分の犯罪稼業を振り返ったとき、現金の山といくつかの墓石しか自慢するものがなかったら……？」

アレックスはにやりとした。「わかった。一晩考えさせてくれ」

一週間後、郵便配達のバンが来て、オーガスト宛の小包を置いていった。箱を開けると、二十ドル、十ドル、五ドル、二ドル、一ドル札で、合計一万ドルの現金が入っていた。小包の差し出し名義はこうだった――〈ウェスト・エンド、モンタギュー通り二四番地、R・フッド〉

ぼくらが見える、スリム？　オーガストの髪をくしゃくしゃにしている母さんが見える？

「誇らしいわ、オーガスト」母さんが言う。

笑顔のオーガスト。母さんは泣いている。

「どうしたの、母さん」ぼくは訊く。

母さんは涙を拭う。

「わたしの息子がクイーンズランド州の功労者だなんて」母さんはしゃくり上げる。「わたしの息子がシティ・ホールのステージで表彰されるなんて……この子が……この子だからという理由で」

母さんは息を整える。それからいかめしい命令口調で言う。

「みんなそろって行くわよ。いいわね」

ぼくはうなずいた。父さんは居心地悪そうにする。

「全員、おめかしして行くのよ」母さんは言った。「その日のためにちょっといいワンピースを買うわ。美容院にも行かなくちゃ」母さんはうなずく。「あなたの晴れ舞台だもの、ガス。みんなでせいいっぱいおめかししなくちゃ」

オーガストは笑顔でうなずいた。父さんはまた居心地悪そうにする。

「フラン、その……えー……わたしは行かなくてもいいんじゃないかな」父さんはもごもごと言う。

「何言ってるの、ロバート。あなたも行くのよ」

ぼくの机が見える、スリム？　机でタイプライターを叩いて言葉を綴っているぼくの指が見える？　ぼくはドゥームベン競馬場の第八レースの結果を報じる記事を書いている。いまスリムが見てるこのぼくは、『クーリエ・メール』の競馬記者の控えの控えの記者だよ。競馬記者の第一の交代要員、ジム・チェズウィックは、ぼくが先週書いたマカーシー親子——おじいちゃん、お父さん、息子の三世代——繋駕速歩競走のドライバー（繋駕速歩競走の騎手はジョッキーじゃなくてドライバーと呼ぶんだとジムから教えてもらった）が、アルビオン繋駕速歩競走にそろって出場したことを伝える記事を褒めてくれた。ちなみに、おじいちゃんが二馬身の差で優勝した。

ブライアン・ロバートソンは、周りの評判より実はずっと親切な人だ。ぼくを採用してくれて、しかも学校を卒業するまで入社を猶予してくれた。新聞社でのぼくの仕事は主に何でも屋の使い走りの遊撃隊員だけど、ぼくは両手の計九本の指を総動員してその仕事にしがみついている。州や連邦の議会で何か大きなできごとがあると、ぼくがあちこちのショッピングセンターに派遣され、ごま塩頭の副編集長ロイド・ストークスから渡された質問一覧をもとに、行き交う買い物客にインタビューする。

「クイーンズランド州は地に落ちたと思いますか」

「クイーンズランド州が地に落ちた責任は首相のボブ・ホークにあると思いますか」

「クイーンズランド州はどうやったら這い上がれると思いますか」

ぼくは週末に各地で行われたスポーツの試合の結果を報じる記事を書く。満潮・干潮の時刻を知らせる記事を書き、毎週金曜の夜にはサイモン・キングっていう老いぼれ漁師に電話して、〝サイモン・セズ〟〔同名の子供の指さしゲームがある〕というタイトルの週に一度のコラムを書く。このコラムでは、週末に向けてクイーンズランド沿岸のどこが釣りのホットスポットになりそうか、サイモン・キングの予想を読者に伝えている。きっとサイモンと気が合うと思うよ、スリム。サイモンも、釣りの醍醐味は魚を釣り上げることじゃなく、魚がかかるのをじっと待つ時間、じっと座って待ちながら考えごとをする時間にあると思っている人だから。

不動産ページに不動産の記事も書く。長さ三百語の記事で――不動産記者のリーガン・スタークは広告記事って呼んでる――うちの新聞にどこよりも高い広告料を払って広告を載せている不動産会社が〝おすすめ〟する高級不動産を紹介する。リーガンに言わせると、ぼくの記事は熱が入りすぎている。たった三百語の不動産広告記事には比喩を入れる余地なんかないと言って、毎回、文章を刈りこむお手本を見せてくれる。たとえばこんな風だ。〝生まれたばかりの赤ん坊を優しく抱くお母さんワラビーの腕のように、当物件の北面から東面をそっと抱き締める広々とした屋外エンタテインメント・デッキ〟は、〝当物件にはL字形のベランダがある〟になる。でもリーガンは、熱意を失ってはいけないという。熱意こそ、ギルビーのジンとともに――ペンと紙よりも――ジャーナリストにとって頼りになるツールだからだ。でも、ぼくはただスリムの真似をしているだけなんだよ、スリム。とにかく毎日忙しく過ごすことを心がけている。着々と日々を積み重ねている。忙しい一日が一つ終わると、また一日、ケイトリン・スパイズに近づく。ぼくとケイトリンは同じ部屋で仕事をしているんだ。まあ、その部屋――本社ビルのメインのニュース編集室――は奥行き百五十メートルくらいあって、ケイトリンの席は、ずっと奥のほう、編集局長のブライアン・ロバートソンのオフィスのすぐ前の犯罪報道部の島にあって、ぼくの席ははるか手前のほう、やかましい音を立てるコピー機と、七十八歳のクロスワード編集者、ぼくが日に何度か肩をつついて生存確認をしなくちゃならないエイモス・ウェブスターの席のすぐ近くにあるんだけどね。でも、仕事は楽しいよ。建物を満たしているにおい。記事を書いているとすぐ下の煉瓦造りの建物から聞こえてくる輪転印刷機の音。たばこの煙のにおい、一九六〇年代に知っていた古い政治家や一九七〇年代に寝た年下の女性をこき下ろす年配の記者のひどい言葉づかい。

　ぼくがこの仕事に就けたのは、スリムのおかげだ。ぼくの人生を変えたのはスリムだ。だからお礼を伝えたいんだ、スリム。そっちからぼくが見えてるならね。ありがとう。アレックスに手紙を書けと勧めてくれたのはスリムだった。ぼくに特ダネをくれたのはアレックスだった。『クーリエ・メール』の一面トップに掲載されたぼくの特ダネは、アレックスの独占インタビューだった。〈休みなき反抗〉。ぼくの長さ二千五百語の独占インタビュー記事の見出しはそれで、少し前に出所したばかりのレベルズの支部長、アレックス・バミューデスの半生をたどる内容だった。ぼくの署名は入らなかったけど、そんなの些細なことだ。ぼくの書いた記事を編集局長のブライアン・ロバートソンが大幅に改稿した。ブライアンに言わせると、〝無意味な美辞麗句〟が多すぎたから。

「アレックス・バミューデスの独占インタビューなんて、いったいどうやって手に入れた？」ブライアンは机でぼくの原稿を読みながら訊いた。ぼくは原稿をあらかじめ郵便で送っておいた。将来の夢は『クーリエ・メール』の誉れ高い犯罪報道部の記者になることですって、またもや説明する添え状をくっつけてね。

「ぼくが書いた手紙が、刑務所の暗黒の日々からアレックスを救ったからです」

「いつから手紙を書いていた？」

「ぼくが十歳から十三歳のあいだ」

「アレックス・バミューデスに手紙を書くようになったきっかけは」

「ぼくのベビーシッターだった人から言われたんです。アレックスみたいな人に手紙を書いてやったらものすごく喜ぶだろうって。手紙を書いてくれる家族や友達がいないから」

「手紙を書くような家族や友達がいないのは、奴がひじょうに危険な、ひょっとしたらソシオパスの気のある、有罪判決を受けた犯罪者だからだろう」ブライアンは言った。「きみのベビーシッターは、メアリー・ポピンズのようなタイプの人物ではなかったようだな」

「はい、違います」

「この原稿が、嘘つきの小僧がわたしに採用してもらいたいがためにでっち上げた嘘まみれの妄想ではないという確証がどこにある？」

　アレックスはこの事態をしっかり予期していた。ぼくはブライアンにアレックスの電話番号を渡した。

　ブライアンは、机の向こう側でアレックス・バミューデスに電話をかけ、原稿のディテールや引用に偽りがないことを確認した。

「なるほど」ブライアンは言った。「なるほど……ええ、そういうことであれば掲載できそうです」

　ブライアンはうなずきながら、ぼくをまじまじと見つめた。「いやいや、ミスター・バミューデス、残念ながら、〝一字一句違わず〟というわけにはいきません。なにしろこの小僧の書きぶりときたら、おまえはレフ・トルストイにでもなる気かと言いたくなるような代物でしてね、前文（リード）が見当たらないんで探したら、十九番目のパラグラフに埋もれているような始末で。第一、わたしが編集する新聞の一面トップ記事の書き出しがポエムだなんて、絶対に許せませんから」

　アレックスは、ウマル・ハイヤームの『ルバイヤート』の詩を書き出しに持ってきたらどうかと提案した。刑務所のアレックスと文通しているとき、ぼくがそのなかの一編を書き送ったが、それとはまた別の一編だ。

　さあ、老ハイヤームと来るがよい、語るは賢き者にまかせて
　確かなことはひとつ、命は飛ぶがごとく過ぎ

確かなことはひとつ、ほかはみな偽り
ひとたび咲いた花、永遠(とわ)に死す

アレックスは、この一編を空で覚えていると言った。この詩を心の支えにして刑務所生活を乗り切ったと言った。この詩は知恵と慰めをもたらしてくれたのだ。その四十年前にスリムが生還したように、地下懲罰房から無事に地上に戻れたのはこの詩があったからだと言った。この詩は、ぼくの原稿を貫いている心情の糸、テーマだ。なぜなら、自分が他人にしたひどい行為に対するアレックスの後悔の念を代弁しているから、そしてそれは、アレックスが子供だったころにされたひどい行為に抵抗しなかったことに対する後悔の念と無縁ではないからだ。

「ぼくの原稿、気に入ってもらえましたか」ぼくは尋ねた。

「いいや」ブライアンはそっけなく言った。「こいつは唾棄すべき犯罪のプロの半生を語りながらバケツ一杯分の涙を流す、犯罪者におもねったお涙頂戴の物語だ」

ブライアンはまたぼくの原稿に目を戻した。

「しかし、何か光るものがあるのは確かだな」ブライアンは続けた。「いくらほしい?」

「どういう意味ですか」

「原稿料だよ」ブライアンは言った。「一語いくらほしいか」

「お金はいりません」ぼくは答えた。

ブライアンは原稿を机に置いてため息をついた。

「『クーリエ・メール』の犯罪報道部の記者になりたいんです」ぼくは言った。

ブライアンは下を向いて目頭をもんだ。

「きみは犯罪報道記者じゃないぞ」ブライアンは言った。

「でも、その原稿。クイーンズランド州で一番悪名高い犯罪者の二千五百語の独占インタビューの原稿を書いたじゃないですか」

「そうだな、だがそのうちの五百語は、アレックスの瞳の色や、まなざしの鋭さ、その日の服装、刑務所で夢見たボートの話に費やされている」

「それはメタファーです。アレックスが刑務所で溺れかけていたとき自由に恋い焦がれたという」

「このくだりを読んで、わたしはゲロ用バケツに恋い焦がれたよ。ここではっきり言っておこうか。きみがこれ以上時間を無駄にするのは忍びないからな。いいか、犯罪報道記者というのはな、生まれながらにしてなるものなんだよ。訓練してなるものではなく。きみは生まれながらの犯罪報道記者ではない。きみが犯罪報道記者になることはないし、それを言ったら新聞記者になることもないだろう。きみはその頭に収まりきれないほどあれこれ考えすぎているからな。優秀な新聞記者が考えていることはつねに一つだ」

「ありのままの真実、ですか」ぼくは言った。

「いや、まあ、それもある……が、真実よりも優先されるべきことが別にある」

「公平な報道と説明責任、ですか」

「いや、まあ、それもある……」

「情報産業界の人々の偏見のないしもべであること、ですか」

「違う。新聞記者の頭にあるのはただ一つ、スクープだ」

そうに決まっている。スクープ。全能のスクープ。ブライアン・ロバートソンは首を振り、ネクタイをゆるめた。

「残念だが、きみは生まれながらの犯罪報道記者ではないな」ブライアンは言った。「きみは生まれながらの色彩記者だ」

「色彩記者？」

「そうさ、そうとしか呼びようがない」ブライアンは言った。「空は青かった。血はバーガンディ・ワインの色をしていた。アレックス・バミューデスが家を出たとき乗っていたオートバイは黄色だった。つまらないディテールにこだわりすぎる。きみはニュースを書いているのではない。見た目に美しい絵を描いている」

ぼくはうなだれた。きっとそのとおりだ。ぼくはいつだってそういう風に書いてきた。覚えてる、スリム？　大事なのは視点だ。時の流れのなかのある瞬間を無限に引き延ばすこと。ディテールだよ。

ぼくはブライアンの机の真向かいに置かれた椅子から立ち上がった。ぼくは犯罪報道記者にはなれない。そのことがよくわかった。

「時間を割いてくれてありがとうございました」ぼくは陰気で打ちのめされた声で言った。

ブライアンのオフィスの出口に向けてとぼとぼと歩き出した。そのとき、編集局長の声が追いかけてきて、ぼくは立ち止まった。「で、いつから働ける？」

「え？」ぼくは聞き返した。何を訊かれているのか、とっさにわからなかった。

「競馬記者の控えの控えの記者がいるとありがたい」ブライアンは言った。その顔に笑みに似ていなくもない表情が浮かんだ。「競馬場には見た目に美しい絵のネタがいくらでも転がっている」

ディテールだ、スリム。彼女が笑うと、唇の右の端にしわが二本、刻まれる。月曜と水曜と金曜の昼は刻んだニンジンを食べる。火曜と木曜はセロリだ。

おととい、彼女がリプレイスメンツのTシャツを着ていたから、ぼくは昼休みに電車で中心街に出て、リプレイスメンツのカセットテープを買った。タイトルは『プリーズド・トゥ・ミート・ミー』。一晩で十六回聴き、翌朝、彼女の席に行って、B面の最後の曲『キャント・ハードリー・ウエイト』〔「もう待ちきれない」〕は、ボーカルのポール・ウェスターバーグが初期にやっていたハードコアなガレージ・パンク・ロックと、最近傾倒しているらしいB・J・トーマスの『フックト・オン・ア・フィーリング』に代表される〝愛の賛歌〟的な恋愛ポップスとの理想的な融合だと感想を述べた。その曲は、そんなことより、ぼくの心臓と、高鳴りを止められず、彼女のことを考えるのをやめられないぼくの心の理想的な融合だとは言わなかった。その曲は、彼女のせいでぼくが抱いているこのじれったさ、時間がもっと早く進めばいいのにと思う気持ち――時間よ、急げ、急げ、そうしたら彼女があのドアから入ってくるのに、いつものように目をしばたたかせるのに、同じ島に席がある犯罪報道部のほかの記者と一緒に笑うのに、こっちを、およそ百五十メートル離れたここ、ぼくのほかには死にかけの記者一人しかいないこのクロスワード島を――こっちだ、ここだよ、ケイトリン・スパイズ――見るのに、という気持ちをそのまま歌っているようだとは言わない。

「そう?」ケイトリンは言った。「わたしあの歌、大嫌いなのよね」

それからデスク下の抽斗を開け、カセットテープをぼくに差し出した。

リプレイスメンツの『レット・イット・ビー』。バンドの三枚目のアルバム。「九曲目」ケイトリンは言った。「『ゲイリーズ・ガット・ア・ボーナー』」ケイトリンは〝勃起（ボーナー）〟という語を〝ラベンダー〟と言うみたいにさらりと言った。彼女にはそういうことができるんだよ、スリム。彼女は魔法なんだ。彼女が口にする言葉はどれも、〝ラベンダー（lavender）〟や〝発光（luminescence）〟やスリム？

〝熱い想い（longing）〟に聞こえる。あとは……あとは……Lから始まる言葉って、もう一つあったよね、スリム。世間がいつだって追い求めているものを表す言葉。ねえ、あの言葉、知ってる、スリム？

ブライアン・ロバートソンの自然発火しそうな大声がニュース編集室に轟き渡った。

「おい誰か、ペンはどこだ？」

ぼくは自分の席で立ち上がり、編集室のはるか遠い緊張感に満ちた側で発生したサイクロンを観察し、うちの姉妹紙、日曜のみ発行の『サンデー・メール』を握り締めた手を怒りで震わせているぼくのボス、編集局長という核爆弾から、人間の破片やそのほかの残骸が飛散する様子をながめた。

ぼくの島の仲間、クロスワード王のエイモス・ウェブスターは自分の席に猛ダッシュで戻って椅子に腰を下ろし、英語辞典や類語辞典の塔の陰に身をひそめた。

「わたしがきみなら座るね」エイモスは言った。「ボスの怒髪が天をついとるぞ」

「何かあったのかな」ぼくは立ったまま訊いた。ケイトリン・スパイズは、ブライアン・ロバートソンが雨あられと降らせている指示や、他紙よりも先に記事にできるかどうかで新聞の生死が決まるというジャーナリズム界のありのままの真実を浴びながら、ワープロの画面に向かってうなずいている。

ブライアン・ロバートソンはもう一度爆発した。炎と破片が唇から炸裂する。ベテランの記者たちも命からがら逃げていく。

「ペンはどこだ？　誰か答えられる者はいないのか」編集局長はわめき散らした。

ぼくはエイモスに小声で訊いた。

「ペンの一本くらい、誰か渡してやればいいのに」

「ペンを探しているわけではないだろうよ。きみのその頭はただの飾りか」エイモスは言った。

「ペン一家の話だ。ペン一家の行方を突き止めろと言っているんだ。オクスリーで失踪した一家」

「オクスリー?」

ダーラの隣町。オクスリー・パブがある町。オクスリー・コインランドリーがある町。オクスリー陸橋がある町。

「二等賞には褒美など出ないぞ!」ブライアンは編集室じゅうに轟く声でわめき、足音も高く自分のオフィスに戻ると、ドアを叩きつけるようにして閉め、ドアがしなって、ロルフ・ハリスがテレビで『悲しきカンガルー』（タイ・ミー・カンガルー・ダウン・スポート）を歌いながら鳴らす茶色いウォブル・ボード〔大きな下敷きのような形状の楽器。両端を持ち、たわませて音を出す〕のような音がした。

「ヴェロニカ・ホルトに抜かれたんだよ、また」エイモスが言った。

ヴェロニカ・ホルト。『サンデー・メール』の犯罪報道の中心人物。三十歳で、飲み物はスコッチ・ウィスキーのオン・ザ・ロックのみ。入れる氷は、視線で凍らせるらしい。灰色っぽい黒か、オニキスみたいな黒か、黒玉（ジェット）みたいな黒か、すすみたいな黒のスカートスーツしか着ない。ニュース種を嗅ぎつける嗅覚は、インクみたいな黒いピンヒールのように鋭い。以前、クイーンズランド州警察の職員がブリスベン郊外の売春宿に頻繁に出入りしているという記事を書き、警察本部長から〝公衆の目に触れぬよう撤回〟するよう要請されたことがある。翌朝、ヴェロニカ・ホルトは視聴者電話参加型のラジオ番組に電話をかけ、警察本部長に呼びかけた。「記事は引っこめますよ、警察本部長殿。おたくの職員がブリスベンの違法売春宿から彼らの武器を引っこめたらね」

ぼくはオーストラリア全国の新聞を収めた棚に走った。記者のための参考資料の棚は、ウォータークーラーと編集室の文房具棚のそばにある。昨日の『サンデー・メール』の白い麻紐で縛られた束が置いてあった。文房具棚からはさみを取って麻紐を切り、一面に目を通した。

〝ブリスベン在住の一家が失踪……〟『サンデー・メール』の一面トップ記事の全段見出しにはそうあった。〝背景に麻薬戦争の熾烈化？〟

ヴェロニカ・ホルトは、オクスリー在住のペン一家が三人そろって謎の失踪を遂げた事件の背景には、クイーンズランド州警察呼ぶところの〝クイーンズランド州を中心とするオーストラリア東海岸沿いに勢力を伸ばしつつある非合法麻薬輸入組織同士の縄張り争いの激化〟があるとなかば喧嘩腰に指摘していた。

匿名の情報源――主としてヴェロニカのおじ、クイーンズランド州警察の元主任警部、デイヴ・ホルト――の話を継ぎ合わせて書かれたセンセーショナルな記事は、謎の失踪を遂げたペン一家は以前からブリスベンの裏世界にどっぷり浸かっていたと明言するのを避け、しかしヴェロニカの忠実な読者、新しい記事をよだれを垂らして待っているファンにはわかるような書き方で過去のエピソードを連ね、ペン一家の道徳観は、ひとり親手当が支給される日のうちの父さんの小便の狙いに負けず劣らず怪しいと匂わせていた。

一家の父親、グレン・ペンは、ヘロインの密売の罪で二年間服役し、ブリスベン北部のウッドフォード刑務所を少し前に出所したばかりだった。母親のレジーナ・ペンはサンシャインコーストの元サーファーガールで、悪名高き酒場スモーキン・ジョーで一時期ウェイトレスをしていたことがある。その店には、アレックス・バミューデスのような大物犯罪者――独占インタビューでもその店の名前が出た――や、アレックス・バミューデスに憧れるグレン・ペンのような小悪党が集まることで知られていた。『サンデー・メール』一面に掲載された一家の写真のなかのグレンとレジーナの息子、ベヴァン・ペン、八歳の顔は、モザイク処理されていた。ミュータント・タートルズの黒いTシャツ。つるりとした肌。罪のない哀れな八歳児は、ママとパパのお粗末な思考の引き波にかっさらわれて消えた。近隣住人でグラディス・リオーダンという名のおばあちゃんは、ヴェロニカの刺激的な記事のなかでこう証言している。〝二週間くらい前、真夜中ごろに、ペンさんのお宅から悲鳴が聞こえたんですよ。でもあのお宅から夜中に騒がしい声が聞こえるのはいつものことですから。ただ、そのあとぱったり姿を見なくなりました。まる二週間、誰もいないんです。夜逃げでもしたのかしらと思っていましたよ。ところが警察が来て、失踪人届けが出ているというじゃありませんか〟。

姿が見えなくなった。いなくなった。地上からきれいさっぱり消えた。

写真には写っていないだけで、ベヴァン・ペンには口をきかない兄貴がいるのではないか——ぼくの頭を一瞬、そんな考えがよぎった。ペン一家の、たとえば庭師は、クイーンズランド州史上最高の脱獄犯として知られていたりするかもしれない。ペン一家は失踪したわけではなくて、郊外の町オクスリーの平屋の地下にグレン・ペンが造った秘密の部屋に隠れているだけで、ベヴァンはそこで赤い電話の向こうから聞こえてくる名前のない男のアドバイスを真に受けているのではないか。終わりは始まりにつながるんだ、スリム。ものごとは繰り返すんだよ。ものごとは、変われば変わるほど、どんどんくそったれになっていく。

犯罪報道部の島を嗅ぎ回ったりするなと、ぼくはブライアン・ロバートソンから釘を刺されていた。それでも黙っていられなかった。ぼくを呼んでいる。ぼくを誘っている。ケイトリン・スパイズの席に行くたび、ぼくは時間の経過を忘れる。というか、ケイトリンの席に行くたび、いつのまにかケイトリンの席に来ていたことに気づいて自分でびっくりする。というか、スポーツの島や三行広告の編集室を左に、自動車記者のカール・コービーやその隣のビールの冷蔵庫、ラグビーリーグのオールスター戦のウォリー・ルイス選手のサイン入りジャージが飾られた額を右に見ながら歩いてきたはずなのに、そういったものを目にしたことさえ覚えていない。ぼくの目は、真っ暗なトンネルにいるかのように、ケイトリン・スパイズしか認識していないからだ。ぼくは毎回そのトンネルのなかで息絶え、そしてケイトリンはトンネルの出口で待っている延命の光だ。

ケイトリンは自分の席について黒いダイヤル電話で誰かと話しているところだった。

「失せろ、ベル」

そう言ってきたのはデイヴ・カレン、『クーリエ・メール』の有能な警察番記者だ。揺るぎない記事を書く。エゴも揺るぎない。ぼくより十歳年上で、そのことを証明するかのようにひげを生やしている。デイヴ・カレンの趣味はトライアスロンだ。ウェイトトレーニングも欠かさない。燃えさかるビルから子供を救い出すような人物。光り輝いている。

「いまは取材に集中させてやれ」デイヴはワープロの画面に視線を向けたまま言った。指は猛烈な勢いでキーを叩いている。

「ペン一家の失踪事件について、警察からどんな話を聞いてますか」ぼくは尋ねた。

「おまえに何の関係があるんだ、ベルボトム？」

デイヴ・カレンはぼくをベルボトムと呼ぶ。ベルボトムは犯罪報道記者じゃない。ベルボトムは、色彩を書く妖精だ。

「一家が住んでる家から何か手がかりは見つかったんですか」

「手がかりか」デイヴが笑った。「見つかってるよ。サンルームに燭台があった」

「子供のころ、オクスリーの近くに住んでたんです」ぼくは言った。「その通りなら知ってます。

ローガン通りでしょ。ずっと行くとオクスリー川に突き当たる通り。おかげでしじゅう冠水してる」

「おお、有用な情報提供に感謝するよ、イーライ。前文で忘れずにそのことに触れるとしよう」

デイヴは猛然とワープロのキーを叩きながら話し続けた。「〝オクスリー在住のペン一家の失踪事件に関して、一家とは縁もゆかりもない人物から衝撃的な情報が寄せられた。ペン一家の自宅がある通りは、大雨が降ると冠水するという〟」デイヴ・カレンは満足げな顔で椅子の背にもたれた。「この記事が出たら、どえらい騒ぎになるだろうな。情報をありがとうよ」

しかし、偉大なるトライアスロン選手兼ウェイトリフター兼うぬぼれ屋のデイヴ・カレンは手痛いしっぺ返しを喰らうことになった。なぜなら、デイヴが乙にすました顔で悪意ある皮肉を並べ立てているあいだ、ぼくの目はデイヴの机の上を飛び回ってディテールを収集していたからだ。バットマンのコーヒーカップ一個。バットマンがジョーカーの頬にパンチを食らわせているイラストで、〝がつーん〟という擬音がジョーカーの頬から炸裂している。腐りかけの大きなオレンジ一個。オリンピックにも出場したクイーンズランド州出身の水泳選手リサ・カレーの小さな写真が一枚、パーティションにピンで留めてある。バーズヴィル・ホテルのロゴ入りの背の低い保冷カップには、青インクのボールペンが六本。電話の横に罫線入りノートがページを開いたまま置いてあった。そのノートに暗号めいたメモが何行か書きつけてあって、ぼくの位置からもいくつかのキーワードが読み取れた。グレン・ペン、レジーナ、ベヴァン、ヘロイン、ゴールデン・トライアングル、カブラマッタ、王、報復。

ただ、そういったキーワードよりずっと強烈にぼくの目を吸い寄せた語があった。デイヴ・カレンはその二語に下線を引き、横にクエスチョンマークをつけていた。その二語は、ぼくの背筋を震わせた。その二語だけではふつう何の意味もなさないが、ブリスベンの西の端っこのほうにある町ダーラで麻薬の密売人に育てられるという風変わりな子供時代を過ごした人間が見れば、たちまち連想が働く。

ラマの毛？

その名前がぼくの口からあふれ出た。ほとばしった。煮えたぎる溶岩のようなそいつの名前が。

「イヴァン・クロール」

思いがけず大きな声が出て、椅子に座っていたケイトリン・スパイズがさっとこちらを振り返った。その名前に覚えがあるのだ。ケイトリンがぼくを見つめる。スパイズ、どこまでも掘る。スパイズ、的確に掘る。

デイヴ・カレンは面食らっていた。

「何だって？」

局長のオフィスのドアが開いて、デイヴ・カレンは椅子の上で背筋を伸ばした。

「ベル！」ブライアンが怒鳴る。

その声は雷鳴のように轟き渡り、ぼくは思わず飛び上がった。オフィスの入口に立った怪物のほうを勢いよく振り返った。

「犯罪報道部をうろうろするなと言っておいただろう」ブライアンはわめいた。

「はい、編集局長は〝犯罪報道部を犬みたいに嗅ぎ回るのをやめろ〟とおっしゃいました」ぼくはそう答え、ジャーナリストらしく正確な引用ができるところを見せつけた。

「わたしのオフィスに来い！」ブライアンは大声で言ったあと、自分のオフィスに戻っていった。

ぼくはケイトリン・スパイズを最後にもう一度だけ見た。まだ電話で話していたが、目はこちらを見ていた。励ますような笑みを浮かべ、意味ありげにうなずいた。伝説のドラゴンに生きたまま食われようとしている騎士に清らかな乙女が向けるような笑みだった。

ぼくはブライアンのオフィスに入った。

「すみません、ブライアン。デイヴにちょっと——」

ブライアンがさえぎった。

「座れ、ベル」ブライアンは言った。「おまえに急ぎの仕事を頼みたい」

ブライアンの茶色い革張りの回転しない椅子——唯一、誰の指図も受けない椅子——と向かい合う位置に置かれた回転椅子二脚のうちの一方に、ぼくは座った。

「クイーンズランド州功労賞の話は知っているな」ブライアンが言った。

「クイーンズランド州功労賞」ぼくは息を呑んだ。

「州政府がクイーンズランド分離記念日のために創設した、州民を鼓舞するとかいうつまらん賞だ」

「知ってます」ぼくは言った。「兄貴のガスが、地域社会功労賞を授与されることになってるから。今週の金曜の夜、母さんや父さんと一緒にシティ・ホールに行って授与式を見ることになってます」

「お兄さんの受賞理由は何だね」

「ブリスベンのあちこちに出かけていって、住宅を一軒一軒回って寄付金を集めてるんです。クイーンズランド州で暮らす筋ジストロフィー患者を支援するための寄付金」

「まあ、何を自分の使命と考えるかは人それぞれだ」ブライアンは言った。それから書類を綴じたものを取って机のぼくの側に置いた。たくさんの名前と電話番号が並んでいた。「うちも授賞式のスポンサーになっていてね、受賞予定のクイーンズランド州民を十名選んで記事にする」

　ブライアンはぼくの前の紙の束にうなずいた。

「州政府が指定してきた受賞予定者十名の名前と連絡先のリストだ。おまえに取材を任せたい。一人につき二十センチ分の記事。金曜の午後四時までに原稿を上げろ。授賞式の翌日、土曜の朝刊に載せる。やれるか」

　ぼくのプロジェクト。偉大なるブライアン・ロバートソンが初めてぼくに与えたもうた大プロジェクト。

「はい」ぼくは答えた。

「今回ばかりは美辞麗句を好きなだけ並べ立ててカラフルな花畑を書け」ブライアンは言った。「今回にかぎり、色彩記者の本領を存分に発揮する許可を与える」

「色彩。了解」

　少年、花畑を書く。少年、スミレを書く。少年、バラを書く。

　渡された紙に並んだ名前に目を通す。どこかで見たようなリストだ。スポーツやアート、政治、そしてまたスポーツの世界で活躍するクイーンズランド州の人気者ばかり。

　オリンピックで金メダルを獲った自転車選手。有名なゴルファー。先住民の権利を訴え続けている有力活動家。オリンピックで金メダルを獲った水泳選手。クイーンズランド州のどこの家でもかならず観ている昼の料理番組の、愛嬌があるけど変人のシェフ。女権運動家。オリンピックで銅メダルを獲った愛すべき人柄のボート選手。エベレスト登頂に成功し、ガラスの義眼を頂上の雪に埋めてきたヨハネス・ウルフという名の半盲の登山家。オーストラリア建国二百年を祝い、またクイーンズランド州ガールガイドのための募金活動の一環として一九八八年にエアーズロックを一千七百八十八週走った六児の母もいた。

そのリストに挙げられたクイーンズランド州功労賞受賞予定者の最後の一人の名前が意識に染み透るのに少し時間がかかった。永年功労賞の受賞予定者。その名前の下に受賞理由が書いてあった。新聞記者の長さの単位で言えば九センチ分くらい、ぼくの人差し指がいまもしかるべき位置につながっているなら、ちょうどそのくらいの長さの文章だ。

〝クイーンズランド州の隠れた慈善家。ポーランド系移民としてクイーンズランド州に渡ってきて、ウェイコール東部難民支援一時滞在センターで八人の家族とともに暮らし、のちに障害を持つ数千人のクイーンズランド州民の生活に革命をもたらした男。まさにシルバー世代功労賞に値する人物〟。

肢体の帝王。エイハブ船長。ライルをこの世から消した男。みんなを地上から消しまくっている男。ぼくはその名前を三度読み直し、見間違いじゃないことを確かめた。

タイタス・ブローシュ。タイタス・ブローシュ。タイタス・ブローシュ。

「どうかしたか、ベル」ブライアンが言った。

ぼくは答えない。

「ベル？」ブライアンが言う。

ぼくは黙っている。

「イーライ」ブライアンが怒鳴る。「おい、聞いているのか」

そこでようやくぼくは気づく。ぼくの右手は、たったいま編集局長からもらった名簿をきつく握り締めていた。

「大丈夫か」

「はい」ぼくは答え、紙についたしわを両手で伸ばした。

「顔が真っ青だぞ」

「そうですか？」

「ああ。いきなり血の気が引いて、顔が真っ白になった。幽霊でも見たみたいに」

幽霊。亡霊。白ずくめの男。白い髪。白いスーツ。白目。白い骨。

「おや」ブライアンが言った。机に身を乗り出している。ぼくの手を見ていた。ぼくは右手をポケットに入れた。

「指が一本ないのか」ブライアンが言った。

ぼくはうなずいた。

「うちで働き始めてどのくらいだったか」

「四カ月です」

「右の人差し指がないことにいままで気づかなかったよ」

ぼくは肩をすくめた。

「隠しておくのがうまいらしいな」

自分が気づかないよう隠しているから。

「そうかもしれません」

「どうしてなくした」

うちに幽霊が来て、持っていったんです。ぼくがまだ子供だったころに。

少年、月を征服する

Boy Conquers Moon

起きろ。ぼくのベッドのスプリングは何本かはじけていて、その上のマットレスはありえないほど薄いから、はじけたスプリングの先がマットレス越しに尾骶骨に食いこんでくる。もうここにはいられない。行かなくちゃ。このベッドは小さすぎる。この家は小さすぎる。世界は広すぎる。

新聞社の見習い記者がどんなに安月給だろうと、いつまでも兄貴と同じ部屋で寝起きしてはいられない。

真夜中過ぎ。開けっぱなしの窓から月明かりが射している。オーガストは自分のベッドで眠っている。家全体が闇に沈んでいる。母さんの寝室のドアは開いていた。いまは母さんの寝室になっているから、旧図書室に本はもう一冊もない。オーガストは本の大特価セールで全冊処分した。大特価セールは毎週土曜、六週間にわたって開催されたが、売上は期待外れの五百五十ドルだった。オーガストは最終的にはおよそ一万冊の本をブラッケンリッジ公営住宅全域に分散させたが、売れ行きが芳(かんば)しくないこともあって途中であきらめの境地に達し、残りはもう無料で配ろうと言い出した。それでは母さんが自立する助けにはちっともならないが、ブラッケンリッジの十代の少年少女がヘルマン・ヘッセやジョン・ル・カレ、『紙魚(シミ)の三つの生殖相』に触れる機会を増やすことには貢献した。ぼくの兄貴、オーガストのおかげで、土曜の午後、酒場で競馬年鑑や競馬投票カードをテーブルに広げてビールを飲みながら、ジョゼフ・コンラッドの『闇の奥』が読者の心理に及ぼす影響を話し合っている男たちの姿が見られるようになった。

ボクサーショーツと着古した黒いアディダスのTシャツのまま、廊下を進む。

ずっとこのTシャツをパジャマ代わりにしていて、ぺらぺらに薄くなって着心地がよくて、穴だらけだ。もしかしたら紙魚に食われた穴かもしれない。アディダスのTシャツとジョゼフ・コンラッドの本を主食にしている、うちの紙魚たち。

リビングルームの大きな窓の色褪せたクリーム色のカーテンを開ける。窓も開けた。外に身を乗り出して夜の空気を肺いっぱいに吸いこむ。今夜の満月を見上げる。人っ子一人いない通りを見渡す。ダーラで暮らしていたころのライルの姿が目に浮かんだ。あの晩のライル、カンガルー撃ち用の厚手のジャケットを着て、たばこを吸っていたライル。会いたい。ライルをあきらめたのは、怖かったからだ。ぼくは臆病な人間だからだ。ライルに腹を立てていたからだ。ぼくには関係ないし、と思った。タイタス・ブローシュなんかとベッドに飛びこんだライルがいけないんだと。ぼくのせいじゃない。肢体の帝王とまとめてライルをぼくの心から切り離す。釣り糸がからまったままでは死んでしまうから、自分の足を切り離したトキと同じように、二人まとめて切り離す。

ぼくの足を外に誘ったのは月だ。ぼくの足は勝手に動き、ぼくの心はそれについていく。次にぼくの心は、家の前庭の蛇口のそばでとぐろを巻いている緑色の園芸用ホースを持ち上げる手についていく。蛇口をひねって水を出し、オレンジ色のノズルから水が出ないように、右手でホースをねじる。ホースを郵便受けの前の歩道際まで引きずっていく。そこに座って、月を見上げる。満月、ぼく、そのあいだに横たわる距離。ホースのねじれをまっすぐに直すと、アスファルトの路面に水が噴き出し、通りにできた平らなくぼみに見る間に水がたまっていく。

「眠れないのか」

声がぼくとそっくりだということを忘れていた。その声の主はやはりぼくにそっくりで、ぼくがもう一人、背後に立っているみたいだ。振り返ると、オーガストがいる。月がその顔をほのかに照らし、オーガストは目をこすっている。

「まあね」

ぼくらはそろって月のプールをのぞきこむ。

「父さんの心配性が遺伝したらしいよ」ぼくは言った。

「父さんの心配性がおまえに遺伝したりはしてないよ」オーガストが言った。

「このままだと、引きこもりの人生を生きることになりそうだ」ぼくは言った。「一歩も家から出ない。ここみたいな公営住宅をどこかに借りて、二部屋分のスパゲティ缶を買いこんで、たまりまくったへそのゴマを寝てるあいだに喉に詰まらせて窒息死する日まで、スパゲティ缶を食って、本を読んで暮らす」

「そういう運命なら、そうなるんだろうな」オーガストが言った。

ぼくはオーガストに笑みを向けた。

「あのさ、ふだんはまるで使わないその声、けっこういいバリトンなんじゃないの」

オーガストは笑った。

「歌でも歌ってみるといいよ」ぼくは言った。

「いまはしゃべるだけで充分だよ」オーガストが言う。

「兄貴と話すのは楽しいよ、ガス」

「弟と話すのは楽しいよ、イーライ」

オーガストはぼくと並んで縁石に腰を下ろし、ホースから月のプールに注がれる水を見つめた。

「何がそんなに心配なんだよ」オーガストが訊く。

「全部」ぼくは言った。「これまでに起きたこと全部と、いまから起きようとしてること全部」

「心配するなって」オーガストが言った。「あとはよくなる――」

ぼくはさえぎった。「そうだね、よくなるだけなんだろう、ガス。わかってる。思い出させてくれてありがとう」

月のプールに映ったぼくらが変形し、ゆがんで、怪物の姿になった。

「明日はぼくの人生で一番重要な日になるって気がするのはどうしてかな」ぼくはひとりごとのように言った。

「それはある意味、当然のことだろ」オーガストは言った。「明日はおまえの人生で一番重要な日になるに決まってる。これまで生きてきた全部の日が積み重なって、明日につながってるんだから。それで言うと、おまえの人生の全部の日が積み重なって今日があるわけだ」

ぼくはすね毛の生えた細い脚の上に乗り出すようにして月のプールをいっそう深くのぞきこんだ。「どんなことについても、ぼくには何か言う資格がないような気がしてる」ぼくは言った。「何をしたって現状は変わらないし、いま起きようとしてることも変えられないって気がするんだ。夢のなかのあの車に乗っていて、その車は木にぶつかりながらダムに突進していこうとしてて、ぼくが何をしようとぼくらの運命はもう変えられない。降りられないし、車を止めることもできない。そのまま突っ走るしかなくて、行った先で水たまりに落ちる。そして水が入ってくる」

オーガストは月のプールにあごをしゃくった。

「そこに見えるものはそれなのか？」オーガストが訊いた。

ぼくは首を振った。

「ぼくには何も見えない」

少しずつ大きくなっていく月のプールを、オーガストもさらに深くのぞきこむ。

「ガスには何が見える？」ぼくは訊いた。

オーガストはパジャマ姿のままだ。ウールワースで買った夏用の綿のパジャマ。白地に赤いストライプ柄だ。

「明日が見える」オーガストが言った。

「明日、何が起きる？」ぼくは訊く。

「何もかも」

「もう少し具体的に言おうと思わない？」ぼくは言う。

オーガストは困ったようにぼくを見る。

「だってさ、いくつもの次元に何人もいるオーガストと交わすでたらめな会話について、いまみたいな抽象的な言葉を並べて薄っぺらな神秘性を維持しておけば、オーガストには好都合なんだろうけど」ぼくは言う。「でも、赤い電話にかけてくる何人もいるオーガストの誰ひとり、一度も、有益なことを教えてくれたためしがないのはどうしてだよ？　たとえばさ、来年、競馬のメルボルン杯で誰が優勝するかとか。来週のゴールド・ロトくじの当たり番号とか。あとは、そうだな、タイタス・ブローシュは明日、ぼくを見て、どこの誰だったか思い出すかどうかとか」

「警察には相談したのか」

「電話はしたよ」ぼくは言った。「電話に出た警官に、捜査主任と話したいって言ったら、こっちの名前を言わないと取り次げないって」

「名前は言わなかったんだろうな」

「言ってないよ」ぼくは答えた。「電話に出た警官に、ペン一家の失踪事件に関して、イヴァン・クロールって名前の男を調べてくれって伝えた。その名前をメモしてくれって頼んだ。〝ちゃんと書き留めましたか〟って確かめたら、ぼくが名乗るまでは書き留めないって言って、どうして自分の名前を言いたがらないのかって訊くから、イヴァン・クロールはボスに負けず劣らず危険な人物だから、名前は言いたくないって答えた。そうしたらその警官は、イヴァン・クロールのボスというのは誰かって訊くから、タイタス・ブローシュだって答えたら、警官はこう言った。〝え、あの慈善家の？〟で、ぼくは頭がおかしいって言うから、ぼくの頭はおかしくないし、おかしいのはクイーンズランド州で、ぼくの話をまともに聞く気がないあんたもおかしいよって言ってやった。ペン一家が住んでる家で鑑識班が採取したラマの毛の出どころは、イヴァン・クロールが二十年前からデイボロー郊外で経営してるラマ牧場だって話したんだけどさ」

「どうせその次はきっと、ラマの毛の件をどうして知ってるのかって訊かれたんだろ」

ぼくはうなずいた。

「だから電話を切った」

「警察にしてみりゃ痛くもかゆくもないもんな」オーガストは言った。

「どういうこと？」

「警察が何もしないでも、クイーンズランド州の犯罪者連中が互いに殺し合ってくれるわけだ」

「でも、失踪した一人は八歳の子供だよ。何もしないでいいわけないと思う」

オーガストは肩をすくめ、月のプールのさらに奥を凝視した。

「ベヴァン・ペン」ぼくは言った。「新聞の写真にはぼかしをかけてあったけどさ、ガス、ベヴァンはぼくらだよ。ベヴァンはガスやぼくだ」

「どういう意味だよ」

「ぼくらだって失踪したかもしれないってことだよ。ベヴァンのママやパパは、ぼくが八歳だったころのうちの母さんやライルにそっくりだ。ずっと考えてたよ、スリムが言ってたこと。サイクルとか、時間とか、ものごとはかならず繰り返すとか」

「それは本当だ」オーガストは言った。

「だろ」ぼくは言った。「同じことは繰り返し起きる」

「ぼくらがこの世に戻ってきたのと同じだ」

「そういう意味じゃないって」

ぼくは立ち上がった。

「もうよせよ、ガス」

「何をだよ」

「戻ってきたとか、そういうありえない話。聞き飽きたよ」

「だけど、おまえは戻ってきたじゃないか、イーライ」オーガストは言う。「おまえはいつだって戻ってくる」

「ぼくは戻ってきてなんかいないよ」ぼくは言う。「ぼくは戻ってこない。ぼくは、この次元にいるこのぼく一人だ。あの電話から聞こえる声は、ガスの頭のなかでしか聞こえていない」

オーガストは首を振る。

「おまえだって聞いたろ」オーガストは言った。「おまえだって聞いた」

「聞いたよ、頭のなかの声をぼくも聞いた。ベル兄弟の頭のなかで聞こえてる、ありもしない声。聞いたよ、ガス。ぼくも聞いた」

オーガストは月のプールを見つめていた。

「見えるか」オーガストが訊く。

「誰が」

オーガストは水面にあごをしゃくった。

「ケイトリン・スパイズ」オーガストは言った。

「ケイトリンが何だっていうの」ぼくはオーガストの視線を追って月のプールをのぞきこんだ。何も見えない。

「ケイトリン・スパイズに話したほうがいい」

「何を」

オーガストは月のプールを凝視した。右の素足で水たまりに軽く触れる。月のプールにさざ波が起きて、十の別々の物語に分かれた。

「全部話せよ」オーガストは言った。

そのとき、リビングルームの窓から母さんの声が聞こえた。大声を出すのとささやくのとを同時にやろうとしているような声だった。

「そんなところで何してるの。ホースの水を出したりして」母さんが叫ぶ。「ベッドに戻りなさい」母さんはいかめしい声で言った。「明日、寝不足だったりしたら……」

母さんのいかめしい警告はいつも尻切れで終わる。明日、寝不足だったらどんなことになりかねないか、無限の可能性を想像させて警告の威力を最大化する。

明日、寝不足だったりしたら……赤鼻のトナカイが失業するくらい、お尻が真っ赤になるまで叩いてやるから。明日、寝不足だったりしたら……ブラッケンリッジの夜空から星は一つのこらず消えるわよ。明日、寝不足だったりしたら……月はカラフルで大きな飴玉を噛んだみたいにぱっくり割れて、なかからあふれ出した色が人類から視力を奪うわよ。寝よう、イーライ。もうじき明日が来る。何もかもが来る。これまでの人生のすべてが積み重なって、明日に続いている。

　朝食のとき、父さんはキッチンテーブルで『クーリエ・メール』を読んでいる。手巻きたばこを吸いながら国際面に目を通す。ぼくはシリアルをボウルからすくって食べながら『クーリエ・メール』の一面が読める。刑務所で撮ったグレン・ペンの写真が大きく引き伸ばされて印刷されていた。いかにもな悪人面だった。短く刈りこんだ金髪。歯は曲がったり欠けたりしていて、中途半端に開いたガレージのドアがずらりと並んでいるみたいだ。ひどいニキビ痕。明るい青の瞳。写真のグレンは、呆けたような、笑っているような、どっちつかずの顔をしている。きれいな女と最後までいくとか、ヘロインを詰めたコンドームを十個、腹と尻の穴に詰めてトルコまで運ぶとかいった項目が並んだ、将来の夢のリストの一つがその刑務所写真を撮ることだったかのように。

　写真に添えられた記事は、デイヴ・カレンとケイトリン・スパイズの連名で書かれたもので、グレン・ペンが経験した虐待と無意味に費やされた青春が語られていた。よくあるストーリーだ。電気フライパンのコードを鞭のように使って母親に暴行する父親。父親に出すハムとチーズとトマトのトーストサンドイッチに殺鼠剤を塗る母親。地元郵便局に放火し全焼させた八歳のグレン・ペン。デイヴ・カレンの名前が上にあるけど、実際に書いたのはケイトリンだろう。記事に思いやりが感じられるし、デイヴ・カレンがふだん使い回している〝衝撃の事実が明らかになった〟とか〝殺害せんとの意図を持って〟とか〝指を挿入した〟とかいうあおり文句がないからだ。ケイトリンは、ベヴァン・ペンが通っている小学校の教師や保護者の数人に取材していた。誰もがベヴァンはいい子だと話している。いい子。物静か。ハエ一匹殺せない。本好き。図書館に入り浸っていた。ケイトリンは、ミュータント・タートルズのTシャツを着て顔をぼかされた少年について綴れるかぎりの事実を綴っていた。

「今日は何を着る予定なの、イーライ」母さんがリビングルームから訊く。

母さんは衣類にアイロンをかけている。その古ぼけたサンビームのアイロンは調子が悪くて、温度設定を〝麻〟にするとユーザーに電気ショックを与え、〝化繊〟より高い温度設定にするとぼくの仕事用シャツに黒い焦げ跡を残す。

時刻は午前八時——オーガストがブリスベン・シティ・ホールで開催されるクイーンズランド州功労賞授賞式で表彰される時刻までまだ十時間近く残っている——だというのに、母さんはもうリビングルームを忙しく動き回っていた。

「このまま行くけど」ぼくは、裾をウェストに入れていない紫と白の格子縞（こうしじま）の仕事用シャツとブルージーンズを見下ろした。

母さんの顔色が変わった。

「お兄ちゃんがクイーンズランド州功労賞を受賞するっていうのに、そんな、チャイルド・モレスタラーみたいな格好で行くの？」

「児童性虐待犯（チャイルド・モレスター）だよ、母さん」

「え？」母さんが聞き返す。

「チャイルド・モレスター。モレスタラーじゃないよ。だいたい、今日の服のどこをどう見ると、子供に性的いたずらをしそうな奴に見えるわけ」

母さんはしばしぼくを見つめた。

「そのシャツね。ジーンズ。靴も。全体がこう叫んでるのよ、〝坊や、逃げなさい〟」

ぼくは返す言葉もなく首を振り、ボウルの底に残ったシリアルを食べ終えた。

「いったん帰ってきて着替える時間はありそう？」母さんが訊く。

「母さん、午後三時からベルボウリーで大事なインタビューがあるんだよ。しかもそのあとボーエンヒルズに戻って、原稿を午後六時には印刷に回さなくちゃいけない」ぼくは答えた。「ガスの栄光の夜だからって、いったん帰ってきてタキシードに着替えてる時間なんかないから」

「授賞式のことをそうやって茶化すのはやめて」母さんが言った。「許しませんよ、イーライ」

母さんは次にアイロンをかける自分のスラックスを脇にはさんだままぼくを指さした。「今日はね、最高の……」目に涙があふれて、母さんはうつむいた。「今日は……人生最高の日に……なるんだ……から」

母さんの表情には沈痛なものがあった。むき出しの何か。父さんが新聞をテーブルに下ろした。困惑したような顔をしている。女性らしく目を濡らすという突発的な現象を前に——より人間らしさがあふれる界隈では、それは〝涙〟と呼ばれている——慰める手立てを思いつかず途方に暮れている。ぼくは母さんに歩み寄った。抱き締めた。「ちゃんとしたジャケットを着ていくからさ、母さん。それならいいだろ」ぼくは言った。

「ちゃんとしたジャケットなんか持ってないじゃないの」母さんが言う。

「編集室の緊急用のラックから借りるよ」

議会や裁判所に急遽出向く用事ができたときのために、共用の黒いジャケットやコートが並んだラックが編集室にある。ただしその全部にウィスキーやたばこのにおいが染みついている。

「かならず来るのよね、イーライ？」母さんが言った。「今夜、かならず来るんでしょうね」

「かならず行くってば」ぼくは言った。「もう茶化すようなことは言わないし」

「約束？」

「約束する」

ぼくは母さんをぎゅっと抱き締めた。

「今日は最高の一日だ、母さん。心からそう思う」

今日は最高の一日になる。


クイーンズランド州功労賞実行委員会の広報担当はジュディス・キャンピージという女性だ。今夜ブリスベン・シティ・ホールで開催される華やかな授賞式で表彰されるなかから十名を取り上げる明日の朝刊の特集記事の取材に、ジュディスは今週初めから協力してくれていた。

午後二時十五分、編集室のぼくの席にジュディスから電話がかかってきた。

「あら、どうしてまだ会社にいるのかしら」ジュディスは言った。

「ブリー・ダウワーの記事を印刷に回したら出ます」ぼくは答えた。ブリー・ダウワーは、一九八八年、オーストラリア建国二百年を記念し、クイーンズランド州ガールガイドのための募金を兼ねて、エアーズロックの周囲を一千七百八十八周走った母親で、六人の子供がいる。ぼくが過去に書いたなかで一番できのいい二十センチ分の記事とは言いがたかった。下手くそな紹介文から記事は始まる。〝ブリー・ダウワーの人生は堂々巡りを続けていた〟。ぼくはこの〝堂々巡り〟のコンセプトを強引に引き伸ばし、ブリーは不動産会社の秘書という先の見えない仕事を辞めてエアーズロックの周囲をぐるぐる回ることに人生の目的を見いだしたと書いた。

「急いで次の取材先に向かわないと間に合わないわ」ジュディス・キャンピージは言った。ジュディスはどことなくイギリスの王族のようなアクセントで話す。ダイアナ妃が高級ブティックの店長だったりしたら、きっとジュディスみたいな話し方をするだろう。

「ご忠告をありがとう」ぼくは言った。

「一つだけ」ジュディスは言った。「ミスター・ブローシュにどんな質問をする予定か、あらかじめ教えていただける?」

「インタビューで質問する内容は事前に教えないことになっているんです」

「ざっくりとでかまわないんだけど」ジュディスはため息をつく。

ざっくり言うと、自己紹介がてら、こんな質問から始めたいなと思っている――〝この醜いケダモノ野郎、ライルにいったい何をしたんだよ?〟。そして間髪容れず、〝ぼくの人差し指を返せよ、このクソ野郎〟。

「ざっくり、ですか」ぼくは言った。「あなたはどこの誰(who)ですか。仕事は何(what)をしていますか。どこで(where)? いつ(when)?」

「それから、どうして(why)」ジュディスがすかさず言う。

「なんでわかったんです?」

「心配なさそうね」ジュディスは言った。「ああいうことをするようになった〝理由(why)〟はぜひ訊いてもらいたいの。誰でも心を動かされるような話だから」

「そうですね。ミスター・ブローシュの善行の動機について、ぼくも早く訊いてみたいです」

編集室の向こう側からブライアン・ロバートソンがぼくの席を目指して歩き出したのが見えた。ぼくをじっとにらみつけ、いまにも爆発しそうな顔つきをしていた。頭に排気管を取りつけてやったほうがよさそうだ。

「すみません、もう切りますね」ぼくは電話を切り、ブリー・ダウワーの記事の続きに戻った。

「ベル」ブライアンが三十メートルの距離から怒鳴った。「タイタス・ブローシュの原稿はどうした？」

「いまから取材に行くところです」

「絶対にヘマをするなよ。広告営業部がこう言ってきてる。うまくいけばブローシュは高額の広告枠を買ってくれそうだとな。なんでまだ机でぐずぐずしている？」

「ブリー・ダウワーの記事を仕上げてるところです」

「エアーズロックをぐるぐる走ったバカ女か」

ぼくはうなずいた。ブライアンはぼくの肩越しに手もとをのぞきこんで書きかけの記事に目を走らせた。ぼくの心臓が危うく止まりそうになった。

「は！」ブライアンが笑った。それで気がついた。ブライアンの歯をこれまで一度も見たことがなかった。「〝ブリー・ダウワーの人生は堂々巡りを続けていた〟」ブライアンは大きくて重い手でぼくの背中を叩いた。「ものは言いようだな、ベル。ものは言いようだ」

「あの、ブライアン」

「何だ」

「タイタス・ブローシュについて、スクープになりそうなネタがあるんですけど」

「でかした、若造」ブライアンは大乗り気で言った。

「ただ、ぼくが書くには――」

そのとき、反対側の犯罪報道部からデイヴ・カレンの声が聞こえて、ぼくの話はさえぎられた。

「ボス、たったいま市警本部長のコメントが取れました……」デイヴが叫ぶ。

ブライアンは急ぎ足でそちらに向かった。「おまえが戻ってからまた話そう、ベル」半分上の空だった。「ブローシュの原稿を大至急上げてくれよ」

ベルボウリーまで行くのに、タクシーを待っている。ブリスベン西部の町まで車で四十分かかる。約束の時刻まであと三十分しかない。ぼくはうちの社のロビーのガラスに映った自分を見つめた。編集室の緊急用ラックから拝借してきた、サイズが大きすぎるくたびれた黒いジャケット。ジャケットの深いポケットに両手を突っこんでいる。十三歳のぼくと、十八歳のいまのぼくの外見は、どれだけ違っているだろう。髪がずいぶん伸びた。違いはそれくらいだった。痩せた腕や脚はあのころと変わっていない。気弱な笑顔も同じだ。きっと一目で見抜かれるだろう。ぼくの指が一本ないことに気づいて、タイタス・ブローシュは犬とイヴァン・クロールの耳にしかキャッチできない周波数の秘密の口笛を鳴らし、イヴァン・クロールはタイタス・ブローシュのベルボウリーの豪邸の裏にある作業小屋にぼくを引きずっていき、そこでぼくの首をナイフで切り落とすだろう。ぼくの頭は体と切り離されてもまだ機能していて、イヴァン・クロールにあごの先を指でかきながら〝なんでだ、イーライ・ベル、なんでだ？〟と訊かれると、ぼくはカート・ヴォネガットのようにこう答える。〝トラは狩りをせずにいられない――鳥は飛ばずにいられない。イーライ・ベルは座って考えずにはいられない――なぜ、なぜ、なぜ？と〟。

そのとき、赤いフォード・メテオのセダンがタイヤをきしらせながらぼくの目の前に停まった。

ケイトリン・スパイズが助手席のドアをなかから押し開ける。

「乗って」ケイトリンが怒鳴る。

「どうして」ぼくは訊く。

「いいから乗って、イーライ・ベル！」ケイトリンが叫ぶ。

ぼくは助手席に乗りこんだ。ドアを閉める。ケイトリンがアクセルペダルをぐいと踏みこみ、ぼくの体はシートの背もたれに押しつけられて、車はスピードを上げて通りの流れに乗る。

「イヴァン・クロール」ケイトリンは右手でハンドルを押さえ、左手でマニラフォルダーをぼくに差し出す。フォルダーを開けると一番上にイヴァン・クロールの逮捕時の顔写真が載っていて、その下にコピーされた書類の分厚い束があった。

ケイトリンはぼくのほうを向く。運転席側の窓から射す陽光がケイトリンの髪と顔を輝かせ、ケイトリンの限りなく美しい緑色の瞳がぼくをどこまでも掘る。

「始めから全部話して」


フォード・メテオはベルボウリーの裏道を飛ばした。ヘビのように曲がりくねった道の両側には低木の雑然とした林が広がり、いまにも倒れてきそうなユーカリの老木やうっそうとしたランタナの茂みがところどころに点在している。

前方に通りの名を書いた看板が見えてきた。

「コーク・レーン」ぼくは読み上げた。「ここだ」

コーク・レーンは未舗装の通りで、幅広の轍が刻まれ、テニスボール大の石がごろごろしていて、悪路向きとは言えないケイトリンの車は大揺れに揺れ、ぼくらをシートの上で何度もはずませた。

ぼくは始まりから終わりまで話すのに二十七分費やした。ケイトリンは途中で口をはさまず、質問は最後にまとめてした。

「ライルは引きずり出されていったきり、この世から消えちゃったってこと?」ケイトリンは車があらぬ方角に進まないよう、両手で忙しくハンドルを操作しながら訊いた。

ぼくはうなずいた。

「そこにある手口と一致してる」ケイトリンはぼくに渡したフォルダーにうなずいた。「この前、デイヴと話してたのが聞こえた。きみが言ってた名前をメモっておいたの。イヴァン・クロール。ラマ牧場を経営してる人、ラマをペットとして飼ってる人は、クイーンズランド州東部一帯で四人しかいなくて、きみが言ってたイヴァン・クロールは、そのうちの一人だった。ほかの三人に先に電話して、五月十六日にどこで何をしてたか単刀直入に訊いた。ペン一家が失踪したって警察がにらんでる当日。三人とも、退屈だからこそかえって信用できそうなアリバイを持ってた。そこで今度はフォーティテュード・ヴァレーの警察署に行って、わたしの学校時代の同級生で、いまはその警察官になってるティム・コットンに、イヴァン・クロールに関して警察が握ってる情報を残らず集めてって頼んだわけ。そうしたら煉瓦みたいに分厚い書類の束を渡されて、それをコピーさせてもらった。警察は過去二十年のあいだに五回——五回もだよ——デイボローのイヴァン・クロールの地所を調べてるの。五回とも、イヴァン・クロールの知り合いや何らかのつながりのある人が失踪した件で。五回とも、疑わしいものは出てこなかった。ところがゆうべ、資料をティム・コットンに返しに行って、お礼にフォーティテュード・ヴァレーにある店でミートボールピザをおごったとき、ティムはわたしを口説くのを一瞬だけやめて、何て言ったと思う？」

「何」

　ケイトリンは首を振った。

「こう言ったのよ、〝このボールは下手に触らずにキーパーに任せるのが一番だと思うけどね〟」

　ケイトリンは平手でハンドルをぴしゃりと叩いた。

「そんなこと言うなんて許せないでしょ。だって警察官だよ？　八歳の子供が行方不明になってるのに、何もせずに放っておけなんて！　しかも、はっきり言わずにスポーツ用語に逃げるなんて。

わたしがクリケットを大嫌いな理由はそれ！」

車は、粘土色のコンクリートの塀に造りつけられた白い鉄の高い門の前で停まった。ケイトリンは自分の側の窓を下ろし、赤いインターコムのボタンを押した。

「はい」穏やかな声が聞こえた。

「こんにちは、『クーリエ・メール』の者です。ミスター・ブローシュの取材にうかがいました」ケイトリンは言った。

「お待ちしていました」穏やかな声が言った。

かたりと音がして、門がすべるように開いた。

屋敷は、タイタス・ブローシュのスーツや髪や手と同じで真っ白だった。白いコンクリートの家はとにかく大きく、見上げるばかりの太い柱やジュリエットがロミオを見下ろしていそうなバルコニーがあり、玄関の白い木製の両開きのドアは、白いヨットが白い帆を広げたまま通り抜けられそうなくらい大きい。ベルボウリーに建つ億万長者の隠れ家というより、ニューオーリンズの湿地帯にある大農園の主人の邸宅といった風情だ。

曲がりくねった長い私道の八本並んだニレの木の枝で木漏れ日がきらめいている。よく手入れされた広大な芝生の真ん中を通る私道の先に、磨き抜かれた白大理石の広い階段があった。

ケイトリンは大理石の階段の左側にある黄色い砂利が敷かれた来客用の駐車スペースに乗り入れ、車から降りてトランクの蓋を開けた。

ニレの枝から鳥の声が聞こえる。そよ風が吹いている。聞こえるのはそれだけだ。

「ケイトリンのことをどう説明すればいい？」ぼくは小声で訊いた。

ケイトリンはトランクから古びた黒いキヤノンのカメラと灰色の望遠レンズを取り出した。うちの新聞所属のスポーツカメラマンが、試合のある日にスタジアムで使うようなカメラだ。

「カメラマンってことにして」そう言ってほほえみ、片目をつぶって望遠レンズをのぞいた。

「カメラマンじゃないのに」

「簡単だって！」ケイトリンはにやりとした。「フォーカスして、シャッターボタンを押す」

「そのカメラ、どこから持ってきたの」

「修理の棚にあったのを拝借した」

ケイトリンはそそり立つ玄関ドアに向かった。

「早く。インタビューに遅れるよ」


呼び鈴のボタンを押す。だだっ広い屋敷のどこか三カ所で呼び鈴が鳴り響いた。それぞれの音がこだまのように響いて重なり合い、ちょっとした音楽のように聞こえた。期待にあふれる心（ハート）。いまにも口から飛び出していきそうな心臓（ハート）。カメラを戦槌（ウォーハンマー）のように握り締めたケイトリンは、スコットランド人の飲んだくれの一軍を率いて戦いに臨もうとしているようだった。辺りは静まり返り、聞こえるのはニレの木で歌っている小鳥の声だけだ。

日常からあまりにもかけ離れている。人生や世界とあまりにもかけ離れている。いまになって初めて気づいた。この屋敷は周囲から完全に浮いている。天まで届きそうな白い大きな柱は、ぼくらを取り囲んでいる田舎町の景色とまるでそぐわない。何かおかしい。この屋敷はどこか不自然だ。

両開きの玄関ドアの片側半分がさっと開いた。その瞬間、ぼくは人差し指が欠けた右手を見られてはいけないことを思い出して、ジャケットの右側の深いポケットに押しこんで隠した。

玄関を開けたのは、メイドの制服らしき堅苦しい雰囲気の灰色のワンピースを着た背の低い女性だった。フィリピン系と見えた。大きな笑みを浮かべていた。ドアがさらに大きく開くと、奥にもう一人、白いワンピースを着た華奢(きゃしゃ)な体つきの女性が立っていた。顔の肉が薄く、頰の赤みは、くっきりと際だった頰骨に油絵の具を直接塗ったみたいに見えた。優しい笑顔。見覚えのある顔。

「こんにちは」女性は優雅なしぐさで軽く頭を下げた。「新聞社の方ですね」

髪は灰色になっていた。昔は白いくらいの金髪だった。まっすぐで、肩の下まで届く長さがあるのは昔と変わっていない。

「ハナ・ブローシュです」女性は右手を自分の胸に当てて言った。ただ、その手はふつうの手ではない。初めて見るようなプラスチック製の義手だ。陽に焼けて少し荒れたような感じで、うちの母さんの手とそっくりだった。ワンピースの上に着ている白いカーディガンの袖からその手が突き出ていた。ぼくは女性の脇にまっすぐ下ろされた左手を見た。同じものだった。左手にはそばかすが浮いていた。こわばった見た目だけれど、シリコン素材か何かでできていて、本物といっても通用しそうにリアルだった。あくまでも見た目が優先で、たぶん手としての機能はない。

「イーライです」ぼくは言った。ラストネームは伏せておけ。「こちらはカメラマンのケイトリン」

「のちほど、顔写真を一枚、撮らせていただきたいのですが」ケイトリンが言った。

ハナがうなずく。「ええ、かまいません」ハナはドアに背を向けて言った。「どうぞ。父はすぐ奥の読書室におります」

ハナ・ブローシュは五十歳くらいに見える。でも、疲れた四十歳かもしれないし、若々しい六十歳でも通りそうだ。前回、ぼくが会って以来の六年くらいのあいだ、どうしていたのだろう。向こうはぼくを覚えていないようだが、ぼくは忘れていない。最後に会ったのは、ハナの父親の八十歳の誕生祝いのパーティだった。ダーラのベトナム料理店ママ・ファム。はるか遠い日々。はるか遠いイーライ・ベル。

屋敷のなかは、骨董(こっとう)や、ぼくの寝室の床面積くらいありそうな趣味の悪い油絵が並んだ博物館のようだった。馬上槍試合の槍を握った中世の甲冑(かっちゅう)。壁に飾られたアフリカの伝統的なお面。磨き抜かれた板張りの広々とした床。こっちの隅に、パプアニューギニアの戦士の槍。あっちにはガゼルを引き裂いているライオンの油絵。細長いリビングルームには暖炉がしつらえられ、ぼくのベッドの長さよりも幅がありそうなテレビが置いてあった。

ケイトリンは首を伸ばしてブロンズのシャンデリアを見上げた。金属のアシダカグモが電球ででできたクモの巣を張っているようなデザインだった。

「すてきなお宅ですね」ケイトリンは言った。

「ありがとう」ハナが言う。「昔からこんな暮らしをしていたわけではないんです。父は身一つでオーストラリアに渡ってきました。クイーンズランド州に来て最初に身を寄せたウェイコールの難民の支援センターでは、一つの部屋に九人で住んでいたそうです」

ハナはふいに立ち止まった。ぼくの顔をまじまじと見る。

「ご存じですか」

「えっと、何を?」

「ウェイコール東部難民支援一時滞在センター」

ぼくは首を振った。

「ブリスベン西部の郊外の出身ではないかしら」ハナが訊く。「どこかで会ったことがあるような気がするの」

笑み。ぼくは首を振る。

「いや、ぼくは北部の出身で」ぼくは言った。「ブラッケンリッジ育ちです」

ハナはうなずき、ぼくの目をのぞきこんだ。ハナ・ブローシュ、どこまでも掘る。それから向きを変え、ふたたび急ぎ足で歩き出した。

ナポレオンの胸像。帆船エンデヴァー号のレプリカと、クック船長の胸像。ライオンが、今度はおとなの男を引き裂いている油絵。ライオンは男の手足を引きちぎっていて、脚二本と腕一本が足もとに積み上がり、いまは残った腕一本に牙を食いこませているところだった。

「父には忍耐強く接していただかなくてはならないかもしれません」ハナは細長いダイニングルームを通ってぼくらを屋敷の奥に案内しながら言った。「父は昔ほど……どう言ったらいいかしら……昔のようには……しっかりしていなくて。質問を二度繰り返していただく場面もあるでしょうし、大きな声ではっきりと話していただかなくてはならないこともあると思います。ときどき、どこか別の惑星にでも行ってしまったようにぼんやりすることもあります。このところ体調が優れませんが、今夜の授賞式は楽しみにしているようです。実を言うと、今日、授賞式に集まるゲスト全員にサプライズを用意していて、お二人には一足先にお見せしたいと言っていました」

赤い木製の二重扉を開けると、奥は広々とした書斎になっていた。王族の書斎のような雰囲気だ。左右の壁一面に書棚が造りつけられている。昔風の背表紙に金の文字が並んだ数百冊のハードカバー版の書物。バーガンディ色のカーペット。血の色のカーペット。書斎には、書物と古い葉巻の煙のにおいがこもっていた。深緑色のベルベット張りの読書用の長椅子が一脚と、やはり深緑色のベルベット張りのアームチェアが二脚。書斎の奥にマホガニー材の大きな書き物机があって、そこにタイタス・ブローシュが座り、下を向いて分厚いハードカバー版の本を読んでいた。タイタスの背後の裏庭に面した壁は一面ガラス張りで、ガラスは埃一つ残さずに掃除され、目を細めればガラスなどないように見えた。ガラスの壁の真ん中にドアがあるとわかるのは、ポリッシュ仕上げの銀色のちょうつがいが二つあるからで、そのドアを開けると、奇跡のように美しい芝生の裏庭に出られる。芝生はなだらかに起伏しながら一キロくらい先まで——石の噴水やどの角も完璧な直角に刈りこまれた生け垣、ミツバチが世話をしている花壇、満点しかつけようのない陽射しを越え、ささやかなブドウ畑らしきものまで——続いているが、その風景は光のいたずらが作り出した幻覚に違いない。ランタナが茂るブリスベンの郊外の町ベルボウリーに、そんな風景が存在するはずがないからだ。書き物机には、高さ二十五センチ、幅二十センチくらいの直方体の箱があって、赤いシルクの布で覆われていた。

「お父さん」ハナが声をかけた。

タイタスは本に目を落としたままだった。白いスーツ。白い髪。ぼくの背中を通る白い骨が震えて、逃げろとぼくに訴えた。いますぐ逃げろ、イーライ。撤退だ。これは罠だ。

「ねえ、お父さん」ハナが少し大きな声でもう一度言った。

タイタスが本から顔を上げた。

「新聞社の方が取材にいらしたわ」ハナが言った。

「誰だって？」タイタスが吐き出すように訊く。

「イーライと、カメラマンのケイトリン」ハナが紹介する。「今夜の賞についてインタビューにいらしたの」

タイタスの心に朝日が昇って、記憶に光を投げかけたらしい。

「おお、そうか！」タイタスは老眼鏡をはずした。それから赤いシルクの布で隠された箱を興奮の面持ちで軽く叩いた。「こっちだ。さあ座って。座って」

　ぼくらはゆっくりと奥へ進み、書き物机の前に並んだ来客用の優雅な黒革の椅子に腰を下ろした。タイタスはずいぶんと老いぼれていた。肢体の帝王は、十三歳の子供が怯えたほど恐ろしい人物には見えない。時間だ。スリム。時間は顔を変える。物語を変える。視点を変える。

　あの書き物机に飛びついて、もう死んだも同然の首を絞め、もう死んだも同然のゾンビの目に親指を食いこませてやろうと思えばできる。万年筆。電話機の隣のスタンドに立ててある万年筆。あの万年筆を胸に突き立ててもいい。奴の白く冷たい胸に。奴の心臓にぼくの名前を刻んでやる。奴の白く冷たい心臓に。

「お時間を割いてくださってありがとうございます、ミスター・ブローシュ」ぼくは言った。

　タイタスが笑みを作ると、唇がわなわなと震えた。唇はよだれで濡れている。

「いいんだ、いいんだよ」タイタスはじれったそうに言った。「で、どんな話が聞きたい」

　ぼくは左手でボイスレコーダーを机に置いた。右手を机の下に隠し、人差し指の欠けた手でペンを握ってメモを取ろうとかまえた。

「録音してもかまいませんか」ぼくは確かめた。

　タイタスがうなずく。

　ハナは静かに下がってぼくらの背後の深緑色の長椅子に座り、そこから用心深いフクロウのようにインタビューを見守った。

「体に障害を持つ大勢のクイーンズランド州民の生活の質の向上に長年、貢献してきた功績をたたえ、今夜クイーンズランド州功労賞を授与されることになっていますね」ぼくは言った。タイタスはうなずき、自尊心をくすぐるようなぼくの前置きに一心に耳をかたむけている。「そのような非凡な旅に乗り出すきっかけはどのようなことでしたか」

タイタスはほほえみ、ぼくらの背後の長椅子に背筋を伸ばして座って話を聞いているハナをぼくの肩越しに指さした。ハナもほほえみ、照れ隠しのように髪に手をやって右耳の後ろに押しやった。

「いまから半世紀以上前、そこに座っている美しい娘は、横断型欠損、無肢症(アメリア)と呼ばれる障害を持って生まれた」タイタスは言った。「もともと上腕が切断された状態で生まれたわけだ。のちにハナとなって生まれる胎児の細胞膜のなかの線維帯の成長が阻害された」

タイタスは、パンケーキのレシピでも読み上げるようなあっさりした調子で説明した。胎児の体内に血栓ができます。卵を四個、割り入れます。冷蔵庫で三十分、休ませましょう。

「悲劇的に困難なお産になって、ハナの母親は命を落とした……」タイタスは一瞬、言葉を切ってから続けた。「しかし……」

「名前を教えていただけますか」ぼくは訊いた。

「何だって？」タイタスは話の腰を折られてかっとしたように言った。

「すみません」ぼくは謝った。「亡くなった奥さんのお名前を教えてください」

「ハナ・ブローシュ。娘と同じだ」

「すみません。先を続けてください」

「ふむ……はて、どこまで話したか」タイタスは言った。

ぼくはメモを確かめた。

「こうおっしゃいました。〝悲劇的に困難なお産になって、ハナの母親は命を落とした〟。そこで間があって、〝しかし……〟」

「そうだった……しかし……」タイタスは話を再開した。「しかし世界とわたしは天使を贈られた。

そしてそのとき、その場で、わたしはその天使に約束したのだよ。その日、オーストラリアで生まれたすべての赤ん坊と同じように豊かで驚きに満ちた人生を与えようと」

タイタスはハナにうなずいた。

「わたしはその約束を守った」

吐き気がこみ上げた。ぼくの唇から質問が飛び出したが、訊いたのはぼくじゃない。ぼくのなかの別の誰かがその質問をした。ぼくのなかの別の生き物。ぼくより勇敢な何か。何かというとすぐ泣いたりしない別のもの。

「あなたは善良な人でしょうか、ミスター・タイタス・ブローシュ？」ぼくは訊いた。

ケイトリンがさっとぼくのほうに顔を向けた。

「何だって？」タイタスが驚いた様子で聞き返す。面食らっている。

ぼくはしばしタイタスの目をまっすぐに見つめた。それから、ふだんの臆病者のぼくに戻った。

「いえ、その、ほかのクイーンズランド州民にアドバイスがあればぜひ。その、このすばらしい州にあなたと同じ貢献をするにはどうしたらいいか」

タイタスは椅子の背にもたれ、観察するような目でぼくの顔を見た。椅子を回転させて横を向き、壁一面の透き通った清潔なガラス越しに裏庭をながめ、答えを熟考した。裏庭ではミツバチがピンクや紫や赤や黄色の花の世話を焼いていた。

「世界を変える許可を他人に求めないこと、かな」タイタスは言った。「何も考えずに、ただ変えればいい」

タイタスは両手であごを支えて考えるポーズを取った。

「率直なところ、わたしがやらなければ世界は変わらないと気づいたことがきっかけだったのだろうね」タイタスは雲一つない青空を凝視しながら言った。「誰かが代わりにやってくれるわけではない。わたしのハナと同じような障害を抱えたほかの子供たちのため、自分で動くしかなかった」

タイタスは書き物机に向き直った。

「というわけで、今夜のために用意したサプライズの話をしよう」タイタスは言った。「今夜集まるゲストのために、ささやかなプレゼントを用意した」

タイタスの唇は濡れている。声はかすれて弱々しい。タイタスはヘビのような笑みをケイトリンに向けた。

「見てみたいだろう」

ケイトリンはぜひとうなずいた。

「見てごらん」タイタスは椅子に座ったまま言った。

ケイトリンがおずおずと身を乗り出し、赤いシルクの布を取った。

直方体のガラスケースだった。ぼくらの前にあるガラスの壁のように、透き通った清潔なガラスのケース。合わせ目は完璧で、一枚のガラス板から作られているかのように見える。そのケースのなかに、巧妙に隠された小さな金属のスタンドに支えられて、義手があった。ヒトの右の前腕と手。スタンドがあるとわかるのに、まるで宙に浮かんでいるようだった。

「これがわたしからクイーンズランド州への贈り物だよ」タイタスは言った。

そこに入っているのはぼくの手だと言われても納得してしまいそうだ。ケイトリンの手でもいい。ものすごくリアルだ。皮膚の色合いから質感、陽に焼けてできたそばかすやほくろの自然さ、前腕に浮いたしみ、爪に浮かぶ乳白色の半月まで。乳白色の半月を見て、ぼくはスリムに車の運転を教えてもらった日のことを思い出す。義手に散ったほくろを見て、ぼくの幸運の人差し指にあった幸運のほくろを思い出す。この完璧な腕と手が作られた背景には邪悪な秘密がある。ぼくはそのことを魂で、なくなった指の付け根に残った骨で、知っている。

「手触りも人間そのもの、動きも人間そのものだ」タイタスが言った。「この二十五年、わたしはただ一つの目的のために世界一流のエンジニアや人間工学の専門家を招き、雇用してきた。わたしのハナのような四肢欠損児の生活に変革をもたらすためだ」

タイタスは生まれたばかりの赤ん坊を見るように目を細めてガラスケースをのぞきこんだ。

「きみのそのメモに、下線付きでこの言葉を書いておいてくれ」タイタスは言った。「〝筋電位〟」

ぼくはその語をメモに走り書きした。下線は引かなかった。ほかの語に下線を引くのに忙しかった。〝ヘロインの帝国が研究に資金?〟。これじゃ四語か。記事の内容は三語で言い表せる。〝リサーチの資金源はドラッグ〟。〝ドラッグが……〟

「躍進の突破口が見つかったのだよ!」タイタスは言った。「これはまだプロトタイプにすぎない。解剖学的に高品位に成形されたシリコンベースの外観。革命だよ。革新だ。目立たなさが目立っている。本物にしか見えない外観と、切断者自身の四肢の残っている筋肉が収縮する際の筋電位を筋電計ＥＭＧで検知し、それを利用して義肢の動きをコントロールする内部機構との完全な融合。表皮に取りつけられた電極が筋電位を読み取り、その美しく情報に富んだ人体の信号は増幅され、我が社の義肢の数カ所に埋めこまれたモーターで処理される。本物と見まごう動きだ。まるで生きているようだよ。我々はそうやって世界を変えようとしている」

室内はしばし静まり返った。

「すばらしいですね」ぼくは言った。「ここから無限の可能性が生まれてきそうです」

タイタスは顔をほころばせて笑い、ぼくらの背後に座ったハナを見やった。

「四肢の欠けた人生(ライフ・ウィズアウト・リム)は、ハナ？」

「無限の可能性のある人生(ライフ・ウィズアウト・リミット)」ハナが応じる。

タイタスは勝ち誇ったように平手で机を叩いた。

「無限の可能性のある人生。まさにそれだよ！」

タイタスはまた椅子の向きを変え、どこまでも続く緑色の芝の上の雲一つない広大な青空を見た。

「わたしは未来を見たのだ」タイタスは言った。

「本当に？」ぼくは訊く。

「本当さ」

ガラスの壁の向こう、タイタス・ブローシュの手入れの行き届いた芝生の上に広がる空を、鳥が一羽だけ飛んでいた。果てしなく続く青空を背景に、その小さな鳥は空(くう)を切り裂き、旋回し、すばやく向きを変えながら飛び回っていた。タイタスの目は、その鳥のせわしなく目の回るような飛行ショーを追いかけていた。

「無限の可能性がある世界」タイタスは言った。「ハナと似た条件で生まれた子供たちが、自分の脳を使って義肢を直接コントロールできる世界。ニューロフィードバックによってコントロールされた本物と見まごう義肢は、手を差し出して誰かと握手をしたり、公園で見かけた犬の頭をなでたりできる。フリスビーを投げたり、クリケットの球を投げたり、ママやパパを両腕で抱き締めたりもできる」タイタスは大きく息を吸いこんだ。「それは美しい世界だよ」

壁一面のガラス窓の向こうの鳥はスピットファイア戦闘機のように急降下したかと思うと、ローラーコースターのように一気に上昇して宙返りを決めたところでふいに大きく向きを変え、急激に加速しながら、思いがけずぼくらのほうに飛んできた。まっすぐぼくらに向かってくる。書き物デスクをはさんで座ったぼくら三人に向かって。ぼくに、ぼくの夢の女性に、ぼくの悪夢の男に向かって。鳥の目にガラスの壁は見えていない。自分の姿しか見えていない。仲間の鳥を見つけたつもりでいる。鳥がガラスに近づくにつれ、羽の色が見えてきた。頭と尻尾の鮮やかなネオンブルー。ランスロット通りの家のリビングルームの窓から見える稲妻のようなブルー。ぼくの目のようなブルー。そういう色合いのブルー。ただの青じゃない。魔法のブルー。神秘のブルー。

次の瞬間、青い鳥は、ガラスの壁に頭から激突した。

「おっと」タイタスはつぶやき、よけようとするみたいにとっさに椅子の上で姿勢を変えた。

鳥は空中の一点でホバリングした。ガラスにぶつかった衝撃にあっけにとられた様子で翼をばたつかせ、尻尾をぱたぱたと振っていた。まもなくいま来た方角に向きを変えると、左に飛び、すぐに右に向きを変え、また左に、次にまた右に進路を変えて、分裂した原子のように空中を忙しく跳ね回り、行き先を探していたが、すぐに目標物を、自分を、ガラスの壁に映ったもう一羽の鳥を見つけて狙いを定め直し、スピットファイア戦闘機、カミカゼ特攻機のように青空から急降下して突進してきた。頭と尻尾の、見たこともないような稲妻ブルーがふたたび閃く。そしてまたしても自分の姿に激突した。通り抜けられないガラスの壁に。前回と同じようにあっけにとられた様子でホバリングしたあと、今度もまた、仲間の鳥を探していったん遠ざかり、ふたたび見つけた。どこまでも左旋回し、そのまま永遠に回り続けるかに見えたころ、照準を定め直し、目にもとまらぬ速さの青い光跡と化した。

ケイトリン・スパイズは、言うまでもなく、鳥を哀れに思った。なぜなら、ケイトリンの心は、空を、そこを飛ぶすべてを受容できる広さを持っているからだ。

「だめよ、小鳥さん」ケイトリンはささやいた。「やめて」

しかし鳥はもう誰にも止められなかった。これまでの二度よりもっと加速していた。耳をふさぎたくなるような衝撃音があって、今回はあっけに取られた様子でホバリングすることはなかった。そのまま地面に落ちた。タイタス・ブローシュの書斎のガラスのドアのすぐ外の砂利の上に、ぽとりと落ちた。

ぼくは椅子から立ち上がり、タイタス・ブローシュの書き物机の脇を回ってガラスのドアを開け、外の広々とした芝生に出た。タイタスは驚いたようにぼくを目で追った。芝のにおいがした。花のにおいがした。落ちた小鳥のそばに静かにしゃがむと、ダンロップのランニングシューズの底に踏まれた黄色い土と砂利がこすれて乾いた音を鳴らした。

指が四本しかない右手で慎重に小鳥を拾い上げた。両手で包みこむと、あの完璧なブルーに覆われた小枝のように繊細な骨の感触が掌に伝わってきた。温かくて柔らかくて、翼をたたんでいると、ハツカネズミくらいの大きさだ。ケイトリンもぼくに続いて芝生に出てきていた。

「死んじゃった？」ケイトリンがぼくのそばに立って訊く。

「たぶん」ぼくは言った。

ブルーの額。ちっちゃな耳の周りにもブルーがひと刷毛、翼にもひと刷毛。まるで魔法のブルーの塵の雲を抜けてきたみたいだ。ぼくは手に載せた鳥を観察した。命をなくした空飛ぶ生き物。その美しさに、ぼくはしばし我を忘れて見とれた。

「なんていう種類の鳥？」ケイトリンが訊いた。

青い鳥。おい、聞いてるか、イーライ？

「あれよね、知ってるんだけど、名前が出てこない」ケイトリンがつぶやいた。「うちのおばあちゃんの家の裏庭によく遊びに来てた……おばあちゃんの一番好きな鳥だった。とてもきれいな鳥」

ケイトリンはしゃがみこみ、死んだ鳥をのぞきこむと、無防備にさらけだされた鳥の腹をそっと小指でなでた。

「この鳥、どうする?」静かな声でケイトリンが訊く。

「どうしようか」ぼくは言った。

タイタス・ブローシュもガラスのドアのところまで出てきていた。

「死んだのか」

「はい。死んでます」ぼくは答えた。

「愚かな鳥だ。どうしても自殺してやろうと心に決めているようだったな」

そのとき、ケイトリンが手を叩いた。

「レン! それよ、思い出した。オーストラリアムシクイ(レン)って鳥よ」

それが合図になったかのように、死んだルリオーストラリアムシクイ(ブルー・レン)が息を吹き返した。ケイトリン・スパイズが自分の名前を思い出すのを待っていただけだったかのように。ほかのあらゆる生物と同じように——ぼく、このぼく、ここにいるぼくとまったく同じように——この鳥もケイトリンの息づかいと注目によって生き、死ぬからだ。鳥はこの世に戻ってきた。コショウの実のような黒い目がまず開き、次に足が動いてぼくの掌をくすぐった。頭が動き、少しだけゆらゆらした。朦朧とし、呆然としている。鳥の目がぼくを見上げた。その一瞬、その目が何かを伝えてきた。ぼくの理解を超えた何か。この宇宙を超えた何か。触れたら壊れてしまいそうな何か。でも次の瞬間にはそれは消え、鳥は自分が人間の手のなかにいることに気づき、完璧に構築された体のなかから筋電位による信号が左右の翼に羽ばたけと命じた。ばさり。ばさり。鳥は飛び立った。ぼくら三人、イーライ・ベルと夢の女性、そして悪夢の男は、青い鳥が左に飛び、次に右に飛び、力が体に蘇ったところでまた宙返りをするのを見守った。生きている喜びを表すようだった。しかし、遠くには飛んでいかなかった。違法薬物で稼いだ金で雇われている庭師の手で丹念に整えられた芝生の右隅まで行っただけだった。鳥は緑色の薪小屋か道具小屋のようなものを飛び越えた。小屋の扉は開いていて、なかにトラクターが駐まっているのが見えた。次に鳥は、小屋の向こうのコンクリートの建物まで飛んだ。ぼくはそれまで、そんな建物があることに気づいていなかった。そのディテールを見逃していた。コンクリートでできた四角い貯蔵庫のような建物で、ニレの木立や、芝生の右奥に見えるジャスミンやほかの野草に覆われた塀でなかば隠されていた。前面に白いドアが一つだけある貯蔵庫は、地中から生えているかのようだった。青い鳥は、箱の入口のドアの上に一本だけ垂れた蔓(つる)に止まった。そこに止まったまま、稲妻ブルーの小さな頭を左に、右に向けた。その鳥が出現して以来の奇妙な五分間に、本人が一番当惑しているとでもいう風に。

奇妙なできごとに奇妙なできごとが重なった五分間。奇妙なコンクリートの建物。ぼくはその建物を怪訝な目で見る。タイタスもその建物を怪訝な目で見ている。まもなく、ぼくも怪訝な目で見ていることにタイタスは気づく。

ぼくは指が四本しかない右手を無防備にぶら下げていたことを思い出す。目立たないことが目立っている。タイタスの老いぼれて当てにならない目が、ぼくの手に焦点を合わせる。

ぼくはすばやく立ち上がり、両手をポケットに入れた。「お話は充分にうかがえました、ミスター・ブローシュ。社に戻って記事にまとめて、明日の朝刊に掲載します」

タイタスは困惑したような表情を浮かべている。別の惑星に飛んでいってしまったかのような。あるいは、五年前のこの惑星に飛んでいっているのかもしれない。ポーランド系の強面でサイコな仲間のイヴァンに、ぼくの本物と見まごう右手の、本物と見まごう人差し指を切り落とせと命じたあの瞬間に。

タイタスの目が疑わしげにじろりとぼくを見る。

「そうだな」タイタスはぎこちない発音で言った。「そうだな。けっこう」

ケイトリンがカメラを持ち上げる。

「一枚だけお願いしてもいいですか、ミスター・ブローシュ」

「どこに立てばいいかな」

「なかに戻って、机にいらっしゃるところを」ケイトリンが答えた。

タイタスは書き物机の前の元の椅子に座った。

「はい、笑って」ケイトリンがレンズをのぞいて言う。

シャッターボタンを押したとたん、フラッシュが焚かれて、全員の目を痛めつけた。まぶしすぎる。書斎にいる全員が目をしばたたかせた。

「頼むよ」タイタスが叫び、目をこすった。「フラッシュを切ってくれ」

「すみません、ミスター・ブローシュ」ケイトリンが言った。「このカメラ、調子が悪いみたいです。誰も修理の棚に置いておかなかったのかしら」

ケイトリンはまたカメラを向けた。

「あと一枚だけ」ケイトリンは、三歳の子供に話すような口調で言った。

タイタスは作り笑いを浮かべた。偽物の笑顔。人工の笑顔。シリコンベースの。

フォード・メテオに戻って、ケイトリンはカメラを助手席の足もとに置いた。「なんか異様だったね」ケイトリンは言った。

エンジンをかける。タイタス・ブローシュの屋敷の私道から猛スピードで車を出す。

ぼくは黙っている。ケイトリンが一方的にしゃべる。

「まずは率直な印象から」ケイトリンは、隣にいる見習い記者に聞かせるというより、ひとりごとのように続けた。「わたしが間違ってたら言ってね。だけどクイーンズランド州はどこか腐ってるみたい」ケイトリンはアクセルペダルをぐいと踏みこんだ。車は低木の茂みにはさまれた黒いアスファルト敷きのベルボウリーの通りをボーエンヒルズに向けて突っ走った。「おしっこをちびるべきか、ちびらずにすませるべきか、それが問題だ。だって、あんなに気味の悪い人、ほかに見たことある？　いまにも死にそうな骨の束がスーツを着て歩いてるみたいだった。封筒の糊(のり)のところをなめてるみたいに、何度も唇をなめて」

ケイトリンは大きな声で早口に無関係な断片をただ並べている。ときどき道路から目をそらしてぼくの顔を見る。「だって、あの娘との関係は何？　屋敷に詰めこまれてたあの不気味な飾り物は何？　さて、どこから始める？」

ぼくは外の景色を見つめていた。ダーラの家の前庭にいるライルを思い出していた。作業着を着て、ぼくの園芸用ホースから描かれた虹のしぶきを浴びているライルを見ていた。

「終わりからスタートして、始まりに進んでいこうか」ケイトリンが言った。

始まりに進む。いい表現だ。ぼくはずっとそうしてきた。始まりに向かって進んできた。

「きみがどう思ったかわからないけど、わたしの〝イカレ度メーター〟の針は振りきったところで震えてる」ケイトリンは言った。「だって、何かおかしいでしょ、イーライ。何かとんでもなく異様だよ、この件は」

ケイトリンは怯えた様子でとりとめもなくしゃべり続けている。沈黙をひたすら埋めている。ケイトリンがぼくを見た。ぼくは顔を前に向けて行く手の道路を見つめる。アスファルトに引かれた白い破線がつぎつぎ車の下に引きこまれていくのを見つめている。

何をすべきか、わかっていた。

「ぼくは戻るよ」思いがけず大きな声になった。そこに覚悟のようなものがこめられていた。

「戻る？」ケイトリンが聞き返す。「どうして？」

「言えない」ぼくは答えた。「これについては何も話さないよ。人にはさ、話せないことがあるんだ。ようやくそれがわかったよ。どうしても口に出して言えないことっていうのが人にはあって、それは言わずにすませるのが一番なんだ」

ケイトリンは急ブレーキをかけ、急ハンドルを切って道路脇の未舗装の路肩に車を寄せた。前輪が一瞬だけ空転し、ぼくの乗った助手席側の岩だらけの斜面にぶつからないよう、ケイトリンはあわててハンドルを切り直した。車はタイヤをすべらせて停まった。ケイトリンがエンジンを切る。

「あの屋敷に戻るべきだっていう理由を話して、イーライ」

「話せないよ。頭が変だと思われるだけだ」

「頭が変だと思われる心配はいまさらしなくていいよ。初めて会ったときからそう思ってたから」

ケイトリンが言った。

「初めて会ったときから？」

「そうだよ」ケイトリンは言った。「イーライは頭がおかしいよ。ただし、最高の褒め言葉として、ね。デヴィッド・ボウイみたいな〝おかしい〟。イギー・ポップみたいな〝おかしい〟。ファン・ゴッホみたいな〝おかしい〟」

「アストリッドみたいな〝おかしい〟」ぼくは言った。

「誰？」

「ぼくが子供だったころの母さんの友達」ぼくは答えた。「ぼくはその人は頭がおかしいと思った。ただし、いい意味で。愛すべき〝おかしい〟。精霊の声が聞こえたって言い出すから、ぼくらはみんな、アストリッドはおかしいと思った。ぼくの兄貴のオーガストは特別な子供だって言う声が聞こえたんだって」

「イーライの話を聞いてるかぎり、お兄さんは本当に特別な人に思えるけど」ケイトリンは言った。

ぼくは大きく息を吸いこんだ。

「屋敷に戻らなきゃ」

「どうして」ケイトリンが訊く。

ぼくは大きく息を吸いこむ。始まりに向かって進む。終わりに向かって戻る。

「鳥」ぼくは言った。

「あの鳥がどうしたの」

「死んだブルー・レン」

「あのレンがどうかした？」

「まだ子供だったころのある日……」こうしてぼくの沈黙の誓いは破られた。誓いは、なんと、四十三秒しかもたなかった。「……スリムの車に乗って、マニュアル車の運転のしかたを教えてもらったんだ。ぼくはいつもどおり落ち着きがなくて、窓の外ばかり見てた。ガスがうちの前の塀に座って、同じ文を何度も指で空中に書いてるのを見てた。それがガスなりのしゃべり方なんだ。ガスが書いてることが読み取れたのは、ガスが空中に書く目に見えない言葉の読み取り方をぼくはもう身につけてたから」

すぐには先を続けなかった。ケイトリンの車のフロントガラスには、塵で描いた半円があった。フロントのワイパーは、ぼくがいる助手席側に塵で虹を描いていた。塵の虹を見て、ぼくは親指に浮かぶ乳白色の半月を思い出す。その乳白色の半月を見て、ぼくはスリムと車に乗った日のことを思い出す。ちっぽけなディテールが、ぼくにスリムを思い出させる。

「お兄さんは何て書いてたの」ケイトリンが訊く。

太陽が沈もうとしている。明日の朝刊の記事を書いて印刷に回さなくちゃならない。いまごろブライアン・ロバートソンは頭から湯気を立てているだろう。母さんや父さんやガスは家を出て、ブリスベン・シティ・ホールに向かっているだろう。ガスの大事な夜。過去のできごとが集約した結果。一点への集束。ディテールの積み重ね。

「こう書いてた。〝身の破滅は死んだブルー・レン〟」

「どういう意味よ、それ」

「わからない」ぼくは答えた。「ガス本人にもわかってなかったんじゃないかと思う。そんなことを書く理由も。それでもそう書いた。それから一年後、ガスがしゃべるのをぼくが初めて聞いた言葉もそれだった。奴らがライルを連れ去った夜。ガスはタイタス・ブローシュの目をまっすぐ見て言ったんだ。〝身の破滅は死んだブルー・レン〟。ブルー・レンの死骸は、タイタス・ブローシュの身の破滅を象徴する」

「でも、イーライが拾い上げた鳥は死んでなかったよ。そのあと飛んでいったよね。そもそも、あれがレンだっていう確信もないし」

「ぼくには死んでるように思えた」ぼくは言った。「でも、息を吹き返した。それはガスがいつも言ってるとおりのことなんだよ。ぼくらはこの世に戻ってきた。言ってるぼくもよくわからないけどさ。古い魂。アストリッドは昔、そんな風に言ってた。誰でもみんな古い魂を持ってるけど、そのことを知ってるのはガスみたいな特別な人間だけなんだ。起きるべきことはすべて起きた。起きる運命だったことはすべて起きた。そんな感じがする。ぼくが椅子から立ってあの鳥のところに行って、鳥を拾い上げたのは、そうしなくちゃいけないと感じたからだ。実際そうしてみたら、鳥は飛び立って、芝生の向こう側の貯蔵庫みたいな建物に止まった」

「たしかに、あの建物を見たとき背筋が寒くなった」ケイトリンが言った。

ケイトリンは、車の前に延びる、家に続く曲がりくねった道を見る。オレンジ色の夕陽がケイトリンの焦げ茶色の髪を照らしている。指はハンドルを叩いている。

「ガスが特別だなんて、ぼくは信じたことがない」ぼくは言った。「アストリッドに精霊の声が聞こえるなんて、信じなかった。そんな話、一言だって信じなかった。でも……」

ぼくは口をつぐむ。ケイトリンが横を向いてぼくを見る。

「でも、何?」

「でも、ケイトリンに会ったとき、ぼくはどんなことでも信じるようになった」

ケイトリンはかすかにほほえんだ。「イーライ」下を向いて言う。「イーライの気持ちは本当にうれしいよ」

ぼくは首を振り、シートの上で姿勢を変えた。

「わたしを見るイーライの目を見ればわかる」ケイトリンは言った。

「ごめん」

「謝らないでよ。すごくすてきなことだから。そんな風にわたしを見てくれる人はたぶん初めてだから」

「言わなくていいんだ」

「何を？」

「いま、タイミングが悪いって言おうとしてるだろ」ぼくは言った。「ぼくはまだ子供だとか。あとは、おとなになりかけの子供だ、とかかな。宇宙のいたずらだって言おうとしてる。宇宙はぼくをケイトリンのそばに置いたけど、タイミングを考えていなかった。いい線は行ってたけど、十年くらいずれてる。言わなくてもわかるよ」

ケイトリンはうなずいた。唇が笑みを作る。

「驚いたな」ケイトリンは目を丸くして言った。「わたし、そう言おうとしてたの？　驚き。わたしが言おうとしてたのはね、初めて会ったとき、不思議なものを感じたってことだった」

ケイトリンはエンジンをかけ、アクセルペダルを踏みこみ、タイヤを空回りさせながら強引にUターンし、タイタス・ブローシュの屋敷の方角へ車を進めた。

「ねえ、何を感じたの」ぼくは訊いた。

「あいにくだけど。いまは時間がない。あの貯蔵庫に何があるか、たったいま閃いた」

「何」

「それしかないと思わない？」

「何」

「あそこに破滅があるんだよ」タイヤが音を立ててアスファルト敷きの路面を蹴り、ケイトリンはハンドルを押さえつけた。

「終わりがある」

夕暮れの薄明かりのなか、ぼくらの乗った車は、タイタス・ブローシュのセキュリティゲートから五十メートルくらいのところ、屋敷を囲む塀の上から枝を広げた紫のジャカランダの木が作る影のなかに駐まっている。白い小型のダイハツ・シャレードがゲートから出て左に折れ、ブリスベンの中心部（シティ）に向けて走り去った。

「奴らかな」ぼくは言った。

「違うと思う」ケイトリンが言った。「車が小さすぎるし、安すぎる。屋敷の使用人じゃない？」

ケイトリンはグローブボックスのほうにあごをしゃくった。

「そこを開けてみて。小型の懐中電灯があるはず」

ぼくはグローブボックスを開け、くしゃくしゃに丸めたティッシュが六つか七つ、小さなメモ帳が二冊、歯形がついたペンが八本くらい、縁が黄色のサングラス、ザ・キュアーの『ディスインテグレーション』のカセットテープをかき分け、口紅くらいの小ささの緑色の懐中電灯を探し当てた。片側に黒い押しボタン、反対側に人間の虹彩（こうさい）くらいのちっぽけな電球がある。

スイッチを押す。懐中電灯から放たれる人工の光は弱々しく、光の輪の大きさは、ツムギアリの一家が夜に開くバーベキューパーティを照らせるかどうかしかない。

「これ、何の役に立つわけ」ぼくは言った。

「夜遅く帰ったとき、家の鍵を鍵穴にうまく差しこめないとき使うの」

ケイトリンはぼくの手から懐中電灯を奪い取り、鋭い目を前方に向けた。

「来た」ケイトリンは言った。

銀色のメルセデス・ベンツが私道から出てきた。専属運転手が運転している。タイタスと娘のハナは後部シートに乗っていた。車は私道を出て左に折れ、シティ方面に走り出した。ケイトリンはぼくのいる助手席側の足もとに手を伸ばし、調子の悪いカメラを拾ってストラップを左肩にかけた。

「行こう」ケイトリンが言った。

ケイトリンは車を降り、ドクターマーチンのブーツを履いた左足を持ち上げ、ジャカランダの幹と、四方八方に伸びている枝の分かれ目の部分にかけた。ケイトリンが体を引き上げると同時に、ジーンズの左膝の破れ目がさらに広がる音がした。ケイトリンは、粘土の色をした塀のてっぺんに向かって伸びている太い枝をまるでサルのように登っていく。ケイトリンは迷わない。行動するだけだ。ケイトリン・スパイズ。行動派。ぼくは登っていくケイトリンをうっとりと目で追った。生まれつき勇敢な人物。イギリス製の頑丈なブーツが枝の上ですべったら首を折りかねない高さの木の枝を登る前にだって、まばたき一つしなかった。

「何ぐずぐずしてるのよ」ケイトリンが言った。

ぼくは幹と枝の分かれ目に左足を持ち上げた。腿裏の筋肉が引きちぎれるかと思った。ケイトリンは枝の上で立ち上がり、平均台を歩く体操選手みたいに歩いた。途中でしゃがんで腹ばいになり、枝を抱くようにしたかと思うと、両脚を大胆に伸ばして枝の下にある粘土色の塀のてっぺんに足を下ろした。塀の上に降りると、またしゃがみ、おなかを塀のてっぺんに押しつけておいて両脚を下ろした。着地点をほんの一瞬確認しただけでいきなり手を放し、姿が見えなくなった。

ぼくも枝を這い上ったが、ケイトリンに比べたら無様な動きだった。あたりはもう真っ暗だ。壁に飛び移り、反対側に脚を下ろす。着地の衝撃が大したことありませんようにと祈った。そして飛び降りた。足が地面に着くと同時に、衝撃でひっくり返りそうになった。後ろ向きによろめき、尻の骨から着地した。

真っ暗な庭。前方にタイタスの屋敷の明かりは見えていたが、真っ暗な芝生に目をこらしてもケイトリンは見えない。「ケイトリン？」ぼくは小声で呼んだ。「ケイトリン！」

肩に彼女の手が置かれた。

「下り技で十点減点」ケイトリンは言った。「行くよ」

ケイトリンは腰をかがめ、小走りで芝生を横切り、ほんの数時間前にハナに案内されて歩いた大邸宅を左側から回りこむ。ぼくらはまるで特殊部隊の兵士だ。『オクタゴン』のチャック・ノリス。屋敷の角を回り、裏庭の芝生に出る。石の噴水。生け垣の迷路。花壇。ぼくらは障害物をすり抜けて進み、蔓や低木や雑草にのみこまれた貯蔵庫の白いドアを目指して全速力で走った。ケイトリンがドアの前で止まる。そろって膝に手を当て、息を整えた。ジャーナリズムと全力疾走は、チョークとチーズのように似て非なるものだ。油と水のように相容れないものだ。

ケイトリンはドアの銀色のノブを回した。

「鍵がかかってる」

ぼくはまだ少し息が上がっていた。

「ケイトリンは車に戻っててよ」

「どうして」

「量刑のはしご」

「何それ」

「量刑のはしご」ぼくは繰り返した。「いまのところぼくらは量刑のはしごの一番下の段にいる。私有地への不法侵入。ぼくは一つ上の段に上がろうとしてる」

「次の段は何」

ぼくは貯蔵庫の隣の小さな道具小屋に歩いた。

小屋は油とガソリンのにおいがした。駐まっているトラクターの脇から奥へ進む。ガーデニング用具や芝生の手入れ用具が奥の壁に立てかけてある。くわ。つるはし。シャベル。刃の錆びた斧。ダース・ベイダーの首を刎ねられそうな大きさの斧。

ぼくは両手で斧を持って貯蔵庫の入口に戻った。少年、答えを探す。答えだ、スリム。少年、疑問を見つける。少年、疑問を見つける。

肩のはるか上まで斧を振り上げた。錆びた刃は、ドアノブとドアの端のあいだの五センチほどの隙間に至る大ざっぱな弾道に平行に合わせた。

「ぼくはやらないわけにいかないと思う」ぼくは言った。「でも、ケイトリンはやる必要がない。だから車に戻ってて」

ケイトリンはぼくの目の奥をのぞきこむ。ぼくらの頭上には月。ケイトリンが首を振った。

ぼくは肩の力を抜いて斧を振り下ろそうとした。

「イーライ、待って」ケイトリンが言った。

ぼくは手を止めた。

「どうかした?」

「いまちょっと思いついたことがあるの」

「何?」

「身の破滅は死んだブルー・レン」ケイトリンは確かめるように言った。

「そうだけど」

「タイタス・ブローシュの破滅じゃないとしたら? 〝身の破滅〟は〝イーライの破滅〟を指して

るんだとしたら？　タイタスの終わりじゃなく、きみの終わりだったりしたら？」

そう聞いて体が震えた。真っ暗な貯蔵庫の入口の空気が一気に冷たくなった。ぼくらは長いこと見つめ合った。心底怖かったし、ケイトリンの言うとおり〝身の破滅〟はぼくの終わりを意味しているかもしれなくて、もしそうならぼくの終わりはそのままぼくらの終わり――ケイトリンとイーライの終わり――でもあるだろうと心のどこかでわかっていても、それでもこの瞬間、ケイトリンと一緒にいられてよかったと思った。

ぼくはドアに斧を振り下ろした。斧は、ただでさえ風雨にさらされて弱っていたドアに容赦なく食いこんだ。木片が盛大に飛び散った。ぼくは斧をもう一度振り上げ、ドアに叩きつけた。正直に打ち明けるなら、ぼくの心のスクリーンでは、斧の刃はタイタス・ブローシュの老いぼれてボケかけた頭蓋骨に食いこんでいた。貯蔵庫のドアが壊れて開いた。その奥には地中深くもぐるコンクリートの急階段の下り口があった。月明かりは階段の最初の六段を照らしているだけで、その先は暗闇にのみこまれていた。

ケイトリンがぼくの背後に来て、肩越しに階段を見下ろす。

「これ、いったい何なの、イーライ」重々しい声だった。

ぼくは首を振って階段を下りた。

「わからない」

下りながら段数を数えた。六、七、八……十二、十三、十四。次は地面だった。足の裏がコンクリートの床を踏んだ。

「何かにおいがしない？」ケイトリンが訊いた。

消毒薬のにおい。漂白剤。洗剤。

「病院みたいなにおい」ケイトリンが言う。

ぼくは暗闇に手を伸ばして壁をなでた。幅二メートルほどある廊下——通路、トンネル——の壁は左右ともコンクリートブロックだった。

「懐中電灯」ぼくは言った。

「そうだった」

ケイトリンはポケットに手を入れた。親指で懐中電灯のスイッチを押す。白い光の球体がぼくらの前方三十センチくらいの範囲を照らす。コンクリートの通路の左側の壁に白いドアがあるのがわかった。右側の壁の、左のドアと向かい合う位置にもやはり白いドアがあるのが見えた。

「すごくいやな感じ」ケイトリンがつぶやく。「いやだ、いやだ、いやだ、いやだ、いやだ」

「ここから出たくなった？」ぼくは訊いた。

「まだ」ケイトリンが答える。

ぼくは暗闇の奥へ進んだ。ケイトリンは両方のドアのノブを試した。

「鍵がかかってる」

磨いたコンクリートの床。閉所恐怖症になりそうな廊下。ざらついたコンクリートの壁。よどんだ空気に消毒薬のにおい。ケイトリンの懐中電灯の頼りない光が上下しながら壁をなぞる。暗闇のなかを五メートル。暗闇のなかを十メートル。懐中電灯の弱々しい光は、壁に設けられたドアをさらに二枚、照らし出した。ケイトリンがノブを試す。

「鍵がかかってる」

ぼくらはさらに奥へ進んだ。暗闇のなかをまた六メートル。七メートル。そこで廊下は終わっていた。地下トンネルの突き当たりに、もう一つ白いドアがあった。

ケイトリンがノブに手を伸ばす。

「鍵がかかってる」ケイトリンは言った。「さて、どうする?」

始まりに向かって進む。終わりに向かって戻る。

廊下を逆戻りして、最初に通り過ぎたドアの前に立つ。

ドアのラッチを狙って斧を振り下ろした。一度。二度。三度。木っ端やとげやかけらの雨のなか、ドアはめちゃくちゃに壊れて開いた。

ケイトリンが室内に懐中電灯の光を向けた。ごくふつうの民家のガレージくらいの広さだった。ケイトリンがなかに入り、懐中電灯を動かしてあちこちに光を向けた。ケイトリンの動きはせわしなく、何かが一瞬だけ見えたかと思うともう消えた。壁際に作業台が並び、その作業台の上には刃物や電動のこぎり、成形器具などがあった。製造のさまざまな段階にある作りかけの義肢もいくつか見えた。肘から先が落っこちかけている、未完成のプラスチックの腕。SF小説のワンシーンから出てきたような金属のすねと足。カーボン素材でできた足。シリコンと金属でできた手。義肢のミニ研究室といった風情だ。ただし、プロの仕事場らしいところは一つもなかった。頭のおかしい誰かの実験室だ。プロの仕事と考えるには何もかもが中途半端だ。無秩序すぎる。

廊下を突っ切って、二つ目の部屋の前に立った。ドアノブとドアの端のあいだの五センチの空間に斧を五回。何か原始的なものがぼくを駆り立てていた。残忍で、獣めいた何か。恐怖。答えかもしれない。終わり。身の破滅は死んだブルー・レン。ドアが割れ、残りは蹴り壊した。靴で何度も何度も蹴りつける。ドアが開き、ケイトリンの懐中電灯はまたも作業場を照らし出す。作業台が三つある真ん中に手術台が一つ。その手術台の上のものを見て、ぼくらはぎくりとしてのけぞった。首のない人間の死体に見えたからだ。よく見ると違う。シリコンベースの胴体に、肌の色がまちまちな手足が適当に接続されている。衝突試験用のダミーのバラバラ死体と人工義肢を使って人造人間を組み立てるおぞましい実験。

　ぼくは小走りに左側の二つ目のドアに進んだ。これはホラー映画の廊下、移動遊園地の見世物小屋が並ぶ一角の再現だ。そのうち切符売場の窓口に前歯が二本欠けた男の顔がぬっと現れ、ポップコーンと〝タイタス・ブローシュの恐怖の貯蔵庫〟の次の見世物の切符を差し出してくるに違いない。ぼくはドアに斧をめりこませる。これまでよりずっと力強い。ウォームアップがすんで調子が出てきた。がつん。がつん。ばりりり。木の板が裂ける甲高い音がして、ドアがはじけるように開く。足でドアを蹴ってさらに大きく開き、息が上がったままなかに入る。心臓と心は、ここで目にすることになるだろうものを予測して身がまえている。ケイトリンの懐中電灯の光が室内のあちこちをめちゃくちゃに跳ね回った。コンクリートの壁。さっ。棚。さっ。ガラスの標本瓶。非の打ちどころのないガラスを非の打ちどころなく吹いて仕上げられた長方形のガラスケース。ずらりと並んだガラスケースに何か入っている。暗くてよく見えない何か。ケイトリンの懐中電灯の頼りない光では見えない何か。科学研究用の標本だ、脳がそう伝えてくる。陰惨な事実を何かすんなり理解できるものに置き換えてそう伝える。ぼくの高校時代の先生、ビル・キャドベリーは、保存液につけたオニダルマオコゼの標本が入った瓶を机に置いていた。学校の遠足で行ったクイーンズランド博物館に並んでいた標本瓶には有機体が入っていた。保存液に漬けたヒトデ。保存液に漬けたウナギ。保存液に漬けたカモノハシ。それならわかりやすい。ぼくにも理解できる。ケイトリンの光の球体は、この部屋にも真ん中に手術台があることを見せ、その手術台にはまたも手足を接続した人工の死体があることを見せる。人工の足、脚、腕からできた人体。四本の手足と、シリコンで覆われた女性の胴体。これも理解できる。これはぼくの知識の範疇だ。科学。実験。工学。リサーチ。

でも、待ってよ。ちょっと待ってよ、スリム。この人工の成人女性の体についている乳房は、青白くて、垂れていて、そして……そして……そして……

「まさか」ケイトリンが息をのむ。調子の悪いカメラのストラップを左肩からはずし、トランス状態に陥ったように、室内の写真を何枚か撮る。

「これ、本物だよ」ケイトリンが言う。「これ、本物だよ、イーライ」

ぱちり。カメラのフラッシュが焚かれる。真っ暗な部屋に、いきなりまぶしい光が閃く。ぼくの目はくらむが、フラッシュは部屋全体を明るく照らす。ぱちり。ケイトリンがまたシャッターを切る。今回はぼくの目もそのまぶしさに少し慣れて、部屋全体が見えた。カモノハシではない。ウナギではない。ずらりと並んだガラスケースに入っているのは、人間の手足だ。十個、十五個、壁際の棚に並んだガラスケース。金色を帯びた銅色のホルムアルデヒド溶液のなかを漂う人間の手。ガラスのなかを漂う人間の足。手首から先のない前腕。足首ですっぱり切断された下肢は、精肉店でカットされた骨つきハムの塊のようだ。調子が悪くて明るすぎるカメラのフラッシュが手術台を照らし、ケイトリンはその場でゲロを吐く。手術台に載っているのは、時間の流れの一点で凍りついた不揃いな手足の寄せ集めだからだ。プラスティネーション処理された人体。体液を合成樹脂に入れ替えた人体。液状ポリマーに漬かった人体。病院のようなにおいのするこの部屋で保存処理され固められた人体。

「これ、いったいどういうことよ、イーライ」ケイトリンが身を震わせた。

ぼくはケイトリンの手から懐中電灯を取って手術台の上の死体を照らした。手足はエポキシ樹脂で覆われていて、蠟人形の手足のように光を跳ね返した。互いに接続されていない。足はふくらはぎや腿のそばに置いてあっても、つながってはいない。腕は肩の関節の隣に並んでいても、つながってはいない。プラスティネーション処理されたパーツが全身分入った箱を子供に渡し、正しく組み合わせて人の体を完成させるおぞましいパズルゲームが行われている部屋に迷いこんだかのようだった。懐中電灯の光が全身をなぞる。脚。腹部。乳房。そして、今朝の『クーリエ・メール』第三面に掲載されていた、どこかのショッピングモールで撮影した家族写真のなか、造花の隣でほほえんでいた女性の頭部。それはプラスティネーション処理されたレジーナ・ペンの頭だ。

手術台のそばのキャスターつきの金属トレーにプラスチックのバケツがあり、いかにも毒物っぽいにおいのする液体、別の種類の透明な保存液らしきものが入っていた。慎重に二歩踏み出してそのバケツをのぞくと、液体の底からレジーナの夫、グレンの頭がぼくを見上げていた。

懐中電灯をケイトリンに預け、ぼくはこの狂気の部屋を飛び出して斧を振り上げ、廊下の反対側の鍵のかかった白いドアに思いきり叩きつけた。

「イーライ、落ち着いて！」ケイトリンが叫ぶ。

落ち着いている場合じゃない。落ち着くなんて無理だよ、スリム。腕は重たく、疲れきり、ぼく自身も体力を使い果たしていて、そのせいで思うように動けない。反面、衝撃と恐怖と好奇心がぼくを突き動かしていた。

斧をまた振り下ろす。ドアの鍵が吹き飛ぶ。蹴る。踏みつける。蹴る。踏みつける。開いた。

肩で息をしながら部屋の入口に立つ。ケイトリンがぼくの右肩をかすめて室内に入っていき、ちっぽけな懐中電灯の光を百八十度巡らせた。熱せられたプラスチックの不快なにおいが充満していた。真ん中に手術台はない。壁際に作業台と棚が並んでいた。ケイトリンの懐中電灯の光が作業台を照らす。いろんな道具が散らかっていた。切る道具、削る道具、成形する道具、ハンマーにのこぎり。邪悪な作業のための邪悪な道具。ノミ屋の手提げ袋のような形の古びた黒革の袋が横にして置かれていて、そこからも道具がはみ出していた。黒い手提げ袋の隣に小さな標本瓶が並んでいる。ベジマイトやピーナツバターの瓶くらいの大きさだ。ぼくはその小さな標本瓶に近づいた。

「懐中電灯を貸してもらえる？」ぼくは言った。

保存液が入った十個ほどの瓶のなかから適当にいくつか持ち上げて懐中電灯で照らした。黄色い蓋にマスキングテープの切れ端がラベル代わりに貼られていた。ぼくはそのラベルに光を向け、読みづらい筆記体の文字に目をこらす。〈男、24、L耳〉。瓶の中身を光にかざし、保存液のなかを漂っている二十四歳男性の左耳を見る。

また一つ瓶を持ち上げる。

〈男、41、R親指〉。

瓶の蓋のマスキングテープのラベルを懐中電灯の光で一つずつたどる。

〈男、37、R母趾(ぼし)〉。

ガラスの標本瓶を目の高さに持ち上げる。切断された足の親指が漂っている。

〈男、34、R薬指〉。

さらに六個、ガラス瓶を調べ、最後の一つに懐中電灯の光を向けた。

〈男、13、R人差し指〉。

その標本瓶を持ち上げた。ケイトリンの懐中電灯の光が、なかの保存液を黄金色の海のように輝かせた。その黄金色の海を青ざめた右人差し指が漂っていて、ぼくはふるさとの町を思い出す。なぜなら、その指の第二関節にほくろがあって、そのほくろはスリムの恋人のアイリーンの左腿の付け根近くにあったほくろ、地下牢に放りこまれたスリムの心のお守りになったほくろを思い出させたからだ。どうかしてるよね、スリム、とぼくは言った。右の人差し指の第二関節にほくろがあって、このほくろはぼくに幸運をもたらしてくれる気がするんだよ。ぼくの幸運のほくろなんだ、スリム。このほくろがぼくのお守りなんだよ。

「それ何」ケイトリンが訊く。

「ぼくの……」最後まで言えない。現実とは信じられないから、口に出して言えない。「これは……ぼくのだ」

「ここ、狂ってるよ、イーライ」ケイトリンが言った。「もうこんなところにいたくない」

ぼくは懐中電灯を上に向けて棚を照らした。もう何を見ても動じない。ぼくに足りないものはないし、これは夢だから。これはぼくが見ている夢だ。この悪夢は幻想にすぎない。

だから、ほらやっぱり、棚の上には人間の頭部が並んでいる。小物の犯罪者の顔。プラスティネーション処理された顔。小物の犯罪者の、大物の犯罪者の、プラスティネーション処理されたグロテスクな首。記念品のコレクションなのかもしれない。でも、それよりリサーチの材料なんだろう。黒い髪、茶色の髪、金色の髪。口ひげを生やした男。ポリネシア系の男。ふっくらした唇の男、殴られて顔がひしゃげた男、拷問を受けて傷だらけの男。見ているとめまいがしてきた。吐き気がこみ上げる。めちゃくちゃにわめき散らしたくなる。

「イーライ、もう行こう」ケイトリンの声。

でも、首の一つがぼくを引き留める。首の一つがぼくを凍りつかせる。懐中電灯の光は、頭上の棚の一番端にその一つを見つけた。その瞬間、ぼくは確信した。ぼくはトラウマの瞬間にいる。トラウマはすでにぼくの一部になっている。これから負うはずのトラウマまで、もうぼくの一部になっている。それでもその顔がぼくを動かす。ぼくが愛するその顔が。

作業台の上の黒い袋を取る。ひっくり返す。入っていた工具がコンクリートの床に落ちてけたたましい音を立てる。

「何する気」ケイトリンが訊く。

　ぼくは右腕を頭上の棚に伸ばす。

「あとでこれが必要になる」ぼくは言った。

「何のために？」ケイトリンが訊く。ぼくから顔を背ける。見るからに不快そうな顔をしていた。

「タイタス・ブローシュを終わらせるために」

　片手に斧。反対の肩に黒い革の袋。ぼくは重たい足を引きずり、急ぎ足で廊下を戻るケイトリンの後ろを歩く。ぼくらの心（ハート）には希望の芽がある。ぼくらの心臓（ハート）は喉までせり上がっている。

「待って」ぼくは言った。その場で立ち止まった。「突き当たりのドアは？」

「警察に開けてもらえばいいよ」ケイトリンが言った。「わたしたちはもう充分に見たから」

　ぼくは首を振った。

「ベヴァン」

　向きを変え、斧を肩にかついで、廊下の突き当たりにある鍵のかかった最後のドアに走った。善良な人間ならこうするはずだ、スリム。善良な人間なら、後先なんか考えず、勇敢で、自分なりに研ぎ澄ましてきた勘を頼りに次の行動を選択する。ぼくはこれを選択するよ、スリム。正しいことをせよ。楽なことではなく。がつん。斧が最後のドアに食いこむ。人間らしい行動を選べ。オーガストならきっとこうする。がつん。ライルならこうする。がつん。父さんならこうする。

　ぼくのこれまでの人生に関わった善良で邪悪な人たちが、錆びついた斧を振るうぼくに力を貸してくれる。ドアノブが壊れて落ち、ばらばらに吹き飛びかけたドアが開く。

ドアを押し、入口に立つ。室内が見渡せるところまでドアが開く。ケイトリンの懐中電灯の弱々しい光が背後で揺れ、ぼくの右肩の後ろから室内を照らし、その光のなかに青い瞳が二つ、浮かび上がる。ベヴァン・ペンという名前の八歳の少年。くすんだ茶色の短い髪。顔に土の汚れがついている。ケイトリンが懐中電灯の光を少年にまっすぐに向け、少年の置かれた状況が見て取れた。ほかの部屋と同じコンクリートの床とコンクリートの壁。ただしここには何もない。作業台も棚もない。クッションつきのスツールが一脚あるだけだ。そのスツールに赤い電話があって、少年は赤い電話の受話器を耳に当てている。困惑の表情。恐怖もある。そしてもう一つ——理解。

少年は受話器をぼくに差し出す。替われと言っている。ぼくは首を振る。

「ベヴァン、一緒にここから出よう」ぼくは言った。

少年がうなずく。それから下を向いて泣き出した。ここで正気をなくした。また受話器をぼくに差し出す。ぼくは少年に近づき、おずおずと受話器を受け取る。右耳に受話器を当てる。

「もしもし」

「もしもし、イーライ」電話の向こうの声が言う。

前回と同じ声。おとなの男の声。いかにもおとなの男といった声。太くて、少しかすれていて、もしかしたら疲れている。

「やあ」

ケイトリンがあっけにとられたようにぼくを見ている。ぼくは背中を向けた。ベヴァン・ペンに視線を移す。ベヴァンは無表情にぼくを見ていた。

「イーライ、ぼくだ」男が言った。「ガスだ」

「どうしてここにいるとわかった？」

「イーライ・ベルの番号をダイヤルした」電話の声は言った。「773の——」

「番号なら知ってる」ぼくはさえぎった。「773の8173」

「そのとおりだ、イーライ」

「これは現実じゃない」ぼくは言った。

「しぃぃぃぃ」電話の声が言った。「彼女はそうでなくたってすでにおまえの正気を疑っているぞ」

「おまえはぼくの頭のなかの声にすぎない」ぼくは言った。「ぼくの想像の一部だ。ぼくは大きなトラウマを負いそうになると、現実から逃げるのにおまえを利用する」

「逃げる？」電話の声が聞き返す。「何だ、たとえばボゴ・ロードの塀を越えるスリムみたいに？自分から逃げるのか、イーライ？　自分の心のフーディーニのつもりで？」

「773の8173」ぼくは言った。「子供のころ、電卓に打ちこんでふざけた番号にすぎない。イーライ・ベルのアルファベットを上下ひっくり返して後ろ前に読んだ番号だ」

「すばらしい！」電話の声が言った。「上下ひっくり返して後ろ前、か。宇宙と同じだな、イーライ。斧はまだあるか」

「ある」

「よし」電話の声が言った。「やつが来るぞ、イーライ」

「誰が」

「もうそこまで来てるぞ」

そのとき、ぼくらの真上の天井の蛍光灯が二度点滅して灯った。ぼくは受話器を離した。受話器はコードの先でぶらぶら揺れた。地下の廊下全体が明るくなっていた。主電源がオンになって、天井の蛍光灯がぶうんとうなりながら点灯した。

「ちょっと、いやだ」ケイトリンがささやく。「誰？」

「イヴァン・クロールだ」ぼくは小声で答えた。

最初に聞こえたのは、ぺたん、ぱたんという足音だった。危険なクイーンズランド州民の一人が、人工の地獄のようなこのコンクリートの箱に続く階段を下りてくるビーチサンダルの足音。ぺたん。ぱたん。ぺたん。ぱたん。薄いゴムがコンクリートを叩く音。いまは廊下を歩いてこようとしている。壊れたドアが開かれるかすかな気配。左手の最初のドア。右手の最初のドア。ぺたん。ぱたん。ぺたん。ぱたん。左手の二つ目のドアが開く音。二度蹴られる音。長い静寂。ちょうつがいがいかれたドアが開くぎいという長い音。また長い静寂。ぺたん。ぱたん。ぺたん。ぱたん。薄いゴムがコンクリートを叩く音。すぐそこまで来ている。もう本当にすぐそこにいる。ぼくのヤワな骨が硬直する。ぼくのアマチュアな心臓が凍りつく。ぼくのアマチュアな猛犬は逃げ出した。

イヴァン・クロールがこの部屋まで来た。赤い電話の部屋。入口に立っている。青いビーチサンダル。水色の半袖シャツの裾を紺色の短パンのウェストにたくしこんである。ずいぶん老いぼれた。それでも背が高くて、筋骨たくましくて、陽に焼けて荒れた肌をしている。腕はいかにも強そうだ。タイタス・ブローシュと知り合うという致命的な過ちを犯したクイーンズランド州の小悪党の手足をのこぎりでひいていないときは、牧場の仕事をしている男。昔は額からやや後退してはいてもポニーテールに結べていた銀色の髪は、ポニーテールごと完全になくなっていた。暗い瞳。狂気を帯びたよこしまな目が笑っている。罪のない三人の人間を逃げ場のない地中奥深い部屋で見つけたことを喜んでいる。

「出口は一つきりだ」イヴァンはにやりとした。

ぼくらは部屋の一番奥の隅に立っている。ケイトリンとぼくはベヴァン・ペンをかばって前に並び、ベヴァンはぼくらの背後で身を縮めていた。ぼくはもう斧を持っていない。代わりにベヴァンが持って、ぼくの陰に隠しているからだ。それがそろってこの悪夢から逃げるためのぼくの心もとないプランだった。

「わたしたちは『クーリエ・メール』の記者よ」ケイトリンが言った。

ぼくらは下がる。どんどん下がる。部屋の角に向けて、もう下がる余地がないところまで下がる。

「わたしたちがどこにいるかは、編集局長が知ってるから」

イヴァン・クロールがうなずく。いま聞いた情報が提示する可能性を推し量る。ケイトリンの目を探るように見る。

「こう言ったほうが正確だったんじゃないのか。〝わたしたちは『クーリエ・メール』の記者だった〟」イヴァンは言った。「ついでに、おたくの編集局長とやらは、偶然にもおれの雇い主と一緒に何とかいうこじゃれた賞の授賞式に行ってるわけで、そうだな、いまごろきっと、おれの雇い主の家の芝生の下にもぐってるおまえらのことを思い出してるところかもしれねえな」――イヴァンは肩をすくめ、短パンの腰にはさんであった長いボウイナイフをぎらりと抜いた――「というわけで、手早くすませるのが吉だ」

イヴァンがぼくらのほうに足を踏み出す。ゴングと同時に青のコーナーからリングの中央に進み出るヘビーウェイト級のボクサーのように。肉食獣のように獰猛(どうもう)に。

ぼくは奴が近づくのを待った。まだだ。まだだ。あと三メートル。二メートル。

あと五十センチ。

「いまだ」ぼくは言った。

ケイトリンが調子の悪いカメラをイヴァン・クロールの顔に向け、目がつぶれそうにまぶしいフラッシュを焚いた。肉食獣は虚を突かれてとっさに顔をそむけた。奴の目がくらんでいるあいだにぼくは斧を受け取り、奴の体を狙って振った。斧はじれったくなるほど遠い旅路をたどった。狙いは胴体だったが、フラッシュのせいでぼくの視界も白く飛んでいて、狙いがわずかにぶれた。錆びた斧の刃は奴の胸や腹や腰をあっさり素通りしたものの、それでも旅路の最後にめりこむべき肉を探し当てた。斧の刃は、奴の左足の甲に叩きつけられた。足をきれいに貫通し、無防備な青いビーチサンダルも貫通し、コンクリート床にめりこんだ。奴は呆然と自分の足を見下ろした。ぼくらも呆然としていた。不思議なことに、奴は痛みに吠えたりしなかった。初めて火を見たブロントサウルスのように、ただ自分の足を見つめている。そして左脚を持ち上げると、足首までは一緒に持ち上がったのに、足の五本の指はコンクリート床に釘づけにされたまま取り残された。薄汚れた五本の指が、くさび形に切ったケーキのようにゴムのビーチサンダルの上に載っていた。

奴の目とぼくの目が同時に奴の足から離れ、同じ線上を移動して交差した。奴の顔に怒りが満ちた。赤い殺意。肉食獣。死神。

「逃げろ!」ぼくは叫んだ。

イヴァン・クロールはぼくの首を狙い、目にもとまらぬ速さでボウイナイフを振り出したが、ぼくのほうが早かった。ぼくはパラマタ・イールズのハーフバック、ピーター・スターリングだ。相手チームのプロップが振り出してくる腕をかいくぐって走る。左小脇に抱えた重たい黒革の工具袋はいま、古びた革のラグビーボールだ。ぼくは身をかがめ、左に走る。ケイトリンとベヴァン・ペンは右に走り、ぼくらはこの暗く邪悪な場所の出口でふたたび合流する。

「行け!」ぼくは叫ぶ。

ベヴァンが先頭を走る。次がケイトリン、次がぼく。

「止まるな！」ぼくは叫ぶ。

全力で走る。猛ダッシュで走る。狂気の部屋、フランケンシュタインの部屋の開きっぱなしのドアの前を走って通り過ぎる。狂気と地獄の猛犬に支配された地中の巣穴。奴らがのさばるのは、地中は地上よりずっと地獄に近いからだ。全力で走る。猛ダッシュで走る。命へと上る階段へ。未来へ、ぼくも存在する未来へ続く階段。一段、二段、三段。上りながら振り向く。ぼくがタイタス・ブローシュの秘密の遊び場を最後に一目だけ見たとき、イヴァン・クロールという名のポーランド系クイーンズランド州民のサイコパスは、廊下をよたよたと歩いていた。斧でぶち切られた左足を引きずり、コンクリート床に血の筋を描きながら。床をバーガンディ色に染めながら。

フォード・メテオはタイヤを鳴らしながら交差点を曲がり、カウンテス通りからローマ通りに入った。ケイトリンは左手でシフトノブを操作し、ハンドルを鋭くかつ慎重に切り、アクセルペダルをじわりと踏みこんでコーナーを抜けた。ケイトリンの目に何か重たいものがある。トラウマかもしれない。スクープの重大さかもしれない。それでぼくは仕事のことを思い出す。そこからさらにブライアン・ロバートソンのことを思い出す。

ブリスベン・シティ・ホールの時計塔の文字盤は、今夜の満月と同じ銀色をしている。時計塔の文字盤は、現在時刻を午後七時三十五分と告げていて、ぼくは明日の朝刊の締切をとうに逃している。自分のオフィスにいるブライアンの姿が目に浮かんだ。クイーンズランド功労賞に輝くタイタス・ブローシュを褒め称えるカラフルな言葉にあふれたたった二十センチ分の記事をまだ印刷に回していないぼくを呪いながら、怒りに任せて鋼鉄のバーをぐにゃりと曲げている、うちの編集局長。

バックミラー越しにベヴァン・ペンが見えた。ベヴァンは後部シートに座っている。窓から外を、満月を見上げていた。ぼくらを乗せた車のタイヤが、ベルボウリーの一角で大きく枝を広げたジャカランダの木に砂利まじりの土煙を浴びせて発進したときから、ベヴァンは口を閉ざしたままでいる。このまま二度と口をきかないのかもしれない。言葉にできないものごとも、世の中にはある。

「駐めるスペースがない」ケイトリンが言った。「駐車スペースが一つも空いてない」

中心部(シティ)のアデレード通りの歩道際は駐車車両で満杯だ。

「しかたない」ケイトリンは言った。

ハンドルをぐいと回す。車はアデレード通りを突っ切り、縁石を乗り越えてキング・ジョージ広場に突っこんだ。この舗装された広場はブリスベンの有名な待ち合わせ場所になっていて、手入れされた芝生や軍人の銅像、毎年恒例のクリスマスツリー点灯イベントの日にはレモネードを飲みすぎた子供のトイレにされる長方形の噴水がある。

ケイトリンはブリスベン・シティ・ホールの正面入口の真ん前で急ブレーキを踏んで停まった。シティ・ホールの若い警備員が駆け寄ってきた。ケイトリンは自分の側の窓を下ろして待った。

「ここは駐車禁止ですよ」警備員はあきれたように言った。シティ・ホールの警備を脅かす想定外の事態が発生して戸惑っている。

「わかってます」ケイトリンは言った。「警察に連絡してください。ベヴァン・ペンがこの車に乗ってるって伝えて。警察が来るまで、ここを動きませんから」

ケイトリンは窓を閉め、警備員はおぼつかない手でベルトの無線機を取った。

ぼくはケイトリンにうなずいた。

「すぐ戻るから」ぼくは言った。

ケイトリンは小さくほほえんだ。

「わたしはこの人を引きつけておく」ケイトリンは言った。「幸運を祈ってるよ、イーライ・ベル」

警備員は無線機に向かって声を張り上げていた。ぼくはこっそり車を降り、シティ・ホールとは反対の方角に急いだ。噴水の前を通り、キング・ジョージ広場の反対側まで行ったところで引き返し、車の閉ざされた窓越しにケイトリンに大声を張り上げるのに忙しい警備員の背後を通って目立たないようにシティ・ホールの壮麗な正面入口に向かう。入ってすぐに受付があった。カウンターの奥からインド系の女性がにこやかな笑みをこちらに向けた。

「授賞式に来ました」ぼくは言った。

「お名前は」

「イーライ・ベル」

女性はたくさんの名前が印刷された紙の束をめくった。ぼくは左肩に黒革の工具袋をかけていた。ストラップをさりげなくはずし、女性から見えないよう、袋をカウンターの天板より下の位置に下ろした。

「〝地域社会の功労者〟の表彰はもう終わってしまいましたか」

「ちょうどいま表彰しているところだと思いますよ」

女性はぼくの名前を探し当て、ペンで印をつけた。切符を一枚ちぎってぼくに渡す。

「お席はM列の七番です」

ぼくは急ぎ足で大ホールの入口に向かった。音楽の演奏会用に作られた、広々とした円形のホールだ。中央通路をはさんで赤い椅子が五百脚くらい並んでいて、フォーマルな黒いスーツやきれいなドレスを着た重要人物が集まっていた。磨き抜かれた板張りの床が磨き抜かれた板張りのステージに続いている。ステージには真鍮と銀の堂々たる大きさのパイプオルガンがあり、その前に五段の合唱団用の段がしつらえられ、団員たちがそこに並んでいた。

授賞式の司会を務めるのは、チャンネル7のニュースキャスター、サマンサ・ブルースだ。毎日午後、クイズ番組『ホイール・オブ・フォーチュン』のすぐあとのニュース番組に出演している。父さんはサマンサ・ブルースを〝連勝複式〟と呼ぶ。天は二物を与えたと言いたいらしい。外見もきれいで、頭もいい。しばらく前、ぼくが別の女性との再婚を考えたことがあるかと訊くと、父さんはサマンサへの愛を告白し、連勝複式理論を持ち出して、自分の夢のデートはブラッケンリッジのレストランの一つ、クーカスでサマンサと夕食をともにすることだと言った。夕食のあいだ、サマンサ・ブルースは焦がれるような目でテーブル越しに父さんを見つめ、同じ言葉を何度もささやく――〝ペレストロイカ〟。そこでぼくは、〝三連勝単式〟の女性がいるとしたら誰と訊いた。

「シュアン・チェン」父さんは答えた。

「シュアン・チェンって誰」ぼくは訊いた。

「上海の歯科助手だ。何かで記事を読んだ」

「どういうところが三連勝単式なわけ」

「おっぱいが三つある」

サマンサ・ブルースは演台のマイクに口を近づける。

「次は地域社会の功労者賞です」サマンサ・ブルースは言った。「クイーンズランドの隠れたヒーローたち、いつも自分より他人のことをまず思いやる人々。みなさん、今夜はみなさんの心の最前列に彼らを座らせましょう」

満員の観客席に拍手と歓声が沸き起こる。ぼくは観客席の端に書かれた列の記号を確かめながら真ん中の通路を歩いた。W列はなぜ（why）のW。T列は年貢の納め時（time）が来たぞタイタス・ブローシュのT。M列はぼく（my）の母さんと父さんのM。そのM列の七番の席に並んで座っている父さんと母さん。ぼくの両親。両隣に空いた席が二つ。どこかから届く光が母さんの黒いワンピースをきらめかせていて、光源を探して上を向くと、ホールの天井だった。ドーム型の天井そのものが白っぽい銀色の月で、ステージを飾る緑や赤や紫色を映していた。このホールには満月がある。

父さんは灰色の塩ビレザーのジャケットを着ている。たしかヴァンサン・ド・ポール協会のチャリティショップで一ドル五十セントで買ったやつだ。スラックスはアクアマリン色。引きこもり歴二十年の父さんのファッションセンスは、ファッションの変化を感知できるほど他人に会っていなかった人物のそれだ。それでも父さんはこうしてここに来ている。父さんがここに来たという事実、すぐに帰らずにまだここにいるという事実を思って、ぼくの目に涙が浮かぶ。お安い奴だと自分で思う。あれを見たあとだというのに。地底の狂気を見てきたばかりなのに。そのあとでもなお涙を浮かべて目をしばたたかせている。

案内係がぼくの肩をそっと叩いた。

「お席はわかりますか」

「はい、大丈夫です」ぼくは言った。

母さんが目の端でぼくの姿をとらえる。ほほえみ、早く来て座りなさいと手招きする。

ステージ上の司会者が演台のマイクの前で名前を読み上げている。

「クーパーズプレーンズのマグダレーナ・ゴドフリー」

マグダレーナ・ゴドフリーが誇らしげに上手からステージに現れた。待っていたスーツ姿の男性から、クイーンズランド州の色、栗色のリボンに下がった金メダルと賞状を受け取る。スーツ姿の男性はマグダレーナに腕を回し、ステージ際で待機しているカメラマンの前に案内した。カメラマンはメダルと賞状を掲げてのぼせた笑みを浮かべたマグダレーナのスナップを三枚撮影した。三枚目で、マグダレーナはメダルをかじるふりをし、会場の笑いを誘った。

「ストレットンのスーラヴ・ゴールディ」サマンサ・ブルースが言う。

スーラヴ・ゴールディがステージに現れてお辞儀をし、メダルと表彰状を受け取る。

礼儀正しく膝を引っこめてくれた六人の前をすり抜けて、ぼくは自分の席につく。黒い革の工具袋が六人の頭や肩にぶつかった。

「遅いじゃないの、どこに行ってたのよ」母さんが小声で言う。

「取材に行ってたんだ」

「その袋は何」

父さんがこっちに体をかたむけた。

「静かに」父さんは言った。「次がガスだ」

「ブラッケンリッジのオーガスト・ベル」

オーガストがステージに現れた。黒いジャケットはサイズがちゃんと合っていないし、ネクタイの結び目はゆるすぎ、クリーム色のチノパンツは裾が十センチは長すぎて、髪はぼさぼさだ。それでもうれしそうな表情をしている。母さんもだ。授与式のプログラムを急いで床に置いて両手を空け、りっぱな行いをした無私無欲な変わり者の一言も口をきかない息子に拍手を贈った。

父さんは人差し指と親指を口に入れ、甲高くて場にそぐわない口笛を鳴らした。日没時に牧羊犬を呼び戻す口笛みたいだった。

母さんの拍手につられて、会場に拍手と歓声の輪が広がっていった。それを見て母さんはますます誇らしくなったようで、立ち上がって喜びを発散させた。

オーガストはスーツ姿の男性と握手を交わし、メダルと賞状をにこやかに受け取った。それから観客席に向かって手を振り、オーガストとしては女王が車の窓から沿道の市民に手を振るような感じで観客全体に手を振っただけだろうに、母さんは手がちぎれそうなほど振り返した。母さんは母親の愛情の六段階を着実に進んでいる。誇り、高揚、後悔、感謝、希望、始めに戻って誇り。一つの段階から次へとつなぐものは涙だ。オーガストはステージの下手に歩いて消えた。

ぼくは席を立ち、右手に座っている六人の膝と前列の背もたれのあいだを強引に通り抜けた。「すみません」ぼくは言った。「ごめんなさい。申し訳ない。何度もすみません」

「イーライ」母さんがささやき声で叫ぶ。「どこ行くの」

ぼくは振り返り、すぐに戻るからという希望的観測を母さんに伝えようと手を振った。真ん中の通路から大ホールを出て横の扉を抜け、黒いシャツと黒いパンツの楽屋スタッフがコーヒーポットやティーカップ、スコーンやビスケットを盛った銀のプレートを手に忙しく行き来している通路に出た。走り出しかけたところで、役人らしい雰囲気の女性がぼくに疑わしげな目を向けていることに気づき、走るのをやめて歩く速度に落とした。さりげない笑みを浮かべ、ぼくがここにいるのは当然だという風を装った。信念だ、スリム。それが魔法になる。ぼくは魔法をまとっているから、その女性にはもう不審なものが見えない。ぼくがトイレに続いていそうなドアを開けてそこに入ると、役人らしき雰囲気の凶眼の女性はホール脇の職員用通路を歩いて通り過ぎた。ぼくはたったいま入ったドアからまた廊下に戻ると、何気ない顔で舞台袖の黒いカーテンをすばやくすり抜けた。

オーガスト。ぼくのいるほうに歩いてくる。唇が大きな笑みを描いている。舞台袖の磨き抜かれた板張りの床をはずむように歩くオーガストのリズムに合わせて、胸に下げた金メダルが揺れていた。でも、ぼくの顔を見るなり、オーガストの顔から笑みが消えた。

「どうした、イーライ」

「見つけたんだよ、ガス」

「何を」

ぼくは黒革の工具袋を広げ、オーガストはなかをのぞく。袋の奥を凝視する。何も言わない。それから首を一方にかしげた。(来いよ、こっちだ。)

オーガストは舞台袖の緑色の一角の奥に急ぎ足で向かい、そこにあるドアを開けた。カーペット敷きの部屋だった。テーブルに椅子。楽器が入った黒いケース。スピーカー。オレンジやロックメロンの皮、食べかけのスイカが残った大きな皿。オーガストはクローム塗装のワゴンにまっすぐ近づいた。ワゴンには赤いシルクの布がかかった箱が載っている。その隣に名前を書いた札が置いてあった。〈タイタス・ブローシュ〉。オーガストは赤いシルクの布の隅をめくった。タイタス・ブローシュのライフワーク、シリコンベースの義手のプロトタイプが入ったガラスケース。タイタスの隠し球。クイーンズランド州への偉大な贈り物。

オーガストは何かを言わない。オーガストが何も言わずに伝えてきた何かは——(その袋を貸せよ、イーライ。)

黒いカーテンを抜け、ホール脇の職員用の通路に戻る。さっきよりすばやく移動する。ベル兄弟。生き残り。イーライと、クイーンズランド州功労賞に輝くオーガスト。金メダリストと、その兄を崇拝する弟。早足で歩く。少し前にぼくに疑わしげな目を向けた役人らしき女性が反対側から歩いてきて、時間の歩みが一気にのろくなる。その女性は男を一人、楽屋に案内しようとしているからだ。白ずくめの老人。白いスーツ。白い髪。白い靴。白い骨。老人はぼくに目をとめたがすでに遅く、老人の頭のなかでぼくの顔が識別されたときには、ぼくはもうすれ違ったあとだった。時間と視点。時間は存在せず、どんな視点からこのシーンを見ても、タイタス・ブローシュはふと足を止め、はていまの若い男は誰だったかなと考えている。邪悪なものだらけの貯蔵庫にある自分の工具袋そっくりな黒い革の袋を抱えたあの若い男は、はて、誰だった？　しかしどの視点から見ても、老人はやはり困惑している。時間の速度が平常に戻ったとき、どの視点から見てもぼくらはもう消えているからだ。脱出した。ぼくらの母さんや父さんのところに行ってしまっていた。

「さて、いよいよ本日最後の受賞者をご紹介いたしましょう」今夜の司会者のニュースキャスターが言う。「クイーンズランド州永年功労賞初の受賞者に真にふさわしいこの方です」

M列のぼくらの隣に座り合わせた真に辛抱強い六人の膝の前をぼくはすり抜ける。オーガストは真ん中の通路で待っている。

ぼくは母さんに、もう帰ろうと身ぶりで伝える。親指を立てて肩越しにオーガストのほうを指す。そこで自分の席にたどりついた。

「いまのうちに出ないと」ぼくは言った。

「途中で帰るなんて失礼よ、イーライ」母さんが言った。「賞はあと一つだけなんだし」

ぼくは母さんの肩に手を置いた。真剣な表情を作る。これ以上ないというくらいの真剣な顔。

「お願いだから、母さん」ぼくは言った。「見ないほうがいいんだ」

チャンネル7のニュースキャスターが喜びにあふれた声でクイーンズランド州永年功労賞最初の受賞者をステージに招く。

「みなさん、タイタス・ブローシュを拍手でお迎えください」歌うように高らかな声。母さんの目がぼくからステージに移る。耳が聞き取った名前と、賞を受け取るためにステージをのろのろと横切ろうとしている人物とが結びつくのに、ほんの一瞬の時間がかかる。

母さんが席を立つ。無言だった。そのまま歩き出した。

「何をそんなに急ぐ?」シティ・ホールの正面ロビーに出たところで、父さんが言った。

しかし、舗装されたキング・ジョージ広場からパトロールカー二台の回転灯が閃いて、父さんの思考はそっちに脱線した。パトロールカーはケイトリンのフォード・メテオの進路を妨害するようにV字形にはさんで駐まっていた。

水色の制服を着た警察官が十人くらい、こちらに歩いてくる。ほかに二人がベヴァン・ペンを支えるようにしながらパトロールカーの後部座席に乗せていた。混沌のなかでベヴァンの目がぼくを捜し当てた。ベヴァンが小さくうなずく。そこに感謝が読み取れた。狼狽。生き延びた実感。沈黙。

「いったい何の騒ぎだこれは」父さんがぼそりと言った。

こっちに向かっている警察官のなかに、ケイトリン・スパイズがいた。というより、ケイトリンが警察を先導していた。スパイズ、どこまでも掘る。ケイトリンはシティ・ホールのロビーに入ったところで、授賞式が開かれている大ホールの入口を指さした。

「もうステージにいます」ケイトリンが言った。「あの人。あの白い服の男がそうです」

警察官は列をなして大ホールに入っていった。

「どういうことなの、イーライ」母さんが訊いた。

警察官は大ホールのあちこちに散り、タイタス・ブローシュの受賞スピーチが終わるのを待っている。タイタスは、この四十年、自分がいかにクイーンズランド州障害者コミュニティに貢献してきたかを長々と自慢していた。

「タイタス・ブローシュの終わりだよ、母さん」ぼくは答えた。

ケイトリンがぼくのところに来た。

「大丈夫？」ケイトリンが訊く。

「大丈夫だよ」ぼくは答える。「ケイトリンは？」

「大丈夫。いま、警察の車が三台、ベルボウリーの屋敷に急行してる」

ケイトリンはうちの母さんと父さんに視線を向けた。二人とも、月面着陸を見守るような目で騒ぎを見つめていた。

「初めまして」ケイトリンが言った。

「こちらは母さん。フランシスだ」ぼくは紹介した。「こちらが父さんのロバート。それに兄貴のガス」

「ケイトリンです」

母さんはケイトリンと握手を交わした。父さんとガスは笑顔を向けた。

「イーライがいつも話してる女性があなたなのね」母さんが言った。

「母さん」ぼくは短くて鋭い警告を発した。

母さんはケイトリンを見てほほえんだ。

「イーライから聞いてますよ。とても特別な女性だって」

ぼくは目玉をぐるりと回した。

「わたしは」ケイトリンが応じた。「息子さんたちがどんなに特別な存在か、ようやくわかりかけてきたところです、ミセス・ベル」

ミセス・ベル。あまり聞いたことのない呼び方。母さんもぼくと同じようにその呼ばれ方が気に入ったようだ。

ケイトリンは大ホールを見た。タイタス・ブローシュはまだステージでしゃべっている。自分より他人を優先する心がまえが大切だとか、せっかく与えられたこの世での時間を無駄にしてはならないとか。ロビーの大ホールへの入口前に大勢が集まっていて、ぼくらがいるところからタイタスの顔は見えない。

「歩みを止めてはいけません」タイタスが言う。「あきらめてはいけない。目標は何だってかまわない。とにかく前進を続けることです。大きすぎるように思える夢を、何より懐かしい思い出に変えるために、どんな小さなチャンスも見逃してはいけません」

タイタスは咳きこんだ。それから咳払いをした。

「今夜はみなさんにプレゼントを用意しました」もったいぶった調子だった。「わたしの一生をかけた仕事の集大成です。未来へのビジョンです。わたしたちの偉大なる神からすべての贈り物を授かれなかったオーストラリアの若い世代が、代わりに人類の知恵という贈り物を授かれる未来です」

ここで一瞬の間。

「サマンサ。お願いします」

視点だ、スリム。たった一つの瞬間を観察する無限の視点。大ホールにはこのときざっと五百人がいて、その一人ひとりがそれぞれの視点からこの瞬間を目撃した。ぼくは心の目で見た。ぼくの目にはケイトリンしか見えないから。ぼくらがいた位置からステージは見えなかったけど、サマンサ・ブルースがタイタスの一生の集大成を収めたガラスケースから赤いシルクの布を取り去った瞬間の観客席の反応は聞こえてきた。恐怖のあえぎ声が、A列からZ列まで、さざ波のように広がった。大声を出す人々。泣き叫ぶ女性。衝撃と怒りから怒鳴り散らす男性たち。

「何の騒ぎなの、イーライ」母さんが言った。

　ぼくは母さんに向き直った。

「ぼくは彼を見つけたんだ、母さん」

「誰を」

　真ん中の通路からステージに駆けつける警察官が見える。ほかの警察官は大ホールの東側から、西側から、タイタス・ブローシュを包囲している。オーガストとぼくは目を見交わす。**身の破滅は死んだブルー・レン。身の破滅は死んだブルー・レン。**

　ぼくの心は、いまもM列に座っている人たちの目を通してその光景を見た。

　エイハブ船長は、クイーンズランド州警察の海にのまれる。水色の制服を着た警察官が、タイタス・ブローシュの老いぼれてか弱くなった腕を包んだ白いスーツの袖を両側からつかんで背中に回す。観客席の人々は自分の目を両手で覆う。カクテルドレスを着た女性たちが嘔吐し、悲鳴を上げる。タイタス・ブローシュはステージから引きずり下ろされる。その目は見ている。まだ見ている。ステージ上のガラスケースを困惑の目で見ている。そこには一生の集大成たるシリコン製のスーパー義肢が入っているはずなのに、この不可解な世界と宇宙のどんな力が働いて、切り落とされてプラスティネーション処理をされ、ゆがんで恐ろしげな表情を作った首、ぼくが人生で最初に愛した男の首に入れ替わったのかと途方に暮れている。

時間だ、スリム。時間を殺れ、時間に殺られる前に。いま時間は速度を落としている。誰もがスローモーションで動いていて、それはぼくが時間の速度を落としたからなのかどうか、定かではない。警察の回転灯は赤と青の光を閃かせているのに、音は聞こえない。オーガストは意味ありげにゆっくりとうなずいて、よくやったとぼくに伝えてくる。その身ぶりは、こうなるだろうと知っていたよと言っている。大混雑したシティ・ホールのこのロビーですべてが起きると知っていたと。人々は、バッグや傘を抱え、長いドレスの裾を踏んで転びかけたりしながら、我先に出口に向かっている。偉そうな男性たちは、イベントの運営者をつかまえ、この恐怖やトラウマをどうしてくれると詰め寄っている。あの凶眼の女性は、切り落とされた首がステージに出現して引き起こされたすさまじい騒ぎに動揺して泣いていた。オーガストは訳知り顔で笑みを作り、オーガストのペン、右手の人差し指は、空中にぼくへのメッセージを綴っている。

オーガストは優雅で悠然とした足取りで、大ホールの入口脇に立っている母さんと父さんに合流する。三人はぼくをそっとしておこうとしている。ぼくにもう少し時間をくれようとしている。夢の女性と過ごす時間。その人はぼくの前に立っている。一メートルのところに立っている。ぼくらは二人だけの泡の内側にいて、警察や観客や係員はその外を忙しく行き交っている。

「何がどうしてこうなったの」ケイトリンが言った。

「わからない」ぼくは肩をすくめた。「あっという間のできごとだったから」

ケイトリンは首を振った。

「あの電話。本当に誰かと話したわけ?」ケイトリンが訊く。

ぼくは長いこと考えてから答える。

「いまとなってはわからない。ぼくは本当に誰かと話したんだと思う?」

ケイトリンはぼくの目の奥をのぞきこんだ。

「頭のなかを整理してみないとわからないな」ケイトリンは言った。それから警察官が集まっているほうにあごをしゃくった。

「二人ともローマ通りの警察署まで来てほしいって。わたしと一緒に行く?」

「母さんと父さんの車で送ってもらうよ」ぼくは言った。

ケイトリンはロビーから外を見た。母さんと父さん、オーガストは、広場の手前で待っている。

「想像してたのと違ってたよ。きみのお母さんやお父さんのことだけど」ケイトリンが言った。

ぼくは笑った。「そう?」

「すごくすてきな人たち」ケイトリンは続けた。「ふつうのお母さんとお父さんって感じで」

「その〝ふつう〟にたどりつくまでが長かったけどね」

ケイトリンはうなずいた。両手をポケットに入れる。爪先からかかとへと体重を前後させる。この瞬間を長引かせるために、凍りつかせるために何か言いたいけど、ぼくには時間の進みを遅くすることしかできない。止めることはまだできない。

「明日、この件を記事に書けってブライアンから言われるだろうな」ケイトリンは言った。「何て答えればいいと思う?」

「書くって言えばいいよ。何から何まで記事に書くって」ぼくは答えた。「真実を。一つ残らず」

「恐れずに」ケイトリンが言った。

「手加減せずに」ぼくは言った。

「一緒に書く?」

「ぼくは犯罪報道記者じゃない」

「いまはまだ、ね」ケイトリンは言った。「連名で書かない？」

ケイトリン・スパイズと連名の記事。夢みたいな話だ。その記事を三語で言い表せれば——

「ケイトリン・アンド・イーライ」ぼくは言った。

ケイトリンがほほえむ。

「そうだね。ケイトリン・アンド・イーライ」

ケイトリンは警察官が集まっているほうに戻っていった。ぼくは大ホールの入口に戻った。観客席はもうほとんど空っぽだ。警察の鑑識班がステージでタイタス・ブローシュのガラスケースを慎重に調べていた。ケースには赤いシルクの布がかけ直されている。ぼくは満月の形をした白い天井を見上げた。白い貝殻を四枚合わせたような、円を四等分したものを四つ合わせて満月にしたような天井。その天井に始まりが見えた。終わりが見えた。兄貴のオーガストが見えた。真ん丸の太陽を背後にダーラの家の前の塀に座り、あの日以来、ぼくの短い半生にずっとついて回った言葉を空中に書いている——〈身の破滅は死んだブルー・レン〉。

大ホールに背を向け、正面玄関のほうに歩き出そうとしたとき、人影がぼくの前に立ちふさがった。背が高く、痩せているけど筋肉質で、年を取っていて、たくましい。最初に見えたのは靴だった。磨かれていない、くたびれた黒革のドレスシューズ。次に、黒い盛装用のスラックス。青い前ボタンのシャツ、ノーネクタイの襟もと、しわだらけの黒いジャケット。最後にやっと、イヴァン・クロールの顔が、死神の顔が見えた。でもぼくの背骨はぼくよりも先に奴を察知した。ぼくのふくらはぎのなかの十代の骨も。その骨が原動力になった。ぼくはすばやく飛びのいた。しかしそれでも間に合わなくて、奴が右手に隠し持っていたナイフに右脇腹を刺し貫かれた。誰かに腹を引き裂かれ、指を突っこまれ、その指をぐりぐりと動かされたようだった。ぼくがうっかりのみこんでしまった何かを探すかのように。ぼくが遠い昔にのみこんだもの。たとえば宇宙のような何か。ぼくは後ろによろめいた。まさかこいつがそんなことをするとはまだ信じられないとでもいう風にイヴァン・クロールの顔を見つめたまま。こいつのことならよく知っているのに、あれだけのものを見たのに、ここまで冷酷な人間だったとはとても信じられないというように。こんな夜に、未来ある若者を刺すなんて。ケイトリンとイーライに未来が見えた夜、過去が見えた夜、未来と過去が二人にほほえみかけた夜に。めまいがする。口のなかが急にからからに乾いて、イヴァン・クロールが次のひと突きのために、とどめのひと突きのために、距離を詰めようとしていることに気づくのに一瞬だけよけいな時間がかかった。たったいまぼくを刺したナイフの刃さえ見えなかった。奴はどこかに隠している。袖の内側に。あるいはポケットに。逃げろ、イーライ。逃げろ。でも、逃げられない。腹に傷を負ったぼくは、苦痛に体を二つに折る。悲鳴を上げようとしても声は出ない。声を出すには腹の筋肉が必要なのに、腹の筋肉は深手を負っている。ぼくにできるのはよろめくことだけだ。左によろめく。イヴァン・クロールがいるのと反対によろめく。大ホールの入口の奥に集まっている警察が気づいてくれることを祈るが、大ホールから出てきた観客がロビーを右往左往しているせいで、ぼくには気づかない。観客は、切断された首を目撃した恐怖をあれこれ論じ合う一方で、一人の少年とナイフを振り回す獣(けもの)がすぐ目の前で演じている恐怖にまるきり気づかずにいる。イヴァン・クロールは、刑務所の運動場で誰かをナイフで仕留めるための黄金のルールをみごとに実践した。すばやく、静かに。騒ぎ立てる暇(いとま)を与えずに。

ぼくは右手で腹を押さえる。その手はたちまち血に染まる。左手の階段へとよろめく。大理石と木でできた大階段は、弧を描きながらロビーの二階へと続いている。ぼくは一段ずつ体を引き上げる。イヴァン・クロールもおぼつかない足どりで追ってくる。爪先を切断された左足で。あれからきっと包帯を巻いたのだろう。その足はいま、苦痛に耐えて黒い革靴に押しこまれている。ハンディキャップを負った二人の男が興じる鬼ごっこ。ただし、一人に比べてもう一人は、身体的な苦痛に慣れている。いまぴったりな言葉は〝助けて〟だ、イーライ。ほら、声に出して言ってみろ。いいから言え。「た……」だめだ、最後まで言えない。「たす……」傷のせいで、その言葉を叫べない。二階席の観客らしき三人組が階段を下りてくる。スーツ姿の男性と、カクテルドレス姿の女性二人。一人はふわふわした素材の白いショールを肩にかけていて、白いオオカミを肩に背負っているみたいだ。ぼくは腹を押さえ、その三人のあいだを強引にすり抜ける。ぼくの手にあふれた血、編集室の緊急用ラックから拝借してきた黒いジャケットの下のシャツに染み出した血に、三人が気づく。

「助けて!」ぼくは三人に聞こえる大きさの声で言った。

白いショールの女性が恐怖の叫びを漏らし、火のついた人や病原菌を持った人を避けようとするようにぼくから離れた。

「後ろの奴……ナイフ」ぼくは二階から下りてきた三人組のうちの男性に向かって言った。男性はぼくの血まみれの腹と、一千の地獄を巡って一千の炎に焼かれたみたいな顔つきでよろよろとぼくを追ってくる男を見て、点と点を結びつけた。

「おい、止まれ」スーツ姿の男性は、勇敢にもイヴァン・クロールの前に立ちはだかった。しかしイヴァン・クロールは稲妻のごとき速さで、しかもナイフを隠したまま、勇敢な男性の右肩に上からナイフを振り下ろした。男性は即座に大理石の階段にくずおれた。

「ハロルド!」白いショールの女性が叫ぶ。三人組のもう一人の女性は、バンシーじみた甲高い悲鳴を上げて階段を駆け下り、ロビーを突っ切って、警察官が集まっているほうに走っていった。ぼくはふらふらとまた階段を上った。階段のてっぺんに来ると、直角に右に折れ、ちょっとしたロビーを奥へ進み、札も何も出ていない茶色い頑丈な木のドアを押し開けた。そこも小さなロビーになっていた。この廊下は弧を描く空色の壁に沿って二十メートルほど延びている。振り返ると、ぼくが通ってきた道筋に点々と血が落ちていた。獣を導くパンくず。その獣の苦しげな息づかいから察するに、怒り狂った老いぼれはぼくよりも動きがのろいが、ぼくよりもはるかに飢えている。ぼくはまた札のないドアを押し開け――誰もいない、少年を救ってくれそうな人はどこにも見当たらない――今度のドアの奥にはジグザグに一つ上の階へと続く階段があって、一つ上の階に行くと、あ、ぼくはこの階を知っている。この白い壁に囲まれた空間やこのエレベーターを知っている。知ってるよ、スリム。子供のころに来たことがあるから。時計塔のエレベーター係とここで会ったから。エレベーター係にシティ・ホールの時計台の機械室を見せてもらった。時計台の文字盤の内側がどうなっているか、見せてもらった。

ぼくはふらふらと時計台の古ぼけた黄色い鋼鉄のエレベーターへと歩き、扉を開けようとした。鍵がかかっていた。そこでまたふらふらとメンテナンス用の階段のドアに歩いた。スリムの友達のクランシー・マレットの秘密の階段だよ、スリム。何年も前、クランシーに見せてもらったよね。エレベーターホールから角を一つ曲がったところにあるドアを開けたら、階段があるって。

秘密の階段は真っ暗だった。意識が遠のいていく。まともに息ができない。腹の傷はもう大して痛くない。体じゅうが痛いからだ。手足の感覚が怪しくなりかけている。でも、まだ動く。上へ、上へ、秘密の階段を上へ。コンクリートの階段はジグザグに上っている。八段か九段、急な階段を上ると、見えない壁に突き当たる。百八十度向きを変えて、また八段か九段のぼる。また見えない壁にぶち当たって、向きを変え、また八段か九段上る。ついに力尽きるまで、これを繰り返そう、スリム。とにかく上り続けよう。でも、そこでぼくは立ち止まる。階段に横たわって目をつむりたくなる。でもそれはたぶん死と呼ばれているものだと思うから、そうはしたくないんだ、スリム。ケイトリン・スパイズにしたい質問がまだまだ山ほどあるいまは。母さんや父さんに訊きたいことがまだまだ残っているいまは。どんな風に恋に落ちたのか、ぼくが生まれるに至る道筋はどんなだったのか。オーガストのこと、月のプールのこと、ぼくがもっと大きくなったら話すと約束したたくさんのこと。ぼくはもう大きくなったよ。一瞬、まぶたが閉じる。黒。黒。長い黒。次の瞬間、ぼくの目は開く。下のほうで秘密の階段のドアが開く音がして黄色い光の条が入口から伸び、ドアがまた閉まって光が消えたからだ。動け、イーライ・ベル。動け。立て。イヴァン・クロールの気配がすぐ下から伝わってくる。苦しげな息づかい、階段室にこもった湿った空気を吸いこむ音。爪先がなくなったサイコな足とよこしまな心臓が奴を動かして階段を上らせる。ぼくの首とぼくの目とぼくの心臓を探して。その全部にナイフを突き立てるために。フランケンシュタインの怪物。タイタスの怪物。ぼくはまた一つ上の踊り場まで体を引きずり上げる。もう一つ。もう一つ。白いショールを肩にかけた女性。弧を描く階段から、あの人は悲鳴を上げた。あんな大きな声だったんだ、警察にも聞こえただろう。歩き続けろ、イーライ。止まるな。十番目の踊り場。もう眠りこんでしまいそうだよ、スリム。十一。十二。いますぐにでも死にそうだ、スリム。十三。

そこの壁の先にはもうジグザグの階段がなかった。薄っぺらなドアが一つ。そのノブを回す。光。部屋、光に満ちた部屋。夜、ブリスベン・シティ・ホールの時計塔に四つある文字盤を内側から輝かせる光。北の文字盤。南の文字盤。東、西。ブリスベンの街に向けて、ここから送り出される光。時計の動く音。時計を動かしている機械。回転する歯車、引っ張り合う滑車。どこから始まるわけでもなく、どこで終わるわけでもない。永遠に動き続ける。磨かれたコンクリート床、機械室の真ん中の金網で囲まれたエレベーターシャフト。チクタクと時を刻む巨大な文字盤が四つ、塔の四つの面にはめこまれ、それぞれの時計の下に金属ケースで守られた動力機械がある。

　両手で腹を押さえながら、エレベーターシャフトを取り巻く四角いコンクリートの通路をよろよろと進み、東の文字盤の前を通り過ぎる。靴に、床に血が滴る。南の文字盤、西の文字盤。まぶたが下りてくる。喉が渇いた。疲れた。目が閉じそうになる。北の文字盤の前に来た。もう行く先がない。コンクリートの通路はここで終わっている。エレベーターの乗り口の背の高い金網の保護ゲートが行く手をふさいでいる。ぼくは床に倒れこみ、床を手で押して上半身を起こし、北の文字盤の細長くて黒い鋼鉄の長針と短針を動かしている機械を守る金網のケースに背中からもたれる。長針がかちりと一目盛り持ち上がる。ナイフで刺された傷を両手で押さえて止血を試みる。裏返しの時計で時刻を確かめる。死亡時刻。あと二分で九時ちょうどだ。

　機械室のドアが開き、また閉まる音が聞こえた。イヴァン・クロールの足音が聞こえた。片方の足は歩き、もう一方の足は引きずられている。エレベーターのかごの金網と鋼鉄の桁をすかして奴の姿が見えた。奴は機械室の片側に、ぼくはその反対側にいる。エレベーターシャフトがぼくらのあいだにある。もう眠ってしまいたい。ぼくのなかの命はもう残り少なくて、奴を見ても恐怖さえ感じない。怖くない。ただ腹が立つ。怒りに燃えている。復讐心に燃えている。でも、その炎で自分の胸を焼くことしかできない。ほかのものは焼けない。ぼくの手は、自分の体を引き上げられず、脚は立ち上がれない。

　イヴァン・クロールは東の文字盤の前を過ぎる。南の文字盤。西の文字盤。角を曲がってぼくがいる通路に来る。ぼくの体は北の文字盤の前に力なく投げ出されている。穴の空いたぼくの役立たずの肉、中身の詰まっていないぼくのやわな骨。

奴が足を引きずりながら近づいてくる。聞こえるのは奴の苦しげな息づかいと、奴の左足がコンクリート床をこする音だけだ。こうして見ると、奴はひどく老いぼれている。しわが見える。乾ききった砂漠の谷のような額のしわが見える。顔は牧場で働いてできたしみだらけだ。鼻の半分は手術で切除されている。こんなに年を取っているのに、なぜこれほどの憎しみに満ちているのだろう。

奴が近づいてくる。一歩。引きずる。二歩。引きずる。三歩。引きずる。そこで立ち止まった。

ぼくを見下ろしている。犬の死骸を観察するようにぼくを見ている。鳥の死骸。死んだブルー・レン。体重を右足に移し、爪先を切り落とされた左足の負担を軽くしながらしゃがむ。それからぼくをつつく。首筋に指先を這わせて脈を探す。ぼくの黒いジャケットの前を開いて、傷を確かめる。シャツの裾を引き上げて、傷口をまじまじと見る。ぼくの肩を押す。左腕を両手でつかんで力をこめる。ぼくの左の二頭筋を握り締める。ぼくの骨を探っている。

何をしているのかと訊きたいが、口をきく力すらもうない。自分を善良な人間だと思うかと訊きたいが、唇はもう動かない。心がそんなに冷えきったのは、人間みを失ったのは、精神が変調を来したのは、人生のどの瞬間だったかと訊きたかった。奴の両手はぼくの首に戻り、首の骨の感触を確かめ、人差し指と親指で喉仏をつまんだ。それからナイフの両面をぼくのスラックスにこすりつけて汚れを拭った。大きく息を吸う。その息がぼくの顔に吹きかけられる。そしてナイフの刃をぼくの首筋に当てた。

そのとき、機械室のドアが開いた。水色の制服を着た警察官が三人。大きな声で何か叫んでいる。

ぼくの目が閉じる。警察官が叫んでいる。

「離れろ」

「下がれ」

「ナイフを床に置け」

首筋に当てられた刃の冷たい感触。

破裂音。銃声だ。銃声が二発。鋼鉄とコンクリートの表面で銃弾が跳ねる。

ナイフの刃の感触が一瞬、首筋から遠ざかり、ぼくは立ち上がっている。イヴァン・クロールに抱え上げられて立ち上がっている。視界がぼやけた。奴が背後にいるのはわかる。ナイフの刃が喉仏に触れているのもわかる。すぐそこに並んでいるシャツが水色なのもわかる。水色の制服を着た男たちが銃をかまえている。

「おれがやらないと思うなよ」奴が言った。

じゃあ、さっさとやれよ――ぼくはそう言えない――ぼくはもう死んでいるから。ぼくの終わりは、死んだブルー・レンだった。

奴はぼくを前に押す。ぼくの脚は奴と一緒に動く。脚の動きがぼくのジャケットの裾を動かし、ジャケットのなかの何かも一緒に動く。ジャケットのポケットに四本しか指のない右手を入れると、ガラスでできた物体が触れた。円筒形の物体。ガラス瓶。

「下がれ」イヴァン・クロールがわめく。「おまえら、下がれ」

ナイフの刃が喉に食いこむ。ぼくらはぴたりとくっついている。奴の息づかいを感じる。耳の穴に奴のつばのしぶきがかかる。ぼくらは立ち止まる。警察官がそれ以上後ろに下がれないからだ。

「ナイフを床に置け」状況を鎮めようと、警察官の一人が言った。「こんなことはやめろ」

時間が止まったよ、スリム。時間は存在しない。時間は、この瞬間に凍りついた。

一瞬置いて、時間はふたたび進み始めた。人間に理解しやすいように、時間には人間らしい要素が与えられているからだ。ぼくらが刻一刻と年老いていっていることを意識するための要素。ぼくらの頭上で鳴り渡る、耳を聾するような鐘の音。この機械室に入ったときから頭上にあったのに、ぼくには見えていなかった鐘。九度、繰り返し鳴る鐘。ごーん。ごーん。ごーん。ぼくらの耳を詰まらせる音。ぼくらの心を麻痺させる音。イヴァン・クロールの状況判断を一時的に曇らせた音。ぼくは切断されたぼくの人差し指が入ったガラスの標本瓶を奴の右のこめかみに叩きつける。奴は後ろによろめき、その拍子にナイフの刃がぼくの首から離れ、ぼくに床に伏せる時間を、正確には重力に任せて床に落ちる時間を与える。ぼくは尻から床に落ちて、死んだふりが得意な犬のように横向きに転がる。

　警察官が放った銃弾がどこに行ったのか、ぼくは見ていない。死んだ人間の視点から見ただけだ。この瞬間のぼくの視点はそこだったからね、スリム。コンクリートに押しつけられた顔。全世界が九十度かたむいている。警察官のぴかぴかに磨かれた黒い靴が、ぼくの背後の何かに駆け寄った。機械室の入口から誰かが駆けこんでくる。その誰かの顔が床に近づいて、ぼくの視界に入ってくる。兄貴だ。オーガストだ。ぼくの目は閉じようとしている。まばたき。兄貴。オーガスト。まばたき。

　オーガストがぼくの右耳にささやく。

「心配するな、イーライ」オーガストは言う。「大丈夫だから。おまえは戻ってくるから。おまえはいつだって戻ってくるんだから」

　ぼくはしゃべれない。ぼくの口が、ぼくがしゃべるのを邪魔している。ぼくは話せない。ぼくの左の人差し指が空中に線を描く。たちまち消えていくその線を読み取れるのは、ぼくの兄貴だけだ。

少年、世界をのみこむ。

少年、世界をのみこむ

Boy Swallows Universe

ここは天国じゃない。地獄でもない。ボゴ・ロード刑務所の第二ブロックの運動場だ。

運動場には誰もいない。ここには生きた人間は誰もいなくて、例外は……例外は、刑務所の囚人服を着て、刑務所のシャベルを手に、地面に膝をついて、刑務所の花壇の手入れをしている男一人だけだ。赤と黄色のバラの花壇。真ん丸の太陽と雲一つない青空の下の、ラベンダーの茂みと紫色のアヤメ。

「よう、坊主」その男はぼくのほうを見もせずに言う。

「やあ、スリム」ぼくは言う。

スリムは立ち上がり、膝や手についた土を払った。

「すごくきれいな花壇だね、スリム」

「おう、ありがとうよ」スリムは言う。「いけすかない芋虫どもさえ寄りつかないようにできれば、この子たちは別嬪(べっぴん)に育つ」

スリムはシャベルを放り出して首を一方にかしげる。

「来な」スリムは言う。「おまえをここから出してやる」

スリムは運動場を横切っていく。芝は深くて、緑色で、ぼくの足をのみこむ。

スリムはぼくを第二ブロックの監房棟を取り巻く茶色い煉瓦の分厚い塀のところに連れていく。はるか高みに鉤縄が食いこんでいて、結び目がいくつもあるロープがそこから垂れている。

スリムがうなずく。ロープをぐいと二度引いて、しっかり引っかかっていることを確かめる。

「さ、上れよ、坊主」スリムはぼくにロープを手渡す。

「何なのこれ」

「おまえの大脱走さ、イーライ」

ぼくはそびえ立つ塀を見上げる。この塀に見覚えがある。

「〝ハリデーの跳躍〟だ！」ぼくは言う。

スリムはうなずく。

「ほら上れ」スリムは言う。「時間がないぞ」

「時間を殺れ、だね、スリム」

スリムはうなずく。「時間に殺られる前に」

ぼくは塀を上る。スリムのロープの大きな結び目に足をかけて上る。

ロープは本物らしい感触がした。上っていると、掌が焼けるように熱くなる。塀のてっぺんに着き、首を巡らせて、はるか下の深い緑の芝生に立っているスリムを見下ろす。

「この塀の向こうには何があるの、スリム」ぼくは訊く。

「答えだ」スリムが言う。

「何の答え？」

「疑問の答えだ」

ぼくは刑務所の茶色い煉瓦塀の厚みのあるてっぺんに立つ。眼下に黄色い砂のビーチがある。でもそのビーチの先に続いているのは海原ではなく、宇宙だ。どこまでも広がる黒い虚空、銀河や惑星や超新星、一斉に起きている無数の天文現象。鮮やかなオレンジ色と緑と黄色の炎が閃き、どこまでも深い黒色をした宇宙のキャンバスに無数の星がまたたく。

ビーチに若い女性がいる。宇宙の海原に爪先を浸している。こちらを振り返り、塀の上のぼくに気づく。そしてほほえむ。

「早く」彼女は言う。「さあ跳んで」ぼくを手招きする。「早く、イーライ」

そしてぼくは跳ぶ。

少女、少年を救う

Girl Saves Boy

　フォード・メテオはイプスウィッチ通りを突っ走る。ケイトリン・スパイズは左手でシフトノブを操作してギアを落とし、急ハンドルを切ってダーラの出口ランプへと下る。

「で、ビーチに立ってるのはわたしだと思ったわけ?」ケイトリンが訊く。

「えーと……まあね」ぼくは言う。「そこで目を開けたら、うちの家族がいた」

　最初に見えたのはオーガストだった。時計塔の機械室でぼくの顔をのぞきこんでいたときと同じようにぼくを見ていた。ぼくはまだあの機械室にいるらしいと思ったけど、見たら手の甲に点滴の針が刺さっていた。それで病院のベッドにいるとわかった。ぼくが目を覚ましたのに気づいて、母さんがベッド脇に駆け寄ってきた。何か言ってと言った。本当に死んでいないと安心したいから何か言ってと。

「みん……」ぼくは言った。乾いた唇を湿らせて、もう一度言った。「みん……」

「何なの、イーライ」母さんは心配で気も狂わんばかりの表情をしていた。

「みんなでハグ」ぼくは言った。

　母さんは息が止まりそうなくらいきつくぼくを抱き締めた。オーガストがぼくら二人をまとめて抱き締める。母さんは涙とよだれをぼくに垂らしながら、病室の隅の椅子に座っている父さんのほうを振り返った。

「あなたも勘定に入ってるのよ、ロバート」母さんは言った。それは父さんをいろんなことに誘う一言だった。手始めにハグ。父さんは気が進まない風を装ってはいたけれど。

「ちょうどそのタイミングで、ケイトリンが病室に入ってきた」ぼくはケイトリンに言った。

「だから、自分をこの世に呼び戻したのはわたしだと思うわけ？」ケイトリンが訊く。

「だってほかに考えられないだろ」ぼくは言い返す。

「幻想をぶち壊すようで悪いけどね、イーライ、きみを蘇生したのは王立ブリスベン病院の救急隊だから」

　車はダーラ駅前通りの減速帯を乗り越えた。ナイフで刺された腹の傷が怨嗟の声を上げる。シティ・ホールのできごとからまだ一月しかたっていない。ぼくは本当ならまだベッドで『デイズ・オブ・アワ・ライブズ』を見ていなくちゃいけない。この古ぼけた車に揺られていちゃいけない。仕事なんかしていちゃいけない。

「ごめん、いまの、傷に響いたね」ケイトリンが言った。

　王立ブリスベン病院の医師は、ぼくを歩く奇跡と呼んだ。医学の常識を逸脱したと言った。ナイフの刃は骨盤のてっぺんに当たった。おかげでそれ以上深く刺さらずにすんだ。

「よほど強い骨の持ち主なんだな、きみは！」医者は言った。

　それを聞いてオーガストはにやりと笑った。そして、おまえはかならず戻ってくるって言ったろと言った。オーガストが何でも知っているのは、オーガストはぼくや世界よりもちょうど一歳年上だからだ。

　ケイトリンの車はエブリントン通りに曲がり、デューシー通り公園の前を通り過ぎた。真夜中に〝バック・オフ〟・ビック・ダンの家にドラッグを引き取りに出かけたライルのあとをつけて横切ったクリケット場や子供用の遊び場がある公園。前世の記憶みたいに思える。別の次元の記憶。別のぼく。

車は、サンダーカン通りの懐かしい我が家の前で停まった。ライルの家。ライルのお母さんとお父さんの家。

ぼくらは物語をたどり直している。ブライアン・ロバートソンは何もかも書いた記事がほしいと言った。タイタス・ブローシュの盛衰。この一カ月、オーストラリア中のすべての新聞が第一面のトップで取り上げ続けている人物。ぼくらの記事は、五回の犯罪実録シリーズとして掲載する予定だとブライアンは言っている。今回はふだんの記事と違って、その一部を最前列の特等席から目撃した少年の一人称で書く。少年一人に視点を固定する。連名の記事。ケイトリン・スパイズとイーライ・ベル。記事の骨組みはケイトリンが担当する。ぼくは色彩とディテールを担当する。

「ディテールだ」ブライアン・ロバートソンは言った。「どんな些細なディテールも取りこぼすな。おまえが記憶しているものすべてを書け」

ぼくは黙っていた。

「タイトルはどうするかな」編集会議でブライアンは言った。「このぶっ飛んだ体験記の大見出しは何だ？　三語で頼むぞ、三語で」

ぼくは黙っていた。

ぼくは家の玄関をノックする。昔ぼくが住んでいた家。男性が玄関を開けた。四十代なかば。漆黒の肌をしたアフリカ系の人。お父さんの脚にまつわりついた女の子二人の笑顔がこちらをのぞく。訪ねてきた理由を話した。ぼくはイヴァン・クロールに刺された少年だ。かつてこの家で暮らしていた。ライル・オーリックはこの家から連れ去られた。物語はこの家から始まった。そのときぼくが暮らしていた家を同僚に見せたい。

廊下を歩いてリーナの寝室に向かった。真実の愛の部屋。血塗られた部屋。空色の石膏ボードの壁。微妙に色が違うところがあるのは、ライルがパテで埋めた穴の跡だ。いまは女の子の部屋になっている。ピンク色のベッドカバーが掛けられたシングルベッドにキャベツ畑人形。壁にはマイリトルポニーのポスター。

アフリカ系の男性の名前はラーナだ。ラーナはリーナの昔の寝室の入口に立っている。この部屋のウォークイン・クローゼットを見せてもらってもかまわないかとぼくは訊く。ラーナがうなずく。ぼくはクローゼットの引き戸を開けた。クローゼットの奥の壁を押すと、壁が飛び出す。秘密の扉の出現にラーナは戸惑っている。ぼくは、ケイトリンと二人でこの家の下にある秘密の空間に下りてもかまわないかと訊く。ラーナがうなずく。

ぼくらの足が冷たく湿った土を踏む。ケイトリンは小さな緑色の懐中電灯のスイッチを入れる。小さな白い光の円がライルの秘密の部屋の地中の煉瓦壁の上を跳ね回る。まもなく光の円は、クッションつきのスツールに載った赤い電話の上で止まる。

ぼくはケイトリンを見る。ケイトリンは大きく息を吸い、電話から後ずさりする。魔法の力を持った物体、黒魔術の呪いのかかった物体だとでもいうように。ぼくは電話に近づく。そうせずにいられない。すぐ前で立ち止まる。静寂のなか、長いこと突っ立ったままでいる。やがて電話が鳴り出す。ぼくは狼狽してケイトリンを振り返る。ケイトリンは何の反応も示さない。

りんりーん。

ぼくは電話にさらに近づく。

りんりーん。

ケイトリンを振り返る。

「きみにも聞こえる？」ぼくは訊く。

さらに電話に近づく。

「放っておこうよ、イーライ」ケイトリンが言う。

さらに近づく。

「ねえ、きみにも聞こえる？」

りんりーん。

ぼくは電話に手を伸ばす。受話器をつかみ、持ち上げて耳に近づけようとしたところで、ケイトリンの手がぼくの手にそっと重なる。

「このまま鳴り終わるまで放っておこうよ、イーライ」静かな声だった。「だって」ケイトリンはもう一方の手をぼくの頭の後ろに当てる。理想的で優しいその手はぼくの首筋に滑り下りる。「その人が知っててきみが知らないことはもうないでしょ？」

電話はまたりんりーんと鳴り、ケイトリンがぼくに顔を近づけ、電話はまたりんりーんと鳴り、ケイトリンは目を閉じてぼくの唇に唇を重ねる。ぼくはこの瞬間を、この秘密の部屋の天井に浮かぶ星や、その星に取り巻かれて自転を続ける惑星や、ケイトリンの下唇に星屑(ほしくず)のように散った百万の銀河と結びつけて思い出すだろう。ぼくはこのキスを、ビッグ・バンと結びつけて思い出すだろう。ぼくは終わりを、始まりと結びつけて思い出すだろう。

そして電話は鳴りやんだ。

謝辞

博士や聖者と並んで知恵の種を蒔き
この手で丹精こめて育て上げ
収穫の季に得た実はひとつ
「われ水のごとく来て、風のごとく去る」
この世(universe)に生まれ出て……
——ウマル・ハイヤーム『ルバイヤート』

アーサー・〝スリム〟・ハリデーは、私の子供時代の短く意味深い一章に登場する、つかの間ながら特別な友人だった。この作品の執筆に当たりスリムの波乱に富んだ人生の空白を埋めるため次に挙げるすばらしい二冊の本を参考にした。ケン・ブランチ著『スリム・ハリデー——タクシー運転手を殺した男(Slim Halliday: The Taxi Driver Killer)』、クリストファー・ドーソン著『ボゴ・ロードのフーディーニ——スリム・ハリデーの人生と脱獄(The Houdini of Boggo Road: The Life and Escapades of Slim Halliday)』。『クーリエ・メール』文書管理部のレイチェル・クラークはじめ司書のみなさんにもお礼を申し上げたい。

この本の〝世界〟は、キャサリン・ミルンが自信と励ましに満ちた表情でうなずいた瞬間に生まれた。天地創造の瞬間から信じてくれた。ジェームズ・ケロー、アリス・ウッド、タカの目を持つ天才、スコット・フォーブスら、ハーパーコリンズ・オーストラリアのみなさんも同様だった。鋭く、優しく、そして丁寧な仕事をしてくれた原稿整理担当のジュリア・スタイルズ、校正担当のパム・ダンとルー・シエラにも感謝を捧げたい。

『ザ・ウィークエンド・オーストラリアン・マガジン』編集長のクリスティン・ミダップは、世界最高の雑誌編集者であり、そのころは私を信じるべき明らかな理由など何一つなかったのに信じ、そのおかげでこの本はこうして存在している。ポール・ウィテカー、ミシェル・ガン、フォン・リーマン、ヘレン・トリンカ、ヘドリー・トーマス、マイケル・マケンナ、マイケル・ミラー、クリス・ミッチェル、キャンベル・リード、デヴィッド・ファーガンら、『ザ・オーストラリアン』『クーリエ・メール』『ブリスベン・ニュース』の才能と忍耐と情熱にあふれた編集者、親友、校閲者、フォトグラファー、共同執筆者、概してすてきな過去と現在のすべての仲間たちに、心の底からの感謝を捧げる。

執筆のあいだ、私の肩越しに手もとを見守り、適切なタイミングで適切なアドバイスをささやいてくれた創造の守護天使が何人もいた。ニッキー・ゲメル、キャロライン・オーヴァーリントン、マシュー・コンドン、スーザン・ジョンソン、フランシス・ホワイティング、ショーン・セネット、マーク・シュリーブス、ショーン・パーネル、サラ・エルクス、クリスティン・ウェストウッド、タニア・スティッブ、メアリー・ガーデン、グレッグ・ケリーとキャロライン・ケリー、スレード・ギブソンとフェリシア・ギブソン。私の長年の文化のヒーロー三人――ティム・ロジャース、デヴィッド・ウェナム、ジェフリー・ロバートソン――に読んでもらえたというだけで、この本を書いた甲斐があったと思っている。

イーライ・ベルと彼の鼓動する心臓(ハート)より、エミリー・ダルトン、フィオナ・ブランディス＝ダルトンを始め、ダルトン家、ファーマー家、フランツマン家、オコナー家の全員に感謝を捧げる。

いつもそばで励ましてくれたベン・ハート、キャシー・ヤング、ジェイソン・フレイヤーとフレイヤー一家、アララ・キャメロン、ブライアン・ロバートソン、ティム・ブロードフット、クリス・ストイコフ、トラヴィス・ケニング、ロブ、ヘンリー、アダム・ハンセン、ビリー・デール、トレヴァー・ハリウッド、エドワード・ルイス・セヴァーソン三世にも感謝を。

そして最後に、どんな場面でも少年を救ってくれる三人の美しい女性にありがとうの言葉を。三人はまだ知らずにいる――世界はきみたちから始まり、きみたちで終わる。ぼくの左の靴。

訳者あとがき

主人公のイーライ・ベルは、おしゃべりで、お話を作るのが得意で、ちょっと泣き虫な、ジャーナリスト志望の十二歳の少年。一歳上の兄オーガストは対照的に、ひとことも口をきかない。代わりに指で空中に文字を綴る。予言めいたことを書くときもあれば、意味不明な文字列のこともある。それでもともかくオーガストは「世界より一歳年上」の賢い兄貴で、頼れるアドバイザーだ。

ブリスベン郊外の小さな町に暮らすイーライの無邪気で平穏な少年時代は、母フランシスの恋人でありイーライにとっては父親も同然の男性ライルが、地元の麻薬密売組織に連れ去られたきり帰らなかった日、唐突に終わりを告げた。そしてその日から、ライルがなぜ消えてしまったのか、真実を探すイーライ・ベルの、色彩豊かで波瀾万丈な冒険の物語が始まる。

イーライの物語にはディテールがこれでもかと詰めこまれている。細部にこだわるのは、イーライのベビーシッターで年齢差六十歳の親友でもある〝スリム〟から、何一つ見逃さない鋭い観察眼と、見たものを豊かに表現する言葉を持てと教えられたから。おかげで、単なる「L字形のベランダ」をイーライが描写すると「生まれたばかりの赤ん坊を優しく抱くお母さんワラビーの腕のように、家の北面から東面をそっと抱き締める広々とした屋外エンタテインメント・デッキ」になる。

だが、イーライがこだわるものはそれだけではない。善と悪の問題をつねに考え続けている。

人生についてたくさんの知恵を授けてくれるスリムが大好きなイーライの目に、スリムは善人と映る。しかしスリムは過去に殺人の罪で服役したことがあり、しかも服役中に何度も脱獄した、オーストラリアでは有名な犯罪者の一人。つまり世間から見れば悪人なのだ。

スリムばかりではない。母親のフランシスは、頭がよくてすてきな自慢の〝母さん〟である一方で、ドラッグに依存していて、子供たちの世話を忘れてしまうことがある。父親代わりのライルは、実の親子のようにたっぷりの愛情を注いでくれるが、裏の顔は麻薬の密売人だ。

スリムは善人なのか、それとも悪人なのか。母さんは、ライルは――イーライ自身は？　その答えは誰に尋ねれば、世界のどこに行けば、見つかるのだろう。

トレント・ダルトンは『クーリエ・メール』紙を経て、現在は『ザ・ウィークエンド・オーストラリアン・マガジン』紙で活躍中のジャーナリスト。犯罪など暗い話題を取り上げた記事でも詩的で美しい文章を書くことで知られ、多くのファンを持つ。本書で二〇一八年に作家デビュー、二〇年には第二作〝*All Our Shimmering Skies*〟を上梓して、いま世界から注目されている作家の一人だ。

著者によれば、本書のおおよそ半分は子供時代に著者が実際に体験したことだという。〝スリム〟・ハリデーは作中で描かれているとおりの実在の人物で、著者は本当に彼にベビーシッターをしてもらっていた。父親代わりの男性が組織に連れ去られたきり帰らなかったこと、母親が麻薬に依存していたこと、著者とのちに再会して〝善人・悪人〟問題のヒントを与えてくれた実父が本の虫で、社交が苦手な人物だったことも事実。また、少年時代に住んでいた家のクローゼットの奥には作中のものと似た隠し部屋があり、謎の赤い電話も置かれていたそうだ。兄は三人いて、それなりにトラブルも多かった子供時代を切り抜けられたのは兄たちのおかげだったと振り返っていることを考えると、もしかしたら三人を足して三で割るとオーガストになるのかもしれない。

本書の刊行後、会う人ごとに右手をさりげなく確認されるというが、大丈夫、著者の右手の指はちゃんとそろっている。

二〇二一年一月　池田真紀子

トレント・ダルトン
Trent Dalton

『ザ・ウィークエンド・オーストラリアン・マガジン』の記者で、『クーリエ・メール』の元アシスタント・エディター。優れたジャーナリストに贈られるオーストラリアのWalkley Awardを2度、Kennedy Awardを3度受賞。本作Boy Swallows Universeで小説家デビューを果たす。

池田真紀子
Makiko Ikeda

英米文学翻訳家。東京都生まれ、上智大学法学部卒。主な訳書にディーヴァー『ネヴァー・ゲーム』『スティール・キス』、ミン・ジン・リー『パチンコ』(以上、文藝春秋)、ルンデ『蜜蜂』(NHK出版)など多数。

少年は世界をのみこむ

2021年2月17日発行 第1刷

著者 トレント・ダルトン
訳者 池田真紀子(いけだまきこ)
発行人 鈴木幸辰
発行所 株式会社ハーパーコリンズ・ジャパン
東京都千代田区大手町1-5-1
03-6269-2883(営業)／0570-008091(読者サービス係)
ブックデザイン albireo
印刷・製本 中央精版印刷株式会社

定価はカバーに表示してあります。

造本には十分注意しておりますが、乱丁(ページ順序の間違い)・落丁(本文の一部抜け落ち)がありました場合は、お取り替えいたします。ご面倒ですが、購入された書店名を明記の上、小社読者サービス係宛ご送付ください。送料小社負担にてお取り替えいたします。

ただし、古書店で購入されたものはお取り替えできません。

Printed in Japan ISBN978-4-596-55213-6
Cover Photo: Francis Hammond/Getty Images